Fabricant de larmes

ERIN DOOM

FABRICANT DE LARMES

Traduit de l'italien
par Claire Bertholet

hachette
ROMANS

À ceux qui y ont cru dès le début.
Et jusqu'à la fin.

Cet ouvrage réunit les deux volumes publiés en édition classique
sous les titres *Fabricant de larmes - Partie 1 et Partie 2*.

Traduit de l'italien par Claire Bertholet

L'édition originale de cet ouvrage a paru
chez Magazzini Salani sous le titre :
Fabbricante di lacrime

Hachette Livre, 58 rue Jean Bleuzen, 92170 Vanves.

PROLOGUE

De nombreuses histoires circulaient au Grave. Des récits susurrés, des contes pour s'endormir, des légendes racontées du bout des lèvres, à la lueur d'une bougie. La plus connue était celle du fabricant de larmes. Elle parlait d'un endroit lointain, un monde dans lequel personne n'était capable de pleurer et où les gens vivaient comme des âmes vides, dénuées d'émotions. Mais, caché de tous et immensément seul, vivait un homme vêtu d'ombres. Un artisan solitaire, pâle et voûté, qui était capable, avec ses yeux clairs comme le verre, de confectionner des larmes de cristal.

Les gens allaient chez lui et lui demandaient d'être capables de pleurer, d'éprouver une once de sentiment, parce que ce sont dans les larmes que se cachent l'amour et la compassion. Elles sont l'extension la plus intime de l'âme. Ce qui, plus que la joie ou le bonheur, nous fait sentir vraiment humains.

Et l'artisan les contentait : il enfilait ses larmes dans leurs yeux, avec tout ce qu'elles recelaient, et les gens se mettaient à pleurer : de rage, de désespoir, de douleur et d'angoisse. C'étaient des passions déchirantes, des désillusions et des larmes, tellement de larmes. L'artisan contaminait un monde pur, il le teintait des sentiments les plus intimes et les plus éprouvants.

« Souviens-toi : tu ne peux pas mentir au fabricant de larmes », nous disait-on à la fin de l'histoire.

On nous la racontait pour nous apprendre que chaque enfant peut être gentil, qu'il *doit* être gentil, parce que personne ne naît méchant. Ce n'est pas dans la nature humaine.

Mais pour moi…

Pour moi, c'était différent. Pour moi, ce n'était pas seulement une légende. Il n'était pas vêtu d'ombres. Ce n'était pas un homme pâle et voûté aux yeux clairs comme le verre.

Non.

Moi, je connaissais le fabricant de larmes.

1- UNE NOUVELLE MAISON

Vêtue de douleur, elle restait la chose
la plus belle et la plus resplendissante du monde.

— Ils veulent t'adopter.

Je n'aurais jamais cru entendre ces mots de ma vie. Je l'avais tellement désiré depuis que j'étais petite que, pendant un instant, je me demandai si, après m'être endormie, je n'étais pas en train de rêver. Encore. Et pourtant, la voix que j'entendais n'était pas celle de mes rêves.

C'était celle de Mme Fridge, avec ce ton rude et mécontent qu'elle prenait toujours pour s'adresser à nous.

— Moi ? dis-je, incrédule.

— Toi.

— Vous en êtes sûre ? ajoutai-je dans un filet de voix.

Elle crispa ses doigts grassouillets sur son stylo, la lèvre supérieure retroussée.

— Tu es sourde, maintenant ? aboya-t-elle, agacée. Ou alors tu insinues que c'est moi qui le suis ? Le grand air t'aurait-il bouché les oreilles ?

Clouée sur place, je m'empressai de secouer la tête.

Ce n'était pas possible. Cela ne pouvait pas l'être. Personne ne voulait des adolescents. Personne ne voulait jamais des grands, c'était un fait établi. C'est un peu comme au chenil : tout le monde veut les chiots, parce qu'ils sont mignons, innocents et faciles à dresser, mais personne ne veut des chiens qui sont là depuis une éternité. J'avais eu du mal à accepter cette vérité, moi qui avais grandi ici. Tant que tu étais petit, on faisait attention à toi. Puis, à mesure que tu grandissais, on ne te jetait que des coups d'œil de pitié qui t'incrustaient dans ces quatre murs.

Mais maintenant… *Maintenant…*

— Mme Milligan veut parler un peu avec toi. Elle t'attend en bas. Fais-lui visiter les lieux. Et fais surtout en sorte de ne pas tout gâcher. Garde pour toi tes attitudes d'écervelée. Peut-être qu'avec un peu de chance tu réussiras à partir.

J'étais en ébullition. Tout en descendant l'escalier dans ma plus belle robe, je me demandai encore une fois si je n'étais pas en train de rêver. C'était un rêve.

Au pied des marches m'attendait une femme plus toute jeune au visage sympathique, un pardessus serré entre ses bras.

— Bonjour, me salua-t-elle avec un sourire.

Elle me regardait, moi, *dans les yeux*, comme cela ne m'était pas arrivé depuis très longtemps.

— Bonjour, répondis-je d'une petite voix.

Elle me confia qu'elle m'avait aperçue dans le jardin lorsqu'elle avait passé le portail en fer forgé de l'entrée. Elle m'avait remarquée dans les herbes hautes, sous les rais de lumière filtrant à travers les arbres.

— Je m'appelle Anna, se présenta-t-elle lorsque nous commençâmes à marcher, d'une voix veloutée, comme adoucie par les années.

Complètement sous le charme, je ne la quittai pas des yeux, me demandant s'il était possible d'être foudroyé par un rêve ou d'aimer quelque chose que l'on vient à peine d'entendre.

— Et toi ? Comment t'appelles-tu ?

— Nica, répondis-je en essayant de dominer mon émotion. Je m'appelle Nica.

Elle m'observait avec intérêt. J'avais tellement envie de faire pareil que je ne regardais même pas où je mettais les pieds.

— C'est un prénom vraiment original. Je ne l'avais jamais entendu.

— Je sais…

La timidité me rendait fuyante et anxieuse.

— Ce sont mes parents qui me l'ont donné. Ils… ils étaient biologistes. Nica est le nom d'un papillon.

Je me rappelais vraiment très peu de choses de papa et de maman. Tout était très vague, comme à travers une vitre embuée. Si je fermais les yeux, plongée dans le silence, je parvenais à revoir leurs visages flous penchés sur moi. J'avais cinq ans à leur mort. Leur amour était l'une des seules choses dont je me souvenais. Et ce qui me manquait le plus désespérément.

— C'est un prénom vraiment joli. *Nica*…

Anna prononçait mon prénom comme si elle voulait goûter du bout des lèvres la saveur des sons qu'il produisait.

— Nica, répéta-t-elle une dernière fois.

Puis elle hocha délicatement la tête et me regarda. J'eus alors l'impression de m'illuminer de l'intérieur, comme si elle avait le pouvoir de faire dorer ma peau, comme si un seul regard échangé pouvait me donner de l'éclat. Et pour moi, c'était beaucoup.

Nous nous promenâmes dans l'orphelinat. Comme c'était une belle journée, nous fîmes le tour du jardin. Quand Anna voulut savoir si j'étais là depuis longtemps, je lui répondis que j'y avais quasiment passé ma vie.

— Qu'est-ce que tu étais en train de faire quand… quand je t'ai aperçue ? demanda-t-elle soudain en m'indiquant un recoin parsemé de bruyère sauvage.

J'eus le réflexe de cacher mes mains, tandis que la mise en garde de Mme Fridge me revenait en tête : *Ne fais pas l'écervelée.*

— J'aime bien être à l'extérieur, dis-je lentement. J'aime bien… les créatures qui vivent dehors.

— Il y a des animaux, ici ? questionna naïvement Anna.

Je me rendis compte que je ne m'étais pas bien exprimée.

— Des tout petits, oui… répondis-je vaguement en veillant à ne pas écraser un grillon. Ceux que nous ne voyons même pas…

Je rougis un peu, mais elle ne me demanda rien d'autre. Le silence s'installa entre nous, seulement troublé par les cris des geais et les murmures des enfants qui nous espionnaient depuis la fenêtre. Anna m'annonça ensuite que son mari allait arriver d'un moment à l'autre. « Pour me connaître » expliqua-t-elle. Mon cœur se gonfla, me rendant aussi légère qu'un oiseau. Tandis que nous revenions sur nos pas, je réfléchis au moyen de garder cette sensation en moi pour toujours. La cacher dans ma taie d'oreiller et la regarder briller comme de la nacre dans la pénombre de la nuit. Je ne m'étais pas sentie aussi heureuse depuis très longtemps.

— Jin, Ross, ne courez pas ! dis-je d'une voix enjouée quand les deux enfants passèrent si près de nous qu'ils nous frôlèrent.

Ils ricanèrent et filèrent par les escaliers, faisant grincer les vieilles marches. Je croisai de nouveau le regard de Mme Milligan qui m'observait, scrutant mes iris avec une pointe de ce qui ressemblait à… de l'admiration.

— Tu sais que tu as des yeux vraiment magnifiques, Nica, m'avoua-t-elle soudain.

Embarrassée, je me mordillai l'intérieur des joues, ne trouvant rien à répondre.

— On a dû te le dire souvent, insista-t-elle avec délicatesse.

La vérité, c'était que non, personne au Grave ne m'avait jamais dit quelque chose de ce genre. Les plus jeunes enfants m'interrogeaient naïvement pour savoir si je voyais les couleurs comme tout le monde. Ils disaient que j'avais « les yeux de la couleur du ciel qui pleure », parce qu'ils étaient d'un étonnant gris clair, moucheté et hors du commun. Je savais que les gens les trouvaient étranges, mais personne ne m'avait jamais dit qu'ils étaient beaux.

Son compliment fit imperceptiblement trembler mes mains.

— Je... non... mais merci, bredouillai-je.

Ma gêne fit sourire Anna, tandis que je me pinçais discrètement le dos de la main. La douleur que cela provoqua me procura une joie infinie. Je ne rêvais pas. Tout était réel. Cette femme était vraiment ici. J'allais avoir une *famille* à moi, une vie grâce à laquelle je pourrais repartir de zéro loin d'ici, loin du Grave...

J'avais toujours cru que j'allais rester enfermée entre ces murs encore longtemps. Il me restait deux ans à attendre jusqu'à mes dix-neuf ans, l'âge auquel, sauf changement, on devenait légalement majeur dans l'État de l'Alabama. Mais, désormais, je n'avais plus besoin d'attendre ma majorité. Non, c'en était terminé des prières pour que quelqu'un vienne me chercher...

— Qu'est-ce que c'est ? demanda soudain Mme Milligan.

Le visage levé, elle regardait autour d'elle, subjuguée. Ce fut à cet instant que je l'entendis moi aussi. Une très belle mélodie. Là, entre les fissures et le crépi effrité, résonnaient des notes harmonieuses et profondes. Tandis que cette musique angélique, ensorcelante comme le chant d'une sirène, se diffusait entre les murs du Grave, je sentis mes nerfs se contracter sous ma peau.

Un peu crispée, je suivis Mme Milligan, qui se dirigeait, fascinée, vers la source de cette merveille invisible. Elle s'arrêta devant l'entrée voûtée du salon et resta immobile, charmée, à fixer le vieux piano droit, obsolète et un peu désaccordé qui, malgré tout, jouait encore. Elle scrutait surtout les mains blanches qui glissaient le long des touches.

— Qui est-ce ? soupira-t-elle après un moment. Qui est ce garçon ?

J'hésitai à répondre, les doigts serrés sur les plis de ma robe. Lui, là-bas, dans le fond, s'arrêta de jouer. Ses bras s'immobilisèrent lentement, ses épaules droites se découpant sur le mur. Puis, sans hâte, comme s'il avait deviné, *comme s'il savait déjà*, il se tourna vers nous, auréolé de cheveux épais et noirs comme des ailes de corbeau, dévoilant un visage pâle, à la mâchoire acérée, sur lequel ressortaient des yeux effilés plus foncés que le charbon.

Un charme mortel.

La beauté ensorcelante de son visage, avec ses lèvres blanches et ses traits finement ciselés, réduisit Mme Milligan au silence. Il nous regarda par-dessus son épaule, les yeux brillants, des mèches effleurant ses pommettes hautes. Et, l'espace d'un instant, je fus certaine de le voir sourire.

— C'est Rigel.

J'avais toujours désiré une famille, plus que tout autre chose au monde. J'avais prié pour qu'il y ait quelqu'un pour moi, à l'extérieur, prêt à me prendre avec lui, à m'offrir la chance que je n'avais jamais eue. C'était trop beau pour être vrai. Si je prenais le temps d'y penser, je ne parvenais pas encore à réaliser. *Ou peut-être… Peut-être ne voulais-je pas le réaliser…*

— Tout va bien ? me demanda Mme Milligan, assise à côté de moi sur la banquette arrière.

— Oui… répondis-je en me forçant à sourire. Tout va… très bien.

Elle ne remarqua pas mes doigts crispés sur mes genoux. Elle se tourna vers la fenêtre, me montrant de temps en temps quelque chose tandis que le paysage défilait autour de nous. Mais je l'écoutais à peine. À côté de M. Milligan, une chevelure noire effleurait l'appuie-tête du siège passager. *Il* regardait dehors, l'air absent, le coude contre la portière et la tempe appuyée sur le poing.

— Là-bas, dans le fond, se trouve le fleuve, déclara Mme Milligan.

Mais les yeux noirs ne suivirent pas ce qu'elle désignait. Dissimulés sous les cils, ils fixaient le paysage avec indifférence. Soudain, comme s'il m'avait entendue penser, ses yeux croisèrent les miens dans le reflet de la vitre. Son regard pénétrant me fit baisser le visage et je me remis à écouter Anna tout en acquiesçant avec un sourire. Mais je sentais ce regard traverser l'habitacle pour m'emprisonner.

Après plusieurs heures de route, la voiture ralentit et s'engagea dans un quartier arboré. La maison des Milligan était un pavillon en briques, semblable à beaucoup d'autres. La clôture blanche était ornée d'une boîte aux lettres, et une girouette se dressait entre les gardénias. J'aperçus un abricotier dans le jardin à l'arrière et fus ravie de découvrir ce petit coin de verdure.

— Ce n'est pas trop lourd ? demanda M. Milligan tandis que j'attrapais le carton contenant le peu d'affaires qui m'appartenait. Tu as besoin d'aide ?

Je secouai la tête, touchée par sa gentillesse.

— Venez, dit-il en nous montrant le chemin, c'est par là. L'allée est un peu défoncée, faites attention à cette dalle, elle dépasse. Vous avez faim ? Vous voulez manger quelque chose ?

— Laisse-leur d'abord le temps de s'installer, intervint calmement Anna.

Il fit un geste pour remonter ses lunettes sur son nez.

— Oh oui, bien sûr… Vous devez être fatigués, hein ? Venez…

Alors qu'il ouvrait la porte de la maison, j'observai le paillasson sur le seuil portant l'inscription « Home » et, pendant un instant, je sentis les battements de mon cœur s'accélérer.

Anna inclina son doux visage.

— Viens, Nica.

Je fis un pas pour entrer, et la première chose qui me frappa fut l'odeur. Ce n'était pas l'odeur de moisi des chambres du Grave, ni celle des infiltrations qui tachaient le crépi de nos plafonds. C'était une odeur particulière, pleine, presque… intime. Elle avait quelque chose de spécial et je me rendis compte que c'était la même que celle d'Anna. J'examinai l'intérieur, les yeux écarquillés : le papier peint un peu usé, les cadres qui constellaient les murs, le napperon sur la table de l'entrée, près d'une coupelle pour les clés. Tout avait quelque chose de tellement vivant et personnel que je restai un instant sur le pas de la porte, incapable de faire un pas de plus.

— C'est un peu petit, dit M. Milligan d'un ton embarrassé en se grattant la tête.

Mais je n'y prêtai pas attention. *Mon Dieu, cette maison était… parfaite.*

— Les chambres sont à l'étage, annonça Anna en s'engageant dans l'étroit escalier.

J'en profitai pour épier discrètement Rigel. Il tenait son carton d'un bras et regardait autour de lui par-dessous, ses yeux se promenant d'un côté à l'autre sans rien laisser transparaître.

— Klaus ? appela M. Milligan. Où est-il passé, celui-là ?

Il quitta la pièce tandis que nous montions à l'étage. Nous découvrîmes alors les deux chambres disponibles.

— Ici, il y avait un deuxième petit salon, m'expliqua Anna en ouvrant une porte. Ensuite, c'est devenu la chambre d'amis, au cas où serait venu un copain de…

Elle hésita avant de s'interrompre un instant. Puis elle cligna des yeux et esquissa un sourire.

— Ça n'a pas d'importance… Bref, maintenant, c'est la tienne. Elle te plaît ? Il y a peut-être quelque chose que tu aimerais changer, ou déplacer, je ne sais pas…

— Non… murmurai-je, sur le seuil de cette pièce que j'allais enfin pouvoir définir comme *ma chambre*.

Plus de dortoir où les volets n'empêchaient pas la lumière de rentrer à l'aube, plus de carrelage glacé et poussiéreux ni de grisaille sur les murs. C'était une petite chambre sobre, avec un beau parquet et un long miroir au cadre en fer forgé dans un coin. La brise qui entrait par la fenêtre gonflait doucement les rideaux de lin, et la blancheur des draps propres se détachait sous un douillet couvre-lit vermillon. Mon carton encore sous le bras, je ne pus me retenir d'effleurer un angle immaculé du lit. Après avoir vérifié que Mme Milligan était sortie, je me baissai rapidement pour le sentir : l'odeur fraîche de linge propre enivra mes narines et je fermai les yeux pour l'inspirer à fond. Comme c'était bon…

J'étais incapable de réaliser que cet endroit était rien que pour moi. Je déposai mon carton sur la table de nuit, l'ouvrit et farfouillai à l'intérieur. Je pris l'unique souvenir qu'il me restait de mes parents, mon doudou en forme de chenille, grisâtre et abîmé. Et je le posai au centre de l'oreiller, les yeux brillants.

Mon oreiller…

Je me mis à ranger le peu de choses que je possédais. Je suspendis mes tee-shirts, mon pull élimé et mes pantalons sur des cintres ; j'examinai mes chaussettes et enfouis celles qui avaient le plus de trous au fond d'un tiroir, espérant qu'ainsi personne ne les verrait.

Après avoir lancé un dernier coup d'œil à la porte de ma chambre, je descendis au rez-de-chaussée, curieuse de savoir si l'odeur de la maison allait bientôt être aussi la mienne.

— Tu es sûre que tu ne veux rien manger ? s'inquiéta Anna un peu plus tard. Même quelque chose de vite fait ?

— Non merci.

Nous nous étions arrêtés dans un fast-food pendant le trajet et je n'avais pas faim. Mais Anna ne semblait pas convaincue. Elle m'observa un instant, avant de déplacer son regard dans mon dos et de dire d'une voix hésitante :

— Et toi, Rigel ? Je le dis correctement ? Rigel, c'est bien ça ? répéta-t-elle prudemment, en le prononçant tel qu'il s'écrivait.

Il acquiesça, et refusa sa proposition lui aussi.

— Entendu, se résigna-t-elle. Quoi qu'il en soit, il y a des biscuits et du lait dans le frigo. Maintenant, si vous voulez aller vous reposer… Oh, j'oubliais, notre chambre est la dernière au fond, de l'autre côté du couloir. S'il y a quoi que ce soit…

Elle s'inquiétait. *Elle s'inquiétait*, pris-je conscience le cœur battant, *elle s'inquiétait pour moi, de savoir si j'avais faim ou non, ou s'il me manquait quelque chose.* Cela l'intéressait vraiment, ce n'était pas juste pour réussir les contrôles sanitaires des services sociaux comme le faisait Mme Fridge quand nous devions nous présenter tout propres et le ventre plein devant les inspecteurs. Non. Cela lui importait sérieusement, à elle.

Tandis que je retournais à l'étage en faisant glisser ma main le long de la rampe d'escalier, une pensée m'effleura : je pourrais désormais descendre en pleine nuit pour manger des biscuits au comptoir de la cuisine comme je le voyais faire à la télé, dans les films que nous regardions en douce quand Mme Fridge s'endormait dans son fauteuil.

Des bruits de pas me firent lever la tête. Rigel apparut en haut de l'escalier. Il me tourna le dos mais j'étais certaine qu'il m'avait vue. L'espace d'un instant, je me souvins que, dans ce tableau finement brodé, il était là lui aussi. Que cette toute nouvelle réalité, bien que belle et ardemment désirée, n'était pas seulement douceur, chaleur et merveille. Non : il y avait dans le fond, en arrière-plan, une marque plus noire, comme une brûlure de cigarette.

— *Rigel.*

J'avais murmuré son prénom comme s'il avait jailli de mes lèvres avant même que je ne puisse l'arrêter. Il s'immobilisa au milieu du couloir désert.

— Maintenant… hésitai-je, incertaine, maintenant que nous…

— Maintenant que nous… *quoi* ? demanda-t-il d'une voix pleine de sous-entendus qui, pendant un instant, me fit trembler.

— Maintenant que nous sommes ici, ensemble, poursuivis-je en ne voyant que son dos, je… je voudrais que ça fonctionne.

Que tout ça fonctionne, même s'il était partie prenante et que je ne pouvais rien y faire. Même s'il était cette trace carbonisée qui, je l'espérais, ne dévorerait pas cette très fine broderie. Car j'étais désespérée à l'idée que ce rêve de dentelle ne s'effondre.

Il resta immobile un instant. Puis, sans un mot, il se dirigea vers la porte de sa chambre et je sentis mes épaules s'affaisser.

— Rigel…

— N'entre pas dans ma chambre, me lança-t-il. Ni maintenant ni plus tard.

Je lui jetai un coup d'œil inquiet, sentant s'effriter mes bonnes intentions.

— C'est une menace ? demandai-je doucement tandis qu'il appuyait sur la poignée.

Il suspendit son geste et tourna son visage pour me fixer par-dessus son épaule. Je vis alors, un instant avant qu'il ne ferme sa porte, un sourire dangereusement cruel se former sur ses lèvres. Un sourire qui était ma condamnation.

— C'est un conseil, *papillon*.

2- Conte perdu

Parfois, le destin
est un sentier méconnaissable.

Mon orphelinat s'appelait Sunnycreek Home. Il se dressait au bout d'une rue abîmée et sans issue, dans la banlieue oubliée d'une petite ville du sud de l'État, et accueillait des enfants aussi malchanceux que moi. Je n'avais jamais entendu les autres utiliser son véritable nom. On l'appelait tous vulgairement Grave, *tombe*, et il ne fallait pas longtemps pour comprendre pourquoi : quiconque finissait là semblait condamné lui aussi à « être abîmé » et « sans issue ».

Je m'y étais sentie comme en prison. Au fil des années, j'avais passé chaque jour à souhaiter que quelqu'un vienne me chercher, me regarde et me choisisse moi, juste moi, parmi tous les enfants présents. Quelqu'un qui me veuille telle que j'étais, même si je n'étais pas grand-chose. Mais personne ne m'avait jamais choisie. Personne ne m'avait jamais voulue ou remarquée. J'avais toujours été invisible.

Ce n'était pas le cas de Rigel.

Contrairement à beaucoup d'entre nous, lui n'avait pas perdu ses parents. Aucun malheur ne s'était abattu sur sa famille quand il était petit. On l'avait trouvé une nuit devant le portail de l'orphelinat, abandonné dans un panier d'osier, sans un mot et sans un nom, avec seulement les étoiles pour veiller sur lui tels de paisibles géants endormis. Il n'avait alors qu'une semaine. On l'avait appelé *Rigel*, comme l'étoile la plus lumineuse de la constellation d'Orion, qui, ce soir-là, scintillait comme une toile d'araignée de diamant posée sur un lit de velours noir. En lui donnant Wilde comme nom de famille, on avait fini de combler le vide de son identité.

Pour nous tous, il était né ici. Même son physique en témoignait, car il avait gardé de cette nuit une peau pâle comme la lune et des yeux sombres, pleins d'assurance, les yeux de quelqu'un qui n'a jamais eu peur de l'obscurité.

Rigel avait toujours été la fierté du Grave. La directrice qui était là avant Mme Fridge l'appelait « enfant des étoiles ». Elle l'adorait, à tel point qu'elle lui avait appris à jouer du piano. Elle restait à ses côtés pendant des heures, faisant preuve d'une patience qu'elle n'avait jamais avec nous et, note après note, elle le transformait en ce garçon impeccable qui détonnait sur les murs gris de l'orphelinat. Il était sage et gentil, Rigel, avec ses dents parfaites, ses notes toujours excellentes et les bonbons que la directrice lui donnait en cachette avant le dîner. Il était l'enfant que tout le monde aurait désiré avoir.

Mais moi je savais que ce n'était pas comme ça. J'avais appris à voir *au-delà* des sourires, des dents blanches et du masque de perfection qu'il affichait avec tout le monde. Ce garçon qui portait en lui l'obscurité de la nuit dissimulait, dans les recoins de son âme, les ténèbres auxquelles on l'avait arraché.

Avec moi, Rigel s'était toujours comporté de manière *étrange*, et je n'avais jamais réussi à m'expliquer pourquoi. C'était comme si j'avais fait quelque chose pour mériter cette attitude ou le silence avec lequel je le surprenais à m'observer de loin quand nous étions petits. Tout avait commencé un jour comme les autres, sans que je me souvienne précisément quand. Il était passé à côté de moi et m'avait fait tomber. J'avais replié mes jambes contre ma poitrine pour enlever l'herbe de mes genoux écorchés. Lorsque j'avais levé les yeux, je n'avais décelé aucune trace de regret sur son visage. Il était resté là, debout à l'ombre d'un mur fissuré, le regard vissé au mien.

Rigel empoignait brutalement mes vêtements, me tirait les cheveux, dénouait les nœuds de mes tresses ; les rubans tombaient alors à ses pieds comme des papillons morts. Avant de m'enfuir, j'apercevais, entre mes cils humides de larmes, un sourire cruel sur ses lèvres. Et pourtant, il ne me touchait jamais directement. Pendant toutes ces années, jamais une seule fois il n'avait posé la main sur mon corps. Il s'en prenait à mes vêtements, à mes cheveux. Il me poussait et me frappait, au point que j'en avais les manches déformées. Mais je ne gardais aucune trace sur la peau, comme s'il ne voulait pas laisser sur moi les preuves de sa culpabilité. Ou peut-être étaient-ce mes taches de rousseur qui lui répugnaient. Peut-être me méprisait-il au point de refuser tout contact avec moi.

Rigel restait tout seul et cherchait rarement la compagnie des autres enfants. Je me rappelais une fois, alors que nous avions dans les quinze ans… Un nouveau gamin était arrivé au Grave, un petit blond qui, en l'espace de quelques semaines, allait être transféré dans une famille d'accueil. Il s'était quasiment tout de suite lié d'amitié avec Rigel. Ce garçon était, si c'était possible, pire que lui. Ils passaient leurs journées appuyés contre les murs décrépis, Rigel les bras croisés, les lèvres pincées et les yeux brillant d'un sinistre amusement. Je ne les avais jamais vus se disputer. Un jour, cependant, le garçon était arrivé au dîner avec une pommette enflée et un bleu sous la paupière. Mme Fridge lui avait lancé un regard noir et, d'une voix tonitruante, lui avait demandé ce qui avait bien pu se passer.

— Rien, avait-il murmuré sans lever le nez de son assiette. Je suis tombé à l'école.

Mais j'avais bien senti que cela n'avait pas été « rien ». J'avais alors vu Rigel baisser la tête pour dissimuler son visage. Il avait *souri*, et ce léger rictus avait trahi une fissure dans son masque de perfection.

Plus il grandissait et plus la beauté semblait se mouler sur lui d'une manière que je rechignais à reconnaître. Car elle n'avait rien de doux, de tendre ou de gentil.

Non…

Rigel brûlait la rétine, capturait l'attention comme les ruines d'une maison en flammes ou la carcasse d'une voiture détruite sur le bord de la route. Il était cruellement beau, et plus tu cherchais à ne pas le regarder, plus ce charme machiavélique s'ancrait dans tes yeux. Il s'insinuait sous la peau et s'élargissait dans la chair comme une tache. Voilà ce qu'il était : ensorcelant, solitaire, insidieux. Un cauchemar revêtu de tes rêves les plus secrets.

Le lendemain matin, je me réveillai comme dans un conte de fées. Des draps propres, une odeur agréable et un matelas dont on ne sentait pas les ressorts : je ne savais pas ce que j'aurais pu désirer de plus. Je m'assis dans mon lit, encore ensommeillée ; le réconfort de cette chambre rien que pour moi me rendit pendant un instant plus heureuse que je ne l'avais jamais été. Mais, à la manière d'un nuage sombre, une pensée m'assaillit : dans ce conte de fées, je n'étais pas toute seule. Il y avait cette marque noire, cette brûlure dont je ne pouvais me débarrasser. Je secouai la tête et j'appuyai mes poignets sur mes paupières, comme pour arracher ces pensées de mes yeux. Je ne voulais pas y penser. Je ne voulais permettre à personne de me gâcher cette belle histoire, pas même à lui.

Je connaissais trop bien la procédure pour croire que j'avais trouvé un foyer définitif. Tout le monde semblait croire que l'adoption fonctionnait comme une rencontre qui se finissait bien, où, en quelques heures seulement, on était emmené dans la maison d'une nouvelle famille pour en faire automatiquement partie. Cela ne marchait pas du tout ainsi ; ça, ça n'arrivait que pour les bébés animaux. La véritable adoption était une procédure beaucoup plus longue. Il y avait d'abord une période de séjour avec la famille, pour voir si la cohabitation était possible et les rapports sereins. On appelait ça la « garde pré-adoptive ». Pendant cette étape, il n'était pas rare qu'apparaissent des incompatibilités et des problèmes qui empêchaient la vie commune. C'est pourquoi la famille mettait à profit cette période très importante pour décider de continuer ou non. Et c'était uniquement si tout se passait au mieux, et s'il ne survenait pas de problèmes, que les parents finalisaient l'adoption.

Voilà pourquoi je ne pouvais pas encore me définir comme membre à part entière de cette famille. Je vivais pour la première fois une histoire très belle, mais fragile, capable de se briser comme du verre entre mes mains.

Je serai gentille, me promis-je à moi-même. *Je serai gentille et tout ira pour le mieux*. J'allais faire tout mon possible pour que ça marche. *Tout…*

Je descendis, bien décidée à ne pas laisser passer cette chance. Je me dirigeai vers les voix provenant de la cuisine. Une fois sur le seuil, je restai bouche bée. Les époux Milligan, encore en pyjama et en pantoufles, étaient à la table du petit déjeuner. Anna riait, ses doigts effleurant sa tasse fumante, et M. Milligan, l'air encore endormi, versait des céréales dans un petit bol en céramique. Et, pile entre eux deux, il y avait Rigel. Le noir de ses cheveux me frappa comme un coup de poing, une contusion en pleines pupilles. Je dus cligner des yeux pour me rendre compte que je n'étais pas en train de rêver. Il était là, à discuter, détendu, les épaules relâchées et des mèches ébouriffées lui encadrant le visage. Les Milligan le dévoraient des yeux. Soudain, l'une de ses paroles les fit éclater de rire à l'unisson. Leurs rires légers bourdonnèrent dans mes oreilles comme si, après m'être dédoublée, je me trouvais dans un monde parallèle.

— Oh, Nica ! s'exclama Anna. Bonjour !

Je haussai légèrement les épaules en sentant leurs regards sur moi. Je me sentais de trop, même si je venais juste d'arriver et que je les connaissais à peine. Même si c'était moi qui aurais dû être là, entre eux, et pas lui. Les iris noirs de Rigel me trouvèrent aussitôt, comme s'il savait déjà que j'étais là. L'espace d'une seconde, je crus distinguer un pli cruel se former à l'angle de sa bouche. Il inclina le visage et afficha un sourire angélique.

— Bonjour, Nica.

Ce fut comme si je plongeais dans une eau glacée. Figée, je ne parvins pas à répondre, me sentant de plus en plus la proie de cette sensation de gel.

— Bien dormi ?

M. Milligan tira une chaise pour moi.

— Viens prendre ton petit déjeuner !

— Nous faisions un peu connaissance.

Au centre de ce tableau parfait, Rigel m'observait toujours. Je m'assis à contrecœur tandis que M. Milligan remplissait le verre de Rigel, qui lui sourit, parfaitement à son aise. J'eus aussitôt l'impression de m'être assise dans un nid de vipères. *Je serai gentille.* Les Milligan échangeaient quelques mots, là, devant moi, et mon *Je serai gentille* clignotait dans ma tête comme une enseigne en lettres rouges. *Je serai gentille, je le jure...*

— Comment te sens-tu pour ton premier jour, Nica ? demanda Anna.

Elle était toujours aussi délicate, même de bon matin.

— Pas trop nerveuse ?

Je tâchai de mettre mes craintes de côté, même si elles continuaient de résister.

— Oh... non... dis-je en essayant de me détendre un peu. Je n'ai pas peur... J'ai toujours aimé aller à l'école.

C'était la vérité. L'école était l'un des rares motifs pour lesquels nous pouvions quitter le Grave. Dans la rue que nous empruntions jusqu'à l'école publique, je marchais le nez en l'air. En regardant les nuages, je me plaisais à croire que j'étais comme les autres. Je rêvais de monter dans un avion et de m'envoler vers des mondes libres et lointains, me sentant pour une fois presque normale.

— J'ai déjà appelé le secrétariat, nous informa Anna. La proviseure vous recevra à votre arrivée. Le lycée a enregistré votre inscription et on m'a assuré que vous pourriez immédiatement aller en cours. Je sais que tout est très précipité, mais... j'espère que ça se passera bien. Vous avez même le droit de demander à être dans la même classe, si vous voulez, ajouta-t-elle.

Devant son air confiant, je m'efforçai de dissimuler mon malaise.

— Oh. Oui... merci.

Rigel était occupé à m'observer ; sous ses sourcils arqués, ses iris ne me lâchaient pas. Je détournai les yeux, comme si je m'étais brûlée. Je ressentis soudain le besoin viscéral de m'éloigner. Et, prenant l'excuse d'aller m'habiller, je me levai de table et quittai la cuisine. Tandis que je mettais des murs entre nous, je sentis mon estomac se tordre et ce regard hanter mes pensées.

— Je serai gentille, murmurai-je, fébrile, *je serai gentille, je le jure...*

De toutes les personnes au monde, il était la dernière que j'aurais voulu voir ici. *Allais-je être capable de l'ignorer ?*

M. Milligan se gara devant notre nouvelle école, un bâtiment gris et cubique. Quelques élèves passèrent devant la voiture, se dépêchant d'aller en cours. Il remonta ses grosses lunettes sur son nez et posa maladroitement les mains sur le volant, comme s'il ne savait pas quoi en faire. Je me rendis compte que j'aimais bien observer ses expressions. Sa personnalité douce et un peu gauche me le rendait très sympathique.

— C'est Anna qui passera vous chercher tout à l'heure.

Assise sur le siège arrière, mon vieux sac sur les genoux, je ressentis un agréable frisson à l'idée que quelqu'un allait m'attendre pour me ramener à la maison.

— Merci, monsieur Milligan, acquiesçai-je.

— Oh, tu peux… vous pouvez m'appeler Norman, dit-il en rougissant, tandis que nous descendions.

Je regardai la voiture disparaître au bout de la rue, jusqu'à ce que j'entende des pas dans mon dos. Je me retournai et vis Rigel se diriger seul vers l'entrée. Sa silhouette élancée, le mouvement désinvolte et sûr de ses larges épaules, la manière qu'il avait de se déplacer et de marcher, comme si le sol se modelait sous ses pieds, lui conféraient un naturel hypnotisant. J'entrai à mon tour mais la bretelle de mon sac se prit dans la poignée. Le choc me fit heurter l'élève qui me suivait.

— Et merde !

Agacé, le garçon derrière moi leva son bras, deux livres serrés dans la main.

— Excuse-moi, murmurai-je d'une petite voix alors que son copain lui donnait une tape dans le dos.

Je replaçai mes cheveux derrière mes oreilles et, lorsqu'il croisa mes yeux, il sembla me reconsidérer. L'irritation disparut de son visage et il s'immobilisa, comme foudroyé. Puis, sans aucune raison, il lâcha les livres qu'il tenait à la main. Comme il ne se baissait pas pour les ramasser, je le fis moi-même, me sentant coupable de lui être rentrée dedans. Lorsque je les lui tendis, je m'aperçus qu'il ne m'avait pas quittée des yeux.

— Merci, sourit-il tout en promenant sur moi un regard qui me fit rougir.

Lui avait l'air de trouver cela très amusant.

— Tu es nouvelle ? me demanda-t-il.

— On y va, Rob, intervint son copain. On est super en retard.

Mais il ne semblait pas vouloir bouger. Je ressentis un picotement dans la nuque, comme si une aiguille parcourait mon dos. Pour essayer de me débarrasser de cette sensation, je fis un pas en arrière et, le visage baissé, balbutiai :

— Je… je dois y aller.

Le secrétariat se trouvait un peu plus loin. Une fois sur place, j'espérai ne pas avoir fait attendre la proviseure en constatant que la porte était ouverte. J'entrai et c'est alors que je remarquai une silhouette près du seuil qui faillit me faire sursauter. Rigel était appuyé contre le mur, les bras croisés, une jambe repliée, sa semelle contre la paroi. Il fixait le sol, tête baissée. Il avait toujours été plus grand que les autres garçons et beaucoup plus intimidant. Mais ce n'est pas cela qui me fit faire un pas de côté. Tout en lui me faisait peur, que ce soit son aspect physique ou ce qu'il dissimulait. Qu'est-ce qu'il fabriquait là, debout dans l'entrée, alors qu'il aurait pu s'asseoir sur l'une des nombreuses chaises alignées dans la salle d'attente ?

Surgissant à cet instant, la secrétaire m'arracha à mes pensées.

— Madame la proviseure va vous recevoir. Suivez-moi.

Rigel se décolla du mur et passa à côté de moi sans même me regarder. Nous entrâmes dans le bureau et la porte se referma dans notre dos. La proviseure, une femme jeune, austère et avec de l'allure, nous invita à nous asseoir sur les chaises face à son bureau ; elle consulta nos dossiers et nous posa quelques questions sur les programmes de notre ancienne école. Elle semblait particulièrement intéressée par ce qui était écrit dans celui de Rigel.

— J'ai appelé votre ancien établissement pour obtenir quelques informations concernant votre niveau scolaire, déclara-t-elle. Et j'ai été très agréablement surprise par vous, monsieur Wilde.

Elle sourit en tournant une page du dossier.

— Excellents résultats, conduite impeccable, pas une seule fausse note. Un véritable élève modèle. Vos professeurs n'ont eu que des paroles élogieuses à votre sujet. Ce sera un vrai plaisir de vous avoir avec nous à la Burnaby, conclut-elle en levant les yeux, satisfaite.

Pouvait-elle comprendre qu'elle se trompait, que ces compliments ne reflétaient pas la réalité ? Parce que les professeurs, pas plus que tous les autres, n'avaient jamais su voir *au-delà*. J'aurais voulu avoir la force de le lui dire. Mais Rigel sourit alors de cet air qui lui allait si bien, et je me demandai comment les gens faisaient pour ne pas voir que la chaleur n'atteignait jamais ses yeux, qui restaient sombres et impénétrables même s'ils brillaient.

Comme des lames de couteau.

— Deux délégués vont vous accompagner dans vos classes respectives, poursuivit la proviseure. Mais il vous est possible, si cela vous intéresse, d'être ensemble et cela dès demain.

J'avais espéré qu'elle éviterait cette proposition. J'agrippai le bord de ma chaise et me penchai un peu en avant. Mais il me devança.

— Non.

Je clignai des yeux et me tournai pour regarder Rigel qui souriait, une mèche de cheveux effleurant ses sombres sourcils.

— Ce n'est pas nécessaire.

— Vous en êtes sûrs ? Parce que ensuite il sera trop tard pour changer.

— Oui. Nous passons déjà bien assez de temps ensemble.

— Très bien, alors, conclut la proviseure en constatant que je gardais le silence. Vous pouvez aller en classe. Venez.

Arrachant mes yeux de Rigel, je me levai, pris mon sac et la suivis.

— Deux élèves de dernière année vous attendent dans le couloir, nous dit-elle. Bonne journée.

Dès qu'elle eut refermé la porte de son bureau, je traversai le secrétariat sans me retourner. Je devais m'éloigner de lui. J'y serais parvenue si je n'avais finalement pas cédé à une impulsion qui me poussa à lui faire face.

— Qu'est-ce que ça veut dire ?

Je n'eus pas besoin de le voir hausser un sourcil pour comprendre que je venais de formuler une question inutile. Mais je n'avais pas confiance en ses intentions, et j'étais certaine qu'il voyait là un nouveau moyen de me tourmenter.

— Pourquoi ? insistai-je.

Rigel pencha son visage sur moi et sa stature me fit me sentir encore plus insignifiante. Je me mordis les lèvres, regrettant déjà ma demande.

— Tu n'as pas *vraiment* cru… que je voulais rester avec *toi* ?

L'intensité de son regard me serra l'estomac et l'ironie que j'y décelai me brûla la peau. Je ne lui répondis pas et saisis la poignée pour sortir. Mais j'en fus empêchée. Une main surgit au-dessus de mon épaule et ferma la porte. Paralysée, je vis ses longs doigts fins empoigner le bord du battant et chacune de mes cellules réagit subitement à sa présence derrière moi.

— Reste loin de moi, *papillon*, annonça-t-il.

Son souffle chaud chatouilla mes cheveux et je me raidis.

— Tu as compris ?

La tension de son corps tout proche suffit à me glacer. Il était en train de me dire *Ne m'approche pas* alors qu'il était justement en train de me coincer contre cette porte, de respirer contre moi, de m'empêcher de m'en aller. Les yeux écarquillés, je le regardai passer devant moi. Si cela n'avait tenu qu'à moi… Si cela n'avait tenu qu'à moi, je l'aurais fait disparaître pour toujours. En même temps que le Grave, Mme Fridge et la douleur qui jalonnait mon enfance. Je n'avais pas souhaité me retrouver dans la même famille que lui. C'était un malheur pour moi, comme si j'étais condamnée à porter le poids de mon passé sans être pleinement libérée. Comment aurais-je pu le lui faire comprendre ?

— Salut !

Je levai les yeux sur un sourire rayonnant. J'étais sortie du secrétariat sans m'en rendre compte.

— Je suis en classe avec toi. Bienvenue à la Burnaby !

Rigel était un peu plus loin, ses cheveux noirs suivant le rythme de sa démarche assurée. La fille qui l'accompagnait ne regardait pas où elle mettait les pieds, elle le fixait, ensorcelée, comme si c'était elle la nouvelle. Je les vis disparaître à l'angle du couloir, côte à côte.

— Je m'appelle Billie, se présenta ma camarade de classe. Et toi ?

— Nica Dover, répondis-je en serrant la main qu'elle me tendait.

— Micah ?

— Non, *Nica*, répétai-je en insistant sur le *n*.

Elle posa un index sur son menton.

— Oh, le diminutif de Nikita !

Je souris et secouai la tête.

— Non. Juste Nica.

L'air curieux de Billie ne me mit pas mal à l'aise comme cela avait été le cas avec le garçon de l'entrée. Elle avait un visage naturel, encadré de cheveux bouclés couleur de miel, et des yeux brillants et passionnés. Tandis que nous marchions, je remarquai qu'elle m'observait avec un réel intérêt, mais ce ne fut que lorsque je croisai de nouveau son regard que je compris pourquoi : elle aussi était captivée par la singularité de mes iris.

Ce sont tes yeux, Nica, disaient les plus petits quand je voulais savoir pourquoi ils me regardaient de loin. *Nica a les yeux de la couleur du ciel qui pleure, grands, étincelants comme des diamants.*

— Qu'est-ce qui est arrivé à tes doigts ? m'interrogea Billie.

Leurs extrémités étaient entourées de pansements.

— Oh, bredouillai-je en cachant mes mains dans mon dos, gênée. Rien…

Je souris, cherchant à changer de conversation, mais les mots de Mme Fridge me revinrent en tête : *Ne fais pas l'écervelée.*

— C'est pour éviter de me ronger les ongles, répondis-je.

Billie sembla y croire car elle leva fièrement les mains pour me montrer ses ongles rongés.

— Où est le problème ? Moi, j'ai carrément atteint l'os !

Puis elle se mit à étudier ses doigts.

— Ma grand-mère dit que je dois les tremper dans la moutarde, comme ça « tu verras comment te passera l'envie de te les mettre dans la bouche ! » Mais je n'ai jamais essayé. L'idée de passer un après-midi avec les doigts dans une sauce piquante me laisse… comment dire… perplexe. Tu imagines si un livreur frappe à la porte ?

3- Divergences de pensée

Comme les planètes, les gestes
sont mus par des lois invisibles.

Billie m'aida à m'intégrer. Le lycée était grand et il y avait énormément d'activités parmi lesquelles faire son choix. Elle me montra les différentes salles de classe et m'accompagna d'un cours à l'autre en me présentant aux professeurs. Je craignais d'être un fardeau pour elle, mais elle m'assura qu'elle était au contraire contente de me tenir compagnie. Ces paroles me firent chaud au cœur d'une manière que je n'avais jamais ressentie auparavant. Billie était gentille et disponible, deux qualités qu'on ne rencontrait pas beaucoup là d'où je venais.

Lorsque la sonnerie signala la fin des cours, nous sortîmes ensemble de la classe. Elle libéra ses cheveux frisés et passa une longue lanière de cuir autour de son cou.

— C'est un appareil photo ? lui demandai-je en découvrant l'objet qui y pendait.

Son visage s'illumina.

— C'est un Polaroid ! Tu n'en as jamais vu ? Mes parents me l'ont offert il y a très longtemps. J'adore les photos ! Ma grand-mère dit que je dois arrêter d'en tapisser les murs de ma chambre. En même temps, elle les époussette en sifflotant pour finir par oublier ce qu'elle m'avait demandé.

J'essayais de suivre le rythme de son flot de paroles tout en veillant à ne rentrer dans personne ; je n'étais pas habituée à un va-et-vient aussi intense, alors que cela ne semblait poser aucun problème à Billie. Elle continuait à me parler avec le débit d'une mitraillette, bousculant un peu tout le monde.

— J'aime bien prendre les gens en photo, c'est intéressant de les voir immortalisés sur la pellicule. Miki se cache toujours le visage quand j'essaie avec elle. C'est dommage, elle est tellement jolie. Mais elle n'aime pas ça… Oh, regarde ! Justement, la voilà !

Elle cria en levant un bras :

— Miki !

Je tentai d'apercevoir cette mystérieuse amie dont j'avais entendu parler toute la matinée. À peine avais-je eu le temps de la distinguer que Billie me tira par la bretelle de mon sac à dos pour me traîner au milieu de la foule.

— Viens, Nica ! Tu vas faire sa connaissance !

Je tentai tant bien que mal de la suivre mais ne réussis qu'à me faire écraser les pieds.

— Tu verras, tu vas l'adorer ! déclara Billie, fébrile. Miki est vraiment douce. Et tellement sensible ! Je t'ai déjà dit que c'était ma meilleure amie ?

Je n'eus pas le temps de répondre car Billie me tirait à nouveau, pour accélérer le mouvement. Quand, après de nombreux coups d'épaule, nous rejoignîmes enfin son amie, elle prit son élan et bondit dans son dos.

— Coucou ! s'écria-t-elle, rayonnante. Comment s'est passé le cours ? Tu as eu sport avec ceux de la classe D ? Je te présente Nica !

Elle me poussa en avant et je me serais écrasé le nez sur la porte ouverte du casier si une main ne l'avait pas déplacée. *Douce*, avait précisé Billie. Et je m'apprêtai à sourire. M'apparurent alors des yeux lourdement maquillés dans un joli visage un peu anguleux. D'épais cheveux noirs s'échappaient de la capuche d'un large sweat. Un piercing ornait le sourcil gauche, et la bouche était occupée à ruminer un chewing-gum. Miki me dévisagea un instant avec indifférence, passa la bretelle de son sac sur son épaule et ferma la porte de son casier d'un coup sec qui me fit sursauter. Puis elle nous tourna le dos et s'éloigna dans le couloir.

— Oh, ne t'inquiète pas, elle fait toujours ça, gazouilla Billie tandis que je restais paralysée, les yeux écarquillés. Sympathiser avec les nouveaux, ce n'est pas trop son truc. Mais au fond, c'est un vrai cœur tendre.

Au fond… à quelle profondeur ?

J'étais un peu décontenancée, mais Billie passa à autre chose. Nous nous dirigeâmes vers la sortie au milieu du chaos ambiant. Miki fumait devant la porte, absorbée par la contemplation de l'ombre des nuages sur le béton de la cour.

— Quelle belle journée ! soupira Billie en tapotant gaiement sur son appareil photo. Où habites-tu, Nica ? Si tu veux, ma grand-mère peut te déposer chez toi. Aujourd'hui, elle fait des boulettes de viande et Miki mange avec nous.

Elle se tourna vers son amie.

— Tu manges bien chez moi, hein ?

Miki acquiesça sans enthousiasme, en tirant une bouffée, et Billie sourit, ravie.

— Alors ? Tu viens avec n…

C'est alors que quelqu'un lui rentra dedans.

— Aïe ! protesta-t-elle en se massant l'épaule. En voilà des manières !

D'autres élèves nous dépassèrent et Billie se serra contre Miki.

— Mais qu'est-ce qui se passe ?

Quelque chose clochait. Les élèves retournaient à l'intérieur du lycée en courant, certains avec leur téléphone à la main, d'autres avec une sorte d'euphorie terrifiée dans le regard. Ils semblaient tous survoltés par ce qui vibrait dans l'air. Je me tassai contre le mur, effrayée par cette folie ambiante.

— Eh ! aboya Miki en direction d'un élève à l'air électrisé. Bon sang, mais qu'est-ce qui se passe ?

— Il y a une bagarre devant les casiers ! Ils se battent !

— Qui ?

— Phelps et le nouveau ! Bon sang, il est en train de lui flanquer une bonne raclée ! *À Phelps !* braillait-il, surexcité. Je dois filmer ça !

Il partit comme une flèche. Je restai figée contre le mur, les yeux dans le vide. *Le nouveau ?*

Billie serra Miki comme un doudou rassurant.

— Oh non, je ne veux pas voir de violence… Qui pourrait être assez fou pour se battre avec Phelps ? Seulement un *inconscient*… Eh, Nica ! m'appela-t-elle, paniquée. Mais où vas-tu ?

Je ne l'entendais plus, sa voix s'évanouit dans le flux des élèves que je dépassai. Je me faufilai entre des épaules et des dos, entravée comme un papillon dans un labyrinthe de fleurs. L'air crépitait d'une manière presque étouffante. J'entendis distinctement des coups, un fracas métallique, puis le bruit d'un impact sur le sol. Je m'approchai, des hurlements palpitant dans mes oreilles. Après avoir glissé ma tête sous un bras, j'écarquillai les yeux. Deux élèves étaient à terre, en proie à une fureur aveugle. Il était difficile de les distinguer l'un de l'autre, mais je n'eus pas besoin de voir leur visage : ces cheveux noirs uniques ressortaient comme une tache d'encre. Rigel était là, le tee-shirt de l'autre entortillé autour des doigts, les jointures écorchées tandis qu'il massacrait le garçon qui se trouvait sous lui. Ses yeux étincelaient d'une lueur malsaine qui fit trembler mes os et geler mon sang. Le regard dénué de pitié, il donnait des coups de poing brutaux, rapides, pleins d'une frénésie presque terrifiante, et l'autre essayait de les lui rendre en le frappant rageusement sur la poitrine. J'entendis le craquement des cartilages alors que les hurlements d'encouragement emplissaient l'air.

Soudain, tout s'interrompit. Des professeurs dispersèrent la foule avant de réussir à les séparer ; l'un d'eux harponna Rigel par le col pour l'éloigner et les autres se jetèrent sur celui qui était au sol. Ce n'est qu'à ce moment-là que je le reconnus : c'était le garçon dans lequel j'étais rentrée ce matin, celui avec les livres.

— Phelps, tu reviens aujourd'hui de ta mise à pied ! cria un professeur. C'est la troisième bagarre ! Tu as dépassé les bornes !

— C'est lui ! brailla le garçon. Je n'ai rien fait ! Il m'a donné un coup de poing sans raison !

Hors de lui, il fixait Rigel avec des yeux exorbités. L'un des profs fit reculer celui-ci d'un pas. Les cheveux en bataille, il inclina le visage, un petit sourire sur les lèvres.

— C'est lui ! Regardez-le !

— Ça suffit ! aboya le professeur. Chez la proviseure ! Tout de suite !

Je vis une condescendance totale dans la façon dont Rigel se laissa emmener, tiré par les épaules. Il cracha dans la fontaine à eau, désinvolte, tandis que l'autre avançait péniblement derrière lui sous la poigne d'un prof.

— Les autres, dehors ! braillèrent les professeurs. Et rangez-moi ces téléphones ! O'Connor, je te fais renvoyer si tu ne t'en vas pas de là tout de suite ! Vous aussi, allez ! Il n'y a rien à voir !

Les élèves se dispersèrent mollement pour gagner la sortie. Moi, je restai là, fragile, son ombre encore dans les yeux pendant qu'il frappait, frappait *et frappait*, sans s'arrêter…

— Nica !

Billie me rejoignit au pas de course, tirant Miki par la bretelle de son sac.

— Bon sang, tu m'as fait une de ces peurs ! Tu vas bien ? me demanda-t-elle, bouleversée. Je n'y crois pas. Alors c'était ton frère !

Je ressentis un curieux frisson et ne répondis pas, la fixant, déconcertée, presque comme si elle m'avait giflée. Malgré ma confusion, je compris qu'elle faisait allusion à Rigel. Évidemment… Billie ne connaissait pas la vérité. Elle ne savait pas que nous portions des noms différents, mais seulement ce que la proviseure lui avait dit. À ses yeux, nous étions de la même famille. Cependant, la façon dont elle l'avait appelé crissait comme des ongles sur un tableau noir.

— Il… Il n'est pas…

— Tu devrais aller au secrétariat, m'interrompit-elle, inquiète. Pour l'attendre ! Mon Dieu ! Une bagarre avec Phelps le premier jour… Ça va mal tourner pour lui !

J'étais certaine que ce n'était pas pour Rigel que ça avait mal tourné. Je revoyais avec clarté la folie dans son regard, ainsi que le visage tuméfié de l'autre garçon lorsqu'ils avaient été séparés. Mais Billie insista :

— Allons-y !

Elles m'accompagnèrent toutes les deux tandis que je me tordais les mains. C'était une situation absurde. Comment pouvais-je faire semblant de ne pas avoir été bouleversée par ce que je venais de voir et me montrer au contraire inquiète pour lui ?

On entendait des voix derrière la porte. Le garçon incriminé hurlait comme un fou, essayant de faire valoir ses raisons, et un professeur criait plus fort que lui, probablement exaspéré par cette énième bagarre. Mais ce qui attira le plus mon attention fut le ton contrarié de la proviseure et les paroles incrédules qu'elle employa quand elle s'adressa à Rigel : lui si bon élève, lui si parfait, lui qui n'était pas du genre à faire certaines choses, lui qui « n'aurait jamais déclenché quelque chose d'aussi grave ». Et l'autre redoubla de vigueur pour protester, jurant de ne même pas l'avoir provoqué. Mais le silence de Rigel était si dénué d'une quelconque volonté de se défendre qu'il criait son innocence.

Lorsque la porte s'ouvrit une demi-heure plus tard, Phelps sortit dans le couloir. Il avait une lèvre fendue et des rougeurs là où les os affleuraient sur le visage. Il me regarda distraitement mais, l'instant d'après, son attention se porta à nouveau sur moi, comme s'il s'était soudain rappelé m'avoir déjà vue. Je n'eus pas le temps de déchiffrer son expression étonnée car le prof l'emmenait.

— Je pense que cette fois ils vont le renvoyer, murmura Billie en le voyant disparaître au fond du couloir.

— Il serait temps, répliqua Miki. Après l'*incident* avec les gamines de première année, il méritait d'être enfermé dans une porcherie.

La poignée s'abaissa de nouveau. Billie et Miki se turent quand Rigel apparut. Les veines qui parcouraient ses poings comme un enchevêtrement d'ivoire et sa présence magnétique comme un aimant suffirent à capturer le silence. Tout, dans son apparence, dégageait un charme difficile à ignorer. C'est alors qu'il nous aperçut.

Non. *Pas nous.*

— Qu'est-ce que tu fais là, *toi* ?

La pointe d'étonnement dans sa voix ne m'échappa pas. Ses yeux étaient posés sur moi et je ne sus pas quoi répondre. Je ne savais même pas ce que je faisais là, à l'attendre comme si je m'inquiétais réellement pour lui. Rigel m'avait dit de rester loin de lui, il me l'avait grondé de si près que j'entendais encore sa voix retentir entre deux pensées.

Billie attira son attention.

— Nica voulait s'assurer que tu allais bien, intervint-elle.

Elle sourit en levant une main maladroite.

— Salut…

Il ne répondit pas et Billie parut intimidée par son regard. Elle rougit, visiblement embarrassée par le charme cruel de ses yeux noirs. Et Rigel s'en rendit compte. *Oh oui, il s'en rendit compte. Et comment !* Il le savait parfaitement. Il savait à quel point le masque qu'il portait était attirant, tout comme la façon dont il le portait, ce qu'il provoquait chez les autres. Il l'arborait avec défi et arrogance, comme si le seul fait de posséder ce charme sinistre le faisait briller d'une lumière ensorcelante, ambiguë, toute personnelle. Il esquissa un sourire en coin, enchanteur et méchant, et Billie sembla rapetisser.

— Tu voulais… *t'assurer*, ironisa-t-il en reposant ses yeux sur moi, que j'allais… *bien* ?

— Nica, tu ne nous présentes pas ton frère ? pépia Billie.

— Nous ne sommes pas parents, lâchai-je, presque comme si quelqu'un l'avait fait à ma place. Rigel et moi allons être adoptés.

Les filles se tournèrent vers moi et je le fixai avec dureté, soutenant courageusement son regard.

— Ce n'est pas mon frère.

Il souriait, amusé par mes efforts.

— Oh, ne le dis pas comme ça, Nica, dit-il ironiquement, on croirait que tu es *soulagée*.

Je le suis, lui dis-je avec les yeux. Rigel continuait de m'observer, me brûlant de ses sombres iris. Soudain une sonnerie retentit. Billie sortit son téléphone de sa poche.

— On doit y aller, ma grand-mère nous attend dehors. Elle a déjà essayé de m'appeler…

J'acquiesçai.

— Alors… On se voit demain.

Elle esquissa un sourire que j'essayai de lui rendre, mais je sentais encore les yeux de Rigel sur moi ; ce n'est qu'à cet instant que je me rendis compte que Miki l'étudiait attentivement, les sourcils froncés sous sa capuche. Puis elle me tourna le dos et elles s'éloignèrent ensemble dans le couloir.

— Tu as raison sur une chose.

Sa voix glissa, lente et grinçante comme des ongles sur de la soie, lorsque nous nous retrouvâmes seuls. Il fixait le point où les filles venaient de disparaître mais il ne souriait plus. Lentement, ses iris se plantèrent dans les miens, comme des projectiles. J'aurais juré les sentir s'imprimer de force sur ma peau.

— Je ne suis pas ton *frère*.

Ce jour-là, je décidai d'effacer Rigel, ses paroles et son regard violent de mon esprit. Pour me changer les idées, je lus jusqu'à tard dans la nuit. Ma petite lampe de chevet diffusait dans ma chambre une lumière douce et rassurante, à même de chasser mes inquiétudes. Anna avait été très surprise quand je lui avais demandé si je pouvais lui emprunter le livre que j'étais en train de lire. C'était une encyclopédie merveilleusement illustrée, mais elle s'était étonnée que le sujet puisse m'intéresser. Moi, en revanche, j'étais fascinée.

Mes yeux se posaient sur les petites antennes et les ailes transparentes comme du cristal, j'aimais me perdre dans ce monde léger et coloré que j'avais toujours effleuré grâce à une myriade de pansements colorés. Je savais à quel point les autres trouvaient ça bizarre. Je savais que j'étais différente. Je cultivais mes étrangetés comme un jardin secret dont j'étais la seule à avoir la clé, parce que je savais que la plupart des gens n'auraient pas pu me comprendre.

Je suivis avec l'index la courbe d'une coccinelle ; je me souvins de tous les vœux que j'avais faits quand j'étais petite en les voyant s'envoler de ma paume ouverte. Je les regardais voleter dans le ciel, et, dans mon impuissance, je rêvais de pouvoir faire la même chose, d'éclore dans un scintillement argenté et de m'envoler hors des murs du Grave…

Un bruit attira mon attention derrière la porte. Je crus d'abord l'avoir inventé mais, tout de suite après, je l'entendis de nouveau. C'était comme si quelque chose grattait le bois. Je refermai délicatement l'encyclopédie et repoussai mes couvertures. Je m'approchai doucement de la porte, baissai la poignée et glissai la tête dans le couloir. Je vis quelque chose bouger dans l'obscurité. Une ombre glissa au ras du sol, rapide et soyeuse, et elle sembla s'arrêter, m'attendre, me scruter pendant un instant. Elle disparut dans l'escalier une seconde avant que la curiosité me pousse à la suivre. Il me sembla reconnaître une queue toute douce mais je ne fus pas assez rapide pour la rattraper. Au rez-de-chaussée, seule et dans le silence, je ne la vis nulle part. Je soupirai, prête à remonter, mais à cet instant je remarquai que la lumière était allumée dans la cuisine. Anna était-elle encore debout ? À peine m'étais-je approchée pour le vérifier que je le regrettai.

Lorsque je poussai la porte, mes yeux croisèrent ceux de Rigel. Il était assis, les coudes posés sur la table et le visage légèrement baissé, ses cheveux dessinaient dessus des coups de pinceau qui assombrissaient son regard. Il tenait quelque chose dans une main et je mis quelques secondes à comprendre que c'était de la glace.

Le trouver là me paralysa. Je devais m'habituer à cette possibilité de toujours le croiser. Nous n'étions plus au Grave, il n'y avait plus les grands espaces de l'orphelinat. Désormais nous vivions ensemble dans une petite maison. Et pourtant, quand il s'agissait de lui, l'idée de m'habituer me semblait impossible.

— Tu ne devrais pas être debout à cette heure-ci.

Sa voix, amplifiée par le silence, fit remonter un frisson le long de ma colonne vertébrale. Nous n'avions que dix-sept ans et pourtant il y avait quelque chose d'étrange en lui, de difficile à expliquer. Une beauté obsédante et un esprit capable de fasciner quiconque. C'était absurde. N'importe qui était captivé par ses manières et se laissait abuser. Car Rigel semblait né pour cela, pour modeler et plier les personnes comme des métaux. Il me faisait peur, parce qu'il n'était pas comme les jeunes de notre âge. Pendant un instant, j'essayai de l'imaginer adulte. Mais mon esprit prit la fuite devant le visage d'un homme terrible, au charme corrosif et aux yeux plus sombres que la nuit…

— Tu veux rester là à me fixer ? s'étonna-t-il d'un ton sarcastique tout en appuyant la glace sur le bleu dans son cou.

Il semblait détendu, avec cette attitude tyrannique qui m'incitait à m'en aller. Comme chaque fois. Avant de reprendre mes esprits et de filer d'ici, je demandai :

— Pourquoi ?

Rigel haussa un sourcil.

— Pourquoi quoi ?

— Pourquoi t'es-tu laissé choisir ?

Ses yeux furent alors comme pénétrés d'une sorte de prise de conscience.

— Tu crois que c'est quelque chose que j'ai décidé ? demanda-t-il lentement en m'observant.

— Oui, répondis-je prudemment. Tu as fait en sorte que cela arrive… Tu as joué du piano.

Ses yeux brûlèrent d'une lueur agacée tandis que je poursuivais :

— Toi qui as toujours été celui que tout le monde voulait, tu n'as jamais laissé personne t'emmener.

Il n'était pas passé beaucoup de familles au Grave. Elles regardaient les enfants, les étudiant comme des papillons dans une vitrine, et les petits étaient les plus mignons, ceux qui méritaient le plus d'attention. Mais ensuite elles le voyaient lui, avec son minois bien propre et ses manières d'enfant bien élevé, et elles semblaient oublier tous les autres ; elles regardaient le papillon noir et restaient fascinées par la forme rare de ses yeux et ses ailes belles comme du velours, la grâce supérieure avec laquelle il bougeait. Rigel était le clou de la collection, celui qui n'avait pas d'égal ; celui qui ne portait pas sur lui l'insignifiance des autres orphelins mais qui s'en parait, portant cette grisaille comme un voile qui, sur lui, avait du charme. Et pourtant, chaque fois que quelqu'un exprimait le désir de l'adopter, il semblait vouloir tout gâcher. Il organisait des désastres, il s'enfuyait, il se comportait mal. Et à la fin les gens s'en allaient, sans se douter de ce que ses mains étaient capables de produire sur la dentition en noir et blanc du piano.

Mais ce jour-là, non. Ce jour-là, il avait joué, il avait attiré l'attention sur lui au lieu de la détourner. Pourquoi ?

— Tu ferais mieux d'aller te coucher, *papillon*, suggéra-t-il d'un ton narquois. Le sommeil te joue de vilains tours.

Voilà ce qu'il faisait. Il me mordait avec ses paroles. Il le faisait toujours. Il m'effleurait avec ses provocations et ensuite il me broyait dans un sourire, me faisant douter jusqu'à ce que je ne sois plus sûre de rien. J'aurais dû le mépriser. Pour son caractère, son apparence, la façon dont il gâchait toujours tout. J'aurais dû le faire, et pourtant… une partie de moi n'y arrivait pas. Parce que Rigel et moi, nous avions grandi ensemble, nous avions passé notre vie derrière les barreaux de la même prison. Je le connaissais depuis qu'il était petit, et une partie de mon âme l'avait vu si souvent que je n'éprouvais pas le détachement que j'aurais voulu. Je m'étais habituée à lui d'une étrange façon, développant cette empathie envers une personne avec qui on a partagé quelque chose pendant très longtemps.

Je n'avais jamais été très forte pour détester. Même quand j'avais des raisons de le faire. Peut-être, malgré tout, espérais-je encore que cela puisse être le conte de fées dont je rêvais…

— Qu'est-ce qui s'est passé avec ce gars, aujourd'hui ? le questionnai-je. Pourquoi vous êtes-vous battus ?

Rigel pencha lentement la tête, peut-être en se demandant pourquoi je n'avais pas encore quitté la pièce. J'eus l'impression qu'il m'examinait.

— *Divergences* de pensée. Ça ne te regarde pas.

Il me fixa pour me pousser à partir mais je ne le fis pas. Je ne voulais pas le faire. Pour la première fois, je voulais essayer de faire un pas en avant plutôt qu'en arrière. Lui prouver que, malgré tout, j'étais décidée à aller plus loin. *Essayer.* Et lorsqu'il appuya la glace sur son sourcil, plissant le front à cause de la douleur, je sentis le souvenir d'une voix douce et lointaine cheminer en moi. *C'est la délicatesse, Nica. La délicatesse, toujours… Ne l'oublie pas.* Mes jambes se mirent en mouvement et les yeux de Rigel se fichèrent sur moi tandis que j'entrais complètement dans la cuisine et que je gagnais l'évier. Lorsque je fis couler un peu d'eau sur une feuille d'essuie-tout, je fus certaine de sentir ses pupilles appuyer sur mes épaules. Puis je m'approchai de lui et lui tendis naïvement le papier.

— La glace est trop dure. Mets ça sur la blessure.

Il sembla surpris que je ne me sois pas enfuie. Il considéra sans conviction l'essuie-tout, méfiant comme un animal sauvage. Dans un élan de gentillesse, je fis mine de le poser moi-même sur son visage. Je n'eus pas le temps de m'approcher davantage car Rigel s'écarta brusquement. Une mèche noire glissa sur sa tempe et il me foudroya du regard.

— Ne fais pas ça, m'avertit-il férocement, je t'interdis de me toucher.

— Je ne te ferai pas mal, dis-je en tendant un peu plus la main.

Cette fois, il la repoussa. Je tressaillis. Ses yeux m'incendiaient, comme des étoiles palpitant d'une lumière qui, au lieu de diffuser de la chaleur, gelait tout sur son passage.

— Ne me touche pas. *Jamais.*

Je serrai les poings et, tout en soutenant le regard qu'il me jetait comme un châtiment, je demandai :

— Sinon ?

Le bruit violent de la chaise. Rigel me domina brusquement, me faisant sursauter de surprise. Il me força à reculer et mille sonneries d'alarme se déclenchèrent dans ma tête comme je trébuchais et heurtais le comptoir de la cuisine. Mes mains s'agrippèrent au marbre en tremblant. Ses yeux s'enchaînèrent aux miens dans une morsure sinistre.

La proximité de son corps hurlait comme un frisson et je respirais à grand-peine, complètement engloutie par son ombre. Puis Rigel pencha son visage sur moi et son souffle brûla comme du poison contre mon oreille.

— *Sinon*... je ne m'arrête pas.

Je sentis l'air faire bouger mes cheveux quand il s'éloigna de moi. J'entendis le bruit sourd de la glace sur la table et de ses pas alors qu'il m'abandonnait là, immobile et pétrifiée comme une statue.

Que venait-il de se passer ?

4- Pansements

La sensibilité
est un raffinement de l'âme.

Le soleil tissait des cordes de lumière à travers les arbres. C'était un après-midi de printemps et le parfum des fleurs emplissait l'air. Le Grave était un colosse se dressant dans mon dos. Couchée dans l'herbe, les bras écartés, je regardais le ciel comme si je voulais l'embrasser. Ma joue était gonflée et douloureuse, mais, ne voulant pas me remettre à pleurer, je fixais l'immensité au-dessus de moi en laissant les nuages me bercer.

Allais-je un jour être libre ?

Un petit bruit attira mon attention. Je tournai la tête et j'aperçus quelque chose qui bougeait dans l'herbe. Je me redressai sur mes petites jambes et décidai de m'approcher doucement, les mains serrées autour d'une mèche. C'était un moineau. Il griffait la poussière avec ses pattes minuscules et il avait de petits yeux brillants, comme des billes noires. L'une de ses ailes était tendue d'une manière bizarre et il n'arrivait pas à s'envoler. Lorsque je m'agenouillai, il émit un pépiement aigu et affolé, et je compris que je l'avais effrayé.

— Désolée, murmurai-je aussitôt, comme s'il pouvait me comprendre.

Je ne voulais pas lui faire de mal, au contraire, je voulais l'aider. Je parvenais à sentir son désespoir comme si c'était le mien : moi aussi, j'étais incapable de m'envoler, moi aussi je désirais m'échapper, moi aussi j'étais fragile et impuissante. Nous étions pareils. Petits et sans défense face au monde extérieur. Ressentant le besoin de faire quelque chose pour l'aider, je tendis la main. J'étais seulement une enfant, et pourtant je voulais lui rendre sa liberté, comme si ce geste pouvait en quelque sorte me rendre la mienne.

— N'aie pas peur, ajoutai-je pour le rassurer.

J'étais assez petite pour croire qu'il pouvait vraiment comprendre ce que je disais. Comment devais-je faire ? Allais-je être capable de l'aider ? Tandis qu'il s'éloignait, terrifié, je sentis un souvenir refaire surface. C'est la délicatesse, Nica, murmura la voix de maman. La délicatesse, toujours… Ne l'oublie pas. *Son doux regard était gravé dans ma mémoire.*

Je pris doucement le moineau dans mes mains, en faisant attention à ne pas lui faire mal. Je ne le lâchai pas, même quand il me piqua et me griffa les doigts. Je le serrai contre ma poitrine et lui promis qu'au moins l'un de nous allait retrouver sa liberté.

Je retournai à l'orphelinat et demandai aussitôt de l'aide à Adeline, une fille plus grande que moi, en priant pour que la directrice ne découvre pas l'oiseau, car je craignais sa cruauté plus que toute autre chose. Ensemble, nous lui fabriquâmes une attelle avec un bâtonnet de glace récupéré dans la poubelle et, jour après jour, je lui apportai des miettes de nos repas, le rejoignant à bout de souffle là où je l'avais caché. Il me piqua beaucoup les doigts, mais je n'abandonnai jamais.

— Je vais te soigner, tu verras, lui promettais-je tandis qu'il ébouriffait les plumes de son poitrail. Ne t'inquiète pas…

Je le regardais pendant des heures, me tenant un peu à distance pour ne pas l'effrayer.

— Et tu voleras, lui susurrais-je tout doucement, un jour tu voleras et tu seras libre. Encore un peu… Attends encore un peu…

Il me pinçait quand j'essayais d'examiner son aile. Il voulait que je reste loin de lui. Et pourtant je continuais, chaque fois, avec délicatesse. J'arrangeais son lit d'herbes et de feuilles et je lui répétais à voix basse d'être patient. Le jour où il guérit, le jour où il s'envola de mes mains, pour la première fois de ma vie je me sentis moins sale et moins éteinte. Un peu plus vivante. Un peu plus libre. Comme si je pouvais recommencer à respirer. J'avais retrouvé en moi des couleurs que je ne pensais plus avoir, celles de l'espérance. Et avec les doigts recouverts de pansements multicolores, mon existence ne semblait plus aussi grise.

Je tirai doucement sur le pansement bleu. Je libérai mon index et vis qu'il était encore un peu rouge et gonflé. Quelques jours plus tôt, j'avais réussi à libérer une abeille piégée dans une toile d'araignée ; j'avais veillé à ne pas déchirer les mailles très fines, mais je n'avais pas été assez rapide et elle m'avait piquée. « Nica et ses bestioles » disaient les enfants quand nous étions petits. « Elle reste avec elles tout le temps, là, entre les fleurs ». Ils s'étaient habitués à ma différence, peut-être parce que, dans notre orphelinat, elle était plus fréquente que la normalité. Je ressentais une étrange empathie pour tout ce qui était petit et incompris. L'instinct de protéger tout type de créature était né quand j'étais enfant et ne m'avait plus quittée. J'avais façonné mon petit monde bizarre avec mes propres couleurs, et elles me permettaient de me sentir libre, vivante et légère. Les paroles d'Anna, quand elle m'avait demandé, le premier jour, ce que je faisais dans le jardin, me revinrent en mémoire. Qu'aurait-elle pensé ? M'aurait-elle trouvée bizarre ?

Songeuse, je me retournai d'un bond en devinant une présence dans mon dos. Mon mouvement déplaça la mèche de cheveux qui caressait le front de Rigel. Je le fixai, les yeux écarquillés, encore effrayée par notre dernière rencontre. Ma réaction ne le troubla pas. Au contraire, elle fit naître un rictus sur ses lèvres. Il me dépassa et entra dans la cuisine, où Anna l'accueillit. Chaque fois qu'il s'approchait de moi, j'étais parcourue de frissons. Cette fois, cependant, ils étaient justifiés. J'avais passé toute la journée à revivre ce qu'il s'était passé, et plus j'y pensais, plus ces paroles mystérieuses me tourmentaient. *Qu'est-ce qu'il voulait dire avec* Je ne m'arrête pas ? *Je ne m'arrête pas de faire… quoi ?*

— Te voilà, Nica ! me salua Anna tandis que j'entrais sur la pointe des pieds.

J'étais encore plongée dans mes pensées quand une explosion de couleurs, d'un violet intense, me remplit les yeux. Un énorme bouquet de fleurs trônait au centre de la table, riche de tendres boutons mis en valeur par un vase en cristal.

— Qu'elles sont belles… dis-je, enchantée par cette merveille.

— Elles te plaisent ?

J'acquiesçai et Anna sourit.

— Je les ai fait livrer cet après-midi. Elles viennent du magasin.

— Le magasin ?

— Oui, le mien.

Je posai mes yeux sur son beau sourire, auquel j'avais encore du mal à m'habituer.

— Tu… tu vends des fleurs ? Tu es fleuriste ?

Quelle question idiote ! Je rougis un peu, mais elle hocha la tête avec simplicité.

J'aimais autant les fleurs que les créatures qui vivaient autour. J'effleurai un pétale et la sensation de velours frais embrassa la pointe de mon index à peine libéré du pansement.

— Ma boutique est quelques rues plus loin. Elle est un peu ancienne et excentrée mais la clientèle ne manque pas. C'est beau de voir que les gens aiment encore acheter des fleurs.

Je me demandai si Anna n'avait pas été créée exprès pour moi. S'il n'y avait pas eu quelque chose, dans la façon dont elle m'avait vue ce jour-là, qui nous avait liées, même si nous n'avions jamais échangé un regard. Et je voulus y croire… Pendant un moment, tandis qu'elle m'observait à travers cette explosion de couleurs, je voulus y croire pour de bon.

— Bonsoir !

Habillé d'une manière étrange, M. Milligan fit son entrée dans la cuisine. Il portait un uniforme d'un bleu poussiéreux, des gants en tissu épais dépassaient de sa poche et différents outils étaient accrochés à sa ceinture de cuir.

— Pile à l'heure pour le dîner ! s'exclama Anna. Comment s'est passée ta journée ?

Tout dans son habillement semblait suggérer que Norman devait être jardinier, jusqu'aux cisailles qui pendaient à sa ceinture. Je me dis qu'ils n'auraient pas pu former un plus beau couple, du moins jusqu'à ce qu'Anna pose les mains sur ses épaules et déclare :

— Norman s'occupe de désinsectisation et de dératisation.

J'avalai de travers. M. Milligan mit sa casquette et je découvris avec horreur le logo sur la visière : un gros cafard mort sous un sens interdit.

— Désinsectisation ? couinai-je.

— Oui, confirma Anna en lissant le haut de sa combinaison. Vous n'avez pas idée de la quantité de vermine qui infeste les jardins de la région ! La semaine dernière, notre voisine a trouvé deux rats dans son sous-sol. Norman a dû empêcher une invasion…

Les cisailles ne me plaisaient plus autant, tout à coup. Je fixai le cafard aux pattes repliées comme si j'avais avalé quelque chose de difficile à mâcher. Ce ne fut que lorsque Anna et Norman se tournèrent vers moi que je fis semblant de sourire et eus le réflexe de cacher mes mains. Je fus alors certaine de sentir sur moi le regard de Rigel de l'autre côté de la pièce, derrière le vase de fleurs.

En l'espace de quelques minutes, nous nous retrouvâmes tous les quatre à table. J'écoutai à contrecœur Norman parler de son travail. Je tentai de dissimuler ma nervosité, mais avoir Rigel à côté de moi ne m'aidait absolument pas à me détendre. Même quand nous étions assis, il me dominait, et je n'étais pas habituée à être aussi près de lui.

— Comme nous sommes en train de faire connaissance, si vous nous parliez un peu de vous ? proposa Anna en souriant. Il y a longtemps que vous vous connaissez ? Votre directrice ne nous a rien dit… Vous vous entendiez bien à l'orphelinat ?

Un croûton tomba de ma cuillère et atterrit dans mon assiette de soupe. Même Rigel s'était arrêté de manger. Existait-il une question pire que celle-ci ? Anna croisa mon regard et, soudain, la peur qu'elle puisse y lire la vérité me tordit l'estomac. Comment aurait-elle réagi si elle avait su que j'avais déjà du mal à rester à côté de lui ?

Nos rapports étaient froids et indéfinis, la chose la plus éloignée d'une famille. Et s'ils décidaient finalement que c'était impossible ? Auraient-ils pu changer d'avis ? Je me mis à paniquer. Et avant que Rigel ne puisse dire quelque chose, je me penchai en avant et répondis une idiotie :

— Bien sûr.

Je sentis ce mensonge paralyser ma langue et me dépêchai de sourire.

— Rigel et moi… nous nous sommes toujours très bien entendus. En réalité, nous sommes comme… frère et sœur.

— Vraiment ? s'étonna Anna.

Je déglutis comme si, d'un coup, j'étais devenue victime de mon propre mensonge. J'étais certaine que Rigel allait tout faire pour me contredire. Je compris trop tard mon erreur lorsque je vis ses mâchoires contractées. Je l'avais de nouveau appelé *frère*. Si quelque chose pouvait retourner la situation contre moi, *retourner Rigel contre moi*, c'était bien ça. Avec un calme affecté, il leva le visage. Puis, avec un sourire parfait, il déclara :

— Oh, et comment ! Nica et moi sommes unis. *Très unis*, oserais-je dire.

— Mais c'est merveilleux ! s'exclama Anna. C'est une formidable nouvelle. Alors vous devez être contents d'être ensemble ici ! Quelle chance, hein, Norman ? Que les enfants s'entendent bien ?

Ils échangèrent des commentaires de satisfaction et je vis que ma serviette était tombée sur mes genoux. Au bout d'un moment, je m'aperçus que *ma* serviette était sur la table. La main de Rigel était désormais sur ma cuisse pour récupérer la sienne. Il serra mon genou et son geste me troubla au plus haut point, j'eus l'impression de le sentir s'imprimer dans ma chair. Ma chaise racla le sol. J'étais debout, le cœur dans la gorge, face à l'étonnement des Milligan. Je ne respirais plus.

— Je… je dois aller aux toilettes.

Je m'éclipsai, tête baissée. Engloutie par l'obscurité du couloir, je ne m'arrêtai qu'après en avoir franchi le coin. Adossée au mur, je tentai de calmer les battements de mon cœur, de les contenir comme je pouvais, mais je n'avais jamais été douée pour cacher mes émotions. Je sentais encore l'empreinte de ses doigts comme s'ils m'avaient marquée au fer rouge. J'arrivais encore à les sentir sur moi.

— Tu ne devrais pas t'enfuir comme ça, entendis-je dans mon dos. Tu vas inquiéter nos prétendus parents.

Au fond, c'est Rigel qui tissait l'histoire, telle une araignée. Je le vis, une épaule appuyée à l'angle du mur. Son charme vénéneux était nuisible. *Il* était *nuisible.*

— C'est un jeu pour toi ? lui lançai-je, tremblante. Rien qu'un jeu ?

— C'est toi qui as tout fait, *papillon*, répliqua-t-il, le visage incliné. C'est comme ça que tu espères obtenir leur affection ? En mentant ?

— Ne t'approche pas, dis-je en reculant avec un frisson.

Ses yeux noirs étaient des gouffres, ils exerçaient sur moi un pouvoir que je ne parvenais pas à définir. Ils m'épouvantaient. Rigel se mit à m'observer par-dessous.

— *Voilà* comment est notre relation, murmura-t-il d'un ton acide.

— Laisse-moi tranquille, lâchai-je en tremblant.

Même si j'étais fragile, je déversai sur lui toute mon amertume. Une ombre passa dans ses yeux.

— Si Anna et Norman voyaient… s'ils voyaient… *s'ils* voyaient que tu me *méprises* autant… que tu ne fais rien d'autre que me fuir… que ce n'est *pas* parfait comme ils le croient… ils pourraient changer d'avis, non ?

Je le fixai, les yeux écarquillés, comme s'il avait lu dans ma tête. Je me sentais terriblement vulnérable. Rigel me connaissait bien, il comprenait mon âme simple, cette authenticité qu'il n'avait jamais possédée. Je ne voulais qu'une chance, mais s'ils avaient appris la vérité, s'ils avaient vu que notre cohabitation était impossible… ils auraient pu nous ramener à l'orphelinat. Ou peut-être seulement l'un de nous deux. Et le doute me mordit, ressassé au milieu de mes pensées : *Qui préféreraient-ils ?* Je tentai de le nier, en vain. Comme si je n'avais pas remarqué l'adoration dans le regard d'Anna et de Norman. Ou le beau piano dans le salon, lustré avec soin. Comme si je ne savais pas que c'était toujours lui qui était choisi.

Je me pressai contre le mur. *Ne t'approche pas de moi*, aurais-je voulu hurler, mais le doute m'assaillit et mon cœur se mit à accélérer. Ma gorge tambourinait. *Je serai gentille, je serai gentille, je serai gentille…* Pour rien au monde je ne voulais retourner au Grave, me souvenir de l'écho des hurlements et me sentir encore prise au piège. J'avais besoin de ces sourires, de ces regards qui, pour une fois, m'avaient choisie. Je ne pouvais pas revenir en arrière, je ne pouvais pas, non, non, non…

— Un jour, ils comprendront qui tu es vraiment, dis-je à voix basse.

— Ah oui ? demanda-t-il avec une pointe d'amusement. Et qui suis-je ?

Je serrai les poings, les yeux brillant de désapprobation, et crachai durement :

— Tu es le fabricant de larmes.

Il y eut un long silence. Puis Rigel rejeta la tête en arrière et éclata de rire, un rire qui fit onduler ses épaules d'une manière terrifiante. Je sus qu'il avait compris. *Il rit de moi*, le fabricant de larmes, avec ses lèvres ensorcelantes et ses dents brillantes. Et ce rire me poursuivit alors que je m'éloignais dans le couloir. Même quand je m'enfermai dans ma chambre, toute seule, loin de lui. Les souvenirs refirent alors surface...

— Adeline, tu as pleuré ?

Sa petite tête blonde se détachait sur les lézardes du crépi. Elle était blottie dans le fond, minuscule et recroquevillée, comme chaque fois qu'elle était triste.

— Non, répondit-elle.

Mais elle avait encore les yeux rouges.

— Ne mens pas, sinon le fabricant de larmes va t'emmener.

Elle serra ses genoux entre ses bras.

— Ils nous le racontent seulement pour nous faire peur...

— Tu n'y crois pas ? murmurai-je.

Au Grave, nous y croyions tous et Adeline ne faisait pas exception. Elle avait deux ans de plus que moi et était comme une sœur aînée. Mais certaines choses ne cessaient jamais de faire peur.

— Aujourd'hui, à l'école, je l'ai dit à un petit, m'avoua-t-elle. Il n'est pas ici avec nous. Il a raconté un mensonge et je lui ai dit : « Écoute, tu ne peux pas mentir au fabricant de larmes. » Il n'a pas compris. Il n'en a jamais entendu parler. Mais il connaît quelque chose de semblable... Il l'appelle l'Homme Sombre.

Je la regardai sans comprendre. Nous étions au Grave depuis que nous étions toutes petites et je fus certaine qu'elle non plus ne savait pas ce que cela signifiait.

— Et cet Homme Sombre ? la questionnai-je. Il te fait pleurer ? Il te désespère ?

— Non... mais il fait peur, répondit-elle. Et il t'emmène lui aussi. Il est terrifiant.

Je pensai à ce qui me faisait peur. Et Elle me vint à l'esprit. Alors je compris. Elle était l'Homme Sombre, celui d'Adeline et de beaucoup d'entre nous. Mais, si un enfant qui n'était pas à l'orphelinat en parlait aussi, cela signifiait qu'il y en avait beaucoup d'autres dans le monde.

— *Il existe beaucoup d'Hommes Sombres, dis-je. Mais il n'y a qu'un seul fabricant de larmes.*

J'avais toujours cru aux contes de fées. J'avais toujours espéré en vivre un. Désormais, j'étais plongée dedans. Je marchais entre les pages, je cheminais sur des sentiers de papier. Mais l'encre ruisselait. J'avais atterri dans le mauvais conte.

5- LE CYGNE NOIR

Même le cœur a une ombre
qui le suit partout où il va.

Je transpirais. Mes tempes pulsaient. La pièce était petite, poussiéreuse, étouffante… Et il faisait sombre. Il faisait toujours sombre. Je ne parvenais pas à bouger les bras. Je griffais l'air, mais personne ne m'entendait. Ma peau brûlait, j'essayais de tendre la main mais je n'y arrivais pas : la porte se fermait et les ténèbres m'engloutissaient…

Je me réveillai en sursaut, les doigts encore crispés sur les couvertures. L'obscurité autour de moi était la même que celle de mes cauchemars. Je mis un temps infini à trouver l'interrupteur. Lorsque la lumière inonda la pièce, éclairant les contours de mon nouveau chez-moi, mon cœur ne cessa pas de battre dans ma gorge. Les vilains rêves étaient de retour. Non… En réalité, ils n'avaient jamais disparu. Changer de lit n'avait pas été suffisant.

Je touchai fébrilement mes poignets. Les pansements étaient bien là, sur mes doigts, me rassurant de leurs couleurs, me rappelant que j'étais libre. Je les voyais, je n'étais donc pas dans le noir. *Je n'étais pas dans le noir, j'étais en sécurité.* Je respirai un grand coup, en quête de réconfort. Mais cette sensation désagréable courait encore sur ma peau. Elle me susurrait de fermer les yeux, elle m'attendait, tapie dans l'obscurité. Elle était là, pour moi. *Serais-je jamais vraiment libre ?*

Je repoussai mes couvertures et me levai. Dans la salle de bains au carrelage immaculé, le miroir lumineux et les serviettes moelleuses comme des nuages me rappelèrent à quel point j'étais désormais loin de ces cauchemars. Tout était différent. C'était une autre vie…

J'ouvris le robinet du lavabo et passai mes mains sous l'eau froide, retrouvant peu à peu ma tranquillité intérieure. Je restai ainsi très longtemps, tandis que la clarté prenait possession des recoins les plus sombres de mes pensées. Tout allait bien se passer. Je ne vivais plus au milieu de mes souvenirs. Je ne devais plus avoir peur. J'étais loin et en sécurité. J'étais libre. Et j'avais enfin une possibilité d'être heureuse…

En sortant de la salle de bains, je me rendis compte qu'il faisait désormais jour. Nous avions sciences naturelles en première heure, aussi fis-je en sorte de ne pas arriver en retard. M. Kryll, notre professeur, n'avait pas la réputation d'être patient.

Comme chaque matin, les abords du lycée grouillaient d'élèves. Je fus surprise d'entendre une voix crier dans la cohue :

— Nica !

Devant le portail, Billie agitait le bras, un sourire éclatant sur le visage. Je la regardai, déconcertée par ces attentions inédites pour moi.

— Salut, dis-je timidement, en essayant de ne pas lui faire voir à quel point j'étais touchée par le fait qu'elle m'ait remarquée au milieu d'autant de monde.

— Alors, comment se passe cette première semaine d'école ? Pas trop de pensées suicidaires ? Kryll rend fou, tu ne trouves pas ?

En réalité, j'avais trouvé sa classification des invertébrés fascinante. Mais les autres élèves parlaient de lui comme s'il était une espèce de cinglé.

— Sincèrement, dis-je, hésitante, je ne l'ai pas trouvé si mal...

Billie éclata de rire comme si c'était une plaisanterie.

— Mais bien sûr ! dit-elle en me donnant une tape moqueuse sur l'épaule qui me fit sursauter.

Tout en marchant à ses côtés, je remarquai qu'un petit appareil photo en crochet était suspendu à la fermeture Éclair de son sac à dos. Soudain, son visage s'illumina. Elle se mit à courir, euphorique, et s'arrêta derrière quelqu'un qu'elle étreignit par-derrière.

— Bonjour ! cria-t-elle gaiement en embrassant le sac de Miki.

Celle-ci se retourna avec une tête d'enterrement, des cernes se détachant sur son visage ensommeillé.

— Tu es arrivée tôt ! s'exclama Billie. Comment ça va ? Qu'est-ce que tu as comme cours, aujourd'hui ? On rentre ensemble après ?

— Il est huit heures du matin, protesta Miki. Et tu es déjà en train de me flageller le cerveau.

Lorsqu'elle s'aperçut de ma présence, je levai la main pour la saluer, mais elle ne répondit pas. Je remarquai qu'elle aussi avait une figurine en crochet sur son sac, une tête de panda avec deux grandes auréoles noires autour des yeux. À cet instant, quelques filles passèrent près de nous en poussant des petits cris excités, puis se regroupèrent devant une classe, serrées les unes contre les autres. Certaines tendaient le cou pour regarder à l'intérieur, d'autres se couvraient la bouche de la main pour dissimuler des sourires. On aurait dit un essaim de mantes religieuses. Miki les considéra avec ennui.

— Qu'est-ce qu'elles ont à miauler comme ça ?

— Allons voir !

Nous nous approchâmes. Ou plutôt, Miki s'approcha et Billie la suivit après avoir empoigné la bretelle de mon sac à dos. Une fois près du groupe de filles, j'essayai moi aussi de jeter un œil curieux à l'intérieur.

Je compris trop tard qu'il s'agissait de la salle de musique.

Et me pétrifiai.

Rigel était là, son profil aussi parfait qu'un tableau. La lumière qui inondait la pièce faisait ressortir le noir de ses cheveux, qui encadraient son beau visage. Ses doigts fins effleuraient à peine les touches du piano, créant une mélodie fantôme qui se dissolvait dans le silence.

Il était magnifique.

Je tentai de repousser cette pensée de toutes mes forces, en vain. Il avait l'air d'un cygne noir, un ange maudit capable d'engendrer des sons mystérieux, comme venus d'un autre monde.

— Mais… ça existe vraiment, des garçons comme celui-ci ? murmura l'une des filles.

Rigel n'était même pas en train de jouer. Ses mains produisaient de simples accords, mais je savais ce qu'elles auraient été capables de créer si elles l'avaient seulement voulu.

— Quel beau mec…

— Comment s'appelle-t-il ?

— Je n'ai pas compris, il a un prénom bizarre…

— J'ai entendu dire qu'il s'en était bien tiré côté retenue après la bagarre ! chuchotèrent-elles avec étonnement et excitation. Ils ne l'ont pas suspendu !

— Pour un type comme ça, je ferais bien tous les jours des heures de colle…

Elles ricanèrent un peu trop fort et je sentis un poids sur mon estomac. Elles le contemplaient comme s'il était un dieu, elles se laissaient envoûter par le prince de contes de fées, ignorant qu'il était le loup. Le diable, au fond, n'était-il pas le plus beau des anges ? Pourquoi personne ne semblait-il s'en rendre compte ?

— Chut ! Il va vous entendre.

Rigel leva les yeux. Et elles se turent. Il était incroyable. Tout en lui était parfait. Ses traits fins et délicats. Et puis *ce* regard. Il te brûlait littéralement l'âme. Sur son visage pâle, ces yeux noirs, pénétrants et inquisiteurs créaient un contraste à couper le souffle.

Sachant qu'il n'était plus seul, il se leva et se dirigea vers nous dans toute sa magnificence. Je me ratatinai, baissai les yeux et murmurai :

— Il est tard, on devrait aller en classe.

Mais Billie ne m'entendit pas. Sans s'en rendre compte, elle tenait encore la bretelle de mon sac à dos. Et les filles derrière moi ne bougèrent pas non plus pour me laisser passer. Elles restaient immobiles, comme ensorcelées, subjuguées par le mystère qui se dégageait de cette insolente beauté. Rigel posa sa main sur la porte pour la fermer mais l'une des filles tendit le bras pour l'en empêcher.

— Ça serait vraiment dommage que tu fasses ça, dit-elle en souriant. Tu joues toujours aussi bien ?

Rigel jeta un regard dédaigneux à la main qui maintenait la porte ouverte.

— Non, répondit-il avec une froide ironie. Parfois, je joue sérieusement…

Il fit un pas en avant, les yeux accrochés aux siens, et cette fois la fille fut obligée de reculer. Puis il s'en alla. Des coups d'œil entendus circulèrent dans le groupe. Je ne partageais pas cette fébrilité générale. Après ce qui s'était passé ce soir-là dans le couloir, il avait recommencé à faire ce qu'il avait toujours fait au Grave : me tenir loin de lui. Je ne parvenais pas à libérer mon esprit de son rire, indélébile.

— Ton frère a l'air de venir d'une autre planète…

— Ce n'est pas mon frère, répondis-je d'un ton cassant, comme si ces paroles m'avaient brûlé les lèvres.

Ce n'était pas mon genre de parler comme ça. Mais comment pouvait-on vraiment penser que nous étions parents ? Nous étions complètement opposés.

— Désolée, dit Billie. Tu as raison, je… j'avais oublié.

— Ça ne fait rien, la rassurai-je d'une voix plus douce.

Tranquillisée, Billie jeta un œil à la pendule accrochée au mur.

— Mon Dieu ! s'exclama-t-elle en écarquillant les yeux. Il faut y aller, sinon Kryll va nous tuer ! Bonne matinée, Miki ! On se voit plus tard. Viens, Nica !

— Salut, Miki, murmurai-je.

Elle ne répondit pas mais je sentis son regard posé sur nous tandis que nous nous éloignions. Me considérait-elle comme une intruse ?

— Comment vous êtes-vous rencontrées, Miki et toi ? demandai-je à Billie comme nous nous dirigions vers la salle de cours.

— Grâce à nos prénoms, c'est une histoire marrante. Miki et moi, nous avons deux prénoms un peu… hors du commun, tu vois. Le premier jour d'école primaire, je lui ai dit que mon prénom était plutôt étrange. Et elle m'a répondu qu'il ne pouvait pas être plus bizarre que le sien. Depuis ce jour-là, nous sommes inséparables. Et nous n'utilisons que nos surnoms.

J'avais bien compris que Miki était particulière. Je ne la connaissais pas mais je ne doutais pas un instant de son affection pour Billie. Son comportement était abrupt mais une confiance évidente brillait dans ses yeux quand elles se parlaient. Leur amitié était comme une tenue confortable que tu portes depuis toujours, pour te sentir bien.

À la fin de cette journée de cours, j'étais fatiguée mais satisfaite.

— J'arrive, mamie ! dit Billie en répondant au téléphone.

Nous nous dirigeâmes vers la sortie tandis que les élèves affluaient dans la cour en discutant avec animation.

— Je dois filer. Ma grand-mère est garée en double file et, si elle prend encore une amende, cette fois elle fait une attaque. Oh, attends… Tu serais d'accord pour qu'on échange nos numéros ?

Je m'immobilisai et Billie aussi. Elle riait, et son rire giflait l'air.

— Je sais, je sais. Miki dit que je suis pénible. C'est juste parce qu'une fois je lui ai envoyé un message vocal de sept minutes. Elle dit que je suis trop bavarde… Mais toi, tu ne la crois pas, hein ?

— Je… je n'ai pas de portable, avouai-je.

Je sentis une chaleur dans ma poitrine qui me rendit muette. En réalité, j'aurais voulu lui dire que cela ne me dérangeait pas qu'elle parle autant. Qu'elle était très bien comme ça, parce que, grâce à la familiarité qu'elle me témoignait, je me sentais moins étrange et différente. J'arrivais à me sentir *normale*. Et c'était formidable.

— Tu n'as pas de portable ? me demanda-t-elle, stupéfaite.

— Non…

Un klaxon me fit soudain sursauter. Une vieille dame portant des lunettes de soleil sortit la tête par la vitre d'une grosse Jeep. Elle hurla quelque chose au type derrière elle et il ouvrit tout grand la bouche, indigné.

— Mon Dieu, on cherche des noises à ma grand-mère… Excuse-moi, Nica, je dois y aller ! On se voit demain, d'accord ? Salut !

Elle se mit à courir et disparut dans la foule.

— Salut… murmurai-je en agitant la main.

Je me sentais incroyablement légère. J'inspirai à fond et pris le chemin de la maison en souriant. La journée avait été longue mais je n'éprouvais que du bonheur. Les Milligan s'étaient excusés de ne pas pouvoir nous accompagner tous les jours : à cause de son travail, Norman était absent jusqu'au soir, et la boutique requérait la présence permanente d'Anna. J'aimais bien marcher. De plus, maintenant que Rigel avait ses heures de colle à faire, j'avais la maison pour moi seule tous les après-midi.

Je fis attention à ne pas écraser une colonne de fourmis qui traversait le trottoir et à éviter le trognon de pomme qu'elles étaient en train de manger ; puis je m'engageai dans notre rue. Je retrouvai, ravie mais le cœur battant, la barrière blanche et le nom « Milligan » écrit sur la boîte aux lettres. Peut-être n'allais-je jamais m'habituer à avoir un chez-moi où rentrer…

À l'intérieur, une accueillante quiétude m'enveloppa. Je mémorisais chaque détail : l'intimité, les couloirs étroits, le cadre vide sur la petite table de l'entrée qui, autrefois, devait abriter une photo. Dans la cuisine, je dégustai une cuillerée de confiture de mûres près de l'évier. J'étais folle de la confiture. Au Grave, on ne nous en donnait que les jours où nous recevions des visites ; les invités aimaient voir qu'on nous traitait bien. Et nous, affublés de nos plus beaux vêtements, nous nous baladions dans l'orphelinat en faisant semblant que c'était habituel.

Je me préparai un sandwich en chantonnant. J'étais sereine. Heureuse. Peut-être m'étais-je déjà fait une amie. Un gentil couple voulait m'offrir une famille. Tout semblait lumineux et parfumé, même mes pensées. Lorsque mon sandwich fut prêt, je m'aperçus que j'avais un petit invité : un lézard grimpait sur le mur, derrière les tasses alignées. Attiré par l'odeur, il était certainement entré par la fenêtre ouverte.

— Salut, lui dis-je doucement.

Aucun regard ne pouvait me juger, par conséquent je n'avais pas honte. Je savais que si on m'avait vue on m'aurait probablement prise pour une folle, alors que c'était normal pour moi. Secret mais spontané. Il y avait des gens qui parlaient tout seuls, moi je parlais aux animaux. Je le faisais depuis que j'étais petite et, parfois, j'étais certaine qu'ils me comprenaient mieux que quiconque. Parler à un animal ou à un insecte était-il vraiment plus étrange que se parler à soi-même ?

— Désolée, je n'ai rien à te donner, dis-je en me tapotant les lèvres.

Ses doigts plats lui donnaient un air amusant et inoffensif, et j'ajoutai dans un soupir :

— Comme tu es petit…

— Ah, dit une voix dans mon dos. Nica !

Norman apparut sur le seuil de la cuisine.

— Bonjour, Norman.

J'étais surprise qu'il rentre à la maison pour déjeuner. D'après ce que j'avais cru comprendre, cela n'arrivait que très rarement.

— Je suis passé prendre un casse-croûte. Avec qui parlais-tu ? me demanda-t-il en tripotant sa ceinture.

— Oh, juste avec…

Je souris avant de m'interrompre. Le logo avec le cafard mort me sauta brutalement aux yeux. Je me tournai et j'attrapai discrètement le lézard avant de le dissimuler dans mon dos.

— Personne.

Devant l'air perplexe de Norman, je haussai les épaules avec un gloussement un peu ridicule. Je sentis un mouvement dans mes mains, comme celui d'une petite anguille, et je me crispai lorsque le lézard me mordit un doigt.

— OK… marmonna Norman en s'approchant, tandis que je regardais frénétiquement autour de moi pour chercher une échappatoire. J'ai un gros boulot qui m'attend. Une cliente m'a appelé ce matin et je dois passer à l'entrepôt prendre l'artillerie lourde. Je ne sais pas si tu vois ce que je veux dire… Mme Finch devient folle, elle jure qu'elle a un nid de frelons dans son…

— Oh ! m'exclamai-je d'un ton tragique en désignant quelque chose derrière lui. Qu'est-ce qu'il y a, là ?

Norman se tourna et j'en profitai pour jeter le lézard par la fenêtre. Il tourbillonna dans les airs comme une toupie avant d'atterrir sur l'herbe souple du jardin. Lorsque Norman se retourna, je lui fis un grand sourire. Il me regarda, déconcerté. J'espérai qu'il n'avait rien remarqué, même si l'expression de son visage prouvait le contraire. Il me demanda si j'allais bien et je le rassurai, essayant d'avoir l'air à l'aise. Lorsque j'entendis la porte de la maison se refermer derrière lui, je soupirai, un peu honteuse. N'allais-je donc jamais réussir à faire bonne impression ? À me faire apprécier malgré ma façon d'être un peu bizarre ? En voyant les pansements sur mes doigts, je me souvins de mes cauchemars mais décidai de les enfermer dans un recoin de mon esprit avant qu'ils ne gâchent tout.

Je me lavai les mains et mangeai tranquillement, savourant chaque seconde de ce moment si normal, dans une maison aussi normale. J'observai la petite gamelle qui se trouvait dans un coin de la cuisine.

J'avais encore entendu gratter à la porte ces jours-ci, mais, quand j'en avais parlé à Anna, elle avait agité la main.

— Oh, ne t'inquiète pas, avait-elle répondu, c'est Klaus. Tôt ou tard, il finira bien par se montrer… C'est un solitaire.

Je me demandai quand il allait enfin se décider.

Après avoir fait la vaisselle et vérifié que tout était en ordre, comme l'avait laissé Anna, je montai dans ma chambre, où je passai l'après-midi à étudier. Je me plongeai dans les équations et les dates de la guerre de Sécession et, lorsque je finis mes devoirs, il était déjà tard. En m'étirant, je remarquai que le doigt qu'avait mordillé le lézard était rouge et me faisait un peu mal. Peut-être aurais-je dû y mettre un pansement. *Vert comme lui*, pensai-je en sortant de ma chambre. Perdue dans mes pensées, je me dirigeai vers la salle de bains et tendis la main vers la poignée. Avant que je ne puisse la saisir, cependant, elle s'abaissa. Je levai la tête au moment où la porte s'ouvrait et me retrouvai devant deux yeux noirs. Leur magnétisme me provoqua un frisson de surprise et je reculai brusquement. Rigel apparut sur le seuil ; des volutes de vapeur glissaient sur ses épaules, laissant deviner qu'il venait de prendre sa douche. De nouveau, sa présence provoqua en moi cet effet désagréable qui me prenait aux tripes. Je n'arrivais pas à être indifférente, ses iris profonds étaient des abysses auxquels il semblait impossible d'échapper. C'étaient les yeux du fabricant de larmes. Peu importait qu'ils ne soient pas clairs comme dans la légende. Les yeux de Rigel étaient dangereux, même s'ils étaient très différents de ceux de l'histoire.

Il appuya une épaule contre le chambranle de la porte, ses cheveux effleurant le montant. Plutôt que de s'éloigner, il croisa les bras et me fixa.

— Je dois passer, lui dis-je, crispée.

La vapeur continuait de flotter, le faisant ressembler à un diable charmeur sur le seuil de l'enfer. Je m'imaginai en frissonnant entrer dans cette brume et disparaître, engloutie par son parfum.

— Entre, m'invita-t-il sans faire mine de se déplacer.

Je durcis mon regard, agacée par son attitude.

— Pourquoi agis-tu comme ça ?

Je ne voulais pas jouer, je voulais qu'il arrête, qu'il me laisse tranquille.

— « Comme ça » comment ?

— Tu le sais très bien, rétorquai-je. Tu le fais depuis toujours.

C'était la première fois que j'osais m'adresser à lui d'une manière aussi directe. Notre relation avait toujours été constituée de silences, de non-dits, de sarcasme et d'innocence, de morsures et de retraites. Je n'avais jamais perdu mon temps à essayer de comprendre son comportement, je m'étais toujours tenue loin de lui. On ne pouvait d'ailleurs pas parler de relation entre nous.

Il sourit d'un air moqueur.

— Je ne peux pas résister.

Je serrai les poings.

— Tu n'y arriveras pas, lançai-je avec toute la détermination dont j'étais capable.

Ma voix était claire et ferme, et je vis son expression s'assombrir.

— À faire quoi ?

— Tu le sais très bien ! m'énervai-je.

J'étais tendue, presque sur la pointe des pieds, en proie à une émotion puissante. Était-ce de l'obstination ou du désespoir ?

— Je ne te laisserai pas faire, Rigel. Tu ne détruiras pas tout… Tu m'as entendue ?

J'avais beau être menue et avoir les doigts couverts de pansements, je soutins son regard. Parce que je ressentais le besoin de protéger mon rêve. Je croyais à la délicatesse et à la bonté d'âme, aux tons gentils et aux gestes silencieux, mais Rigel dévoilait des aspects de moi dans lesquels j'avais du mal à me reconnaître. C'était vraiment comme dans la légende…

À cet instant, je constatai à quel point son expression avait changé. Il ne souriait plus, mais ses yeux sombres ne quittaient pas mes lèvres.

— Dis-le encore, murmura-t-il.

Je serrai les dents, déterminée.

— Tu n'y arriveras pas.

Rigel me fixa encore plus intensément ; son regard glissa le long de mon corps et le frisson qui me parcourut fissura mon assurance. Mon estomac se tordit sous l'effet de ce lent examen, comme si Rigel me *touchait*. L'instant d'après, il décroisa les bras.

— Encore, susurra-t-il en avançant d'un pas.

— Tu ne gâcheras pas tout, lançai-je, inquiète.

Un autre pas.

— Encore.

— Tu ne gâcheras pas tout…

Mais plus je le répétais, plus il s'approchait.

— Encore, m'encouragea-t-il, implacable.

Je me raidis, confuse, troublée.

— Tu ne gâcheras pas tout… Tu ne…

Je me mordis les lèvres et ce fut moi, cette fois, qui fis un pas. Mais en arrière. Il était tout près désormais. Je fus obligée de lever le menton et, le cœur dans la gorge, je croisai ses iris pénétrants rivés sur moi. Le crépuscule qui s'y reflétait n'était qu'une miette de lumière dévorée par le noir de ses yeux. Rigel fit un autre pas, comme pour insister. Je reculai encore mais mon dos toucha le mur. Il se pencha sur moi et je me crispai lorsqu'il s'approcha de mon oreille et que son timbre profond résonna jusque dans ma tête.

— Tu ne sais pas à quel point ta voix est délicate et innocente.

J'essayai de ne pas frissonner mais c'était comme si mon âme était nue devant lui et qu'il était capable de me faire frémir sans même m'effleurer.

— Tu as les jambes qui tremblent. Tu n'arrives même pas à rester près de moi, n'est-ce pas ?

Je retins l'impulsion de tendre la main pour le faire reculer. Il y avait quelque chose… quelque chose qui me disait que je ne devais pas le toucher, que, si j'avais posé les mains sur sa poitrine pour le repousser, j'aurais rompu notre éloignement d'une manière définitive. Il y avait une frontière invisible entre nous. Et, depuis toujours, les yeux de Rigel me demandaient de ne pas la franchir, de ne pas commettre cette erreur.

— Ton cœur bat la chamade, murmura-t-il le long de l'artère palpitante de ma gorge. Aurais-tu peur de moi, par hasard, *papillon* ?

— Rigel, s'il te plaît, arrête.

— Oh non, Nica, non, me reprocha-t-il doucement en faisant claquer sa langue. *Toi*, tu dois arrêter. Ce ton d'oiseau sans défense… cela ne fait qu'empirer les choses.

J'ignore où je trouvai la force de le repousser. Je sais juste qu'une seconde avant, Rigel était là, son souffle venimeux sur ma peau, et l'instant d'après il était devant moi, à deux pas, les sourcils froncés. Mais ce n'était pas grâce à moi… Quelque chose se précipita sur ses pieds, le faisant reculer de nouveau : des yeux dorés luisaient dans la pénombre, nous fixant avec des pupilles de reptile. Le chat feula, les oreilles baissées. Puis il s'enfuit comme un éclair, manquant de faire trébucher Anna dans les escaliers.

— Klaus ! cria-t-elle. Tu as failli me faire tomber ! Tu as enfin décidé de te faire voir, vieux matou ?

Elle apparut sur le palier, surprise de nous trouver ici.

— Tu sais, Rigel, Klaus se cache toujours dans ta chambre ! Il a l'habitude de se réfugier sous ce lit…

Je n'écoutai pas la suite car j'en profitai pour m'échapper. Je m'enfermai en vitesse dans la salle de bains, dans l'espoir que cela permette d'éloigner sa présence néfaste de moi, du monde, de tout. Je posai mon front sur la surface dure de la porte et fermai les yeux. Toutefois il resta là, enfoui quelque part, avec cette voix ensorcelante et cette dangereuse aura. J'essayai de m'en débarrasser. Mais la vapeur m'enveloppa, m'imprégna de son parfum, qui m'envahit jusqu'au creux du ventre. Respirer fut inutile, j'avais l'impression de m'y noyer.

Certains poisons n'ont pas d'antidote. Ils pénètrent ton âme, ils t'étourdissent avec leur odeur et ils ont les plus beaux yeux que tu as jamais vus.

Et pour eux, il n'existe aucun remède.

6- UNE GENTILLESSE

Qui a le printemps dans son cœur
verra toujours un monde en fleur.

Rigel me déstabilisait. Pendant deux jours, je ne parvins pas à me débarrasser de cette sensation. Celle de le sentir mélangé à mon sang. À certains moments, j'étais certaine de tout savoir de lui. À d'autres, ses zones d'ombre étaient si nombreuses que j'étais convaincue du contraire. Rigel était comme un fauve élégant, vêtu de son plus beau manteau. Mais, à l'intérieur, il dissimulait un esprit sauvage et imprévisible, parfois effrayant, qui le rendait inaccessible à quiconque. Par ailleurs, il avait toujours tout fait pour m'empêcher de le comprendre : chaque fois que je m'approchais de trop près, il me *mordait* avec ses mots, m'intimant de rester loin de lui, comme il l'avait fait l'autre soir dans la cuisine. Puis certaines situations, illogiques et contradictoires, se produisaient et je ne parvenais pas à m'expliquer son comportement. Il me perturbait. Il me troublait. Il était sournois et j'aurais mieux fait de suivre son avertissement : l'éviter.

Hormis ma relation avec Rigel, je ne pouvais pas dire que les choses n'allaient pas bien. J'adorais ma nouvelle famille. Norman faisait preuve d'une douceur maladroite et Anna prenait chaque jour davantage l'apparence du rêve que j'avais si souvent fait quand j'étais petite. Elle était maternelle, prévenante, attentive. Elle veillait toujours à ce que je mange et me sente bien. Très maigre et plus pâle que les autres filles de mon âge, je n'étais pas habituée à recevoir toutes ces attentions. Anna était une vraie maman et, même si je n'avais pas le courage de le lui dire, je m'attachais à elle comme si elle était déjà « ma maman ». La petite fille qui, il y a des années, rêvait d'embrasser le ciel et de trouver quelqu'un qui lui rende sa liberté regardait désormais cette réalité avec ravissement. Allais-je réussir à ne pas tout perdre ?

Je sortis de ma chambre après un nouvel après-midi consacré à mes devoirs. Je travaillais beaucoup et tenais à avoir de bonnes notes. Je voulais par-dessus tout qu'Anna et Norman soient fiers de moi. Dans le couloir, je fus surprise de tomber sur Klaus. Le chat de la maison avait définitivement décidé de se montrer. J'en éprouvai un vif plaisir car j'adorais les animaux. Ils me rendaient heureuse.

— Salut, murmurai-je en lui souriant.

Il était vraiment superbe, avec son poil doux et long comme de la barbe à papa, d'un beau gris cendré, et ses magnifiques yeux dorés. Anna m'avait précisé qu'il avait dix ans, et il les portait avec fierté et dignité.

— Comme tu es beau, le flattai-je en me demandant s'il allait se laisser câliner.

Il me fixa de ses grands yeux soupçonneux. Puis il s'éloigna, la queue dressée. Je le suivis comme une enfant mais il me lança un regard hostile pour me signifier que cela ne lui plaisait pas. Il bondit par la fenêtre et atterrit sur le toit, me laissant seule dans le couloir. Il n'aimait vraiment pas la compagnie…

Un bruit attira soudain mon attention, comme un halètement qui provenait d'une chambre. Mais pas n'importe laquelle…

Celle de Rigel.

Je compris qu'il s'agissait de sa respiration. Je savais que je ne devais pas entrer, que je devais me tenir à distance. Toutefois, l'entendre respirer ainsi me fit oublier mes résolutions pendant un instant. Comme la porte était entrouverte, je jetai un œil à l'intérieur et j'aperçus son imposante silhouette. Debout au centre de la pièce, Rigel me tournait le dos. Par l'entrebâillement, je réussis à voir les veines gonflées sur ses bras et ses poings serrés le long de son corps, si fort que les jointures de ses doigts crispés étaient toutes blanches. Je percevais toute la tension qui parcourait les muscles de son dos, mais j'en ignorais la cause. Rigel avait l'air… *furieux* ?

Un craquement du plancher me trahit avant que je ne puisse en voir davantage. Le regard qu'il darda sur moi me fit sursauter. Je reculai instinctivement tandis que la porte claquait, coupant ainsi court à mes suppositions. Mortifiée et en proie au doute, je me mordis les lèvres. Avait-il juste vu qu'il y avait quelqu'un ou m'avait-il reconnue ? Je descendis rapidement au rez-de-chaussée en tâchant d'arrêter de me faire des nœuds au cerveau. Ce que faisait Rigel ne me regardait pas. En aucune manière.

— Nica ! m'appela Anna. Tu veux bien m'aider ?

Elle tenait dans ses mains un panier de linge propre et parfumé. J'oubliai mon inquiétude et m'approchai d'elle, fébrile comme chaque fois qu'elle s'adressait à moi.

— Bien sûr.

— Merci ! J'ai encore une lessive à faire, alors si en attendant tu pouvais emporter tout ça. Tu sais où ça va ?

Je pris le panier et lui assurai que je réussirais à trouver le tiroir où elle stockait ses napperons en dentelle. Je parcourus la maison de long et en large, m'arrêtant de temps en temps pour remplir un tiroir ou une étagère. Cela me permit d'approfondir ma connaissance des lieux. Tandis que je rangeais mes vêtements dans ma chambre, j'eus honte qu'Anna ait pu voir à quel point ils étaient vieux et déchirés. Je constatai ensuite qu'il ne restait qu'une paire de tee-shirts dans le panier. Des tee-shirts d'homme. Je les effleurai pensivement. J'étais certaine que Norman ne portait pas de vêtements aussi usés.

Ils étaient à Rigel.

Après ce qu'il venait de se passer, l'idée de m'approcher de sa chambre me paralysa. Je n'étais pas sûre qu'il m'avait reconnue mais je savais que je n'avais absolument pas le droit d'entrer. Rigel avait été très clair là-dessus. Cependant, après tout ce qu'Anna avait fait pour moi, comment pouvais-je refuser de lui rendre ce petit service ? Je lui avais garanti qu'elle pouvait me confier une tâche aussi simple que celle-ci, et je n'imaginais pas revenir sur ma parole. J'eus beau hésiter, je me retrouvai finalement devant la porte. Je respirai un grand coup puis, levant la main au prix d'un gros effort, je frappai doucement. Pas de réponse. Peut-être n'avais-je pas frappé assez fort ? L'idée que Rigel n'était peut-être plus dans sa chambre fit naître une lueur d'espoir en moi et me donna du courage. Il m'avait dit de ne pas entrer, et j'aurais mieux fait de l'écouter. Mais peut-être pouvais-je profiter de son absence pour déposer ses vêtements sans le croiser. J'appuyai sur la poignée mais je sursautai lorsque le métal m'échappa des mains. La porte s'ouvrit et mes espoirs se brisèrent. Il était là, devant moi, et mes jambes se mirent à trembler. Ses iris m'emprisonnèrent à la manière d'un sortilège. Comment un garçon de dix-sept ans pouvait-il consumer le regard avec une telle intensité ?

— On peut *savoir* ce que tu avais l'intention de faire ? demanda-t-il d'une voix lente et glaciale.

Son expression ne promettait rien de bon. Je désignai le linge.

— Je… balbutiai-je. Ce sont tes tee-shirts et je voulais seulement les déposer…

Les yeux de Rigel revinrent se poser sur moi.

— Qu'est-ce que *tu ne comprends pas* dans la phrase : n'entre pas dans ma chambre ? me lança-t-il.

Je déglutis, écrasée par la dureté de son regard.

— C'est Anna qui m'a dit de le faire, expliquai-je.

Je ressentais le besoin d'affirmer, à moi comme à lui, que c'était seulement le sens du devoir qui m'avait poussée ici, et non un quelconque intérêt. Mais je m'aperçus trop tard que cela avait l'air d'un mensonge.

— Elle m'a demandé un service. Que je lui rends…

Mordants et pleins de reproche, les yeux de Rigel me clouaient sur place.

— Rends-toi service à toi-même, dit-il en me prenant le panier des mains. Va-t'en, Nica.

Il m'appelait toujours Nica quand il grondait ainsi, et pas *papillon*. Comme si m'appeler par mon prénom donnait une note définitive à ses paroles. Il était sur le point de fermer la porte et l'on n'entendait plus que le bruit léger de mes pansements sur mes doigts serrés.

— C'était juste une gentillesse, dis-je sur un ton de reproche, cherchant en vain à rivaliser avec son attitude. Tu ne peux pas comprendre ça ?

La porte se bloqua et je vis une ombre passer dans ses iris sombres lorsqu'il murmura :

— Une… *gentillesse* ?

Mes muscles se tendirent. Rigel s'avança, imposant et intimidant, et je suffoquai tandis qu'il posait sa main sur le montant, juste sous mon visage, me dominant de son regard glacé.

— Je ne veux pas de ta gentillesse, siffla-t-il d'un ton menaçant. Je *veux* que tu dégages de mon chemin.

Sa voix sourde pénétra en moi, jusqu'à fusionner avec mon sang. Je m'écartai brusquement, effrayée par les réactions qu'il créait en moi. Pour la première fois de ma vie, je désirai ressentir de la colère, du mépris ou de la rancœur envers son comportement. Mais je sentais dans ma poitrine une gêne beaucoup plus profonde, qui me faisait presque mal. Juste après, Rigel referma la porte et le silence m'engloutit de nouveau. Je me mordis les lèvres et serrai les poings. Pourquoi me sentais-je aussi blessée alors que c'était comme ça depuis toujours entre nous ? J'avais été folle de croire qu'il pouvait en être autrement. Rigel me *mordait* depuis toujours, il ne voulait pas que je le touche, que je m'approche ou que j'essaie de le comprendre. Il ne voulait rien de moi et, en même temps, il savait me tourmenter comme personne. Parfois, il semblait vouloir me détruire, d'autres fois, il détestait ne serait-ce que m'avoir près de lui. Il m'obsédait, il était une créature farouche, énigmatique et sombre. Un vrai loup. Il avait le charme de la nuit, et des yeux distants et froids comme l'étoile dont il portait le nom. Et moi… Moi je devais arrêter d'espérer que les choses changent.

Tout en dissimulant mes pensées, j'annonçai à Anna que j'avais fini de ranger le linge. Elle me remercia avec un magnifique sourire et me demanda si je voulais boire un thé. J'acceptai avec joie et nous nous retrouvâmes à discuter sur le canapé devant deux tasses chaudes. Lorsque je lui demandai de me parler de son magasin, elle évoqua Carl, son assistant, un jeune homme sympa qui lui donnait un coup de main. Je l'écoutai avec attention, essayant de ne perdre aucun détail la concernant. Une fois encore, j'étais fascinée par la lumière rayonnante que son sourire communiquait. Sa voix était comme une caresse, un gant qui m'offrait chaleur et protection. Ses cheveux clairs et ses traits gracieux resplendissaient d'une manière que j'étais la seule capable de percevoir. Anna avait pour moi la splendeur du conte, et elle ne le savait même pas. Parfois, en la regardant, je pensais à ma mère, à son doux regard quand elle me susurrait quand j'étais petite : *C'est la délicatesse, Nica. La délicatesse, toujours… Ne l'oublie pas.*

J'aimais beaucoup Anna. Pas seulement parce que j'étais assoiffée d'affection et que j'avais toujours rêvé d'un sourire ou d'une caresse, mais aussi parce qu'elle possédait une sensibilité rare et une prévenance que je n'avais jamais trouvées chez personne.

Après avoir fini de bavarder avec elle, je montai dans ma chambre récupérer l'encyclopédie que j'avais empruntée. Je voulais la remettre à sa place dans la bibliothèque qui recouvrait un mur entier au rez-de-chaussée. Le livre serré contre ma poitrine, je savourai la façon dont la lumière se diffusait dans l'air. À travers les rideaux blancs, les derniers rayons du soleil créaient une atmosphère chaude et accueillante. Le piano à queue brillait discrètement au centre de la pièce, comme un trône sans roi.

L'étagère étant un peu haute, je dus me mettre sur la pointe des pieds pour ranger l'encyclopédie. Lorsque je me retournai, mon cœur bondit dans ma poitrine. Rigel avait une épaule appuyée sur le montant de la porte, les yeux fixés sur moi. Ce fut alors comme si sa silhouette massive dissipait instantanément la lumière chaude qui m'enveloppait, faisant courir sur ma peau des sensations que rien ne pouvait arrêter. Cette soudaine apparition ne me laissa pas le temps d'empêcher les battements de mon cœur d'accélérer et mes lèvres de s'entrouvrir. Mais ce n'était en rien comparable avec le fait de croiser son regard, attentif et profond, comme celui d'un félin qui étudie sa proie.

J'aurais tant aimé ne pas réagir de cette manière à sa présence. Le sentiment de malaise que j'éprouvais n'égalait que l'attraction malsaine que dégageait son visage anguleux. Le nez droit, les lèvres parfaitement proportionnées, la mâchoire volontaire qui conférait à ses traits délicats une harmonie parfaite, et puis… ses yeux qui dégageaient une assurance aussi déstabilisante que provocante.

— Ce sera toujours comme ça, n'est-ce pas ? demandai-je sans réussir à dissimuler un voile de regret. Notre relation… Elle ne changera pas, même maintenant que nous sommes ici.

J'aperçus alors le livre de Chesterton[1] qu'il tenait sous ses bras croisés. Il devait vouloir le remettre à sa place après l'avoir lu.

— Tu dis ça comme si ça te déplaisait, répondit-il d'un ton sournois.

Je reculai légèrement, même si Rigel était loin de moi, parce que ce timbre de voix produisait un drôle d'effet sur moi. Il pencha la tête, circonspect.

— Tu voudrais que ce soit différent ?

— Je voudrais que tu sois moins hostile, lâchai-je précipitamment, comme une prière. Je voudrais que tu ne me regardes pas toujours comme ça… De cette façon.

— De *cette* façon… répéta Rigel.

Il faisait tout le temps ça : transformer mes affirmations en questions en insistant sur chaque mot avec une inflexion lente et machiavélique.

— Oui, de cette façon, insistai-je. Comme si j'étais ton ennemie. Tu ignores à tel point ce qu'est la gentillesse que, quand tu y es confronté, tu n'es même pas capable de la reconnaître.

Ce que je ne voulais pas m'avouer à moi-même, c'était qu'il me faisait mal.

Il me faisait mal quand il me parlait de cette façon.

Il me faisait mal quand il montrait les dents.

Il me faisait mal quand il ne me laissait pas la possibilité d'améliorer les choses.

Après tout ce temps, j'aurais dû y être habituée. J'aurais juste dû m'en méfier. Et pourtant… Je voulais seulement tout arranger. J'étais faite comme ça.

— Je reconnais la gentillesse. Mais je trouve que c'est une hypocrisie.

Désormais, Rigel avait un air sérieux, pensif.

---

1. Gilbert Keith Chesterton, écrivain anglais du début du XXe siècle (NdT).

— C'est une attitude artificielle… Un conformisme inutile.

— Tu te trompes, objectai-je. La gentillesse est sincère. Et elle ne demande rien en retour.

— Vraiment ? Pourtant, je dois te contredire. La gentillesse est une contrainte… Surtout quand elle s'adresse à *n'importe qui*.

Il me semblait percevoir autre chose derrière ses paroles, dont le sens m'échappait. Que voulait-il dire ?

— Je ne comprends pas ce que tu dis, soufflai-je en lui révélant ma confusion.

J'essayai d'interpréter son raisonnement mais les yeux de Rigel me donnaient des frissons et pénétraient mon âme. Je sentais battre mon cœur dans chaque recoin de mon corps, affolée à l'idée que tout cela était dû à son seul regard.

— Pour toi, je suis le fabricant de larmes, déclara-t-il. Nous savons tous les deux ce que tu voulais dire quand tu m'as dit *Tu ne gâcheras pas tout*… Je suis le loup de l'histoire, n'est-ce pas ? Alors dis-moi, Nica : comment appelles-tu une gentillesse envers quelqu'un que tu voudrais juste voir disparaître si ce n'est pas de l'*hypocrisie* ?

J'étais effarée par son cynisme. Pour moi, la gentillesse était une vertu, l'incarnation de la délicatesse, mais lui avait tout inversé avec un raisonnement aussi tordu que logique. Rigel était sarcastique, méprisant et perspicace, mais je n'avais jamais pensé que cela pouvait être dû à sa vision acérée du monde.

— Comment voudrais-tu qu'elle soit ? m'interrogea-t-il.

Je me mis à paniquer quand il s'éloigna de la porte pour s'approcher de moi.

— Notre *relation*… Comment devrait-elle être ?

Je reculai jusqu'à sentir les livres dans mon dos. Sa voix était basse, toujours entre le sifflement et le grondement, et il m'était parfois difficile de savoir si elle contenait de la colère.

— Ne t'approche pas, lui intimai-je en cachant mal mon agitation. Tu me dis de rester loin de toi et puis… et puis…

Les mots moururent dans ma bouche. Désormais, Rigel me dominait de sa prestance écrasante. À la lueur du crépuscule, ses cheveux noirs prenaient des reflets vénéneux.

— Allez ! *Je t'écoute*, murmura-t-il sans pitié, baissant encore la tête.

Je lui arrivais à peine à la poitrine et l'air crépitait entre nous comme s'il était vivant.

— Regarde-toi… Même ma voix te fait peur.

— Je ne comprends pas ce que tu veux, Rigel. Je ne comprends pas… Tu montres les dents et l'instant d'après…

Tu respires tout près de moi, aurais-je voulu dire. Mais mon cœur m'empêcha de parler. Je le sentais dans ma gorge, comme une alarme qui me rappelait à quel point Rigel était proche de moi.

— Tu sais pourquoi les histoires finissent par « pour toujours », Nica ? grinça-t-il, implacable. Pour nous rappeler qu'il y a des choses destinées à l'éternité. Des choses immuables. Des choses qui ne changent pas. C'est dans leur nature d'être ce qu'elles sont, sinon l'histoire n'existe pas. Tu ne peux pas bouleverser l'ordre naturel sans modifier la fin. Et toi, toi qui es toujours en train de rêver, toi qui ne fais rien d'autre qu'*espérer*, toi qui es autant attachée à ta fin heureuse, as-tu assez de courage pour imaginer une histoire *sans* loup ?

Sa voix était un chuchotement féroce, profond, terrifiant. Je frissonnai et Rigel m'observa pendant un instant qui me sembla interminable, comme s'il fouillait dans mes yeux. Ses paroles créèrent le désordre en moi, gravitant comme les poussières d'une galaxie incompréhensible. Tout à coup, il leva la main et l'approcha de mon visage. Par réflexe, je fermai les yeux, comme si j'avais peur qu'il puisse me faire du mal. Il tendit le bras et…

Et il ne se passa rien du tout. J'ouvris tout grand les yeux, mais Rigel était déjà en train de quitter la pièce. J'eus une intuition et, en me retournant, je compris qu'il avait seulement replacé le livre sur l'étagère derrière moi. Je calmai les battements de mon cœur mais j'étais trop troublée pour réussir à remettre de l'ordre dans mes pensées. Comment devais-je interpréter ses gestes ? Et ces paroles, que signifiaient-elles ? Je remarquai alors le marque-page qui était resté dans le livre. J'étais pourtant certaine que Rigel l'avait terminé. Je le saisis et l'ouvris. Un passage avait été souligné au crayon de papier. Tandis que je le lisais, mon cœur s'alourdit jusqu'à s'abîmer dans des univers insaisissables.

« Vous êtes un diable ?

— Je suis un homme, répondit le père Brown[1] d'un ton grave. Et donc j'ai tous les démons dans mon cœur. »

1. Le père Brown est un personnage de détective créé par Chesterton, protagoniste de cinquante et une nouvelles policières (NdT).

7- À PETITS PAS

Tu as déjà vu une étoile filante ?
Tu les as déjà vues briller dans la nuit ?
Elle était comme ça.
Rare. Minuscule et puissante.
Avec un sourire lumineux,
même quand elle tombait.

Le vent soufflait ce matin, courbant les brins d'herbe et nettoyant le ciel ; l'air était limpide et frais comme une lessive senteur citron. Dans notre région, février était toujours doux. Devant moi, l'ombre de Rigel glissait sur le bitume comme une panthère de plomb en fusion ; ses pas précis le rendaient imposant même dans sa démarche. Je m'étais tenue à distance dès l'instant où nous étions sortis de la maison. Prudente, je marchais derrière lui, et il ne s'était pas retourné une seule fois. Après ce qu'il s'était passé hier soir, mon esprit ne me laissait aucun répit. J'étais allée me coucher avec sa voix dans la tête et, lorsque je m'étais réveillée, je la sentais vibrer dans mon ventre. Bien qu'ayant tenté de m'en débarrasser, je percevais encore son odeur sur ma peau. Je repensais aux mots de la citation comme s'ils étaient les notes d'une indéchiffrable chanson. Plus j'essayais de comprendre la mélodie que produisaient les gestes de Rigel, plus je m'enlisais dans ses contradictions.

La seconde d'après, je percutai son dos, laissant échapper un petit cri. Je ne m'étais pas aperçue qu'il s'était arrêté. Je portai la main à mon nez tandis qu'il m'observait d'un air agacé par-dessus son épaule.

— Désolée, lâchai-je.

Je me mordis la langue et détournai les yeux. Je ne lui avais pas encore adressé la parole depuis hier soir et devoir le faire à cause de ma maladresse me mortifia. Rigel se remit à marcher et j'attendis qu'il s'éloigne pour lui emboîter le pas. Peu après, nous traversâmes le pont qui enjambait le fleuve. Il était ancien, c'était l'une des premières constructions de la ville. La seule, aussi, que j'avais reconnue de loin le jour de notre arrivée. Des ouvriers y effectuaient des travaux et je compris pourquoi Norman se plaignait tous les jours d'arriver en retard au travail.

Nous étions devant l'entrée du lycée lorsque je remarquai quelque chose sur le bord de la route. Une chose capable de faire vibrer une corde à la fois ténue et profondément ancrée en moi et de remuer mon âme d'enfant.

Un petit escargot glissait sur l'asphalte, insouciant et courageux. Il semblait indifférent aux voitures qui passaient devant lui tels des colosses bruyants. Sa lenteur allait le conduire directement sous les roues de l'une d'entre elles. Aussi je ne pris même pas le temps de réfléchir et courus dans sa direction. Je ne comprendrai jamais ce qui me prenait dans ces moments-là, pourtant j'étais peut-être davantage moi-même que lorsque je faisais semblant d'être comme tout le monde. C'était une nécessité pour moi d'aider des créatures aussi petites. Un élan du cœur. Je descendis du trottoir pour le ramasser avant qu'il ne soit tué. Malgré mes cheveux qui me tombaient sur les yeux, je vis qu'il était entier. Et ne pus retenir un sourire.

— Je te tiens, murmurai-je.

Je m'aperçus trop tard de ma bêtise en entendant le vrombissement d'un moteur. Une voiture arrivait à toute vitesse dans mon dos et mon cœur remonta dans ma gorge. Je n'eus pas le temps de me retourner, je me sentis tirée avec force sur le trottoir tandis qu'un coup de klaxon furieux résonnait tout près de moi. Une main serrait mon pull à la hauteur de l'épaule. Lorsque je croisai le regard qui pesait sur moi, je cessai de respirer. Rigel m'observait, la mâchoire crispée et les yeux acérés comme des lames d'acier. Il me lâcha brusquement, presque avec dégoût, et la partie désormais déformée de mon pull retomba sur mon épaule.

— Merde, gronda-t-il entre ses dents. Mais où as-tu la tête ?

J'ouvris la bouche mais je ne parvins pas à lui répondre. J'étais incrédule et étourdie. Avant que je ne puisse faire quoi que ce soit, il me tourna le dos et entra dans le lycée. Le petit escargot toujours serré dans ma main, je le vis s'éloigner sous le regard des filles qui murmuraient à son passage. Depuis la bagarre du premier jour, les garçons se méfiaient. Les filles, au contraire, le dévoraient des yeux comme si elles espéraient qu'il leur saute dessus.

— Nica ! cria Billie en venant à ma rencontre.

Avant qu'elle me rejoigne, je me dépêchai de mettre l'escargot en sécurité : je le déposai sur un muret, près d'un buisson, m'assurant qu'il ne risque pas de tomber.

— Salut, dis-je à mon amie tandis qu'elle dépassait un petit groupe de première année euphoriques.

Ce jour-là, tout le monde semblait plus bruyant et plus agité que d'habitude. Je sentais quelque chose d'étrange dans l'air, une sorte d'excitation que je ne parvenais pas à comprendre. Or, c'était un vendredi comme les autres.

— Attention ! m'avertit Billie quand des filles nous frôlèrent en courant.

— Mais… qu'est-ce qui se passe ? la questionnai-je.

— Tu ne sais pas ce qu'il y a lundi ?

Billie leva la main pour saluer Miki devant le portail, ce qui me laissa le temps de répondre. J'y réfléchis un moment, cherchant ce qui apparemment m'échappait.

— On sera le 14, murmurai-je sans comprendre.

— Et ça ne te dit rien ?

Je me sentis un peu idiote au milieu de ces filles de mon âge qui savaient toutes parfaitement ce qui se passait lundi. Mais je n'étais pas comme elles, j'avais grandi dans un environnement particulier qui m'avait rendue étrangère aux fêtes les plus banales.

— Oh, allez ! C'est le jour le plus romantique de l'année, chantonna Billie. Et il se fête en couple…

Une intuition me fit monter le rouge aux joues.

— Oh… La fête des amoureux… la Saint-Valentin.

— Bingo ! cria-t-elle sous le nez de Miki.

Celle-ci la regarda de travers, la fumée de sa cigarette emportée par le vent.

— Toi, tu as encore mangé des sachets de sucre au petit déjeuner, se moqua-t-elle.

— Bonjour, Miki, la saluai-je d'une petite voix.

Ses yeux croisèrent les miens tandis que je levais la main, veillant à ne pas être intrusive avec elle. Capuche sur la tête, elle tira sur sa cigarette et, comme chaque matin, ne me rendit pas mon salut.

— J'essayais d'expliquer à Nica pourquoi ils sont tous aussi excités, déclara Billie. Au fond, le Garden Day n'a lieu qu'une fois pas an !

Je m'étonnai :

— Le Garden Day ? Qu'est-ce que c'est ?

— Oh, juste l'événement le plus attendu de l'année scolaire, répondit Billie en nous prenant chacune par un bras. Une fête qui déplace les foules !

— Une fête qui donne envie de vomir, répliqua Miki.

Mais Billie l'ignora.

— Chaque année, le jour de la Saint-Valentin, un comité met en place un stand spécial dédié aux *roses* ! Chaque élève peut en offrir une anonymement à qui il veut. Et chaque couleur a un sens différent ! Oh, il faut vraiment que tu voies ce que c'est. Des bouquets de toutes les couleurs circulent ! Pour les filles les plus populaires, les joueurs de l'équipe de foot… Une année, même le coach Willer a trouvé son casier plein de roses dans la salle des profs. Certains juraient avoir vu la proviseure rôder autour juste avant…

Miki leva les yeux au ciel et Billie sautilla en gloussant.

— C'est la journée des drames ! Et des déclarations ! Et des cœurs brisés… Bref, c'est le Garden Day !

— Ça a l'air sympa, commentai-je avec un petit sourire.

— Comme une journée dans un asile de dingues, marmonna Miki.

Billie lui donna une tape sur l'épaule.

— Tu as fini de râler ? Ne l'écoute pas, Nica. L'année dernière, elle a reçu quatre roses magnifiques. Toutes rouge vif…

Elle se prit un coup de coude dans les côtes et ricana. Miki jeta son mégot à l'endroit où je venais de déposer l'escargot. Je remarquai alors un garçon assis sur le muret. Je l'observai un instant, tandis que Billie et Miki commençaient à se chicaner. D'abord hésitante, je profitai de ce qu'elles soient absorbées par leurs chamailleries pour m'éloigner. Je traversai la cour et m'approchai de l'inconnu. Les arbres dans son dos dessinaient sur lui une dentelle d'ombres.

— Euh… Excuse-moi, dis-je d'une petite voix.

Il ne m'entendit pas. Il écoutait de la musique, les yeux baissés sur son portable. Je m'approchai en tendant la main.

— Excuse-moi !

Il leva la tête, le front plissé et un œil fermé à cause du soleil.

— Oui ? demanda-t-il avec un air un peu ennuyé.

— L'escargot…

— Hein ?

— Je… Je peux enlever l'escargot de ton pantalon ?

Le garçon cligna des yeux.

— Pardon… Quoi ?

— Je voudrais prendre l'escargot dans ma main…

— Tu veux prendre *mon escargot* dans ta main ?

— Oui, mais je ferai doucement, m'empressai-je d'ajouter devant son regard contrarié. Je l'avais posé là après l'avoir ramassé sur la route et, si tu restes immobile, je voudrais juste le remettre en sûreté…

— Mais qu'est-ce que tu… *Oh, merde !*

Il vit la traînée de bave sur son jean et sauta sur ses pieds, dégoûté, faisant sauter les écouteurs de ses oreilles. Je me penchai quand il essaya de le décoller de sa jambe.

— Attends !

— Dégage, toi !

— S'il te plaît !

J'attrapai l'escargot avant qu'il ne le jette par terre ou, pire, l'écrase. Le garçon chancela en arrière, fixant mes mains avec une grimace horrifiée.

— Bon sang ! Mais franchement, avec toute la place qu'il y a ? C'est vraiment dégueulasse !

L'escargot rentra dans sa coquille ; je vérifiai qu'elle n'était pas fendue et l'enfermai bien au chaud entre mes paumes.

— Il est timide, murmurai-je, un peu vexée.

Une partie de moi espéra que le garçon ne m'avait pas entendue, mais je n'avais pas parlé assez bas.

— Pardon ? répliqua-t-il, un peu en colère.

— Il ne l'a pas fait exprès, dis-je dans un filet de voix. Tu sais, il n'est pas capable de comprendre.

Il me fixa d'un air à la fois halluciné, dégoûté et incrédule. Je me sentis idiote et étrange, comme une petite fille enfermée dans un monde que les autres regardaient toujours de cette façon.

— Il n'est pas sale, continuai-je doucement. C'est une créature très fragile. Il n'a aucun moyen de blesser qui que ce soit, il peut seulement se défendre.

Je m'approchai du muret en tenant l'escargot contre ma poitrine.

— Quand il sort de sa coquille, c'est le signe qu'il va pleuvoir. Ou qu'il va y avoir un orage. Il le sent, tu comprends ? Avant tout le monde…

Je me baissai au pied d'un arbre, près du grillage, là où personne ne passait jamais.

— Dans sa coquille, il est en sécurité. C'est sa maison, son refuge, son unique abri. Mais, si elle devait se fêler, ou se casser… les éclats s'encastreraient à l'intérieur et finiraient par le tuer. Il n'aurait aucun moyen d'échapper à une mort certaine. C'est triste, tu ne trouves pas ? murmurai-je, un peu amère. Ce qui le protège est aussi ce qui peut lui faire le plus de mal.

Je déposai délicatement l'escargot près des racines et retournai la terre autour de lui pour qu'elle soit plus humide. Il resta dans sa coquille, effrayé.

— Et voilà, dis-je en souriant.

Je mettais dans mes gestes toute la délicatesse que m'avait transmise maman. En me relevant, je constatai que le garçon ne m'avait pas quittée des yeux.

— Hé, Nica !

Billie me faisait signe depuis la porte.

— Qu'est-ce que tu fabriques ? Dépêche-toi, il est tard !

— J'arrive !

Je serrai à deux mains l'une des bretelles de mon sac et lançai un regard intimidé au garçon.

— Salut, dis-je avant de partir en courant.

Il ne répondit pas mais je sentis son regard me suivre jusqu'à ce que j'entre dans le lycée.

— Ça te dit de venir déjeuner chez moi aujourd'hui ? me demanda Billie à la fin des cours.

La trousse que j'étais en train de ranger dans mon sac m'échappa. La proposition de Billie me prenait complètement au dépourvu.

— Ma grand-mère y tient beaucoup. Elle t'a vue l'autre jour devant le lycée et elle a failli faire une attaque ! Elle t'a trouvée super maigre. Comme elle a cuisiné toute la matinée, je pense qu'elle n'acceptera pas un refus…

— Tu… tu es sûre ? m'étonnai-je, incertaine, comme nous quittions la classe.

Je ne savais pas quoi répondre. J'avais toujours peur de me sentir de trop, comme si tout le monde souhaitait se débarrasser de moi. Mais Billie était gentille et elle m'offrit un de ces sourires dont elle avait le secret.

— Évidemment ! approuva Billie. Ce matin, ma grand-mère m'a presque sortie du lit. Elle a pointé un doigt sur moi et m'a ordonné : « Dis à ton amie qu'elle est invitée chez nous aujourd'hui ! » Elle pense que tu as tout l'air de quelqu'un qui n'a jamais goûté à sa tourte de pommes de terre. Un sacrilège !

Elle insista en gloussant :

— Alors, tu viens ?

— Avant, je voudrais avoir la permission. Pour être sûr que c'est bon…

— Bien sûr ! répondit-elle tandis que je sortais de mon sac un petit papier où était écrit le numéro d'Anna.

Je me dirigeai vers le secrétariat et demandai poliment si je pouvais donner un coup de téléphone.

— À ma famille, précisai-je à la secrétaire.

Je ressentis de la joie et de la fierté en la voyant acquiescer. Anna répondit au bout de trois sonneries et elle fut non seulement d'accord, mais aussi très contente que je ne reste pas seule. Elle m'encouragea à prendre tout mon temps et à rentrer tranquillement après. Mon affection pour elle augmenta encore. Anna me faisait confiance. Elle s'inquiétait pour moi, mais son inquiétude n'était pas étouffante : elle respectait ma liberté d'une façon qui la rendait encore plus précieuse à mes yeux.

— Parfait, je le dis à ma grand-mère ! pépia Billie en lui envoyant un message.

Je me sentis toute légère et souris à Billie qui m'offrait cette occasion de passer du temps avec elle.

— Merci, dis-je.

Elle me rendit mon sourire en fronçant les sourcils.

— Mais qu'est-ce que tu racontes ? C'est nous qui te remercions !

— Personne ne m'avait jamais invitée avant…

Nous fûmes interrompues par des gamines excitées qui passèrent tout près de nous. Dans le couloir, les élèves vidaient leur casier avant d'en ôter le cadenas.

— Ça se voit que le Garden Day approche, fit remarquer Billie en souriant. Les membres du comité sont en train d'installer le stand des roses dans le gymnase. Ils passeront lundi dans le lycée pour les distribuer aux élèves.

— Mais pourquoi les gens vident-ils leur casier ? demandai-je. Et pourquoi le laissent-ils ouvert ?

— Oh, ça, c'est une sorte de tradition ! Certains remettent en personne la rose à son destinataire. Les plus courageux. Ou peut-être juste les plus démonstratifs. Il est établi qu'on peut laisser son casier ouvert. Comme ça, celui qui a une rose à offrir peut la déposer entre deux cours. Bref, pour celui qui n'a pas assez de courage, c'est un bon compromis ! Et puis, c'est marrant d'ouvrir la porte et de découvrir que quelqu'un y a laissé une rose. Et de se creuser la cervelle pour trouver qui ça peut être, ou ne pas être, qui pense à toi, et quelle couleur il a choisie ! Bref, jouer à « il m'aime, un peu, beaucoup », lui, elle, l'autre…

— Tu aimes beaucoup cette journée, n'est-ce pas ?

Billie gloussa en haussant les épaules.

— Qui pourrait ne pas l'aimer ? Ils ont tous l'air dingues ! La compétition pour savoir qui reçoit le plus de roses rend les filles folles, et les garçons les plus mignons deviennent des proies convoitées. C'est comme regarder un documentaire sur les vautours !

Billie éclata de rire et continua à me raconter des anecdotes sur le Garden Day tandis que nous nous dirigions vers la sortie.

— Attends, l'arrêtai-je en tâtant mes poches. Le papier avec le numéro d'Anna… j'ai dû le laissé au secrétariat.

Je n'avais pas encore eu le temps de l'apprendre par cœur, c'était donc le seul moyen que j'avais de la joindre. Je m'excusai, désolée de mon étourderie, et promis de faire vite. Je courus jusqu'au secrétariat, où, heureusement, je trouvai le papier au pied du comptoir. Je me dépêchai de le remettre dans ma poche et revins sur mes pas. Mais, dans le couloir, un garçon me bouscula avant de me dépasser au pas de charge. Il était très agité et la rage qui émanait de son corps attira l'attention de tout le monde. Mon estomac se noua à la vue de cette colère intense, nerveuse, et qui présageait de la violence. Cela m'avait toujours fait peur.

— *Toi !* cria-t-il. Qu'est-ce que t'as dit à ma copine ?

Il s'immobilisa devant une porte que je reconnus avec un pressentiment qui me tordit les entrailles : celle de la salle de musique. Je savais qu'à cette heure-ci elle devait être vide. Mais je devinai *qui*, en revanche, l'occupait. Plusieurs élèves furent attirés par les cris. Et quand je m'approchai à mon tour, poussée par une force inexplicable, j'eus la confirmation qu'il s'agissait bien de Rigel.

Il était assis sur le tabouret, silencieux et parfait. Les pianos exerçaient sur lui une étrange attraction, difficile à comprendre. Je ne l'aurais pas définie comme une passion, plutôt comme une sorte d'attirance à laquelle il ne parvenait pas à se soustraire.

— Tu m'écoutes ? Je te parle !

J'étais certaine que Rigel l'avait entendu. Toutefois, il ne recula pas d'un pouce ; il inclina le visage et observa le garçon par-dessous avec un calme extrême.

— Je t'ai vu parler avec elle, tu l'emmerdais.

Le garçon s'approcha encore de lui.

— Je te l'interdis, compris ? le menaça-t-il.

L'expression de Rigel était impénétrable, comme si tout cela ne l'effleurait même pas. Cela ne me rassurait pas pour autant. Les ailes de l'ange noir étaient repliées sur son corps, cachées et invisibles aux yeux de tous, mais je redoutais l'instant où il allait les déployer pour révéler ce qu'il y avait de pire en lui.

— Ne crois pas que tu peux faire ce que tu veux parce que tu es nouveau. Ici, les choses se passent différemment.

— Et qui décide comment elles se passent ? questionna Rigel ironiquement. *Toi ?*

Il planta ses yeux dans ceux de l'autre et se leva. Il était plus grand, mais ce qui était le plus effrayant, c'était la froideur de son regard. Des iris de requin t'arrachant des lambeaux de chair.

— Si j'étais toi, je m'inquiéterais pour *autre chose*, poursuivit-il. Demande par exemple à ta copine pourquoi je perdais mon temps avec elle…

Le garçon serra les poings, abasourdi et furieux.

— Qu'est-ce que t'as dit ? grogna-t-il, tandis que Rigel lui tournait le dos pour prendre des feuilles qu'il avait posées sur le piano. Tu vas où comme ça ? J'ai pas fini ! Et regarde-moi quand je te parle, enfoiré !

Hors de lui, il empoigna brutalement Rigel par les épaules. À l'instant où il le toucha, je souhaitai qu'il ne l'ait pas fait. Une main saisit sa nuque et son visage s'écrasa avec une brutalité inouïe contre le piano. Un bruit terrible retentit et je sentis la personne à côté de moi retenir son souffle. Mon cœur battait dans ma gorge alors que Rigel enfonçait ses ongles dans les cheveux du garçon, lui arrachant un gémissement. Il imprima sur son crâne toute sa fureur, muette et froide. Puis, aussi brusquement qu'il l'avait empoigné, il le lâcha. L'autre s'écroula sur le sol, sonné. Je me sentais glacée par la rapidité avec laquelle Rigel avait réagi, la puissance avec laquelle il l'avait maîtrisé et la force avec laquelle il lui avait fait mal. Il le contourna à pas lents, se penchant pour ramasser les feuilles qui étaient tombées sur le sol. Plus personne ne respirait.

— Je parie qu'elle ne te l'a pas dit, mais ta copine m'avait pris en photo, murmura-t-il d'un ton nonchalant. Tant que tu y es, dis-lui de ne pas recommencer.

Puis il se rendit compte de ma présence et ses yeux se fixèrent sur moi.

— Mais *gentiment*, hein… ajouta-t-il d'un ton sarcastique.

Il quitta la pièce avant que n'arrive un professeur. Le cœur battant, je vis quelques filles le dévorer des yeux, intimidées, mais en même temps ensorcelées par le charme énigmatique et agressif qui flottait sur son visage. Il venait de faire une démonstration de violence, de froideur et d'indifférence. Et pourtant elles auraient toutes voulu se laisser engloutir par le mystère dangereux qui émanait de lui.

Lorsque je revins dans la cour, choquée, j'avais un drôle de goût dans la bouche et je ne parvenais pas à oublier la scène à laquelle je venais d'assister. La voix de Billie me sortit de ma torpeur :

— Ah, te voilà ! Tu l'as trouvé ?

— Oui, me contentai-je de répondre.

Je me mordis la lèvre et détournai le regard pour l'empêcher de voir à quel point j'étais perturbée. Rigel faisait naître en moi des sensations incompréhensibles, profondes et bouleversantes.

— Il vaudrait mieux y aller, me dit-elle en désignant la grosse Jeep de sa grand-mère qui bloquait toute la circulation. Les choses commencent à se gâter.

— Attends ! On… on n'attend pas Miki ?

— Oh non, elle ne vient pas, répondit Billie tranquillement. Elle ne peut pas aujourd'hui.

J'avais pourtant cru que nous serions toutes les trois…

Nous sortîmes de l'enceinte du lycée et rejoignîmes rapidement la voiture. Lorsque j'ouvris la portière, la grand-mère de Billie nous lança un coup d'œil de derrière ses lunettes de soleil.

— Salut, mamie !

— Trêve de bavardages ! Montez ! ordonna-t-elle d'un ton autoritaire.

Je m'installai à l'arrière sans la quitter des yeux.

— Je te présente Nica, dit Billie alors que sa grand-mère démarrait.

Je levai timidement la main et elle m'observa dans le rétroviseur. Instinctivement, la peur de ne pas lui plaire me serra le cœur et je redoutai de ne pas être à la hauteur de ses attentes, quelles qu'elles puissent être.

— Salut, chérie, répondit-elle cependant d'un ton gentil.

Je me détendis aussitôt et souris, soulagée. Bien décidée à profiter de ce moment, je repoussai Rigel dans un coin de mon esprit.

La maison de Billie n'était pas très loin du lycée. Elle se trouvait dans un quartier tranquille, près du fleuve, dans une ruelle tellement étroite que le 4 x 4 y passait à peine. Quelques marches conduisaient à une gracieuse petite porte rouge flanquée d'un porte-parapluie en cuivre. L'endroit était petit mais accueillant, avec ses murs recouverts de photos et de tableaux entassés et un peu de travers ; les poutres en bois apparentes et le parquet manifestement bien usé créaient une ambiance chaleureuse. Il flottait une odeur de grillé qui mettait l'eau à la bouche. Je mangeai jusqu'à éclater et découvris que la grand-mère de Billie, sous des manières un peu bourrues, cachait une attention affectueuse et maternelle. Elle s'assura que je prenais une deuxième part de sa tourte et me demanda depuis quand j'avais emménagé ici. Je lui répondis que je venais d'un orphelinat et, quand je lui révélai avec un sourire plein d'espérance que j'étais en cours d'adoption, son regard s'emplit d'une profonde douceur. Je lui parlai du jour où j'avais fait la connaissance d'Anna, au pied des escaliers, et de la promenade que nous avions faite dans le jardin. La grand-mère de Billie m'écouta attentivement, sans m'interrompre. Puis, quand j'eus fini de parler, elle se leva pour me servir une nouvelle part de tourte.

Une fois le déjeuner terminé, Billie me conduisit dans sa chambre. Avant que j'entre, cependant, elle baissa les stores et alluma la lumière. Des centaines d'étincelles jaillirent aussitôt sur les murs. Je restai bouche bée devant ces serpentins lumineux qui créaient un véritable labyrinthe de photos.

— Oh, mais c'est…

Un flash m'aveugla. Je clignai des yeux, surprise, et vis le sourire de Billie derrière un appareil photo.

— Tu faisais une tête tellement mignonne, dit-elle en riant.

Elle tira l'instantané quand il sortit de l'appareil et l'agita un moment avant de me le tendre.

— Tiens.

Je pris le petit carré blanc, où les couleurs apparaissaient comme par magie : c'était moi, avec un air un peu rêveur et un léger sourire sur les lèvres ; l'univers de lucioles autour de moi se reflétait dans mes iris, les rendant brillants comme des miroirs illuminés.

— Tu peux le garder ! Je te l'offre.

— Vraiment ? demandai-je dans un murmure, charmée par ce cadeau qui suspendait le temps et capturait les couleurs.

Il y avait quelque chose de magique dans le fait d'avoir un fragment de vie au creux de ma main.

— Bien sûr. J'en ai beaucoup, ne t'inquiète pas ! Ma grand-mère a essayé de m'offrir des albums pour les ranger, mais je me perds quand je classe les choses.

Elle désigna la galaxie de photos autour de nous.

— Regarde ! Les aubes sont à l'est, les couchers de soleil à l'ouest et les ciels près de mon bureau pour que je me sente plus légère quand je travaille. Les personnes que j'aime sont autour de mon lit, comme ça je ne me sens pas seule la nuit si je n'arrive pas à dormir. Je contemple tous les sourires et je m'endors avant d'avoir fini de les compter.

— Comment t'est venue cette passion pour la photo ? demandai-je en contemplant tous les visages.

— Grâce à mes parents.

Elle m'expliqua qu'ils étaient des photographes internationalement reconnus, réalisant des reportages pour des revues comme *National Geographic* et *Lonely Planet*. Ils partaient en voyage pendant des mois pour leur travail afin de découvrir des paysages exotiques aux quatre coins de la planète. Ils ne rentraient pas souvent à la maison, aussi la grand-mère de Billie était-elle venue vivre avec elle. Je vis des photos de ses parents dans le Grand Canyon, au pied d'une pyramide maya et au milieu d'une nuée de papillons, à l'intérieur d'une tente de cuir rouge.

— C'est extraordinaire, dis-je, émerveillée. Tu dois être très fière d'eux…

Elle approuva.

— Oui. Parfois, nous ne pouvons pas nous téléphoner, car ils sont dans des endroits tellement perdus qu'il n'y a ni réseau ni connexion. La dernière fois que je leur ai parlé, c'était il y a quatre jours.

— Ils doivent beaucoup te manquer.

Billie fixa mélancoliquement une photo sur laquelle ils souriaient. Elle la caressa du doigt et je perçus la tristesse qu'elle éprouvait comme si c'était la mienne.

— Un jour, me dit-elle, je ferai comme papa et maman. Je partirai avec eux et remplirai ma chambre de photos où je serai moi aussi. Tu verras. Plus tard, je serai là, derrière ce vernis qui nous sépare.

Ç'avait été génial. Cette pensée m'occupa l'esprit durant tout le trajet du retour. J'éprouvais une paix totale. Je rentrais *chez moi* après avoir déjeuné et passé l'après-midi chez une *amie*. Existait-il une sensation plus belle que celle de se sentir normale ? De se sentir *acceptée* ?

Je passai devant le lycée, sereine. C'était bizarre de voir le trottoir sans âme qui vive. Cependant, un mouvement près de la porte attira mon attention. Je vis une personne de dos, ses cheveux noirs se balançant d'un côté à l'autre. J'avais l'impression de la connaître…

— Miki ? appelai-je en m'approchant.

Surprise, elle se retourna brusquement. Mais son tee-shirt se déchira en se prenant dans la poignée. Je me retins de tendre la main et fixai sa manche déchirée en retenant mon souffle.

— Je... je suis vraiment désolée... dis-je, mortifiée.

Miki baissa les yeux sur le tissu troué et serra les dents.

— Parfait. C'était mon tee-shirt préféré, rétorqua-t-elle.

Je cherchai quelque chose à dire. Mais elle ne m'en laissa pas le temps et me dépassa sans un regard.

— Miki, attends, s'il te plaît, balbutiai-je. Je suis désolée, je n'avais pas l'intention de... Je t'ai vue et je voulais juste te saluer...

Elle ne daigna pas me répondre et continua de marcher. Je la suivis, sans réfléchir.

— Je peux arranger ça !

Je ne voulais pas la voir partir comme ça. Je savais que Miki n'accordait sa confiance qu'à très peu de personnes. J'avais compris à quel point elle était fuyante, méfiante et réservée, et pourtant je ne voulais pas qu'elle me déteste. Je voulais faire quelque chose, je voulais continuer d'essayer, je voulais... *Je voulais*...

— Je sais bien coudre, je peux te le réparer si tu veux, ça ne me pose aucun problème, lui dis-je d'un ton suppliant. J'habite juste à côté. Ça ne sera pas long, c'est l'affaire de deux minutes...

Miki ralentit et, finalement, s'immobilisa. Je fis un nouveau pas en avant et dis d'une petite voix implorante :

— S'il te plaît, Miki... Permets-moi de réparer.

Donne-moi une chance, étais-je en train de la supplier. *Donne-moi une occasion, une seule, je ne te demande rien d'autre.*

Miki se tourna lentement. Et je vis dans ses yeux une lueur d'espoir.

— On est arrivées, dis-je un peu plus tard en désignant la barrière blanche. Voilà ma maison.

Miki marchait en silence à mes côtés. Cela me faisait tout drôle de l'avoir si près de moi. Je jetai un coup d'œil discret à son étui à violon et réprimai ma curiosité avant qu'elle ne se matérialise sur ma langue.

— Viens, l'invitai-je à entrer.

Elle regarda autour d'elle d'un air circonspect.

— Installe-toi dans la cuisine. Je te rejoins tout de suite.

Je me débarrassai de mon sac et j'allai chercher la vieille boîte de biscuits dans laquelle Anna rangeait son nécessaire à couture. Puis je rejoignis Miki, qui était occupée à observer la bouilloire en forme de vache.

— Assieds-toi, lui dis-je en désignant l'îlot central afin que son bras soit à ma hauteur.

Elle quitta sa veste en cuir tandis que je cherchais une bobine de la bonne couleur. J'en trouvai une d'un gris anthracite ; les coutures du tee-shirt étant légèrement décolorées, je me dis que ça pourrait passer pour un effet de fabrication si je me débrouillais bien. Lorsque j'enfilai le fil dans l'aiguille, je perçus un voile de nervosité dans le regard de Miki.

— Ne t'inquiète pas, la rassurai-je d'une voix sûre, je ne vais pas te piquer.

Je me penchai pour réunir délicatement les deux morceaux puis je commençai à raccommoder avec application. Je tenais mes doigts sous le tissu pour sentir l'aiguille avant qu'elle ne touche la peau de Miki. Mais elle recula lorsque je l'effleurai accidentellement. Pourtant, j'étais heureuse. Ce que m'accordait Miki à cet instant avait une très grande valeur pour moi. Ce n'est qu'après quelques instants que je m'aperçus qu'elle ne me quittait pas des yeux.

— J'ai presque fini, l'informai-je dans un filet de voix.

Elle observait la précision avec laquelle l'aiguille disparaissait sous le tissu pour en ressortir juste après.

— Où as-tu appris à coudre ? demanda-t-elle d'un ton neutre.

— Oh, je couds depuis toujours. Quand j'étais à l'orphelinat, personne ne le faisait pour nous. J'ai donc pris l'habitude de raccommoder mes vêtements moi-même. Au début, c'était une catastrophe, je n'arrêtais pas de me piquer les doigts. Mais, avec le temps, j'ai appris. Je ne voulais pas me balader avec des affaires toutes déchirées, dis-je en levant les yeux.

Je souris en croisant son regard.

— Je voulais être propre et soignée.

Miki me fixa et je baissai les yeux. Elle continua de m'observer comme je m'étirais vers la boîte pour prendre les ciseaux.

— Et voilà ! annonçai-je. J'ai fini.

Elle examina la couture serrée et régulière sur sa manche. Puis elle tressaillit.

— Et *ça*, qu'est-ce que c'est ?

Je me mordis les lèvres quand elle découvrit le visage d'un panda brodé sur son épaule, là où se terminait le raccommodage.

— Eh ben, je… Le tissu était abîmé à cet endroit, bredouillai-je d'une voix coupable. Et comme je sais que tu aimes bien les pandas…

Enfin, je crois, vu que tu as ce porte-clés accroché à ton sac, et ça… ça me semblait sympa…

Elle me regarda de nouveau.

— Mais tu peux toujours l'enlever ! dis-je en levant les mains. Une pointe de ciseaux suffit pour découdre le fil. Cela ne prendra qu'une seconde…

La sonnerie du téléphone interrompit mon babillage et je me précipitai pour décrocher.

— Oh, tu es à la maison ! se réjouit Anna quand je répondis.

Elle voulait s'assurer que j'étais bien rentrée. Comme chaque fois, le fait qu'elle s'inquiète pour moi me fit chaud au cœur. Elle me demanda comment s'était passé le déjeuner et elle m'informa qu'elle aussi serait bientôt de retour à la maison. En raccrochant, je vis que Miki avait déjà remis sa veste et repris son étui. J'aurais tellement voulu lui parler de son violon. Lorsque je lui ouvris la porte en souriant, quelque chose se faufila à l'intérieur.

— Oh, salut, Klaus !

Le vieux chat me lança un regard farouche. Je fis passer Miki et ne pus me retenir de tendre la main pour le caresser. Mais il s'écarta brusquement et voulut me griffer. Je posai la main sur ma poitrine, désolée d'avoir essayé de le toucher sans sa permission, ou peut-être mortifiée d'avoir subi un refus aussi flagrant sous les yeux de Miki.

— Il n'est pas de bonne humeur, aujourd'hui, dis-je avec un rire nerveux. D'habitude, il est plus joueur. Hein, Klaus ?

Klaus feula dans ma direction et montra les dents avant de filer. Je le regardai disparaître dans l'escalier, un peu déçue.

— Parfois, il peut avoir l'air un tantinet irascible, marmonnai-je. Mais au fond… vraiment au fond… je suis sûre que c'est un amour…

— Merci, entendis-je susurrer.

Surprise, je levai les yeux, mais Miki m'avait déjà tourné le dos. Elle disparut derrière la porte et s'en alla sans attendre.

C'est la délicatesse, Nica, disait la voix de maman. Et je ne connaissais pas d'autre manière pour communiquer avec les autres. Mais peut-être… Peut-être le monde commençait-il à me comprendre.

8- Bleue comme le ciel

Fort est celui qui sait toucher
les fragilités des autres
avec délicatesse.

Un jour, j'ai lu une phrase de Foucault qui disait : « Développez votre légitime étrangeté. »

J'avais toujours cultivé la mienne en cachette car, en grandissant, j'avais appris que la normalité était plus acceptable aux yeux des autres. Je parlais aux animaux, qui ne pouvaient pas me répondre. Je sauvais des bestioles que les gens ne voyaient même pas. J'accordais de la valeur à ce qui était jugé insignifiant, peut-être parce que je voulais démontrer que même les plus petites créatures, comme moi, pouvaient compter aussi.

J'étais dans le jardin de la maison et le soleil embrassait doucement le feuillage de l'abricotier. Je tendis la main pour aider une petite chenille verte à atteindre l'écorce. Je lui rendais sa liberté après l'avoir trouvée dans ma chambre, près de la fenêtre.

— Et voilà, lui dis-je doucement.

Je souris en la voyant onduler à l'intérieur d'une fissure du tronc. J'avais entendu dire que seul un grand pouvoir avait la capacité de changer le monde. Moi, je n'avais jamais voulu le changer. Mais j'avais toujours pensé que ce n'étaient pas les grands gestes ou les manifestations de force qui faisaient la différence, au contraire. Pour moi, c'étaient les petites choses. Les actions du quotidien. De simples actes de gentillesse réalisés par les gens normaux. Chacun, si petit soit-il, peut laisser une trace dans ce monde.

Je ne pus retenir un sourire en entrant dans la maison. On était samedi matin et l'odeur irrésistible du café embaumait la cuisine. Je fermai les yeux, heureuse, inspirant à fond ce délicieux parfum.

— Tout va bien ? questionna la douce voix d'Anna.

Mais, lorsque j'ouvris les yeux, je compris que ce n'était pas à moi qu'elle l'avait demandé. Sa main était posée sur la tête de Rigel. Il me tournait le dos, ses cheveux noirs en bataille et une main serrée autour de sa tasse de café. Je vis à peine qu'il acquiesçait car j'étais captivée par ses doigts et les veines de ses mains qui remontaient jusque sur son avant-bras. *Ces mains*… Elles dégageaient une implacable agressivité tout en étant capables de produire des mélodies surnaturelles. Les jointures fortes et les articulations nerveuses savaient caresser les touches du piano avec une incroyable douceur.

Je sortis de ma torpeur lorsque Rigel se leva. Sa haute stature fit soudain perdre son intensité à l'odeur du café. Il s'approcha de la porte et je reculai d'un pas. Lorsqu'il perçut mon geste, il planta ses yeux sur moi. J'avais peur de Rigel, mais je ne comprenais pas ce qui me terrorisait en lui. Je ne savais pas comment l'expliquer. Peut-être ces yeux pénétrants, peut-être cette voix trop grave pour un garçon de son âge. Peut-être le fait de savoir à quel point il pouvait devenir violent. Ou peut-être… Peut-être cette tempête de frissons qu'il provoquait en moi chaque fois qu'il respirait près de moi.

— Peur que je te morde, *papillon* ? murmura-t-il à mon oreille.

Je m'écartai brusquement mais il avait déjà quitté la cuisine de sa démarche assurée.

— Bonjour, Nica !

Je sursautai et vis qu'Anna me souriait.

— Tu veux du café ?

J'acquiesçai, tendue, mais constatai ensuite avec soulagement qu'elle n'avait pas vu ce qu'il venait de se passer entre Rigel et moi. Je m'assis pour prendre mon petit déjeuner avec elle.

— Ça te dirait qu'on passe un peu de temps ensemble aujourd'hui ?

Le biscuit que j'avais dans la main se brisa. Abasourdie, je levai les yeux sur elle. *Anna voulait passer du temps avec moi ?*

— Toi et moi ? demandai-je pour en être sûre. Juste nous deux ?

— J'avais pensé à un après-midi sans hommes, juste entre filles, répondit-elle. Ça t'ennuie ?

Je m'empressai de secouer la tête en veillant à ne pas broyer ma tasse. À cet instant, mon cœur se gonfla, inondant de joie toutes mes pensées. Anna… *voulait rester avec moi*, pendant un après-midi, une heure, la durée d'une promenade. Peu importait combien de temps. Le seul fait qu'elle me l'ait proposé illuminait mon âme. Le conte prenait mille parfums quand elle était près de moi. Il brillait grâce à l'éclat de ses cheveux et de son sourire. Il avait le son de son rire et la chaleur de ses yeux. Et j'aurais voulu y vivre pour toujours.

— Celle-ci, Nica ? Oh non, attends… Qu'est-ce que tu dis de celle-là ?

Je ne savais plus où donner de la tête. La boutique était immense. J'avais déjà essayé quantité de tenues mais Anna s'approcha avec un nouvel article qu'elle me colla sur la poitrine. Encore une fois, plutôt que de regarder ce qu'elle choisissait, je restais sous son charme. Je percevais sur elle l'odeur de la maison. Sa proximité me faisait rêver les yeux ouverts. Je n'arrivais pas à croire que j'étais vraiment ici, avec quelqu'un qui avait l'intention de m'acheter des vêtements alors que nous en avions déjà de pleins sacs. Quelqu'un qui voulait dépenser de l'argent pour *moi*, sans rien demander en échange. Quand Anna m'avait proposé qu'on passe un moment ensemble, je n'aurais jamais imaginé qu'elle m'emmènerait faire du shopping, ou qu'elle voudrait m'acheter quoi que ce soit, encore moins des tee-shirts, des jupes ou de nouveaux sous-vêtements. Je devais me pincer pour m'assurer que tout cela était vrai.

— Tu aimes ?

— Oui, beaucoup… murmurai-je, ravie.

— Tu as déjà dit ça toutes les autres fois, Nica, dit-elle en riant.

Elle me regarda dans les yeux, comme j'aimais.

— Il y a sûrement des choses que tu préfères !

J'étais embarrassée. En vérité, tout me plaisait. Aussi exagéré et difficile à croire que cela puisse être, c'était comme ça. J'aurais voulu trouver les mots pour le lui expliquer. Pour lui faire comprendre que chacune de ses propositions était pour moi de l'or en barre. Que le temps était quelque chose que personne ne m'avait jamais accordé avant. Que, quand on vit seulement de désirs et de fantasmes, on apprend à apprécier les plus petites choses : un trèfle à quatre feuilles découvert par hasard, une goutte de confiture tombée sur la table, l'intensité d'un regard échangé.

Quant aux préférences… Les préférences étaient un privilège que je n'avais jamais pu me permettre.

— J'aime bien les couleurs, murmurai-je avec une hésitation presque infantile. Les choses bariolées…

Je lui montrai alors un pyjama avec de petites abeilles.

— Comme ça !

— Je crois, objecta Anna, ou plutôt je suis quasiment sûre, que c'est un pyjama pour enfant.

Je rougis et vérifiai aussitôt l'étiquette tandis qu'Anna éclatait de rire. Puis elle posa une main sur mon bras.

— Viens, j'ai vu le même motif au rayon des chaussettes.

Une heure après, j'avais plein de chaussettes neuves. Je ne sentirais plus les courants d'air des nuits d'hiver ni les échardes se planter sous mes pieds à travers le tissu râpé. Quand Anna sortit de la boutique, je la suivis en titubant sous le poids de mes sacs et avec un air d'extase sur le visage.

— Salut, trésor ! dit-elle en répondant au téléphone. Oui, on y est encore… Oui, oui, tout se passe bien.

Elle sourit et me prit quelques sacs des mains.

— Juste deux ou trois petites choses… Non… Non, Carl est au magasin, mais lundi matin, c'est moi qui dois ouvrir. Et toi, où es-tu ?

Elle s'immobilisa et son visage s'illumina.

— Vraiment ? Vers quelle entrée ? Je ne pensais pas que tu viendrais ici ! Et comment ça se fait que tu… Quoi ?

Je la vis écouter attentivement. Puis elle ouvrit tout grand les yeux et porta une main à sa bouche.

— Oh, Norman ! s'exclama-t-elle, folle de joie. C'est vrai ? Mais… mais c'est merveilleux !

Elle éclata de rire.

— Trésor ! Quelle bonne nouvelle ! Qu'est-ce que je t'avais dit ? C'est ton année ! Et je suis sûre que ça fera une excellente publicité à l'entreprise !

Je ne comprenais pas de quoi Anna parlait et ce qui la rendait si joyeuse. Elle félicita encore Norman avant de raccrocher.

— Tout va bien ? lui demandai-je.

— Bien sûr ! Norman vient de recevoir une nouvelle qu'il attendait depuis longtemps. Sa société va participer à un congrès annuel la semaine prochaine ! Elles sont très peu nombreuses à avoir été sélectionnées, c'est vraiment une occasion unique. À vrai dire, il n'y croyait plus.

Elle me fit signe de la suivre avec un sourire.

— Viens, Norman est là lui aussi ! Demain, je préparerai un rôti ! C'est dimanche, nous pourrons fêter la nouvelle autour d'un bon repas. Qu'est-ce que tu en penses ?

J'approuvai, heureuse de la voir aussi émue. Nous traversâmes le centre commercial et Anna continua de me parler de cette rencontre annuelle, un événement prestigieux pour les experts du secteur. Nous rejoignîmes une autre entrée et elle m'indiqua un nouveau magasin de vêtements.

— Il devrait être là… Ohé, Norman !

Il nous salua avant de venir à notre rencontre.

— Oh, je suis tellement contente pour toi, dit Anna en se blottissant dans ses bras.

Ce qui le fit rougir.

— Bon, c'est vrai, tu l'avais dit. Et tu ne te trompes jamais… Oh, salut, Nica.

Il m'adressa un sourire embarrassé que je lui rendis, tandis qu'Anna lissait sa veste sur ses épaules.

— Je t'accompagnerai avec plaisir, tu sais ! Mais on en parlera plus tard. Pourquoi es-tu là ? Je croyais que tu restais à la maison aujourd'hui.

— Je suis avec Rigel, répondit Norman. Lui aussi avait besoin d'acheter des vêtements.

Je me mis aussitôt à le chercher des yeux, une sensation inconnue courant sur ma peau.

— J'ai peur de l'avoir perdu dans les rayons, avoua Norman en se grattant la tête.

— Tu veux jeter un coup d'œil, Nica ? me demanda Anna. Peut-être que tu trouveras quelque chose qui te plaira.

J'hésitai mais je décidai finalement de les laisser discuter. Je m'éloignai en regardant prudemment autour de moi. J'avais beau essayer de me concentrer sur les vêtements, je n'y arrivais pas. Je savais qu'il était là, quelque part, avec ses yeux abyssaux et son aura irrésistible. Tandis que je parcourais les rayons, l'un des sacs m'échappa. Au moment où je me baissais, quelqu'un me rentra dedans. Et jura.

— Désolée… bredouillai-je.

— Fais attention, marmonna le garçon en ramassant le pull qu'il avait fait tomber.

Il me rendit mon sac. Mais, comme je tendais la main pour le prendre, il résista un peu.

— Merci… murmurai-je.

— Eh, mais… on se connaît.

Je levai les yeux. En effet, son visage m'était familier.

— Tu es la fille de l'escargot.

Il me regardait avec intensité.

— C'est toi, n'est-ce pas ? insista-t-il.

Voilà où je l'avais vu : sur le muret du lycée. Je fus surprise. En général, personne ne se souvenait de moi.

— Tous ces sacs ! dit-il de but en blanc. Tu es une acheteuse compulsive, hein ?

— Oh, me ressaisis-je, non, je…

— Comme ça, tu es une fille dépensière, commenta-t-il avec un sourire un peu étudié.

— Sincèrement, c'est très rare…

— Oui, elles disent toutes ça, répondit-il. Mais le premier pas pour résoudre un problème, c'est d'admettre qu'on en a un, non ?

J'essayai d'objecter mais il m'interrompit de nouveau.

— T'inquiète, ton secret sera bien gardé avec moi, dit-il avec un air suffisant. Je ne t'avais jamais vue à la Burnaby avant hier…

— Je suis arrivée il n'y a pas longtemps, répondis-je.

Il s'était approché d'un pas. Je me demandai pourquoi il restait là pour parler avec moi.

— Tu es en dernière année ?

— Oui…

— Bon, alors, bienvenue, murmura-t-il en m'étudiant attentivement.

— Merci…

— Peut-être bien, fille à l'escargot, que tu devrais connaître mon prénom. Qu'est-ce que tu en penses ? Comme ça, la prochaine fois que tu voudras me prévenir de la présence dans les parages d'une créature rampante, tu sauras comment m'appeler.

Il me tendit la main en souriant, sûr de lui.

— Je m'appelle…

— *En plein milieu*, tonna une voix froide.

Je restai paralysée en l'entendant. Le garçon se retourna et se retrouva nez à nez avec Rigel. Les yeux noirs ne le lâchaient pas, scrutant chacun de ses mouvements.

— Oh, euh… désolé… bredouilla-t-il, surpris.

Il recula jusqu'à s'écraser contre une étagère pour laisser passer Rigel, qui le dépassa sans se presser et s'immobilisa derrière moi. Si près qu'il me fut impossible de l'ignorer. L'attrait de son corps était irrépressible et déstabilisant.

— Ah, murmura le garçon en nous considérant. Vous… vous êtes ensemble ?

Rigel garda le silence. Mal à l'aise, je cherchai ses yeux pour deviner ses intentions.

— Dans un certain sens… répondis-je.

Le garçon croisa son regard et le salua d'un air détaché :

— Bonjour…

Mais Rigel ne lui répondit pas. J'étais certaine que ses yeux étaient encore fixés sur lui. Soudain, je sentis sa main effleurer une mèche de mes cheveux. Je me figeai, surprise. Glacée.

Qu'est-ce que Rigel était en train de faire ?

Il me… touchait ?

Non… Ses doigts s'enroulèrent lentement autour de la mèche, sans la tirer ni même m'effleurer. Je levai les yeux sur Rigel, qui continuait de regarder le garçon, puis nos iris se croisèrent. J'étais tendue, perdue, et, pendant un instant, il me sembla sentir ses doigts se crisper dans mes cheveux.

— On s'en allait, dit-il de sa voix profonde. Viens.

S'il n'avait pas été si près de moi, je me serais aperçue plus tôt de la présence d'Anna derrière lui. Elle nous faisait signe et je sortis de ma torpeur.

— Oh… dis-je en me retournant vers le garçon. Je dois…

— Pas de problème, lâcha-t-il en mettant les mains dans ses poches.

— Alors, salut, lui dis-je avant de m'éloigner.

Rigel lâcha la mèche et me précéda. J'observai ses larges épaules et me rendis compte que j'avais la gorge sèche. Je sentais encore ses doigts dans mes cheveux. Qu'est-ce qui lui avait pris ?

— Rien trouvé ? s'étonna Norman.

Ses lunettes épaisses lui faisaient des yeux de hibou.

— Oh non… répondis-je en lui montrant mes sacs. J'ai déjà acheté beaucoup trop de choses.

Il hocha la tête, encore plus gêné que moi, et j'en profitai pour le féliciter pour le congrès. Il me répondit avec un murmure embarrassé, mais je voyais bien qu'il souriait. Il m'expliqua que seules les entreprises les plus renommées étaient appelées à participer et que les discussions portaient sur les nouveautés dans leur domaine : mort-aux-rats, insecticides dernier cri, trucs et stratagèmes pour tous types de parasites. À mesure qu'il parlait, ma tête était de plus en plus lourde ; en passant devant une vitrine, j'eus juste le temps de voir que j'étais toute pâle tandis que Norman parlait avec enthousiasme des derniers pesticides mis sur le marché. Soudain, je me sentis mal.

— Hé, tout va bien ? l'entendis-je me demander. Tu as le teint un peu verdâtre.

— Nica !

Rayonnante, Anna agitait la main, quelques mètres plus loin. Je fus vraiment soulagée de son intervention.

— Viens voir cette robe !

Dans la vitrine, je vis ce qui avait attiré son attention : une gracieuse petite robe dans des tons pastel. Elle était simple mais faite d'un délicat tissu qui moulait la poitrine et ondulait sur les côtés. Elle avait de fines bretelles, une rangée de petits boutons de nacre sur le devant et une forme évasée depuis la taille. Mais c'est la couleur du tissu qui me frappa le plus. Une teinte légère de la couleur du ciel. Et des pétales de myosotis que je frottais sur mes vêtements au Grave, quand j'étais petite, pour qu'ils paraissent moins gris. Je m'extasiai comme quand je regardais les nuages depuis le jardin de l'orphelinat. Cette robe avait quelque chose qui me rappelait ces moments, quelque chose de délicat et de pur comme le ciel que je contemplais avec le désir d'être libre.

— N'est-elle pas terriblement adorable ? demanda Anna en m'effleurant la main.

Je hochai lentement la tête.

— Tu veux entrer l'essayer ?

— Non, Anna, je... Tu m'as déjà acheté plein de choses...

Mais elle avait déjà ouvert la porte et s'était approchée de la vendeuse.

— Bonjour. Nous voudrions essayer cette robe, dit-elle en désignant la vitrine.

La jeune fille nous adressa un grand sourire.

— Bien sûr. Venez, je vous l'apporte tout de suite !

Et elle disparut dans l'arrière-boutique. Je tirai doucement sur la manche d'Anna.

— Anna, vraiment, ce n'est pas nécessaire...

— Et pourquoi pas ? répondit-elle en souriant. Je veux voir comment elle te va. Tu ne voudrais quand même pas me refuser ce plaisir ? Après tout, c'est notre journée à nous.

J'étais sur le point de balbutier quelque chose mais la vendeuse réapparut.

— Il ne m'en reste plus, annonça-t-elle. Mais ce n'est pas un problème, je vais vous donner celle qui est en vitrine !

Elle s'approcha du mannequin et le déshabilla délicatement.

— Voilà pour toi ! dit-elle en me mettant la robe dans les bras. C'est la dernière. Les cabines d'essayage sont là-bas, viens !

Anna me prit les sacs des mains. Je vis alors entrer Norman et, juste derrière lui, Rigel fit son apparition. Je suivis la vendeuse jusqu'aux cabines et choisis celle du fond. Après m'être assurée que le rideau était bien tiré, je me déshabillai ; j'enfilai la robe, qui s'emmêla dans mes cheveux. Je n'avais jamais été très douée pour m'habiller.

Peut-être parce que les vêtements que nous portions au Grave étaient toujours trop larges et un peu distendus. Ou peut-être parce que, les rares fois où j'avais mis les beaux habits, j'étais trop nerveuse à cause des visiteurs.

La robe glissa avant de se plaquer sur ma poitrine, épousant mon corps jusqu'aux hanches. Je fus presque gênée de voir à quel point elle moulait parfaitement mes seins et dévoilait mes jambes ; je la fixai, incapable de lever les yeux. Et d'atteindre la fermeture Éclair dans mon dos.

— Anna ? appelai-je d'une petite voix. Anna, je n'arrive pas à fermer la robe.

— Ne t'inquiète pas, l'entendis-je me répondre. Approche, je vais t'aider.

Elle tendit la main et remonta la fermeture Éclair. Puis, avant que je ne puisse faire quoi que ce soit, elle ouvrit le rideau, me prenant complètement au dépourvu.

— *Mon Dieu !* sourit-elle avec extase dès qu'elle me vit. Elle te va comme un charme. Oh, Nica, comme tu es jolie !

Je me fis toute petite mais elle me contemplait avec des yeux lumineux, remplis d'émerveillement.

— On dirait qu'elle a été faite pour toi ! Tu as vu comme tu es belle ? Regarde ! Regarde comme elle te va bien !

Elle vint se placer à côté de moi et je vis mon visage rougir d'embarras.

— Alors ? voulut savoir la vendeuse peu après.

À peine me vit-elle qu'elle se figea, bouche bée.

— Oh !

Elle s'approcha, visiblement heureuse et admirative.

— On dirait un ange ! Madame, elle est merveilleuse !

Anna se tourna.

— Vraiment ?

— Il ne te manque que les ailes, plaisanta la jeune fille.

Je reculai un peu quand j'entendis des clients entrer dans le magasin. Le visage baissé, je me frottai nerveusement la joue.

— Oh, je…

— Elle te plaît ? me demanda Anna.

— Et à toi, elle te plaît ?

— Nica, comment pourrait-elle ne pas me plaire ? Regarde-toi !

C'est ce que je fis. Je me regardai, vraiment. Et, dans mes yeux hésitants, je découvris un éclat que je ne pensais pas trouver.

Quelque chose que je ne fus moi-même pas capable d'interpréter. Quelque chose de vivant. Délicat. Lumineux. *Moi.* Moi qui portais sur mon corps le ciel que j'avais toujours désiré. Moi qui brillais de l'intérieur, comme si j'avais cousu sur moi l'un de mes rêves. Comme si je ne devais plus jamais frotter de fleurs sur mes vêtements pour me sentir moins sale…

— Nica ? m'appela Anna.

Je baissai le visage, espérant qu'elle ne voie pas mes yeux brillants ni ne m'entende renifler.

— Elle me plaît… Elle me plaît beaucoup. Merci.

Je sentis la main d'Anna sur mon épaule. La tendresse avec laquelle elle l'étreignit fit naître en moi le désir de l'avoir chaque jour à mes côtés. Elle me donnait tellement… Trop pour un cœur fragile comme le mien. Je n'arrivais plus à envisager la possibilité de la perdre. Si jamais quelque chose devait mal tourner durant cette phase de l'adoption, je ne la reverrais plus.

— Nous la prenons, l'entendis-je dire.

Je retournai dans la cabine. Là, je passai doucement mes doigts sur la robe, sur la rangée de boutons qui suivait la courbe de la poitrine. Comme elle était jolie… Cependant, je me souvins que je n'arrivais pas à l'enlever toute seule.

— Excuse-moi, Anna, tu peux m'aider ? appelai-je.

J'entrouvris le rideau pour dégager mon dos et je regroupai mes cheveux sur une épaule afin qu'ils ne gênent pas. J'attendis mais Anna gardait le silence. Pourtant, je sentais une présence derrière moi.

— La fermeture, Anna… insistai-je, un peu gênée. Désolée mais je n'y arrive pas. Tu peux m'aider ?

Mes paroles furent suivies d'un long silence. Puis j'entendis des pas qui approchaient, sans hâte. Une main se posa sur le tissu de la robe tandis que l'autre saisissait la languette métallique et tirait lentement dessus. La fermeture Éclair produisit un bruit froid qui résonna dans mes oreilles.

— Merci, dis-je quand elle atteignit mes omoplates.

Mais elle ne s'arrêta pas. La fermeture Éclair continua à descendre avec lenteur et je la sentis glisser le long de ma colonne vertébrale.

— C'est bon, Anna… intervins-je avec délicatesse.

Mais une main serra le tissu pendant que l'autre poursuivait sa descente. Jusqu'en bas de mon dos. La robe s'ouvrit, s'épanouissant sur ma peau comme des ailes de coléoptère. Et ma voix devint plus aiguë :

— Anna…

Tic.

Le bruit simple du métal qui s'encastrait dans l'embout. Je fixai mon reflet, les bras contre ma poitrine pour retenir la robe. Je pouvais désormais l'enlever sans problème.

— Oh, eh bien… merci… murmurai-je avant de tirer le rideau.

Je fis glisser la robe et me retrouvai en sous-vêtements. Puis je me rhabillai et sortis. Devant les cabines, il n'y avait plus personne. Je cherchai Anna, en vain, jusqu'à ce que je l'aperçoive près de la caisse, son portable dans la main. Norman était dehors, en train de regarder les vitrines.

— Alors, c'est bon ? me demanda-t-elle.

— Oui, merci, dis-je en serrant la robe contre moi. Sans toi, je ne serais pas arrivée à la retirer.

Anna sembla désolée.

— Oh, excuse-moi, Nica, on m'a téléphoné et j'ai oublié ! Tu n'as pas eu trop de mal à ouvrir la fermeture, j'espère ?

Je ne comprenais pas ce qu'elle me disait.

— Oui, merci à toi, répétai-je.

Sa confusion me troubla énormément. Une sensation étrange se fraya un chemin en moi et je fus soudain assaillie par une idée un peu folle. Je regardai derrière elle. Rigel était dehors, appuyé contre une colonne, les bras croisés, l'air de s'ennuyer. Non… Qu'est-ce que j'allais m'imaginer ?

La vendeuse s'approcha en souriant.

— Alors, tu la prends ? C'est vraiment un très bon choix. Elle te va super bien !

— Merci, répondis-je, un peu embarrassée.

— Et puis, tu peux la marier avec n'importe quoi, poursuivit-elle avec enthousiasme. Même dans un style plus décontracté, si tu veux… Tiens, dit-elle en prenant quelque chose sur un cintre. Ça, par exemple, ça peut suffire… Tu ne la trouves pas adorable ?

Je compris trop tard qu'il s'agissait d'une ceinture. J'avais encore les bras le long du corps quand elle m'entoura avec et le cuir râpa ma peau. Il ne fallut qu'un instant.

Je la sentis dans ma chair.

Je la sentis frotter.

Je la sentis appuyer, m'entourer et serrer jusqu'à me bloquer…

J'arrachai violemment la ceinture et reculai, les yeux écarquillés. La vendeuse me regarda, stupéfaite, les mains encore tendues. Et moi je continuai de reculer jusqu'à me cogner contre le comptoir de la caisse.

Tout mon corps se contracta. Je sentis cette tachycardie glacée me mordre le cœur, menaçant de le faire exploser. J'essayai de me contrôler mais mes mains tremblaient et je dus les poser sur le comptoir pour m'accrocher à la réalité.

— Que se passe-t-il ? demanda Anna, qui s'était tournée pour chercher Norman.

Elle me vit trembler et s'inquiéta aussitôt.

— Nica, qu'est-ce que tu as ?

J'étais à fleur de peau. Je devais absolument me calmer, combattre ces sensations, les maintenir sous contrôle. Je ne voulais pas qu'Anna me voie ainsi, je voulais qu'elle ne me voie que comme la personne parfaite qu'elle venait juste d'admirer dans cette robe. Une fille qu'elle aurait voulue avec elle. Une fille qui ne l'aurait pas dérangée ou gênée.

— Rien, murmurai-je en essayant d'avoir l'air convaincante.

Mais mes cordes vocales n'eurent aucune pitié. Je déglutis, m'efforçant de contrôler les réactions de mon corps. En vain.

— Tu ne te sens pas bien ? demanda-t-elle en m'observant d'un air soucieux.

Elle s'approcha, si près que ses yeux me parurent énormes et pénétrants. La situation empira. Je ressentis le besoin maladif et viscéral de me couvrir le corps, d'échapper à son regard et de me cacher, jusqu'à disparaître. *Ne me regarde pas*, supplia quelque chose en moi. Des angoisses incontrôlables m'arrachèrent des lambeaux de peau et me firent sentir mauvaise, petite, sale et coupable. Mon cœur battait furieusement et je plongeai à toute vitesse dans mes peurs.

Elle allait me jeter.

Elle allait me jeter à la poubelle parce que c'était ce que je méritais.

C'était là que je devais être.

C'était là que finissaient les gens comme moi.

Je n'aurais jamais le conte.

Je n'aurais jamais ma fin heureuse.

Dans cette histoire, il n'y avait pas de princesse.

Ni de fée. Ni de Petite Sirène.

Il y avait seulement une enfant…

Qui n'avait jamais été assez *gentille*.

9- ROSES ET ÉPINES

Tu sais ce qui rend les choses si belles ?
Les épines.
Il n'y a rien de plus beau
que ce que tu ne peux pas serrer entre tes doigts.

Un étourdissement à cause de la chaleur et de l'émotion. L'impression de m'évanouir. Voilà comment j'avais expliqué ce qui s'était passé au centre commercial, cachant mes réactions du mieux que j'avais pu. J'avais essayé de juguler le signal d'alarme envoyé par mon corps, le contenant de toutes mes forces. Et, après que j'eus longuement rassuré Anna, elle avait fini par me croire.

J'avais découvert que je n'aimais pas lui mentir, mais je ne pouvais pas faire autrement. L'idée de lui dire la vérité provoquait en moi un malaise qui me coupait le souffle. Je ne pouvais pas le faire, point. Je ne pouvais pas lui dire ce qui avait provoqué ces sensations, pourquoi elles venaient d'une profondeur dans laquelle je n'aurais moi-même pas voulu m'enfoncer.

— Nica ? m'interpella-t-elle le lundi matin.

Anna se tenait sur le seuil de ma chambre, ses yeux clairs comme le ciel. Une partie de moi désirait qu'elle ne me voie jamais plus comme elle m'avait vue l'autre jour.

— Qu'est-ce que tu cherches ? demanda-t-elle en me voyant fouiller mon bureau.

Je savais qu'elle avait pris pour argent comptant ce que je lui avais dit, mais cela ne l'empêchait pas d'être encore inquiète.

— Rien, juste… une photo, murmurai-je comme elle s'approchait. Ma copine m'en a donné une l'autre jour et… je n'arrive pas à la retrouver.

Je ne pouvais pas y croire. Billie venait de me l'offrir et je l'avais déjà perdue ?

— Tu as vérifié sur la table de la cuisine ?

J'acquiesçai en ramenant mes cheveux derrière mes oreilles.

— Tu vas la retrouver, tu verras. Je suis sûre qu'elle n'est pas perdue.

Anna arrangea une mèche sur mon épaule. Au moment où elle me regarda dans les yeux, je sentis mon cœur se gonfler d'affection.

— J'ai quelque chose pour toi, dit-elle en exhibant une petite boîte sous mon nez.

J'observai le couvercle en carton sans savoir quoi dire. Et, quand je l'ouvris, je n'en crus pas mes yeux.

— Je sais que ce n'est pas le dernier modèle, commenta Anna tandis que je le sortais de la boîte. Il est un peu vieillot mais, comme ça, je pourrai toujours savoir où vous êtes, Rigel et toi. Je lui en ai donné un aussi.

Un téléphone. Anna m'offrait un téléphone. Je le fixai, muette.

— Il y a déjà la carte, et mon numéro est enregistré dans les contacts, m'expliqua-t-elle tranquillement. Je t'ai mis aussi celui de Norman.

En serrant dans mes mains quelque chose d'aussi important, j'étais incapable d'exprimer ce que j'éprouvais en cet instant. Me revinrent en mémoire toutes les fois où j'avais rêvé d'échanger mon numéro avec une amie ou d'entendre sonner mon propre téléphone, constatant ainsi que quelqu'un me cherchait et voulait me parler.

— Je… Anna, je ne sais vraiment pas… balbutiai-je.

J'étais enchantée et débordante de gratitude.

— Merci…

Cela me semblait irréel. Moi qui n'avais jamais rien eu à moi à part ce doudou en forme de chenille que m'avaient offert mes parents… Pourquoi Anna se donnait-elle autant de mal pour moi ? Pourquoi m'offrait-elle des vêtements, des sous-vêtements et des objets aussi pérennes ? Je savais que je ne devais pas me leurrer, qu'il n'y avait encore rien de définitif. Et pourtant, je ne pouvais pas m'empêcher d'*espérer*.

Espérer qu'elle veuille me garder avec elle.

Espérer que nous restions ensemble et qu'elle s'attache à moi comme je m'attachais à elle.

— Je sais que les filles de ton âge ont des téléphones dernière génération, mais…

— Il est parfait, susurrai-je en savourant la valeur de ce geste. Il est absolument parfait, Anna. Merci.

Elle sourit avec tendresse et une douce chaleur se diffusa dans mon corps.

— Nica… Pourquoi ne portes-tu pas les vêtements que nous avons achetés ? me demanda-t-elle, un peu inquiète. Ils ne te plaisent plus ?

— Si, répondis-je précipitamment. Au contraire… Ils me plaisent vraiment beaucoup !

Et même trop, en réalité. Quand j'avais voulu les ranger avec mes vieux vêtements, je n'avais pas réussi à les imaginer dans le même tiroir. Je les avais donc laissés dans les sacs, comme de saintes reliques.

— J'attendais juste le bon moment pour les mettre, dis-je d'une petite voix. Je ne veux surtout pas les abîmer.

— Ce sont des vêtements, souligna Anna. Ils sont faits pour être portés. Tu ne veux pas mettre toutes ces chaussettes multicolores que nous avons choisies ensemble ?

J'acquiesçai vigoureusement, me sentant soudain un peu puérile.

— Alors, qu'est-ce que tu attends ? demanda-t-elle en me caressant le visage.

Je ne pouvais que me réjouir de cette conversation durant laquelle, encore une fois, Anna m'offrait des fragments d'une normalité dont je rêvais depuis toujours.

Ce matin-là, je me rendis au lycée toute seule. Je m'étais mise en retard en me changeant et n'eus pas besoin de voir le portemanteau vide pour comprendre que Rigel ne m'avait pas attendue. C'était mieux comme ça. N'avais-je pas renouvelé ma promesse de rester loin de lui ?

Quand Billie m'avait parlé du Garden Day, vendredi dernier, j'avais imaginé une journée placée sous le signe du romantisme. L'amour se nichant dans les gestes les plus secrets, j'avais toujours pensé que la Saint-Valentin était une fête intime qui n'avait pas besoin d'actes spectaculaires.

Je n'aurais pas pu me tromper davantage. La cour était une vraie fourmilière. L'atmosphère était chargée d'une électricité qui rendait les élèves aussi agités que des sauterelles. Partout des roses jaunes, rouges, bleues et blanches créaient une mosaïque multicolore. Elles étaient toutes magnifiques, sans épines et chargées de symboles. Certains élèves se baladaient avec des paniers débordant de gerbes et lisaient les cartes qui y étaient accrochées ; lorsqu'ils s'approchaient d'un groupe de filles, elles retenaient toutes leur souffle pour ensuite pousser des petits cris quand l'heureuse élue recevait sa rose. Les autres dissimulaient des grimaces de déception ou des soupirs impatients.

J'essayai de gagner l'entrée sans finir au beau milieu d'un drame. Car Billie avait raison, c'était la journée du mélodrame. Les filles échangeaient des fleurs roses qui symbolisaient leur amitié, d'autres les montraient du doigt, vexées. Oubliant de le remercier pour celles qu'elles tenaient à la main, des petites amies jalouses accusaient leur copain d'avoir envoyé en secret des roses rouges à unetelle et unetelle.

Je reconnus un de mes camarades de classe qui courait en direction d'une fille. Il la prit dans ses bras par-derrière et lui mit une rose sous le nez. Elle sourit et je les regardai avec tendresse avant de prendre un coup d'épaule de la part d'une pom-pom girl pour le moins furieuse.

— Rose ? *Rose ?* hurlait-elle à un type bien habillé qui se grattait la tête, embarrassé. Après tout ce que nous avons fait, c'est tout ce que je suis pour toi ? Une amie ?

— Euh… Eh bien, Karen… En quelque sorte…

— *Amitié* mon cul ! brailla-t-elle en lui balançant la fleur à la figure.

Je m'éloignai, un peu effrayée, avant d'apercevoir une crinière de cheveux frisés d'un blond unique.

— Ohé, Billie, criai-je en la rejoignant. Excusez-moi, pardon…

Son visage s'illumina quand j'atterris sous son nez.

— Nica ! Tu arrives pile au bon moment. Les drames viennent juste de commencer !

Miki était en train de pousser brutalement dans son casier deux roses d'un rouge profond.

— Je déteste cette journée, marmonna-t-elle avec un air lugubre.

— Bonjour, Miki, lui dis-je doucement.

Elle me jeta un regard distrait, comme d'habitude. Mais, ce matin, j'y décelai une pointe de gentillesse.

— La journée n'est encore pas commencée et tu as déjà deux roses rouges, la taquina Billie tandis que j'ouvrais mon casier. Je parie que d'autres vont arriver. Qu'est-ce que tu en dis, Nica ?

Elle se tourna vers moi et me poussa du coude.

— Eh, tu es bien colorée, aujourd'hui ! fit-elle remarquer en m'observant, les yeux brillants.

Je me mis à tripoter les manches de mon chemisier. Je souris, heureuse de ne plus porter tout ce gris sur moi.

— Anna m'a offert plein de vêtements neufs, répondis-je en surprenant un coup d'œil de Miki.

— J'aime bien toutes ces couleurs ! Qui sait ? Peut-être que toi aussi tu vas recevoir une belle rose *rouge profond*…

— Allons en classe, nous coupa Miki avec une énergie qu'elle n'avait d'ordinaire jamais en début de matinée. Si j'entends encore un mot, je jure que je te… Eh ! Lâche ce cadenas tout de suite !

Billie s'esquiva en riant. Et, avant que je ne comprenne, elle tendit rapidement la main pour chiper aussi celui de mon casier.

— Je les garde ! s'exclama-t-elle. Oh, allez ! Tout le monde fait ça pour le Garden Day !

— Tu *veux* mourir, siffla Miki avec des yeux furieux.

— Allons, je ne fais qu'encourager les admirateurs timides ! Qui sait combien de fleurs tu pourrais trouver à la fin des cours…

— Je me trompais. En fait, tu veux une fin *atroce*.

Le rire de Billie emplit mes oreilles avant que je ne remarque une présence reconnaissable entre toutes, une silhouette qui aimanta aussitôt mes yeux. Rigel sortait du secrétariat pour s'engager dans le couloir bondé, ouvrant la foule comme les flots et fixant un point droit devant lui. Il avait toujours cette assurance dédaigneuse, comme s'il était à la fois conscient de ce qui l'entourait et désireux de l'ignorer. Il avait beau savoir qu'il attirait tous les regards, il n'en rendait aucun. Il ne se souciait de personne et pourtant, à chaque pas, il semblait prendre le dessus sur tout le monde.

Lorsqu'il s'arrêta devant son casier, je vis la longue tige verte qui dépassait de la fermeture. Et je retins mon souffle. C'était celle d'une splendide rose blanche. Quelqu'un l'avait déposée là dans l'espoir qu'il la prenne. Mais, quand Rigel ouvrit son cadenas, la belle rose tomba sur le sol, au milieu de la poussière et des emballages de chewing-gums. Puis il s'éloigna sans même y jeter un œil.

— Il ne l'a pas prise, entendis-je des filles murmurer. Il n'a même pas pris la sienne !

Je vis qu'elles le suivaient avec des yeux avides.

— Je t'ai dit qu'il n'a pas accepté celle de Susy, dit l'une d'elles. Elle la lui a pourtant apportée en personne… J'étais sûre qu'il allait la prendre. Mais il est passé devant elle sans même s'arrêter.

— Peut-être qu'il a une petite amie…

Je me fis violence pour ne pas en écouter davantage. Cela me dérangeait d'entendre parler de lui ainsi. Elles le désiraient toutes comme s'il était inaccessible, tel le prince des ténèbres d'une histoire sans titre. Rigel était d'une beauté rare, aussi mortelle qu'une lame. Et, lorsqu'il s'en allait, il laissait derrière lui un sillage de murmures.

— Je vais en cours, chuchotai-je pour chasser le poids que je sentais dans ma poitrine.

Je ne comprenais pas de quoi il s'agissait, mais je n'aimais pas ça. Et l'idée de le découvrir me plaisait encore moins.

La journée passa à une vitesse folle. À la pause, deux membres du comité frappèrent à la porte. Ils entrèrent avec leurs paniers en osier et le sourire suave de qui prodigue joie ou peine d'un seul geste de la main. Je fus étonnée de voir une fille recevoir une rose d'un bleu très rare.

— C'est facile de comprendre qui l'a envoyée, murmura Billie. Le bleu représente la sagesse. Quelqu'un l'admire pour son intelligence, et ce n'est certainement pas un membre de l'équipe de foot... Regarde de quelle couleur est Jimmy Nut !

Je souris en voyant notre camarade de classe se cacher derrière son livre d'histoire. C'est alors qu'un membre du comité se planta devant nous. Il lut le prénom écrit sur une carte, dégagea la tige et la tendit. J'écarquillai les yeux de surprise devant Billie qui souriait.

— C'est pour moi ? demanda-t-elle simplement.

Le garçon approuva et elle lui prit la rose des mains.

— Elle est blanche, fis-je remarquer, ravie pour elle. Ce n'est pas le symbole de l'amour pur ?

— Je la reçois tous les ans, me confia-t-elle, attendrie. Je n'ai jamais reçu beaucoup de fleurs. Pratiquement aucune, en fait. Mais on m'envoie celle-là à chaque Garden Day.

Elle l'admirait en la faisant tourner avec délicatesse entre ses doigts.

— Toujours blanche... Chaque année. Une fois, j'ai vu la silhouette d'un garçon près de mon casier, mais je n'ai jamais découvert qui me l'envoyait.

Ses joues avaient pris une teinte rose et je compris alors pourquoi le Garden Day lui plaisait autant.

— Il faut la mettre dans l'eau, dis-je en souriant. J'irai avec toi après les cours.

À la fin de la journée, Billie serrait toujours sa fleur dans ses mains.

— Elle est en train de se faner, me fit-elle remarquer.

— Elle va se requinquer, dis-je en regardant les pétales un peu flétris. Allons à la fontaine à eau.

Inutile de préciser que la fontaine en question était plus bondée qu'un abreuvoir à moineaux, entourée de filles qui brandissaient fièrement leurs roses.

— Il y a un robinet à l'arrière de la cour, suggéra Billie. Viens, ça ira plus vite.

Nous fîmes demi-tour et Billie se remit à bavarder.

— À propos, ma photo ? me demanda-t-elle joyeusement. Tu l'as toujours ?

Je sentis mon ventre se tordre. L'idée de l'avoir perdue me mortifiait. Billie avait partagé sa passion avec moi et j'avais beaucoup apprécié son cadeau. Pourtant, j'avais réussi à le perdre. Je ne voulais pas qu'elle pense que je m'en moquais. Par conséquent, je fus obligée de mentir de nouveau.

— Oui, dis-je en déglutissant.

En la voyant sourire, je me fis la promesse que, une fois rentrée à la maison, j'allais la chercher et la retrouver. Elle ne pouvait pas avoir disparu dans la nature. Je ne pouvais pas l'avoir définitivement perdue...

Nous débouchâmes à l'arrière de la cour, où une étendue de ciment était surmontée d'un panier de basket accroché au grillage.

— Attends ! dit Billie en se frappant le front de la main. J'ai oublié ma bouteille dans la classe !

— Espérons que le gardien ne soit pas encore arrivé !

Elle m'abandonna en me promettant de faire vite. Une fois seule, je ne pus m'empêcher de repenser à la photo. Un bruit de pas attira soudain mon attention. Je ne savais pas d'où il provenait mais remarquai une fenêtre ouverte dans l'une des classes du rez-de-chaussée.

— Ça ne m'étonne pas de te trouver ici.

Je me sentis glacée dans la seconde.

Cette voix.

L'entendre si proche était indescriptible. Il me sembla l'avoir à côté de moi, avec ses yeux noirs et son charme puissant. Je me penchai un peu et j'eus la confirmation de ce que je pensais. Rigel était encore assis en classe, comme s'il s'était attardé à lire un dernier paragraphe. Il rangeait ses livres dans son sac et, à côté de lui, je vis une cascade de cheveux brillants. Elle était de dos mais je reconnus immédiatement la fille qui avait bloqué la porte de la salle de musique le jour où il y avait joué du piano. Debout près de son bureau, elle était tout simplement sublime. Sa silhouette élancée et ses formes harmonieuses lui donnaient l'air d'une fée. Je remarquai ses mains très soignées, aux ongles vernis ; elles étaient fines et parfaites, tellement différentes des miennes qui étaient pleines d'égratignures et de pansements. Entre ses doigts, elle tenait...

Une rose rouge.

— Tu t'attends à ce que je la prenne ? demanda Rigel avec une pointe de dérision.

L'air détaché, il n'avait pas laissé transparaître la moindre émotion. Mais, dans ses yeux, il y avait toujours cette étincelle intimidante capable d'impressionner n'importe qui.

— Eh ben... ça serait sympa.

Ce murmure me troubla. Rigel ferma son sac et se leva.

— Je ne suis pas sympa, lâcha-t-il en fermant son sac et en se levant.

Il passa devant elle et se dirigea vers le couloir. Mais elle le retint par la bretelle de son sac.

— Et alors, comment es-tu ? demanda-t-elle en cherchant à attirer son attention.

Attention qu'il refusait de lui accorder en tournant ostensiblement son large dos. Elle risqua un pas en avant pour s'approcher de lui.

— Je voudrais te connaître, dit-elle d'une voix douce. Je le veux depuis que je t'ai vu le premier jour, assis devant ce piano.

Je vis alors Rigel se tourner lentement, tandis qu'elle poursuivait :

— J'aimerais bien approfondir notre relation…

Elle leva la rose tout en rivant son regard à celui de Rigel.

— Tu pourrais prendre cette rose… et me livrer un peu de toi. Il y a tant de choses que j'ignore encore, Rigel Wilde, murmura-t-elle d'un ton aguicheur. Par exemple… quel genre de type es-tu ?

Rigel fixait désormais la rose par-dessous. Mais, dans ses yeux, rien ne brillait. Ils étaient impassibles. Insensibles. Deux diamants privés de toute émotion. Vides, froids, lointains. Comme des étoiles mortes. Il leva la tête et je compris qu'il allait mettre son masque. Il étira un coin de sa bouche et sourit. De sa manière pénétrante de bête sauvage. Il te coupait le souffle, ce sourire sournois, il t'empoisonnait avec sa méchanceté et t'ensorcelait avec sa séduction. C'était le sourire de quelqu'un qui ne se laissait approcher par personne.

Rigel leva la main et la referma sur la rose, le regard planté dans celui de la fille. Il serra et ses doigts s'enfoncèrent lentement dans la corolle jusqu'à la désintégrer. Des lambeaux de pétales tombèrent en pluie à ses pieds comme une poignée de papillons morts.

— Je suis un type *compliqué*, murmura-t-il pour répondre à sa question.

Son timbre sourd et rauque traversa l'air jusqu'à remonter le long de mon échine. Puis Rigel se tourna et disparut derrière la porte. Mais c'était comme s'il était encore là, car il avait laissé un quelque chose d'à la fois violent et silencieux imprimé dans l'air. Et sa voix avait creusé un sillon en moi.

Je sursautai en sentant une main me toucher l'épaule et me retournai vivement.

— Désolée, je t'ai fait peur ? me demanda Billie en riant. J'ai ma bouteille. J'ai dû batailler avec le gardien mais je suis arrivée à la récupérer !

Elle me la montra d'un air triomphant mais je ne la voyais pas. Après l'avoir remplie, nous quittâmes la cour. Billie n'arrêtait pas de parler mais je n'arrivais pas à l'écouter. Mes pensées étaient tournées vers Rigel. Vers le masque de courtoisie et de bonne éducation derrière lequel il se cachait. Vers son sourire cynique et insolent, comme si cette tentative de mieux le connaître l'avait autant amusé qu'apitoyé. Comment faisait-il ? Comment faisait-il pour charmer de cette manière ? Pour te soumettre à son regard et t'inspirer de la peur la seconde suivante ? *De quoi était fait Rigel ? De chair ou de cauchemars ?*

Lorsque Billie aperçut Miki dans la foule, elle courut à sa rencontre.

— Miki ! Regarde ! Cette année aussi !

Visiblement éprouvée par la journée, Miki considéra la rose distraitement. Billie sourit.

— Tu as vu ? Elle est blanche !

— Comme toutes les autres fois, marmonna Miki en ouvrant son casier.

L'une des roses rouges en tomba mais elle s'efforça de ne pas y prêter attention en rangeant ses livres dans cet enchevêtrement de feuilles et de tiges. Billie la ramassa et la lui tendit en souriant. Miki s'immobilisa puis la lui prit lentement des mains avant de la jeter dans son casier.

— Heu… À ton avis, ça va, cette quantité d'eau ? lui demanda Billie. J'en ai trop mis ? Nica, qu'est-ce que tu en penses ? Il ne faudrait pas la noyer.

Je lui répondis que les fleurs étaient capables de faire beaucoup de choses incroyables, mais certainement pas de se noyer.

— Tu en es sûre ? insista-t-elle. Je ne voudrais pas l'abîmer, elle semble si fragile…

— Excuse-moi, entendit-on alors.

Un garçon se tenait derrière Miki, ne sachant pas encore qu'il serrait dans ses mains une bombe rouge vif.

— Excuse-moi, répéta-t-il en souriant, sûr de lui.

Il tapota l'épaule de Miki mais blanchit à l'instant où elle se tourna, des éclairs dans les yeux.

— *Quoi ?* grogna-t-elle, aussi aimable qu'un taureau enragé et pulvérisant toute bonne volonté.

— Je voulais seulement…

Le garçon semblait en difficulté. Il tripota la rose et Miki prit un air encore plus féroce.

— Qu'est-ce que tu veux ?

— N… non… rien, se dépêcha-t-il de dire en cachant la fleur dans son dos.

Il rit nerveusement puis s'éloigna comme s'il avait des flammes sous les pieds.

— Il faut dire une chose : tout le monde te désire.

Miki leva les mains et Billie poussa un petit cri amusé. Elles se chamaillèrent en se tortillant comme des anguilles tandis que j'ouvrais mon casier en souriant. Et le monde s'arrêta de tourner. Mon sourire s'effaça et chaque bruit fut englouti par cette porte ouverte, comme dévoré par un trou noir.

Voilà comment elle était. Noire. Noire comme une nuit sans lune. Noire comme je n'aurais jamais pu imaginer que puisse l'être quelque chose d'aussi délicat. Noire comme de l'encre.

Trop bouleversée pour respirer, je tendis la main pour la libérer de sa cage de métal. Hérissée et sauvage, les pétales empreints d'un charme tragique, la rose noire était une blessure pour mes yeux. Elle n'avait pas une tige lisse et inoffensive comme les autres. Non, elle était criblée d'épines qui s'accrochaient à mes pansements. Je la regardai comme si elle n'était pas réelle. Et cette fois, ce ne fut pas un doute mais une certitude. Mon cœur s'accéléra et un mécanisme se déclencha dans mon cerveau. Je pris conscience de quelque chose que j'aurais dû comprendre depuis longtemps. Et mes livres tombèrent sur le sol tandis que je reculais, les doigts serrés sur ces épines.

Cette photo, je ne l'avais pas perdue.

Je ne l'aurais jamais perdue.

Et plus cela devenait une évidence absolue en moi, plus cette rose s'agrippait à mes doigts, anéantissant toute hésitation. Je me mis à courir. Le monde devint flou alors que je traversais le couloir, puis la cour, puis le portail, poussée par un instinct irrépressible. Des regards choqués tombèrent sur la rose que je serrais dans ma main et des chuchotements s'élevèrent à mon passage.

— Elle est noire… disaient-ils.

— On n'a jamais vu une rose noire…

Et les filles d'ajouter, fébriles :

— Comme elle est belle !

Mais elle est noire, noire, noire. Cette phrase résonnait dans ma tête pendant que je courais vers la maison sans me retourner. J'insérai en toute hâte ma clé dans la serrure et abandonnai mon sac dans l'escalier et ma veste sur la dernière marche. Mon élan s'arrêta là, devant cette porte. Avec toutes ses épines plantées dans mes pansements, la rose griffait ma peau comme si je ne parvenais pas à la lâcher. *Comme si elle était la preuve.* La concrétisation de ce doute qui désormais hurlait *son* prénom. Aussi fou que cela puisse être. Insensé. Illogique et absurde. C'était lui ? C'était lui qui avait pris la photo ? *N'entre pas dans ma chambre*, m'avait-il dit. Je posai impulsivement ma main sur la poignée et j'entrai.

Je savais qu'il n'était pas là car il était collé tous les après-midi. Je fermai la porte dans mon dos et j'observai cet environnement inconnu. Tout était rigoureusement à sa place. Les rideaux bien droits. Le lit fait. Je ne pouvais que remarquer l'ordre presque maniaque qui régnait dans cette chambre. On aurait dit que Rigel n'y avait jamais dormi, bien que ses livres soient posés sur la table de nuit et ses vêtements rangés dans les tiroirs. Et bien qu'il passe la plus grande partie de son temps entre ces quatre murs.

Non.

Je déglutis. C'était bien *sa* chambre. Rigel dormait ici, travaillait ici, s'habillait ici. Le tee-shirt sur le dossier de la chaise était celui de Rigel. Comme la serviette dans l'armoire. Comme les cahiers sur son bureau, remplis de son écriture élégante. Comme le parfum que je sentais dans l'air.

Un étrange malaise m'envahit. À travers mes pansements, les épines semblaient me rappeler de me dépêcher. Je m'approchai du bureau. Je parcourus les feuilles empilées, déplaçai quelques livres. Puis je cherchai dans l'armoire, sur la commode, et même dans les poches de ses vestes. Je fouillai en faisant bien attention à remettre les choses à leur place exacte. J'examinai chaque tiroir de la table de nuit. Ils étaient à moitié vides. Et la photo n'y était pas.

Elle n'y était pas…

Je gagnai le centre de la pièce et me passai une main sur le front. J'avais regardé partout. Non, un moment. Pas *partout*. Je me dirigeai vers le lit. J'observai l'oreiller, le bord du drap parfaitement lissé, les coins tirés, sans un pli. Puis le matelas. Je me souvins des fois où je cachais sous le mien les morceaux de chocolat qu'on nous donnait pendant les visites pour les manger ensuite tranquillement. Je me souvins des bâtonnets de glace que je mettais là pour que la directrice ne les trouve pas.

J'aurais dû l'entendre. Peut-être que, si je n'avais pas tendu la main vers le matelas pour le soulever, et ne rien y trouver, je m'en serais rendu compte avant. Peut-être que, si je n'avais pas serré aussi fort cette rose, j'aurais au moins senti le froid glacial qui avait précédé ces mots :

— Je t'avais *dit* de ne pas entrer dans *ma* chambre.

Je basculai dans la réalité la plus sombre. J'étais piégée. Rigel était là, devant la porte ouverte, lugubre et inaccessible comme lui seul savait l'être. *Terrible*. Je ne vois pas comment j'aurais pu le définir autrement. Ses pupilles étaient tels des clous fichés en moi. Effilés comme ceux d'un félin, ses yeux noirs brillaient comme des gouffres prêts à m'engloutir. Je ne parvins pas à bouger. Même mon cœur s'était arrêté de battre, glacé. À cet instant, il m'apparut si grand et si terrible qu'il me fit peur. Ses épaules tendues et son regard implacable étaient ceux d'un gardien de cauchemars. Et je venais de franchir les limites.

J'essayais encore de réagir quand, lentement, sans bouger d'un pas, il leva le bras et posa sa main sur le battant de la porte. Puis il le poussa pour le fermer et le *clic* de la serrure me pétrifia.

— Je… dis-je en déglutissant. J'étais juste…

— *Juste ?* répéta-t-il d'un ton menaçant.

— … Juste en train de chercher quelque chose.

Face à cette dureté effrayante, je serrai la rose sans savoir à quoi d'autre m'accrocher.

— Quelque chose… dans ma chambre ?

— Je cherchais une photo.

— Et tu l'as trouvée ?

J'hésitai, les lèvres tremblantes.

— Non.

— Non, souffla-t-il d'un ton définitif en plissant légèrement les yeux.

L'aura terrible qu'il dégageait me suggérait de m'enfuir le plus loin possible.

— Tu entres dans la tanière du loup, Nica, et ensuite tu t'attends à ce qu'il ne te dévore pas.

Je me tendis lorsqu'il avança vers moi. Tout en moi me criait de reculer. Toutefois, je résistai.

— C'est toi ? lâchai-je brusquement en désignant la rose noire. C'est toi qui me l'as offerte ?

Rigel s'immobilisa. Ses yeux secs et dénués d'expression se posèrent sur la fleur et il haussa les sourcils.

— Moi ? dit-il sans retenir une pointe d'amusement.

Un sourire moqueur et perfide se dessina sur ses lèvres.

— T'offrir… une fleur… *à toi* ?

Ses paroles me *mordaient* et la confiance que j'avais affichée jusque-là se fissura complètement pour laisser place au doute. Je baissai les yeux, avec cette hésitation qui l'amusait tant. Un sourire tranchant comme une lame sur les lèvres, il me rejoignit en quelques pas et me prit la rose des mains. Bouche bée, je le vis commencer à en arracher les pétales. Une pluie de confettis noirs dégringola devant moi.

— Non ! Non ! Lâche-la !

Je me débattis pour la reprendre. C'était la mienne. En dépit de tout, cette rose était à moi ! C'était un cadeau, elle n'y était pour rien et, en voyant Rigel la martyriser de cette façon, je ressentis un besoin irrépressible de la protéger. J'agrippai désespérément ses manches mais il la leva encore plus haut afin qu'elle soit hors de ma portée. Je me mis sur la pointe des pieds mais il parvint à arracher et à désintégrer chaque pétale.

— Arrête, Rigel ! criai-je en m'appuyant contre son buste. *Arrête !*

Je perdis l'équilibre et, instinctivement, me retins à lui. Mais Rigel fut surpris et je parvins à l'entraîner avec moi. Je tombai en arrière sur le lit et le matelas s'affaissa sous mon poids. Je n'eus pas le temps de formuler une pensée. Quelque chose atterrit sur moi et le plafond disparut entre mes cils entrouverts. Pendant un moment, je ne vis qu'une mosaïque de taches indéfinies qui me fit serrer les paupières. Je sentis quelque chose se poser délicatement dans mes cheveux, et autre chose au creux de ma gorge. C'étaient des pétales, mais je n'y prêtai pas attention car un poids était en train de se dégager de ma poitrine.

Quand je rouvris les yeux… j'eus le souffle coupé. Le visage de Rigel était tout près du mien et son corps me dominait. C'était si inattendu que mon cœur remonta dans ma gorge. L'un de ses genoux était entre mes cuisses et le tissu de son pantalon frottait contre ma peau. Humide et haletant, son souffle me brûlait la bouche, et ses mains étaient plantées de chaque côté de mon visage comme les serres d'un aigle. Mais ce ne fut que lorsque je croisai son regard que je me sentis trembler ; j'y perçus quelque chose que je n'avais jamais vu avant, une étincelle qui assécha ma bouche. J'y vis se refléter mes lèvres entrouvertes, ma respiration qui gonflait ma poitrine en rythme et le rouge qui me mordait les joues. Nous étions si proches que les battements que je sentais dans ma gorge étaient les siens.

Ma stupeur était la sienne.

Ma respiration était la sienne.

Tout lui appartenait, même mon âme.

Je fus parcourue d'un grand frisson. Une alarme sonna dans ma tête et, avec une force que je ne pensais pas avoir, je le repoussai brusquement. Je me levai du lit et m'enfuis comme un lièvre. Dans le couloir, je trébuchai avant de me réfugier dans ma chambre. Je fermai la porte et m'y appuyai puis me laissai glisser sur le sol. Mon cœur heurtait douloureusement ma cage thoracique. Ma peau portait encore la brûlure de sa présence, comme s'il l'avait tatouée partout sur mon corps. Qu'était-il en train de me faire ? Quel poison m'avait-il injecté ? J'essayai de calmer ma respiration mais, à l'intérieur de moi, une chose brûlante se démenait furieusement. Elle susurrait à mon oreille, jouait avec mes battements cardiaques et parcourait mes pensées. Elle se nourrissait de mes sensations et les transformait en frissons.

Sans logique.

Sans mesure.

Et sans aucune… délicatesse.

10- UN LIVRE

L'innocence n'est pas quelque chose qui se perd.
L'innocence est quelque chose qui existe,
en dépit de toute douleur.

Je n'arrivais pas à bouger. Mes jambes tremblaient, mes yeux étaient aveugles. L'obscurité était trop dense. Mes pupilles sautaient d'un côté à l'autre comme si elles espéraient voir quelqu'un. Mes ongles griffaient le métal de manière convulsive et fébrile. Mais je n'allais pas réussir à me libérer. Je n'y arrivais jamais. Personne ne viendrait me sauver. Personne ne répondrait à mes cris. Mes tempes battaient, ma gorge brûlait, ma peau se craquelait sous le cuir et j'étais seule… seule…

Seule…

J'ouvris les yeux dans un sanglot étouffé. La chambre tourbillonna et mon estomac se tordit. Je me levai, inspirant à fond, comme si j'avais failli me noyer. J'essayai de me calmer mais une sueur glacée coulait dans mon dos, plaquant la terreur sur ma peau. Des frissons moites glissaient sur moi et mon cœur menaçait d'exploser dans ma poitrine. Je me blottis contre la tête de lit en serrant mon doudou, comme quand j'étais petite. J'étais en sécurité. Dans une autre pièce, un autre endroit, une autre vie… Mais la sensation perdurait. À cause d'elle, je me recroquevillais. Je me repliais sur moi-même et je retournais là-bas, dans cette obscurité. Je redevenais une petite fille.

Peut-être l'étais-je encore. Peut-être n'avais-je jamais cessé de l'être. Quelque chose en moi s'était cassé très longtemps auparavant et était resté petit, infantile, naïf et terrorisé, comme s'il s'était arrêté de grandir. Je le savais. Je savais que je n'étais pas comme les autres. Parce que, même si j'avais grandi, cet aspect de moi était resté enfant. Je regardais encore le monde avec ces yeux-là. Je réagissais avec la même naïveté. Je cherchais la lumière dans les autres comme quand je l'avais cherchée en *Elle* lorsque j'étais enfant, sans jamais la trouver. J'étais un papillon enchaîné. Et peut-être allais-je le rester pour toujours.

— Tu vas bien, Nica ?

Ses épais cheveux retenus par un bandeau, Billie m'observait. J'étais restée éveillée toute la nuit, cherchant à ne pas plonger dans mes cauchemars, et mon visage en portait les traces. L'obscurité ne m'apaisait pas. J'avais parfois essayé de laisser la lampe de ma table de nuit allumée, mais Anna s'en était rendu compte. Croyant que c'était un oubli de ma part, elle était entrée dans ma chambre et l'avait éteinte. Je n'avais pas eu le courage de lui avouer que je préférais dormir avec une petite lumière, comme une enfant.

— Oui, répondis-je à Billie d'un ton que je voulais naturel. Pourquoi ?

— Je ne sais pas… Tu es plus pâle que d'habitude.

Elle m'étudia avec attention.

— Tu as l'air fatiguée. Tu n'as pas bien dormi ?

L'angoisse me tendit comme un arc et une agitation injustifiée s'éveilla instantanément en moi. J'étais habituée à de telles réactions, j'étais souvent assaillie de préoccupations exagérées qui alimentaient la partie la plus fragile et la plus enfantine de moi. C'était toujours ainsi quand il s'agissait de *cela*. Mes mains devenaient moites, mon cœur était sur le point de se briser et mon unique désir était que personne ne puisse me voir.

— Tout va bien, dis-je d'une petite voix que j'espérais suffisamment convaincante.

Mais Billie sembla me croire.

— Si tu veux, je peux te donner la recette d'une décoction relaxante, me répondit-elle. Ma grand-mère m'en préparait quand j'étais petite. Je te l'enverrai sur ton téléphone !

Quand Anna m'avait offert mon portable, Billie avait tout de suite voulu qu'on échange nos numéros. Elle m'avait aussi donné quelques trucs pour le configurer.

— Je te mets l'émoji du papillon, m'avait-elle dit en sauvegardant mon nom dans son répertoire. Regarde, j'ai mis un marteau pour ma grand-mère. Et un panda pour Miki. Mais cette ingrate ne le mérite pas. Elle, elle m'a affublée d'un caca…

Il y avait tellement à apprendre que, pour le moment, j'étais à peine capable d'envoyer un message sans me tromper.

— Vous avez fini de jacasser ? intervint une voix d'un ton indigné. Je ne vous ai pas amenés ici pour vous amuser. C'est un cours comme les autres ! *Silence !*

Les bavardages cessèrent. Le professeur Kryll scrutait un à un les élèves qui occupaient le laboratoire. Il nous ordonna de mettre les lunettes de protection, promettant une colle à quiconque serait surpris en train d'utiliser les instruments de manière inappropriée.

— Pourquoi écris-tu ton adresse sur la couverture de tes livres ? me chuchota Billie tandis que je poussais mon manuel de biologie dans un coin de la table que nous partagions.

Je posai les yeux sur l'étiquette portant mon nom, celui de la matière, l'année et le nom de ma rue et me rappelai avec quelle joie je les avais écrits.

— Pourquoi ? C'est bizarre ? demandai-je, gênée. Comme ça, si je le perds, on sait à qui il appartient, non ?

— Et le nom ne suffisait pas ? rit-elle.

Je rougis.

Ils pourraient se tromper…

— Vous êtes prêts ? aboya Kryll, attirant tous les regards sur lui.

Je posai les lunettes sur mon nez, calai mes cheveux derrière mes oreilles et j'enfilai les gants en plastique, découvrant la sensation qu'ils produisaient sur mes doigts. Je n'avais jamais fait de travaux pratiques dans un laboratoire et j'étais tout excitée !

— J'espère qu'il ne va pas nous faire éventrer des anguilles comme l'autre fois, murmura un élève dans mon dos.

Je fronçai les sourcils, mon sourire figé sur les lèvres. *Éventrer ?*

— Bien, annonça Kryll. Maintenant, vous pouvez poser le matériel sur la table.

Je me penchai pour attraper une pochette avec un stylo attaché à une ficelle tandis que le prof ajoutait :

— Rappelez-vous, le bistouri ne coupe pas les os.

— Le bistouri ne coupe pas… quoi ? répétai-je naïvement avant de faire l'erreur de baisser les yeux.

Ma peau fut traversée d'un spasme glacé. La grenouille morte gisait les pattes écartées sur un plateau métallique. Je la fixai, horrifiée, et le sang reflua de mon visage. Devant moi, deux élèves observaient le fil des lames comme des bouchers ; un peu plus loin, une fille enfilait ses gants en les faisant claquer ; près de la porte, un élève était penché sur sa grenouille, mais certainement pas pour lui faire du bouche-à-bouche. Je compris en un éclair. *Au secours !*

Kryll sortit de ce qui avait l'air d'être une salle des tortures : un débarras dans lequel j'aperçus des bocaux, des flacons et des récipients pleins de papillons, de coléoptères, de mille-pattes et de cigales. Je sentis mon estomac se retourner alors que, tout sourire, Billie saisissait le bistouri.

— Tu veux commencer ? me proposa-t-elle comme si nous parlions de découper un rôti.

À ce moment-là, je fus certaine que j'allais me trouver mal. Je lâchai la pochette et m'accrochai à la table.

— Nica, qu'est-ce que tu as ? s'étonna Billie. Tu vas bien ?

Un élève se retourna pour m'observer.

— Je… dis-je en déglutissant, non.

— Tu es toute verte, commenta Billie. Tu n'as pas peur des grenouilles, hein ? Ne t'inquiète pas, elle est morte ! *Raide morte !* Regarde !

Et elle commença à la piquer avec le bistouri. Mes lunettes s'embuèrent à cause de ma respiration et, pour la première fois de ma vie, je me mis à prier pour être envoyée en retenue loin d'ici. Non, ça non. Je ne pouvais pas faire ça. Vraiment…

— Je n'arrive pas à y croire, dit une voix dans mon dos. La protectrice des escargots a peur d'une petite grenouille…

Juste derrière nous, je reconnus le garçon que j'avais vu sur le muret, puis au centre commercial. Il ébaucha un sourire, ses lunettes de protection remontées sur la tête.

— Salut, fille à l'escargot.

— Salut… soufflai-je.

Il me regarda droit dans les yeux, comme s'il voulait dire quelque chose. Mais, l'instant d'après, Kryll nous ordonna de nous remettre au travail.

— Ne t'inquiète pas, Nica, je m'en occupe, me rassura Billie en voyant que j'utilisais la pochette comme bouclier. C'est clair que tu n'as jamais mis les pieds dans un labo ! Tu ne dois pas avoir honte, tu sais ? C'est un jeu d'enfant. Je vais découper et toi tu vas écrire ce qu'il se passe.

J'approuvai à grand-peine, pleine de compassion pour la grenouille pendant que Billie levait le bistouri.

— Bien ! Alors, attention aux éclaboussures !

J'enfonçai la tête dans mes épaules au moment où le bruit visqueux me vrilla les oreilles. Je rapprochai la pochette de mes yeux pour ne plus voir que la page blanche.

— Et voilà ! Ça, c'est le cœur ! Ou alors un poumon ? Mon Dieu, comme c'est mou… Et quelle drôle de couleur ! Regarde ce truc ! Oh, Nica, tu prends des notes ?

Je fis un petit signe de la tête tout en griffonnant convulsivement.

— Oh *mon Dieu*… l'entendis-je murmurer.

Je tournai si fort la feuille que je faillis la déchirer.

— Oh, c'est tellement gluant… Écoute ce bruit… beurk…

Ce fut peut-être la providence. Le destin. Le salut. Quoi que ce fût, cela vint sous l'apparence d'un bout de papier. Je le trouvai sur la table, juste à côté de moi. Lorsque je l'ouvris en tremblant, je n'y découvris que deux simples lettres : « Eh ». Quelqu'un s'éclaircit la voix et je me retournai. Le garçon me tournait le dos, toutefois je remarquai le coin déchiré d'une page de son cahier. J'entrouvris les lèvres, incertaine, mais sursautai avant de pouvoir faire quoi que ce soit.

— Dover ! cria le prof tandis que j'écarquillais les yeux de surprise. Qu'est-ce que tu tiens ?

La plupart des élèves levèrent les yeux sur moi. *Oh non !*

— Où… où ça ?

— Là ! Tu as quelque chose, je t'ai vue !

Il s'approcha au pas de charge. Paniquée, je lançai des regards frénétiques autour de moi. Qu'auraient dit Anna et Norman s'ils avaient su que je n'étais pas attentive au lycée ? Et qu'on m'avait surprise avec un petit mot dans la main ? Que faire ? Je ne réfléchissais plus. Voyant le prof en colère se diriger vers moi, je lui tournai le dos dans un élan de désespoir et fourrai le bout de papier dans ma bouche. Je mâchai comme une folle, comme je ne l'avais pas souvent fait dans ma vie de privations. Et, comble de la honte, je le faisais pile en face du garçon qui me l'avait donné. Il me vit avaler le papier, abasourdi.

À la fin, je parvins à en sortir vivante. Kryll n'avait pas été content quand il avait constaté que je n'avais rien dans les mains. Il m'avait considérée d'un air suspicieux puis m'avait ordonné de ne plus me laisser distraire et de me remettre au travail. Je me demandai ce qu'il aurait pensé s'il m'avait vue en ce moment, tandis que je marchais rapidement sur le trottoir, les bras serrés sur la poitrine comme si j'avais mal au ventre. Lorsque je fus suffisamment loin, je jetai un regard furtif dans mon dos. Près du pont, là où l'herbe descendait en pente jusqu'au fleuve, je m'agenouillai et baissai la fermeture Éclair de mon sweat. Le scarabée frétilla dans le bocal que je tenais dans les mains.

— Tout va bien, je t'ai sorti de là, lui dis-je comme si c'était un secret entre nous.

Je dévissai le couvercle et posai le bocal sur le sol. Le scarabée resta au fond, trop apeuré pour sortir.

— File, susurrai-je. Avant que quelqu'un ne te voie…

Je renversai le bocal. Le scarabée tomba dans l'herbe mais ne bougea pas. Il était petit. Différent. Beaucoup auraient été dégoûtés, l'auraient trouvé effrayant. Moi, en revanche, je n'éprouvais que pitié. La moitié des gens ne l'auraient pas remarqué tellement il était insignifiant, l'autre moitié l'auraient tué à cause de sa laideur.

— Tu ne peux pas rester ici… On va te faire du mal, dis-je avec amertume. Les gens ne comprennent pas, ils ont peur. Ils t'écraseront juste pour ne pas avoir à passer près de toi.

Le monde n'était pas habitué à voir ceux qui étaient différents, comme nous. Il nous enfermait dans des institutions pour nous oublier, il nous tenait à l'écart, dans la poussière, oubliant notre existence parce que c'était plus commode. Les gens ne voulaient pas nous avoir près d'eux, le seul fait de nous regarder les mettait mal à l'aise. Je ne le savais que trop bien.

— Allez, dis-je en grattant la terre près de ses petites pattes.

Le scarabée ouvrit les ailes, s'envola et disparut.

— Au revoir, murmurai-je en soupirant, le cœur gonflé de soulagement.

— Oh mon Dieu… Ce n'est donc pas une prérogative des fous de parler tout seuls.

Je dissimulai le bocal. Je n'étais pas seule. Deux filles me fixaient avec ironie. Je reconnus l'une d'entre elles grâce aux cheveux brillants et aux mains impeccables que j'avais entrevues par la fenêtre : c'était celle qui avait offert la rose rouge à Rigel. Elle me sourit d'un air méprisant.

— Comme ça, tu fais peur aux pigeons.

La honte me mordit aussitôt l'estomac. M'avaient-elles vue rendre sa liberté à une créature du laboratoire ? J'espérais que ce n'était pas le cas, sinon j'allais avoir de sérieux ennuis.

— Je ne faisais rien, dis-je précipitamment.

Ma voix était trop aiguë et elles éclatèrent de rire. Je compris alors que ce n'était pas ce que j'avais fait qui les amusait, mais moi. Elles riaient de moi.

— Je ne faisais rien, m'imita l'autre d'une manière ridicule. Mais quel âge as-tu ? On dirait une gamine de l'école primaire.

Elles posèrent les yeux sur mes pansements colorés et je sombrai dans mon manque de confiance, comme quand j'étais petite. Elles avaient raison. Je me sentis rapetisser jusqu'à devenir une fillette à leurs yeux, une bestiole niaise et bizarre, avec les mains pleines d'écorchures et la peau grise comme celle d'un monstre enfermé trop longtemps. Elles m'avaient surprise au beau milieu d'un moment où j'étais dans mon petit monde. Là où j'étais le plus vulnérable.

— Les enfants de la maternelle du quartier ont aussi un ami imaginaire, dirent-elles en riant. Peut-être que tu pourrais aller écouter ce qu'ils ont à te dire. Vous pourriez échanger vos briquettes de jus de fruits… Sans vous disputer, hein ! Allez, va voir tes petits copains.

La fille de la rose donna un coup de pied dans mon sac. Je sursautai et le tirai près de moi mais elle m'écrasa la main. La douleur me la fit aussitôt retirer. Je l'observai, désemparée, incapable de comprendre son attitude. Elle me regarda de haut, d'une manière qui me fit me sentir pitoyable.

— Peut-être qu'ils pourraient t'apprendre à ne pas espionner. Tes parents ne t'ont pas dit que c'était très mal élevé ?

— Nica ! claqua une voix.

Une silhouette pas très grande apparut derrière les filles, nous observant d'un air soupçonneux.

C'était Miki.

— Qu'est-ce que tu fais ? demanda-t-elle avec dureté.

La fille lui sourit.

— Oh, mais regardez qui est là. Je ne savais pas que le centre social organisait un congrès.

Elle posa ses ongles vernis sur ses lèvres.

— Comme c'est mignon ! Je vous prépare un thé ?

— J'ai une meilleure idée, répondit Miki. Et si vous vous tiriez d'ici ?

La fille serra les mâchoires. En revanche, sa copine baissa les yeux et se réfugia derrière elle.

— Qu'est-ce que t'as dit, pétasse ?

— Allez, viens, on s'en va… intervint l'autre.

— Tu n'as pas quelques veines à taillader ?

— Bien sûr ! s'exclama Miki. J'ai ma lame de rasoir, justement. On pourrait commencer par les tiennes.

— On y va, répéta l'autre en tirant sur la manche de sa copine.

La fille observa Miki des pieds à la tête avec une grimace de dégoût.

— Nulle et flippante, lui dit-elle lentement.

Puis elle nous tourna le dos et suivit sa copine sur le trottoir sans se retourner. Quand elles furent suffisamment loin, Miki porta son regard sur moi.

— Elles t'ont frappée ?

Je me levai en répondant d'une voix faible :

— Non.

Miki cherchait discrètement mes yeux, comme si elle voulait me sonder. J'espérai qu'elle n'y lirait pas que j'étais mortifiée.

— Qu'est-ce que tu fais là ? lui demandai-je pour détourner son attention. Tu prends le bus à cet arrêt pour rentrer chez toi ?

Miki hésita. Elle jeta un coup d'œil au carrefour vingt mètres plus loin.

— On vient me chercher au bout de la rue, répondit-elle enfin avec réticence.

— Oh… Pourquoi ?

J'espérais ne pas avoir l'air trop curieuse. La vérité, c'était que j'avais tellement honte en ce moment que je ressentais le besoin de parler de tout et n'importe quoi.

— Je préfère faire comme ça.

Peut-être Miki n'avait-elle pas envie que les autres voient qui venait la chercher, ou comment elle rentrait chez elle. Peut-être ne se sentait-elle pas à l'aise. Aussi ne posai-je pas d'autre question.

— Je dois y aller, dit-elle quand son téléphone se mit à sonner.

Elle le sortit de sa poche et considéra l'écran sans répondre.

— Alors on se voit demain, approuvai-je.

Elle passa devant moi sans s'embarrasser de politesses et poursuivit son chemin ; je la regardai s'éloigner sur le trottoir lorsqu'un cri sortit tout seul de ma bouche :

— Miki !

Elle se retourna. Je l'observai un instant. Puis… puis je lui souris.

— Merci.

Miki garda le silence et me fixa longuement comme si, pour la première fois depuis qu'elle me connaissait, elle me voyait enfin vraiment.

J'arrivai à la maison quelques minutes plus tard. La chaleur de l'entrée m'étreignit. Comme chaque jour, je me sentis câlinée, enveloppée, en sécurité. Je me figeai cependant en voyant le blouson de Rigel pendu au portemanteau. Ma poitrine se serra sans que je m'en rende compte. Maintenant qu'il n'était plus collé, j'allais devoir m'habituer à ce qu'il soit toujours à la maison. J'avais essayé de ne pas penser à lui pendant toute la matinée. Le souvenir de son souffle sur mes lèvres me faisait trembler comme cela ne m'était jamais arrivé. L'effet qu'il me faisait n'était pas normal. Comme il n'était pas normal que je le sente encore sur moi. La manière dont sa voix faisait bouillir mon sang n'était pas normale. Il n'y avait rien et il n'y avait jamais rien eu de normal. J'aurais voulu l'oublier. L'effacer. M'en débarrasser. Et pourtant, il suffisait d'un rien pour que je chavire de nouveau dans ces sensations…

La sonnette de l'entrée me fit sursauter, m'arrachant à mes pensées. Qui cela pouvait-il être à cette heure ? Anna était à la boutique et j'étais certaine que Norman ne passerait pas à la maison car il consacrait chaque minute de son temps libre à se préparer pour le congrès. Je jetai un œil, j'ouvris et je trouvai devant moi la dernière personne que je m'attendais à voir.

— Salut, dit le garçon en levant une main.

C'était lui. Le laboratoire. Le centre commercial. L'escargot. Qu'est-ce qu'il faisait là ?

— Désolé de débarquer ici comme ça… Euh… Je te dérange ? demanda-t-il en se grattant le cou.

Je fis non de la tête, surprise par cette visite imprévue.

— Tant mieux. Je… je passais juste pour te donner ça, dit-il en me tendant mon livre de biologie. Tu… tu l'as oublié dans le laboratoire.

Je le pris dans mes mains, au comble de l'étonnement. Comment était-ce possible ? J'étais certaine que mon bureau était vide quand j'étais sortie du labo. L'avais-je oublié dans ma hâte d'emporter le bocal ?

— J'ai vu l'adresse dessus et… bon, vu que je passais par hasard dans le coin…

Qu'est-ce qui m'arrivait ? Je ne m'étais jamais autorisé de toute ma vie le luxe d'être distraite au point de perdre mes affaires. D'abord la photo, maintenant le livre…

— Merci, dis-je.

Le garçon s'immobilisa quand mes yeux croisèrent les siens. Je me frottai le nez, nerveuse.

— Je perds tout en ce moment, plaisantai-je pour essayer de dédramatiser ce nouvel aspect de ma personnalité. Je ne sais vraiment pas où j'ai la…

— Lionel.

Il semblait embarrassé. Il baissa les yeux une seconde avant de les planter à nouveau dans les miens.

— Je m'appelle Lionel. Après tout, si mes souvenirs sont bons, nous ne nous sommes pas encore présentés.

Il avait raison. Intimidée, je serrai le livre dans mes bras.

— Et moi, c'est Nica.

— Oui, je sais.

Il sourit en désignant l'étiquette de mon livre.

— Oh, c'est vrai…

— Eh bien, sans aucun doute, c'est un progrès. Tu ne crois pas ? Maintenant, au moins, tu sais comment je m'appelle. Au cas où il y aurait des escargots dans le coin…

Je souris en le voyant rire. Sa gentillesse m'enveloppa comme une bouffée d'air frais. Je ne pouvais m'empêcher de mesurer à quel point il s'était montré attentionné en venant jusqu'ici, juste pour me rapporter un livre.

Lionel avait d'épais cheveux blonds et un sourire franc qui illuminait ses yeux noisette, à la sérénité contagieuse. Cependant, son regard changea brutalement lorsqu'il le leva pour le diriger derrière moi. Et un léger déplacement d'air suffit à me faire comprendre. Des doigts fins se posèrent sur le battant de la porte, juste au-dessus de ma tête. Une main pâle, au poignet large, fit sonner une alarme dans mon esprit. Chaque centimètre de ma peau se glaça en réaction à sa présence.

— Tu t'es perdu ?

Mon Dieu, *sa* voix. Ce timbre rauque et pénétrant. Il résonnait dans mon oreille, si près qu'il me causa des frissons, brûlants cette fois-ci. Je serrai mon livre un peu plus fort en priant pour que Rigel s'éloigne de moi.

— Non, je… En réalité, je passais par là. Je suis Lionel.

Il considéra Rigel avec une pointe de défiance et ajouta :

— Je vais moi aussi à la Burnaby.

Rigel ne dit rien et le malaise provoqué par ce silence érafla ma peau. Je me mordis l'intérieur des joues avant de lâcher :

— Lionel m'a rapporté un livre que j'avais oublié au lycée.

Je fus certaine de sentir les yeux de Rigel posés sur ma nuque.

— Comme c'est *gentil.*

Lionel enfonça un peu la tête dans les épaules. L'apparition de Rigel créait toujours un trouble étrange chez les autres, une émotion difficile à expliquer.

— Oui, dit-il en fixant Rigel. Je suis le cours de travaux pratiques de M. Kryll avec Nica. Je suis son camarade de laboratoire. Et… toi ?

Et toi, tu es qui ? semblait-il demander. Rigel appuya son poignet contre la porte, affichant un sourire effronté qui dégageait une insolente assurance. Ce ne fut qu'à cet instant que je remarquai qu'il ne portait ni sweat ni pull mais un simple tee-shirt qui moulait ses pectoraux.

— Tu ne devines pas ?

Il le dit de sa manière bien à lui, une manière qui instillait le doute, comme si le fait de le trouver à la maison avec moi pouvait être interprété de différentes façons. Ils échangèrent un regard que je ne compris pas. Toutefois, quand Rigel baissa les yeux sur moi, il était évident qu'il savait qu'il allait avoir le dernier mot.

— Anna te demande au téléphone, me dit-il, tout près de moi.

Je fis un pas de côté pour m'éloigner un peu de lui. Anna m'attendait au bout du fil ?

— Merci encore, bredouillai-je, sans trop savoir quoi dire de plus à Lionel. Je dois aller répondre… À plus tard !

Il se pencha vers moi et j'eus l'impression qu'il était sur le point de dire quelque chose. Mais Rigel le précéda :

— À bientôt, Léonard.

— Non, c'est Lion…

Puis le bruit sec de la porte.

11- Papillon blanc

Il y a un mystère en chacun de nous.
C'est la seule réponse à tout ce que nous sommes.

J'avais toujours pensé que Rigel était comme la lune. Une lune noire qui dissimulait sa face cachée aux yeux de tous, resplendissant dans les ténèbres au point d'occulter les étoiles. Mais je me trompais. Rigel était comme le soleil. Immense, brûlant et inabordable. Il brûlait la peau. Il marquait le regard au fer rouge. Il mettait à nu les pensées et projetait en moi des ombres qui enveloppaient tout le reste.

Quand j'arrivai à la maison, son blouson était là. J'aurais voulu dire que cela m'indifférait, mais ç'aurait été me mentir à moi-même. C'était *différent* quand il était là. Mes yeux le cherchaient. Mon cœur sombrait. Mon esprit ne me laissait aucun répit. Et l'unique moyen de ne pas le croiser était de rester enfermée dans ma chambre, jusqu'à ce qu'Anna et Norman rentrent du travail en fin de journée. Je me cachais de lui mais, en vérité, quelque chose m'effrayait beaucoup plus que son regard cruel ou son tempérament distant et imprévisible. Quelque chose qui s'agitait dans ma poitrine, même quand nous étions séparés par des murs et des cloisons.

Un après-midi, cependant, je décidai de mettre de côté mes réticences et descendis dans le jardin pour profiter un peu du soleil. Le mois de février était agréable – l'hiver n'était jamais rigoureux dans la région. Pour quelqu'un qui comme moi était né dans le sud de l'Alabama, une saison aussi douce n'était pas surprenante, avec ses arbres nus, ses routes humides et ce ciel aux nuages blancs qui, à l'aube, avait déjà un parfum de printemps.

Cela me plut de sentir de nouveau l'herbe sous mes pieds nus. Sur la pelouse, le soleil dessinait des dentelles de lumière et je me mis au travail à l'ombre de l'abricotier, retrouvant un peu de sérénité. Soudain, un bruit attira mon attention. Je me levai, intriguée. Mais je tombai de haut en découvrant un frelon. L'une de ses pattes était prise dans la boue et, quand il tentait de s'envoler, ses ailes produisaient un bourdonnement impressionnant. Malgré mon empathie pour les petites bêtes en difficulté, je l'observai avec des yeux terrifiés. Autant je trouvais les abeilles vraiment mignonnes, avec leurs petites pattes dodues et leur cou poilu, autant les frelons m'avaient toujours fait peur. Quelques années plus tôt, je m'étais fait piquer. J'avais eu mal pendant plusieurs jours et je n'avais pas très envie de revivre cette douleur. Toutefois, il continuait de se démener d'une manière si vaine et si désespérée que mon côté sentimental prit le dessus : je m'approchai, incertaine, partagée entre la peur et la pitié. Tendue, j'essayai de l'aider avec un petit bâton mais je m'enfuis en hurlant quand il produisit une nouvelle fois ce bourdonnement effrayant. Puis je revins vers lui, un peu honteuse, pour recommencer à l'aider.

— Je t'en prie, ne me pique pas, l'implorai-je tandis que le morceau de bois se brisait dans la boue, ne me pique pas…

Lorsque je parvins à le libérer, je sentis le soulagement envahir ma poitrine. Pendant un instant, j'eus presque envie de sourire. Puis il prit son envol. Et je blêmis. Je jetai le bâton et courus comme une folle, protégeant mon visage et hurlant d'une manière honteusement infantile. Je trébuchai et perdis l'équilibre. Je serais tombée sur les pavés de l'allée si deux mains ne m'avaient pas retenue *in extremis*.

— Qu'est-ce que… Mais tu es devenue folle ? entendis-je derrière moi.

Désorientée, je me retournai brusquement, serrant les bras qui m'enveloppaient. Deux yeux stupéfaits me fixaient.

— Lionel ?

Qu'est-ce qu'il faisait dans notre jardin ?

— Je te jure que je ne te suis pas, précisa-t-il, embarrassé.

Il m'aida à me redresser et j'essuyai un peu de terre sur mes vêtements, surprise de le trouver là.

— J'habite tout près, dit-il en désignant la rue. À quelques pâtés de maisons… Je passais sur le trottoir quand je t'ai entendue crier. On peut savoir ce que tu fabriquais ?

— Rien. C'était un insecte… hésitai-je en cherchant le frelon des yeux. J'ai eu peur.

Il m'observait, les sourcils froncés.

— Et tu ne pouvais pas le tuer au lieu de hurler ?

— Sûrement pas, rétorquai-je, un peu agacée. En quoi est-ce sa faute si j'ai peur de lui ?

Lionel fut surpris.

— Tu… tu vas bien, alors ? demanda-t-il en baissant les yeux sur mes pieds nus.

J'approuvai lentement et il n'ajouta rien.

— D'accord, murmura-t-il enfin avant de regarder ses chaussures. Bon, ben… salut.

Je me rendis alors compte que je ne l'avais même pas remercié. Lionel m'avait empêchée de tomber, il s'était précipité pour vérifier que j'allais bien. Il était toujours tellement gentil avec moi…

— Attends !

Il se retourna. Je m'aperçus que je m'étais penchée vers lui avec un peu trop d'empressement.

— Tu… tu veux une glace ?

Il me jeta un regard perplexe.

— En… hiver ? s'étonna-t-il.

J'approuvai de la tête. Lionel m'observa un moment puis comprit que je parlais sérieusement.

— D'accord.

— Une glace en février, commenta Lionel tandis que j'attaquais la mienne avec enthousiasme.

Nous nous étions assis sur le trottoir et je lui en avais donné une à la pomme verte. J'adorais les glaces. Quand Anna l'avait découvert, elle m'avait acheté celles avec les petits animaux gélifiés à l'intérieur. J'étais restée muette de gratitude.

Je demandai à Lionel où il habitait, s'il devait lui aussi traverser le pont au milieu du boucan des ouvriers. C'était facile de discuter avec lui. Il me coupait la parole de temps en temps mais je n'y prêtais pas plus attention que ça. Il voulut savoir depuis combien de temps j'étais arrivée, si la ville me plaisait et il me sembla qu'il me regardait à la dérobée lorsque je lui répondais. Il me posa aussi des questions sur Rigel. Je sentis alors mes nerfs se tendre, comme chaque fois qu'il surgissait dans une conversation.

— Au début, je n'avais pas compris que c'était ton frère, m'avoua Lionel après que je lui eus vaguement expliqué que Rigel était un membre de ma famille.

Il examina le crocodile gélifié dans sa main avant de le manger.

— Qui croyais-tu qu'il était ? voulus-je savoir.

J'essayai de ne pas m'attarder sur la manière dont il l'avait appelé. Chaque fois que je l'entendais désigner comme *frère*, je sentais le besoin irrépressible de gratter quelque chose avec mes ongles. Lionel rit en secouant la tête.

— Laisse tomber, dit-il.

Il ne me demanda rien sur mon enfance. Et je ne fis aucune allusion au Grave. Ni au fait que le garçon dans la maison n'était pas mon frère. C'était bien, pour une fois, de pouvoir faire semblant d'être simplement normale. Pas d'orphelinat, pas de directrice, pas de matelas troués aux ressorts qui blessaient la peau. Juste… Nica.

— Attends, ne le jette pas ! l'arrêtai-je d'un geste alors qu'il s'apprêtait se débarrasser du bâtonnet de sa glace.

Il me considéra d'un air perplexe quand je le lui pris des mains.

— Pourquoi ?

— Je les garde, dis-je d'une petite voix.

Il m'observa, partagé entre amusement et curiosité.

— Ah bon ? Ne me dis pas que tu construis des modèles réduits pendant ton temps libre ?

— Oh non. Je m'en sers pour mettre une attelle aux ailes des moineaux quand ils sont blessés.

Lionel me jeta un regard soupçonneux ; puis il sembla décider que je plaisantais et se mit à rire. Il m'observa, pensif, lorsque je me levai et frottai l'arrière de mon jean.

— Écoute, Nica…

— Mmh ?

Je lui souris et vis alors le reflet de mes pupilles argentées envahir son regard. Pendant un moment, Lionel sembla incapable de dire quoi que ce soit. Il entrouvrit les lèvres et me fixa, totalement déboussolé.

— Tu… tu as… des yeux qui… marmonna-t-il de manière confuse.

— Qui ? le relancai-je en fronçant les sourcils.

Il secoua la tête vivement. Puis il se passa une main sur le visage.

— Rien.

Je le regardai sans comprendre. Mais je n'y pensais déjà plus au moment de lui dire au revoir. J'avais encore des devoirs à terminer.

— On se voit demain au lycée, dis-je en m'engageant dans l'allée.

Lionel sembla deviner qu'il était temps de partir. Il hésita avant de se décider à lever les yeux.

— On pourrait échanger nos numéros, dit-il de but en blanc, comme s'il avait retenu ces mots pendant un moment. Oui, tu vois… Comme ça, si je manque les cours, je peux te demander les devoirs.

— Mais on n'est jamais en cours ensemble, lui fis-je remarquer naïvement.

— Oui, bon… Mais pour le laboratoire, si, insista-t-il. Au cas où je raterais une vivisection importante. On ne sait jamais… Kryll piquerait une crise… Mais peu importe, si tu ne veux pas, ce n'est pas grave, hein… Il faut juste me le dire…

Il continua de gesticuler vivement et je ne pus m'empêcher de penser qu'il était un peu bizarre.

— D'accord, dis-je en souriant pour arrêter ce torrent de paroles.

Ce soir-là, Anna rentra à la maison plus tôt que prévu. Comme il ne restait plus que deux jours avant le congrès des dératiseurs, elle me demanda si j'avais besoin qu'elle m'achète quelque chose.

— Nous ferons l'aller-retour dans la journée, m'informa-t-elle. Nous partirons à l'aube, le vol ne dure qu'une heure et demie. Et nous serons de retour à la maison après le dîner, probablement vers minuit. Ton portable marche bien ? Tu n'as pas de problèmes pour appeler ? Pour quoi que ce soit…

— Tout ira bien, la rassurai-je, soucieuse de ne pas gâcher cet événement si important pour Norman. On se débrouillera, Anna. Ne t'inquiète pas pour si peu. Rigel et moi…

Je me bloquai. Son prénom resta coincé dans ma gorge comme un tesson. Je ne compris qu'à cet instant que j'allais devoir rester seule avec lui pendant toute une journée. Avec son unique présence, le bruit de ses pas et l'éclat de ses yeux pour remplir le silence des pièces.

— Co… comment ? dis-je en sursautant.

— Tu pourrais appeler Rigel ? répéta Anna en posant des bocaux de sauce tomate sur le plan de travail. Je voudrais en parler avec lui aussi.

Je restai paralysée. L'idée d'aller le chercher, de m'approcher de lui ou de me trouver encore devant la porte de sa chambre me figeait des pieds à la tête. Mais Anna leva les yeux sur moi et je serrai les lèvres. *Je serai gentille*, murmura une voix à l'intérieur de moi. Anna ne savait rien du rapport tumultueux qui nous liait, Rigel et moi. Et cela devait continuer à être ainsi. Sinon, je risquais de la perdre. Je pivotai de manière presque mécanique et, sans un mot, j'entrepris de satisfaire sa requête. Par l'entrebâillement de la porte de sa chambre, je constatai que Rigel n'y était pas. Je le cherchai dans chaque pièce de la maison jusqu'à ce que la logique me conduise dehors.

Les derniers rayons du soleil couchant enflammaient les fleurs de gardénia d'une lueur orange ; des branches sombres se détachaient, comme les veines d'un ciel magnifique. Je parcourus le porche, la peau de mes pieds nus caressant le bois. Je m'immobilisai à l'instant où mon regard se posa sur lui. Il était dans le jardin. Il me tournait le dos et la lumière du crépuscule illuminait ses vêtements, donnant à ses cheveux de surprenants reflets rougeoyants, comme du sang. Je ne parvins à entrevoir qu'une partie de son visage. Il était entouré d'un silence si parfait que je me sentis comme une intruse. Je l'observai de loin, comme je l'avais toujours fait, sans m'empêcher de me demander pourquoi il était là. Oui, précisément ici, une main enfoncée dans la poche de son pantalon et avec ce pull au col un peu trop grand, les épaules relâchées et caressées par un vent léger. *Tu le regardes trop*, me réprimanda une partie de moi, *tu le regardes trop. Et tu ne dois pas.*

Un froissement dans l'air attira soudain mon attention. Un papillon blanc voletait dans le jardin, dansant çà et là ; après s'être faufilé entre les feuilles de l'arbre, il se posa soudain sur le pull de Rigel, à la hauteur du cœur. Il était naïf et courageux, ou peut-être juste insouciant. Je fus aussitôt prise d'inquiétude. Rigel baissa la tête ; ses cils effleuraient ses pommettes saillantes tandis qu'il observait le papillon, fragile et sans méfiance, déployer ses ailes pour capturer un peu de chaleur. Puis il leva la main. Et avant que le papillon ne puisse s'envoler, il la posa sur lui et l'enferma entre ses doigts.

J'éprouvai un coup au cœur, m'attendant à ce qu'il l'écrase. J'attendais de voir le geste par lequel il allait le maltraiter, comme il m'était souvent arrivé de le voir faire avec les enfants du Grave. J'étais si tendue qu'il me semblait que c'était *moi* qu'il serrait dans sa main. J'attendis, attendis encore et… Rigel entrouvrit les doigts. Le papillon était là. Il grimpa innocemment le long de sa main, et Rigel posa sur lui ses yeux emplis de la lueur du crépuscule. Lorsque le papillon s'envola, son regard se leva vers le ciel et le soleil dessina devant moi un spectacle jamais vu. Rigel était enveloppé de cette lumière pure et chaude. Je n'aurais jamais cru qu'elle lui irait si bien, lui qui s'était toujours paré d'ombres et de ténèbres. J'avais même cru qu'il était parfait comme ça, un ange exilé qui ne peut être qu'ainsi, magnifique Lucifer condamné à maudire le paradis pour toujours. Mais à cet instant… En le contemplant à la lumière de ce geste, dans ces couleurs si vives, douces et chaudes, je me rendis compte que je ne l'avais jamais vu plus beau. *Tu le regardes trop*, murmura mon cœur. *Tu l'as toujours trop regardé, lui qui abîme et griffe et entrave, lui qui est le fabricant de larmes, l'encre qui tisse le conte. Tu ne dois pas, tu ne dois pas*, et je serrai mes mains, serrai mes bras, je me serrai tout entière, avant de me briser à force de le dévorer des yeux.

— Rigel.

Il baissa les yeux, tourna la tête et ses iris profonds me fixèrent par-dessus son épaule. Je les sentis aussitôt pénétrer en moi, creuser des abysses sans que je leur en aie donné l'autorisation. Ils m'incendièrent la peau et je regrettai tout ce temps passé à le regarder, je regrettai de ne pas réussir à soutenir ses yeux sans les sentir s'approprier une part de moi.

— Anna te cherche.

Tu l'as toujours trop regardé. Je m'éloignai rapidement pour fuir cette vision. Et pourtant, j'eus l'impression que quelque chose de moi restait là, emprisonné pour toujours dans cet instant.

— Il arrive, dis-je à Anna avant de quitter la cuisine.

J'étais assaillie d'émotions indéfinies dont je n'arrivais pas à me débarrasser. Je m'efforçai de me rappeler comment il avait détruit la rose, comment il m'avait chassée de sa chambre, comment il m'avait toujours recommandé de rester loin de lui. Je me rappelai la dérision, la dureté et le dédain qui avaient tant de fois traversé ses yeux et je fus effrayée de ces sensations qui, malgré tout, refusaient de me laisser en paix. J'aurais dû le mépriser. Souhaiter le voir disparaître. Et pourtant... *Et pourtant*... Je ne cessais de chercher la lumière. Je ne parvenais pas à abandonner. Rigel était énigmatique, cynique et trompeur comme un diable. Combien de temps devait-il encore me le démontrer avant que je me résigne ?

Je passai le reste de la journée dans ma chambre, tourmentée par mes pensées. Après le dîner, Anna et Norman voulurent faire une promenade dans le quartier mais je déclinai leur proposition. Je n'aurais pas réussi à profiter de leur compagnie ni à me montrer souriante et insouciante comme je l'aurais voulu. Aussi je les vis-je sortir avec une pointe de mélancolie, avant de me décider à remonter dans ma chambre. J'étais en train de gravir l'escalier quand, soudain, des accords angéliques se diffusèrent dans l'air. Mes jambes se bloquèrent, comme ma respiration. Une mélodie enchanteresse prenait vie dans mon dos et tout le reste devint une page blanche sur laquelle ces notes peignaient les battements frénétiques de mon cœur. Je me retournai. Ce fut comme si des toiles d'araignée invisibles m'emprisonnaient ; j'aurais dû monter à l'étage, faire preuve de bon sens. Au contraire, mes pieds me conduisirent au seuil de la pièce.

Il était de dos, ses cheveux noirs éclairés par la lampe. Sur le piano se trouvait un beau vase en cristal dans lequel Anna avait déposé un bouquet de fleurs. Source de cette invisible magie, les mains blanches se déplaçaient sur les touches avec des gestes fluides. Je les regardai avec extase, sachant que Rigel ne s'était pas aperçu de ma présence. J'avais toujours eu l'impression qu'il voulait exprimer quelque chose avec ce qu'il jouait. Et que, silencieux comme il savait l'être, la musique était un peu sa façon de parler. Je n'avais jamais su interpréter le langage secret des notes, mais, cette fois, je désirai pouvoir comprendre ce qu'elles susurraient. Je ne l'avais jamais entendu jouer des morceaux animés ou festifs. Dans ses mélodies, il y avait toujours quelque chose de poignant et d'indescriptible qui te brisait le cœur.

Soudain, Klaus sauta sur le piano et s'approcha de Rigel. Les mains s'immobilisèrent. Rigel tourna son visage vers le chat puis il le prit par la peau du cou avant de le poser par terre. Mais ses épaules se contractèrent brusquement. Ses doigts plongèrent avec brutalité dans le pelage de Klaus, qui se démena en feulant. Rigel se leva d'un bond et le jeta plus loin. Le vase se renversa et tomba sur le sol avec un bruit assourdissant. Le cristal explosa en mille morceaux et la violence qui éclatait sous mes yeux me fit remonter le cœur dans la gorge. La terreur m'assaillit. Ce moment de sérénité avait été réduit en cendres par une fureur aveugle et je trébuchai en reculant, bouleversée. Je remontai les escaliers en courant. Tandis que la panique s'abattait sur moi et que les battements de mon cœur brouillaient mon esprit, mes pensées se tournèrent vers un souvenir effacé par le temps…

— Il me fait peur.

— Qui ?

Peter ne répondit pas. Il était timide, maigre, et il avait toujours peur de tout. Mais cette fois, ses yeux murmuraient quelque chose de différent.

— Lui…

Même si je n'étais qu'une petite fille, je compris de qui il parlait. Beaucoup de gens avaient peur de lui, parce que Rigel était atypique, même au milieu d'enfants comme nous.

— Il a quelque chose qui ne va pas.

— Qu'est-ce que tu veux dire ? demandai-je, incertaine.

— Il est violent, dit Peter en frissonnant. Il se bat et frappe tout le monde, pour le plaisir. Parfois, je le vois… Il arrache l'herbe par poignées. Il semble hors de lui. Il la gratte comme un animal. Il est féroce et coléreux, il ne sait rien faire d'autre que le mal.

Je déglutis tout en le regardant à travers les mèches de mes tresses défaites.

— Tu n'as rien à craindre, le rassurai-je de ma petite voix. Tu ne lui as jamais rien fait…

— Pourquoi ? Qu'est-ce que tu lui as fait, toi ?

Je mordillai mes pansements sans savoir quoi répondre. Rigel me tourmentait et me faisait pleurer, mais j'en ignorais la raison. Je savais seulement que, jour après jour, il ressemblait de plus en plus à cette histoire qu'on nous racontait avant de nous envoyer dormir.

— Tu ne le vois pas, susurra Peter avec une voix de fantôme. Tu ne le vois pas, mais moi… je suis dans la même chambre.

Il me regarda et l'expression de son visage me fit peur.

— Tu ne sais pas combien de choses il a réduites en morceaux sans raison. Il se réveillait au beau milieu de la nuit et me hurlait de sortir. Tu vois comme il sourit, parfois ? Tu vois le sourire qu'il fait ? Il n'est pas comme les autres. Il est déséquilibré et cruel. Il est méchant, Nica… Tout le monde devrait rester loin de lui.

12- ACRASIE[1]

L'âme qui gronde, souffle et griffe
est en général la plus vulnérable.

Violent et cruel.

Voilà comment on pouvait le définir. Manipulateur avec ceux qu'il voulait séduire, terrible de l'autre côté de la médaille. Rigel me montrait le sang sur ses mains, les égratignures sur son visage, la cruauté dans ses yeux quand il faisait du mal à quelqu'un. Il me grognait de rester loin de lui, arborant en même temps un sourire lugubre et moqueur avec lequel il semblait me défier de faire le contraire.

Il n'était pas un prince. Il était un loup. Et peut-être que tous les loups ont l'apparence de princes magnifiques et délicats. C'était la conclusion que je devais accepter. Il n'y avait pas de lumière. Ni d'espérance. Pas avec quelqu'un comme Rigel. Pourquoi ne parvenais-je pas à le comprendre ?

— Nous sommes prêts, intervint Norman.

Le jour du départ était arrivé trop vite et, tandis que je posais le sac au pied de l'escalier, j'éprouvai une tristesse inexprimable. En croisant le regard d'Anna, je compris que c'était parce que je savais que je n'allais pas la revoir avant tard ce soir. Même si je comprenais mon attachement excessif, les voir partir provoquait en moi un étrange sentiment d'abandon qui me faisait replonger en enfance.

— Tout ira bien ? s'inquiéta Anna.

L'idée de nous laisser seuls une journée entière la contrariait, surtout dans cette période délicate pour l'adoption. Je savais qu'elle s'inquiétait de partir, mais je l'avais rassurée en lui rappelant que nous allions nous revoir le soir même et que, à son retour, elle nous trouverait à la maison.

— On vous téléphone dès qu'on atterrit, dit-elle en arrangeant son foulard.

J'approuvai en essayant de sourire. Rigel était juste derrière moi.

— Il faut donner sa pâtée à Klaus, nous annonça Norman.

---

1. Fait d'agir à l'encontre de son jugement, faiblesse de la volonté (NdT).

Je souris enfin et vis le chat, qui me lança un regard furieux avant de s'éloigner en nous montrant son derrière. Anna serra une main sur l'épaule de Rigel tout en levant les yeux sur moi. Elle me sourit et repoussa une mèche de cheveux derrière mon oreille.

— On se voit ce soir, dit-elle avec délicatesse.

Je ne bougeai pas quand ils se dirigèrent vers la porte. Je restai debout à côté de l'escalier et leur dis au revoir avec la main. Le déclic de la serrure résonna dans la maison silencieuse. L'instant d'après, j'entendis un bruit de pas derrière moi mais je n'eus le temps que de voir le dos de Rigel disparaître à l'étage. Je fixai le point où il avait disparu avant de regarder de nouveau la porte en soupirant. Ils allaient revenir bientôt…

Je restai devant l'entrée comme s'ils pouvaient réapparaître d'un instant à l'autre et finis sans même m'en rendre compte par m'asseoir par terre, les jambes croisées. Je tambourinai sur le sol avec mes doigts en suivant une rainure du bois. Où était passé Klaus ? Je penchai la tête vers le salon et le vis au centre du tapis, en train de se lécher une patte. Sa petite tête montait et descendait et je ne pus m'empêcher de le trouver mignon. Peut-être avait-il envie de jouer ? Je m'accroupis derrière le mur pour l'espionner ; puis, sans me faire voir, je me dirigeai vers lui à quatre pattes. Il se tourna pour m'observer, comme un petit sphinx ; je m'immobilisai aussitôt en le fixant. Il m'adressa un regard irrité, sa queue exécutant désormais des mouvements saccadés. Puis il se retourna et je me remis à ramper vers lui. Nous entamâmes ainsi une partie de *Un, deux, trois, soleil*, avec lui qui se retournait pour me surveiller et moi qui avançais à la manière d'un scarabée. Quand j'atteignis le bord du tapis, Klaus poussa un miaulement nerveux et je me figeai.

— Tu n'as pas envie de jouer ? l'interrogeai-je, un peu déçue.

J'espérais qu'il se tournerait encore une fois. Mais Klaus fouetta l'air de sa queue et quitta la pièce. Je m'assis sur mes talons, un peu découragée, avant de me décider à monter dans ma chambre pour travailler. Je regagnai l'étage en me demandant à quelle heure Anna et Norman allaient arriver à l'aéroport. J'étais plongée dans mes pensées lorsque quelque chose attira mon attention au milieu du couloir. Rigel était immobile, de dos, la tête légèrement penchée en avant ; je me figeais au moment où je découvris sa main appuyée sur le mur. La contraction de ses doigts ne m'échappa pas. Qu'est-ce qu'il faisait ? J'entrouvris les lèvres, comme en équilibre sur la rive d'une confiance que nous ne partagions pas.

— Rigel ?

Il me sembla distinguer les nerfs de son poignet se tendre imperceptiblement sous la peau. Toutefois, il ne bougea pas. J'allongeai le cou pour essayer de le regarder en face. Et, à mesure que je m'approchais, j'entendais les vieilles lattes grincer sous mes pieds. Lorsque je fus suffisamment près de lui, j'eus l'impression de le voir serrer les paupières.

— Rigel, l'appelai-je à nouveau, prudente. Tu… tu vas bien ?

— Je vais *très bien*, me répondit-il dans un grondement féroce.

Je sursautai en entendant sa voix grincer de cette manière entre ses dents. Je m'immobilisai, pas tellement à cause de ce ton hostile, non, je m'immobilisai car ce mensonge était désarmant au point de m'empêcher de partir. Je tendis la main.

— Rigel…

J'eus à peine le temps de l'effleurer que Rigel dégagea son bras. Il se retourna brusquement et s'éloigna de moi, les yeux ancrés dans les miens.

— *Combien* de fois t'ai-je dit de ne pas me toucher ? siffla-t-il, menaçant.

Je reculai et l'observai avec anxiété. Je me sentis griffée de l'intérieur par sa réaction plus que je n'aurais voulu l'admettre.

— Je voulais seulement…

Et je me demandai pourquoi, *pourquoi* je ne retenais jamais la leçon.

— Seulement m'assurer que tu allais bien.

Je me rendis compte à cet instant que ses pupilles étaient légèrement dilatées. L'instant d'après, son visage changea d'expression.

— Pourquoi ?

Une ironie cruelle lui écorcha la bouche d'une manière exagérée. D'une manière qui détonnait, même sur lui.

— Oh, c'est vrai, se corrigea-t-il aussitôt en faisant claquer sa langue d'une manière volontairement blessante. Parce que tu es faite ainsi. C'est dans ta nature.

— Arrête, dis-je en tremblant.

Mais il fit un pas vers moi. Il me domina avec ce sourire brutal et sans pitié qui n'était que morsure et poison.

— C'est plus fort que toi, n'est-ce pas ? Tu voudrais m'aider ? susurra-t-il d'un ton implacable, ses pupilles comme des aiguilles. Tu voudrais… *m'arranger* ?

— Arrête, Rigel !

Je reculai impulsivement. J'avais les poings serrés mais j'étais trop fluette, trop chétive et trop impuissante.

— On dirait que tu fais tout, tout pour… pour…

— Pour ? m'exhorta-t-il.

— Pour te faire détester.

De moi, aurais-je voulu lui jeter à la figure. *De moi, seulement de moi, comme si tu me punissais.* Comme si j'avais fait quelque chose pour mériter le pire aspect de lui. Chaque morsure était une punition, chaque regard un avertissement. J'avais parfois l'impression qu'il voulait me dire quelque chose avec ces regards et, en même temps, l'enfouir sous des couches d'égratignures et d'épines. Et tandis que je l'observais, engloutie dans son ombre, il me sembla presque voir étinceler dans ses yeux *quelque chose d'enfoui* que, même moi, je n'avais jamais été capable de voir.

— Et tu me détestes ?

Amplifiée par la proximité, sa voix envahit mes oreilles. Son visage était légèrement penché sur moi pour compenser notre différence de taille.

— Tu me détestes, *papillon* ?

Je ne lâchai pas ses yeux.

— C'est ce que tu voudrais ?

Rigel ferma lentement la bouche, son regard enchaîné au mien. Puis il leva les yeux, les pointa durement derrière moi et il ne me fut pas nécessaire de l'entendre prononcer cette syllabe unique pour connaître la réponse. Il ne me fut pas nécessaire non plus d'entendre le ton âpre et lent avec lequel il la prononça, presque comme si cela lui coûtait à lui aussi :

— Oui.

Il me libéra de sa présence, disparaissant dans les escaliers en emportant l'écho de ses paroles jusqu'à ce que le bruit de la porte d'entrée me suggérât qu'il était parti.

Je passai toute la journée seule. La maison était aussi calme qu'un sanctuaire désert. Seul le bruit de la pluie troublait le silence. Je la regardais tomber d'un air perdu, assise par terre. Le reflet des gouttes sur les fenêtres striait mes jambes, dessinant des traces de cristal sur le parquet. J'aurais voulu avoir les mots pour exprimer ce que je ressentais. Les extirper de moi pour les aligner sur le sol, comme les éclats d'une mosaïque, et les voir s'imbriquer d'une façon ou d'une autre. Je me sentais vidée. Une partie de moi avait toujours su que les choses ne pourraient pas s'arranger. Je l'avais su dès le début. Depuis que j'étais sortie du Grave. Je m'étais bercée d'espoirs, comme je le faisais depuis que j'étais petite, parce que, au fond, je ne savais vivre que comme ça, en faisant briller et en polissant les choses. Mais la vérité était que je n'étais pas capable de voir au-delà de ça. La vérité était que, quelle que soit la manière dont je l'envisage, cette tache ne disparaîtrait jamais.

Rigel était le fabricant de larmes.

Il avait toujours été pour moi le cœur de la légende. Sa personnification. Le tourment qui m'avait tant de fois fait pleurer quand j'étais enfant.

Le fabricant de larmes était le mal. Il te faisait souffrir, il te salissait d'angoisse jusqu'à te faire pleurer. Il te faisait mentir et désespérer. C'est ainsi qu'on nous l'avait appris. Je me souvenais qu'Adeline ne le voyait pas de cette manière. Elle disait que, envisagée d'un autre point de vue, l'histoire pouvait être interprétée différemment. Qu'il n'y avait pas seulement le mal parce que, si les larmes étaient le prix à payer pour les sentiments, il y avait aussi de l'amour en elles, de l'affection, de la joie et de la passion. De la douleur, mais aussi de la joie.

— Elles sont ce qui nous rend humains, disait-elle.

Cela valait la peine de souffrir pour ressentir quelque chose. Mais moi, je n'arrivais pas à voir les choses comme elle. Rigel détruisait tout. Pourquoi ne se laissait-il pas peindre ? Pourquoi ne pouvais-je pas le dorer comme je le faisais avec tout le reste ? J'aurais fait doucement, *avec délicatesse*, sans lui faire mal. Ensemble, nous aurions pu être quelque chose de différent, même si j'étais incapable d'imaginer quelque chose qui n'était pas le regard avec lequel il m'avait toujours considérée. Mais nous aurions pu construire une histoire qui tenait debout. Sans loups, sans morsures, sans peurs. Une famille…

J'entendis un message arriver sur mon téléphone, posé sur mon bureau. Je soupirai. J'étais presque certaine que c'était Lionel. Il m'avait écrit plusieurs fois ces derniers jours et nous avions beaucoup parlé. Il m'avait raconté plein de choses sur lui, ses hobbys, les sports qu'il pratiquait, les tournois de tennis qu'il gagnait. Il aimait me confier ses succès et, même s'il ne me demandait rien sur moi, c'était chouette d'avoir quelqu'un avec qui parler sans risquer de toujours importuner Billie.

Mais cet après-midi, cela avec été différent. Il m'avait écrit et je n'étais pas arrivée à ne pas lui parler de Rigel. Ce qui s'était passé était resté fiché en moi comme une épine. Je lui avais avoué que nous n'étions pas vraiment frère et sœur et qu'il n'y avait aucun lien de sang entre nous. Il ne m'avait pas répondu pendant un long moment. Peut-être n'aurais-je pas dû parler autant de moi. Peut-être l'avais-je ennuyé en attirant l'attention sur moi alors qu'il me parlait de la dernière coupe qu'il avait remportée. Puis il s'était mis à pleuvoir et mon unique souci avait été de savoir qu'*il* était dehors, sous cette pluie battante, sans parapluie. *Parce que moi, au fond, je ne savais vivre que comme ça. Faisant briller et polissant, même si plus j'essayais, plus les pointes apparaissaient.*

La sonnerie du téléphone emplit la maison. Je sursautai comme si j'avais reçu un seau d'eau froide sur la tête. Je sortis de ma chambre puis revins sur mes pas en vitesse pour attraper mon portable. Je courus au salon pour répondre.

— Allô ?

— Hello, Nica, dit une voix chaude. Tout va bien ?

— Anna, soupirai-je, heureuse mais un peu étonnée.

Elle m'avait appelée à l'heure du déjeuner pour me prévenir qu'ils étaient arrivés et qu'il neigeait. Je ne m'attendais pas à l'entendre de nouveau. Je fus certaine de percevoir une nuance différente dans sa voix et je me rendis compte que la ligne n'était pas bonne.

— Je vous appelle de l'aéroport. Ici, le temps a empiré. Il neige beaucoup plus fort, ça a été comme ça tout l'après-midi et il n'est pas prévu d'amélioration avant demain matin. Nous sommes tous en attente, mais… Oh, Norman, laisse passer le monsieur. Sa valise… Excusez-moi ! Nica, tu m'entends ?

— Oui, je t'écoute, dis-je en entendant la ligne grésiller.

— Ils ont fermé toutes les portes d'embarquement, ils sont en train d'annuler les vols et nous attendons maintenant le transfert à l'hôtel… Oh, attends… Nica… Nica ?

— Je t'entends, Anna, répondis-je en serrant le téléphone de mes deux mains.

Mais sa voix était désormais un écho lointain.

— Ils disent qu'aucun vol n'est prévu avant demain matin, réussis-je à comprendre.

La voix de Norman qui discutait avec quelqu'un parvint à mon oreille.

— Ou, au moins, jusqu'à la fin de la tempête, conclut Anna.

Je tentai d'assimiler ces paroles dans le silence de la maison.

— Oh, Nica chérie, je suis vraiment désolée… Je n'aurais jamais imaginé que… Excusez-moi, la file… Il y a une file d'attente, vous ne la voyez pas ? Vous marchez sur mon écharpe ! Vraiment, je sais que nous avions dit… Nica ? Je sais que nous avions dit que nous serions de retour dans la soirée…

— Tout va bien, lâchai-je dans le combiné pour tenter de calmer son agitation. Anna, tu ne dois pas t'inquiéter. On a encore à manger.

— Tu as dit qu'il pleuvait beaucoup ? Le chauffage est bien allumé ? Rigel et toi, vous allez bien ?

Ma gorge était sèche.

— On va bien, dis-je lentement. Il fait chaud dans la maison, ne t'inquiète pas. Et Klaus a mangé.

Je jetai un œil au chat, qui dormait au fond de la pièce.

— Il a tout mangé et, maintenant, il est en train de se reposer sur le fauteuil.

Je me forçai à sourire en entendant le bourdonnement inquiet à l'autre bout de la ligne.

— Vraiment, Anna… Ne vous inquiétez pas. C'est juste une nuit… Ne vous en faites pas. On… on vous attend ici.

Nous parlâmes encore un peu. Anna me demanda si nous savions fermer à clé la porte d'entrée et me fit promettre de l'appeler en cas de besoin. Je savourai ses attentions jusqu'au moment de mettre fin au coup de fil. Quand je raccrochai, l'obscurité m'enveloppait.

— Nous voilà toi et moi, hein ? murmurai-je à Klaus en souriant.

Il ouvrit un œil et me regarda d'un air renfrogné. J'allumai la lampe et pris mon portable, que j'avais posé sur la table basse. Je devais encore répondre à Lionel. Je plissai le front quand je vis qu'il m'avait envoyé une photo. Tandis que je l'ouvrais, un éclair illumina les fenêtres.

Je n'étais pas préparée à ce qui arriva ensuite. J'aurais dû le sentir. Exactement comme on sent l'odeur de la pluie avant qu'éclate un orage. J'aurais dû le sentir comme on pressent les catastrophes, la désolation qu'elles entraînent avant même de toucher quelque chose. La porte d'entrée s'ouvrit en grand sous une rafale de vent gelé et je faillis lâcher mon téléphone. Rigel apparut dans toute sa splendeur, les poings serrés et ruisselants, ses cheveux lui tombant sur le visage. Ses chaussures étaient pleines de boue et ses coudes tout rouges. Il avait un aspect effrayant, les lèvres cyanosées par le froid, les vêtements trempés ; il ferma la porte sans même me regarder et je le fixai, glacée et bouleversée.

— Rigel…

Il se tourna alors vers moi. Et je sentis une pulsation douloureuse me traverser la poitrine quand je découvris l'état de son visage. La coupure sur sa lèvre me fit l'effet d'une gifle. Le sang écarlate coulait sur sa mâchoire blanche en se mélangeant à la pluie et son sourcil fendu ressortait de manière crue sur son teint pâle. Mes yeux terrifiés scrutèrent ses blessures.

— Rigel, soufflai-je.

Mais les mots me manquèrent. Je ne le quittai pas des yeux quand il se détacha de la porte.

— Qu'est-ce… Qu'est-ce qui t'est arrivé ?

Dévastée à la vue de ce spectacle, je ne découvris ses jointures sanguinolentes que quand il passa près de moi. Voir cela transforma mon inquiétude en pressentiment, mais je n'eus pas le temps de comprendre. Mon portable signala un autre message et mes yeux tombèrent aussitôt dessus. Je sentis mon sang se glacer dans mes veines, devenir épines et éclats de verre contre les os de mes mains. Pendant un instant, le souffle me manqua. Je sentis ma tête tourner et le monde s'éteindre jusqu'à disparaître. Le visage de Lionel apparut sur mon téléphone, ensanglanté et contusionné. Ses cheveux étaient en désordre et il portait des marques de coups sur la peau. Je fis un pas en arrière, vacillant sur mes jambes chancelantes. Chaque lettre du message était une aiguille enfoncée dans mes pupilles : « C'est lui. »

— Qu'est-ce que tu as fait…

Je levai la tête, le spectre de cette image encore dans mes yeux lorsqu'ils se cognèrent contre le dos de Rigel.

— Qu'est-ce que tu as fait… répétai-je un peu plus fort, tremblant toujours.

Cette fois, ma voix le fit s'immobiliser. Rigel se tourna, les poings serrés. Il me fixa avec ses yeux au beurre noir, puis son regard tomba sur mon portable, dans mes mains. Il plissa les lèvres, esquissant un sourire qui n'en était pas un.

— Oh, la brebis a crié « Au loup ! », lâcha-t-il méchamment.

Je sentis quelque chose exploser dans ma tête, quelque chose qui se répandit dans mes veines, enflammant chaque goutte de sang, et qui me mordit à la manière d'un brasier. Chacun de mes nerfs tremblait, mes tempes battaient et mes yeux étaient brouillés de larmes. Rigel fit mine de s'éloigner. Ce fut alors comme si je sortais de moi-même, tout fut englouti. Ne resta qu'une chaleur brûlante. Une colère forcenée que je n'avais jamais éprouvée. Et ce fut comme un déclic.

Je bondis vers lui et le frappai violemment. Je griffai le tissu mouillé de ses vêtements, ses coudes, ses épaules, chaque endroit que j'arrivais à atteindre, et Rigel recula sous cet assaut inattendu tandis que des larmes roulaient sur mes joues.

— Pourquoi ? hurlai-je d'une voix brisée en essayant de l'empoigner. *Pourquoi ?* Qu'est-ce que je t'ai fait ?

Il me repoussa pour tenter de gagner l'escalier. Il se débarrassa de mes doigts comme si c'étaient des araignées, le regard obstinément pointé devant lui alors que j'agrippais ses vêtements avec mes pansements en essayant de lui faire mal.

— Qu'est-ce que j'ai fait pour mériter ça ? criai-je.

Ma gorge me faisait mal.

— Quoi ? *Dis-le-moi !*

— Ne me touche pas, osa-t-il siffler.

Et je ne vis plus rien. Je luttai contre les mains qui me repoussaient durement pour m'éloigner. Je m'acharnai sur lui et Rigel gronda :

— Je t'*ai dit* de ne pas…

Mais je ne le laissai pas terminer. J'attrapai son avant-bras et le tirai brusquement.

La violence de mon geste explosa. Pendant un instant, il n'y eut que mes doigts enfoncés dans sa peau nue, *découverte*, et moi tendue sur lui. La seule chose que je perçus, quand il me repoussa brutalement en arrière, fut le reflet sinistre de ses cheveux noirs. La prise de fer avec laquelle il serra mon épaule, la retenant de justesse. Et le contour de sa bouche… qui se pencha vers moi et se referma sur mes lèvres.

13- RONCES DE REGRETS

La première fois qu'il l'avait vue, ils avaient cinq ans. Elle était arrivée un jour semblable à tous les autres, perdue comme ils l'étaient tous, tels des poussins sans mère. Elle était restée là, contre les grilles de fer du portail, se fondant dans cet automne qui engloutissait le châtain de ses cheveux et le brun du cuir de ses chaussures délacées. Cela n'avait été rien de plus que ça, et il s'en souvenait avec l'insignifiance avec laquelle on se souvient d'une pierre banale : une âme terne et des épaules étroites, ces couleurs de papillon de nuit, d'insecte mal-aimé. Le silence de pleurs muets qu'il avait vus chaque fois sur des visages toujours différents.

Puis des feuilles avaient tourbillonné et elle s'était retournée. Elle s'était tournée vers lui. Et un tumulte vibrant avait arrêté la Terre en même temps que son cœur : un regard jamais vu jusqu'ici l'avait submergé, deux cercles argentés plus resplendissants que le cristal. Des yeux éblouissants, d'un gris incroyable, et, dans un frisson de conte de fées, Rigel avait découvert des pupilles pleines de pleurs et des iris surnaturels, clairs comme le verre.

Il était resté figé quand elle l'avait regardé avec les yeux du fabricant de larmes.

On lui avait dit que l'amour véritable ne meurt pas. La directrice de l'orphelinat le lui avait dit aussi, quand il lui avait demandé ce qu'était l'amour. Rigel ne se rappelait pas où il en avait entendu parler, mais il avait passé les matins de son enfance à le chercher dans le jardin, à l'intérieur des troncs vides, dans les poches des autres enfants. Il avait cherché sur lui, il avait renversé les chaussures, mais ce n'est que plus tard qu'il avait compris que c'était plus qu'une pièce de monnaie ou un sifflet. C'étaient les plus grands qui le lui avaient dit, ceux qui en avaient fait l'expérience les premiers. Les plus insouciants ou peut-être seulement les plus fous. Ils en parlaient comme ivres de quelque chose qui ne pouvait être ni vu ni touché. Et Rigel n'avait pas pu s'empêcher de penser qu'ils avaient l'air perdus, et pourtant heureux de leur désarroi. Naufragés à la dérive mais bercés par le chant des sirènes. Ils lui avaient dit que le véritable amour ne meurt pas. *Ils avaient dit la vérité*. Il avait été inutile d'essayer de s'en débarrasser.

L'amour s'était collé contre les parois de son âme comme des grains de pollen qu'il n'avait jamais réclamés, il l'avait englué et barbouillé sans lui laisser aucune échappatoire ; c'était une condamnation qui suintait nectar et poison, qui dégoulinait de pensées, de respirations et de mots en lui collant les paupières, la langue et chaque doigt. Elle lui avait perforé la poitrine d'un regard, elle l'avait entaillé d'un battement de cils. Avec ces yeux de fabricant de larmes, elle lui avait marqué le cœur au fer rouge avant de le lui arracher sans qu'il ait même le temps de le retenir. Nica l'avait dépouillé l'espace d'un soupir, ne lui laissant qu'une démangeaison brûlante en pleine poitrine comme une sangsue. Sans le toucher, avec une grâce impitoyable et ces couleurs éteintes de papillon, vestiges de délicats sourires, elle l'avait abandonné en sang sur le seuil de la porte.

On lui avait dit que le véritable amour ne meurt pas. On ne lui avait pas dit, cependant, que le véritable amour te déchiquette jusqu'à l'os quand il s'enracine en toi sans jamais plus te lâcher.

Plus il la regardait, plus il échouait à s'empêcher de le faire. Il y avait quelque chose de gracieux dans la légèreté avec laquelle elle bougeait, quelque chose d'enfantin et d'authentique dans sa personnalité naturelle. Elle fixait le monde depuis les grilles du portail, ses mains serrant les barreaux, et elle espérait, *elle désirait*, comme lui ne l'avait jamais fait. Il la regardait courir pieds nus dans l'herbe haute, câliner des œufs de moineau, frotter des fleurs sur ses vêtements pour qu'ils soient moins gris. Et Rigel s'était demandé comment quelque chose d'aussi menu et banal pouvait avoir la force de lui faire autant de mal. Il avait repoussé ce sentiment avec l'arrogance et l'obstination de l'enfant qu'il était alors, il l'avait enfoui en lui, l'étouffant sous sa chair.

Il ne pouvait l'accepter. Il ne voulait pas l'accepter : elle, si anonyme et insignifiante, elle qui ne savait rien, elle ne pouvait pas entrer en lui de cette manière et pénétrer dans son âme et son cœur sans en avoir la permission. Cet abîme était incontrôlable, il dévorait et lacérait tout autour de lui ; il désintégrait n'importe quelle retenue avec une agressivité effrayante. Et Rigel l'avait caché, il l'avait caché parce que peut-être, au fond, il en avait peur, parce que mettre des mots dessus signifiait lui conférer un caractère inéluctable qu'il n'était pas prêt à accepter. Mais la sangsue s'était enfoncée davantage, elle avait dérangé les veines et planté ses racines. Elle semblait le pousser vers elle, touchant des nerfs qu'il ne pensait pas avoir, et Rigel avait senti ses mains trembler quand il l'avait poussée pour la première fois.

Il l'avait regardée tomber et il n'avait pas eu besoin de la voir s'écorcher les genoux pour dévorer cette certitude, pour la boire avec avidité. *Les contes de fées ne saignent pas*, s'était-il aussitôt convaincu après l'avoir vue s'enfuir. *Les contes de fées ne s'écorchent pas les genoux*, et c'était suffisant pour la débarrasser de chaque doute, ombre ou frisson.

Elle n'était pas le fabricant de larmes. Elle ne le faisait pas fondre avec ses larmes, elle ne lui avait pas enfilé des gouttes de cristal sous les paupières. *Mais ce qui pleurait, c'était son cœur*, chaque fois qu'il la voyait. Et peut-être lui avait-elle inoculé autre chose, un poison beaucoup plus douloureux que la joie ou la tristesse. Un poison qui brûlait et écorchait et intoxiquait, et la sangsue avait désormais des bourgeons et des pétales comme des dents. Et, chaque fois qu'elle riait, la sangsue enfonçait un peu plus profondément ses griffes dans son cerveau et ses crocs dans son esprit. Et alors Rigel la poussait, la brusquait, il lui tirait les cheveux pour qu'elle arrête de rire. Il n'éprouvait qu'un instant de satisfaction, quand elle lui lançait un regard apeuré et plein de larmes ; le paradoxe de voir le désespoir dans des yeux qui auraient dû faire pleurer le monde le faisait sourire. Mais cela ne durait qu'un instant, le temps de la voir s'enfuir, et la douleur revenait avec la férocité d'une bête, car il la blessait en priant pour la voir revenir.

Oh, elle souriait toujours. Même quand il n'y avait aucune raison de sourire. Même après qu'il lui avait de nouveau écorché les genoux. Même quand il la voyait apparaître le matin, les sévices de la directrice encore imprimés sur les poignets et les cheveux lâchés. Elle souriait, et elle avait des yeux si purs et si sincères que Rigel les sentait violemment détonner avec sa propre noirceur. *Pourquoi continues-tu de les aider ?* demanderait un petit garçon quelques années plus tard.

Rigel l'avait vue depuis la fenêtre du premier étage. Assise là, parmi toutes ses petites bêtes, ses jambes de biche immergées dans l'herbe. Elle venait de sauver un lézard que des gamins voulaient embrocher sur des bâtons et, en retour, le reptile l'avait mordue. *Tu aides toutes ces créatures… mais elles ne te font que du mal.* Nica avait levé le visage et jeté à l'enfant un regard limpide et rythmé par le battement de ses paupières. Et, quand elle avait souri, le soleil s'était levé. Une lumière crue, une merveilleuse splendeur, et même la sangsue s'était tue, vaincue, quand elle avait montré ses doigts pleins de pansements colorés. *C'est vrai*, avait-elle susurré avec chaleur et sincérité, *mais admire ces belles couleurs*.

Il avait toujours su que quelque chose n'allait pas en lui. Il l'avait senti depuis aussi loin que remontaient ses souvenirs ; Rigel s'était expliqué ainsi la raison pour laquelle il avait été abandonné. Il ne fonctionnait pas comme les autres, il n'était pas comme les autres. *Il la regardait et, quand le vent gonflait ses longs cheveux châtains, il voyait des ailes dorées sur son dos, un scintillement qui disparaissait l'instant d'après, comme s'il n'avait jamais existé.*

Et il n'avait pas été nécessaire de voir l'expression de la directrice ni le mouvement qu'elle faisait avec la tête quand les familles le choisissaient. Rigel les espionnait depuis le jardin, et il voyait sur leurs visages une pitié qu'il n'avait jamais demandée. Il avait toujours su que quelque chose n'allait pas en lui. Et il s'était rendu compte que, plus il grandissait, plus la sangsue se ramifiait dans chaque veine, comme un monstre. Il l'avait cachée avec dépit, refoulée avec colère et obstination. Et plus il grandissait, plus il devenait aigri, plus il devenait adulte, plus les épines se déployaient, parce que personne ne lui avait dit que l'amour était aussi dévorant, personne ne l'avait prévenu qu'il possédait des racines de chair et qu'il broyait, *et qu'il voulait et voulait et voulait encore* de manière effrénée un regard, juste un regard de plus, l'ébauche d'un sourire, un battement de cœur. *Tu ne peux pas mentir au fabricant de larmes, murmuraient les autres enfants en pleine nuit.*

Ils étaient sages afin de ne pas se laisser emporter. Et Rigel savait, ils savaient tous que lui mentir serait comme se mentir à soi-même. *Il sait tout, il connaît toutes les émotions qui te font trembler et chaque respiration rongée par le sentiment. Tu ne peux pas mentir au fabricant de larmes.*

Cette phrase se répandait dans un écho. Rigel avait beau dissimuler et se contenir, parfois il redoutait qu'avec ces yeux elle puisse *voir* la façon dont il se démenait pour la toucher, le besoin qu'il avait de sentir la chaleur de sa peau. Il avait ce désir désespéré de s'imprimer en Nica comme elle s'était imprimée en lui avec un regard, même si la seule idée de la toucher le rendait fou, même si la pensée de sentir cette chair lui remplir les mains faisait vibrer la sangsue en lui. Et il ne voulait pas savoir ce qu'elle aurait pensé avec son âme si limpide et si pure, si elle avait connu le mal-être désespéré qu'il portait en lui. Pour Rigel, l'amour n'était pas des papillons dans le ventre et de la guimauve. *L'amour était un essaim vorace de papillons de nuit et un cancer violent*, des absences déchirantes, des larmes qu'il buvait directement à la source de *ses* yeux, pour mourir plus lentement. Et peut-être aurait-il seulement voulu se laisser détruire… Par elle, par ce poison brutal qu'elle lui avait injecté. Parfois, il envisageait de s'abandonner à ce sentiment et de se laisser envahir jusqu'à ne plus rien ressentir. Si seulement il n'y avait pas eu ce frisson féroce et effrayant qui faisait ployer ses os, si cela n'avait pas été aussi douloureux de rêver qu'elle accourait vers lui au lieu de s'enfuir.

Ça fait peur, hein ? avait murmuré un petit garçon, un jour où le ciel s'était teinté d'un noir cruel.

Même lui, qui ne regardait jamais le ciel, avait levé les yeux. Et, dans l'immensité, il avait vu des nuages sombres et parfois rougeâtres, comme lors d'une tempête en mer. *C'est vrai…* avait-il entendu se déployer en lui, avant de fermer les yeux… *mais admire ces belles couleurs.*

Lorsqu'il avait treize ans, les filles le contemplaient comme s'il était le soleil, inconscientes du monstre vorace qu'il portait en lui. Lorsqu'il en eut quatorze, elles étaient des tournesols qui le suivaient partout où il allait, avec de plus en plus de désir et de regards d'adoration. Il se souvenait de la langueur d'Adeline, même si elle était plus âgée. La dévotion avec laquelle elle le touchait, avec laquelle elle s'inclinait devant lui. *Dans ces moments-là, Rigel ne voyait que de longs cheveux aux reflets châtains et des yeux gris qui ne l'auraient jamais regardé avec un tel désir.* Quand il eut quinze ans, c'étaient elles les monstres voraces. Elles poussaient entre ses mains comme des fleurs molles, et Rigel avait nourri la sangsue avec des filles qui avaient toujours quelque chose d'elle, une flamme, un parfum. Mais cela n'avait provoqué que des désastres : quand l'amour brûle de cette morsure violente et se fond dans les battements d'un cœur qui n'est pas le tien, tu ne peux pas le tromper. Le besoin d'elle s'était fait encore plus insupportable. Et Rigel avait senti la rancœur réduire ses pensées en morceaux, affûter des aiguillons et des épines dans sa poitrine. Il défoulait alors sa frustration sur Nica, il l'appelait par un surnom, *papillon*, comme pour minimiser l'impact qu'elle avait sur lui ; il la blessait avec des paroles mordantes en espérant se faire une place dans ses pensées, lui rendre un peu du mal qu'elle lui faisait chaque jour, elle qui l'avait détruit, elle qui ne comprenait pas, *qui ne comprendrait jamais.*

Elle, si pure et si silencieuse, qui ne se serait jamais assise volontairement dans cet endroit sale et chaotique qu'était son cœur. Et plus elle grandissait, plus Rigel voyait sur elle cette beauté qui déchirait. Qui le tenait éveillé la nuit et lui faisait serrer ses draps à force de besoins refoulés. Plus Nica grandissait, plus il brûlait d'un désir déchirant, telles des ronces hérissées de dents et de crocs qui, quand elle pleurait, se fanaient. C'était à cette période que le nouveau était arrivé au Grave. Rigel n'avait pas daigné s'intéresser à lui, trop occupé qu'il était à lutter contre son amour dérangeant et encombrant. Mais le garçon était fou au point de s'approcher de lui sans avoir peur. Et les personnes folles ne déplaisaient pas à Rigel, leur imprudence l'amusait. C'était une distraction suffisante. Peut-être ce garçon aurait-il pu devenir son ami s'il ne lui avait pas autant ressemblé. Peut-être Rigel aurait-il aussi pu le prendre en considération s'il ne s'était pas trop souvent reconnu dans le reflet de son sourire crispé et dans ses regards pleins d'un sarcasme sinistre.

— Tu crois qu'Adeline ferait avec moi ce qu'elle fait avec toi ? lui avait demandé l'autre un après-midi avec un ricanement dans la voix.

Rigel n'avait rien pu y faire : il avait senti un rictus se former aussi sur ses lèvres.

— Tu voudrais essayer ?

— Pourquoi pas ? Ou alors avec Camille… Ça revient au même.

— Camille a des poux, avait répondu Rigel avec cet amusement cruel et dégradant qui, pendant un instant, prenait la place de la brûlure dans sa poitrine.

Car la sangsue sommeillait toujours dans un labyrinthe de veines, tel un gardien des blessures et des soupirs.

— Ou alors Nica, avait-il entendu. Son petit visage innocent me donne envie de lui faire beaucoup de *choses*… Même toi, tu ne peux pas imaginer ce qu'elle provoque en moi. Comme elle m'excite. Tu crois qu'elle se débattrait ? Oh, ça pourrait être drôle… Je parie que, si je lui fourrais une main entre les cuisses, elle n'aurait même pas la force de me repousser.

Il n'avait pas senti le cartilage qui lui éraflait les jointures. Il n'avait pas senti ses doigts, la férocité avec laquelle ils avaient fouetté l'air et avaient gâché cet après-midi ensoleillé. Mais il se souviendrait toujours du rouge du sang sous ses ongles quand il l'avait tiré par les cheveux. Tout comme il se rappellerait son regard à elle, le lendemain matin, un éclair de lumière qu'il n'avait jamais vu aussi lointain. Un hurlement muet qui avait crié terreur et accusation et qu'il avait senti se nicher en lui, droit dans le trou qu'elle lui avait laissé. Face à l'ironie amère de ce destin, Rigel avait eu envie de sourire. Il avait souri parce qu'il avait vraiment trop mal. Au fond, il avait toujours su que quelque chose n'allait pas en lui.

Quand on les avait emmenés tous les deux, Rigel avait senti le couperet dans son cœur. Rester avec elle était cependant mieux que la perspective insupportable de la voir s'en aller. Jouer du piano avait été un geste extrême et désespéré, l'ultime tentative pour la garder près de lui, attachée aux cordes de son âme, celles-là mêmes que Nica, naïve et délicate, aurait violemment arrachées rien qu'en mettant un pied hors du Grave. Il savait désormais qu'il purgerait sa peine éternellement. Même dans ses cauchemars les plus tourmentés, il n'aurait pu imaginer un enfer aussi douloureux que le fait d'être si proches l'un de l'autre, unis et séparés par la même famille. Il ne pouvait la considérer comme une sœur que parce qu'il l'avait dans la peau, dans le sang, comme un poison qui n'en sortirait jamais.

— Tu as vu comment elle m'a regardé ?

— Non… Comment ?

Rigel ne s'était pas retourné ; il avait continué de ranger ses nouveaux livres dans son casier en écoutant la conversation.

— Comme si elle m'implorait de pouvoir toucher autre chose… Tu as vu comme elle s'est baissée tout de suite ? Pour prendre mes livres ?

— Rob, avait dit son copain depuis le casier voisin, tu ne vas quand même pas répéter l'histoire des première année…

— T'inquiète, celle-là, elle le porte sur sa figure. Elle le crie avec ses yeux. Ce sont celles qui ont le plus l'air de saintes-nitouches qui sont en réalité les plus chaudes.

Puis il les avait encore entendus.

— Oh, allez, on va voir combien de temps je vais mettre, avait parié Rob d'un ton amusé. Moi, je dis une semaine. Si elle m'ouvre les jambes avant, c'est toi qui offres la prochaine tournée de bières.

Rigel n'avait pas été surpris par le sourire qui lui avait creusé les joues comme une lame de couteau ; il avait vu ses lèvres s'étirer dans son reflet, sur la porte fermée de son casier. Il n'avait pas cessé de sourire, même quand ce reflet avait brillé dans les yeux du garçon, la satisfaction de le voir s'écraser par terre ayant été vraiment trop forte pour qu'il fasse semblant de la réprimer.

Il se rappellerait toujours l'expression qu'elle avait eue, avec cette force indomptable qui transparaissait de temps en temps dans sa délicatesse, avec ce courage qui illuminait ses yeux d'ange en disgrâce, quand elle avait susurré, de cette voix qui tourmentait ses pensées d'aussi loin qu'il s'en souvenait :

— Un jour, ils comprendront qui tu es vraiment.

Et lui, la sentant si proche, avait été incapable de contenir sa curiosité et son inquiétude.

— Ah oui ? l'avait-il relancée. Et qui suis-je ?

Il s'était rendu compte qu'il ne parvenait pas à détacher les yeux des siens, qu'il ne respirait que pour ce moment où Nica était sur le point de prononcer le verdict final, parce que, même dans cette pénombre, elle resplendissait d'un éclat différent, authentique et pur, capable de rendre fou.

— Tu es le fabricant de larmes, l'avait-elle accusé.

Et Rigel avait senti le raz-de-marée grossir et le secouer profondément. La sangsue avait ouvert grand sa gueule dans un éclat de rire si fort qu'il avait éclaté sur ses lèvres comme le sang qui s'échappe d'un cœur pompant furieusement. Elle lui avait serré la poitrine en lui faisant si mal que, dans cette douleur amère, il n'avait pu trouver que du soulagement. En trompant la souffrance avec un rictus, comme il le faisait toujours, l'engloutissant avec l'arrogante résignation des vaincus. Lui… le fabricant de larmes ? Oh, si seulement elle avait su. Si elle avait su… *à quel point elle le faisait trembler, et souffrir, et désespérer… Si seulement elle avait eu le moindre doute…* Cela avait peut-être été une miette de soulagement, une étincelle chaude qui s'était allumée dans l'obscurité poisseuse, mais qui avait été aussitôt éteinte par un souffle de peur glacé. Il en était ressorti comme brûlé ; car Rigel ne pouvait pas imaginer une terreur plus grande que celle de voir ses yeux purs souillés par des sentiments aussi troubles et extrêmes. Il s'était rendu compte trop tard qu'il l'aimait d'un amour noir, infâme, qui tue lentement et ronge jusqu'au dernier soupir ; et il sentait la sangsue qui poussait, qui lui susurrait ce qu'il devait dire, les gestes qu'il devait faire ; parfois, il réussissait tant bien que mal à la contenir. Nica était trop précieuse pour qu'il puisse l'abîmer. Elle s'était éloignée et, dans le silence qu'elle avait laissé derrière elle, il avait senti un autre trou, la faille d'un dernier regard qu'elle ne lui avait même pas accordé.

— C'est toi ?

Épines. Ronces et épines.

— C'est toi qui me l'as offerte ?

Ronces et dents, et dents, *et dents*. Il avait eu sous les yeux la preuve de sa faiblesse, une rose qu'il n'avait pas réussi à ne pas lui offrir et qui, désormais, hurlait sa culpabilité de manière assourdissante. Il avait découvert que ce noir était la couleur de la fin. De l'angoisse et de la tristesse, des amours destinées à ne pas voir la lumière. Un symbole si tristement approprié que Rigel s'était demandé si ce n'était pas un rosier noir qui avait poussé sur la terre meurtrie de son cœur. Mais cela avait été un élan stupide, une faille dans l'obstination avec laquelle il tentait de toujours la tenir à distance. Il l'avait aussitôt regretté, au moment exact où il avait trouvé Nica dans sa chambre avec cette accusation de feuilles et de soie dans la main. Il s'était dépêché de remettre son masque, il l'avait maintenu en équilibre sur un sourire tellement affecté qu'il menaçait de tomber.

— Moi ?

Il avait espéré qu'elle ne perçoive pas la tension évidente dans ses mains.

— T'offrir une fleur à toi ?

Il l'avait dit avec le plus de dégoût possible ; il l'avait balancé avec sarcasme et impudence, et il avait prié pour qu'elle y croie. Nica avait baissé les yeux et elle n'avait pas pu voir la terreur avec laquelle il l'avait regardée. Pendant un instant, Rigel avait eu peur qu'elle comprenne, pendant un instant seulement, le doute lui avait mordu l'âme et il avait lamentablement vu tomber en morceaux sa vie de tremblements et de mensonges. C'est pourquoi il avait choisi la seule chose qu'il savait faire, l'unique remède à la peur qu'il connaissait : mordre et attaquer, désintégrer tout soupçon avant qu'il ne puisse prendre racine. Et il s'était vu mourir un peu dans ses yeux, Rigel, quand il lui avait arraché la rose des mains. Il l'avait détruite devant elle, et alors qu'il en détachait chaque pétale, il avait été frustré de ne pas pouvoir faire la même chose avec lui, avec la fleur criblée de sentiments qu'il portait en lui. Ce n'est que quand ils étaient tombés sur le lit que tout s'était figé. Ses veines avaient hurlé dans sa chair et le battement de son cœur avait tonné avec une telle violence que Rigel l'avait senti détruire bourgeons et racines. Pour la première fois, il avait regardé son reflet dans ses yeux. Et la terreur lui avait brouillé la vue avec un désir tellement éprouvant qu'un élan d'espoir brut et aveugle l'avait envahi, l'*effarement*. Là, sous les cheveux de Nica, les mains de Nica, les yeux de Nica, les lèvres de Nica.

Nica, distante d'un souffle, surmontée de son corps comme il n'osait l'espérer que dans ses fantasmes. Il s'était senti perdre pied, et dans cette folie il aurait voulu lui dire qu'il la voyait chaque nuit. Que, dans ses rêves, ils étaient encore des enfants et qu'elle avait toujours quelque chose de lumineux, une lueur qui la rendait parfaite. Qu'elle *était* parfaite, parce qu'il ne pouvait rien imaginer de plus pur. Il aurait voulu lui dire qu'il la détestait pour sa gentillesse, pour sa façon de toujours sourire à tout le monde, pour son cœur de papillon qui se préoccupait de quiconque sans exception, même de lui. *Qu'elle lui faisait croire qu'elle s'inquiétait pour lui* alors qu'elle était simplement faite comme ça, et qu'elle le faisait toujours et avec tout le monde. Rigel aurait voulu lui dire toutes les choses qu'il avait sur le bout de la langue, toutes réunies, un chaos palpitant, une affluence de mots et d'émotions, de peurs et d'angoisses frémissantes, brûlantes, telles des épines contre son palais, tel de l'amour dans sa bouche. Il s'était vu repoussé avant de pouvoir faire quoi que ce soit. Et tout s'était écroulé en une pluie de débris, d'éclats de verre. Cela s'était brisé en même temps qu'une partie de lui, et Rigel avait payé avec regret chaque miette d'espoir. Il savait qu'elle ne voudrait jamais de lui ; au fond il le savait, il l'avait toujours su. C'était lui qui avait fait en sorte que cela soit ainsi. Et pourtant il avait fermé les yeux, pour s'épargner au moins la souffrance déchirante de la voir s'enfuir.

Il devait sortir d'ici. Il devait s'éloigner d'elle, de cette maison, il allait devenir fou s'il entendait encore le son de sa voix ou sentait ses doigts à travers le tissu comme quand elle avait essayé de le toucher dans le couloir. La pluie avait imprégné ses vêtements, gonflant chaque émotion, et Rigel avait serré les poings et les dents, allant et venant comme un fauve enfermé entre d'invisibles barreaux.

— Toi !

Un cri avait déchiré l'orage. Rigel avait vu une silhouette enragée venir au-devant de lui. Il ne lui avait pas fallu faire un gros effort pour le reconnaître, même s'il était trempé. Et il avait refoulé la sangsue tandis que l'autre s'approchait.

— Léonard ? avait-il tenté en haussant les sourcils.

— C'est *Lionel*, avait grondé l'autre, désormais tout près.

Rigel avait alors pensé que, tout compte fait, il se moquait complètement qu'il s'appelle Lionel ou Léonard. Ces deux prénoms l'agaçaient de la même manière. Tout, chez ce type, l'agaçait beaucoup.

— Tu as une raison, *Lionel*, pour traîner dans le quartier comme une espèce de maniaque ?

— Maniaque ?

Lionel l'avait fixé, son visage déformé par la rage.

— Moi, maniaque ? Comment oses-tu ? demanda-t-il, de plus en plus près, de plus en plus enragé. S'il y a un foutu maniaque ici, c'est toi !

Rigel lui avait jeté un regard moqueur, les lèvres retroussées.

— Vraiment ? Dommage que ce soit moi qui habite ici.

Et il avait vu des éclairs fiévreux dans les yeux de l'autre.

— On ne peut évidemment pas en dire autant de toi. Alors maintenant, *casse-toi.*

Rigel l'avait mordu comme il le faisait avec tout le monde, mais avec le plus de sarcasme et de mépris possible. Il avait enfoncé ses dents et il avait cherché à lui faire *mal, mal, mal*, et l'autre avait serré les poings dans un élan de colère.

— Tes petits jeux de merde ne marchent plus, avait grogné Lionel.

Rigel le trouvait ridicule et était de plus en plus agacé.

— Tu crois que je ne le sais pas ? Tu crois qu'elle ne me l'a pas dit ? Tu n'es pas son frère ! Tu n'es rien, absolument rien. Tu ne peux plus lui tourner autour comme si tu avais des droits sur elle !

La sangsue s'était réveillée et avait pris possession de ses mains. Vibrant de colère, Rigel les avait tendues. Et lui, alors ? Quels droits avait-il ? Que savait-il de ce qui le liait à Nica ? Que croyait-il savoir ? Il s'était avancé, furieux, rejetant de toutes ses forces l'idée qu'elle soit considérée comme un objet.

— Et toi, alors, *toi* qui la connais depuis une journée, tu as des droits sur elle, *c'est ça* ?

— Oui, moi oui, avait répliqué Lionel.

Et l'ombre d'un sourire était apparu à travers la mitraille de la pluie.

— Elle m'a écrit toute la journée pour me dire qu'elle ne veut plus te voir. *Elle me cherche*, avait-il insisté, comme pour le frapper en plein visage.

Et Rigel avait senti comme une gifle sur sa peau, ou peut-être sur le cœur, le brûlant terriblement, lui rongeant l'estomac. Et il avait dû faire un effort pour ne pas laisser voir à quel point cette affirmation avait été douloureuse. Le sourire de Lionel s'était teinté de satisfaction triomphante.

— Elle me cherche et ne fait que me répéter qu'elle ne te supporte pas. Elle déteste devoir vivre avec toi, devoir te voir tous les jours. Elle te déteste profondément ! Et...

— Elle te parle donc tant que ça de moi ? avait-il lâché d'un ton insinuant et vénéneux. C'est vraiment dommage. Parce qu'elle ne parle jamais de toi.

Il avait fait claquer sa langue.

— *Ja-mais*, avait-il répété en prenant soin de détacher les syllabes. Tu es sûr d'exister pour elle ?

Comblant de colère et de tension crépitantes la distance qui les séparait, Lionel lui avait braillé dessus :

— BIEN SÛR QUE J'EXISTE ! Elle me cherche toujours. Et quand tu te seras enfin tiré…

Rigel avait rejeté la tête en arrière et avait éclaté de rire. Un rire rauque, de colère, de mépris. De douleur, une douleur noire et usante, parce qu'elle faisait un mal infernal, parce que ces mots – sa haine à elle, l'intimité qu'elle partageait avec ce garçon – vibraient d'une véracité si indéniable qu'elle le damnait pour l'éternité. Rigel avait toujours su que les ronces génèrent d'autres ronces, que ce qu'il portait en lui était trop sale et trop minable pour être désiré par une âme douce et pure. Il l'avait toujours su, mais l'entendre réduisait en lambeaux tout ce qui était resté intact. C'était paradoxal et un peu ridicule que lui, si désabusé, parvienne encore à trouver au milieu des ronces des bribes d'espoir, celles-là même qui, en mourant, faisaient le plus souffrir. Au milieu des décombres, l'unique lueur qu'il voyait était celle qui l'enveloppait elle. Une lumière qui le tenait éveillé au cœur de la nuit. Qui la faisait briller dans chacun de ses souvenirs. Elle resplendissait comme une étoile palpitante, une étoile qui, dans la solitude de ce sentiment si destructeur, ne parvenait cependant pas à lui apporter de réconfort. Et elle s'était allumée à cet instant, cette lumière… Un phare qui réchauffait, *elle, elle qui souriait toujours*, et Rigel aurait voulu l'éteindre, la libérer de cet amour qui ne connaissait pas la gentillesse. Il l'aurait fait s'il avait pu. Mais, comme toujours, il n'était pas arrivé à détruire cette lumière si délicate dans laquelle demeuraient ses sentiments pour elle. Et il avait fini par s'y accrocher de toutes ses forces, il l'avait serrée avec le désespoir d'une âme qui n'arrivait pas à la laisser s'en aller.

— Quand tu te seras tiré…

— C'est ça ! avait-il craché, caustique, protégeant en lui l'image de Nica. Attends et espère.

Le premier coup de poing lui avait ouvert la lèvre. Rigel avait senti son sang se mêler à la pluie et il n'avait pas pu s'empêcher de penser que, tout compte fait, cette douleur physique était préférable à l'humiliation qu'il venait de subir. Le second coup l'avait manqué et il s'était jeté sur la mâchoire de Lionel avec la furie d'une bête enragée. Un craquement sinistre s'était fait entendre, malgré l'orage. Rigel ne s'était pas arrêté, même quand l'autre avait rendu les coups, même quand il avait senti se fendre son arcade sourcilière ; il ne s'était pas arrêté, même quand ses jointures s'étaient écorchées et que ses cheveux trempés l'avaient aveuglé. Il ne s'était arrêté que lorsqu'il avait été le seul à rester debout et que Lionel avait roulé à terre en grimaçant de douleur. Des éclairs et un océan noir au-dessus de sa tête, il l'avait vu avec mépris cracher du sang sur le goudron. À cet instant, il ne voulait pas penser à la façon dont elle le regarderait.

— À bientôt, *Léonard*, avait-il sifflé en s'éloignant.

Il l'avait laissé sous la pluie, à se tordre dans sa propre erreur. Et il les avait vues, la damnation et la misère. Il les avait entendues comme une culpabilité assourdissante dans les iris si splendides de Nica. Il l'avait sentie comme jamais auparavant, une tache noire dans cette blanche et belle pureté, une vague violente qui lui avait submergé la poitrine quand elle avait levé les yeux de son téléphone et avait braqué sur lui une condamnation muette. La façon dont il s'était senti mourir, il s'en souviendrait jusqu'à la fin de sa vie. Rigel l'avait regardée à travers ces yeux de fabricant de larmes, et il avait compris qu'il ne pouvait pas lui mentir ni nier, car ses mains portaient les traces des griffures et du sang, parce que Lionel avait parlé désormais. Rigel n'avait compris qu'à cet instant que cette expression déçue était le douloureux prix à payer pour chacun de ses mensonges. Pour s'être tu et avoir dissimulé, pour l'avoir repoussée toujours plus loin afin qu'elle ne puisse pas comprendre. Il avait souri d'un sourire cruel mais, à l'intérieur, il s'était senti dépérir. Une sensation d'agonie mordante qui lui avait serré la poitrine. Et il lui avait donné ce qu'elle attendait, il lui avait montré le masque qu'il avait tatoué sur son visage. Il avait seulement fait ce qu'il faisait toujours, parce qu'il savait qu'au fond elle ne le voyait que comme ça, méchant et irrécupérable.

— Oh, la brebis a crié « Au loup ! ».

Ce qu'il s'était passé ensuite, Rigel n'en garderait que des flashs. Des fragments confus, flous, *ses yeux, sa lumière, ses mains partout. Des cheveux, du parfum et des lèvres* qui prononçaient des paroles qu'il n'entendrait pas, trop occupé qu'il était à fuir la chaleur qu'elle dégageait comme un soleil. *Des mains et des pansements* sur ses bras, la sangsue qui grognait et désirait, *et elle tout proche, si proche, si en colère et si proche* qu'elle le faisait trembler. Et Rigel, dans ce désespoir, dans l'urgence féroce avec laquelle il avait cherché à s'éloigner d'elle, n'avait pu s'empêcher de reconnaître que, même brûlante de colère et de peine, Nica était toujours et malgré tout belle à en faire mal. Même avec tous ses pansements et ses doigts meurtris, Nica était belle à en faire mal. Même quand elle le frappait et essayait de le blesser, de le griffer, de lui rendre tout ce qu'il n'avait fait que détruire, Nica restait la chose la plus belle sur laquelle les yeux de Rigel s'étaient jamais posés. Et cela avait été sa faute, et celle de cet enchantement qu'elle portait en elle sans le savoir, s'il n'avait pas été capable de s'arrêter à temps. Elle s'était trop approchée et, quand il l'avait repoussée, la sangsue l'avait entraîné et il avait fini sur sa bouche.

Et pour la première fois…

Pour la *véritable* première fois de sa vie, cela avait été comme de s'abandonner à toute cette beauté et à cette douleur. Se laisser envahir, mourir d'un soulagement épuisant, prendre son élan avant de se jeter dans le gouffre et atterrir sur des pétales de rose après une vie passée au milieu des ronces. S'abandonner à cette chaleur jusqu'à ne rien sentir d'autre. Ou simplement capituler devant elle, devant la lumière qui avait palpité paisiblement dans sa poitrine, éclairant chaque parcelle de cette guerre sans fin.

Peut-être que notre plus grande peur
est d'accepter que quelqu'un puisse sincèrement
nous aimer pour ce que nous sommes.

★

Je titubai, chancelante. La violence avec laquelle je m'étais relevée fit tournoyer la pièce ; mon portable tomba par terre et je reculai les yeux fermés, bouleversée. J'étais à bout de souffle. Un frisson me fit sursauter lorsque je touchai mes lèvres de mes doigts tremblants. Dévastée, je fixai son visage avec le goût du sang, *de son sang*, sur ma bouche endolorie. Je sentis une petite coupure sur mes lèvres. Il m'avait mordue. *Finalement, Rigel m'avait vraiment mordue.* Je vis le rythme précipité de sa respiration, sa bouche brillante et rouge, le mouvement avec lequel il se débarrassa du sang sur ses lèvres et ses yeux troubles derrière lesquels il me parut voir briller une étincelle fugace et pourtant incandescente. Et, dans la façon dont il me regarda, je revis pendant un instant le reflet d'un souvenir. Le même regard silencieux et accusateur que je lui avais lancé un soir, quelques jours auparavant.

— Un jour, ils comprendront qui tu es vraiment.

— Ah oui ? Et qui suis-je ?

— Tu es le fabricant de larmes.

Les mâchoires de Rigel se contractèrent durement.

— *Tu* es le fabricant de larmes.

Sa voix était âpre. Il avait craché ces mots comme s'ils lui avaient échappé, il les avait jetés comme un poison gardé en bouche pendant trop longtemps.

Je n'étais plus que frissons et stupeur quand il disparut en hâte dans les escaliers.

14- Désarmant

Certaines amours, tu ne les cultives pas.
Comme les roses sauvages,
elles éclosent rarement
et te laissent sur des charbons ardents.

Je me souvenais bien de maman. Ses cheveux frisés et son parfum de violette, ses yeux gris comme la mer en hiver. Je m'en souvenais car elle avait les mains chaudes et un sourire gentil. Et parce qu'elle me faisait toujours toucher les spécimens qu'elle étudiait.

Doucement, susurrait-elle dans mon souvenir tandis qu'elle faisait glisser dans mes mains un magnifique papillon bleu. *C'est la délicatesse, Nica. La délicatesse, toujours… Ne l'oublie pas.*

J'aurais voulu lui dire que j'y avais cru. Que j'avais gardé en moi cette brique sur laquelle j'avais bâti mon cœur. J'aurais voulu lui dire que je m'en étais toujours souvenue, même quand la chaleur de ses mains avait disparu et que les miennes s'étaient couvertes de pansements, les seules couleurs qui m'étaient restées. Même quand mes cauchemars s'étaient remplis du craquement du cuir. Mais à ce moment-là… j'aurais juste voulu dire à maman que, parfois, la délicatesse ne suffit pas. Que les personnes ne sont pas toutes des papillons et que j'aurais eu beau faire aussi doucement que je le souhaitais, elles ne se seraient pour autant jamais laissé toucher. Elles m'auraient toujours couverte de morsures et de griffures et j'aurais fini par être envahie de blessures que je ne pouvais pas soigner. C'était ça, la vérité. Dans l'obscurité de ma chambre, je me sentis comme une poupée oubliée. Le regard vide, les bras serrés autour des genoux. Mon portable s'alluma mais je ne me levai pas pour répondre. Je n'avais pas le courage d'en lire plus. Je savais déjà ce qui était écrit, la série de messages de Lionel était une suite d'accusations :

« Regarde ce qu'il a fait. »
« Je lui ai dit de s'arrêter. »
« C'est lui qui a commencé. »
« C'est sa faute. »
« Il m'a frappé sans raison. »

J'avais déjà vu arriver ça trop souvent et il ne me restait plus de force pour douter que ce soit vrai. Rigel avait toujours été comme ça. Violent et cruel, voilà comment l'avait défini Peter. Et peu importait à quel point je cherchais à le faire entrer entre les pages de cette nouvelle réalité : il n'y serait jamais. Il m'aurait toujours balayée et annihilée et, jour après jour, j'aurais fini par perdre des lambeaux de moi-même. À cet instant, je désirai qu'Anna et Norman ne soient jamais partis ; qu'Anna soit là, à me dire que rien n'était irréparable. *Cela serait quand même arrivé*, me susurraient cependant mes pensées. *Qu'ils soient restés ou non… tôt ou tard, quelque chose se serait quand même brisé.*

J'avais très soif. Je soupirai et décidai de me lever. J'étais là depuis des heures et la nuit était tombée. Avant de sortir de ma chambre, je m'assurai que le couloir était vide. Rencontrer Rigel était la dernière chose que je voulais. Je descendis l'escalier sans allumer la lumière ; il ne pleuvait plus et la lune qui brillait entre les nuages illuminait le contour des meubles, me permettant de me déplacer sans difficulté. Je gagnai le rez-de-chaussée, plongé dans la pénombre. Mais, sur le seuil de la cuisine, je trébuchai sur quelque chose qui faillit me faire tomber. Je me retins au mur avant de baisser les yeux.

Qu'est-ce…

Mes doigts trouvèrent aussitôt l'interrupteur. La lumière m'aveugla ; l'instant d'après, je hoquetai et reculai instinctivement. Rigel était étendu sur le sol. La blancheur de ses mains se détachait sur le bois du parquet et son visage était recouvert de mèches noires. Il ne bougeait pas. L'immobilité de son corps me frappa avec tant de violence que, lorsque je reculai encore d'un pas, je sentis un frisson parcourir mon dos. Mon esprit était chamboulé. Cette vision heurtait l'image que j'avais de Rigel, sa force, sa férocité, son autorité inébranlable. Je le fixai, les yeux écarquillés, sans parvenir à émettre le moindre son. C'était lui. Là, par terre, immobile. C'était…

— Rigel, murmurai-je.

Mon cœur se mit à cogner contre ma cage thoracique et la réalité me tomba dessus d'un seul coup. Un frisson encore plus violent me saisit, mettant fin à ma paralysie. Je m'accroupis près de lui.

— Rigel, soufflai-je.

Et, à cet instant, je compris que j'avais un être humain étendu à mes pieds. Mes mains tremblaient sans parvenir à le toucher, sans savoir où se poser. *Seigneur, que lui était-il arrivé ?* La panique s'empara de moi. Une rafale de pensées envahirent mon esprit tandis que je l'observais, le souffle court. Que devais-je faire ? *Oui, quoi ?* Je tendis la main, suffisamment pour lui effleurer la tempe ; je sursautai. Mon Dieu, il était brûlant...

Je lui lançai un dernier regard avant de courir jusqu'au salon. Je grimpai comme un chat sur le fauteuil pour atteindre le téléphone. Jamais, dans ma vie, il ne m'était arrivé de trouver quelqu'un couché par terre de cette façon. Peut-être était-ce la panique, peut-être mon incapacité à la gérer, mais je finis par composer en tremblant l'unique numéro qui me vint à l'esprit. Celui de la seule personne sur qui je savais pouvoir compter en cas de besoin. La seule à qui je réussis à penser, moi qui n'avais jamais eu de repères dans ma vie.

— Anna ! m'exclamai-je avant même qu'elle ne puisse parler. Il est arrivé... Il est arrivé... *Rigel !*

Je serrai le combiné de toutes mes forces.

— C'est Rigel !

J'entendis un faible gémissement et un froissement de tissu.

— Nica... me répondit-elle d'une voix ensommeillée. Qu'est-ce qu'il...

— Je sais qu'il est tard, dis-je précipitamment. Je suis désolée, mais... c'est important ! Rigel est par terre, il... il...

— Rigel ?

La voix d'Anna, comme plus proche, changea presque imperceptiblement.

— Par terre ? Comment ça, par terre ? Il ne se sent pas bien ?

La hâte fit sortir les mots de ma bouche, les uns après les autres, pour lui expliquer que je l'avais trouvé étendu sur le sol après être descendue à la cuisine.

— Il est brûlant de fièvre, mais je ne sais pas... Anna, je ne sais pas quoi faire !

Anna commença à paniquer. Je l'entendis s'agiter, repousser les draps et réveiller Norman en lui annonçant qu'elle voulait prendre un bus ou n'importe quel autre moyen de transport susceptible de les ramener à la maison. Je m'en voulus de la peur que je lui causais par mon incompétence. Peut-être que, si j'avais eu les nerfs plus solides, j'aurais appelé une ambulance ou je me serais tout simplement aperçue que c'était seulement à cause d'un vertige causé par la fièvre que Rigel avait perdu connaissance. Mais non. Dans la panique, je l'avais appelée, elle qui était à des kilomètres d'ici et qui ne pouvait rien faire. J'eus soudain envie de me mordre les poings pour ma stupidité.

— Mon Dieu, je savais que nous devions rentrer, dit-elle d'une voix tremblante, je le savais. Rigel serait au lit maintenant et peut-être, peut-être…

Anna était dans tous ses états. Je me demandai si ce n'était pas un peu exagéré. Toutefois, n'ayant jamais vu quelqu'un s'inquiéter pour moi, j'étais incapable de l'évaluer. Peut-être était-ce pareil dans les autres familles. Peut-être aussi que si je ne m'étais pas précipitée ainsi… Sa panique fit naître en moi le besoin de la calmer.

— Anna, avec la fièvre, je peux… je peux me débrouiller.

Je voulais réparer mon erreur, me rendre utile d'une façon ou d'une autre.

— Je peux essayer de l'emmener dans sa chambre pour qu'il s'allonge…

— Il a besoin d'une compresse de glace, m'interrompit-elle, essoufflée. Mon Dieu, comme il doit avoir froid par terre ! Les médicaments ! Il y a des médicaments pour la fièvre dans la salle de bains, la porte à droite du miroir. Ceux avec le bouchon blanc ! Oh, Nica…

— Ne t'inquiète pas, dis-je alors qu'il était clair qu'elle s'inquiétait beaucoup. Maintenant… maintenant, je m'en occupe, Anna ! Si tu m'expliques précisément ce que je dois faire, je…

J'imprimai directement dans mon cerveau les consignes qu'elle m'énuméra. Après lui avoir assuré que j'avais compris, je raccrochai en lui promettant de la rappeler plus tard. Je retournai auprès de Rigel et j'inspirai un grand coup. Il n'y avait plus de temps à perdre.

J'aimerais dire que je le chargeai sur mon dos et que je le portai avec dignité dans l'escalier. Mais ce fut loin d'être le cas. La première chose que j'avais à faire, et ce n'était pas la plus facile, était de toucher Rigel. Il ne m'avait jamais autorisée à le faire, ou même à m'approcher de lui. Aussi constatai-je que mes doigts tremblaient lorsque je posai une main hésitante sur son épaule.

— Rigel, dis-je en approchant mon visage.

Mes cheveux inondèrent aussitôt son corps.

— Rigel, maintenant… tu dois m'aider un peu…

Je parvins à le retourner sur le dos. J'essayai de l'asseoir, en vain ; je lui passai un bras autour du cou et lui soulevai la tête : ses cheveux passèrent du sol à mon avant-bras. Sa tête bascula en arrière et la blancheur de sa gorge me sauta aux yeux.

— Rigel…

Le voir aussi vulnérable me noua la poitrine. Je déglutis et jetai un regard inquiet à l'escalier, puis je posai de nouveau les yeux sur lui.

Pendant que je l'observais d'aussi près, assise par terre avec lui, je ne me rendis même pas compte que je le serrais plus fort qu'il n'était nécessaire pour le soutenir.

— On doit monter, dis-je doucement mais résolument. Rigel, juste l'escalier. Juste l'escalier...

Je pinçai les lèvres et lui relevai le buste.

— Allez !

Bon... Peut-être que c'était un peu trop en demander. En soignant des moineaux blessés et des souris qui se prenaient dans des pièges, je m'étais habituée à des créatures d'une tout autre taille. J'essayai de le convaincre de faire un effort, je lui demandai s'il pouvait au moins m'entendre. Quand je vis qu'il ne m'entendait pas, j'entrepris de le traîner à bout de bras sur le sol. Je repoussai mes cheveux en soufflant dessus tandis que mes pieds glissaient sur le parquet. Nous parvînmes tant bien que mal à rejoindre l'escalier. J'attrapai Rigel par le tee-shirt et je réussis à le redresser suffisamment pour que son dos appuie contre la première marche. Il était grand et massif, et moi terriblement minuscule à côté.

— Rigel... je t'en prie... dis-je, la voix contractée par l'effort. Relève-toi !

L'opération était titanesque. Avec un gémissement épuisé, je calai sa tête contre mon ventre, l'empêchant de glisser une nouvelle fois sur le sol. Je fléchis sous le poids de ses épaules et chancelai sur mes jambes tremblantes. Je serrai les dents et nous montâmes l'escalier alors que Rigel semblait à peine tenir sur ses pieds. Son bras se balançait autour de mon cou et je sentais sa mâchoire contre ma tempe. Je fus soulagée d'atteindre l'étage mais glissai lamentablement sur la dernière marche. Les murs se mirent à tourner et nous tombâmes avec un grand bruit. Mon bassin percuta la marche et je me mordis la langue de douleur.

— Oh mon Dieu, lâchai-je, tremblante.

Je sentis le goût métallique du sang dans ma bouche. Pouvais-je vraiment être aussi lamentable ? Le bassin toujours douloureux, je rampai jusqu'à Rigel pour m'assurer qu'il ne s'était pas cogné la tête. Mais je ne parvins pas à le remettre debout. Je dus donc le traîner jusqu'à sa chambre en boitant. Et avec un effort surhumain, le dernier que je pensais pouvoir demander à mes muscles, je réussis à le hisser sur son matelas et à le glisser sous les couvertures. Les poings sur le front, je m'accordai un moment pour reprendre mon souffle. Le bras de Rigel pendait du lit, ses cheveux étaient étalés sur l'oreiller. Exténuée, je me précipitai dans la salle de bains et remplis un verre d'eau ; puis j'ouvris le placard et y trouvai les médicaments dont j'avais besoin. Lorsque je m'assis sur le bord du lit, les ressorts du matelas grincèrent. Je lui soulevai la tête et la maintins dans le creux de mon coude.

— Rigel, tu dois prendre ça, dis-je en espérant qu'il m'entende et que, pour une fois, il se laisse aider. Ça te permettra d'aller mieux...

Il ne bougea pas. La pâleur de son visage était vraiment effrayante.

— Rigel, tentai-je encore en pressant le cachet sur ses lèvres, allez...

Sa tête bascula sur le côté et, lorsque son front toucha mes côtes, juste sous le sein, je laisser échapper le comprimé. Je le cherchai avec des gestes convulsifs entre les plis de la couverture, sentant mes nerfs brûler sous ma peau. J'essayai une nouvelle fois de le lui fourrer dans la bouche avec maladresse. Ses lèvres douces s'entrouvrirent sous la pression de mes doigts. Je faillis les effleurer quand le cachet disparut enfin dans sa bouche. Je me retournai pour prendre le verre, la main tremblante. Je parvins à lui faire boire une petite gorgée d'eau et Rigel avala le médicament. Je déposai sa tête sur l'oreiller et me levai précipitamment, les joues anormalement chaudes. Je descendis dans la cuisine pour préparer la compresse de glace dont m'avait parlé Anna. Puis je remontai et l'appuyai sur sa peau brûlante. Je restai près du lit, tentant de me concentrer. Est-ce que j'avais oublié quelque chose ? Je repensai aux indications d'Anna lorsque j'entendis soudain mon portable sonner quelque part. Je lançai un coup d'œil à Rigel et courus répondre. Le nom d'Anna clignotait sur l'écran. Maintenant que la situation était sous contrôle, je perçus encore plus son agitation. Je lui dis que j'avais fait tout ce qu'elle m'avait conseillé, sans rien oublier ; j'avais fermé les rideaux et ajouté une couverture. Elle m'informa alors qu'ils allaient monter dans un bus d'ici quelques minutes et qu'ils arriveraient à la maison à l'aube.

— Nous serons là le plus tôt possible, m'assura-t-elle d'un ton anxieux.

J'éprouvai une étrange sensation de réconfort en percevant toute cette inquiétude.

— Nica, s'il y a quoi que ce soit...

J'approuvai vivement de la tête avant de me rendre compte qu'elle ne pouvait pas me voir.

— Ne t'inquiète pas, Anna... S'il se passe quelque chose, je t'appelle tout de suite.

Elle me remercia pour la prévenance avec laquelle j'avais pris soin de lui et, après d'ultimes recommandations, elle raccrocha en me promettant d'être bientôt là. Je retournai dans la chambre en entrouvrant la porte afin de ne pas laisser échapper la chaleur. Je m'approchai du lit sans bruit. Je déposai mon portable sur la table de nuit et regardai Rigel.

— Ils arrivent, susurrai-je.

Ses traits restèrent immobiles comme de l'albâtre. J'étais tout aussi immobile près du lit, comme otage de son visage. Je ne sais pas combien de temps je restai ainsi debout, à le regarder, inquiète et indécise, avant de m'asseoir sur le bord du lit. Pendant un instant, je n'osai même pas imaginer sa réaction féroce s'il avait su que non seulement j'étais encore entrée dans sa chambre, mais que je m'étais assise sur son lit sans me soucier des conséquences. Il m'aurait grogné dessus. Chassée. Regardée avec un mépris qui m'aurait blessée comme une lame.

Tu es le fabricant de larmes.

Je me souvins de cette accusation avec une douleur amère et indéfinie. Moi ? Comment pourrais-je l'être ? Qu'avait-il voulu dire ?

Je contemplai son visage endormi avec le contentement de celui qui s'approche sur la pointe des pieds pour observer une bête féroce tout en étant conscient de ne pas pouvoir la comprendre.

Et pourtant…

Et pourtant, en l'observant en ce moment… J'éprouvai quelque chose d'inexplicable. Une paix indéfinie. Son beau visage était détendu, avec ses longs cils qui ombraient ses pommettes élégantes et ses lèvres tranquilles ; ses traits si fiers étaient empreints d'une sérénité que je ne leur avais jamais vue. Il ne m'avait jamais autorisée à le voir ainsi. Il avait toujours un rictus qui écorchait ses lèvres et les yeux assombris de sinistres intentions. Je déglutis et des sensations insaisissables me serrèrent le cœur. Tandis que j'observais le mouvement calme et profond de sa large poitrine et la peau de sa gorge battant doucement au rythme de son cœur, je constatai qu'il n'avait jamais été aussi beau. Ses joues creuses et ses cernes ne gâchaient en rien l'harmonie de son visage. Au contraire, ils lui conféraient le charme d'une jeunesse oubliée et désormais derrière lui ; et aucune pâleur ne pouvait corrompre son charme, comme aucune griffure, coupure ou blessure ne pouvait ternir cette lumière. Si paisible, il était très beau. Comment tant de splendeur pouvait-elle cacher quelque chose de si… obscur et incompréhensible ? Comment le loup faisait-il pour avoir un aspect si délicat s'il ne devait que faire peur ? Soudain, un hoquet lui fit entrouvrir la bouche. Rigel bougea faiblement la tête et la compresse glissa sur le côté. Sans réfléchir, je me penchai sur lui pour la remettre en place. Je retins mon souffle et, aussitôt, mes yeux se posèrent sur son visage, mais il ne fit que rester immobile, à un souffle de moi. Je le fixai depuis le seuil d'une intimité qu'il ne m'avait jamais permise. Je ne le fixai pas comme le fabricant de larmes. Juste comme… Rigel. Juste un jeune homme endormi, malade, avec un cœur et une âme comme tant d'autres. Et une tristesse inexplicable s'abattit sur moi. Je me sentis vaincue. Abattue et impuissante. Pleine des bleus qu'il avait laissés en moi sans même me toucher. *Je te déteste*, aurais-je voulu lui murmurer comme n'importe qui l'aurait fait à ma place. *Je te déteste, je ne supporte pas tes silences ni les choses que tu me dis. Je déteste ton sourire, la façon dont tu ne veux pas m'avoir près de toi, toutes les morsures que tu m'as infligées. Je te déteste pour la façon dont tu es capable de gâcher les choses les plus belles, pour la violence avec laquelle tu t'en vas, comme si c'était moi qui te privais de quelque chose. Je te déteste… parce que tu ne m'as jamais laissé d'autre choix.*

Mais rien ne sortit de ma bouche. Cette pensée ne se concrétisa pas, elle s'abîma dans mon cœur et la résignation me vida complètement. Soudain, je me sentis terriblement fatiguée. Parce que ce n'était pas vrai. Je ne détestais pas Rigel. Je ne l'aurais jamais détesté. J'aurais seulement voulu le comprendre. J'aurais seulement voulu voir qu'il y avait quelque chose là-dessous, à l'ombre d'un cœur semblable à tant d'autres.

— Pourquoi me repousses-tu toujours ? chuchotai-je avec angoisse. Pourquoi ne me permets-tu pas de te comprendre ?

Je ne trouverais jamais les réponses à ces questions. Il ne me les donnerait jamais.

Je me sentis glisser lentement sur le matelas, de plus en plus submergée par la torpeur. L'obscurité m'engloutit. Et à la fin, tout ce que je réussis à faire, tout ce que je réussis à lui rendre, en échange de ce qu'il m'avait toujours donné, ce ne fut qu'un lent et très long soupir.

15- JUSQU'AUX OS

Tu peux griffer l'amour, le renier,
te l'arracher du cœur.
Il saura cependant
toujours comment te trouver.

Tout brûlait autour de lui. C'était une prison à la fois douce et bouillante. Il ne comprenait pas où il était. Il n'entendait rien. Il sentait seulement une douleur diffuse, ses os que la fièvre semblait plier à l'intérieur de ses muscles. Et pourtant, même dans ce sommeil dense et artificiel, *elle* lui apparut comme dans un rêve. Ses contours étaient si flous que personne d'autre n'aurait compris qu'il s'agissait de Nica. Mais il en connaissait par cœur chaque recoin lumineux. Il parvint à l'imaginer parfaitement, malgré la fièvre. Il lui sembla l'avoir là, près de lui, dégageant sa propre chaleur. Oh, le merveilleux pouvoir des rêves… Il n'y avait ni terreur ni freins. Il n'était pas obligé de se retenir, de se cacher, de se défiler. Là, il pouvait la toucher, la vivre, la sentir, sans avoir besoin d'expliquer quoi que ce soit. Et Rigel aurait aussi pu l'aimer, ce monde irréel, si le bonheur éphémère qu'il touchait du doigt chaque nuit ne lui laissait pas des cicatrices aussi profondes. Parce que l'absence de Nica brûlait, elle creusait des sillons avec la même tendresse que celle avec laquelle elle le caressait. Et lui, ces coupures, il les sentait toutes, quand il se réveillait le matin dans des draps privés de sa présence.

Mais à cet instant… Il lui sembla pouvoir presque la toucher. Passer ses mains autour de sa taille étroite et l'envelopper jusqu'à se sentir comblé. Il réussissait à bouger. Même s'il délirait, il se sentait conscient. L'était-il ? Non, c'était impossible. Ce n'était que dans ses rêves qu'il l'avait près de lui. Elle était si réelle, pourtant… Il la serra et plongea le visage dans ses cheveux, comme il le faisait chaque nuit. Il aurait voulu se consumer dans son parfum, trouver du réconfort dans cette amertume éternelle et très douce où Nica, au lieu de s'échapper, le berçait entre ses bras en lui promettant de ne jamais le laisser partir.

Et ce fut comme si… Oh, ce fut comme si… s'il pouvait vraiment sentir ce corps menu respirer et palpiter tout contre lui…

*

Quelque chose me chatouillait le menton. Je plongeai mon visage dans la fraîcheur de l'oreiller. Les merles pépiaient ; dehors, la vie continuait. Pourtant, il me fallut un petit moment pour me décider à ouvrir les yeux. Lorsque j'entrouvris les paupières, les filaments d'une douce lumière brouillèrent ma vue ; encore endormie, je clignai des yeux et vis la réalité se profiler lentement autour de moi. Je pris peu à peu conscience de la position étrange dans laquelle je me trouvais. Et de la chaleur. Pourquoi n'arrivais-je pas à bouger ? Et pourquoi n'étais-je pas dans ma chambre ? Quelque chose de noir me remplissait les yeux. C'étaient des cheveux.

Des cheveux ?

J'écarquillai les yeux en hoquetant. Rigel était tout contre moi, sa poitrine comme un mur brûlant de chair et de muscles ; ses épaules larges m'enveloppaient et ses bras me serraient doucement la taille. Son visage était caché sous le mien, niché au creux de mon cou, et je sentais son souffle tiède effleurer ma peau. Nos jambes étaient emmêlées et le drap avait été rejeté sur le côté du lit, Dieu sait quand. Pendant un instant, j'oubliai de respirer. Suffocante, je découvris que l'un de mes bras passait sous son cou et que l'autre était posé sur sa tête. Mon esprit explosa dans un délire terrible, une soudaine claustrophobie me serra la gorge et mon cœur s'emballa.

Comment avions-nous pu en arriver là ? Quand ? Quand m'étais-je allongée sur le lit ? Et les couvertures ? Où étaient passées les couvertures ?

Je sentis ses mains sous moi, coincées entre le matelas et mon corps, dans une prise à la fois ferme et délicate. Rigel… Rigel m'étreignait. Il respirait tout contre moi. *Lui qui ne s'était jamais laissé toucher avait son visage contre mon cou et ses bras tellement serrés autour de moi qu'il était impossible de savoir où moi je commençais et où lui finissait.*

L'incrédulité me bouleversa. Je voulus me dégager mais l'odeur de ses cheveux envahit brutalement mes narines. Son parfum me saisit comme une ombre intense et vibrante. Je n'aurais pas su le décrire. Il était… vigoureux, insidieux, sauvage. Exactement comme lui. Il rappelait la pluie et le tonnerre, l'herbe mouillée, les nuages lourds et le crépitement de l'orage. Rigel avait le parfum de la tempête. Quel parfum a la tempête ? Je tournai la tête pour fuir ces sensations. Mais je n'y parvins pas. Son odeur me plaisait. Elle était irrésistible pour moi, presque familière. J'éprouvai la terrible sensation de la sentir *mienne.* Moi qui restais sous la pluie jusqu'à ce que mes vêtements soient trempés, moi qui avais toujours senti la liberté dans le vent, moi qui avais si souvent embrassé le ciel, j'étais folle de cette odeur dont je m'enivrais.

Cela ne pouvait pas être vrai. C'était incroyable. Je fermai les yeux en essayant de ne pas trembler entre ces bras que j'avais toujours fuis. Je tentai de m'éloigner et ses cheveux glissèrent sur mes pansements. Rigel dormait toujours, plongé dans un profond sommeil. Je sentis mon cœur battre dans ma gorge quand je frôlai les cheveux à la naissance de son cou. Ils étaient… ils étaient… Je les touchai doucement. Et quand je vis qu'il ne bougeait pas… j'y plongeai lentement les mains. Ils étaient incroyablement doux, souples et beaux. Je me mis à le contempler, tremblante. Chaque respiration, chaque contact était nouveau et tellement déstabilisant. Ce moment s'imprima pour toujours dans ma mémoire. Tandis que je l'effleurais avec toute la prudence dont j'étais capable, il me sembla l'entendre soupirer doucement. Son souffle fut comme une vague invisible et chaude sur ma peau, qui m'apaisa. Lentement, la réalité disparut et se réduisit au seul battement cardiaque de Rigel, paisible et délicat comme une berceuse. Qu'y avait-il dans ce cœur ? Pourquoi le gardait-il fermé comme une bête féroce alors qu'il battait si doucement ? Je désirai désespérément le toucher du doigt, comme je le faisais avec son corps en ce moment. Ce battement résonna au creux de mon ventre avec une grâce désarmante et j'appuyai ma joue sur sa tête, vaincue. Je me rendis, parce que je n'avais pas la force de combattre quelque chose d'aussi délicat. J'entrouvris les paupières et, avec un soupir épuisé, je m'abandonnai entre les bras du seul garçon dont j'aurais dû me tenir à distance. Je me laissai bercer par son cœur. *Et pendant un moment…* Pendant un moment, serrée ainsi contre lui, loin du monde et de ce que nous avions toujours été… *pendant un instant seulement, oui, cœur contre cœur, je me demandai pourquoi nous ne pouvions pas rester comme ça pour toujours…*

La vibration de mon portable me sortit de ma torpeur. Je clignai des yeux, hébétée, et la chambre vacilla autour de moi. Je me contorsionnai entre les bras de Rigel et tendis la main pour attraper mon téléphone, en vain.

— Rigel, dis-je doucement. Le portable… Ça doit être Anna…

Il ne m'entendit pas. Il continuait de dormir profondément, le visage enfoui sous le mien. Je posai une main sur son épaule pour essayer de lui faire relâcher son étreinte mais ce fut inutile.

— Rigel… Je dois répondre !

La sonnerie cessa d'un coup. Je reposai la tête sur l'oreiller en soupirant. C'était Anna, je le sentais. Peut-être voulait-elle me dire qu'elle allait arriver. Mon Dieu, comme elle devait être inquiète… La respiration de Rigel caressait toujours ma peau et ma main était posée sur ses cheveux.

— Rigel, je dois me lever, maintenant.

Une partie de moi avait peur de le réveiller. Peur de sa réaction. Peur de le voir me repousser encore une fois.

— Rigel, murmurai-je à contrecœur. Rigel, laisse-moi partir, s'il te plaît…

Je lui parlais à l'oreille en espérant que la douceur de mon ton puisse l'atteindre d'une manière ou d'une autre. C'est alors que quelque chose changea. Ma voix sembla se mêler aux rêves de Rigel, qui expira contre ma gorge. Il émit un gémissement grave puis il se serra davantage contre moi. Son parfum m'enveloppa de nouveau, ensorcelant.

— Rigel, répétai-je dans un filet de voix tandis que ses muscles froissaient les draps.

Sa prise se fit plus ferme et la chaleur de son corps augmenta. Je fus certaine de le sentir frotter son nez sur ma peau. Mon ventre se contracta et mes joues se mirent à brûler. Je pensai qu'il devait être en train de rêver parce qu'il bougeait lentement. Peut-être devais-je agir avec encore plus de *délicatesse*…

J'approchai mes lèvres de son oreille, dont je dégageai quelques mèches en les retenant entre mes doigts. Puis, dans un souffle, je murmurai doucement :

— Rigel…

Mais cela ne fit qu'empirer les choses, car il entrouvrit les lèvres et sa respiration se fit plus forte. Elle devint longue, lente, presque intime, comme si respirer lui coûtait. Puis, soudain, sa mâchoire anguleuse se pencha sur moi. Et ses lèvres se posèrent sur mon cou. Mon cœur s'arrêta de battre et le souffle me manqua. Des frissons de surprise se répandirent le long de mon corps et mes doigts s'enfoncèrent brutalement dans ses épaules. Engourdie, je ne sentais que ses bras me serrer encore plus fort. Rigel bougea ses lèvres sur ma peau, les ouvrit et les pressa avec une délicatesse qui me fit me cambrer. J'étais tellement tendue, incrédule et bouleversée que je ne parvins même pas à protester. Des sensations folles me dévorèrent de l'intérieur et je sentis mille petits brasiers crépiter sur ma peau. Je tentai de le repousser. Mais son prénom resta bloqué dans ma gorge. Sa bouche s'entrouvrit et ses dents effleurèrent ma chair. Je compris que Rigel ne dormait pas mais qu'il était dans un état de demi-conscience provoqué par la fièvre. Il délirait. Il devait délirer. Je ne pus retenir un gémissement quand il me mordit légèrement et priai pour qu'il s'arrête. Sa langue, sa bouche, ses morsures, *tout* me rendait folle. C'était une tempête de frissons si puissants qu'ils en étaient presque insupportables. C'était trop pour moi. La situation empira quand j'entendis une portière claquer et des bruits de pas dans la maison. La panique s'empara de moi. *Anna et Norman.*

— Nica ! cria-t-elle.

J'enfonçai les doigts dans les épaules de Rigel. *Oh mon Dieu, non, non, non…* Mon cœur bondissait comme un insecte surexcité.

— Rigel, tu dois me laisser partir. Tout de suite !

Sa bouche m'étourdissait. Elle était ferme et brûlante. Son genou glissa entre mes jambes et tous mes muscles se contractèrent. Je serrai les cuisses par réflexe et un son rauque vibra dans sa poitrine.

— Nica ! m'appela de nouveau Anna.

Haletante, je jetai un coup d'œil paniqué à la porte. Elle était là, tout près, *elle était…* Dans un élan de panique, j'attrapai les cheveux de Rigel et le repoussai. Il poussa un gémissement en retombant sur le matelas, tandis que je me faufilais hors du lit. J'ouvris la porte alors que la main d'Anna était posée sur la poignée. Elle fixa avec surprise mon visage rouge et bouleversé.

— Nica ?

— Il va beaucoup mieux, marmonnai-je alors que Rigel dormait sous l'oreiller que je lui avais lancé à la figure.

Et je m'enfuis, une main autour de mon cou. Je m'éloignai de cette chambre les jambes tremblantes, l'esprit étourdi et le cœur battant là où la bouche de Rigel brûlait encore d'une manière que je ne pourrais jamais oublier.

Quelques heures plus tard, je ne parvenais toujours pas à me débarrasser de cette sensation. Je la sentais se promener sur ma peau. Brûlante. Obsédante. Elle palpitait partout comme un bleu invisible. En descendant l'escalier, j'effleurai ma gorge. J'avais découvert une petite rougeur en me regardant dans le miroir et j'espérais de tout mon cœur que personne ne la remarquerait sous mes cheveux lâchés. Toutefois, bien que je veille à la cacher, ce qui me perturbait n'était pas en surface. Quelque chose naviguait au plus profond de moi comme un vaisseau dans la tempête et je ne savais toujours pas comment en réchapper.

Je descendis à la cuisine en fin de journée mais je m'arrêtai sur le seuil. Rigel était assis à la table. Il portait un pull bleu dont le col était légèrement distendu. Bien qu'encore un peu marqué, son visage restait fascinant. Ses cheveux, épais et décoiffés, brillaient dans la lumière de l'après-midi et ses yeux étaient pointés sur moi. Mon cœur remonta juste sous ma gorge.

— Oh ! Je… dis-je en me mordant la langue, gênée.

Je baissai les yeux sur la boîte que je tenais dans la main.

— Anna m'a dit de t'apporter les médicaments, expliquai-je comme si je voulais remplir le silence. Je venais… je venais prendre un peu d'eau.

Je remarquai le verre qu'il serrait dans sa main et pinçai les lèvres.

— J'imagine que c'est inutile…

Hésitante, je relevai doucement la tête et mes joues me picotèrent quand je vis que les yeux de Rigel ne m'avaient pas lâchée. Ils étaient incroyablement vifs et brillants. Même la fatigue ne parvenait pas à entamer la profondeur de ses iris qui ressortaient comme des diamants noirs.

— Comment te sens-tu ? demandai-je dans un souffle.

Rigel fronça les sourcils et fit une grimace ironique.

— À merveille, dit-il lentement.

Je tripotai la boîte, embarrassée et le regard fuyant.

— Tu… tu te rappelles quelque chose de cette nuit ?

Ce fut plus fort que moi. J'avais besoin de savoir qu'il se souvenait de quelque chose. Un minuscule détail, même insignifiant. À cet instant, des fragments de mon âme se mirent à prier pour que cela soit le cas. J'étais suspendue à sa réponse, comme si le destin du monde en dépendait. Parce que, pour moi, quelque chose avait changé. Pour la première fois, j'avais vu Rigel fragile, je l'avais touché, effleuré, approché. J'avais pris soin de lui. Je l'avais trouvé humain et sans défense, même la petite fille en moi avait dû abandonner l'idée du fabricant de larmes invincible et le voir pour ce qu'il était. Un garçon qui rejetait le monde. Un garçon solitaire, rude et compliqué qui ne permettait à personne de toucher son cœur.

— Tu te souviens de ce qu'il s'est passé ? demandai-je de nouveau.

N'importe quoi… N'importe quoi aurait fait l'affaire… Tout plutôt que de le voir redevenir le loup qui m'avait toujours tenue à distance…

Rigel me scruta avec une réticence teintée de confusion. Il s'abandonna sur le dossier de la chaise et retrouva son aura imposante.

— Oh, eh bien… Quelqu'un a dû m'emmener dans ma chambre.

Son regard parcourut brièvement la pièce avant de revenir sur moi, insolent.

— J'imagine que je dois te remercier pour le bleu que j'ai sur l'épaule.

Le souvenir de notre chute me revint en mémoire. Je me sentis piquée au vif et la culpabilité me rendit muette. Toutefois, je ne bougeai pas. Rigel venait de me faire comprendre que la frontière entre nous existait encore, et pourtant je ne cédai pas. Je ne reculai pas, je ne me cachai pas derrière mes cheveux. Je restai sur le seuil, les yeux fixés sur la boîte de médicaments, parce qu'à l'intérieur de moi battait quelque chose de ténu mais brillant : l'espoir. Limpide et inébranlable. Celui que je portais en moi depuis mon enfance. Celui qui, désormais, le concernait et n'avait aucune intention de capituler. Une force inconnue me poussa à entrer plutôt qu'à m'éloigner. Je traversai la cuisine et m'approchai de la table puis je sortis un comprimé de la boîte.

— Tu dois en prendre deux, dis-je doucement. Un maintenant et un ce soir.

Rigel fixa le cachet blanc. Puis, lentement, son regard se posa de nouveau sur moi. J'y entrevis quelque chose d'insaisissable. Peut-être la conscience que je m'étais approchée malgré le ton sur lequel il m'avait parlé. Ou peut-être le fait que je n'avais plus peur de lui… Pendant un instant, je pensai qu'il allait me chasser. Pendant un instant, je crus qu'il allait se moquer de moi et me mordre une nouvelle fois. Au contraire, Rigel pencha le visage et ses yeux glissèrent vers le comprimé. Sans dire un mot, il tendit la main et le saisit. Je sentis un souffle chaud gonfler ma poitrine quand il leva le verre, une joie immense. Et je me penchai vers lui.

— Attends, il faut plus d'eau…

Mes doigts effleurèrent les siens. Ce qui suivit ne dura qu'une seconde. Rigel retira sa main et se leva brusquement. Le bruit de la chaise déchira l'air et le verre explosa sur le sol, répandant partout des éclats. Je chancelai en arrière, le souffle coupé et surprise par la force inattendue de son geste. La répulsion avec laquelle il s'était soustrait à mon contact me blessa comme l'un de ces morceaux de verre. Et je fus envahie par la déception quand ses yeux se plantèrent dans les miens ; je la sentis s'installer en moi comme les racines d'un arbre mort, pile à l'endroit où venait de naître l'espoir. Et ce fut un peu comme mourir.

⋆

Elle le brûlait. Sa respiration le *brûlait.* Il aurait dû se contrôler, mais ce contact imprévu avait vibré jusqu'à son cœur et Rigel avait senti sur lui une chaleur beaucoup plus brutale que la fièvre. Il retint un juron. Dans un élan de panique, il se demanda si elle s'était aperçue qu'il frissonnait quand il s'était dégagé. Quand il trouva le courage de lever les yeux, il se sentit vide. Il croisa la déception dans son regard incrédule et il sentit la douleur désoler chaque centimètre de son âme. Nica baissa lentement la tête et chaque instant de ce court mouvement fut aussi douloureux qu'une écharde enfoncée sous la peau. Il la vit se baisser. Ses mains menues ramassaient les morceaux de verre qui scintillaient maintenant comme des bijoux dans la lumière du soir. Pourrait-elle jamais faire la même chose avec les débris de son cœur, s'il lui permettait de les toucher ? Même s'ils étaient si noirs. Et sales. Même s'ils suintaient tout le désespoir qu'il lui avait toujours renvoyé. Même s'ils coupaient, griffaient, écorchaient. Si chaque fragment avait la couleur de ses yeux argentés et si chaque morceau était un sourire qu'il avait fait mourir sur ses lèvres. Et il savait qu'il aurait juste dû lui dire merci. Il lui devait beaucoup plus que ce qu'il avait donné à voir. Il le savait et pourtant il était tellement habitué à mordre et à griffer que c'était devenu instinctif. Ou peut-être, plus simplement, ne parvenait-il pas à montrer autre chose que la personnalité détestable qu'il avait cousue sur lui. La pensée qu'elle, si pure et propre, puisse connaître ses sentiments désespérés le terrifiait.

— Rigel, l'entendit-il susurrer.

Il resta immobile, pétrifié par sa voix, comme chaque fois qu'il entendait sa bouche prononcer son prénom.

— Tu… tu ne te souviens vraiment de rien ?

Le doute l'envahit lentement. De quoi devait-il se souvenir ? Il y avait quelque chose qu'il devait se rappeler ? *Non, tout allait bien comme ça*, se dit-il précipitamment. La seule pensée qu'elle ait pu poser ses mains sur lui, tandis qu'elle l'accompagnait dans sa chambre, suffisait à lui faire perdre la tête. Et pourtant, le fait de ne pas s'en souvenir était encore pire.

— Quelle importance ? demanda-t-il avec plus d'âpreté qu'il ne le souhaitait.

Ce ton lui avait échappé et il le regretta aussitôt quand Nica s'immobilisa. Elle leva le visage. Son regard l'assaillit doucement, ses taches de rousseur brillaient sur ses traits fins et délicats et ses lèvres ressortaient comme un fruit défendu. Elle le regarda de cette façon bien à elle de nymphe sans défense, de petite biche des bois, avec une innocence qui lui coupa le souffle. Et Rigel devint tout à coup conscient de l'avoir à genoux devant lui. Il se sentit s'enflammer à nouveau, cette fois très en dessous de la poitrine. Il détourna rapidement les yeux. Le supplice ferma ses lèvres à double tour et il éprouva le besoin de se soustraire à cette vision. Sans un mot, il serra les mâchoires et passa devant elle. Il serait parti si elle n'avait pas choisi ce moment-là pour prononcer une nouvelle fois son prénom et arrêter la Terre sous ses pieds. Il n'oublierait jamais ce qu'il l'entendit alors lui dire :

— Rigel… Je ne te déteste pas.

⋆

Je venais de lui dire la vérité. Peu importait le nombre de fois où je m'étais enfuie. Peu importaient toutes les morsures qu'il continuait de m'infliger. Peu importait à quel point il avait essayé de me tenir à distance. Rien n'importait… Je ne réussissais pas à couper ce fil très fin qui nous liait depuis toujours. Et je ne pouvais pas revenir en arrière. Pas après l'avoir senti s'abandonner sans défense entre mes bras. Pas après ce matin, quand il avait imprimé sur moi ces sensations qui m'avaient marquée profondément sous la peau. Je l'avais *vu*. Pas pour le fabricant de larmes que je pensais qu'il était mais pour le garçon qu'il avait toujours été.

— Et toi, tu me détestes ? demandai-je en lui rappelant la conversation que nous avions eue dans le couloir.

Tu me détestes, papillon ?

— Non…

Rigel releva la tête. Ce fut comme voir l'accomplissement de quelque chose de prévu, programmé, douloureusement immuable. Et pourtant, cela ne fit pas moins mal. Il me fixa un instant avant de sourire.

— Tu mens au fabricant de larmes, Nica, articula-t-il avec lenteur et amertume. Tu sais que tu ne devrais pas.

Nous en étions revenus au même point, séparés par cette frontière où je suis la fille du Grave et lui le fabricant de larmes. Au point de départ, comme quand nous étions enfants. L'histoire était destinée à se répéter. La règle était toujours la même : il faut se perdre dans la forêt et vaincre le loup. Il n'y a que comme ça qu'on arrive à la fin heureuse. Tous les contes de fées finissent par *pour toujours*.

Y aurait-il une exception pour nous ?

16- Derrière le verre

Les amours silencieuses sont les plus difficiles à toucher.
Mais, sous la surface, elles brillent d'une sincère
et incroyable immensité.

Il serra ses doigts de toutes ses forces. Il ne lui faisait pas assez mal. Ses ongles le blessèrent, s'enfoncèrent dans la chair tendre, mais Rigel ne lâcha pas prise.

— Je t'ai dit de me le donner, siffla-t-il de nouveau, de ce ton qui terrorisait tout le monde.

— Non ! C'est le mien !

L'autre enfant se démena comme un chien enragé, essayant de le griffer et de le repousser. Mais Rigel lui tira violemment les cheveux, lui arrachant un gémissement de colère et de douleur. Il le soumettait avec toute la force d'intimidation dont il était capable.

— Donne-le-moi, gronda-t-il en enfonçant plus profondément ses ongles. Tout de suite !

L'autre obéit. Il ouvrit le poing et quelque chose tomba sur le sol. Au moment où Rigel le vit à ses pieds, il lâcha le gamin et le bouscula. Celui-ci roula par terre en s'écorchant les mains dans la poussière, puis il se releva, jeta à Rigel un regard à la fois féroce et teinté de peur et s'enfuit en courant. Le souffle court et les genoux égratignés, Rigel se pencha pour ramasser ce qu'il avait obtenu et le serra dans sa main. Les griffures lui faisaient mal. Mais il n'y prêta pas attention. Il lui suffit de la voir de loin pour ne plus sentir la brûlure sur ses genoux.

Le soir, en effet, elle apparut sur le seuil de la chambre commune. Depuis des jours, sa main ne cessait d'essuyer des larmes s'échappant de ses paupières. Soudain, Nica leva les yeux et les posa sur son lit, tout au fond. Et son visage de petite fille s'illumina. Le monde resplendit de la lueur de son visage et, tout à coup, tout sembla plus lumineux. Elle courut jusqu'à son lit et Rigel la contempla par les fenêtres, jusqu'à ce qu'elle se jette sur son oreiller. Il la vit prendre son doudou en forme de chenille, le seul souvenir qu'elle avait de ses parents. Ce ne fut qu'à cet instant que Rigel remarqua à quel point il était usé et abîmé. Lors de la bagarre avec l'autre enfant, les coutures s'étaient déchirées et à présent le rembourrage de mousse s'échappait sur le devant. Mais elle ferma ses yeux pleins de larmes et sourit. Elle le serra contre sa poitrine comme si c'était la chose la plus précieuse au monde. Rigel la regarda en silence bercer son petit trésor. Il resta là, caché dans un coin du jardin. Et dans ce soulagement infini, il sentit des bourgeons éclore au milieu de toutes les épines.

★

— Comment te sens-tu ?

Rideaux gorgés de soleil et lumière tamisée. Anna était debout et me tournait le dos. Elle avait prononcé ces paroles avec une délicatesse unique. Assis à la table devant elle, Rigel acquiesça sans la regarder. Cela faisait deux jours qu'il n'allait pas au lycée à cause de la fièvre.

— Tu es sûr ? demanda-t-elle d'un ton encore plus affectueux.

Inquiète, elle repoussa l'une de ses mèches, révélant la coupure sur son sourcil.

— Oh, Rigel… soupira-t-elle. Comment t'es-tu fait ça ?

Rigel ne répondit pas. Ils échangèrent un silence que je ne compris pas et Anna n'insista pas.

Je ne savais pas pourquoi je m'étais arrêtée pour les observer. L'attitude d'Anna caressait mon cœur, ses manières si maternelles m'enchantaient. Toutefois, dès que je les voyais parler tous les deux, j'avais l'impression que quelque chose m'échappait.

— Cette coupure a une couleur qui ne me plaît pas, reprit-elle en lui faisant incliner la tête. Elle pourrait s'infecter. Tu ne l'as pas désinfectée, n'est-ce pas ? Il faudrait… Oh, Nica !

J'eus aussitôt un peu honte de la manière dont je les avais observés en douce, comme une voleuse.

— Tu pourrais me rendre un service ? Peux-tu monter dans la salle de bains me chercher du coton et du désinfectant ?

J'acquiesçai, prenant soin de ne pas croiser les yeux de Rigel. Je me surprenais de plus en plus souvent à l'observer et, le pire, c'était que je ne m'en rendais même pas compte. Quelque chose était resté en suspens entre nous, quelque chose qui ne voulait pas sortir de ma tête.

Lorsque je revins quelques minutes plus tard, Anna était en train de tamponner la blessure avec une serviette en papier. J'anticipai sa demande et humidifiai un morceau de coton. Lorsque je le lui tendis, elle se déplaça sur le côté, concentrée sur la coupure. Je compris qu'elle me laissait sa place. J'hésitai. Voulait-elle que je m'en occupe ? Je m'approchai de Rigel avec réticence. Pendant un bref instant, ses yeux se posèrent sur moi. Sur mes mains, mes cheveux, mon visage, mes épaules. Puis ils se détournèrent avec la même rapidité pour se poser sur le mur opposé. En m'approchant, j'effleurai involontairement son genou et il me sembla voir un muscle se contracter sur sa mâchoire avant qu'Anna ne lui fasse incliner un peu plus le visage.

— Là, juste là… m'indiqua-t-elle.

Rigel semblait faire un gros effort pour ne pas nous repousser avec toute la brusquerie dont il était capable. Il se laissa faire mais je devinai que cette situation lui demandait une énorme maîtrise de soi. Je tamponnai son sourcil avec précaution. J'étais tendue. Un peu parce que j'avais peur de lui faire mal, un peu parce que cette proximité était plus grande que celle qu'il me permettait d'habitude. Sa gorge semblait contractée. Il gardait les yeux obstinément pointés sur le côté et sa main posée sur son genou était si serrée que ses jointures semblaient sur le point de déchirer la peau. Je savais que toutes ces attentions l'agaçaient. Il n'avait jamais aimé les égards et les soins, cela l'ennuyait. Même quand nous étions enfants, quand tout le monde semblait quémander une simple caresse, Rigel ne s'était jamais montré intéressé par ces gentillesses. Pas comme moi qui, au contraire, aurait donné n'importe quoi pour être l'objet d'attentions.

Soudain, le téléphone du salon se mit à sonner, nous faisant sursauter, Anna et moi.

— Continue, Nica, je reviens tout de suite.

Je lui lançai un regard implorant, en vain. Anna quitta la pièce et me laissa seule avec Rigel. Tout en m'efforçant de ne rien laisser paraître, je continuai de faire ce qu'elle m'avait demandé. Toutefois, il me fut impossible de ne pas remarquer la main de Rigel. Ses doigts étaient enfoncés dans sa chair, comme si cette proximité était plus que ce qu'il pouvait supporter. Mon cœur ralentit. Il détestait à ce point l'idée de m'avoir près de lui ? Je le dégoûtais donc tant que ça ? *Pourquoi ?*

La tristesse m'envahit. J'avais vraiment espéré que les choses puissent changer mais un abysse nous séparait. Un gouffre infranchissable. Et peu importait combien j'espérais, peu importait à quel point tout était différent pour moi : un mur se dressait encore entre nous. Rigel me chasserait toujours, réduisant à néant tout espoir. Il serait toujours lointain et inatteignable.

Je baissai une dernière fois les yeux sur lui, juste pour sentir cette tristesse se confirmer, telles des serres s'enfonçant dans mon cœur. Peut-être voulais-je me faire suffisamment mal pour renoncer, pour que tout espoir disparaisse. Ce n'est qu'alors que j'aurais pu accepter la situation… Mais mon cœur manqua un battement. Les épaules de Rigel n'étaient plus tendues. Les doigts sur son genou s'étaient détendus aussi, comme s'ils avaient serré trop longtemps leur prise et avaient finalement capitulé. Et sur son visage… Ses traits étaient calmes et il ne regardait plus sur le côté avec obstination mais avec *résignation*. À mon contact, ses yeux étaient devenus languissants, emplis d'une souffrance qui semblait cependant leur offrir du soulagement.

Épuisé. Éreinté. Vaincu.

Rigel était différent au point de sembler être une autre personne. Je me mis à trembler, aussi bouleversée qu'incrédule face à cette vision. Mon cœur s'emballa et commença à battre si fort que ça faisait mal. Rigel soupira en gardant les lèvres serrées, comme s'il ne voulait pas être entendu, même de lui-même, et je me sentis m'effondrer. Ce n'était pas tout. Je le voyais. J'aurais voulu lui murmurer que ça ne devait pas forcément se passer comme ça, que nous pouvions être un conte de fées différent si seulement il le voulait. Je le considérai avec des yeux attristés, emplis du désir de le comprendre. Et, instinctivement… mon doigt glissa sur sa peau et je lui caressai lentement la tempe. Il m'avait paru si fragile avec cette expression tourmentée que je ne me rendis pas compte de mon geste. Rigel tressaillit. Ses yeux bondirent sur moi et se figèrent quand ils virent que je le regardais, *que je l'avais tout le temps regardé*. Il empoigna ma manche et se leva d'un bond. Avant même que je ne puisse comprendre, je me retrouvai avec le bras au-dessus de la tête, dominée par son corps. Je le fixai sans respirer, ancrée à ses yeux traversés d'insaisissables émotions. Son souffle chaud chatouilla la peau de mes joues, qui s'enflammèrent.

— Rigel, soufflai-je dans un filet de voix, terrifiée.

Il resserra lentement la prise sur ma manche ; ses doigts broyèrent le tissu et ses yeux se posèrent sur mes lèvres. Ma gorge s'asséchа. Chaque parcelle de mon énergie fut aspirée et je me sentis soudain très faible. Un silence vibrant découpait ce moment en de très nombreux fragments palpitants tandis que mon cœur tremblait, tonnait, réclamait juste une respiration.

Puis Rigel me lâcha. Ce fut si soudain que, pendant un instant, le sol sembla se dérober sous mes pieds. Je titubai et, dans cette assourdissante confusion, j'entendis des pas approcher.

— C'étaient des amis. Ils appelaient pour savoir si…

Anna s'arrêta sur le seuil et cligna des yeux quand Rigel passa devant elle pour sortir de la cuisine. Elle se tourna vers moi.

— Tout va bien ? demanda-t-elle.

Je ne trouvai rien à répondre.

Plus tard, alors que j'essayais de travailler, mes pensées ne me laissaient aucun répit. Elles se pressaient autour de Rigel comme des abeilles sur du miel, perturbant ma concentration. J'avais beau tenter de les chasser, elles restaient là, comme la marque d'une lumière crue fixée pendant trop longtemps. Soudain, mon portable me signala un message. Je posai mon crayon pour jeter un œil : c'était Billie qui m'envoyait une nouvelle vidéo de chèvres. Depuis quelque temps, elle m'en envoyait plein. Je ne comprenais pas pourquoi elles hurlaient de cette manière, mais, chaque fois que j'ouvrais un film, je ne pouvais plus quitter l'écran des yeux. La veille, elle m'avait envoyé la vidéo d'un lama qui bondissait de joie et, sans m'en rendre compte, j'avais perdu la moitié de mon après-midi. Je soupirai avec un petit sourire. C'était puéril mais ces vidéos m'apaisaient. J'appréciais les attentions de Billie comme un trésor à protéger : quelqu'un pensait à moi, n'avait pas besoin de raison pour m'envoyer un message, se confiait et me considérait comme son amie. C'était tout nouveau. Soudain, mon téléphone se mit à sonner. Je regardai l'écran et j'hésitai un peu avant de répondre :

— Allô ? Oh, salut, Lionel.

Ces derniers jours, il m'avait beaucoup cherchée, que ce soit au téléphone ou au lycée, entre deux cours. Mais le voir provoquait en moi une sensation étrange, presque désagréable. Je ne voulais pas le repousser. Toutefois, après ce qu'il s'était passé avec Rigel, j'avais chaque fois l'impression de retrouver sur son visage le souvenir de cette agression. Une partie de moi aurait voulu effacer ce moment, l'anéantir et faire semblant qu'il n'était jamais arrivé. Mais, au moment où j'étais devenue fuyante, Lionel avait commencé à m'écrire avec plus d'insistance. Il m'avait demandé si Rigel avait essayé de se défendre en le discréditant par des mensonges. Lorsque j'avais dit non, il s'était aussitôt tranquillisé.

— Mets-toi à ta fenêtre, me dit-il.

Je fus surprise de le trouver dessous. Il m'adressa un salut de la main que je lui rendis, hésitante.

— Je passais dans le coin, m'expliqua-t-il en souriant. Tu descends ? On pourrait se balader.

— J'aimerais bien, mais je dois finir mes devoirs…

— Oh, allez ! Il fait beau, répliqua-t-il gaiement. Tu ne veux quand même pas rester enfermée chez toi ?

— Mais j'ai un contrôle de physique vendredi.

— Juste un petit tour. Allez, descends.

— Lionel, j'aimerais bien, dis-je en serrant mon portable. Mais je dois vraiment réviser…

— Moi aussi ! C'est juste une balade. Mais bon, si tu ne veux pas…

— Ce n'est pas que je ne veux pas, me hâtai-je de préciser.

— Alors, où est le problème ?

En le regardant depuis ma fenêtre, je me demandai pendant un instant s'il avait toujours été aussi insistant. Peut-être étais-je simplement plus fuyante que d'habitude…

— D'accord, cédai-je enfin.

Après tout, il avait juste parlé d'un petit tour, non ?

— J'enfile des chaussures et j'arrive.

Il sourit.

J'attrapai une veste et mis mes baskets. Puis je vérifiai dans le miroir que la rougeur dans mon cou ne se voyait pas. Elle était encore là, comme un souvenir qui ne voulait pas s'effacer. Penser qu'elle était due aux lèvres de Rigel me faisait frissonner. Je décidai de nouer un foulard vert bouteille autour de mon cou et descendis enfin. Je prévins Anna que je sortais et revins ensuite sur mes pas pour passer à la cuisine.

— Salut, dis-je à Lionel devant le portail de la maison. Tiens !

Lionel regarda la glace que je lui tendais puis leva les yeux sur moi, surpris.

— Avec le crocodile à l'intérieur, précisai-je en souriant.

Lionel afficha un sourire victorieux.

Il avait raison, c'était une belle journée. Nous dégustâmes nos glaces en nous promenant. Je l'écoutai attentivement me parler de la voiture neuve que son père venait d'acheter. Lionel ne semblait pas content, il se plaignit à plusieurs reprises, malgré le fait qu'il s'agissait apparemment d'un modèle très coûteux.

Ce n'est qu'après un bon moment que je vis que nous ne marchions plus le long de l'avenue bordée d'arbres.

— Eh, attends… dis-je, perplexe. On est allés trop loin. Je… je ne reconnais pas cet endroit.

Lionel ne sembla même pas m'entendre.

— Lionel, nous ne sommes plus dans le quartier, fis-je remarquer en m'arrêtant.

Mais il continua de marcher jusqu'à ce qu'il constate que je ne le suivais plus.

— Qu'est-ce que tu fais ? me demanda-t-il. Ne t'inquiète pas. Je connais bien cet endroit. Viens !

Je le fixai d'un air qui ne lui échappa pas.

— Qu'est-ce qu'il y a ?

— On avait dit un petit tour dans le quartier…

Quand avait-il compris que nous allions trop loin ?

— On a juste allongé un peu le parcours, me dit-il tandis que je le rejoignais lentement.

— En réalité, j'habite tout près d'ici, dit-il en donnant un coup de pied dans un caillou. À cinq minutes.

Il me lança un coup d'œil avant de baisser la tête.

— Maintenant que nous sommes arrivés jusqu'ici… tu pourrais passer.

Je perçus son embarras et m'adoucis. Je compris que cela lui ferait plaisir de me montrer sa maison. Moi-même, j'étais fière de la mienne, que j'aimais avec tendresse, et je n'avais pas attendu pour y inviter Miki. Ce devait être pareil pour lui.

— D'accord, répondis-je en souriant.

Lionel en fut ravi. Il se redressa en se frottant le nez et me lança un regard brillant.

Sa maison était une villa très bien entretenue. Le garage avait une porte automatique à la poignée étincelante. Le gravier parfaitement égalisé formait un tapis jusqu'à l'arrière de la maison, où j'aperçus un panier de basket et une tondeuse rouge flambant neuve. Des rangées de pensées impeccables bordaient le jardin avec une précision millimétrique. Je ne pus m'empêcher de remarquer à quel point elles étaient différentes des gardénias naturels et indomptés qui ornaient notre clôture.

Derrière la porte, je découvris un intérieur spacieux et rutilant. Le sol était en marbre, des rideaux blancs tamisaient la lumière et pas un bruit ne troublait le silence. C'était vraiment une belle maison. Lionel abandonna sa veste sur un fauteuil et me considéra bizarrement quand je frottai consciencieusement mes chaussures sur le paillasson avant d'entrer.

— J'ai une de ces soifs ! Viens ! À cette heure-ci, il n'y a personne.

Il disparut derrière une porte et, après l'avoir suivi, je découvris qu'il s'agissait de la cuisine. Je le trouvai devant le frigo, une bouteille dans une main et dans l'autre un verre d'eau dont il buvait de grandes gorgées. Ce n'est que lorsqu'il fut sur le point de remettre la bouteille dans le frigo qu'il se rendit compte que je le regardais. Il cligna des yeux.

— Ah… Oui… Tu veux un peu d'eau ?

Je ramenai une mèche derrière mon oreille, touchée par sa gentillesse.

— Merci.

Il me tendit un verre avec un sourire. Lorsque je le portai à mes lèvres, j'appréciai la sensation de fraîcheur qui envahit ma gorge. J'avais encore soif mais Lionel avait déjà rangé la bouteille.

Il me fit visiter sa maison de long en large. Je remarquai des cadres disposés çà et là sur les tables basses, les étagères et les rayonnages. Lionel figurait quasiment sur toutes les photos, à différents âges, les mains serrées sur une glace ou une petite voiture.

— Celle-ci, je l'ai gagnée le mois dernier, dit-il en désignant fièrement la coupe d'un tournoi de tennis.

Je le félicitai et il parut très content. Il me présenta ensuite ses médailles. Et plus j'admirais ses trophées, plus Lionel semblait s'enorgueillir.

— Il y a une chose que je voudrais te faire voir, dit-il avec un sourire malicieux. C'est une surprise… Viens !

Curieuse, je le suivis à travers le magnifique salon jusqu'à ce qu'il s'arrête devant une belle porte d'acajou fermée. Il pivota vers moi.

— Allez, ferme les yeux, me dit-il en riant. C'est le bureau de mon père…

J'obéis en souriant, de plus en plus intriguée. Je l'entendis ouvrir la porte. Nous entrâmes, les mains de Lionel posées sur mes épaules pour me guider. Ses doigts m'étreignirent légèrement avant de me lâcher, comme s'ils avaient voulu imprimer quelque chose sur moi.

— C'est bon… Tu peux ouvrir les yeux.

C'était un très beau bureau. Toutefois, ce ne fut pas cela qui me pétrifia, mais le mur que j'avais devant les yeux, empli de cadres de formes et de dimensions différentes. Et le nombre *démesuré* d'insectes qui gisaient sous le verre. Des dizaines de scarabées brillants, de cétoines dorées[1], le cycle des chrysalides, des abeilles, des libellules multicolores, des mantes religieuses, et même une série de coquilles d'escargot bien alignées. Je fixai la collection comme si quelqu'un m'avait moi aussi empaillée.

— Tu as vu ça ? m'interrogea fièrement Lionel. Approche, tu verras mieux !

1. La cétoine dorée, de l'ordre des coléoptères, est un scarabée à la carapace vert métallisé aux reflets dorés (NdT).

Il m'entraîna devant le cadre des papillons. Les yeux écarquillés, je fixai ces petits corps immobiles, transpercés par les épingles. Lionel désigna l'un des spécimens.

— Regarde un peu ce qui est écrit ici.

Nica flavilla, précisait en caractères élégants la légende voisine d'un papillon gracile d'un bel orange brillant.

— Il s'appelle comme toi !

Lionel m'adressa un sourire empli de fierté, comme s'il venait de me faire découvrir quelque chose d'incroyable dont j'aurais dû me sentir flattée. Je sentis le sang refluer de mon visage. Je ne voyais rien d'autre que les ailes écartées et les abdomens embrochés, mais Lionel interpréta mal mon silence.

— Dingue, non ? Pendant son temps libre, mon père accumule un tas de trucs. Mais il est particulièrement fier de cette collection. Il a tout fait de ses propres mains quand il était… Eh, Nica… Ça va ?

J'étais appuyée contre le bord du bureau, les lèvres serrées comme si j'étais sur le point de vomir ma glace sur le sol en marbre.

— Tu ne te sens pas bien ? Qu'est-ce que tu as ?

Lionel m'assaillit de questions et je déglutis en sentant quelque chose remuer dans ma poitrine.

— Attends-moi ici, d'accord ? Je vais te chercher de l'eau. Je reviens tout de suite.

Il sortit de la pièce et j'essayai de me calmer en m'efforçant de respirer à fond. Je savais que j'avais une sensibilité particulière, mais c'était vraiment la dernière chose au monde à laquelle je me serais attendue. Lionel revint rapidement avec la bouteille. C'est seulement quand je tendis la main pour l'attraper qu'il se rendit compte qu'il avait oublié le verre.

— Attends, dit-il avant de disparaître à nouveau.

Je pris une grande inspiration. La pièce avait arrêté de tourner. Peu après, Lionel revint avec le verre.

— Tu te sens mieux ? me demanda-t-il une fois que j'eus bu.

J'acquiesçai, soucieuse de le rassurer.

— C'est fini… Je vais bien, maintenant.

— L'émotion joue parfois des tours, dit-il avec un sourire amusé. Tu n'imaginais pas une telle surprise, hein ?

Je souris nerveusement et changeai de sujet de conversation en le questionnant sur le métier de son père. J'appris qu'il était notaire et nous bavardâmes encore un peu.

— Il se fait tard, dis-je au bout d'un moment, après avoir regardé dehors.

Je me souvins que j'avais encore beaucoup de devoirs à terminer. Nous sortîmes du bureau et Lionel insista pour me raccompagner à la maison.

— Si tu veux te rafraîchir un peu avant de partir, la salle de bains est là…

Je m'immobilisai. Lionel suivit mon regard et, quand il vit que je m'étais arrêtée devant une porte entrouverte, il esquissa un sourire.

— Ma mère garde ses affaires ici, expliqua-t-il en posant sa main sur la porte.

Il l'ouvrit complètement et, sous mes yeux, apparurent de longues baguettes ornées de rubans étincelants.

— Elle est prof de gymnastique rythmique, l'entendis-je dire alors que j'entrais, aux anges.

Un grand miroir occupait le mur du fond, près de drôles de quilles incroyablement fines.

— Ce sont des massues, m'expliqua Lionel. Elle a gagné de nombreuses médailles dans le temps… Elle était très forte. Mais, maintenant, elle ne fait plus que donner des cours.

Je contemplai les photos, les yeux brillants. Quelles couleurs ! Quelle grâce ! Elle avait l'air d'un cygne multicolore et dégageait une harmonie à la fois douce et fascinante.

— C'est génial, dis-je, sincèrement émerveillée.

Je pivotai vers Lionel et lui souris. Il me fixait, un peu ému, et sourit à son tour. Il avait dans les yeux cet éclat que j'avais vu sur les photos où il serrait une coupe. Il prit une baguette et, aussitôt, un long ruban serpenta dans l'air avec des reflets rosés ; j'admirai cette bande frétillante et je ris quand Lionel la fit tourner autour de moi en créant des spirales au-dessus de ma tête. Je tournai plusieurs fois sur moi-même, essayant de capturer le ruban avec mes yeux, de le suivre, et Lionel ne fut plus qu'un sourire flou derrière la soie. Soudain, le ruban commença à s'enrouler autour de moi. Je le sentis brusquement adhérer à mon corps et mon sourire disparut.

— Lionel, lâchai-je.

Lorsque le tissu me bloqua les bras, une terreur viscérale s'empara de moi. Je me sentis suffoquer. Mon corps se tortilla, mon cœur se cabra et ma peur explosa dans un hurlement terrible.

La baguette tomba sur le sol avec un cliquetis. Je reculai, sous le regard effaré de Lionel. Je n'étais plus qu'un amas violent de frissons tandis que je me débarrassais du ruban, haletant si désespérément que je ne parvenais plus à respirer. Le sang battait dans mes tempes et mon esprit convoqua des cauchemars encore bien vivants dans ma tête, mélangeant des fragments d'obscurité à la réalité, souvenirs d'une porte close et d'un plafond écaillé.

— Nica ?

Je serrai mes coudes en m'étreignant très fort et en respirant difficilement.

— Je… Désolée… Je… Je…

Je me sentais fragile et choquée. Des larmes de frustration me voilèrent les yeux. Le désir de me cacher s'empara de moi avec une insistance écœurante et le regard de Lionel me rongea aussitôt l'estomac. Basculant dans mes terreurs, je redevenais une petite fille. *Je ne devais pas me faire voir.* Je voulais me couvrir les bras, disparaître, devenir invisible. Je voulais m'arracher la peau juste pour détourner son attention. « Tu sais ce qui se passera si tu en parles à quelqu'un ? » J'aurais voulu hurler. Au contraire, ma gorge se serra et je ne parvins pas à parler. Je m'enfuis de la pièce en courant pour aller m'enfermer dans la salle de bains. La nausée me tordit le ventre et je me jetai sur le robinet. Le jet froid jaillit du métal et m'inonda les mains. Je les laissai dessous pendant que Lionel frappait à la porte avec insistance en me demandant d'ouvrir.

Certaines cicatrices n'arrêtent jamais de saigner. Elles se rouvrent parfois et les pansements ne suffisent pas à soigner la blessure. C'était dans ces moments-là que je comprenais à quel point j'étais aussi naïve, infantile et fragile qu'autrefois. J'étais une enfant dans un corps de jeune fille. Je voyais le monde avec des yeux pleins d'espoir parce que je ne réussissais pas à m'avouer que la vie m'avait ôté mes illusions. J'aurais voulu être normale, mais je ne l'étais pas. J'étais différente. Différente de tous les autres.

Finalement, il était vraiment tard quand je rentrai à la maison. Les rayons du soleil couchant se faufilaient entre les arbres et illuminaient le goudron. Lionel me raccompagna, muet durant tout le trajet. Après être restée une éternité dans la salle de bains, je m'étais excusée à plusieurs reprises. J'avais cherché par tous les moyens à minimiser ce qu'il s'était passé. Je lui avais raconté que j'avais eu peur, que ce n'était rien, qu'il n'y avait pas de raison de s'inquiéter. Je savais à quel point ces paroles étaient ridicules, toutefois cela ne m'avait pas empêchée d'espérer qu'il y croirait. Lionel semblait déboussolé par ma réaction, il pensait avoir fait quelque chose de mal mais je lui avais assuré que tout allait bien. J'aurais tant voulu effacer ce moment de sa mémoire.

— Merci de m'avoir raccompagnée, murmurai-je une fois devant la maison.

Je n'avais toujours pas le courage de le regarder en face.

— De rien, se contenta-t-il de répondre.

Je compris à sa voix qu'il était encore perturbé. Je trouvai alors la force de lever les yeux sur lui. Je lui souris doucement, un peu peinée, et Lionel essaya de faire pareil.

— À bientôt, dis-je tandis qu'il retenait ma main.

Avant que je ne puisse faire un geste, Lionel se pencha et m'embrassa sur la joue.

— À bientôt, Nica.

Abasourdie, je le regardai s'éloigner, les doigts posés sur ma joue. Puis je rentrai dans la maison. Tout était calme. Après avoir accroché ma veste au portemanteau, je traversai l'entrée pour monter à l'étage. Mais je fus paralysée en sentant une présence. Dans les rayons du couchant, j'aperçus une silhouette dans la pièce où se trouvait la bibliothèque. Rigel était assis au piano, dans un silence total. Il effleurait les touches du doigt, diffusant dans l'air une mélodie élégante qui me pénétra comme un frisson. Peu après, ses yeux se posèrent sur moi. Je sentis mon âme tressaillir au plus profond de moi. Ce regard n'était pareil à aucun de ceux que je lui avais connus : il me glaça et me brûla en même temps, d'une manière que je ne parvins pas à expliquer. Il était amer. Puissant. J'étais sous le choc. Puis Rigel détourna les yeux et se leva. Avant qu'il ne s'en aille, cependant, j'entendis ma voix souffler :

— Que s'est-il passé entre Lionel et toi ?

Je n'avais jamais été très douée pour me résigner ou renoncer, ce n'était pas dans ma nature.

— Comment en êtes-vous arrivés à vous battre ? dis-je en faisant un pas en avant.

— Tu n'as qu'à le lui demander, me balança Rigel d'un ton si venimeux que j'en sursautai. Je t'ai déjà tout dit, *non* ?

— Je veux l'entendre de ta bouche, dis-je d'une voix plus faible.

Rigel inclina son beau visage avec un sourire méchant qui n'atteignit pas ses yeux.

— Pourquoi ? Tu veux savoir en détail comment je lui ai *cassé la gueule* ? questionna-t-il avec hargne.

Je n'y comprenais rien. Pendant un court instant, je regardai la fenêtre qui donnait sur la rue. *Avait-il vu ?* Rigel fit mine de quitter la pièce. *Pas cette fois.* Dans un élan de courage, je fis un mouvement pour l'empêcher de passer. Une secousse parcourut mon corps fluet lorsque je levai les yeux. Rigel me dominait, ses cheveux enflammés par le crépuscule, et je regrettai aussitôt mon geste imprudent. Il siffla d'une voix rauque :

— Bouge-toi de là.

— Réponds-moi, suppliai-je. S'il te plaît.

— Bouge-toi de là, Nica, gronda-t-il, appuyant sur chaque mot.

Je tendis la main. Je ne comprenais pas ce qui me poussait à toujours chercher un contact avec tout le monde. Mais, quand il s'agissait de Rigel, je n'arrivais pas à me retenir. Depuis la nuit durant laquelle j'avais pris soin de lui, je n'avais plus peur de cette barrière qu'il y avait entre nous. Au contraire, je voulais la franchir. Mon geste suffit à le faire réagir. Je constatai avec une déception mordante que Rigel m'empêcha de faire quoi que ce soit : il s'éloigna de moi et me jeta un regard à la fois glacé et ardent. Il respirait bruyamment. Ce fut comme un réflexe, mais sa façon d'esquiver un geste aussi innocent que le mien ne me fit pas moins mal. *Il se laissait pourtant toucher par Anna. Et par Norman aussi. Et il n'avait aucun problème à lever la main sur ceux qui le provoquaient. Il ne repoussait personne de cette façon. À part moi.*

— Cela te dérange tant que ça que je puisse te toucher ?

Mes mains tremblaient et je sentis mon cœur se serrer douloureusement.

— Qui crois-tu qui t'a soigné quand tu avais de la fièvre ?

— Je ne t'ai rien demandé, cracha-t-il.

J'en restai stupéfaite. Je repensai à mes mains qui le soutenaient, à mes efforts pour l'aider à monter l'escalier, à la prévenance et à l'attention avec lesquelles je l'avais veillé toute la nuit. Tout cela n'avait-il été qu'une chose désagréable pour lui ? Rigel serra les poings et les mâchoires. Puis il passa devant moi comme s'il était impatient de s'éloigner. Mon corps se mit à trembler si fort que je ne me reconnus plus.

— Je ne dois pas te toucher, mais toi, tu peux me toucher, c'est ça ?

Je levai sur lui des yeux furieux puis j'arrachai le foulard de mon cou, le cœur bouillant comme un volcan.

— Ça, ça ne compte pas, n'est-ce pas ?

Les yeux de Rigel se posèrent sur ma gorge et fixèrent la marque rouge.

— C'est *toi* qui as fait ça, lançai-je. Quand tu avais de la fièvre. Et tu ne t'en souviens même pas.

Il se passa alors quelque chose d'inédit. Ses yeux trahirent une étincelle de désarroi et, pour la première fois, je vis l'assurance de Rigel se fissurer devant moi. Le beau masque vacilla. Son regard devint froid et quelque chose qui ressemblait à de la peur apparut sur son visage. Mais cela fut si fugace que je crus m'être trompée. Aussitôt, ce doute quitta ses yeux et son sourire cruel revint aussitôt, si plein de férocité qu'il balayait toute fragilité. Je compris dans l'instant. Rigel était sur le point de *me mordre*.

— On ne peut pas vraiment dire que j'étais moi-même… ricana-t-il.

Il me jeta un coup d'œil moqueur et fit claquer sa langue.

— Tu n'as *quand même* pas cru que c'était *à toi* que je voulais faire ça ? Je faisais assurément un beau rêve avant que tu ne m'interrompes… La prochaine fois, Nica, ne me réveille pas.

Il sourit comme un diable charmeur, les yeux pleins de mépris. Il était habitué à vaincre de cette manière et à marquer la limite entre nous. Il me tourna le dos, sans imaginer ce qui allait sortir de ma bouche.

— Ta méchanceté n'est qu'une armure, dis-je d'une petite voix. Comme si quelqu'un t'avait fait du mal et que tu ne savais pas comment te défendre autrement.

Il s'immobilisa. Mes paroles avaient fait mouche. Je ne croirais plus à son masque. Plus Rigel le portait, plus je comprenais qu'il ne voulait pas révéler ce qu'il cachait en dessous. Il était cassant, sarcastique, compliqué et imprévisible. Il ne faisait confiance à personne. Mais ce n'était pas seulement cela. Peut-être un jour comprendrais-je le mécanisme complexe qui régissait son âme. Peut-être un jour réussirais-je à percer le mystère qui expliquait tous ses gestes. J'étais cependant certaine d'une chose. Fabricant de larmes ou non… personne ne faisait trembler mon cœur comme lui.

17- La sauce

Ceux qui sont différents, tu les reconnais tout de suite.
Ils ont des mondes là où les autres ont des yeux.

Ce jour-là, nous allions avoir des invités. De vieux amis de Norman et d'Anna, n'habitant pas en ville, devaient venir déjeuner. Quand je l'avais su, une partie de moi avait effacé toute autre pensée et avait aussitôt espéré faire bonne impression. Je lissai ma robe blanche. Elle était toute simple, avec des fronces sur la poitrine et des manches courtes qui découvraient mes épaules. Je contemplai mon reflet dans un petit miroir du couloir et sentis mon estomac se contracter d'une émotion inconnue. Je n'étais pas habituée à me voir ainsi, soignée et coiffée comme une poupée. S'il n'y avait pas eu les pansements sur mes doigts et mes yeux couleur de nacre, je ne me serais pas reconnue. Je vérifiai que le côté de mon cou était couvert par ma tresse. Depuis quelques jours, la marque s'atténuait mais ce n'était pas la peine de prendre le risque que quelqu'un la remarque.

— Quelle chaleur aujourd'hui ! s'exclama une voix féminine dans l'entrée. Si j'avais su… Il n'y a pas un souffle de vent chez vous !

Les époux Otter étaient arrivés. La femme qui avait parlé portait un magnifique manteau bleu foncé. Anna m'avait dit qu'elle était couturière. Elles se firent la bise avec beaucoup d'affection.

— Ça ne pose pas de problème, la voiture dans l'allée ? George peut la déplacer si elle gêne…

— Ne t'inquiète pas, c'est parfait.

Anna lui prit gentiment son manteau des mains et l'invita à entrer. Elles marchèrent bras dessus bras dessous. Mme Otter avait l'air inquiet.

— Comment vas-tu, Anna ? lui demanda-t-elle en posant une main sur son poignet.

Anna lui répondit en la serrant tendrement. Elles s'avancèrent vers moi. Si Anna ne me quittait pas des yeux, Mme Otter était trop occupée à regarder son amie pour me remarquer. Lorsqu'elles s'arrêtèrent enfin devant moi, Anna dit avec un sourire :

— Dalma, je te présente Nica.

Voilà, nous y étions… Je m'efforçai de contenir mon inquiétude et souris.

— Bonjour.

Mme Otter ne répondit pas. Elle me regardait, confuse et la bouche entrouverte. Elle avait du mal à en croire ses yeux. Puis elle battit des paupières et se tourna vers Anna.

— Je ne…

Elle semblait à court de mots.

— Comment…

J'étais aussi perdue qu'elle. Mais, l'instant d'après, Mme Otter me considéra avec une stupeur toute nouvelle. Elle semblait n'avoir compris qu'à l'instant la raison de ces présentations. Anna avait encore la main posée sur la sienne.

— Excuse-moi… se reprit-elle, le souffle coupé. Quelle surprise !

Un sourire timide et un peu incrédule se dessina sur ses lèvres.

— Bonjour, souffla-t-elle avec ferveur.

Je n'avais jamais rencontré quelqu'un qui me salue ainsi. On aurait dit qu'elle m'avait caressée sans même me toucher. Quelle merveilleuse sensation que d'être couvée par un tel regard… J'en conclus avec joie que j'avais peut-être fait bonne impression avec ma robe blanche.

— George ! appela Mme Otter en agitant une main dans son dos. Viens là !

Son mari, qui portait une grosse moustache, était en train de féliciter Norman pour le congrès. Quand Anna nous présenta, son étonnement ne fut pas moindre que celui de son épouse.

— Mince alors, dit-il de but en blanc.

Anna et Norman se mirent à rire.

— C'était une surprise, murmura Norman, comme toujours embarrassé, tandis que M. Otter me serrait la main.

— Enchanté, mademoiselle.

Je proposai d'accrocher leurs vestes au portemanteau, ce dont ils me remercièrent. Dalma se tourna vers Anna et lui serra le bras.

— Depuis… depuis quand ?

— C'est tout récent, en réalité, répondit-elle. Tu te souviens de l'avant-dernière fois que nous nous sommes téléphoné ? Nous les avons ramenés à la maison cette semaine-là.

— « Les » ?

— Oui, Nica n'est pas seule. Norman, mon chéri, où est…

— À l'étage, en train de se changer, lui répondit-il.

Nos invités échangèrent un coup d'œil hésitant mais n'ajoutèrent rien. Ce fut au tour d'Anna de les questionner :

— Et Asia ?

Je fronçai imperceptiblement le front. *Asia ?* À cet instant, la porte d'entrée s'ouvrit et je fus surprise de voir entrer une troisième personne, son portable dans une main et son sac dans l'autre.

— Excusez-moi, on vient de m'appeler, dit l'élégante jeune femme qui venait d'apparaître.

Elle frotta ses chaussures sur le paillasson, déposa ses clés de voiture dans le vide-poche de l'entrée et sourit.

— Bonjour.

Tout le monde me tourna alors le dos. Anna se dirigea vers elle les bras grands ouverts, avec un sourire radieux qui m'étonna.

— Asia, ma chérie !

Elles s'étreignirent. La jeune femme était très grande et ses vêtements semblaient taillés sur mesure. Elle devait avoir quelques années de plus que Rigel et moi.

— Tu as bonne mine, Anna… Comment vas-tu ? Oh, bonjour, Norman !

Elle lui planta un baiser sur la joue et le serra lui aussi dans ses bras, oui, *Norman*, dont je pensais qu'une tape sur l'épaule était le maximum qu'il pouvait accepter en termes de contact physique. Désormais, tous les sourires étaient destinés à Asia. Ils partageaient une intimité qui semblait briller d'un éclat inaccessible. Anna ne m'avait pas dit que les Otter avaient une fille…

— Viens, l'invita Anna tandis que la jeune femme cherchait quelqu'un des yeux.

— Où est Klaus ? Ce vieux matou a intérêt à venir me dire bonjour.

— Asia, je te présente Nica.

Elle dut cligner des yeux puis les baisser pour me voir enfin. Je levai une main pour la saluer.

— Bonjour, dis-je en souriant, sous le regard caressant d'Anna. Ravie de te rencontrer.

Mais Asia ne me rendit pas mon salut. Ses yeux restèrent à tel point immobiles que je me sentis un peu mal à l'aise, comme si j'étais un papillon sous les épingles invisibles d'un collectionneur. Puis elle pivota vers Anna comme si c'était sa mère et qu'elle avait besoin de quelque chose.

— Je ne comprends pas, se contenta-t-elle de dire, comme si c'était ce qu'elle espérait.

— Nica vit ici avec nous, expliqua Anna d'une voix délicate. Elle est… en garde de pré-adoption.

Je souris de nouveau et m'approchai d'elle.

— Tu veux me donner ta veste pour que je la range ?

Encore une fois, Asia ne sembla pas m'entendre. Ses yeux étaient fichés sur Anna, comme si cette dernière avait arrêté le monde et le tenait désormais tranquillement dans sa main, avec un calme qu'Asia ne parvenait pas à accepter.

— Je n'ai pas bien compris, murmura-t-elle enfin.

— Nica fera partie de notre famille. Elle est en cours d'adoption.

— Vous voulez...

— Asia, dit doucement Mme Otter.

Mais la jeune femme ne quittait pas Anna des yeux. Et, dans ce regard, quelque chose vacillait.

— *Je ne... comprends pas*, susurra-t-elle encore.

Et pourtant ce n'était pas l'explication qui lui échappait. C'était le regard tranquille qu'Anna posait sur moi. Soudain, un halo glacial me fit ressentir que je n'étais pas à ma place, comme si j'avais fait quelque chose de mal simplement en vivant sous ce toit.

— Norman et moi nous sentions un peu seuls, expliqua Anna. Nous voulions... un peu de compagnie. Klaus, vous le savez, n'a jamais été très sociable. Nous voulions pouvoir entendre une autre voix que la nôtre au réveil.

— Ceci explique cela, intervint Norman pour dissiper la tension.

Anna alla contrôler la cuisson du rôti et Asia la suivit avec un air perdu, chargé de nuances que je ne parvins pas à interpréter. Je m'approchai d'elle en souriant.

— Si tu veux me donner ta veste, je te l'accroche au...

— *Je sais* où est le portemanteau, m'interrompit-elle brusquement.

Muette, je serrai mes doigts sur le tissu de ma robe. Chaque centimètre de mon corps se sentait hors de propos. Asia alla suspendre sa veste tandis qu'Anna annonçait que le déjeuner était presque prêt. Dalma s'approcha de moi et me dit gentiment :

— Nica, je ne t'ai même pas demandé quel âge tu avais.

— Dix-sept ans.

— Et l'autre fille ? Elle a le même âge que toi ?

— Il y a une autre fille ? questionna Asia.

— Oh non, répondit Anna.

Et ces deux mots figèrent tout le monde. Les invités la fixèrent et je ne réussis pas à comprendre ce qu'il venait de se passer.

— En réalité...

— Excusez mon retard.

Tout le monde se retourna. La présence fascinante de Rigel remplit le salon, captant chaque parcelle d'attention. Sa poitrine était moulée dans une chemise claire dont il était en train de fermer l'un des boutons de manchette. Anna avait dû insister pour qu'il la porte et je ne voyais pas quel vêtement aurait pu mieux lui aller. Une mèche de cheveux masquait la coupure sur son sourcil tout en lui conférant un charisme mystérieux. Lorsqu'il leva les yeux, Rigel prit tout le monde au piège de son regard noir. Les invités le fixaient, pétrifiés. J'avais beau savoir à quel point Rigel était déstabilisant, leur réaction était vraiment surprenante. Ils semblaient bien plus impressionnés et incrédules qu'ils ne l'avaient été face à moi. Ses lèvres s'étirèrent en un sourire si persuasif que je sentis mes entrailles se tordre.

— Bonjour. Je m'appelle Rigel Wilde. Monsieur et madame Otter, c'est un plaisir de vous rencontrer.

Il leur serra la main, leur demanda s'ils avaient fait bonne route, et je les vis fondre comme de la cire entre ses mains. Asia était pétrifiée. Elle le fixa avec une intensité qui me dérangea et Rigel fit glisser ses yeux dans les siens.

— Bonjour, dit-il avec une impeccable courtoisie.

Le silence suivit. Mes doigts étaient toujours crispés sur le tissu de ma robe.

— Bon, eh bien… si nous passions à table ? proposa Norman.

Lorsque je m'assis à la gauche de Norman, Asia me fusilla du regard. Était-ce la place qu'elle convoitait ? Mais elle s'assit finalement à côté d'Anna et l'entraîna dans un tourbillon de bavardages. En les voyant rire ensemble, je devinai avec un pincement au cœur que, pour Anna, elle était beaucoup plus que la fille de leurs amis. Asia était belle, sophistiquée, elle allait à l'université et elles partageaient une parfaite harmonie. Elle semblait connaître Anna d'une manière que je ne pouvais pas comprendre. Je tournai mon regard de l'autre côté de la table. Rigel s'était installé le plus loin possible de moi. Lorsque nous nous étions assis, ses yeux s'étaient posés sur la place libre à côté de moi. Mais il avait finalement choisi la chaise opposée. Par ailleurs, depuis qu'il était arrivé, il ne m'avait regardée qu'une seule fois. Faisait-il exprès de m'ignorer ? *C'est mieux ainsi*, tentai-je de me convaincre. L'idée de l'avoir près de moi créait un vide dans mon estomac. Je me promis une nouvelle fois de ne plus le regarder, car les derniers moments que nous avions partagés me tourmentaient déjà bien assez.

— Nica, tu veux un peu de rôti ? demanda Norman en me tendant le plat.

Je me servis.

— Tu devrais ajouter de la sauce, me conseilla-t-il gentiment avant de se tourner vers Mme Otter.

Je cherchai la saucière des yeux. Évidemment, elle était près de Rigel. Je la fixai, ennuyée, avant de remarquer qu'Asia observait Rigel assez peu discrètement. J'admirai ses mains, ses cheveux, son profil parfait tandis qu'elle portait sa fourchette à ses lèvres. Pourquoi le regardait-elle ainsi ? Rigel sourit brièvement à Mme Otter. *Je ne devais pas le regarder.* Mais il y avait la sauce… Je l'avais préparée avec Anna… C'était normal que je veuille au moins la goûter, non ? Je fixai de nouveau la saucière. Rigel était en train de se servir. Le mélange dense glissa de la cuillère qu'il tenait entre les doigts, puis il reposa la saucière de son autre main. Lorsqu'il s'aperçut qu'il s'était sali le pouce, il le porta à sa bouche et le posa sur sa lèvre inférieure avant de le caresser avec sa langue. Il referma ses lèvres sur son doigt, le fit lentement glisser et lécha la sauce. Alors qu'il reposait la cuillère, il leva ses yeux profonds sur moi.

— Nica… Tu vas bien ?

Je tressaillis et me tournai vers Mme Otter. Elle me fixait, interdite.

— Tu es toute rouge, ma chérie…

— La purée, dis-je d'une voix fiévreuse, est… piquante.

Je déglutis et sentis *ses* yeux perforer l'espace qui nous séparait. Une étrange chaleur naquit dans mon ventre et se diffusa dans tout mon corps. Je tentai de l'ignorer. Je devais me concentrer sur le repas, et seulement sur le repas.

— Oh, Nica, tu ne prends pas de sauce ? me demanda Norman.

— Non, répondis-je sèchement.

En voyant Norman cligner des yeux, je compris à quel point je lui avais répondu brusquement. Je sentis mes joues brûler de honte tandis que je me hâtais de rectifier :

— C'est que… je préfère manger ma viande comme ça, merci.

— Sans sauce ?

— Oui !

— Tu es sûre ?

— Certaine.

— Allez, demande la saucière…

— *Je n'aime pas* la sauce ! lâchai-je d'une voix aiguë.

Cela virait à la *tragédie*, et je m'aperçus qu'Anna me dévisageait avec stupeur, la fourchette en l'air.

— Enfin, ce n'est pas que je ne l'aime pas ! bêlai-je désespérément. Je l'adore, elle est délicieuse ! Il n'y a pas de meilleure sauce, si savoureuse et… et… si *corsée* ! C'est seulement que… voilà, j'en ai déjà tellement mangé que…

— Alors, Rigel ! intervint M. Otter.

Je sursautai, comme foudroyée. Je me hâtai de retirer la mèche de cheveux qui avait fini dans ma purée. De l'autre côté de la table, Asia m'observait d'un air réprobateur, les yeux plissés.

— Tu as un prénom vraiment singulier. Si je ne me trompe pas, il y a une constellation qui s'appelle comme ça, non ?

Je cessai de manger en entendant cette question. Rigel prit un moment avant de répondre. Son sourire était avec nous mais ses yeux semblaient ailleurs.

— Pas une constellation, répondit-il calmement. Une étoile. La plus brillante de la constellation d'Orion.

Les époux Otter étaient sous le charme.

— Fascinant ! Un garçon qui porte le nom d'une étoile… La personne qui te l'a donné a vraiment fait un choix curieux !

Le sourire de Rigel brilla d'une lueur énigmatique.

— Oh, indubitablement… ironisa-t-il. Elle n'a pas manqué de me rappeler mes origines lointaines avec ce prénom.

Cette réponse me frappa en pleine poitrine.

— Oh, marmonna M. Otter. Eh bien…

— Ce n'est pas pour ça.

Je me mordis la langue. Trop tard. J'avais parlé tout haut. Tout le monde tourna la tête vers moi. L'attention me tomba brutalement dessus et je baissai les yeux.

— Elle a choisi ce prénom parce que… quand on t'a trouvé, tu avais une semaine environ. *Sept jours*… Rigel est la septième étoile la plus brillante du ciel. Et, ce soir-là, elle brillait plus que les autres nuits.

Un silence suivit mes paroles puis des commentaires admiratifs se succédèrent. Tout le monde se remit à discuter et Anna confia fièrement à Dalma que nous étions « très unis » à l'orphelinat. Je regardai Rigel. Il était resté immobile. Ses yeux parcoururent lentement la table avant de se lever sur moi, trahissant une nuance de stupeur.

— Je l'ignorais, dit Anna avec un sourire surpris. Votre directrice ne nous l'avait pas dit…

Je détachai les yeux de Rigel et les mots sortirent de ma bouche de manière presque automatique :

— Ce n'était pas Mme Fridge à l'époque, mais la directrice qui était là avant elle.

— Vraiment ? demanda-t-elle, émerveillée. Ça non plus, je ne le savais pas.

— Je comprends, maintenant, dit Dalma avec un sourire. Un jeune homme aussi… Il a dû aussitôt attirer votre attention.

Anna serra la main de Norman et l'ambiance changea. Tout le monde s'en rendit compte. À cet instant, je compris. Peut-être l'avais-je toujours su. Il y avait quelque chose d'autre. Anna sourit.

— Rigel, tu voudrais bien… S'il te plaît ?

Dans cet étrange silence, Rigel posa sa serviette sur la table et se leva. Il abandonna sa chaise sous le regard curieux des invités et, à chacun de ses pas, l'admiration grandissait dans leurs yeux. Lorsque les notes du piano se diffusèrent dans la maison, les Otter se pétrifièrent. Asia réprima un tremblement et ses doigts étreignirent sa serviette. Puis plus rien ne compta. Il joua et tout le reste disparut.

Une goutte froide roula sur ma cuisse. Je serrai mes genoux contre ma poitrine, mes doigts de pied plongés dans l'herbe mouillée. La pluie clapotait autour de moi.

— Peut-être leur ai-je plu… murmurai-je comme une enfant peu sûre d'elle.

Je continuai d'arracher des touffes d'herbe.

— Je n'ai jamais été douée pour plaire… J'ai toujours l'impression de faire quelque chose de mal.

Je levai les yeux et soupirai, pensive, observant le ciel ruisseler sur moi.

— De toute façon, c'est trop tard, maintenant… Je ne peux plus le leur demander, pas vrai ?

Près de moi, la petite souris continuait de nettoyer son pelage mouillé par la pluie sans prêter attention à ma présence. Je l'avais trouvé coincée entre les mailles métalliques du grillage. J'étais arrivée à la libérer mais elle était blessée. J'avais donc étalé un peu de miel sur sa petite patte avec un cure-dents pour l'apaiser.

À ses côtés, et sans m'en rendre compte, j'étais entrée dans mon monde étrange. J'avais commencé à lui parler comme si elle m'écoutait, car je n'avais jamais eu d'autre manière de me confier. Je venais d'une réalité dans laquelle cela m'avait été refusé. Non, cela m'avait été interdit. Pour les autres, c'était de la folie. Mais pour moi… C'était l'unique façon que j'avais jamais eue de ne pas me sentir seule.

Une goutte froide tomba sur ma joue et je plissai le nez. Au fond, j'avais envie de sourire. J'étais trempée mais j'aimais cette sensation de liberté. Et ma peau avait désormais le même parfum.

— Je dois y aller… Ils vont revenir.

Anna et Norman étaient sortis faire une promenade avec leurs invités et ils allaient rentrer d'une minute à l'autre. Je me levai, le tissu de ma robe collé sur moi.

— Fais attention, d'accord ?

Je contemplai la petite créature à mes pieds. Elle était si petite, douce et gauche que je ne comprenais pas comment on pouvait en avoir peur. Ses oreilles toutes rondes et son petit museau pointu suscitaient en moi une tendresse que peu de monde partageait.

En entrant dans la maison, je me rendis compte de l'état dans lequel étaient mes mains. Les pansements multicolores sur mes doigts étaient tachés de miel et trempés par la pluie. Je montai dans ma chambre pour les remplacer. Puis je me dirigeai vers la salle de bains pour me sécher un peu.

— Alors, entendis-je murmurer, tu me dis ce qu'il se passe ?

Je m'immobilisai aussitôt. Le couloir était désert et le chuchotement provenait de l'escalier.

— Tu ne peux pas agir ainsi, entendis-je. Tu n'as plus dit un mot.

— Je n'y arrive pas, siffla l'autre voix, pleine de ressentiment.

Je la reconnus. C'était celle d'Asia.

— Je ne peux pas l'accepter. Et eux… Comment peuvent-ils le supporter ?

— C'est leur choix, prononça une voix qui ressemblait à celle de sa mère. C'est leur choix, Asia…

— Mais tu as vu ! Toi aussi, tu as vu ce qu'a fait ce garçon !

Rigel ?

— Qu'est-ce que ça veut dire ? Hein, qu'est-ce que ça veut dire ? répéta-t-elle avec dégoût.

— Asia…

— Non. Ne dis rien. Je ne veux pas te l'entendre dire.

Je sursautai en entendant un bruit de pas.

— Où vas-tu ?

— J'ai laissé mon sac en haut, répliqua Asia d'une voix terriblement proche.

Certaine que je n'aurais pas dû espionner cette conversation, je saisis la première poignée qui me tomba sous la main. Je me faufilai dans la salle de bains et j'appuyai mon dos contre la porte, les yeux fermés. Je poussai un soupir, elles ne m'avaient pas vue. Lorsque je les rouvris, je constatai qu'une vapeur très dense emplissait la pièce. Et mon cœur s'arrêta de battre. Vêtu seulement d'un pantalon, Rigel me dévisageait. Ses cheveux dégoulinaient et les gouttes formaient sur son corps des sillons transparents, soulignant des courbes naturelles que je n'aurais jamais pu imaginer. Ma gorge s'assécha et mon cerveau s'éteignit complètement. Je regardai Rigel sans pouvoir respirer : c'était la première fois que je le voyais sans tee-shirt, et cette vision me bouleversa. La peau claire de ses larges épaules, aux muscles bien définis, ressemblait à du marbre. Des veines apparentes parcouraient ses poignets musclés jusqu'aux avant-bras. Les os de son bassin plongeaient au-delà de l'élastique du survêtement, formant un V parfait, et ses pectoraux modelaient une poitrine solide et virile. Un chef-d'œuvre incroyable.

— Qu'est-ce que tu… commença Rigel.

Mais sa voix s'éteignit lorsque ses yeux se posèrent sur mon corps. Je me souvins subitement de l'état dans lequel j'étais. Ma robe trempée collait à mon bassin, moulant mes courbes, mes seins durcis par le froid, mes cuisses mouillées, et révélant le tout avec une transparence qui me paniqua. Nous nous dévisageâmes mutuellement.

— Sors.

Sa voix n'avait plus rien de velouté ni de profond, elle n'était plus qu'un grondement rauque.

— Nica, ordonna-t-il, les dents serrées, *sors*.

Mon cerveau me criait de lui obéir. Je voulais fuir le plus loin possible d'ici. Toutefois, je ne bougeai pas. Asia et Dalma n'étaient qu'à quelques pas de nous et leurs voix résonnaient distinctement derrière la porte. Je ne pouvais pas sortir, pas maintenant. Qu'auraient-elles pensé en me voyant dans cet état en compagnie de Rigel ? Lui à moitié nu et moi trempée, enfermés ensemble dans la salle de bains ?

— Je t'ai dit de sortir, répéta-t-il. Tout de suite !

— Attends…

— *Dégage !*

Il fut sur moi en deux pas et je fis quelque chose de ridicule. Je me postai devant la serrure avant que son ombre ne m'engloutisse. Le déplacement d'air fit tourbillonner la vapeur. L'instant d'après… j'avais les bras dans mon dos, les mains serrées sur la poignée. Devant moi, remplissant complètement mon champ de vision, il n'y avait *que* lui. Sa poitrine vibrait contre mon visage au rythme de sa respiration profonde et ses paumes étaient appuyées de chaque côté de ma tête. La chaleur qu'il dégageait pénétra ma peau humide. L'air me manqua.

Mon cœur s'accéléra, brouillant mes sens. Rigel haletait et ses mains étaient ancrées à la porte avec tellement de violence qu'il me sembla les sentir vibrer.

— *Tu*… murmura-t-il avec une nuance de rancœur et d'amertume. Tu le fais exprès…

Il serra les poings en signe d'impuissance.

— Tu te *moques de moi*…

Ses lèvres, ses dents et sa bouche étaient là, à un souffle de moi. L'avoir si près de moi, à moitié nu, humide et dominateur, était trop pour moi. Je cessai de raisonner, me demandant juste ce qu'il se serait passé si j'avais essayé de *le toucher*. Là, maintenant… Effleurer sa peau et sentir sa chaleur, son énergie et sa fermeté… *Me l'aurait-il permis ?* Non. Il aurait probablement coincé ma main sur la porte, au-dessus de ma tête, comme l'autre fois… Je crus mourir quand, après un interminable moment, Rigel approcha son visage de mes cheveux, derrière mon oreille et… inspira profondément. Sa poitrine se gonfla tandis qu'il respirait mon odeur. Lorsqu'il releva la tête, je sentis le sang battre dans mes oreilles et son souffle brûlant inonder ma gorge. Mon cœur cognait désormais avec une telle force qu'il me faisait mal.

— *Rigel*…

Son prénom m'échappa comme une requête désespérée. J'aurais voulu lui dire de s'éloigner, mais tout ce qui sortit de ma bouche fut ce piaulement implorant. Rigel contracta les mâchoires. Puis il tira mes cheveux et fit basculer mon visage en arrière, m'arrachant un soupir de surprise. Nos regards se croisèrent brusquement. Je haletais sans même m'en rendre compte. Mes joues brûlaient et mes pupilles palpitaient au rythme effréné de mon cœur.

— Combien de *fois* dois-je encore te dire de rester loin de moi ?

Ces mots parurent lui demander un effort qui me remua au plus profond de mon être. Je le regardai avec des yeux chargés de détresse.

— Ce n'est pas ma faute, soufflai-je, plus doucement qu'un soupir.

C'était lui. C'était lui qui m'empêchait de me tenir à distance. C'était sa faute.

Le destin nous avait si étroitement liés que, désormais, je ne parvenais plus à formuler une pensée qui ne le concernait pas. Désormais, je ne m'enfuyais même plus quand il était sur le point de me mordre. C'était sa faute, seulement la sienne, car il avait laissé à l'intérieur de moi des empreintes que je ne pouvais plus effacer. Des sensations que je ne savais pas gérer. Des troubles que je ne voulais pas ignorer. Et j'avais respecté la règle, car elle ne change jamais : il faut se perdre dans la forêt pour vaincre le loup. J'avais rencontré le loup. Mais je m'étais perdue dans ses contradictions. Et elles avaient fini par devenir une petite partie de moi, parce que chacune d'entre elles était un frisson que Rigel m'avait peint sur le corps jusqu'à me rendre moins terne. Et j'étais désormais enchaînée à lui d'une manière que je n'étais pas capable de définir.

Comment aurais-je pu trouver les mots pour le lui expliquer ?

Soudain, une goutte s'échappa de ses cheveux et s'écrasa sur ma paupière. Je fermai les yeux, tremblante, et quand je les rouvris elle glissa sur ma joue. Elle parcourut mon visage comme une larme. Rigel la regarda descendre et quelque chose s'éteignit dans son regard. Ses iris s'assombrirent comme des diamants recouverts de poussière et perdirent leur éclat.

Nous redevînmes des enfants. Dans ses yeux, je vis ce moment si souvent répété, à tous les âges : moi devant lui, à verser des larmes qu'il avait causées. Lentement, il me libéra. Il me tourna le dos et s'éloigna comme une vague inéluctable. À chaque pas, je sentais le fil qui nous unissait se tendre au point de me faire mal.

— Sors.

Il n'y avait pas de dureté dans sa voix. Juste une morne fermeté. Jamais comme à cet instant je ne m'étais sentie aussi paralysée. J'eus l'impression de sombrer. Mes mains tremblaient. Je baissai la tête et contemplai le sol, traversée d'émotions contradictoires. Puis, retrouvant la raison, je me retournai et j'ouvris la porte. Je courus dans le couloir désormais désert, risquant à plusieurs reprises de glisser. Soudain, le sol sous mes pieds sembla devenir le sentier des contes. Je courus dans une forêt de frissons. Je marchai entre les pages, sur un chemin de papier. J'avais passé toute ma vie à le fuir. J'avais prié pour échapper à la condamnation de ses yeux. Mais il n'y avait pas d'issue. Ils brillaient comme des étoiles. Et ils illuminaient un sentier… qui menait vers l'inconnu.

18- ÉCLIPSE DE LUNE

J'ai regardé l'amour, et j'ai eu peur.
Il avait des bouquets de roses dans les veines
et des grains de beauté sur la peau,
comme des points de suspension de phrases non dites.
Il était davantage moi-même que je ne l'avais jamais été.

Après l'épisode de cet après-midi dans la salle de bains, Rigel fit tout pour ne pas me croiser. Non que les moments que nous partagions fussent nombreux, en réalité, mais ceux qui restaient se réduisirent quasiment à néant à cause de sa manière bien à lui de s'approcher tout près puis de s'éloigner en silence, avec discrétion et détachement. Pendant la journée, il m'évitait. Le matin, il partait avant moi. Ce matin, seule sur le chemin du lycée, je m'étais rappelé toutes les fois où j'étais restée en arrière sans jamais oser marcher à ses côtés. Je ne parvenais pas à comprendre les sensations qu'il faisait naître en moi. N'était-ce pas ce que j'avais toujours souhaité depuis que j'étais petite ? Qu'il reste loin de moi ? Même quand j'étais arrivée ici, j'avais voulu le voir disparaître. J'aurais donc dû me sentir soulagée. Et pourtant… Plus ses yeux m'évitaient, plus les miens le cherchaient. Plus il m'ignorait, plus je me demandais pourquoi. Plus Rigel restait loin, plus je sentais le fil qui me reliait à lui se tordre, comme s'il était une extension de moi-même. Comme en ce moment, où je traversais le couloir en pensant à lui. Je venais de rentrer du lycée mais, comme d'habitude, j'étais perdue dans des pensées qui me coupaient du monde. C'est pourquoi je ne perçus pas tout de suite le craquement du plancher. Je compris ensuite que ce petit bruit venait de la pièce la plus proche. J'oubliai un instant ce qui me tracassait et mon incurable curiosité me poussa à passer la tête derrière la porte. Je me figeai, surprise.

— Asia ?

Qu'est-ce qu'elle faisait là, debout, en silence, au beau milieu de cette chambre ? Elle avait dans la main un foulard que j'avais déjà vu sur elle, mais je n'avais pas la moindre idée de ce qu'elle faisait chez nous. Quand était-elle arrivée ?

— Je ne savais pas que tu étais là… poursuivis-je en constatant qu'elle ne me prêtait pas attention.

Son regard passa d'un mur à l'autre, comme si je n'étais pas là.

— Qu'est-ce que… tu fais dans la chambre de Rigel ?

Évidemment, j'avais dû dire quelque chose d'idiot car elle se rembrunit, ses yeux se réduisant à deux fentes. Elle passa devant moi sans me répondre et je fus obligée de m'écarter pour la laisser passer.

— Asia ? intervint Anna depuis l'escalier. Tout va bien ? Tu l'as trouvé ?

— Oui. Je l'avais laissé sur le banc dans ta chambre. Il avait glissé par terre.

Elle agita le foulard puis le rangea dans son sac. Anna nous rejoignit et lui effleura le bras avec un sourire dégageant une chaleur qui lui semblait exclusivement destinée.

— Aucun problème, dit-elle gentiment. La maison est sur ta route pour aller à la fac. Tu sais que tu peux passer quand tu veux…

Sans motif apparent, un sentiment d'insécurité envahit ma poitrine. Je tentai de le repousser mais il s'insinua dans mon cœur, sournois et dérangeant, salissant tout sur son passage. Soudain, chaque détail me parut amplifié au maximum. Le regard d'Anna *brillait* quand elle parlait avec Asia. L'affection qu'elle éprouvait pour elle était profonde et maternelle. Elle lui souriait, elle la caressait. Elle la traitait comme sa fille. Au fond, qui étais-je, moi, en comparaison ? Que pouvaient valoir mes quelques semaines de présence ici face à toute une vie ? Je commençai à éprouver l'habituelle sensation de ne pas être à ma place. Les mains crispées, je luttai pour ne pas me comparer à elle. Cela ne me ressemblait pas de faire de telles comparaisons, je n'avais jamais eu l'esprit de compétition, et pourtant… Mon cœur se mit à battre plus vite. Je sombrai inexorablement dans mes angoisses et le monde perdit de sa lumière. *Peut-être ne serais-je jamais à la hauteur. Peut-être Anna allait-elle le comprendre*… Et si elle s'était aperçue qu'elle avait fait une erreur ? Si elle avait vu à quel point j'étais fade, brisée et étrange ? Le sang cogna contre mes tempes. Des peurs injustifiées parcoururent ma peau et mon esprit me tourmenta avec des images du Grave et de son portail qui s'ouvrait de nouveau pour moi.

Je serai gentille.

Anna rit encore.

Je serai gentille.

Ma gorge se serra.

Je serai gentille, je serai gentille, je serai gentille…

— Nica ?

Je le jure.

Anna me dévisagea en fronçant les sourcils, un sourire hésitant sur les lèvres.

— Tout va bien ?

Le sang continuait de pulser dans ma tête. Je cachai mon visage derrière mes cheveux et me forçai à acquiescer. J'étais glacée.

— Tu en es sûre ?

Je hochai la tête, priant pour qu'elle n'insiste pas. Anna était prévenante et attentionnée mais son âme était trop pure pour douter de ma sincérité.

— Alors, j'accompagne Asia en bas. J'ai apporté des fleurs du magasin pour qu'elle les emporte chez elle.

J'entendais à peine ce qu'elle me disait. J'attendis qu'elles s'éloignent pour recommencer à respirer et étirer mes doigts crispés. Bien que j'aie déjà souvent vécu ce type de moments, il m'était chaque fois impossible de les surmonter. J'étais habituée aux crises de panique injustifiées, aux délires soudains d'agitation, à la sensation étouffante d'être enfermée dans une bulle. Une phrase de trop provoquait en moi des angoisses incontrôlées, une phrase en moins alimentait monstrueusement mon sentiment d'insécurité. Il me réveillait parfois la nuit, m'empêchant ensuite de me rendormir. Je revivais dans mes cauchemars un mal-être que j'avais espéré oublier, en vain. Il avait planté ses racines en moi, en cachette mais profondément, et il attendait le moment idéal pour mettre à nu mes fragilités. Je devais les cacher. Me cacher. Apparaître parfaite car il n'y avait que comme ça qu'Anna et Norman me choisiraient. Il n'y avait que comme ça que je m'évaderais du passé, que j'aurais une famille, une deuxième chance…

J'allai dans la salle de bains pour passer mes mains sous l'eau. Je respirai lentement, tentant de libérer mon cœur du poison qui l'avait envahi. L'eau fraîche ne faisait pas tout disparaître mais me calmait un peu. Elle me rappelait que ma peau était libre, intacte, privée de contraintes, et que je n'étais plus une petite fille épouvantée. *Elle* n'était plus gravée sur mon corps. Seulement dans mon esprit.

Une fois certaine que j'allais mieux, je descendis. Norman déjeunait à la maison aujourd'hui, et je ressentis du réconfort lorsqu'il m'accueillit en souriant, assis à sa place habituelle. Je compris alors à quel point ma réaction avait été injustifiée : nous étions en train de construire quelque chose sous ce toit, et Asia ne pourrait pas me l'enlever.

La chaise voisine de la mienne était occupée par Rigel, qui m'ignora complètement ; il avait le coude posé sur la table et le regard baissé sur son assiette. Ce ne fut que l'instant d'après que je compris que son silence avait quelque chose de différent. Il avait l'air… contrarié.

— C'est juste une note, dit calmement Anna tout en découpant le poulet.

Elle ne parvenait pas à croiser son regard.

— Ce n'est rien, tu ne dois pas t'inquiéter.

J'eus soudain l'impression d'avoir raté quelque chose d'important. Tout en m'asseyant, je tentai de remonter le fil de cette conversation. Quand tout s'éclaircit dans ma tête, je restai stupéfaite. Rigel avait raté un devoir ? Son expression agacée me confirma qu'il n'y était pas habitué lui non plus. Rigel calculait chaque geste, prévoyait chaque conséquence et ne faisait jamais rien au hasard. Mais ça, non, il ne l'avait pas prévu ni pris en compte. Et il ne supportait pas d'apparaître faible et de devenir le centre de l'attention d'Anna. Le prof devait avoir insisté pour qu'il en parle à la maison, surpris lui aussi par ce résultat inattendu.

— Pourquoi ne travaillez-vous pas ensemble ?

Je me figeai, la fourchette suspendue devant ma bouche.

— Comment ?

— C'est une bonne idée, non ? Tu as dit que tu avais bien réussi le test, ajouta Anna. Peut-être pourriez-vous faire quelques exercices ensem…

— Ce n'est pas nécessaire.

Les mains encore plus crispées que d'habitude, Rigel l'avait interrompue d'une voix tranchante. Il ne parlait jamais ainsi à Anna, qui lui lança un regard surpris et un peu triste.

— Je ne vois pas ce qu'il y a de mal, ajouta-t-elle prudemment. Vous pourriez vous aider mutuellement… Au fond, il s'agit de la même matière. Pourquoi n'essaieriez-vous pas ?

Puis elle s'adressa à moi :

— Qu'est-ce que tu en penses, Nica ?

J'aurais voulu satisfaire Anna. Toutefois, je ne pouvais pas nier le fait que je me sentais mal à l'aise. Pourquoi me retrouvais-je toujours dans des situations de ce genre ? Il aurait été plus facile de répondre si Rigel n'avait pas passé son temps à m'éviter comme la peste.

— Oui, murmurai-je enfin avec un sourire forcé. D'accord…

— Tu pourrais aider Rigel à faire quelques exercices ?

J'acquiesçai et Anna, ravie, resservit tout le monde. À côté de moi, Rigel restait plongé dans son mutisme impénétrable. Mais il me sembla le voir serrer ses couverts avec plus de force que nécessaire.

Une heure plus tard, je jetai un dernier coup d'œil à ma chambre. Anna nous avait conseillé de travailler à l'étage car une livraison de fleurs allait arriver dans l'après-midi et risquait de nous déranger. Je n'avais pas eu besoin de regarder Rigel pour comprendre que nous n'allions certainement pas le faire dans sa chambre. Je déplaçai donc mon bureau au centre de la pièce et posai une chaise à côté de la mienne. Pourquoi avais-je les mains moites ? La réponse était évidente. Je ne parvenais pas à m'imaginer en train d'aider Rigel pour un exercice ou tout simplement en train de lui expliquer quelque chose. C'était surréaliste. Il avait toujours été en avance sur les autres. Quand donc s'était-il laissé aider par quelqu'un ? De plus, nous ne nous adressions plus la parole depuis des jours. S'il n'y avait pas eu Anna et Norman, il m'aurait très certainement évitée aussi aux repas. Pourquoi ? Pourquoi est-ce que, chaque fois que j'avais l'impression de faire un pas vers lui, il en faisait cinq en arrière ?

Je ne perçus pas tout de suite sa présence dans mon dos et sursautai en le découvrant sur le seuil. Imposant et silencieux, les manches de son pull retroussées jusqu'aux coudes et une main serrée sur une paire de livres. Ses yeux étaient posés sur moi, m'observant comme s'il était là depuis un bon moment déjà. *Calme-toi*, ordonnai-je à mon cœur tandis que Rigel regardait désormais autour de lui d'un air circonspect.

— J'avais déjà pensé au livre, bredouillai-je.

Il entra alors d'un pas prudent et mesuré. J'aurais voulu dire que j'étais désormais habituée à lui, mais ce n'était malheureusement pas le cas. Rigel n'était pas le genre de garçon auquel on s'habituait. Ses yeux de panthère étaient tout simplement déstabilisants et sa présence emplissait la pièce. Lorsqu'il s'approcha de moi, je me rendis compte que c'était la première fois que je le voyais dans ma chambre. Pour je ne sais quelle raison absurde, ma nervosité augmenta.

— Je vais prendre mon cahier, dis-je d'une petite voix.

J'allai récupérer ce dont j'avais besoin dans mon sac puis me dirigeai vers la porte pour la fermer.

— Qu'est-ce que tu fais ?

Son regard d'acier était planté sur moi.

— À cause du bruit… expliquai-je.

— Laisse cette porte ouverte.

Je retirai ma main de la poignée et Rigel me regarda longuement avant de se retourner. Je ne parvins pas à comprendre la raison de cette remarque. Cela le gênait donc *tant que ça* de rester dans la même pièce que moi ? Cette pensée me troubla. Je m'assis sans un mot et me mis à feuilleter le livre jusqu'à ce que Rigel s'installe à côté de moi. Cette tranquillité entre nous n'était pas normale, et pourtant je devais tenir bon. Au fond, ce n'était pas compliqué, il était seulement question d'étudier ensemble. Je décidai de prendre mon courage à deux mains et, avec toute la détermination dont j'étais capable, je pointai le doigt sur la page des exercices.

— Commençons par l'un d'entre eux.

Pendant un instant, je sentis la tension s'étirer démesurément. Avait-il perçu le tremblement dans ma voix ? J'étais incapable de décoller les yeux du problème que j'avais choisi. Puis, sans un mot, Rigel commença à écrire. Surprise, je restai immobile tandis qu'il travaillait en silence. Ma stupeur augmenta. L'expérience m'avait amenée à croire qu'il aller m'adresser son habituel sourire insolent, qu'il allait me mordre et probablement partir en se moquant de moi. Au contraire, il était venu jusqu'ici. Il n'était pas parti. Il était resté et s'était mis à écrire.

Peu après, je sursautai quand je me rendis compte qu'il s'était arrêté. Je lui lançai un regard étonné.

— Tu as dé… déjà fini ?

Je tendis le cou pour observer son cahier. Sous le choc, je constatai qu'il avait résolu l'intégralité du problème, de manière précise et rigoureuse. Combien de temps cela lui avait-il pris ? Trois minutes ?

— Alors… admis-je, un peu embarrassée, essayons ceux-ci, qui sont un peu plus compliqués.

Je désignai plusieurs exercices de la pointe de mon crayon. Il commença à les faire un à un, avec un ordre méticuleux. J'étais charmée par le mouvement fluide du stylo dans sa main. L'écriture de Rigel était déliée et élégante, sans fioritures. Elle ressemblait à celle d'un garçon d'autrefois. Je remarquai qu'il avait une prise très virile. Les os du poignet étaient bien définis, les nerfs tendus et il tournait les pages de son cahier de ses longs doigts de pianiste. Mes yeux remontèrent lentement le long de son bras. J'observai les veines qui saillaient sous sa peau, son ossature forte qui dégageait puissance et assurance. Sur sa poitrine, les trois premiers boutons de son pull bleu étaient ouverts, laissant apparaître la base de son cou, qui vibrait doucement au rythme de sa respiration. Quelle taille faisait-il ? Allait-il encore grandir ? Même assis, il m'aurait dominée s'il s'était penché sur moi. La tempe posée sur son poing, il avait une attitude décontractée mais concentrée. Ses cheveux souples et noirs encadraient parfaitement ses traits fins. Il était si fascinant que j'en avais des frissons. Il avait le pouvoir d'ensorceler mon cœur. D'arracher mon âme et de la charmer comme un serpent. Rigel était une symbiose parfaite, un mélange fatal et fusionnel d'ombre et de douceur. Il était effrayant mais, dans son irrévérence, il était aussi la plus splendide créature que j'avais jamais vue.

Je tressaillis. La bulle de mes pensées éclata soudain sous l'intensité de son regard, qui n'était plus posé sur la feuille mais fixé sur moi.

— Tu... tu as terminé ? coassai-je d'une voix ridicule.

S'était-il aperçu que je l'avais observé sous toutes les coutures ? Rigel prit une seconde avant d'acquiescer. L'une de ses paupières était légèrement tirée par sa main, ce qui lui faisait un regard de chat. Je me sentis fébrile. *Qu'est-ce qui m'arrivait ?*

— C'est bien... Passons à autre chose, maintenant.

Je tournai les pages en m'efforçant de masquer ma nervosité et décidai d'aller droit au but en lui choisissant l'un des problèmes de préparation au test. S'obstinant dans son mutisme, Rigel commença à résoudre l'exercice. Cette fois, je me concentrai sur les calculs et *seulement* sur les calculs. Je suivis attentivement les étapes, m'assurant que tout était juste. Au bout d'un moment, cependant, une erreur me sauta aux yeux.

— Non, Rigel... Attends.

Je m'approchai de lui et sa main s'immobilisa.

— Non... Pas comme ça.

La logique était irréprochable mais ce n'était pas ainsi qu'il fallait résoudre ce problème. Je tournai les pages de mon cahier avec hésitation et lui montrai la partie de la leçon sur les vecteurs.

— Tu vois ? Le cours dit que le module de la différence de deux vecteurs est obligatoirement supérieur ou égal à la différence des modules de deux vecteurs pris individuellement...

J'essayai de lui expliquer la règle avec des mots simples. Puis je pointai mon index entouré d'un pansement sur son exercice.

— Par conséquent, le module est à retranscrire de cette manière...

Rigel regarda mes notes avec une attention différente. Il m'écoutait vraiment. Puis il reprit l'exercice plus lentement.

— OK... Comme ça, dis-je en regardant attentivement ce qu'il faisait. Maintenant, il y a des calculs à faire. Exactement...

Pas à pas, nous atteignîmes la fin du problème. Pour la première fois de ma vie, je perçus une pointe d'incertitude en lui, mais cela m'encouragea à poursuivre. À la fin, je vérifiai que tout avait été résolu de la bonne manière.

— C'est bon, dis-je. Faisons un autre essai.

Nous résolûmes les exercices les uns après les autres. Le temps passa à toute vitesse, le silence entre nous n'étant rompu que par mes murmures. Au bout d'une heure, j'avais coché un bon nombre de problèmes. Rigel était en train de terminer le dernier exercice et nous étions tous deux plongés dans une intense concentration.

— OK, dis-je en ajoutant une petite flèche qu'il avait oubliée sur un vecteur. Le vecteur $\vec{S}$ est le long de l'axe horizontal…

Les coudes appuyés sur le bureau, j'étais tellement absorbée par ma tâche que je ne m'étais pas rendu compte que j'étais presque debout sur ma chaise.

— L'angle que le vecteur forme avec l'axe horizontal est de 45 degrés…

Cet exercice était juste lui aussi. J'avais réussi ? J'avais réellement été capable d'aider Rigel pour quelque chose ? Et lui, pour une fois, il s'était vraiment laissé aider ? Ma joie était intense. Je me tournai brusquement vers lui avec un sourire radieux qui remonta jusque dans mes yeux.

— Tu as compris, soufflai-je d'une voix douce.

Mais tout ce que j'aurais pu ajouter ensuite perdit tout son sens. Nous étions tout proches. À un souffle l'un de l'autre. Quasiment couchée sur le bureau, mes cheveux retombant dans mon dos, j'avais trouvé ses iris plantés dans les miens lorsque j'avais tourné la tête. Je me reflétai dans ce gouffre sombre, la respiration coupée. Et Rigel, la tête encore posée sur sa main, me fixait avec froideur, les yeux légèrement écarquillés.

Mes yeux dans les siens, comme une éclipse de lune.

★

Les yeux de Nica.

Il était immobile. Son cœur s'était arrêté. Tout s'était brusquement figé au moment où son sourire avait illuminé le monde.

Il le savait. Il savait qu'il n'aurait pas dû y aller. Il savait qu'il n'aurait pas dû lui permettre de s'approcher ainsi. Et maintenant, il était trop tard. Nica l'avait regardé, elle lui avait souri, emportant avec elle un nouveau fragment de son âme. Sur le bureau, sa main broyait le stylo. Ces tremblements furieux provenaient du plus profond de son être, de recoins cachés qu'elle, si proche et si lumineuse, avait mis au jour. Elle recula, et chaque seconde de ce mouvement fut un soulagement si intense qu'il en était douloureux.

— Rigel… murmura-t-elle presque craintivement. Je voudrais te demander quelque chose.

Ses doigts fins serrés sur ses genoux, Nica baissa les yeux. Et le monde s'éteignit pendant un instant.

— Je voulais le faire depuis un moment.

Elle le regarda de nouveau et Rigel pria pour qu'elle ne voie pas sa main trembler sur le bureau. Elle le fixa de sa manière bien à elle, de ces grands yeux ourlés de cils recourbés comme des pétales.

— Qu'est-ce que tu voulais dire ? Quand tu as dit que j'étais le fabricant de larmes ?

Rigel ne se rappelait même pas combien de fois il avait redouté cette question. Posée justement par elle, dans mille scénarios différents, survenant dans les moments les plus épuisants et les plus destructeurs, ceux où il atteignait ses limites, ceux durant lesquels ses sentiments exigeaient toute sa vie comme rançon. Et il lui renvoyait tout ce qu'il n'avait jamais été capable d'exprimer avec des mots, il lui jetait la vérité au visage et saignait à chaque épine qu'il s'arrachait. Et cette souffrance se muait en soulagement lorsque la lumière pénétrait dans ces plaies pour les réchauffer.

Elle était sa rédemption.

Et pourtant, en ce moment… En ce moment où Nica avait réellement formulé la question qu'il *attendait*, Rigel ne parvint qu'à ressentir une terreur viscérale. Aussi, avant même de pouvoir se donner une chance, s'entendit-il répondre :

— Oublie ça.

Nica le considéra, à la fois confuse et douloureusement belle.

— Comment ?

— J'ai dit : *Oublie ça.*

Il vit la tristesse envahir son visage.

— Pourquoi ?

Elle savait, elle avait compris que c'était important. Il l'avait lu dans ses yeux. On ne peut pas porter certaines accusations puis espérer qu'elles soient oubliées. Il se serait à jamais demandé pourquoi ce regard argenté, qui pour lui ressemblait à l'enfer, semblait si déçu par son comportement et ses silences. À chaque moment de sa vie, il se serait demandé ce qu'était cette blessure qui y transparaissait et qui le tourmenterait pour toujours.

Et Rigel ne connaissait qu'un moyen pour se défendre du tourment.

— Ne me dis pas que tu y as cru, dit-il d'un ton sarcastique. Tu pensais vraiment que je parlais sérieusement ?

Il lui adressa un sourire provocant.

— Tu y as pensé pendant tout ce temps, *papillon* ?

Nica tressaillit. Lorsqu'il aperçut la courbe de son cou derrière ses cheveux, la sangsue en lui se réveilla et lui dévora les entrailles.

— Ne fais pas ça, dit-elle d'une voix plus dure.

— Ne fais pas *quoi* ?

— Ça, répondit-elle d'un ton obstiné.

L'entendre parler de cette voix décidée l'excita. Elle l'attirait à en mourir lorsqu'elle laissait transparaître cet aspect de sa personnalité. Dans sa délicatesse, Nica était capable d'une ténacité qui lui faisait perdre la tête.

— Je suis comme *ça*, articula-t-il, entièrement tendu vers ce corps fluet.

— Non. *Ça*, c'est la façon dont tu te comportes.

À son tour elle se pencha en avant et Rigel fit reculer son corps. Et son cœur.

— Qu'est-ce que tu voulais dire ? insista-t-elle. Rigel…

— Oublie ça, jeta-t-il, les mâchoires contractées.

— S'il te plaît…

— *Nica.*

— Réponds-moi !

Les doigts de Nica serrèrent son poignet nu et il les sentit brûler son cœur. Il bondit sur ses pieds pour se dégager. La violence de son geste se répercuta dans les yeux de Nica. Il la vit chanceler, bouleversée, et la pièce sembla tanguer. Rigel se retrouva à lutter contre les morsures désespérées de la sangsue qui lui lacéraient la poitrine. Il serra les poings pour tenter de les contrôler et lui lança un coup d'œil apeuré.

— Non, dit-il en respirant à fond pour se contrôler.

Il se consumait si profondément qu'il redoutait que Nica puisse s'en apercevoir.

— Ne me touche pas.

Il se hâta d'afficher un sourire méchant qui lui fit presque mal.

— Je te l'ai déjà dit.

Il n'eut pas le temps de voir l'éclair de douleur dans ses iris, qui s'enflammèrent brusquement. Nica s'approcha de lui, le regard brillant de colère.

— *Pourquoi ?* demanda-t-elle d'une voix sourde mais forte.

Elle ressemblait à un animal blessé, tordu de douleur.

— Pourquoi ? Pourquoi ne dois-je pas te toucher ?

Rigel recula, stupéfait de cette colère. Et Dieu *comme elle était belle*, avec ses joues rouges et ses yeux déterminés. Dieu comme elle lui faisait mal, comme elle l'attirait irrésistiblement.

C'en était trop, même pour lui. *Ne me touche pas*, lui aurait-il répété, il l'aurait suppliée de nouveau, mais Nica s'approcha de lui, elle brisa ses défenses et ses petites mains enflammèrent encore sa peau. Son âme meurtrie se fissura sous l'effet de l'émerveillement. Et il la sentit brusquement inspirer.

⋆

Le mouvement me coupa le souffle. L'instant d'avant j'étais accrochée à son bras, celui d'après je sentis le mur dans mon dos. Les yeux de Rigel m'engloutirent comme des gouffres. Sa poitrine vibrait au rythme de sa respiration et son avant-bras était posé au-dessus de ma tête. Son corps, si proche qu'il dardait sur moi toute sa chaleur, me dominait comme un soleil brûlant. Je tremblais comme une feuille, fixant ses yeux, hors d'haleine, et la voix réduite à un râle.

— Je… Je…

Sa main captura mon menton et le leva vers son visage penché sur moi. Son contact me brûla et je cessai de respirer. Des ouragans silencieux tournoyaient dans ses yeux. Il était tellement près de moi que sa respiration se brisa sur ma peau, faisant frissonner mes joues qui s'enflammaient sous ses doigts.

— Rigel… susurrai-je, épouvantée.

Haletante, je vis saillir un muscle de sa mâchoire. Son pouce atterrit sur ma bouche, comme pour lui intimer de se taire. D'un mouvement lent, il effleura ma lèvre inférieure. Son doigt appuya sur la chair souple, la frottant, *la brûlant*, la faisant vibrer. Je sentis céder mes genoux quand je vis qu'il regardait fixement l'endroit où il me touchait.

— Oublie ça, prononcèrent ses lèvres dans un mouvement hypnotique.

J'avais l'impression de n'entendre que le son de sa voix qui pénétrait mes veines.

— Tu dois l'oublier.

Je tentai d'interpréter l'amertume qui éclairait son regard, en vain. Ces iris noirs promettaient ouragans et orages, dangers et interdits, mais mon désir de les explorer augmentait chaque jour un peu plus. Mon cœur s'accéléra à la pensée de cet effrayant désir.

S'égarer dans la forêt signifiait trouver la route.

Mais se perdre avec le loup signifiait la perdre pour toujours.

Pourquoi avais-je tant besoin d'effleurer son monde et de le comprendre ? Pourquoi n'oubliais-je pas tout, comme il me le demandait ? *Pourquoi voyais-je des galaxies dans ses yeux et une âme solitaire à n'approcher qu'avec précaution ?*

Je m'aperçus que sa main n'était plus sur mon visage. J'éprouvai un inexplicable désarroi en constatant que Rigel s'était éloigné. Je clignai des yeux et le vis serrer son livre au point de faire blanchir les jointures de ses doigts avant de quitter la pièce à grandes enjambées.

Rigel s'enfuyait. Encore une fois. M'en rendre compte me bouleversa. Quand avions-nous inversé les rôles ? Depuis quand était-ce lui qui me fuyait ?

Depuis toujours, murmura une petite voix. *Il te fuit depuis toujours.*

Peut-être que ce qui avait pris racine en moi était la graine de la folie. Je ne sus pas me l'expliquer autrement tandis que, désobéissant à ses ordres et à toute logique personnelle, je me dépêchais de rassembler mes forces pour le suivre.

19- EN DESSOUS

Je sais me défendre de tout.
Sauf de la douceur.

— Rigel !

Je le suivis dans le couloir, bien décidée à m'expliquer. Il me lança un coup d'œil nerveux et je fus obligée de le talonner quand je vis qu'il ne m'écoutait pas. Sa démarche trahissait une précipitation excessive, comme s'il était impatient de me fuir.

— Arrête-toi, s'il te plaît. Je veux parler…

— De *quoi* ?

Il se retourna brusquement et fit claquer ses dents pour m'intimider. Il semblait tendu, presque… effrayé. *De toi*, aurais-je voulu répliquer, mais je me retins. Je devenais folle. J'avais maintenant compris que Rigel était secret et méfiant comme un animal sauvage, et que l'attaquer de front le faisait réagir de manière agressive.

— Tu ne réponds jamais à mes questions, dis-je en prenant soin de bien choisir mes mots. Pourquoi ?

J'avais l'espoir de le pousser à une confrontation mais je compris que j'avais encore échoué lorsque son regard me fuit de nouveau. Les yeux de Rigel étaient la source de son âme, la seule surface limpide où il ne pouvait pas faire semblant. Ils étaient noirs comme de l'encre, mais tout au fond brillait une lumière que peu de gens auraient pu distinguer. Et quand il se remit à marcher, je sentis le besoin de m'élancer à sa suite pour tenter de la retenir entre mes doigts.

— Parce que ça ne te concerne pas, murmura-t-il d'un ton énigmatique.

— Ça me concernerait si tu me permettais de te comprendre.

Peut-être étais-je allée trop loin mais, au moins, j'obtins ce que j'avais espéré : Rigel s'immobilisa. Il sembla observer chacun de mes pas comme je m'approchais prudemment de lui. Lorsqu'il tourna enfin la tête, son regard était celui d'une proie sans défense face à son prédateur : il était la proie et moi le chasseur qui pointait son fusil sur lui.

— Je voudrais seulement te comprendre, mais tu ne m'en donnes pas la possibilité.

J'enchaînai mes yeux aux siens tout en m'efforçant de ne pas lui dévoiler ma tristesse.

— Je sais que tu détestes les intrusions, ajoutai-je précipitamment. Je sais aussi que tu n'es pas du genre à faire des confidences. Mais, si tu essayais, le monde te paraîtrait peut-être plus léger. Tu ne dois pas obligatoirement rester seul. Tu pourrais découvrir que, parfois, ça vaut la peine de faire confiance à quelqu'un.

Son regard ne me lâchait pas.

— Tu pourrais, susurrai-je en m'approchant davantage, découvrir qu'il y a des personnes prêtes à t'écouter…

Les yeux de Rigel étaient si immobiles que personne n'aurait pu mesurer à quel point ils tremblaient. Des émotions inconnues s'y succédèrent, rapides et lumineuses, et mon cœur se mit à battre de façon délirante et irrégulière. Je m'étais toujours trompée : le regard de Rigel n'était pas vide et stérile, mais à tel point rempli de nuances simultanées qu'il était impossible d'en saisir une seule. Elles formaient une aurore boréale qui reflétait son état d'esprit. Et, à cet instant, il semblait à la fois touché et épouvanté par mon comportement. Puis Rigel ferma les yeux et je vis sa mâchoire se contracter, une veine gonfler sur sa tempe et son beau visage afficher une effrayante dureté. Je ne compris pas ce qu'il se passa mais il recula d'un pas pour mettre plus de distance entre nous. Notre contact visuel se rompit et je perdis toutes les miettes que je venais péniblement de conquérir. Avais-je dit quelque chose qu'il ne fallait pas ?

— Rigel…

— Reste *loin* de moi.

La dureté de sa voix m'atteignit en pleine poitrine. Le regard fiévreux, il avait jeté ces mots comme s'ils lui avaient brûlé la langue. Il saisit la poignée de la porte de sa chambre et je reculai en voyant ses doigts blanchir. Je le dévisageai, confuse et blessée, incapable de comprendre ce qui s'était déclenché en lui. L'instant d'après, Rigel disparut de ma vue en claquant la porte derrière lui.

Ce fut comme si un bloc de pierre m'était tombé sur le cœur. Pourquoi avait-il réagi ainsi ? Était-ce *ma faute* ? Qu'est-ce que j'avais fait de mal ? J'aurais voulu comprendre mais je n'en étais pas capable. Pourquoi ne parvenions-nous pas à communiquer ? Je me noyai dans un océan de questions et mon sentiment d'insécurité ouvrit une voie sans issue. Je devais me résoudre au fait que Rigel ne voulait rien partager avec moi. Il était une énigme sans réponse, une forteresse dans laquelle personne n'avait la permission d'entrer. Il était une rose noire qui défendait ses fragilités en blessant et en griffant avec ses épines.

Toute à ma déception, j'errai à l'étage avant de descendre au rez-de-chaussée. Sur le seuil de la salle à manger, un délicieux parfum m'enveloppa comme un nuage, soulageant pendant un instant le découragement que j'éprouvais. Anna était en train de vérifier sa livraison et le sol n'était plus qu'un tapis de rubans et de papier paraffiné. De grands vases de tulipes remplissaient toute la pièce et elle allait passer tout l'après-midi à s'assurer qu'ils étaient parfaits. Carl, son assistant, était resté au magasin pour la remplacer.

Le soleil éclairait ses cheveux et un petit sourire flottait sur ses lèvres. Comme elle était belle et lumineuse quand elle souriait ainsi ! Anna était l'incarnation de mon conte de fées.

— Oh, Nica ! lança-t-elle, heureuse de me voir. Vous avez déjà fini ?

Je baissai les yeux, un poids dans la poitrine. Je ne voulais pas qu'elle découvre la déception qui entachait mon cœur. J'aurais voulu lui confier tous mes soucis, la laisser panser mes peurs et mes incertitudes. Mais j'en étais incapable et je le redoutais. On m'avait appris qu'il fallait cacher ses faiblesses et qu'on devait en avoir honte. Anna aurait découvert que j'étais une poupée cassée et un peu usée alors que je souhaitais qu'elle me voie comme une fille parfaite, rayonnante et digne de rester chaque jour auprès d'elle. Pendant un instant, je désirai qu'elle m'embrasse et me débarrasse de toute tristesse avec cette façon bien à elle, à la fois tendre et gentille, qui la faisait ressembler à une maman.

— Il s'est passé quelque chose avec Rigel ?

Je me rendis compte qu'elle s'était approchée. Je ne répondis pas et elle m'adressa un sourire un peu ému.

— Tu es très transparente, dit-elle comme si c'était une qualité. Les émotions se lisent sur ton visage comme sur un lac sans vagues. Tu sais ce qu'on dit des personnes comme toi ? Qu'elles ont un cœur honnête.

Elle cala une mèche derrière mon oreille et chaque parcelle de mon âme se concentra sur ce geste. J'aimais quand elle me touchait avec cette tendresse, comme si j'étais l'une de ses fleurs.

— Peut-être suis-je en train d'apprendre à vous connaître un peu… Rigel est un garçon compliqué, n'est-ce pas ?

Son sourire était maintenant doux-amer.

— Pourtant, quand je suis passée devant ta chambre tout à l'heure, vous aviez l'air de bien travailler ensemble. Je suis sûre que, grâce à toi, il a compris beaucoup de choses.

Je n'avais jamais vraiment eu confiance en moi, toutefois je n'eus pas le courage de lui montrer à quel point ces paroles me faisaient plaisir. J'étais vraiment abattue et je ne parvenais pas à le cacher. Anna ne força pas mon silence, au contraire, elle sembla l'accepter et le respecter. Elle s'adoucit et, me prenant complètement par surprise, demanda :

— Ça te dirait de m'aider ?

Elle me prit par la main et ce geste me fit littéralement vibrer. Aussitôt, la petite fille que j'étais se réveilla en moi, bouleversée par l'intensité de mes émotions. Je la laissai me guider jusqu'à un magnifique bouquet de tulipes en attente d'être mis en valeur dans un vase. J'étais trop troublée pour parler. Je suivis ces gestes délicats et rassemblai les belles tiges en une gerbe compacte qu'Anna entoura de ruban. Elle fit boucler les extrémités en me montrant comment procéder, et j'admirai le soin qu'elle mettait dans ce qu'elle faisait. Nous arrangeâmes ensemble le bouquet ; les tulipes créaient une superbe mosaïque dans les tons de rose et de bleu et, à la fin, nous admirâmes la composition.

— C'est magnifique… constatai-je, charmée.

J'avais retrouvé un peu de voix. Anna, tout sourire, fit apparaître une tulipe sous mon nez. Je la pris délicatement dans une main et la caressai avec un doigt sans pansement pour en apprécier la douceur.

— Elles te plaisent ?

— Beaucoup…

Soudain, elle saisit une tulipe d'un rose intense et y plongea le nez.

— Qu'est-ce que ça sent ?

— Comment ?

— À quoi te fait penser cette odeur ?

Je haussai les sourcils et la regardai, stupéfaite.

— À une… tulipe ?

— Non, non, allez… Les fleurs n'ont jamais un parfum de fleur ! me gronda-t-elle joyeusement. Alors ?

Je reniflai à fond, soutenant son regard inspiré. On aurait dit… *On aurait dit…*

— Des bonbons… Des bonbons à la framboise, dis-je.

Les yeux d'Anna s'illuminèrent.

— La mienne a l'odeur d'un sachet de thé et de dentelle. Oui, de dentelle toute neuve !

Je dissimulai mon sourire dans la corolle. *Dentelle ?* Je sentis plus attentivement en la regardant toujours.

— Bulles de savon.

Nous ne nous quittions pas des yeux, chacune le nez plongé dans les pétales.

— Talc pour les bébés, ajouta-t-elle.
— Confiture de fruits rouges…
— Poudre minérale !
— Barbe à papa.
— Barbe à papa ?
— Oui, barbe à papa !

Anna éclata de rire. Surprise, je sentis mon cœur tressaillir d'émerveillement et je la dévisageai, la poitrine tremblante. Lorsque ses yeux brillants se posèrent sur moi et que je compris que j'étais la cause de cette joie soudaine, un amour brûlant remplaça mon incrédulité. Je désirai la faire rire de nouveau, je désirai recevoir ce regard chaque jour et le sentir envelopper mon cœur. Le rire d'Anna était comme un conte de fées, comme une fin heureuse qui ne semblait pas si loin. C'était l'un de ces rires qui te faisait sentir le manque de ce que tu n'avais jamais eu.

— Tu as raison, m'accorda-t-elle. Ça sent la barbe à papa.

Je sentis mon âme se dissoudre lorsqu'elle posa sa main sur mes cheveux. Sa bonne humeur me gagna et nous nous retrouvâmes à rire toutes les deux au milieu de ces odeurs qui évoquaient mille choses différentes et absolument plus les tulipes.

Nous arrangeâmes ensuite les autres bouquets, après quoi je remontai dans ma chambre. Je me sentais légère et comme purifiée. J'avais retrouvé mon insouciance car Anna avait sur moi un très grand pouvoir : celui de soulager mon cœur. Je croisai Klaus dans le couloir et décidai de jouer un peu avec lui. Dommage que, peu après, je me sois retrouvée à tenter de lui échapper. Il me poursuivit avec des miaulements belliqueux tout en me mordant les talons comme un possédé. Je me précipitai dans l'escalier et rejoignis le salon. D'un bond, je me réfugiai sur le fauteuil et Klaus enfonça ses griffes dans l'accoudoir. Ses diaboliques petites pattes fendirent plusieurs fois l'air pour essayer de m'atteindre. À la fin, quand il sembla décider qu'il m'avait suffisamment torturée, il me tourna le dos dédaigneusement et s'en alla en tortillant du derrière. Je tendis le cou pour m'assurer qu'il ne s'était pas caché quelque part pour me tendre une embuscade. Bon, au moins j'avais réussi à l'intéresser…

Mon portable se mit à vibrer. Je le sortis de la poche de mon jean et vis que Billie m'avait envoyé un message, dont la lecture me procura beaucoup de joie : « Ma grand-mère dit que ça fait longtemps que tu n'es pas passée nous voir. Pourquoi ne viendrais-tu pas travailler ici demain ? » Il était comme d'habitude accompagné d'une vidéo de chèvre. J'aurais dû être habituée au fait que Billie me considérait comme une amie. Mais me sentir appréciée était toujours une sensation nouvelle pour moi. Je m'apprêtais à lui répondre, espérant ne pas paraître trop euphorique, lorsqu'un bruissement m'arracha à mes pensées.

Je levai les yeux. Une longue silhouette parfaitement immobile était allongée sur le canapé, près du mur. Sa tête reposait sur l'accoudoir et son tee-shirt se confondait avec le tissu. Lorsque je m'aperçus qu'il s'agissait de Rigel, mon cœur cessa de battre. L'un de ses bras était délicatement posé sur sa poitrine, l'autre rejeté en arrière, près de sa tête ; ses mains blanches pendaient dans le vide, relâchées et entrouvertes. Il dormait. *Comment avais-je pu ne pas m'apercevoir de sa présence ?* Je trouvai insolite qu'il se repose à cette heure de l'après-midi. Quelque chose à l'intérieur de moi s'accrocha à cette vision, toutefois ma conscience me rappela ce que j'éprouvais et m'encouragea à m'en aller. Je ne voulais pas rester là, pas après ce qui s'était passé. Sa seule présence me dérangeait. Je me redressai en jetant un dernier regard à son visage paisible. J'observai ses traits sereins, ses cils sombres projetant des nuances ténébreuses sur ses pommettes élégantes. Ses cheveux noirs se répandaient sur l'accoudoir comme de l'encre liquide. Il était si calme qu'il semblait vulnérable. Je me sentis mal à l'aise de le trouver si douloureusement beau. Et ce fut… ce fut insupportable.

— Ce n'est pas juste, murmurai-je.

C'était sa faute. Quelqu'un devait prendre la responsabilité de cette allure angélique qui blessait le cœur.

— Tu t'habilles en monstre pour tenir le monde à distance et puis… Et puis tu restes là, *comme ça*, l'accusai-je, désarmée par son air innocent. Pourquoi ? Pourquoi perturbes-tu toujours tout ?

J'aurais voulu l'oublier mais je n'y arrivais pas. Je savais qu'il y avait quelque chose de lumineux et de fragile en Rigel. Et, maintenant que je l'avais vu, je n'arrivais plus à abandonner. Je voulais extraire ce quelque chose du mystère qui l'entourait, le faire remonter à la surface et le regarder briller entre mes mains. J'étais exactement comme un papillon, je me serais brûlée pour suivre cette lumière. Soudain, je me pétrifiai. Je parvenais à compter ses cils, à voir le minuscule grain de beauté près de ses lèvres. Je me redressai et reculai rapidement, mon cœur palpitant dans ma poitrine. *Quand m'étais-je approchée ?* Bouleversée, je serrai ma main sur mon portable, déclenchant par mégarde la vidéo de Billie. La chèvre se mit à hurler et je faillis laisser échapper mon téléphone. Je déguerpis, le cœur au bord des lèvres, butant sur tout ce qui se trouvait sur mon passage. Je me précipitai hors du salon au moment où Rigel se réveillait en sursaut, les yeux écarquillés et les nerfs à fleur de peau. Je filai à l'étage mais, sur le palier, je trébuchai sur quelque chose. Avant que je n'aie le temps de comprendre, un nuage de poils m'assaillit et me mordit le mollet. J'avais raison... Klaus m'avait tendu une embuscade.

Quelle honte.

Cette pensée me tarauda sans répit jusqu'au soir. J'aurais préféré disparaître six pieds sous terre plutôt que de me retrouver face à Rigel. Il prétexta un féroce mal de tête pour ne pas descendre dîner. Je suspectai que c'était à cause de moi, car n'importe qui aurait été énervé d'être réveillé de cette façon. Rester un peu seule avec Norman et Anna était ce que j'avais toujours désiré, mais je ne parvins pas à ignorer la chaise vide à côté de moi. Mes yeux se posaient en permanence sur elle, comme si mes désirs avaient changé et que ce tableau à trois me dérangeait. Après avoir aidé Anna à débarrasser la table, je me réfugiai dans la bibliothèque pour lire un peu. J'avais besoin de me changer les idées. Mon regard tomba bientôt sur un titre qui attira mon attention : *Mythes, contes et légendes du monde entier.* Je caressai le dos du livre puis le retirai de l'étagère et le pris dans mes mains pour l'admirer. Avec sa reliure en cuir et les incrustations de fleurs entrelacées sur sa couverture, il était splendide. Après m'être installée dans le fauteuil, je commençai à le feuilleter. J'étais curieuse de connaître des contes de fées différents de ceux qui avaient bercé mon enfance. Avec quelles histoires les autres enfants grandissaient-ils ? Était-il vrai qu'ils ne connaissaient pas l'histoire du fabricant de larmes ? Je la cherchai dans la table des matières, en vain. En revanche, de nombreux titres attisèrent ma curiosité, aussi me mis-je à lire.

— Je commence à croire que tu y prends goût.

Je tressaillis en éprouvant une forte impression de *déjà-vu*. Je serrai le livre, dont j'avais déjà lu un bon nombre de pages, et mes yeux en croisèrent deux autres occupés à m'observer.

— Prendre goût à quoi ? demandai-je, ébranlée par sa présence.

— À me réveiller au plus mauvais moment.

Attrapée. Mes joues s'enflammèrent et je dévisageai Rigel d'un air coupable. Était-il venu jusqu'ici pour me dire ça ?

— C'était une erreur, répliquai-je en baissant la tête. Je ne t'avais pas vu.

— Étrange, l'entendis-je répondre. Il m'a semblé au contraire que tu étais tout près.

— Je passais seulement par là. C'est toi qui te reposes à des heures bizarres.

Sous le regard de Rigel qui pillait mon âme, je regrettai les mots que j'avais choisis. Je redoutais de l'énerver davantage, de le voir s'irriter ou s'assombrir de nouveau. Plus que tout, j'avais peur de le voir s'en aller. Depuis quand étais-je devenue si contradictoire ?

— Désolée, susurrai-je.

Au fond, je lui devais des excuses. J'étais encore déçue de la façon dont les choses s'étaient passées cet après-midi. Toutefois, ce n'était pas mon genre d'être rancunière. Je ne l'avais pas fait exprès et je ne voulais pas qu'il pense que c'était le cas. Même si sa présence me blessait, j'aurais voulu reprendre notre conversation exactement là où nous l'avions laissée. Mais je savais que c'était sans espoir. C'est pourquoi mon instinct me suggéra d'emprunter une autre voie.

— Un jour, tu as dit que toutes les histoires étaient pareilles. Qu'elles suivaient un plan… La forêt, le loup et le prince. Ce n'est pas toujours comme ça.

J'ouvris le livre à la page de *La Petite Sirène*, d'Andersen.

— Dans celle-ci, il y a la mer et une jeune fille amoureuse d'un prince. Mais il n'y a pas de loup. Elle ne suit pas les règles, elle est différente.

— Et elle finit bien ?

J'hésitai, car Rigel semblait déjà connaître la réponse à cette question.

— Non. À la fin, il tombe amoureux d'une autre. Et elle… elle meurt.

Soudain, je me demandai pourquoi j'avais choisi de me lancer dans cette discussion. Je venais de lui donner raison. C'était justement dans cette pièce que, la dernière fois, Rigel m'avait parlé du compromis d'une fin heureuse : sans les règles, l'ordre est bouleversé.

— C'est ce qu'ils enseignent, dit-il d'un ton cynique. Il faut toujours combattre quelque chose… C'est juste le type de monstre qui change.

— Tu te trompes, dis-je doucement, bien décidée à faire valoir mon opinion. Les contes de fées ne nous apprennent pas à nous résigner. Ils nous poussent à ne pas perdre espoir. Ils ne nous expliquent pas que les monstres existent, mais qu'ils peuvent être vaincus.

Je me rappelai alors ce qu'il m'avait justement dit devant la bibliothèque :

Et toi, toi qui es autant attachée à ta fin heureuse, as-tu assez de courage pour imaginer une histoire sans loup ?

Ce n'était pas une phrase dénuée de sens. Parler directement avec Rigel était impossible, il y avait toujours des sous-entendus, des sens cachés dans ce qu'il disait. Il fallait cependant avoir le courage de les saisir.

— Je l'accepte. J'accepte le conte sans loup.

Il s'obstinait à être le méchant de l'histoire, comme si certaines choses étaient destinées à ne jamais changer. Mais je voulais lui faire comprendre qu'il se trompait. Peut-être aurait-il alors cessé de lutter contre le monde entier. Et contre lui-même.

Immobile, Rigel continuait de me fixer. Mais, sans savoir pourquoi, je devinai qu'il ne me croyait pas.

— Et ensuite ?

Je me figeai.

— Ensuite ? répétai-je, incertaine.

Il me dévisagea comme s'il voulait m'étudier.

— Et ensuite quoi ? Comment cette histoire se conclut-elle ?

Je ne dis rien. Parce que je ne m'attendais pas à cette question, mais surtout parce que je ne savais pas quoi répondre. J'aurais voulu le surprendre, et pourtant mon silence suffit pour assombrir son regard, comme s'il venait d'obtenir une confirmation.

— Tout doit se plier à tes attentes optimistes, n'est-ce pas ? murmura-t-il. Chacun est à sa place dans ton monde parfait et idéal. Exactement comme tu le veux. Mais tu es incapable de voir plus loin.

Son visage se durcit car je l'avais une nouvelle fois contrarié. Non… *Blessé ?*

— Tu n'as jamais pensé que la réalité pouvait être différente ? Peut-être n'est-elle pas comme tu le crois, peut-être que tout ne fonctionne pas comme tu le veux toi. *Peut-être*, insista-t-il implacablement, y a-t-il des gens qui ne veulent pas rester dans ton rêve parfait. C'est ça que tu n'es pas capable d'accepter. Tu veux des réponses, Nica, mais la vérité, c'est que tu n'es pas prête à les entendre.

Ses paroles me frappèrent comme une gifle.

— Ce n'est pas vrai, répondis-je, le cœur battant à tout rompre.

— Ah non ? siffla-t-il.

Je m'étais levée.

— Enlève cette carapace. Elle ne te sert à rien.

— Que crois-tu que tu verrais en dessous ?

— *Ça suffit*, Rigel !

La nervosité me brûlait les yeux. Je n'arrivais pas à parler avec lui, la frustration m'empêchait de raisonner, de penser et de saisir quoi que ce soit. Nous ne parvenions pas à nous comprendre car nous parlions deux langages opposés. Rigel essayait de me dire quelque chose, je le sentais, mais il parlait une langue qu'il ne m'avait jamais expliquée. Une langue cinglante et pleine de significations que mon âme ne savait pas interpréter. J'avais toujours été claire comme de l'eau de roche et lui sombre comme un océan aux abysses inexplorés. J'enroulai les bras autour de mon corps comme pour me protéger de son regard qui brillait d'une étrange lueur.

— Tu es un contresens, confessai-je, tant il me rendait folle. Tu parles des contes de fées comme si c'étaient des bêtises pour enfants. Mais, je te rappelle que tu as grandi au Grave, comme moi, et que tu y crois toi aussi.

Chaque enfant de l'orphelinat croyait aux histoires qui lui étaient racontées et partait plus tard en les emmenant avec lui. Notre monde était différent, c'était un monde qui nous rendait incompréhensibles. Mais c'était la vérité.

Rigel ne répondit pas, me dévisageant de ses yeux terrifiants, puis son regard glissa jusqu'au livre sur le fauteuil. J'aurais voulu lui faire voir la lumière, mais il semblait prisonnier de ses propres ombres. J'aurais voulu lui tendre la main mais j'étais fatiguée d'être toujours griffée en retour. Et pourtant, rien ne me brisait autant le cœur que de voir dans ses yeux cette étincelle que j'essayais de faire mourir. Finalement, je compris qu'il ne luttait pas contre lui-même mais contre quelque chose d'invisible. Rigel n'était pas seulement cynique et méfiant, il semblait déçu par la vie. Il y avait en lui quelque chose de cru et de viscéral que je n'avais jamais vu chez personne. Quelque chose qui le poussait à ne jamais se faire d'illusions, à repousser les autres, à voir le monde avec un désenchantement ardent. *De quoi s'agissait-il ?*

— Mythes, contes et légendes... Tous ont un fond de vérité.

Je tremblai en entendant à quel point sa voix était basse et sincère.

— Les mythes parlent du passé. Les légendes nous éclairent sur notre présent. Et les contes de fées sont pour l'avenir, mais pour peu d'entre nous. Les plus rares. Les contes de fées sont pour ceux qui le *méritent*. Les autres sont condamnés à rêver d'une fin qu'ils ne verront jamais.

20- UN VERRE D'EAU

Tu ne peux pas cacher
un cœur qui tremble.

La chambre était poussiéreuse et en désordre, comme toujours. Le bureau aurait pu être beau sans tout ce bazar et les taches poisseuses de brandy laissées par les verres. Mais ce n'était pas important.

Il gardait les yeux baissés. Désormais, Rigel connaissait par cœur les veinures du sol.

— Regardez-le. C'est un désastre.

C'était toujours comme ça. Malgré sa présence, les deux adultes présents dans la pièce discutaient comme s'il n'était pas là. Peut-être était-ce ainsi qu'on parlait des problèmes. Comme s'ils n'existaient pas.

— Regardez-le, répéta le docteur à la femme.

Sa voix se teinta de pitié et Rigel le détesta alors de chaque fibre de son corps. Il le détesta pour sa compassion, parce qu'il n'en voulait pas. Il le détesta parce qu'il le faisait se sentir encore plus incongru. Il le détesta car il ne voulait pas se dévaloriser davantage. Mais, surtout, il le détesta parce qu'il savait qu'il avait raison. Le désastre n'était pas dans ses ongles sales. Il n'était pas dans ses paupières qu'il voulait parfois s'arracher. Il n'était pas dans le sang sur ses mains. Le désastre était en lui, si profondément enraciné qu'il était incurable.

— Vous pouvez aussi ne pas l'accepter, madame Stocker. Mais cet enfant montre des symptômes évidents. Son incapacité à tisser des relations avec les autres n'est que l'un d'entre eux. Et en ce qui concerne le reste…

Rigel cessa de l'écouter parce que ce « reste » était ce qui faisait le plus mal. Pourquoi était-il ainsi ? Pourquoi n'était-il pas comme les autres ? Ce n'étaient pas des questions pour un enfant, mais il ne pouvait pas s'empêcher de se les poser. Il aurait pu demander à ses parents. Mais ils n'étaient pas là. Et Rigel savait pourquoi. Parce que personne n'aime les désastres. Les désastres sont gênants, inutiles et encombrants. On se débarrasse bien des jouets cassés. Qui aurait pu vouloir de quelqu'un comme lui ?

⋆

— Nica ?

Je clignai des yeux, tombant des nues.

— Comment tu l'as traduite, toi ? La cinq…

Je fis un effort pour me concentrer et cherchai dans mes traductions.

— *Je le saluai*, dis-je en regardant ma feuille. *Je le saluai avant de partir.*

— Et voilà, dit Billie en se tournant, triomphante. Tu vois ?

Miki, sa capuche sur la tête, cessa de mâcher son chewing-gum et lui lança un regard sceptique.

— Qui t'a dit le contraire ?

— C'est toi qui t'es trompée ! s'entêta Billie en lui montrant son cahier. Là !

— Il est écrit *Je l'avais sauvé* et pas *salué*, objecta Miki. C'est l'exercice d'après.

Dubitative, Billie se gratta la tête avec son crayon.

— Ah, constata-t-elle. En fait, il me semblait… Tu écris vraiment comme un cochon. Regarde, là… Ça, ça serait un *b ?*

Miki plissa les yeux et Billie lui adressa un sourire lumineux.

— Tu me laisses recopier les autres ?

— Non.

Tandis qu'elles continuaient de se chamailler, je me perdis de nouveau dans mes pensées. Nous nous étions retrouvées pour travailler mais je n'arrivais pas à me concentrer. Mon esprit s'envolait à la moindre distraction. En réalité, et je le savais, cette distraction avait des yeux noirs comme la nuit et un caractère impossible. Ce que m'avait dit Rigel s'était fiché dans ma tête et ne voulait plus en sortir. Soudain, la porte de la véranda s'ouvrit et la grand-mère de Billie, tout enfarinée, fit une entrée tonitruante.

— Wilhelmina ! tonna-t-elle. Tu as fait suivre la chaîne de saint Bartholomew que je t'ai envoyée sur ton téléphone ?

— Non…

— Qu'est-ce que tu attends ?

Je ne comprenais pas de quoi elles parlaient. Mais l'expression de mon visage me valut un début d'explication de la part de Billie :

— Ma grand-mère croit encore que les messages peuvent t'attirer la protection des saints.

Elle sursauta quand sa grand-mère ordonna en bombant le torse :

— Fais-le !

La grand-mère pointa ensuite son rouleau à pâtisserie vers Miki.

— Toi aussi ! Je viens de te l'envoyer !

— Oh, allez, mamie, gémit Billie. Combien de fois t'ai-je dit que ces trucs ne marchaient pas ?

— Conneries ! Ça protège !

Billie leva les yeux au ciel puis capitula et attrapa son téléphone.

— D'accord… On pourra venir goûter après ?

L'air renfrogné de sa grand-mère disparut aussitôt.

— Bien sûr, répondit-elle dans une attitude presque guerrière, frappant la paume de sa main avec son rouleau.

Pendant ce temps, Billie tapait frénétiquement sur son téléphone.

— Bon, je l'envoie à mes contacts… Tiens, Nica, je te l'envoie aussi !

Le regard de sa grand-mère atterrit sur moi, ce qui me fit instantanément rentrer la tête dans les épaules.

— À… à moi ?

— Oui, pourquoi pas ? Comme ça, nous sommes toutes dans le même bateau !

— Mais je…

— Tu dois l'envoyer à quinze de tes contacts, m'expliqua-t-elle.

Je déglutis car la grand-mère m'avait toujours en ligne de mire. *Quinze contacts. Je n'ai même pas quinze contacts !*

— Fait ! conclut Billie.

Mon portable et celui de Miki se mirent aussitôt à vibrer. La grand-mère eut l'air satisfaite et fit mine de quitter la pièce, son tablier tournoyant autour d'elle.

— Je vais finir de vous préparer le goûter.

Puis elle sembla se raviser.

— Au fait, tu as réussi à les avoir ?

Les épaules de Billie s'affaissèrent.

— La ligne s'est encore coupée, marmonna-t-elle.

Je compris qu'elle parlait de ses parents.

— Mais je crois avoir entendu un chameau blatérer. Ils sont encore dans le désert de Gobi.

Sa grand-mère hocha la tête et son expression s'adoucit. Puis elle sortit et le silence se déposa sur nous comme de la poussière.

— Il y a du nouveau ?

Je fus surprise d'entendre cette question dans la bouche de Miki, dont la voix était toujours indifférente.

— Non, répondit Billie, la tête baissée.

Elle griffonnait machinalement sur le coin d'une feuille.

— Ils ont encore repoussé la date. Ils ne reviendront pas à la fin du mois.

Son dos courbé et ses cheveux tombant sur ses épaules comme les branches d'un saule pleureur modifièrent soudain l'image que j'avais de Billie. L'éclat qui faisait toujours briller ses yeux n'était plus qu'un fragment de lueur piégé dans son regard éteint.

— Mais… Papa m'a dit que nous irions ensemble à cette belle exposition de photos. Il me l'a promis. Et une promesse, c'est une promesse… non ?

Elle leva les yeux sur moi.

— Oui, soufflai-je.

Bille essaya de sourire, au prix d'un énorme effort. Miki lui mit alors son texte sous le nez avant de marmonner :

— Tu ne voulais pas recopier aussi les autres ?

Billie la regarda un instant. Et sourit lentement.

Billie essaya de rappeler ses parents un peu plus tard. La ligne fut coupée à plusieurs reprises, mais, juste au moment où elle était en train de perdre tout espoir, quelqu'un répondit enfin. Aucune joie ne saurait être comparée à celle que je vis sur son visage quand la voix de son père résonna à l'autre bout du fil. Malheureusement, l'appel fut interrompu avant la fin. Mais elle ne se découragea pas comme je l'avais craint. Au contraire, elle se laissa tomber à la renverse sur son lit, heureuse et fantasmant sur les merveilles exotiques dont ses parents venaient de lui parler.

— Quels endroits fantastiques, murmura-t-elle en fermant les yeux. Vous verrez, un jour j'y serai moi aussi ! Pour admirer les couchers de soleil, les dunes et les palmiers depuis nos tentes… Pour photographier le monde… Ensemble…

Sa voix s'affaiblit jusqu'à devenir un chuchotis, puis juste un mouvement des lèvres, et enfin plus rien. Billie s'endormit ainsi, au beau milieu de l'après-midi, pleine d'espoir et son portable dans la main. Je le pris et le déposai sur la table de nuit.

— Ses parents ont l'air d'être super, constatai-je en la regardant dormir.

Elle avait mis le haut-parleur et ils nous avaient saluées avec chaleur ; j'avais compris de qui Billie tenait son exubérance.

— Ils le sont.

Les yeux de Miki étaient posés sur le visage endormi de son amie. Son regard était impénétrable, comme toujours, et pourtant je fus certaine d'y déceler une pointe de mélancolie.

— Ils lui manquent plus qu'elle ne le dit. Il n'y a que la nuit qu'elle a le courage de l'admettre.

— La nuit ?

— Quand elle m'appelle, murmura-t-elle. Elle rêve qu'ils reviennent… Puis elle se réveille et constate qu'ils ne sont pas là. Parfois, elle sait qu'elle exagère. Elle sait que c'est pour leur travail, qu'ils vont bien… Elle ne le leur dira jamais, mais ils lui manquent. Ils partent depuis si longtemps.

Miki est vraiment douce. Et tellement sensible ! Je me rappelai les paroles de Billie. Jusqu'à maintenant, je n'avais jamais été en mesure de vraiment les comprendre. Et pourtant je parvins à imaginer Miki en plein cœur de la nuit, après une journée retranchée derrière son air renfrogné, allant se coucher avec son téléphone. Elle attendait de le voir s'éclairer, devenant, en répondant, l'unique témoin des moments pendant lesquels Billie n'avait pas la force de sourire. Miki… était sa famille.

— Elle ne sera jamais seule, lui dis-je en déposant une couverture sur Billie. Parce qu'elle t'a. Bon, je vais boire un peu d'eau.

Je me levai en rajustant mon tee-shirt froissé et sortis sans bruit. J'espérai ne déranger personne en allant chercher un verre dans la cuisine, puis je me souvins que la grand-mère de Billie était partie jouer au bridge avec ses amis. Avant de continuer, cependant, je rouvris la porte de la chambre.

— Excuse-moi, Miki. Tu veux de l'eau toi aus…

Les mots moururent sur ma bouche. Les yeux écarquillés, je ne vis que la cascade de cheveux noirs mêlés aux boucles. Et Miki, penchée, ses lèvres posées sur celles de Billie.

Le temps s'était arrêté. Je ne bougeais pas. Miki se redressa lentement. À l'ombre de sa capuche, ses yeux me fixèrent avec une telle surprise qu'ils avaient l'air féroces. Ses lèvres étaient entrouvertes et ses mâchoires contractées.

— Je… commençai-je en cherchant mes mots.

J'ouvris plusieurs fois la bouche, haletante, mais je ne finis pas ma phrase. Miki se jeta sur moi et me poussa hors de la chambre. Puis elle ferma la porte dans son dos, ses yeux sombres luisant comme des charbons ardents. On aurait dit qu'ils voulaient me transpercer.

— *Toi*, siffla-t-elle entre ses dents, un doigt pointé sur moi.

Sa voix semblait griffer sa gorge d'une façon inhabituelle.

— Tu n'as *rien* vu.

Je gardai le silence, les lèvres serrées, les yeux posés sur la porte derrière laquelle Billie dormait. Puis je haussai les épaules et dis d'une voix tranquille :

— D'accord.

Miki eut comme un tic à la paupière.

— *Comment ?*

— D'accord, répétai-je simplement.

— *D'accord ?*

— Oui.

Elle me dévisagea, oscillant entre colère et stupéfaction.

— Comment ça, *d'accord* ?

— Il n'y a aucun problème…

— Non, il n'y a pas *aucun problème* !

— Je n'ai rien vu.

— *Bien sûr* que tu as *vu !*

— Vu quoi ?

— *Tu le sais très bien !*

— Absolument pas.

— *Non*… lâcha-t-elle, sur le point d'exploser, le doigt encore tendu et le visage tout rouge. Tu… tu n'as… *tu as*…

Elle serra les poings et lâcha un cri de colère. Je gardai le silence tandis que Miki brûlait d'une frustration telle qu'elle en tremblait. Pendant un interminable moment, la seule chose perceptible dans l'air fut le bruit de notre respiration.

J'allais vraiment faire semblant que tout allait bien. J'allais vraiment faire comme si je n'avais rien vu, pensai-je. Si c'était ce qu'elle désirait, je le ferais. Miki évitait de me regarder, comme pour effacer à tout prix ce moment. Et pourtant, pour la première fois depuis que je l'avais rencontrée… Miki ne partait pas. Elle venait de me faire de violents reproches et, même si je savais qu'elle ne restait pas pour moi mais parce qu'elle luttait contre elle-même, *elle était quand même ici*. Et je restais moi aussi près d'elle, même si elle devait me détester pour cela.

— Miki… Tu aimes Billie ? demandai-je avec délicatesse.

C'était une question idiote, mais je la lui posai quand même car je voulais lui faire toucher du doigt la simplicité de ce moment. Miki ne répondit pas. L'amertume serrait ses lèvres et nouait sa gorge.

— Il n'y a rien de mal…

Je parlai doucement, très doucement, comme si mes cordes vocales étaient en train de modeler du verre.

— C'est une belle chose…

— Tu *ne peux pas* comprendre, cracha-t-elle.

La frustration débordait de son regard et coulait comme de la cire le long de ses bras, jusqu'à ses poings contractés en une prière muette.

En effet, je n'avais peut-être pas vraiment compris. *Mais Miki était là*, et je n'avais jamais souhaité comme à cet instant que ses yeux me rendent un petit quelque chose que je n'avais jamais eu le courage d'espérer avant.

— Non, peut-être que non, murmurai-je en baissant la tête. Mais si tu… si tu voulais m'expliquer… si tu décidais de me laisser comprendre… tu verrais que c'est peut-être plus simple que tu ne le crois. Et peut-être pourrais-tu découvrir qu'il n'y a rien de mal ou d'inavouable. Que parler est parfois mieux que se taire, car ça fait du bien d'être écoutée par quelqu'un.

Miki pinça les lèvres face à mes yeux sincères et mes mains pleines de pansements tendues vers elle.

— Si tu voulais m'expliquer, je te promets d'essayer. En silence, sans t'interrompre. Si tu voulais *essayer*… Je te promets de te rendre les choses aussi faciles que de respirer ou de boire un verre d'eau.

Mon ton suppliant fit vaciller ses pupilles brillantes.

— Miki… murmurai-je avec douceur, ça te dirait de boire un verre d'eau ?

Même s'il y avait des chaises près de nous, Miki et moi restâmes assises par terre dans la cuisine pendant des heures, sans bouger, chacune avec notre verre d'eau. Nous regardions par la porte-fenêtre la lumière s'infiltrer à travers le feuillage des arbres. Elle ne parla pas beaucoup. Aucun monologue ne jaillit de ses lèvres pleines de réserve. Aucune confidence ne libéra ce qu'elle gardait en elle. Nous restâmes seulement l'une à côté de l'autre, partageant nos respirations et notre compagnie.

— C'est toi… dis-je simplement. Cette rose blanche qu'elle reçoit à chaque Garden Day… C'est toi.

Elle ne répondit pas.

— Pourquoi ne le lui dis-tu pas ?

— Elle ne m'aime pas, objecta Miki en fixant le plafond.

— Tu ne peux pas le savoir…

— Je n'ai pas besoin de le savoir, dit-elle avec amertume. Elle n'aime pas… les filles.

Je baissai les yeux sur mes jambes allongées et relâchées qui contrastaient avec les siennes, qu'elle avait ramenées contre sa poitrine. Miki écrasa lentement une énième cigarette dans le cendrier.

— Je ne peux pas imaginer ce qu'elle penserait de moi.

— Billie t'aime bien. Rien ne changerait.

Mais elle secoua la tête. Elle fixait désormais le mur face à nous avec des yeux mornes et sans espoir.

— Tu ne comprends pas… C'est justement de ça qu'il s'agit. Je suis sa meilleure amie, murmura-t-elle comme si c'était une constatation qui lui faisait à la fois du bien et du mal. Notre relation est importante, l'une des choses les plus solides sur lesquelles nous pouvons toutes les deux compter. Lui dire la vérité reviendrait à tout bouleverser. Et il serait alors impossible de revenir en arrière. Je ne peux pas envisager de perdre cette relation. Et de perdre Billie. Je suis incapable de renoncer à elle.

C'était comme si Miki contemplait Billie depuis une forteresse. Par une porte si petite qu'elle ne laissait entrevoir que du fil barbelé, alors que moi, je voyais des prés en fleurs partout où je posais les yeux.

— Il y a une chenille, dis-je au bout d'un moment. Une chenille différente de toutes les autres que tu peux voir parfois sur les feuilles d'acanthe. Tu sais, les chenilles savent qu'elles doivent se transformer. Arrive un moment où elles font leur cocon et se transforment ensuite en papillons. C'est très simple. Mais cette chenille… Eh bien, elle ne le sait pas. Elle ne sait pas qu'elle peut devenir un papillon. Si elle n'a pas envie d'être une chrysalide… Si elle, eh bien… *si elle n'y croit pas assez*… elle ne se transforme pas. Elle ne fabrique pas de cocon. Elle reste une chenille pour toujours. Peut-être que c'est vrai, que Billie n'aime pas les filles. Mais elle pourrait t'aimer toi. Parfois, il y a des personnes qui nous touchent et nous marquent profondément indépendamment de leur… enveloppe externe. Elles sont si importantes qu'elles ne peuvent pas être remplacées.

Je levai les yeux, sereine, et fixai le mur à mon tour.

— Peut-être Billie n'a-t-elle jamais pensé à toi de cette façon… Peut-être ne le fera-t-elle jamais, mais c'est vrai aussi que tu es la seule personne qu'elle veut toujours auprès d'elle. Si tu ne le lui dis pas… Si tu n'essaies pas non plus, Miki… Tu ne pourras jamais découvrir si ça peut être réciproque. Et alors les choses ne changeront jamais. Et Billie ne te verra jamais vraiment. Et alors tu resteras une chenille… pour toujours.

Mes paroles moururent comme la lumière d'une bougie qui s'éteint. Je tournai la tête. Les yeux de Miki étaient posés sur moi d'une façon que je n'avais jamais vue auparavant. Avec une nuance sincère et impliquée, comme si mes mots avaient d'une certaine manière percé son mur d'enceinte. Je détournai le regard et tentai de dissimuler un petit soupir, en vain.

— Parmi toutes les personnes à qui je pensais confesser ça, marmonna-t-elle, tu étais vraiment la dernière.

Cela ne sonnait pas comme une offense, mais comme si elle venait de perdre une bataille contre elle-même. Et je compris qu'elle m'acceptait.

— Vous avez toujours été pareilles sur ce point, murmura-t-elle.

— Ce point ?

— Oui. La façon que vous avez de voir les choses, elle et toi. Parfois, tu me fais penser à elle.

Miki secoua la tête en soupirant. Puis elle repoussa sa capuche et son visage apparut à la lumière. Ses yeux étaient légèrement cernés par son maquillage, qui avait coulé, et ses cheveux noirs encadraient les traits anguleux de son visage. Je ne pus m'empêcher de remarquer l'harmonie de ses pommettes hautes et de ses lèvres pleines et charnues. Miki cachait une beauté insoupçonnable sous ses pantalons multipoches et ses gros sweats. Elle remarqua que je la regardais et me jeta un coup d'œil méfiant.

— Qu'est-ce qu'il y a ?

Je souris.

— Tu es belle, Miki.

Elle écarquilla les yeux et détourna aussitôt le regard, les lèvres serrées et le cou enfoncé dans les épaules. Agacée, elle entoura ses genoux de ses bras, et pourtant il me sembla voir ses joues se teinter d'un rose inhabituel.

— Toi et tes… chenilles… maugréa-t-elle, mal à l'aise.

Je ris doucement, la tête appuyée contre le mur et les yeux mi-clos, et je fus certaine de voir Miki afficher une expression plus sereine.

— Eh… Qu'est-ce qui se passe ?

Billie était sur le seuil, en train de se frotter les yeux.

— Qu'est-ce que vous faites là ? dit-elle d'une voix ensommeillée.

Pendant un instant, Miki sembla sur le point de parler, mais elle garda finalement le silence. Et je n'eus pas besoin d'autre chose.

— Ne t'inquiète pas, dis-je à Billie en souriant. Nous avons seulement bu un verre d'eau ensemble.

Je passai toute la journée là-bas. Rien ne semblait avoir changé : même si je connaissais désormais le secret de Miki, rien ne l'empêchait de lever les yeux au ciel quand Billie la taquinait ; j'étais certaine que leur façon de passer du temps ensemble lui plaisait. C'était pour cette raison qu'elle ne voulait pas y renoncer.

Je reçus quelques messages pendant que nous travaillions.

— C'est qui ? demanda Billie en tendant le cou.

C'était Lionel.

Quand elle m'avait dit d'envoyer cette chaîne à quinze de mes contacts, j'avais été légèrement dans l'embarras. Je l'avais fait suivre aux quelques numéros de mon répertoire : Anna, Norman, Miki, de nouveau Billie, mon opérateur téléphonique, avant de me retrouver à court de destinataires. Il m'en restait encore dix à dénicher et mon cœur s'était serré à la pensée de décevoir la grand-mère de Billie. Aussi l'avais-je envoyée dix fois de suite à Lionel. Inutile de dire qu'il avait été quelque peu surpris par ma dévotion.

— Alors ? insista Billie, curieuse. Qui t'écrit aussi souvent ? Allez, fais voir !

— Personne de nouveau, répondis-je. C'est juste… Lionel.

— Lionel ? Ah, le gars du laboratoire… Mon Dieu ! Et vous vous parlez ?

— Eh bien… oui, parfois.

— Parfois… comment ?

— Je… je ne sais pas, répliquai-je en constatant qu'elle me regardait désormais avec des yeux brûlant d'intérêt. Je dirais assez souvent.

Je sursautai en voyant Billie porter une main à sa bouche dans un geste plein d'emphase.

— *Il te drague !* C'est ça, hein ? Mon Dieu, c'est évident ! Miki, tu entends ?

Elle lui donna un coup de coude avant de poursuivre, électrisée :

— Et lui ? Il te plaît, Nica ?

— Euh… oui, dis-je innocemment.

Billie ouvrit tout grand la bouche et posa ses mains sur ses joues ; avant qu'elle ne puisse crier quoi que ce soit, cependant, le crayon de Miki s'interposa entre nous.

— Elle voulait savoir s'il te plaît… *plaît*, jugea-t-elle bon d'éclaircir en désignant mon téléphone de la pointe de son crayon. Bref, si ce type t'intéresse.

Je la fixai, dubitative, mais, à l'instant où je compris, j'écarquillai les yeux. Je sentis mes joues s'enflammer et me dépêchai de secouer la tête.

— Oh non, non, non ! rectifiai-je précipitamment. Non, Lionel ne… ne me plaît pas de cette façon ! Nous sommes seulement amis !

Billie me regarda, interdite, les mains encore sur le visage.

— Seulement amis ?

— Seulement amis !

— Il le sait ?

— Qu'est-ce que tu veux dire ?

— Oh, allez, fais voir !

Elle me prit le téléphone des mains et commença à lire les messages.

— Waouh ! Vous vous parlez presque tous les jours ! Il t'écrit beaucoup… Et là, il t'a écrit avec une excuse bidon… Eh, eh ! Là aussi…

— *Désolée*, l'interrompit Miki, mais ce type ne te parle que de lui.

Je constatai avec surprise qu'elle s'était penchée, les sourcils froncés, pour jeter un œil à mon téléphone. Elle me considéra d'un air sceptique et inquisiteur.

— Il te demande au moins comment tu vas ?

Cette question me laissa perplexe.

— Eh bien, je le croise au lycée…

— Il te le demande ? insista-t-elle.

— Non… mais je vais bien, répondis-je sans comprendre en quoi c'était nécessaire.

Miki me lança un regard sombre avant d'observer de nouveau le téléphone, les bras croisés.

— Il est très fier de ses succès, dit lentement Billie en parcourant les messages.

Et je compris à son ton que quelque chose dans nos échanges n'était pas ce à quoi elle s'attendait.

— Oui, approuvai-je. En effet…

— Pour parler clairement, trancha Miki, vous parlez d'autre chose que de ses tournois de tennis ?

L'une avait un regard un peu méfiant, l'autre mon portable toujours dans la main. En vérité, je ne me souvenais pas d'une seule fois où nous n'avions pas fini par parler de quelque chose qui le concernait. J'eus beau me remémorer toutes mes conversations avec Lionel, lors de nos promenades ou quand nous avions mangé une glace ensemble, je ne trouvais rien d'autre.

Miki secoua la tête.

— Comment fais-tu pour ne pas t'en rendre compte ? Tu es trop naïve.

Billie me rendit mon portable, un petit sourire hésitant sur les lèvres, comme pour s'excuser.

— Nous ne voulions pas être intrusives… J'espère que tu ne l'as pas vécu ainsi. Mais ce serait normal qu'il te demande comment tu vas, tu ne crois pas ? Nous aussi, nous nous voyons tous les jours.

Et pourtant je te le demande toujours, parce que ça m'intéresse de le savoir. Miki a raison.

— Il en profite pour entretenir son ego, déclara celle-ci, visiblement irritée. Et tu es tellement gentille que tu ne t'en aperçois même pas.

Elle lâcha une insulte entre ses dents quand Billie lui donna un coup de coude joyeux.

— Excuse-la, Nica. Elle est parfois bourrue, c'est sa façon de s'inquiéter pour quelqu'un.

Miki la foudroya du regard. Mais cette phrase se ficha dans ma tête et je posai des yeux fébriles sur Miki. *Elle s'inquiétait pour moi ?*

— Bon, on travaille ou pas ? grogna-t-elle en se replongeant dans son livre.

Billie sourit.

— Il y avait des sales caractères comme celui de Miki dans ton orphelinat ?

Miki lui jeta un regard de travers et tenta de lui écraser le pied ; tandis que Billie essayait gaiement de l'embrasser, je cherchai dans mes souvenirs si quelqu'un s'était déjà inquiété pour moi. Personne, à part… Un seul prénom me vint à l'esprit. Une faible bougie qui avait continué de brûler après son départ.

Adeline.

Adeline et ses mains qui tressaient mes cheveux, qui nettoyaient mes genoux. Adeline qui avait toujours été un peu plus grande que moi et que les autres enfants…

Je souris pour tenter de dédramatiser.

— Non, personne qui me défendait avec autant de véhémence.

Je me rendis compte que je m'étais mal exprimée en voyant une question muette se peindre sur le visage de Billie. Je compris aussi qu'elle voulait me la poser depuis longtemps, mais qu'elle avait toujours eu peur de se montrer importune.

— Comment était-ce, là-bas ?

J'hésitai et Billie sembla aussitôt regretter sa question trop directe, comme si elle avait heurté ma sensibilité.

— Seulement si… si tu as envie de nous raconter quelque chose, ajouta-t-elle dans un murmure, me donnant ainsi la possibilité d'éviter le sujet.

Son regard mortifié me fit comprendre qu'elle ne voulait pas me perturber.

— Ça va, la rassurai-je d'une voix douce. J'y ai vécu longtemps.

— Vraiment ?

J'acquiesçai. Une question après l'autre, je commençai à raconter : les grilles, le jardin en friche, les visites que nous recevions de temps en temps et la vie que j'avais menée là-bas, parmi les enfants qui arrivaient et ceux qui s'en allaient. J'omis volontairement les détails les plus sombres, les cachant comme de la poussière sous un tapis. À la fin ne resta plus que le récit de cette existence décousue et un peu rude.

— Et tu étais là-bas depuis douze ans quand Anna est venue te chercher ? demanda Billie.

Miki m'écoutait mais gardait le silence. J'acquiesçai une nouvelle fois.

— J'avais cinq ans quand je suis arrivée.

— Ton frère était là-bas depuis aussi longtemps ?

Billie plissa les lèvres.

— Désolée. Je sais que tu ne veux pas qu'on l'appelle comme ça. C'est sorti tout seul… Je voulais dire Rigel.

— Oui, murmurai-je en baissant les yeux. Rigel… était là avant moi. Il n'a jamais connu ses parents. Son prénom lui a été donné par la directrice de l'orphelinat.

Billie fut surprise, comme tous ceux qui découvraient cette vérité. Même Miki me considérait désormais avec intérêt.

— Tu es sérieuse ?

Billie était stupéfaite.

— Il était là avant toi ? Tu dois très bien le connaître, alors.

Non. Je ne le connaissais pas. Mais je savais tout de lui. Il était un paradoxe. *Rigel était ancré en moi comme un parfum que l'on porte toute sa vie.*

— Ça a dû être difficile pour vous, murmura Billie. Votre directrice a dû être très attristée par votre départ. Elle a dû être désolée au moment de vous dire au revoir, non ? Au fond, elle t'a vue grandir. Elle vous connaissait depuis que vous étiez tout petits.

— Non. Mme Fridge… ne nous connaissait pas depuis si longtemps.

Billie cligna des yeux, confuse.

— Excuse-moi… mais tu n'as pas dit que c'était elle qui avait donné son prénom à Rigel quand il est arrivé ?

— Non.

J'éprouvai de nouveau ce besoin de *gratter*, mais mes ongles ne bougèrent pas.

— C'était la directrice précédente.

Miki ne me quittait pas des yeux. Son regard crissait sur ma peau, la creusait et s'imprimait en elle.

— La directrice précédente ? répéta Billie.

La brise que je sentais jusque-là devint un vent qui me mordait les mains.

— Il y a eu deux directrices ?

Mes ongles commencèrent à s'enfoncer douloureusement dans mes cuisses. Les yeux de Miki étaient deux projectiles voraces, monstrueux, qui me dévoraient peu à peu.

— Donc, entendis-je tandis que le sang battait dans mes oreilles, ce n'est pas Mme Fridge qui vous a élevés. Elle s'appelle bien comme ça, non ? Mais la directrice d'avant ?

Tous mes sens étaient en éveil. Ma peau était tendue et tremblait. Je me sentais poisseuse et glacée. J'avais des aiguilles plantées dans les cordes vocales, aussi me contentai-je de faire un signe, mécanique comme un soldat de plomb.

— Quel âge aviez-vous quand est arrivée Mme Fridge ?

— Douze ans, m'entendis-je répondre comme si ce n'était pas moi qui parlais.

Je n'étais plus ici, tout était amplifié, je sentais seulement mon corps sur le point d'exploser. Je cachai, retins et avalai la sueur, l'agitation, les râles, le cœur qui se déchirait, la terreur qui m'empêchait de respirer. J'implorai quelqu'un de tout arrêter, mais les yeux de Miki me fixaient toujours et le malaise me broyait. Les épines dans ma gorge s'aiguisèrent, m'étouffèrent, et mes yeux se dilatèrent. Tout palpita et j'entendis de nouveau cette voix mettre mon âme en pièces, comme un monstre.

Tu sais ce qui se passera si tu en parles à quelqu'un ?

Billie se pencha vers moi, une énième question sur les lèvres. Mais, à cet instant, Miki renversa accidentellement son verre. Le liquide inonda la table et Billie retint un petit cri, s'écartant rapidement ; elle sauva le livre de biologie avant qu'il ne soit mouillé et reprocha sa négligence à son amie. La conversation se termina ainsi. Leur attention enfin détournée m'offrit un peu de répit, cessant de m'oppresser. Ce n'est qu'alors que je levai les mains. Et que je vis les marques de mes ongles sur le tissu de mon pantalon.

J'étais descendue prendre un verre d'eau dans la cuisine au milieu de la nuit.

— Nica ?

Anna avait les cheveux décoiffés et elle retenait d'une main les pans de sa robe de chambre.

— Qu'est-ce que tu fais là ? demanda-t-elle en entrant dans la pièce.

— J'avais soif.

Je baissai la tête tandis qu'elle s'approchait de moi en silence. Je fis un effort pour ne pas lever les yeux sur elle car j'avais peur de ce qu'elle aurait pu y lire : aucune lumière et seulement le noir de ce que je ne réussirais jamais à effacer.

— Ce n'est pas la première fois que tu restes éveillée, dit-elle doucement. Quand je vais aux toilettes pendant la nuit, je vois de la lumière sous la porte de ta chambre. Parfois, je t'entends aussi descendre et je m'endors avant de t'entendre remonter.

Elle hésita avant de me demander avec délicatesse :

— Nica… tu n'arrives pas à dormir ?

Il y avait de la gentillesse dans sa voix, et pourtant je ne parvins pas à me laisser toucher. Je sentais des plaies là où elle posait les yeux. Je sentais des cicatrices qui n'arrêtaient pas de saigner. Je sentais des cauchemars là où les autres avaient des rêves, des pièces sombres et une odeur de cuir. Je sentais que je devais *être gentille*.

Je levai les yeux et les plantai dans les siens ; puis je souris d'une façon artificielle.

— Tout va bien, Anna. De temps en temps, je n'arrive pas à m'endormir. Il n'y a pas de quoi s'inquiéter.

Les gentils enfants ne pleurent pas.

Les gentils enfants ne parlent pas.

Les gentils enfants dissimulent leurs bleus et ne mentent que quand on leur dit de le faire.

Je n'étais plus une enfant mais, à l'intérieur, une partie de moi parlait encore avec la même petite voix.

Anna me caressa la tête.

— Tu en es sûre ?

Involontairement, je me cramponnai à son geste avec un tel désespoir que j'en tremblai. Cette douceur suffisait à me briser en morceaux. J'acquiesçai, essayant de sourire un peu plus, et elle se prépara une camomille. Je déclinai quand elle m'en proposa une. Je décidai finalement de lui souhaiter bonne nuit et de remonter me coucher. Je sentis le poids de mon corps à chaque marche. Alors que je posais la main sur la poignée de la porte de ma chambre, une voix m'arrêta :

— Je sais pourquoi tu ne dors pas.

Mon regard vide resta fixé sur la porte. Je n'avais pas la force de l'affronter, pas à ce moment-là. Je me tournai, les yeux toujours éteints, avec le calme de celle qui connaît ses démons et les dévoile avec résignation.

— Tu es le seul qui ne le sait pas.

Rigel était sur le seuil de sa chambre, enveloppé par l'obscurité.

— Tu te trompes.

— Non, répliquai-je durement.

— Si…

— Elle t'*aimait* !

La gorge me brûla, j'avais haussé la voix. Je me rendis compte que j'avais les poings serrés et des cheveux sur le visage. Ma réaction m'étonna tellement que je me demandai comment elle pouvait provenir d'une âme aussi docile que la mienne. Moi qui vivais de délicatesse, je cédais sous le poids de la peur d'une manière effrayante. C'était la faute des souvenirs. C'était sa faute à *Elle*. C'était la faute des fissures dont elle avait lacéré mon enfance et celle de beaucoup d'autres. La faute de l'enfance qu'elle avait offerte à Rigel, le fils des étoiles, au détriment de nous tous.

— Tu n'as *jamais* pu comprendre.

À cet instant, j'aurais voulu détester la façon dont je me sentais liée à lui. La façon dont il hantait mes pensées. Ce sentiment de lente et douce agonie. J'aurais voulu détester la façon dont je me laissais regarder par lui comme par personne d'autre, si fragile et pleine d'écorchures qui, aux yeux des autres, restaient en permanence sous des pansements. Il ne comprendrait jamais. J'entrai dans ma chambre et je fermai la porte, espérant ainsi laisser dehors toute ma douleur. Espérant cacher et dissimuler, couvrir d'un sourire, encore et toujours. Je ne savais pas alors que le lendemain… le jour suivant… chacun de mes boucliers tomberait définitivement en morceaux.

21- SANS PARLER

Il n'existe pas de peau qui puisse faire cicatriser une blessure de l'âme.

Il pleuvait ce jour-là. Le ciel ressemblait à une plaque de métal sale et l'abricotier du jardin dégageait une odeur si forte qu'on la sentait jusque dans la maison. L'air résonnait de la voix d'Asia. Dalma était passée apporter un gâteau pour remercier Anna des belles fleurs qu'elle lui avait offertes ; Asia, de retour des cours à la fac, s'était jointe à elles.

Elle ne m'avait même pas dit bonjour. Elle était entrée avec un paquet de biscuits aux amandes dont Norman était friand ; elle avait posé son sac sur le canapé et accroché sa veste au portemanteau avant d'entrer dans la cuisine, où Anna et moi étions en train de préparer le service à thé.

— Asia ! s'était exclamée Anna en l'embrassant. Alors, tes cours ?

— Barbants, avait-elle répondu.

J'avais baissé la main, désormais certaine qu'elle ne me rendrait pas mon salut. Tandis qu'Anna posait la théière fumante sur le plateau, on sonna à la porte.

— Nica, peux-tu tout emporter là-bas ? me demanda Anna avant d'aller ouvrir.

J'allai disposer le service sur la table du salon, où Norman était en train de dire bonjour à tout le monde. Dalma voulut savoir si nous attendions quelqu'un. Je ne parvins pas à comprendre de qui il s'agissait.

— Madame Anna Milligan ? distinguai-je à travers le tintement des tasses et les bavardages.

Peu après, des bruits de pas résonnèrent sur le sol et je fus surprise d'entendre Anna bégayer de confusion. Norman se leva et je l'imitai. Un homme grand et bien habillé, que je n'avais jamais vu, fit son apparition. Il avait une expression indéchiffrable sur le visage. Il ne portait pas de cravate et, sous sa veste ajustée à ses épaules étroites, j'aperçus une lanière qui traversait sa chemise.

— Je vous prie de m'excuser pour cette interruption, dit-il en remarquant tous les regards posés sur lui.

Son ton était très formel.

— Ce n'était pas mon intention de vous déranger au milieu d'une réunion entre amis. Ce ne sera pas long.

— Excusez-moi, qui êtes-vous ?

— Norman, balbutia Anna, monsieur…

— Vous êtes M. Milligan ? déduisit le visiteur d'après son prénom. Bonjour. Je suis désolé de cette visite. Je vous demande juste quelques minutes.

— À… nous ?

— Non, rectifia l'homme. Je dois interroger les deux jeunes gens qui vivent avec vous.

— Comment ?

— Les jeunes dont vous avez la garde, monsieur Milligan.

L'homme, scrupuleux, parcourut la pièce des yeux.

— Ils sont ici ?

Un silence pesant s'abattit alors. Puis Asia et Dalma se tournèrent vers moi. J'étais tellement surprise que je m'entendais à peine respirer. Les yeux du visiteur se posèrent sur moi.

— C'est elle ? La jeune fille qui habite ici ?

— Mais que lui voulez-vous ? interrogea courageusement Anna.

Il l'ignora et s'adressa à moi :

— Mademoiselle Dover, j'aurais quelques questions à vous poser.

— Mais enfin, qui êtes-vous ? s'énerva Norman. Et que faites-vous chez nous ?

L'homme plongea une main dans sa poche. Puis, avec gravité, il annonça en montrant la plaque brillante de son insigne :

— Inspecteur Rothwood, monsieur Milligan. Police de Houston.

Tout le monde le fixa, stupéfait.

— Qu… quoi ? bredouilla Norman.

— Il doit y avoir une erreur, non ? intervint Anna. Pourquoi devriez-vous interroger…

L'homme se mit à lire un papier extirpé de sa poche.

— Rigel Wilde et Nica Dover. Résidant au 123 Buckery Street, chez Anna et Norman Milligan. C'est ici.

L'inspecteur Rothwood glissa le papier dans sa veste et leva les yeux sur moi.

— Mademoiselle Dover, si vous le permettez, je voudrais vous parler en privé.

— Non, non ! Attendez un peu !

Anna s'interposa.

— Vous ne pouvez pas venir ici et leur poser des questions sans aucune explication ! Ces jeunes sont mineurs, vous ne parlerez pas avec eux tant que vous ne nous aurez pas dit pourquoi vous êtes ici !

L'inspecteur Rothwood lui jeta un regard en coin. Pendant un instant, je crus qu'elle l'ennuyait, mais en réalité il la comprenait. Car l'attitude d'Anna était ce que j'avais vu de plus proche de l'instinct maternel.

— Les renseignements que je cherche concernent une affaire délicate qui nous a été confiée récemment. Une enquête a été ouverte et je suis ici pour recueillir des témoignages et essayer de faire la lumière sur tout cela.

— À quel propos ?

— À propos de certains faits qui se sont déroulés à l'orphelinat Sunnycreek Home.

Je l'entendis comme derrière une vitre. J'étais pétrifiée. Un terrible pressentiment s'insinua en moi et un crissement emplit peu à peu mes oreilles.

— Le Sunnycreek ? demanda Anna en fronçant les sourcils. Je ne comprends pas. Quel genre de faits ?

— Des faits remontant à quelques années, précisa le policier. Mon but est d'en vérifier leur véracité.

Le pressentiment devint un grain de beauté, puis un hématome et enfin une gangrène, s'élargissant comme une tache d'encre. Je sentis quelque chose qui *grattait* quelque part sans s'arrêter.

C'étaient mes ongles.

— Il s'agit d'une affaire très importante. C'est justement pour ça que je me suis déplacé.

Quelque chose n'allait pas dans la pièce, les murs étaient en train de se déformer, se refermant sur moi, comme dans un lent effondrement qui perdait toute couleur et qui remplissait les lieux de fissures et de toiles d'araignée.

Une petite pièce sombre.

Le regard du policier accéléra cet écroulement, comme si j'avais redouté cette sentence toute ma vie.

— Mademoiselle Dover, que pouvez-vous me dire à propos de Margaret Stocker ?

Ma gorge se serra. Mon esprit déclencha un mécanisme qui alerta mon corps et la réalité commença à dérailler.

— Qui est cette femme ? Et pourquoi les enfants devraient-ils la connaître ?

— Il s'avère que Mme Stocker dirigeait l'orphelinat avant Angela Fridge. Après des années de service, cependant, elle a quitté l'orphelinat. Les circonstances de sa démission ne sont pas claires. Mademoiselle Dover, vous souvenez-vous de quelque chose en particulier concernant Margaret Stocker ?

— Maintenant, ça suffit ! trancha Anna, debout devant moi comme pour me protéger.

Les battements de mon cœur étaient assourdissants, les réactions familières et nauséabondes m'envahirent à une vitesse vertigineuse.

— Nous voulons savoir ce qu'il se passe. Terminé, les réponses lacunaires ! Qu'est-ce que c'est que cette histoire ? Soyez clair, une fois pour toutes !

L'inspecteur Rothwood ne me quittait pas des yeux. Son regard d'acier me perforait et me mettait à nu. Lorsque je détournai le mien, je le sentis encore planté en moi comme un bistouri oublié par un chirurgien.

— Il y a quelques jours, une plainte a été déposée dans le comté de Houston par un certain Peter Clay, ex-pensionnaire désormais adulte. La plainte en question concernait certaines sanctions non conformes aux directives de l'établissement.

— Des sanctions ?

— Des châtiments corporels, madame Milligan, précisa l'inspecteur Rothwood. Des sévices et des coups infligés aux enfants. Margaret Stocker est actuellement accusée de mauvais traitements et abus aggravés sur des mineurs.

Je ne l'entendais plus. Le nom de *Peter* palpitait violemment dans ma tête. *C'était Peter.*

La pièce se mit à tournoyer. *Peter avait parlé.* Il avait renversé le vase et, désormais, le noir débordait de partout, dévorant tout autour de lui. De folles sensations coururent sur ma peau, glacèrent mon cœur et me tordirent l'estomac. Revinrent l'agitation, la sueur, l'impression d'étouffer. La nausée. L'air pulsait autour de moi comme une créature vivante et les palpitations s'intensifièrent au point de me faire mal, au point de quasiment transpercer ma poitrine.

Peter avait parlé et désormais tout le monde saurait. Je devais me cacher, me couvrir, m'enfuir. Mais mes jambes étaient de plomb et mon corps, pétrifié. Mon esprit se remplit de souvenirs – le bruit du métal, du cuir sous les doigts, *et mes ongles qui grattaient, grattaient et grattaient sans relâche.*

— Vous n'êtes pas sérieux… murmura Anna. C'est… c'est inconcevable… Nica…

Elle se retourna. *Et me vit.*

Une gerbe de frissons, les yeux dévastés par une vérité trop longtemps tue.

Un enchevêtrement de froid et de sueur, d'angoisses et de peurs.

De tremblements incontrôlables.

Sa bouche se contracta. Son regard devint incrédule et angoissé. Sa voix me fit souhaiter de disparaître.

— Nica… murmura-t-elle, bouleversée.

La terreur rugit comme un monstre. Ma peau se craquela, mon cœur s'emballa et mes peurs fébriles me coupèrent le souffle. C'était comme être broyée de nouveau et sentir les lanières, l'impuissance, l'obscurité et les cris.

Je reculai d'un pas. Ils me fixaient tous avec un étonnement horrifié. *Non, non, non, ne me regardez pas comme ça, je serai gentille,* hurlait la petite fille en moi, *je serai gentille, je serai gentille, je serai gentille, je le jure.*

Ils savaient maintenant tous à quel point j'étais laide, brisée, inutile et abîmée, et soudain ils me virent comme *Elle* me voyait, ils avaient ses yeux, son regard, sa désapprobation et son mépris. Je revis son visage, j'entendis sa voix, je sentis son odeur, ses mains blanches, et ce fut trop. Ce fut insupportable. Mon cœur éclata.

— Nica !

Je m'enfuis. Je traversai la cuisine en courant mais me cognai dans quelque chose. Je levai des yeux pleins de larmes et un grand frisson me secoua quand je compris qu'il avait tout entendu. Le regard de Rigel fut le coup de grâce. Ses iris emplis de ce que nous avions toujours su tous les deux me brisèrent définitivement. Je le contournai et sortis par la porte de derrière. Des voix m'appelèrent au moment où je me jetais sous la pluie : l'humidité imprégna ma gorge, et jamais comme à ce moment-là je n'avais ressenti le besoin du ciel, de la nature, et la nécessité de fuir murs et briques pour mettre le plus de distance possible entre nous. Je m'enfuis parce que je n'avais jamais rien fait d'autre. Je m'enfuis car ces regards étaient plus que ce que j'étais capable de supporter. Je m'enfuis car je n'avais pas le courage de me voir avec leurs yeux.

Tandis que je courais à m'en déchirer les poumons et que l'orage se déversait sur moi, je compris que, même si je m'en éloignais, le Grave me poursuivrait toujours. *Elle* et cette pièce obscure ne me lâcheraient jamais. Je ne serais jamais vraiment libre. Le désespoir me poussa dans une course effrénée au beau milieu d'un monde flouté par l'eau. Le souvenir de la déception sur le visage d'Anna écharpait mon âme et je finis par m'écrouler sur le terrain boueux du petit parc près du fleuve. Trempée, je me cachai sous un buisson, comme je le faisais dans le jardin du Grave quand j'essayai de *lui* échapper. Je cherchais la verdure, la paix, le silence, et je priais pour qu'elle ne me trouve pas.

Le froid me mordit la peau. L'eau imprégna mes chaussures et ma respiration ne fut plus qu'un faible râle. Je restai là jusqu'à ce que mes os soient gelés. Lentement, ma vue se brouilla. Puis, quand tout sembla s'estomper, j'entendis un bruit de pas sur la terre mouillée. Ils vinrent lentement jusqu'à moi dans le crépitement de la pluie. Et s'arrêtèrent devant moi. Je fermai les yeux et tout s'éteignit. Et, alors que mes sens m'abandonnaient, deux bras me soulevèrent de terre. Ils m'enveloppèrent et je reconnus un parfum familier, comme une odeur de maison. Je me fondis dans cette étreinte pleine de chaleur, cachant mon visage au creux de ce cou.

— Je serai gentille, murmurai-je, à bout de forces.

Puis les ténèbres m'engloutirent et je me perdis dans l'obscurité.

22- JE SERAI GENTILLE

Seul celui qui a connu l'obscurité
grandit en cherchant la lumière.

Je n'avais jamais été forte, moi. Je n'y étais jamais arrivée.

Tu as un tempérament de papillon, me disait maman. *Tu es un esprit du ciel.* Elle m'avait prénommée Nica parce qu'elle aimait plus que tout les papillons. Et je ne l'avais jamais oubliée. Même quand son sourire s'était éteint dans mes souvenirs. Même quand il ne m'était plus resté d'elle que la *délicatesse*. Tout ce que j'avais toujours désiré était une seconde chance. Et j'aimais le ciel pour ce qu'il était, une surface limpide et des nuages blancs. Je l'aimais parce qu'il redevenait toujours clair après un orage. Je l'aimais parce que, même quand tout s'était écroulé, il restait le même.

Tu as un tempérament de papillon, me disait maman.

Pour une fois, j'aurais voulu qu'elle se trompe.

Je me rappelais ce visage comme la peau se souvient d'un bleu : une tache dans mes souvenirs qui ne disparaîtrait jamais. Je m'en souvenais parce qu'elle me l'avait gravé trop profondément pour que je puisse l'oublier. Je m'en souvenais parce que j'avais essayé de l'aimer, comme si elle était ma seconde chance. Cela avait été mon plus grand regret. J'aimais le ciel et elle le savait. Elle le savait, exactement comme elle savait qu'Adeline détestait les bruits forts et que Peter avait peur du noir. Elle appuyait là où nous étions le plus fragiles. Elle utilisait nos faiblesses, ce qui faisait que même les plus grands d'entre nous restaient un peu des enfants. Nos peurs avaient créé sur nous des coutures et elle réussissait toujours à trouver le fil pour nous défaire, comme des poupées, morceau par morceau.

Elle nous punissait parce que nous nous comportions mal. Parce que l'expiation de leur faute était ce que les méchants enfants méritaient. Je ne savais pas quelle était la mienne. La plupart du temps, je ne comprenais même pas pourquoi elle le faisait. J'étais trop jeune pour comprendre, mais ces moments étaient tatoués dans ma mémoire. Ils ne disparaissaient jamais.

Quand l'un de nous était puni, chacun se recroquevillait dans ses propres coutures et priait pour ne pas en récolter d'autres. Mais moi je ne voulais pas être une poupée, non, je voulais être le ciel, avec cette surface limpide et ces nuages blancs, parce que peu importait le nombre d'entailles qui le traversaient, peu importait le nombre de coups de tonnerre et d'éclairs qui en affectaient la clarté : il redevenait toujours le même, sans jamais se briser.

Je rêvais d'être ainsi. Libre. Mais je redevenais de porcelaine et de chiffon quand *ses* yeux se posaient sur moi. Elle me tirait par le bras et je pouvais déjà voir la porte de la cave, l'escalier étroit qui menait à un gouffre obscur, le lit sans matelas et les lanières qui me bloqueraient les poignets toute la nuit. Mes cauchemars auraient pour toujours les contours de cette pièce. Mais *Elle*… *Elle* était mon plus grand cauchemar.

Je serai gentille, me disais-je quand elle passait près de moi. J'avais les jambes trop courtes pour pouvoir la regarder en face mais je n'oublierais jamais le bruit de ses pas. C'était notre terreur à tous.

Je serai gentille, susurrais-je en me tordant les mains, désirant être aussi invisible qu'une fissure dans le mur.

Et j'essayais d'être obéissante, j'essayais de ne pas lui donner de prétextes pour me punir, mais j'avais un tempérament de papillon et la délicatesse que m'avait laissée maman. Je soignais les lézards et les moineaux blessés, je salissais mes mains avec la terre et le pollen. Et elle détestait autant les imperfections que les faiblesses.

Enlève-moi ces pansements ! On dirait une petite mendiante !

Ils sont ma liberté, aurais-je voulu lui répondre, *les seules couleurs que j'ai*. Mais elle me tirait et je ne parvenais qu'à m'accrocher à sa jupe. Je ne voulais pas descendre, je ne voulais pas passer la nuit là-bas. Je ne voulais pas sentir le fer du lit me griffer le dos, je rêvais du ciel et d'une vie loin d'ici, d'une personne qui me prendrait la main au lieu de me serrer le poignet. Peut-être arriverait-elle un jour. Peut-être aurait-elle les yeux bleus et des gestes trop gentils pour laisser un hématome. Et alors mon histoire ne serait plus une histoire de poupée, mais quelque chose de différent.

Un conte de fées, peut-être.

Avec les écritures dorées et cette fin heureuse dont je n'avais jamais cessé de rêver.

Le lit vibrait sous le cliquetis des mailles de métal. Mes jambes tremblaient et l'obscurité se refermait sur moi, tombant comme un rideau. Autour de mes poignets, les lanières crissaient tandis que je me démenais, donnais des coups de pied et griffais désespérément le cuir. Mes yeux étaient brûlants de larmes et mon corps se crispa, réclamant une miette de son attention.

— Je serai gentille !

Mes ongles se brisaient à force de gratter pour me libérer.

— Je serai gentille ! Je serai gentille, je serai gentille, je le jure !

Elle sortit par la porte derrière moi et l'obscurité engloutit le cagibi. Il ne resta plus qu'un rai de lumière projeté sur le mur d'en face. Puis le noir et l'écho de mes cris.

Je le savais… Je savais que je ne devais jamais en parler. Aucun de nous ne devait le faire, mais il y avait des fois où la lumière filtrait jusqu'entre les murs du Grave, il y avait des fois où se taire semblait un châtiment encore pire.

Tu sais ce qui se passera si tu en parles à quelqu'un ?

Sa voix était un chuintement, comme des ongles crissant sur un tableau noir.

Tu veux le savoir ?

Même ses doigts imprimés dans la chair de mon coude me posaient cette question. Et je baissais la tête. Comme toujours, je n'arrivais pas à la regarder dans les yeux parce que ses pupilles étaient des gouffres, des cagibis sombres et des peurs que je n'avais pas le courage d'affronter.

Tu veux savoir ce qui arrive aux enfants désobéissants ?

Elle serrait la prise sur mon bras jusqu'à le faire craquer. Et je sentais mon cœur plonger dans une chute que je connaissais bien, une chute qui n'était que panique, avec les lanières qui me maintenaient, qui me *broyaient*, et le cuir sous mes ongles. Alors je secouais la tête, cousant mes lèvres, et avec de grands yeux je lui promettais que j'allais être *gentille, gentille, gentille* comme elle aimait.

Nous étions un petit orphelinat, à la périphérie d'une ville qui nous avait oubliés. Aux yeux du monde, comme à ses yeux à elle, nous n'étions rien. Elle qui aurait dû être plus gentille, plus patiente et plus affectueuse qu'une mère semblait tout faire pour être le parfait contraire.

Personne ne se rendait compte de ce qu'elle faisait. Personne ne voyait le mal sur notre peau.

Mais je préférais une gifle à la cave. Je préférais un coup aux sangles autour des poignets. Je préférais un bleu à cette cage de fer, parce que je rêvais d'être libre et que les bleus n'entrent pas en toi, ils restent à l'extérieur et ne t'empêchent pas de voler. Je rêvais d'un monde paisible et je voyais de la lumière même où il n'y en avait pas. Je cherchais dans les yeux des autres ce que je n'avais jamais trouvé en elle et je murmurais en silence des prières qu'ils ne pouvaient pas entendre. *Choisis-moi, je t'en conjure, choisis-moi. Regarde-moi et choisis-moi, pour une fois, choisis-moi.*

Mais personne ne me choisissait jamais. Personne ne me voyait jamais. Pour tout le monde, j'étais invisible. J'aurais voulu l'être aussi pour elle.

— Qu'est-ce que je t'avais dit ?

Mes yeux humides ne quittaient pas mes chaussures.

— Réponds-moi, siffla-t-elle. Qu'est-ce que je t'avais dit ?

Mes mains tremblaient tandis que je serrais le lézard contre ma poitrine. Je me sentais si insignifiante, avec mes petites jambes d'enfant et mes pointes de pied tournées vers l'intérieur.

— Ils voulaient lui faire du mal…

Ma voix était toujours trop faible.

— Ils voulaient…

La secousse m'ôta les mots de la bouche. J'essayai de retenir le lézard, en vain : elle me l'arracha violemment des mains et je tendis les bras, les yeux écarquillés.

— Non…

Brûlure de sa peau contre ma peau, sa paume sur ma joue. La gifle explosa. Cinglante, mordante, comme une multitude de piqûres de guêpes.

— Tu te souviens de ce que tu m'as raconté ?

À l'abri de cet orage, les yeux d'Adeline étaient la seule couleur dans une mer de gris.

— Ce que t'a dit ta maman… Tu t'en souviens ?

Je hochai la tête et elle me prit la main ; je sentis son regard sur mes ongles écorchés par le cuir des lanières.

— Tu sais comment on fait pour tout faire disparaître ?

Je levai des yeux gonflés et ruisselants sur le sourire que m'offrit Adeline. Elle déposa un baiser sur chacun de mes doigts.

— Tu vois ? dit-elle en se penchant sur moi. Maintenant, la douleur a disparu.

En réalité, elle savait très bien que mes doigts ne cessaient jamais de me faire mal. Nous le savions tous, parce que nos coutures saignaient de la même façon.

Adeline me serra contre elle, contre ses vêtements usés qui tombaient sur ses épaules, les mêmes que les miens. Et je la laissai m'envelopper de sa chaleur comme si c'était la dernière miette de soleil du monde.

— Ne l'oublie pas, murmura-t-elle, comme si ce souvenir de ma mère lui appartenait aussi un peu.

Alors je fouillai dans ma mémoire et je le cajolai avec toute la délicatesse dont j'étais capable.

Tu es un esprit du ciel, *me répétai-je.* Et comme le ciel, tu ne te brises pas.

— C'est toi ?

Je tremblai. La terreur me paralysait.

Un chien errant était entré dans l'orphelinat et avait dévasté son bureau, éparpillant tous ses papiers. Rien ne me terrifiait plus que de la voir en colère. Et, en ce moment, elle était furieuse.

— C'est toi qui l'as fait entrer ?

— Non, susurrai-je avec anxiété. Non, je le jure…

Ses yeux s'enflammèrent, faisant redoubler ma peur. Ma respiration s'accéléra, mon cœur se contracta et tout sembla s'écrouler.

— Non, s'il vous plaît… pleurnichai-je en reculant. Non…

Ses mains jaillirent pour m'empoigner. Je fis volte-face pour m'enfuir. Mais elle attrapa mon tee-shirt et me frappa, rapide, violente, son poing comme une pierre dans mon dos. J'en eus le souffle coupé et ma vue se brouilla. Je tombai sur le sol, une douleur brûlante au creux des reins, une décharge dans tout le corps.

— Toi et tes manies répugnantes ! hurla-t-elle en me dominant.

Je n'arrivais plus à respirer. J'essayai de me relever mais un vertige m'en empêcha. D'insupportables élancements me firent venir de nouvelles larmes et je me demandai si j'allais trouver du sang dans mes urines. Je couvris mon visage de mes mains tremblantes et priai pour devenir invisible.

— Voilà pourquoi personne ne veut de toi, siffla-t-elle. Tu es désobéissante, une sale petite menteuse. C'est ici que restent les enfants comme toi !

Je me mordis la langue pour m'empêcher de sangloter car je savais à quel point ça la mettait en colère. Elle brisait quelque chose en moi, quelque chose qui, au lieu de grandir, resterait petit pour toujours. Fragile, infantile et abîmé. Quelque chose de désespéré et de naïf qui me pousserait à chercher ce qu'il y a de bon en chacun juste pour ne pas voir le pire côté. Parce que ce n'est pas vrai que les enfants arrêtent d'être des enfants quand ils sont déçus.

Certains sont complètement détruits.

Et restent des enfants pour toujours.

Choisis-moi, *implorais-je en silence quand quelqu'un venait nous voir.* Je peux être gentille, je le jure, je peux être sage. Je te donne mon cœur, mais choisis-moi, je t'en prie, choisis-moi…

— Qu'est-ce que tu as fait à tes doigts ? me demanda un jour une dame.

Son regard était posé sur mes ongles cassés. Et, pendant un instant incroyable, le monde s'arrêta de tourner. Je me mis à espérer, espérer qu'elle voie, comprenne, parle. Pendant cet instant, tous les autres restèrent aussi immobiles que moi, les yeux écarquillés et le souffle suspendu.

— Oh… Rien.

La directrice s'approcha avec ce sourire comme une plaie qui gelait le sang dans les veines.

— C'est… Vous savez, quand elle joue dehors, elle passe son temps à creuser dans la terre. Elle creuse en permanence, elle gratte l'herbe, elle cherche des pierres… Ça lui plaît beaucoup. Pas vrai ?

J'aurais voulu hurler, avouer, mais son regard aspira mon âme. Mes bleus pulsèrent tous en même temps. Et elle, en réalité, était à l'intérieur de moi, car la terreur me dévora et me fit acquiescer. À cet instant, j'eus peur de ne pas réussir à m'enfuir, j'eus peur de ce qu'elle m'aurait fait si on ne m'avait pas crue.

Et cette nuit le lit trépida, entre les cris, les coups de pieds et les lanières qui me serraient les poignets. L'obscurité tomba de nouveau sur moi, pour me punir d'avoir attiré l'attention, entre les larmes et les hurlements qui resteraient là pour toujours.

— Je serai gentille ! Je serai gentille ! Je serai gentille !

Et j'aurais crié à en perdre la voix, s'il n'y avait pas eu… cette main qui me touchait. Ce geste unique. Chaque fois, la porte s'ouvrait doucement, un croissant de lumière se dessinait avant de diminuer juste après, puis des pas rejoignaient le lit dans le noir. Des doigts tièdes trouvaient ma main, la serraient doucement et le pouce traçait des caresses que je n'oublierais jamais. Et alors tout disparaissait… Alors la douleur s'estompait entre les larmes et mon cœur ralentissait. Mon regard cherchait à mettre un visage sur l'unique geste qui était jamais parvenu à me réconforter.

Mais je n'avais jamais réussi à voir quoi que ce soit.

Il n'y avait que cette caresse. Cet unique soulagement.

23- AU FUR ET À MESURE

Et la petite fille dit au loup :
— Comme tu as un grand cœur.
— C'est seulement ma colère.
Alors elle dit :
— Comme tu as une grande colère.
— C'est pour te cacher mon cœur.

J'étais allongée les bras le long du corps, les jambes tendues et la tête lourde. J'essayai de bouger, en vain. Quelque chose me retenait, me clouant au matelas. Je voulus lever les mains, mais elles étaient bloquées.

— Non… laissèrent échapper mes lèvres tandis que la panique accélérait ma respiration.

Le stress fit cogner mon cœur contre mes côtes. Je tentai de me redresser mais quelque chose m'en empêchait.

— Non…

Tout recommença à pulser, comme un cauchemar sans fin. Je ne pouvais plus bouger. Mes doigts se contractèrent, grattèrent, creusèrent.

— Non, non, non ! hurlai-je. *Non !*

La porte s'ouvrit en grand.

— Nica !

Plusieurs voix emplirent la pièce mais je continuai de m'agiter sans voir personne tant la panique m'aveuglait. Je ne sentais qu'une chose : mon corps bloqué.

— Docteur ! Elle s'est réveillée !

— Nica, calme-toi ! Nica !

Quelqu'un se fraya un passage en repoussant les personnes présentes et, d'une secousse, me libéra. J'avalai une goulée d'air et me blottis aussitôt contre la tête du lit. Encore bouleversée, je serrai les doigts de la main que je trouvai près de moi. La personne qui m'avait libérée se raidit comme je m'accrochais à elle de tout mon être. Tremblante, je posai mon front contre son poignet.

— Je serai gentille… Je serai gentille… Je serai gentille…

La personne dont je serrais la main ferma le poing et je priai pour qu'elle ne me lâche pas. Ce ne fut que lorsque j'entrouvris les yeux, peu après, que je compris à qui elle appartenait. Tout le monde me regardait en retenant son souffle. Les mâchoires serrées, Rigel planta ses pupilles dans celles de Dalma, d'Asia et d'un homme que je n'avais jamais vu, et d'une voix lapidaire siffla :

— *Dehors.*

Il y eut un long silence mais je ne levai pas les yeux. Peu après, j'entendis le bruit de leurs pas quand ils sortirent lentement. Anna s'approcha de moi.

— Nica…

Je sentis la chaleur de sa main posée sur ma joue. Je n'étais plus au Grave mais dans mon lit, dans ma chambre. Je compris que ce qui m'avait entravée juste avant n'étaient que les couvertures repliées fermement sous le matelas. Il n'y avait ni lanières ni mailles de métal.

— Nica, murmura Anna d'une voix désespérée, tout va bien…

Elle s'assit près de moi mais je ne parvins pas à abandonner la main de Rigel. Je la serrai jusqu'à ce que les doigts d'Anna s'entrelacent délicatement aux miens et me convainquent de lâcher prise. Elle me caressa doucement la tête et j'entendis Rigel s'éloigner. Lorsque je levai les yeux, je ne vis que la porte qui se fermait.

— Le docteur est là, m'annonça-t-elle, visiblement secouée. Nous l'avons appelé dès que tu es arrivée à la maison… Je voudrais qu'il t'examine. Tu as peut-être de la fièvre, des vertiges… Je t'ai changée pour que tu aies moins froid.

— Je suis désolée, l'interrompis-je d'une voix éteinte.

Je me sentais vide, brisée et ratée. Je me sentais détruite.

— J'aurais voulu être parfaite, avouai-je. Pour toi. Pour Norman.

J'aurais voulu être comme les autres, voilà la vérité. Mais j'étais restée naïve et fragile. Je me répétais *Je serai gentille* parce que j'avais constamment peur de mal agir et d'être punie. La sensation des lanières sur ma peau m'avait marquée au point de créer en moi ce qui est appelé un « stress post-traumatique ». Parfois, une étreinte trop étroite, l'impossibilité de bouger ou un simple sentiment d'impuissance suffisaient à me faire sombrer dans mes terreurs. J'étais détruite pour toujours.

— Tu *es* parfaite, Nica, dit Anna en secouant la tête.

Ses yeux me transmirent une douloureuse angoisse.

— Tu es la personne la plus douce et la plus gentille que j'aie jamais eu la chance de rencontrer.

Je l'observai, le cœur à la fois vide et lourd. Mais, dans le regard d'Anna… Dans son regard, il n'y avait ni reproche ni désapprobation.

Il n'y avait que moi. Je m'aperçus alors, et pour la première fois, qu'elle avait les yeux de la couleur du ciel. *Avec cette surface limpide et ces nuages blancs*, avec cette liberté que j'avais cherchée sur des visages sans cesse différents, je vis mon reflet dans ses yeux. Il était là, le ciel que j'avais toujours cherché. Il était dans les yeux d'Anna.

— Tu sais ce qui m'a frappée la première fois que je t'ai vue ? me demanda-t-elle avec un sourire un peu triste.

Je sentis des larmes piquer mes paupières.

— La délicatesse.

Mon cœur se brisa alors avec une douleur à la fois infinie et très douce. Une douleur qui faisait si mal qu'elle faisait du bien. Et le visage d'Anna disparut derrière mes larmes. *C'est la délicatesse, Nica.* Maman me souriait. *La délicatesse, toujours… Ne l'oublie pas.* Toutes les deux se confondirent en moi. Maman qui me donnait le papillon bleu, Anna qui déposait une tulipe dans mes mains. Toutes les deux avec ce regard passionné, toutes les deux avec les yeux brillants. Anna qui me prenait par la main et maman qui me tirait par la main. Maman qui riait et Anna qui souriait, à la fois semblables et différentes, une entité unique demeurant dans deux corps. Et cette délicatesse qui nous unissait, qui nous étreignait toutes les trois… Cette délicatesse que maman m'avait laissée était justement ce qui m'avait permis d'avoir une seconde chance. Je me blottis dans les bras de la femme qui était près moi. Je la serrai sans plus aucune retenue, sans plus aucune peur de forcer sa confiance et de me voir repoussée. Et ses mains se hâtèrent de se cramponner à moi comme pour me servir de bouclier.

— Plus personne ne te fera du mal… *Personne*… Je te le promets…

Je pleurai dans ses bras. Je me laissai aller. Et dans cette étreinte désespérée, dans ce ciel que je pouvais finalement toucher, j'entendis mon cœur lui avouer ce que je n'avais jamais eu le courage de dire à voix haute :

— Tu es… ma fin heureuse, Anna.

Plus tard, après la visite du docteur, Anna était encore là. J'écoutais avec une affection démesurée les battements de son cœur tandis que sa main caressait mes cheveux.

— Nica…

Elle fixa mes yeux rouges avec hésitation et cala une mèche derrière mon oreille.

— Que dirais-tu de parler de tout ça… à quelqu'un ?

Anna avait compris pourquoi je n'arrivais pas à dormir la nuit et à quel point mon enfance avait été horrible. Et pourtant l'idée de me confier me serrait les entrailles au point de m'empêcher de respirer.

— Tu es la seule à qui… j'arriverais à en parler.

— Oh, Nica, je ne suis pas médecin, dit-elle comme si elle regrettait de ne pas l'être rien que pour moi. Je ne sais pas comment t'aider…

— Tu me fais du bien, Anna, lui avouai-je d'une petite voix.

C'était vrai. Son sourire me rassurait. Son rire était une mélodie. Et son affection me faisait me sentir aimée comme je ne l'avais jamais été par personne depuis maman. J'allais mieux quand j'étais avec elle. Je me sentais protégée, à ma place. Je me sentais en sécurité.

— Tu veux encore de moi ? murmurai-je avec crainte.

J'avais besoin de savoir, même si cela me terrifiait au plus profond de moi. Sans elle, je n'aurais plus jamais regardé mes rêves de la même façon.

Anna inclina le visage, déconcertée. Puis elle me serra contre elle de toutes ses forces.

— Bien sûr que oui, me gronda-t-elle.

Et mon âme l'en aima davantage. Je voulais l'avoir près de moi pour toujours. Chaque jour, chaque instant, tant qu'elle me le permettrait.

— J'aurais voulu mieux te comprendre, l'entendis-je me dire d'une voix un peu fêlée.

Je remarquai alors qu'elle portait au poignet, près de sa montre, un lacet de cuir qui semblait plus adapté à un adolescent qu'à une femme de son âge.

— Nica… Il y a quelque chose que tu dois savoir.

Je compris aussitôt ce qu'elle allait me dire et gardai le silence.

— Rigel et toi… Vous n'êtes pas les premiers à vivre ici.

Elle laissa passer quelques instants avant d'ajouter :

— Norman et moi avions un fils.

Elle leva les yeux, guettant ma réaction, mais je soutins son regard avec tendresse, sérénité et compréhension.

— Je sais, Anna.

— Tu le savais déjà ? s'étonna-t-elle.

J'acquiesçai et baissai les yeux sur son bracelet.

— Je l'avais compris.

Dès que j'étais arrivée ici.

Les tee-shirts sombres que Rigel portait parfois et qui n'étaient pas à lui. Klaus qui dormait toujours sous son lit. La chaise au bois usé à la gauche de Norman. Et le cadre vide sur la petite table de l'entrée, comme une absence qu'Anna n'était pas capable d'effacer complètement.

Je n'avais pas besoin de lui demander pourquoi elle nous l'avait caché vu qu'elle avait tout fait pour que cette maison soit la nôtre.

— Ce jour-là, à l'orphelinat, commença-t-elle doucement, le jour où vous êtes arrivés ici… c'était un peu comme un nouveau départ.

Je la comprenais parce que cela avait été pareil pour moi. Cela avait été comme dire adieu à une vie différente et prendre par la main une deuxième chance.

— Nous voulions que vous vous sentiez chez vous, dit-elle. Nous voulions de nouveau former une famille.

Ma main glissa doucement dans la sienne et mes pansements mirent aussitôt de la couleur sur sa peau.

— Vous êtes la meilleure chose qui nous soit jamais arrivée, lui avouai-je. Je voudrais que tu le saches. Je… Je peux juste deviner à quel point il te manque.

Anna ferma les yeux et une larme glissa sur sa joue. Sa voix se brisa lorsqu'elle me dit :

— Il ne se passe pas un jour sans que je pense à lui.

Je me serrai contre elle et posai ma tête sur son épaule pour lui transmettre un peu de chaleur. Je percevais sa douleur et mon cœur souffrait à l'unisson du sien.

— Comment s'appelait-il ? demandai-je dans un souffle.

— Alan.

Elle baissa les yeux sur moi.

— Tu veux le voir ?

Je me redressai tandis qu'Anna portait une main à sa poitrine pour dégager le pendentif rond, brillant et incrusté de nacre qui ornait toujours son long collier. Il s'ouvrit à la manière d'un petit livre doré et je découvris à l'intérieur la photo d'un jeune homme qui ne devait pas avoir plus de vingt ans, assis devant le piano de la maison. Il avait les cheveux bruns et des yeux bleus comme le ciel illuminaient son visage régulier et sympathique.

— Il a les mêmes yeux que toi, murmurai-je.

Ce qui fit sourire Anna, malgré sa tristesse. Un sourire tremblant, aussi rempli de larmes que ses paupières.

— Il était le seul que Klaus aimait. Il l'avait trouvé un jour en rentrant de l'école. Tu aurais dû les voir… Il pleuvait à verse et Alan le tenait dans ses mains comme s'il avait trouvé un trésor. Je ne sais pas lequel des deux avait l'air le plus petit et trempé.

Anna serra la photo comme si elle n'avait pas le courage de la caresser. Je me demandai combien de fois par jour elle prenait ce pendentif dans sa main. Combien de fois son cœur se brisait au fond de ce regard éternellement souriant.

— Il aimait beaucoup jouer du piano… Il *vivait* pour ce piano. Le soir, quand je rentrais à la maison, quelle que soit l'heure, il était toujours là. Il me disait : *Tu sais, maman, je pourrais ne parler qu'avec ces touches et ces accords et tu me comprendrais quand même.* Il avait raison, murmura-t-elle entre ses larmes. Il voulait devenir musicien, avant que cet accident ne l'emporte…

Sa voix s'éteignit. Le petit pendentif semblait peser très lourd. Je pris sa main dans la mienne pour l'aider à le porter.

— Je suis sûre qu'il y serait arrivé, dis-je en fermant les yeux pour retenir mes larmes. Je suis sûre qu'Alan serait devenu un grand musicien… Et je suis sûre qu'il aimait autant le piano que toi tu aimes tes fleurs.

Anna baissa la tête et je me serrai encore contre elle en laissant nos blessures se prendre par la main. Comme si le réconfort ne pouvait se trouver que comme ça, en pleurant et en saignant ensemble.

— Je n'ai jamais voulu prendre sa place, chuchotai-je. Ni Rigel ni moi… Personne ne pourra jamais le remplacer. Mais, la vérité, c'est que les personnes que nous aimons ne nous abandonnent jamais vraiment, tu sais ? Elles restent en nous. Et puis, un jour, tu t'aperçois qu'elles ont toujours été présentes, là où tu pouvais les trouver rien qu'en fermant les yeux.

Anna s'abandonna contre moi et j'aurais voulu continuer de parler, j'aurais voulu lui dire que notre cœur n'est pas compartimenté. Il ne sait qu'aimer, *aimer et c'est tout*, cicatrice après cicatrice, bleu après bleu. Qu'il me suffisait de pouvoir occuper cette place à côté d'Alan, aussi minuscule et de deuxième choix qu'elle puisse être. Que j'aimerais la remplir avec toutes les couleurs que je savais donner et me laisser aimer pour ce que j'étais, exactement comme moi je l'aimais elle, avec mon cœur de papillon.

— Nous choisirons une photo ensemble, dis-je. Le cadre en bas ne doit plus rester vide.

Quelques heures plus tard, je me levai enfin. Tandis que je sortais de ma chambre, emmitouflée dans un sweat, j'aperçus une silhouette dans le couloir. Je ne savais pas qu'elle était encore là mais décidai de ne pas l'ignorer.

— Asia.

Elle s'immobilisa. Sans se tourner vers moi, comme d'habitude. Elle n'avait jamais fait semblant d'apprécier ma présence et elle n'allait pas plus le faire maintenant.

— Je suis désolée de ce qui t'est arrivé, dit-elle d'un ton neutre.

Je ne parvins pas à déterminer si elle était sincère. Elle fit mine de s'éloigner, mais je la devançai.

— Asia, je ne renoncerai pas à Anna.

Elle se figea de nouveau, son attitude trahissant une pointe de surprise.

— Qu'est-ce que tu as dit ?

— Tu as bien entendu, répliquai-je calmement. Je ne m'effacerai pas.

Il n'y avait aucune hésitation dans ma voix. Juste du calme et de la fermeté.

— Tu ne sais pas à quel point j'ai désiré avoir une famille. Maintenant que je l'ai… Maintenant que j'ai cette possibilité avec Anna et Norman… je ne veux pas y renoncer.

J'attendis une réponse qui n'arriva pas. Asia restait immobile.

— Je sais que tu sais ce que je veux dire, continuai-je d'une voix plus douce.

Mon intention n'était pas de m'imposer, mais de lui faire comprendre. Je m'approchai doucement pour lui prouver mes bonnes intentions.

— Asia, je… je ne veux pas prendre la pla…

— *Ne le dis pas*, m'interrompit-elle d'un ton glacé. Ne t'*avise* pas de le dire.

— Je ne veux pas prendre la place d'Alan.

— TAIS-TOI !

Son cri me fit sursauter. Elle tourna vers moi des yeux à la fois hargneux et emplis d'une souffrance qui n'avait jamais cessé de saigner.

— Je te l'interdis, reprit-elle avec un regard féroce, je t'*interdis* de parler de lui.

Je perçus dans ses paroles une possessivité très différente de la souffrance désarmée d'Anna.

— Tu crois savoir quelque chose ? Vous croyez pouvoir arriver ici et effacer tout ce qui le concerne ? Plus une photo, plus un souvenir, rien de rien ? Vous ne savez rien d'Alan, grogna-t-elle, *rien* !

Son visage était déformé par la colère mais je ne réagis pas. J'étais toujours calme et avide de vérité.

— Tu étais amoureuse de lui.

Asia écarquilla les yeux. Mes paroles firent mouche et j'aurais mieux fait de ne rien ajouter.

— C'est pour ça que tu ne supportes pas de me voir ici, poursuivis-je. Parce que je te rappelle en permanence qu'il n'est plus là. Qu'Anna et Norman sont allés de l'avant à leur façon, et toi non. C'est ça, n'est-ce pas ? Tu ne le lui avais pas dit. Tu ne lui as jamais dit ce que tu éprouvais, il ne l'a jamais su. Il est parti avant que tu n'aies le courage de le lui avouer. Et c'est ton plus grand regret... C'est ça que tu portes en toi, Asia. Tu n'arrives pas à accepter qu'il ne soit plus là et c'est pour ça que tu me détestes. Mais tu n'arrives pas à détester Rigel, lâchai-je enfin. Parce qu'il te fait beaucoup trop penser à lui.

La frustration prit le dessus et ce fut très rapide. Asia refusa ces paroles, refusa de les admettre, elle les refusa à tel point que sa colère éclata, brutale, et sa main fouetta l'air. Je vis le scintillement de ses bagues puis la gifle explosa comme un coup de tonnerre. J'avais fermé les yeux mais je me rendis compte qu'elle ne m'avait pas frappée. Quelqu'un m'avait protégée.

J'ouvris les yeux et ce que je vis m'horrifia. Noyée sous une vague de mèches noires, la tête de Rigel était penchée sur le côté, comme s'il était brisé en deux à la hauteur des épaules. Nous le dévisageâmes toutes les deux, incrédules. Lorsqu'il se redressa, ses yeux noirs se plantèrent sur Asia. Il la cloua sur place d'un regard dédaigneux et parla les dents serrées, avec une lenteur effrayante :

— Je veux... *que tu sortes*... d'ici.

Asia pinça les lèvres, le visage envahi d'une soudaine rougeur. Je découvris une pointe de honte dans ses yeux qui glissèrent derrière les épaules de Rigel. Là où une personne bouleversée la regardait en silence.

— Asia, murmura sa mère, visiblement déçue par ce geste auquel elle ne se serait jamais attendue.

Asia serra les poings en retenant des larmes de colère. Puis, dans un mouvement brusque qui fit tourbillonner ses cheveux, elle se jeta dans les escaliers en courant. Dalma, affligée, porta une main à son visage et secoua la tête.

— Je suis désolée, sanglota-t-elle avant de suivre Asia.

Elle semblait mortifiée.

— Je suis vraiment désolée... répéta-t-elle.

À cet instant, je me rendis compte que l'ombre qui m'avait aspirée pour me protéger avait disparu. Je me retournai et vis que Rigel s'éloignait. Je me sentis soudain désorientée, chancelante et étourdie. Il disparut à l'angle du couloir et je ne pus réprimer le besoin de l'appeler, comme dans une prière.

— Attends…

Cette fois, je ne lui permettrais pas de s'en aller. Malgré les frissons de fièvre qui couraient le long de ma colonne vertébrale, j'entrepris de le suivre, mes pieds nus battant les lattes du parquet. Avant même que je m'en aperçoive, ma main se tendit pour saisir son tee-shirt et le retenir avec le peu de force que j'avais.

— Rigel…

Une contraction presque imperceptible parcourut ses poings serrés. Il me tournait toujours le dos, raide et imposant, et pourtant la proximité de son cœur injecta en moi une étrange sensation de sécurité.

— Pourquoi ? demandai-je. Pourquoi as-tu pris cette gifle à ma place ?

Tous mes sens tendus vers lui, je n'entendais rien d'autre que sa respiration.

— Va te reposer, Nica, me dit-il d'un ton bas et mesuré. Tu tiens à peine debout.

— Pourquoi ? insistai-je.

— Tu aurais préféré la recevoir ? répliqua-t-il d'une voix plus dure.

Je me mordis les lèvres. Puis, resserrant ma prise, je dis enfin :

— Merci. Tu as parlé avec l'inspecteur… Anna m'a dit que tu lui avais tout raconté.

Je n'arrivais pas encore à y croire. Anna m'avait rassurée, je n'aurais plus à répondre à aucune question car Rigel l'avait fait à ma place. Il lui avait tout raconté : les cris, les gifles, les coups, toutes les fois où, pour nous punir, *Elle* ne nous donnait pas à manger. Quand *Elle* nous attachait dans la cave. Et quand *Elle* avait écrasé les doigts de Peter dans la porte juste parce qu'il avait encore fait pipi au lit. Il lui avait tout raconté, ne négligeant aucun détail. Puis le policier lui avait demandé si la directrice lui avait réservé le même traitement.

Rigel avait répondu non.

Alors l'inspecteur Rothwood avait voulu savoir si elle l'avait touché d'une manière différente de celle qu'elle réservait aux autres, d'une manière inapropriée. Encore une fois, Rigel avait dit non. Et je savais que c'était la vérité. Parce que l'inspecteur ne pouvait pas comprendre. L'inspecteur n'avait jamais pu voir la directrice faire bouger ses petits doigts sur les touches avec dans les yeux cette lumière qu'elle n'avait jamais en regardant les autres. Il ne les avait pas vus assis côte à côte sur le banc, avec lui qui balançait ses jambes trop courtes et elle qui lui offrait un biscuit chaque fois qu'il réussissait à exécuter un accord.

— Tu es le fils des étoiles, lui susurrait-elle d'une voix qui ne semblait pas lui appartenir. Tu es un cadeau… Un petit, tout petit cadeau.

L'inspecteur ne pouvait pas savoir que la directrice ne pouvait pas avoir d'enfant et que Rigel, abandonné et sans famille, avait été le seul qu'elle avait pu considérer comme son fils. À la différence de nous qui venions de familles brisées, qui avions déjà des parents derrière nous. À la différence de nous qui n'étions qu'un tas de poupées usées.

— Je la détestais.

J'eus l'impression que c'était la première fois qu'il l'avouait à quelqu'un.

— Je détestais ce qu'elle vous faisait, dit-il lentement. Je ne l'ai jamais supporté. Chaque jour… je t'entendais… Je *vous* entendais toujours.

Je sais pourquoi tu ne dors pas, m'avait-il dit. Et je lui avais répondu d'une manière injuste. J'avais toujours cru que Rigel aimait toutes ces attentions, qu'il se moquait de ce qui se passait. Il avait toujours été dans une cage dorée, à l'abri de tout le reste. Mais ce n'était pas comme ça. Ce n'était pas du tout comme ça.

J'avais l'impression que quelqu'un m'avait enfin donné une lueur d'espoir pour nettoyer tout ce brouillard. Je comprenais mieux ses regards, ses attitudes, je comprenais pourquoi il avait toujours cet air éteint quand il jouait du piano. C'était de la mélancolie. Il vivait avec un peu d'*Elle* en lui, un fragment cousu sous la peau dont il ne pourrait jamais se débarrasser. Il avait beau la mépriser, il avait beau vouloir l'effacer, il en garderait toujours quelque chose. Était-il pire de recevoir d'un monstre de l'amour ou de la haine ? Pourquoi n'était-il jamais parti, s'il la détestait ? Pourquoi avait-il choisi de rester ? Je voulus qu'il me parle encore. Qu'il s'ouvre et m'explique cet aspect du passé que je n'avais jamais compris. J'en savais si peu sur lui…

— Je sais que c'est toi qui m'as ramenée à la maison.

Rigel se raidit, comme en attente de la suite.

— C'est toi qui m'as trouvée, dis-je avec un faible sourire. Tu me trouves toujours.

— Je peux juste imaginer à quel point la chose te perturbe.

— Retourne-toi, murmurai-je.

Ses mains viriles dégageaient force et tension. Je dus le lui demander une nouvelle fois avant qu'il ne se décide à m'écouter. Très lentement, le tissu s'échappa de mes doigts et Rigel se tourna enfin face à moi. Mon cœur se serra quand mes yeux se posèrent sur son visage : une vilaine griffure traversait sa pommette rougie, trace des bagues d'Asia quand elle l'avait giflé. Pourquoi ? Pourquoi cachait-il toutes ses souffrances sans jamais se laisser atteindre ?

Je levai instinctivement la main et Rigel la suivit des yeux. Réticent, comme s'il devinait mes intentions et en était en même temps inquiet, il sembla se retenir de reculer. Lentement mais avec obstination, je me mis sur la pointe des pieds et retins mon souffle. Le cœur plein d'espoir et avec toute la délicatesse que je pouvais mettre dans ce geste, je lui effleurai la joue. Lorsque je touchai sa peau, ses yeux se posèrent sur moi, vulnérables et perdus. Je vis de nouveau cette explosion d'émotions, de nouveau elles m'inondèrent avec l'éclat de galaxies inconnues. Sans détacher mes yeux des siens, je posai ma paume sur sa joue. Elle était chaude. Douce et compacte. J'avais peur de l'effrayer, de le voir me repousser et s'éloigner. Mais cela n'arriva pas. Je me noyai dans l'océan noir et profond de son regard. Quelques instants après, ses poings serrés se détendirent peu à peu. Ses jointures se relâchèrent, les doigts perdirent de leur tension et je vis sur son visage un abandon qui fit se fissurer mon cœur. Un soupir de souffrance s'échappa de ses lèvres fermées, si faible que je l'entendis à peine.

Ce fut avec cette expression de paisible résignation que Rigel se laissa toucher. Comme si je venais de le vaincre, rien qu'avec une caresse. Il baissa les yeux et, avec une légère pression qui bouleversa mon âme, il pressa son visage contre ma main. Mon cœur se mit à battre d'une manière désespérée. Une merveilleuse et déstabilisante sensation m'emplit, m'enveloppa, comme si je brillais soudain comme un soleil. Rigel leva à nouveau les yeux sur moi. Je souhaitai alors que plus rien ne bouge, que ce moment ne finisse jamais et qu'il me regarde ainsi pour toujours…

— Nica !

Ce fut comme un choc. Et ce moment vola en éclats. Rigel s'éloigna brusquement, et me détacher de lui me sembla à cet instant la pire chose qui pouvait m'arriver. L'instant d'après, Anna apparut dans le couloir. Elle semblait bouleversée.

— Qu'est-ce qui s'est passé avec Asia ?

Je n'eus pas le temps de répondre que Rigel passait déjà devant moi. J'éprouvai une irrépressible envie de l'arrêter. Mon esprit vibrait, j'avais l'impression de devenir folle. Anna m'annonça que Dalma lui avait raconté ce qu'elle avait vu mais j'étais incapable de l'écouter. J'avais encore ses yeux noirs en moi, sa joue, sa façon de s'abandonner à mon geste. Comme si un univers bruyant gravitait autour de moi mais que le principe qui le maintenait en équilibre s'éloignait inexorablement.

— Excuse-moi, Anna, dis-je avant de lui tourner le dos pour suivre Rigel.

Je n'arrivais pas à raisonner, à rester lucide. Je dévalai l'escalier comme une folle, risquant un étourdissement à cause de la fièvre. J'avais besoin de lui parler. De lui poser des questions. D'obtenir des réponses. De comprendre ses gestes. De lui dire que… *que*…

La porte d'entrée était ouverte et je le reconnus de loin. Je sortis à mon tour. Rigel était là, sur le trottoir. Il y avait quelqu'un avec lui mais j'avais déjà son prénom sur le bout de la langue.

— Ri…

Je m'interrompis quand mon regard captura un détail. Un seul. *Familier.* Le monde s'arrêta. Les yeux écarquillés, je fixai la silhouette qui me tournait le dos puis… je compris de qui il s'agissait. Et l'incrédulité me coupa le souffle.

Je n'aurais pas pu oublier cette cascade de cheveux blonds.

Jamais. Même après tout ce temps. C'était impossible…

— Adeline… susurrai-je, bouleversée.

À cet instant, Adeline se dressa sur la pointe des pieds et posa ses lèvres sur celles de Rigel.

24- Constellations de frissons

Le rugissement n'est pas pour les méchants.
Le rugissement est pour ceux qui saignent
et qui ne savent pas comment dissimuler leur douleur.

— Je sais que c'est toi…

Adeline remarqua ma petite main qui la tenait par le tee-shirt. Elle se tourna et me demanda, étonnée :

— Comment ?

— … qui me tiens compagnie. Je sais que c'est toi qui me tiens la main, en bas, quand elle me punit.

Cette caresse dans l'obscurité, ça ne pouvait être qu'elle.

Adeline me regarda un instant, et puis… je compris. Ses yeux se posèrent sur le fond du couloir, là où il y avait la porte de la cave.

— Si elle te voyait…, dis-je en la regardant d'un air préoccupé. Tu n'as pas peur qu'elle te surprenne ?

Elle baissa de nouveau les yeux sur moi et me fixa un instant avant qu'un sourire très doux ne vienne attendrir les traits de son visage.

— Elle ne me surprendra pas.

Elle me prit la main, en faisant attention à mes ongles cassés, et je lui rendis son geste avec toute l'affection qui vibrait dans mon corps. Je me réfugiai dans ses bras en plongeant mon visage dans ses doux cheveux. Je l'aimais de tout mon cœur.

— Merci, murmurai-je avec des larmes dans la voix. Merci…

Adeline.

Mon cœur me martelait les oreilles. Mon esprit bouillonnait d'images : Adeline qui souriait, qui me consolait, avec ses yeux bleus et ses cheveux dorés comme le soleil ; Adeline qui pleurait en cachette à l'ombre du lierre, qui prenait un enfant dans ses bras, qui tressait mes cheveux dans le jardin du Grave, comme si nous pouvions construire toutes seules notre fin heureuse.

Adeline qui était là.

Adeline qui embrassait Rigel.

Glacée, je vis Rigel la repousser brusquement en la foudroyant d'un regard qui la fit rire. Je n'arrivais plus à respirer. Je sentis une morsure au cœur quand les yeux de Rigel, soudain pressants, se posèrent sur moi. Je le fixai, un cri muet bloqué dans ma poitrine. C'est alors qu'Adeline remarqua son regard et se retourna. Elle me vit… et son sourire s'envola. Elle ouvrit lentement les paupières, comme si elle avait du mal à croire ce qu'elle voyait.

— Nica ? souffla-t-elle, incrédule.

L'instant d'après, comme frappée d'une soudaine prise de conscience, elle reporta son attention sur la maison, dans mon dos. Puis elle se tourna vers Rigel et l'observa d'une manière que je ne parvins pas à déchiffrer. Mais l'intimité de son regard me bouleversa.

— Oh…

Adeline me considéra de nouveau.

— Nica…

— Nica !

Anna accourait, alarmée. Elle m'enveloppa d'une couverture pendant que je continuais à fixer Adeline.

— Nica, tu as de la fièvre ! Tu ne peux pas rester dehors comme ça ! Le docteur a dit que tu devais te reposer !

Les yeux d'Adeline croisèrent ceux d'Anna quand celle-ci leva la tête. Elles se regardèrent un moment avant que cette dernière ne m'entoure les épaules de son bras.

— Rentre à la maison, dit-elle en m'entraînant à sa suite, tu ne peux pas prendre un nouveau coup de froid…

Je la suivis à grand-peine, emmitouflée dans la couverture.

— Adeline…

— Je passerai, me promit-elle. Ne t'inquiète pas, et… repose-toi. Je viendrai te voir très bientôt. Promis !

Je réussis seulement à acquiescer avant qu'Anna me raccompagne à l'intérieur. Je cherchai les yeux de Rigel. Avec une pointe de douleur, je constatai qu'ils n'étaient plus posés sur moi.

⋆

— Oh, Rigel…, entendit-il murmurer. Qu'est-ce que tu as fait ?

Rigel ne parvint pas à la regarder. Il était déjà trop abattu pour pouvoir supporter ce ton résigné. Il avait ses yeux à elle gravés dans les pupilles, comme une tache qui ne cesserait jamais de le brûler.

— Pourquoi es-tu là ? cracha-t-il, contrarié, déversant sa frustration sur la jeune fille qui se trouvait près de lui.

Adeline hésita avant de répondre :

— Tu penses que j'ai oublié quel jour nous sommes après-demain ?

Elle le dit presque avec douceur, pour atténuer la tension. Mais il démolit sa tentative d'un regard.

— J'ai su, pour Peter, déclara-t-elle en baissant les yeux. Un policier est venu me poser des questions... Il m'a interrogée à propos de Margaret. Il m'a dit qu'il contactait tous les enfants qui étaient à l'orphelinat avant qu'elle ne soit renvoyée. C'est grâce à lui que j'ai appris que tu n'étais plus au Grave. Et maintenant, je comprends pourquoi.

S'abattit un silence lourd de culpabilité et d'erreurs dont on avait perdu le compte.

— Elle sait ?

— Elle sait *quoi* ? siffla-t-il avec aigreur.

Mais cette colère venimeuse se heurta à un mur : des yeux pleins d'une douloureuse vérité.

Car Adeline savait. Adeline avait toujours su.

Car Adeline l'avait toujours regardé avec un intérêt qui n'avait jamais été réciproque, Rigel étant condamné à un amour inaltérable et éternel. Elle ne l'avait pas quitté des yeux, à l'orphelinat, rien que pour le voir regarder Nica.

— Que tu t'es fait choisir pour rester avec elle.

Rigel fit claquer ses dents. Son corps était tendu et il ne la regardait pas. Mais il se tut quand même, car répondre serait revenu à admettre l'unique faute qu'il ne pouvait nier. À l'intérieur de lui, la sangsue le tuait : Nica avait vu Adeline l'embrasser et cette pensée le tourmentait. Il se souvint de la caresse sur sa joue, de la façon dont Nica l'avait effleuré, et ce fut encore plus douloureux quand il se rendit compte qu'un *espoir* était né en lui. L'espoir qu'elle puisse d'une certaine manière l'aimer, qu'elle puisse partager un sentiment aussi désespéré.

— Tu ne lui diras rien, ordonna-t-il, inflexible. Reste en dehors de ça.

— Rigel... Je ne te comprends pas.

— Tu n'as pas à me comprendre, Adeline, gronda-t-il pour se défendre et protéger tout ce qu'il pensait avoir de bon et de mauvais en lui.

Elle secoua la tête et lui jeta un regard qui, pendant un douloureux instant, lui rappela celui de Nica.

— Pourquoi ? Pourquoi ne le lui dis-tu pas ?

— *Le lui dire* ? répéta-t-il en retenant un rire moqueur.

Mais, encore une fois, Adeline ne se laissa pas décourager.

— Oui, répondit-elle avec une simplicité qui l'agaça encore plus, si c'était possible.

— Lui dire *quoi* ? grogna-t-il de nouveau, comme une bête blessée. Tu as vu où nous sommes, Adeline ? Tu crois que si nous n'étions pas coincés ici, elle me regarderait ?

Et Rigel détesta ces paroles, parce qu'il savait qu'elles étaient vraies. Les yeux de Nica ne l'auraient jamais cherché avec besoin, désir ou amour. Pas un désastre comme lui. Et il était trop désabusé pour admettre qu'il aurait donné n'importe quoi pour se tromper.

— Quelqu'un comme *elle* ne pourrait jamais vouloir de quelqu'un comme *moi*, cracha-t-il avec toute la douleur amère qu'il essayait en permanence d'annihiler.

Adeline continua de le regarder de ses yeux sincères et tristes. Il se souviendrait de ce moment pour toujours… L'exact et tragique moment où cet unique espoir s'était allumé en lui, le damnant chaque jour, faisant trembler l'une après l'autre chacune de ses certitudes.

— S'il y a quelqu'un capable d'aimer autant… S'il existe au monde une personne avec un cœur aussi grand, c'est bien Nica.

⋆

— Il y a autre chose que tu voudrais me dire ?

Je fis non de la tête. L'assistante sociale me regarda d'un air compréhensif.

Elle était gentille et très professionnelle, avec des manières délicates et des yeux attentifs ; sa visite était prévue pour la semaine suivante mais elle avait été avancée à cause de ce qu'il s'était passé la veille. Son devoir était de veiller sur la garde pré-adoptive et de contrôler qu'il n'y avait ni problèmes ni incompatibilité. Elle m'avait posé des questions sur Anna et Norman, sur le lycée et sur la façon dont se passait la vie commune. Elle venait de faire la même chose avec Rigel.

— Entendu. Je vais rédiger le premier rapport, alors.

Elle se leva et j'en fis autant, ma couverture toujours serrée sur mes épaules, même si la fièvre avait baissé.

— Ah, madame Milligan, dit-elle à Anna. Voici une copie des dossiers médicaux des deux jeunes. Étant donné que vous souhaitez contacter un psychologue, je pense qu'ils pourront vous être utiles.

Anna prit les chemises vertes, peu épaisses et soigneusement ordonnées. Elle les feuilleta lentement, avec soin et délicatesse.

— C'est mon devoir de vous informer également que les services sociaux fournissent déjà un soutien psychologique au cas où…

— Et ceux-ci, qui les a remplis ? l'interrompit Anna.

J'aperçus la mention « Diagnostics psychologiques et comportementaux » sur les feuilles qu'elle était en train d'observer. Il me sembla également voir la photo de Rigel.

La femme lui répondit d'un ton neutre :

— Un médecin spécialisé, pendant la période où Mme Stocker dirigeait l'orphelinat.

— Oh, commenta Anna laconiquement. Alors j'imagine qu'il n'y a rien sur les attaques de panique ni les troubles dus aux mauvais traitements et aux violences.

L'ambiance se refroidit instantanément.

Je fixai Anna sans saisir ce qu'elle avait dit, puis je compris. D'où venait cette voix aussi tranchante ?

Son interlocutrice sembla terriblement embarrassée.

— Madame Milligan, je ne sais pas quelle opinion vous avez de nous. Ce qui a été révélé sur Margaret Stocker…

— Ça ne m'intéresse pas, la coupa Anna. Ce que je sais, c'est que cette femme a été licenciée alors qu'elle aurait dû être en prison pour purger la peine qu'elle méritait.

Je me rappelais le jour où Margaret était partie. Des visiteurs avaient remarqué des bleus sur certains d'entre nous et avaient effectué un signalement aux services sociaux. Margaret avait été renvoyée sur-le-champ et le cauchemar avait pris fin du jour au lendemain, comme une bulle qui avait soudain éclaté. Je n'oublierais jamais les yeux des autres enfants : cela avait été comme de voir le soleil après une vie passée sous terre. Nous avions tous le visage éteint et le regard vide de ceux qui n'ont pas vu la lumière depuis très longtemps et ne pensent pas la revoir un jour. Certains cauchemars, on n'imagine pas qu'ils puissent se terminer un jour.

— Il n'y avait pas d'inspections ?

Si, il y en avait. Mais elles étaient trop sporadiques, négligentes et superficielles.

— Comment est-il possible que personne ne se soit jamais aperçu de rien ? poursuivit Anna avec colère.

Parce qu'*Elle* était douée.

Elle était douée pour nous laisser des bleus là où ils ne se voyaient pas.

Elle était douée pour nous faire du mal aux endroits les plus dissimulés.

Elle était douée pour nous transformer en poupées brisées qui ne disaient rien.

Elle était douée et, pendant ce temps, le monde nous oubliait, nous confiant à une femme qui allait devenir la mère de nos cauchemars. J'avais compris que c'est un peu comme ça qu'on fait avec les objets cassés. On les enferme loin de tout, juste pour ne plus les avoir sous les yeux. Nous étions les différents, les isolés, les problématiques, les enfants de personne. Ceux qu'on ne savait pas où mettre.

Parfois, je me demandais ce qui serait arrivé si je n'avais pas fini au Grave mais dans un autre orphelinat. Un endroit contrôlé, sûr. Un endroit où il n'y avait pas de lits dans la cave et de rues sans issue. Un endroit où *Elle* n'était pas.

— Je me demande comment elle a réussi à faire ça pendant des années, déclara Anna avec froideur. Je me demande comment vous avez pu ne pas le voir, ne pas le comprendre, je me demande...

— Anna, dis-je en posant ma main sur son bras, une requête silencieuse dans le regard.

Je secouai la tête. Elle s'en prenait à la mauvaise personne. Ce n'était pas la faute de l'assistante sociale si Margaret était un monstre. Ce n'était la faute de personne.

Quelqu'un aurait dû nous protéger. Quelqu'un aurait dû nous entendre, nous comprendre, c'est vrai, mais on ne pouvait pas changer le passé. Le ressasser ne servait qu'à me faire du mal.

Je ne voulais plus ressentir de colère.

Je ne voulais plus ressentir de haine.

Car cela ne faisait que me rappeler à quel point j'en avais connu quand j'étais enfant.

— Mon travail consiste à m'occuper du processus d'adoption, déclara l'assistante sociale avec une détermination sincère. Je ferai tout pour qu'il se déroule au mieux. Je souhaite autant que vous que Nica et Rigel puissent avoir une famille, une vie sereine et un avenir stable.

Anna approuva, réaffirmant sa promesse. Puis nous la raccompagnâmes dans l'entrée.

— Au revoir.

Lorsque l'assistante sociale ouvrit la porte, Klaus en profita pour se faufiler dans la maison. Surprise, elle recula et heurta Anna, qui laissa échapper les chemises. Les dossiers s'éparpillèrent un peu partout. Je me baissai pour l'aider à les ramasser ; c'est alors que je vis une feuille avec la photo de Rigel. Sans le vouloir, mes yeux capturèrent quelques mots : *symptômes*, *incapacité*, *rejet*, *solitude* et...

— Merci, Nica.

Anna me prit les feuilles des mains et les replaça dans la chemise. Je la fixai sans la voir, troublée. Je ne lui répondis pas non plus. Ces mots tourbillonnèrent en moi, créant une grande confusion. *Incapacité. Rejet. Solitude… Symptômes* ? De quels symptômes parlait-on ? Et pourquoi y avait-il tant de pages le concernant ? Mon esprit fut envahi de pensées et je ne parvins plus à raisonner. Ces détails me parlèrent, pourtant, assemblant les pièces du puzzle et en révélant d'autres. Chacun était un élément du mystère de Rigel. Chacun, peut-être, composait son âme… Allais-je enfin être capable de la déchiffrer ?

Adeline me rendit visite cet après-midi-là. C'était tellement étrange de la faire entrer dans la maison. Je n'arrivais pas à croire que c'était bien elle. Qu'elle était là.

Je m'immobilisai dans le salon, embarrassée, et elle m'observa, les yeux soudain chargés d'émotion.

— Tu veux boire quelque chose ? Anna a fait du thé, murmurai-je en me tordant les mains. Je sais que… eh bien, tu aimais beaucoup ça, avant. Si tu veux, je peux…

Je n'eus pas le temps de finir ma phrase qu'un courant d'air m'assaillit. Adeline me serra dans ses bras et je restai figée, stupéfaite. Je plongeai dans cette chaleur inattendue, et sentir ses mains agrippées à mes épaules incendia ma poitrine d'une telle nostalgie que je finis par la serrer moi aussi dans mes bras, comme une moitié qui n'avait jamais cessé de me compléter.

— Je ne savais pas que j'allais te trouver ici, susurra-t-elle, tremblante.

Je compris à quel point elle m'avait manqué. J'avais l'impression que quelqu'un venait de me restituer un rouage essentiel de mon cœur. Le jour où Adeline avait été envoyée dans un autre orphelinat, mon monde avait perdu sa dernière lumière.

Elle écarta les cheveux de mon visage pour mieux m'observer.

— Comme tu as grandi…

Je ne pouvais que penser la même chose d'elle. Elle avait seulement deux ans de plus que moi, mais je me rendis compte, avec une pointe de tristesse, que je n'aurais jamais pu imaginer à quel point elle avait changé. Elle était une adulte, maintenant. Et pourtant, c'était encore son sourire. C'étaient encore ses yeux, ses cheveux blonds, sa voix douce et rassurante… J'éprouvai une folle envie de pleurer.

— Comment te sens-tu ?

— Mieux, répondis-je en essayant de contenir mon émotion.

Je l'invitai à s'asseoir sur le canapé puis j'allai chercher le thé.

— Je… je ne savais pas que tu avais quitté le Grave, me dit-elle.

Sa main glissa dans la mienne et elle regarda autour d'elle, émue et admirative.

— C'est si beau, ici… Cette maison semble faite sur mesure pour toi. Et ils ont vraiment l'air d'être de gentilles personnes.

— Et toi ? demandai-je, anxieuse. Tu es avec ta famille ? Tu habites dans le coin ?

Le sourire d'Adeline s'effaça.

— Je suis encore là-bas, Nica. Dans l'établissement où j'ai été envoyée. Maintenant que je suis majeure, je devrais m'en aller, mais… je n'ai pas de travail.

Elle sourit tristement.

— De temps en temps, je viens en ville… J'avais trouvé un emploi dans une petite librairie, mais elle a fermé le mois dernier.

Mon cœur se serra. J'avais beau savoir que j'avais eu de la chance et que j'avais été une exception, cette nouvelle me peina quand même.

— Adeline, je suis…

— Tout va bien, m'interrompit-elle, sereine. Vraiment… Ça fait longtemps, désormais. Ça ira.

Elle m'adressa un faible sourire, puis elle baissa les yeux sur Klaus, qui s'était mis à grignoter les bords de ma couverture.

— J'ai su pour l'inspecteur de police… Tu vas bien ?

— Anna pense que je devrais en parler à quelqu'un, avouai-je au bout d'un moment. Elle pense que ça pourrait m'aider.

— Elle a raison, dit Adeline en soupirant. On ne guérit jamais seul de ces choses.

— Toi, tu y es allée ?

Elle acquiesça lentement et haussa les épaules.

— Quelques fois. J'y suis allée de moi-même. Le propriétaire de la librairie était un monsieur très gentil. Il avait un ami qui était psychologue. Je ne lui ai pas révélé… ce qui était arrivé avec *Elle*. Mais, même si je n'ai pas évoqué directement Margaret, parler m'a d'une certaine manière fait du bien.

Elle secoua la tête.

— Mais toi, Nica… Tu étais toute petite quand tu as commencé à subir tout ça. Chacun de nous assimile son vécu de manière différente. Surtout ce qui est traumatisant. C'est différent pour chacun. Regarde Peter… Il ne s'en est jamais remis.

Je mordillai nerveusement mes pansements tandis que ma conscience lui donnait raison. *Elle* n'était pas partie. Sa présence était encore vive. Nous n'en avions pas tous gardé les mêmes blessures, mais aucun d'entre nous n'avait plus été le même après.

On ne guérit jamais seul de ces choses. Mais la question était : Guérit-on de ces choses ?

Une main éloigna délicatement mes doigts de ma bouche. Adeline sourit, attendrie.

— Tu as gardé l'habitude de mordiller tes pansements quand tu es nerveuse.

Je rougis, embarrassée, et baissai les yeux. C'était une manie que j'avais depuis que j'étais petite.

— C'est pour ça que tu es venue ? demandai-je en reprenant la conversation. Parce que tu as su ce qui était arrivé ?

À ces mots, Adeline détourna le regard ; elle me parut soudain mal à l'aise.

— Non… En réalité, j'étais venue pour une autre raison. Ça m'est revenu en mémoire la semaine dernière… Et j'ai pensé à venir. Pour Rigel.

Mon estomac se contracta.

— Pour… Rigel ?

— Tu as oublié ? Demain, c'est son anniversaire.

Je tombai des nues et les mots me manquèrent.

L'anniversaire de Rigel. *Le 10 mars.* Comment avais-je pu l'oublier ? Ce n'était pas vraiment le jour où il était né, mais celui où on l'avait trouvé devant le Grave. Personne n'était jamais arrivé à connaître la date exacte, aussi avait-on retenu cette nuit.

Son anniversaire était le seul que la directrice ait jamais fêté. Je me souvenais de Rigel, assis tout seul à une table de cantine, devant un gâteau surmonté d'une bougie qui lui éclairait le visage…

— Je voulais lui faire une surprise, murmura Adeline. Mais j'aurais dû deviner qu'il ne réagirait pas comme je le croyais.

Le souvenir de leur baiser fut comme un coup au cœur. Je détournai le regard, sans me rendre compte que mes mains étaient contractées sur mes genoux.

— Pour lui, cela n'a jamais été un jour à fêter, dis-je doucement. Rigel n'a jamais aimé ces attentions.

— Non, Nica… Ce n'est pas pour ça.

Adeline baissa les yeux, mélancolique.

— C'est à cause de ce qu'il a vécu.

Je lui jetai un coup d'œil surpris et elle m'observa d'un air triste.

— Tu n'y as vraiment jamais pensé ?

Je restai accrochée aux yeux d'Adeline, puis… Puis je compris. Je compris à quel point j'avais été stupide. Ce qu'il avait vécu… *L'abandon de ses parents.*

— Le jour de son anniversaire… Le jour où ils l'ont trouvé, cela lui rappelle la nuit où sa famille l'a rejeté, confirma Adeline.

Je l'avais toujours mal compris. Je l'avais toujours vu dans sa vitrine brillante et parfaite, associant la souffrance à ce qu'*Elle* nous faisait, tout en étant convaincue qu'il ne pouvait pas comprendre. Mais moi ? Moi, qu'est-ce que j'avais jamais compris de lui ?

— Rigel n'est pas comme nous, jugea bon d'ajouter Adeline. Il ne l'a jamais été… Nous, nous avons perdu nos familles, Nica, mais elles ne voulaient pas nous abandonner. Nous ne pouvons pas comprendre ce que cela signifie d'être rejeté par ses propres parents et abandonné dans un panier sans même un prénom.

La défiance continuelle. L'attitude désabusée.

L'absence de liens, la carapace pour repousser le monde.

Son caractère agressif et rétif.

Incapacité. Rejet. Solitude… Symptômes.

Rigel avait le syndrome de l'abandon. C'était un traumatisme qu'il portait en lui depuis toujours et qui s'était développé au point de fusionner avec la réalité. Les signes étaient là. Pourtant, j'avais été incapable de les repérer. Adeline sembla deviner mes pensées.

— Il ne montrera jamais à quel point il saigne, dit-elle. Rigel masque tout, garde tout pour lui, en permanence… Mais, à l'intérieur… il a une âme tellement exposée à la douleur et aux sentiments que c'en est effrayant. Parfois, je me demande comment il fait pour ne pas devenir fou. Je suis sûre qu'il déteste même son prénom, conclut-elle. Parce que c'est la directrice qui le lui a donné et qu'il est le symbole de son abandon.

Soudain, tout prenait un aspect différent : Rigel qui me repoussait, Rigel qui ne se laissait pas approcher, Rigel qui, quand il était enfant, fixait cette bougie d'anniversaire sans personne près de lui. Mais aussi Rigel qui me prenait dans ses bras au milieu du parc, qui se laissait toucher pour la première fois, qui me regardait avec la résignation de celui qui croit encore être blessé…

— Ne l'abandonne pas, Nica. Ne le laisse pas se détruire.

Adeline me regarda d'un air angoissé.

— Rigel se condamne à être seul. Peut-être parce qu'il croit qu'il ne mérite rien d'autre… Il a grandi avec la certitude de ne pas avoir été désiré, et il est convaincu que ce sera toujours comme ça. Mais toi, Nica, ne le laisse pas seul. Promets-moi que tu ne le feras pas.

Je ne le ferais pas.

Je ne le ferais plus.

Je ne le laisserais pas seul parce qu'il l'avait trop longtemps été.

Je ne le laisserais pas seul parce que les contes existent pour tout le monde.

Je ne le laisserais pas seul parce que ce n'est pas seul que l'on apprécie la vie, mais aux côtés de quelqu'un, main dans la main, le cœur fort et de la lumière sur le visage.

Je ne le laisserais pas seul parce que je désirais lui parler, l'écouter, l'entendre encore pour longtemps. Je désirais effleurer son âme.

Je désirais le voir sourire, rire et s'illuminer, je désirais le voir heureux comme jamais je n'avais désiré quelque chose.

Je désirais tout ça et plus encore, car Rigel avait sculpté mon cœur au rythme de sa respiration et que, désormais, je ne savais plus comment respirer autrement.

Et j'aurais voulu hurler tout ça, là, sur ce canapé, le faire sortir et le crier au monde, mais je me retins. Au contraire, je laissai parler mon cœur et gardai tout le reste pour moi.

— Je le promets.

Le lendemain après-midi, je marchais rapidement dans le quartier, un paquet serré dans mes mains. Je traversai la rue pour rejoindre le kiosque du glacier et cherchai un visage familier du regard.

— Salut, dis-je à Lionel. Désolée pour le retard… Tu attends depuis longtemps ?

— Pas du tout, répondit-il. Viens, j'ai réservé une table. En fait, je t'attends depuis un petit moment, mais ce n'est pas grave.

Je lui présentai de nouveau mes excuses en lui proposant de lui offrir une glace. Lionel accepta aussitôt et je fis une halte au kiosque pour acheter deux cornets. Lorsque je le rejoignis, je perçus son regard sur moi. Je lui tendis sa glace et il me sembla voir ses yeux glisser sur mes jambes nues.

— Qu'est-ce qu'il y a ? demandai-je une fois assise.

— Jolie tenue, commenta-t-il en désignant ma robe rouge parsemée de pois blancs.

Il observa le tissu vaporeux qui rehaussait mon teint et le petit sac en bandoulière marron que m'avait offert Anna.

— Elle te va très bien. Tu es très mignonne.

Mes joues rosirent et je détournai le regard, repensant à la discussion chez Billie.

— Merci, répondis-je en espérant qu'il ne remarque pas mon embarras.

— Tu n'avais pas besoin de la mettre pour venir ici.

— Hein ?

Lionel sourit d'un air désinvolte.

— Ce n'est pas que je n'apprécie pas… mais tu n'avais pas besoin de mettre une robe aussi jolie pour prendre une glace avec moi. Vraiment, ce n'était pas la peine. C'est juste une glace.

— Oh non, je… je sais. Je l'ai mise parce que j'ai un dîner après. On fait une fête tous ensemble. Aujourd'hui, c'est l'anniversaire de Rigel.

Lionel resta immobile pendant un si long moment que sa glace commença à dégouliner sur ses doigts.

— Ah, constata-t-il en me fixant. C'est son anniversaire aujourd'hui ?

— Oui…

Il se remit à manger tandis que je souriais à une coccinelle qui venait de se poser sur ma main.

— Donc c'est pour lui que tu l'as mise ?

— « Pour lui ? »

— Pour le *petit frère* chéri ? précisa-t-il avec indifférence. Tu t'es faite belle pour son anniversaire ?

Je le regardai, sans comprendre. Je ne la portais pas pour quelqu'un… Juste pour moi.

Je voulais que ce soit une soirée spéciale. J'avais mis Anna et Norman au courant et, vu la réticence de Rigel à l'égard des fêtes, nous avions opté pour quelque chose de simple, juste entre nous. Adeline serait là aussi. Et moi, pour une fois, j'avais voulu porter quelque chose de différent.

— Nous faisons un dîner à la maison, dis-je doucement. Cela me semblait sympa…

— Et toi, pour un simple dîner à la maison, tu mets une robe ?

— Lionel… Tu as quelque chose à me dire ?

Je ne le comprenais pas. Ne venait-il pas de m'assurer que cette robe m'allait bien ?

— Laisse tomber, murmura-t-il en secouant la tête.

Il remarqua mon regard contrarié et ajouta :

— Je n'ai rien à dire. Ça me semblait bizarre, c'est tout.

Il mordit dans son cornet et essaya de me sourire. Nous terminâmes nos glaces en silence.

— Qu'est-ce que c'est ? demanda-t-il peu après en secouant le paquet que j'avais posé sur la table. C'est à cause de ça que tu es arrivée en retard ?

— Oui, répondis-je en calant une mèche derrière mon oreille. Je me suis arrêtée pour l'acheter. Je suis désolée.

— Qu'est-ce que c'est ?

— Le cadeau de Rigel.

Lionel cessa aussitôt de le retourner entre ses doigts et leva lentement les yeux sur moi.

— Je peux le voir ?

J'acquiesçai et je le déballai doucement, dévoilant une petite sphère de verre ornée d'un cordon de soie noire. Elle était remplie de sable coloré, disposé de façon à dessiner un très beau ciel étoilé sur le verre. Les grains de sable resplendissaient par transparence, scintillant comme autant de petites étoiles. Et la constellation d'Orion était gravée telle une toile de diamants très fins. Je ne savais même pas ce que c'était. Peut-être un porte-clés, mais je n'en étais pas sûre. Toutefois, quand j'avais découvert cet objet par hasard dans cette petite boutique de verre soufflé, je n'avais pas pu m'empêcher de penser qu'il serait parfait pour lui. J'imaginais déjà Rigel jouant distraitement avec, plongé dans la lecture d'un roman…

Lionel la saisit au moment où je me levai pour aller jeter ma cuillère.

— Elle est faite à la main, expliquai-je. La vendeuse m'a dit que c'était la dernière. Tu te rends compte qu'elle peint elle-même le sable ! Elle porte une sorte de monocle, puis elle s'assied sur un tabouret et dispose les grains de sable avec une longue aiguille jusqu'à ce que…

Le bruit du verre brisé me fit sursauter. Aux pieds de Lionel, des fragments brillaient au milieu d'une auréole de sable. Je les fixai, le souffle coupé.

— Oh, déclara Lionel en se grattant la joue. Mince.

Tandis qu'il s'excusait, je m'agenouillai sans cesser de contempler les éclats de verre. Mon cadeau, choisi avec soin, était désormais en miettes. *Pourquoi ? Pourquoi, lorsqu'il s'agissait de Rigel, tout devait toujours finir en morceaux ?*

Je pris les fragments dans mes mains, tremblant de déception, et levai les yeux sur Lionel. Dans mon regard brillait une émotion que je n'avais jamais ressentie auparavant. Il s'excusa de nouveau mais, cette fois, je ne répondis pas.

Lorsque je rentrai à la maison un peu plus tard, j'avais le cœur lourd. J'aurais tant voulu voir Rigel accepter ce petit cadeau. Une part de moi se demanderait toujours s'il l'aurait fait.

— Oh, Nica, tu es là ! me dit Anna, occupée à déplier sa plus belle nappe. Tu pourrais monter ce carton pendant que je finis de mettre la table ? Dans la petite pièce, au fond du couloir.

Je lui adressai un regard étonné mais elle me sourit. Cette pièce était celle où elle conservait les affaires d'Alan. J'acquiesçai et je montai sans attendre.

J'allumai la lumière et je posai le carton à côté d'une armoire. L'endroit était rempli de vêtements, de boîtes, de vieux CD, de posters enroulés contre le mur et de livres. En m'approchant, je constatai que c'étaient ceux de la fac. Je découvris qu'Alan étudiait le droit, comme Asia. J'ouvris délicatement un gros volume. Je désirais être proche de lui, le connaître et apprendre quelque chose de plus. J'aurais voulu demander à Anna de m'en parler, mais je ne sais pas si elle l'aurait fait volontiers. Je feuilletai le livre de droit pénal, frappée par le nombre démesuré de pages. Je remarquai qu'il était en très bon état, Alan prenait soin de ses affaires. Je lus distraitement les titres des chapitres relatifs aux différents thèmes :

« Maltraitance infantile »…

« Bigamie… »

« Violence domestique »…

« Inceste »…

Je fronçai les sourcils lorsqu'un mot me sauta aux yeux. *Adoption.* Je me mis à lire ce qui était écrit.

« Dans de nombreux États, l'adoption crée un véritable et authentique lien de famille. Au terme de la procédure, l'adopté fait légalement partie de la famille de l'adoptant. Par conséquent, il devient un membre de la famille à part entière.

» Section 13 A, Code pénal de l'Alabama : toute relation ou mariage avec un membre de la famille, consanguin ou acquis via adoption, est considéré comme un inceste au sens de la loi. Cela comprend : parents et enfants de sang ou adoptifs ; frères et sœurs de sang ou adoptifs ; demi-frères et demi-sœurs. L'inceste est un délit de classe C.

Les délits de classe C sont punis d'une peine d'emprisonnement pouvant aller jusqu'à… »

Je cessai de lire et refermai le livre, comme s'il m'avait brûlée. Mes oreilles bourdonnaient. Immobile, je fixai la couverture sans vraiment la voir. Quelque chose se démenait à l'intérieur de moi, comme une tempête en pleine mer. Je ne compris pas ce qu'était cette sensation de vide. Je ne compris pas non plus ce qui m'arrivait.

Je fermai la porte en toute hâte. Tandis que je revenais sur mes pas, j'eus l'impression que les murs reculaient. Tout me sembla soudain incongru, étranger, comme si mon axe s'était déplacé. Je chassai ces sensations et les enfermai à clé avant de retourner en bas. Je m'efforçai de ne me concentrer que sur la soirée, et j'ignorai l'émotion indéfinie qui semblait ne pas vouloir me lâcher.

Ce fut un dîner tranquille. Je pus enfin présenter Adeline à Anna et à Norman, lequel, pendant toute la soirée, veilla à ce qu'elle ne manque de rien. À plusieurs reprises, je lançai un coup d'œil à Rigel, essayant de déchiffrer quelque chose sur son visage, quelque chose qui me permette de comprendre s'il appréciait ce moment. Hélas, Adeline m'empêchait de le voir distinctement. Le gâteau arriva, ainsi que les cadeaux, et je me tassai un peu en me rappelant que je n'avais rien pour lui. À la fin, alors qu'il faisait déjà nuit depuis longtemps, Adeline annonça qu'il était l'heure pour elle de partir. Norman proposa de la raccompagner mais elle déclina poliment. Anna embrassa Rigel et monta dans sa chambre, où Norman la rejoignit après nous avoir souhaité bonne nuit.

— Merci pour la soirée, me souffla Adeline.

Elle me caressa la joue puis s'approcha de Rigel, qui était encore assis ; il sursauta légèrement quand elle se pencha pour l'embrasser.

— Pense à ce que je t'ai dit l'autre jour, me sembla-t-il l'entendre chuchoter.

À ces mots, Rigel tourna la tête, comme s'il ne voulait pas les écouter et, en même temps, ne parvenait pas à les chasser de son esprit. Elle soupira et s'en alla.

Nous nous retrouvâmes seuls, tous les deux, et le silence se fit. S'apercevant que je ne le quittais pas des yeux, Rigel se leva.

— Rigel.

Je m'approchai et m'arrêtai dans son dos.

— Je t'avais acheté un cadeau, aujourd'hui… Je n'ai pas oublié. Malheureusement, je n'ai pas pu te le donner.

— Ça n'a pas d'importance, murmura-t-il.

Je baissai la tête.

— Pour moi, ça en a, répliquai-je, déçue.

Je voulais que cette soirée soit spéciale pour lui. Je voulais qu'elle lui fasse prendre conscience de l'affection des personnes qu'il avait près de lui, même s'il n'arrivait pas à la voir. Je voulais qu'il comprenne qu'il n'était pas seul.

— Je suis désolée, dis-je dans un filet de voix.

Je saisis le bord de son tee-shirt et sentis le besoin de m'approcher davantage.

— J'y tenais. Et maintenant, je voudrais… je voudrais pouvoir répa…

— Ne le dis pas, m'interrompit sa voix comme dans une prière. *Ne le dis pas…*

— Je veux le faire, murmurai-je avec obstination. Permets-moi de réparer. Ça pourrait être quelque chose que tu désires, dis-je en resserrant ma prise et en cherchant son visage. N'importe quoi…

Rigel respira doucement et resta silencieux jusqu'à ce que je l'entende demander, d'un ton lent et profond :

— N'importe quoi ?

Je me souvins de la façon dont il m'avait tenue dans ses bras sous la pluie. La gifle qu'il avait prise à ma place. La griffure sur son visage.

— Oui, susurrai-je sans hésiter.

— Et si je te disais… de ne pas bouger ?

— Comment ?

Rigel se tourna lentement. Je respirai avec peine. Ses yeux sombres se posèrent sur moi et je vis dans le reflet de ses iris ma petite robe rouge, ma bouche entrouverte et mon regard argenté.

— Ne bouge pas, susurrèrent ses lèvres, finissant de me bouleverser. *Ne bouge pas…*

J'étais paralysée. Clouée par le son de sa voix. Il me regarda par en dessous, me dominant, et ce n'est qu'à ce moment-là que je pris conscience de la trace de sucre glace au coin de ma bouche.

Je n'eus pas le temps de la faire disparaître. Les doigts de Rigel entourèrent mon poignet pour le bloquer ; son contact soyeux explosa sur ma peau, et ma respiration devint tremblante. Il me touchait. Je demeurai inerte tandis qu'il baissait lentement mon bras, m'enchaînant à son regard.

— *Ne bouge pas…*, répéta-t-il en déglutissant.

J'étais hypnotisée, sans défense et brûlant de sensations incontrôlées. Ses pupilles glissèrent sur mon visage. Rigel me regarda un moment, puis se pencha lentement en avant. Son parfum masculin envahit mes narines. Mon cœur tambourina dans ma gorge. Il respira sur moi et ses lèvres se posèrent au coin des miennes. Je retins mon souffle. Sa langue chaude effleura l'extrémité de ma bouche et je cessai de respirer. Mon cœur se contracta, mes genoux vacillèrent. Rigel me débarrassa du sucre glace et je me retrouvai à étreindre le tissu de ma robe comme si c'était mon seul repère dans cette folie.

Je ne comprenais plus rien.

Ma respiration s'accéléra, nos souffles se mêlèrent et son parfum descendit directement dans ma poitrine, troublant mon esprit comme le plus doux des poisons. Mon cœur était sur le point d'exploser. D'étranges vertiges me firent tourner la tête et j'oubliai à nouveau de respirer.

Il me tuait.

Sans même un bruit.

J'eus l'impression que ses doigts tremblaient autour de mon poignet. Il se détacha, léchant le sucre sur sa lèvre inférieure. Je le fixai, déboussolée, brûlante et frissonnante. J'étais terrorisée par ce qui remuait à l'intérieur de moi. Terrorisée par les réactions de ma peau. Mais sa respiration m'anéantit. Ses yeux brûlèrent mes lèvres. Son souffle envahit mes joues. Je fermai les yeux et…

⋆

Les lèvres de Nica.

Rigel ne voyait rien d'autre. Le sang pulsait dans ses tempes, son cerveau était embrumé. Son cœur était sur le point de sortir de sa poitrine. Elle n'avait pas bougé. *Elle n'avait pas bougé…*

Sans même s'en rendre compte, il la poussa légèrement en arrière, lui faisant toucher la table. Haletant, il finit par faire glisser les mains le long de ses avant-bras jusqu'à lui saisir les deux poignets.

Il mourait d'envie de l'embrasser.

La sangsue grognait. Et lui avait encore le goût de miel de sa peau sur la langue, comme une brûlure sans fin.

Il devait s'éloigner d'elle. Avant qu'il ne soit trop tard.

Il devait la laisser partir, lui montrer les dents, la repousser et ne plus jamais la regarder… Mais Nica était là et, *mon Dieu*, elle était le plus beau péché qu'il avait jamais vu. Avec cette robe qui moulait ses seins et ses longs cheveux châtains, ses lèvres brillantes et entrouvertes qui respiraient tout l'air qu'il aurait voulu lui ôter de la bouche.

Elle était splendide et irrésistible.

Il se pencha en avant pour inspirer son doux parfum. Les freins étaient en train de céder. Il effleura la peau chaude de ses poignets et il la sentit retenir son souffle. Son cœur battit contre ses côtes comme une insupportable torture. L'odeur de Nica lui monta à la tête. Il avait l'impression de ne plus rien comprendre, de perdre le contact avec la réalité. Rien n'était comparable à l'effet qu'elle lui faisait. Et il aurait voulu… En cet instant, *il aurait seulement voulu…*

Elle frissonna.

Rigel leva les yeux. Il la vit déglutir, les paupières fermées avec force, l'expression bouleversée, les joues rougies et les genoux tremblants. Elle tremblait au point de ne plus respirer, même ses poings serrés dans ses mains frémissaient. Elle ne parvenait pas à le regarder. Et de nouveau se déclencha en lui le mécanisme destructeur : la terreur, le refus, la passion dévorante, ces sentiments qui l'étouffaient et le broyaient dans une condamnation éternelle.

L'angoisse et la frustration revinrent, et Rigel aurait voulu les gratter avec les ongles, se les arracher et ne pas se sentir toujours aussi noir, extrême et mauvais. Il était fatigué de se sentir ainsi, mais plus il essayait de se rebeller contre lui-même, plus son cœur se terrait dans sa poitrine comme une bête blessée.

Il aurait juste voulu se sentir bien. Il aurait juste voulu la toucher, la respirer. La vivre.

Il la désirait avec tout ce qu'il avait, mais tout ce qu'il avait n'était que morsures, épines, douleurs et une âme pleine de souffrances. Et elle n'arrivait même pas à le regarder dans les yeux.

S'il y a quelqu'un capable d'aimer autant…

Ces paroles moururent en lui tandis que Nica tremblait devant lui. Et Rigel pensa qu'il y avait une douceur terrifiante dans la façon dont son âme s'effondrait en lui depuis toujours, rien qu'en la regardant.

⋆

Sa main me lâcha. Rigel s'éloigna et je revins brutalement à la réalité. *Non*, hurla mon cœur de manière douloureuse.

J'eus l'impression de devenir folle. De ne plus distinguer le dessus du dessous. Je n'étais plus moi : je sentais seulement une force invisible qui me nouait à lui. J'étais sur le point de l'arrêter quand quelqu'un frappa à la porte, pile à ce moment-là. Je sursautai tandis que Rigel braquait les yeux sur l'entrée. Qui cela pouvait-il être à une heure pareille ?

— Ne t'en va pas, l'implorai-je d'une voix pleine d'angoisse. Ne t'enfuis pas. Je t'en prie…

Je me mordis les lèvres, espérant le convaincre de m'attendre, de ne pas disparaître au moins cette fois. Peut-être y parvins-je, car Rigel ne bougea pas. Je lui lançai un dernier regard avant de me diriger vers l'entrée, certaine de sentir ses yeux sur moi.

Je distinguai quelqu'un derrière le verre dépoli, quelqu'un qui s'acharnait désormais sur la porte comme si nous n'étions pas au milieu de la nuit. Je regardai par le judas avant d'écarquiller les yeux, confuse et interdite. Puis je tendis la main et j'ouvris la porte.

— Lionel, dis-je, le souffle coupé.

La main levée et les yeux éperdus, il avait l'air de quelqu'un qui avait couru.

— Qu'est-ce que tu veux ? Et qu'est-ce que tu fais ici à cette heure ?

— J'ai vu les lumières allumées, dit-il à toute vitesse en s'approchant de moi.

Son regard possédé m'effraya.

— Je sais, il est très tard, je sais, Nica, mais… je n'arrivais pas à dormir… Je ne pouvais pas…

— Qu'est-ce qu'il s'est passé ? Tu vas bien ?

— Non ! répondit-il, hors de lui. Je ne fais qu'y penser, je suis à bout. Je ne supporte pas cette situation, je ne supporte pas que… que tu sois là, que…

Il se mordit les lèvres, en proie à une grande confusion.

— Lionel, calme-toi…

— Je ne supporte pas que tu vives ici *avec lui*, cracha-t-il enfin.

Mon estomac se noua. En entendant ces mots résonner comme un coup de canon, je jetai un coup d'œil inquiet dans mon dos. Puis je refermai la porte derrière moi. Lionel recula d'un pas et mes yeux se posèrent sur le portail ouvert.

— Il est tard, Lionel. Il vaut mieux que tu rentres chez toi…

— Non ! m'interrompit-il, fébrile, d'une voix plus forte.

Il semblait hors de lui.

— Je ne rentre pas chez moi. Je n'arrive plus à faire semblant ! Je ne supporte pas de le savoir sans cesse près de toi, avec son attitude de bâtard intouchable et toi avec cette… *robe*.

Il gesticulait comme un fou, détaillant chaque centimètre de mon corps. Ses iris, soudain illuminés d'une lueur sinistre, plongèrent dans les miens.

— Vous êtes restés ensemble jusqu'à maintenant ? C'est ça ? Qu'est-ce qu'il t'a demandé en cadeau, hein ? *Quoi ?*

— Tu n'es plus toi-même, répondis-je, le cœur serré.

— Tu ne veux pas me le dire ?

Il respirait bruyamment et ses yeux fiévreux ne quittaient pas les miens.

— Toi, tu n'as pas encore compris, hein ?

Je m'approchai de lui.

— Lionel…

— *Non !* cracha-t-il en s'éloignant de quelques pas. Comment dois-je te le faire comprendre ? Hein ? Comment ?

Il empoigna ses cheveux.

— Tu es vraiment naïve à ce point ?

Je sursautai en le voyant serrer les poings.

— Je ne peux pas continuer comme ça, c'est absurde ! Depuis combien de temps se connaît-on ? Depuis combien de temps ? Et toi, malgré tout, on dirait que tu ne vois rien ! Qu'est-ce que je dois faire pour que tu comprennes ? Quoi ? Bon sang, Nica, ouvre les yeux !

Brusquement, Lionel saisit mon visage entre ses mains et m'embrassa. D'instinct, je serrai les paupières et le repoussai. Je trébuchai en arrière, choquée, et il me considéra avec stupéfaction avant de regarder derrière moi. Je fus prise de tremblements en voyant deux iris noirs nous fixer depuis le seuil. Dans la pénombre de la nuit, ils étaient deux gouffres impitoyables et sans lumière. Rigel me fixa un instant, durant lequel j'entendis le monde hurler. Puis il se retourna et disparut.

— Rigel ! l'appelai-je en commençant à le suivre.

Mais je fus retenue par le poignet.

— Nica… Nica, attends…

— *Non !* criai-je.

Je secouai mon bras et Lionel ne put que me lancer un regard effaré avant que je ne rentre dans la maison en courant.

⋆

Ses nerfs étaient sur le point d'exploser. Une douleur sourde le dévora tandis qu'il marchait, ou peut-être fuyait, loin de cette vision. Il avait une envie mortelle de le réduire en morceaux, de casser la figure à ce connard et de le détacher d'elle. Les voir ensemble le rendait fou. Son esprit sombra dans une spirale ténébreuse.

Il avait toujours su que Nica ne le regarderait jamais comme elle regardait le reste du monde, pas lui, pas avec un cœur aussi sale et cabossé. Il s'était trop fait détester. Même d'elle, il s'était fait détester. Le sang lui monta au cerveau. Il serra les poings. Cette vision le tortura et il éprouva un besoin irrépressible de casser quelque chose.

Personne ne voudrait jamais de lui, *personne*, parce qu'il était brisé, différent, méchant, et qu'il était un *désastre*. Il tenait le monde à l'écart. Il abîmait tout ce qu'il touchait. Il y avait en lui quelque chose qui n'allait pas, quelque chose qui serait toujours là. Il ne savait même pas éprouver des émotions ordinaires, il ne savait même pas éprouver un sentiment aussi doux que l'amour sans le réduire en morceaux en essayant de le repousser. Se lier signifiait souffrance. Se lier signifiait abandon, peur, solitude et douleur. Et Rigel ne voulait plus les éprouver. L'amour lui faisait mal, mais il avait les yeux de Nica, son sourire lumineux et une douceur de petite fille qui lui brisait le cœur.

Il ferma les yeux. Son sang pulsa dans ses tempes, des petits points blancs explosèrent sous ses paupières et il sentit quelque chose monter en lui, une désolation cruelle et brûlante.

— Non…

Ses muscles se contractèrent. Il repoussa de toutes ses forces cette douleur qui, chaque fois, menaçait de lui faire perdre la raison. Il se frotta les yeux, les torturant, mais cette sensation demeura. En proie à la furie, il renversa son sac d'un coup de pied et s'assit sur son lit. Il empoigna ses cheveux comme un fou, jusqu'à presque se les arracher.

— Pas maintenant… *Pas maintenant…*

⋆

— Rigel ! appelai-je dans l'escalier.

Une fois au premier étage, je rejoignis sa chambre. La porte était entrouverte. Je la poussai lentement. Il était là, plongé dans la pénombre.

— Rigel…

— *N'entre pas*, siffla-t-il, me faisant tressaillir.

Je le fixai, angoissée par ce ton si menaçant.

— Va-t'en…, dit-il en malmenant ses cheveux noirs. Va-t'en tout de suite.

Mon cœur tambourinait, toutefois je ne bougeai pas. Je n'avais pas l'intention de m'en aller.

Je m'approchai doucement, remarquant son souffle court, mais Rigel fit violemment claquer ses dents.

— Je t'ai dit de *ne pas entrer*, gronda-t-il rageusement, enfonçant ses mains dans le matelas.

Ses pupilles étaient incroyablement dilatées, comme celles d'une bête sauvage.

— Rigel…, murmurai-je. Tu… tu vas bien ?

— Je ne suis jamais allé aussi bien, grinça-t-il. Et maintenant, va-t'en.

— Non, répliquai-je avec obstination. Je ne pars pas…

— *Dehors !* explosa-t-il, avec une violence qui m'épouvanta. Tu es sourde ou quoi ? *Je t'ai dit de disparaître !*

Il me gronda dessus d'une manière terrible. Je le fixai, affligée, les yeux écarquillés, et je vis une souffrance dévastatrice fichée dans cette colère comme un éclat de verre. Elle me noua la gorge et s'enfonça aussi en moi.

Il me repoussait de nouveau. Mais, cette fois, je pus voir le désespoir avec lequel il le faisait.

Parce que Rigel se condamne à être seul, entendis-je tandis qu'il saignait devant moi.

— Tu m'as entendu ? VA-T'EN, NICA !

Il me hurlait dessus avec ce ton qui aurait terrifié n'importe qui et, pour une fois, je suivis mon cœur plutôt que ma raison. Je tendis les mains et l'attirai contre moi. Puis je l'étreignis pour me briser avec lui, sans comprendre pourquoi je me disloquais moi aussi en mille morceaux. Je le serrai de toutes mes forces et ses mains s'accrochèrent à ma robe comme pour me repousser.

— Tu ne seras plus seul…, susurrai-je à son oreille. Je… je ne t'abandonnerai pas, Rigel. Je le te promets.

Je sentis sa respiration haletante contre mon ventre.

— Tu ne te sentiras plus jamais seul. *Plus jamais…*

Au moment où je prononçai ces mots, ses doigts semblèrent broyer le tissu. Et puis… Puis ils me tirèrent vers lui.

Rigel s'accrocha à moi. Il pressa son front sur mon ventre. Sa respiration se brisa et se frotta contre mon âme, comme si ces paroles étaient tout ce qu'il avait besoin d'entendre. Un tremblement de terre me traversa. Mes yeux s'élargirent et mes mains plongèrent dans ses cheveux comme si je me déracinais de moi-même. Et tandis qu'il me serrait désespérément contre lui comme si j'étais ce qu'il désirait le plus au monde, mon cœur explosa. Il éclata, comme une étoile au centre d'une galaxie. Mon âme se dilata et s'enroula autour de Rigel jusqu'à se fondre avec sa respiration. Je ressentis toute la nécessité de l'avoir là, contre moi, pour que nous soyons unis comme les deux moitiés d'un même esprit. Unis par le cœur, comme des fragments qui avaient enfin cessé de se poursuivre.

Je tremblai et mes yeux se remplirent de larmes. Je m'accrochai à lui, bouleversée, prenant une fois pour toutes conscience de la vérité.

C'était trop tard.

J'étais emplie de sa présence. Il avait laissé ses empreintes partout sur moi. Tout ce que je voulais, tout ce que je désirais désespérément, c'était ce garçon compliqué qui me serrait en ce moment dans ses bras comme si cela pouvait sauver le monde. Comme si cela pouvait le sauver lui…

Ce jeune homme que je connaissais depuis toujours, le petit garçon aux yeux noirs et au regard éteint du Grave – *Rigel*, hurla chaque parcelle de moi, *Rigel et personne d'autre.*

Il me sembla qu'il avait toujours été en moi, donnant un sens à mes silences, prenant mes rêves par la main même quand ils faisaient trop peur. Je vivais désormais de son battement, ce rythme maladroit et désaccordé qu'il avait directement gravé dans mon cœur.

Je lui appartenais avec chaque miette de mon âme. Avec chaque pensée. Et chaque respiration.

Nous étions le début et la fin d'une unique histoire – éternels et inséparables, Rigel et moi, lui l'étoile, moi le ciel, lui les griffures, moi les pansements, *des constellations de frissons, ensemble.*

Ensemble… depuis le début.

Et, tandis que je me brisais pour me recoudre avec des morceaux qui criaient uniquement et seulement son nom, pendant que tout s'effritait et qu'il devenait une partie de moi, je compris que, de toute ma vie, je n'avais jamais appartenu qu'à une personne…

Lui.

25- Collision

J'ai le cœur plein de bleus,
mais l'âme pleine d'étoiles.
Parce que certaines galaxies de frissons
ne brillent que sous la peau.

Le temps s'était arrêté. Le monde avait cessé de tourner. Il n'y avait que *nous*.

Et pourtant, à l'intérieur de moi, des univers en collision venaient de donner une nouvelle forme à chacune de mes certitudes.

Je n'arrivais pas à bouger. Mes yeux restaient écarquillés, vulnérables. Mais, à l'intérieur…

À l'intérieur, je n'étais plus moi-même. Mon âme vibrait. Des émotions s'échappaient de moi sans que je puisse les arrêter. Mes sentiments tournoyaient, de plus en plus rapides, de plus en plus pressés – *Non, non, attends*, aurais-je voulu hurler à mon cœur, *je t'en prie, attends, pas comme ça… Pas comme ça…*

Mais il ne s'arrêtait pas.

Il était tellement insensé de penser que le monde ignorait encore l'explosion qui venait de se produire en moi. Comme si j'avais été condamnée à un supplice qui m'était réservé, qui creusait son sillon en silence et brûlait chacune de mes inspirations.

Les doigts de Rigel se posèrent sur mes hanches. Puis ses mains montèrent lentement, froissant le tissu sur mes côtes sans que j'ose respirer. Je les aurais voulues sur moi chaque jour. Soudain, ses lèvres se posèrent sur mon ventre. Rigel embrassa ma peau à travers la robe. J'en eus le souffle coupé. J'étais bouleversée, brûlante, avec tous les sens en alerte, mais je n'eus pas le réflexe de réagir. Un autre baiser, plus haut cette fois, et qui brûlerait pour toujours. Je me mis à trembler et ses mains m'attirèrent à lui.

— Ri… Rigel, balbutiai-je tandis qu'il déposait un interminable baiser entre mes seins.

Il semblait perdu, égaré dans ma chaleur, mon parfum, mon corps si proche.

Mon cœur martelait dans mon estomac, comme s'il répondait aux caresses de sa bouche. Je serrai ses cheveux dans mes doigts et sa respiration me monta à la tête. Il embrassa la peau nue de ma poitrine, lentement, de cette manière qui n'appartenait qu'à lui, avec ses lèvres et ses dents. Mes seins ondulaient au rythme de sa langue chaude qui en parcourait la chair en y laissant une marque passionnée.

Je haletai en sentant ses doigts courir sur ma cuisse et la serrer. Il l'attira à lui et mon cœur ne parvint pas à s'y opposer. J'essayai d'ignorer la douce tension qui naissait dans mon ventre, mais c'était impossible. J'avais l'impression que mon cœur se tordait. Je me sentais chaude, humide, tremblante. La situation m'échappait, je ne reconnaissais aucune de ces sensations et pourtant elles m'appartenaient toutes.

Je poussai un faible gémissement.

À ce son, ses mains m'attirèrent à lui, prises d'une frénésie incontrôlée. Il replia ma cuisse sur lui d'un geste possessif et plongea sur mon cou, le mordant, le torturant, portant la tension à son comble. Sa bouche et ses dents en exploraient la courbe, le goûtant comme un fruit défendu. Mes jambes devinrent molles, tremblantes, et mon cœur sembla prendre tout l'espace. Je ne raisonnais plus. Les os de son bassin appuyaient sur mes cuisses, mes mains agrippées à ses épaules tentaient de le serrer tout contre moi. Il était devenu le centre de mon univers. Je ne voyais que lui, ne sentais que lui, chaque centimètre de moi vibrait en sa présence.

Ses lèvres embrassèrent l'artère vibrante de ma gorge, comme avides de mes battements cardiaques. Je respirai difficilement, submergée par des sensations violentes, et ses doigts pressèrent l'un de mes seins. Un puissant frisson parcourut mon ventre et j'en fus terrifiée.

Soudain, la réalité m'assaillit comme un seau d'eau glacée. Je tressaillis, la tension se brisa et la peur de savoir que ce que je ressentais était réel m'envahit.

— Non !

Je me détachai de son corps et reculai.

Le regard pétrifié de Rigel me transperça le cœur. Et je ressentis chaque pas qui m'éloignait de lui comme un coup de poignard.

— On ne peut pas, murmurai-je, fébrile. On ne peut pas !

Je resserrai les bras autour de mon buste et il perçut l'éclair de terreur dans mes yeux.

— Qu'est-ce que…

— C'est *mal* !

Ma voix résonna dans la chambre. Et ce seul mot brisa quelque chose en nous. Le regard de Rigel changea. Je me rendis alors compte que ses yeux n'avaient jamais été aussi brillants qu'à cet instant.

— C'est… *mal* ? répéta-t-il doucement, d'une voix qui ne semblait pas être la sienne.

L'incrédulité se mua en douleur et son regard s'assombrit comme si son âme se fanait.

— Quoi ? Qu'est-ce qui est mal, Nica ?

Il connaissait déjà la réponse, mais il voulait quand même entendre la confirmation.

— Ça…, répondis-je, sans avoir le courage de nommer ce que j'avais en moi.

Parce que le définir serait revenu à l'admettre, et donc à l'accepter.

— On ne peut pas ! Rigel, on… on va devenir frère et sœur !

Le dire me fit terriblement mal.

Voilà ce que nous serions aux yeux du monde. Un frère et une sœur. Ce que j'avais toujours refusé semblait désormais une condamnation éternelle. Je me rappelai les mots que j'avais lus dans le livre d'Alan et je les sentis brûler comme une marque qui ne s'effacerait jamais.

C'était une erreur, nous ne devions pas, *nous ne pouvions pas* – mais mon âme hurlait, c'était une injustice qui me coupait le souffle. Désormais, le conte de fées avait des épines et des pages pourries. Et plus Rigel me regardait, plus je sentais mon désir de petite fille me briser.

Deux globes brillants tenaient en suspens la balance de mon cœur. D'un côté, de la lumière, de la chaleur, de l'émerveillement et les yeux d'Anna. La famille dont j'avais toujours rêvé. L'unique espérance qui m'avait permis de survivre quand la directrice me frappait et me faisait du mal.

De l'autre, des rêves, des frissons et des univers d'étoiles. Rigel. Tout ce qu'il avait peint en moi. Rigel et ses épines. Rigel et ses yeux qui avaient pénétré mon âme.

Et moi, là, au milieu de ce chaos, broyée par des désirs contradictoires.

— Tu continues de te mentir…

Rigel me regardait encore. Mais à présent… À présent, il était à des années-lumière de moi. Ses yeux n'étaient plus des plaies ouvertes, mais des abysses profonds et lointains.

— Tu continues de te leurrer… Tu veux croire au conte de fées, mais nous sommes brisés, Nica, en mauvais état. C'est dans notre nature d'abîmer les choses. Nous *sommes* les fabricants de larmes.

Tu m'as détruit, semblaient susurrer les yeux de Rigel. *Oui, toi, toi si fragile et si menue, tu es la ruine par excellence.*

Je sentis les larmes me monter aux yeux.

Nous parlions une langue que les autres ne pouvaient pas comprendre, parce que nous venions d'un univers qui n'appartenait qu'à nous. Mais comme ces mots griffaient ! Comme ils blessaient l'âme ! Rien au monde ne leur était comparable.

— Je ne peux pas perdre tout ça, murmurai-je. Je ne peux pas, Rigel…

Il le savait. Il savait ce que cela signifiait pour moi.

Il me fixa avec un regard brûlant de douleur, mais en lui faisait rage une bataille qu'il se savait incapable de remporter.

Je vis la lumière se réduire dans ses yeux.

Je voulus la retenir, mais il était déjà trop tard.

⋆

— *Alors va-t'en*, siffla-t-il.

Nica sursauta, des larmes dans les yeux, et il se sentit mourir. Dans son esprit, tout était noir, hurlant, et la douleur lui broyait le cœur. Il savait à quel point c'était important pour elle. Il savait à quel point elle désirait une famille. Il ne pouvait pas la blâmer.

Mais sa promesse avait fait naître un espoir qu'il n'avait même pas eu le temps de caresser, parce qu'elle la lui avait déjà arrachée. Et le mécanisme destructeur lacérait tout, le réduisant en morceaux.

— S'il te plaît…

Nica secoua la tête.

— Rigel, s'il te plaît, je ne veux pas ça…

— Et qu'est-ce que tu veux ? Qu'est-ce que tu veux, Nica ?

Il laissa exploser sa frustration. Il se leva, l'écrasa de toute sa hauteur, consumé par ce regard dont il rêvait chaque nuit.

— Que veux-tu de moi ? demanda-t-il, exaspéré.

Il sentit la sangsue se réveiller, il la repoussa pour effleurer Nica, la toucher, l'embrasser. Il serra les poings d'impuissance. Pendant un instant, il désira s'arracher le cœur pour s'en débarrasser. Il savait qu'il ne pouvait s'en prendre qu'à lui. Au fond, c'était la douloureuse punition pour l'erreur qu'il avait commise.

Jouer du piano ce jour-là au Grave.

Se faire choisir.

Rester avec elle.

Cela avait été un acte de pur égoïsme, un geste désespéré pour ne pas la perdre. Et maintenant, il allait en payer le prix pour toujours.

— Je ne suis pas dans ton conte de fées parfait, murmura-t-il avec une souffrance amère.

Il aurait voulu la détester. Il aurait voulu se l'arracher de l'âme, la libérer de lui-même, arrêter d'*espérer*. Mais elle était gravée dans son cœur.

Il avait essayé de se plier à l'amour, mais il s'était rendu compte qu'il ne savait aimer que comme ça, de cette manière désespérée et épuisante, fragile et tourmentée.

Les yeux de Nica le regardèrent avec désespoir et Rigel comprit qu'elle ne serait jamais à lui.

Il ne l'étreindrait jamais.

Il ne l'embrasserait, ne la sentirait, ne la respirerait jamais.

Elle serait toujours inatteignable. Mais assez proche pour lui faire mal.

À cet instant, il comprit qu'il n'y aurait jamais de fin heureuse. Pas pour lui. Il comprit avec amertume qu'il devait la blesser, comme ça elle s'en irait, loin du désastre qu'il était. Il devait la blesser parce qu'il avait trop de douleur en lui, trop de regrets pour admettre à quel point il désirait qu'elle le choisisse.

Il le voulait de tout son être. Mais, plus que tout, il voulait la voir heureuse. Et son bonheur était la famille. Alors, il allait lui faciliter les choses.

— Va-t'en. Retourne voir ton petit copain. Je suis sûr que tu es impatiente de reprendre là où vous vous êtes arrêtés.

— Ne fais pas ça. Ne me force pas à te détester, parce que tu n'y arriveras pas.

Rigel éclata d'un rire odieux, s'efforçant de le rendre crédible. Bon sang, comme cela faisait mal de rire ainsi ! C'était comme se faire dévorer par la douleur.

— Tu crois que je te veux près de moi ? Que je veux de ta stupide *gentillesse* ?

Il ne supporterait jamais de l'avoir près de lui comme une sœur. Jamais.

— Je n'ai que faire de tes promesses, gronda-t-il, blessé.

Nica détourna le regard, coupable et affligée. Elle ne vit pas la douloureuse tristesse dans les yeux noirs de Rigel.

Il sentit sur lui une énième cicatrice lorsque des larmes coulèrent sur ses joues. Il resta immobile, les poings tremblants le long du corps. Et il se rendit compte que rester impassible face à elle était peut-être le geste le plus courageux qu'il ait jamais fait.

Voilà qu'elle s'en allait. De nouveau.

Voilà qu'il redevenait le loup.

Ils parcouraient de nouveau les mêmes rails.

Ils marchaient sur le même chemin.

Mais avec plus de douleur cette fois. Avec plus de difficulté.

Ce ne serait jamais plus comme avant.

Rien ne serait plus jamais pareil.

⋆

Je ne te laisserai plus jamais seul.

Je sentis cette promesse infester mon âme tandis que je fuyais pour échapper.

À lui. À moi. À ce que nous étions.

Tout était une erreur.

Moi. Rigel.

La réalité qui nous liait.

Ce que j'éprouvais.

Ce que je *n'*éprouvais *pas*.

Tout.

Je descendis l'escalier, traversai la cuisine et sortis dans le jardin par la porte de derrière. Je cherchais toujours la nature, le plein air et la verdure quand je sentais que j'étouffais. Cela me semblait l'unique moyen de respirer.

L'obscurité de la nuit m'enveloppa et je me laissai lentement glisser le long du mur. Je ne revis que ses yeux devant moi. La façon dont ses iris sombres m'avaient regardée. Ma promesse qui se brisait dans son regard, éteignant cette lumière…

Et pourtant, je lui la répéterais encore. Je la lui ferais pour toujours, parce qu'une partie de moi savait qu'elle ne pourrait jamais mentir à ces yeux-là.

Comment ferais-je pour le regarder désormais ?

Comment ferais-je pour supporter de l'avoir près de moi sans pouvoir le toucher ?

Sans en rêver, le serrer, le désirer ?

Comment ferais-je pour recevoir l'amour des autres, alors que son cœur abîmé était le seul que je voulais ?

Comment ferais-je pour le considérer comme mon frère ?

Je me sentais déchirée.

J'étais perdue.

Je cachai ma tête entre mes genoux avec l'impression que la vie se moquait de moi.

« Quelle moitié de ton cœur choisirais-tu ? » entendis-je une petite voix me murmurer méchamment. « Tu ne peux vivre qu'avec une, parce que l'autre meurt inévitablement. Quelle moitié choisirais-tu ? »

Je me sentais perdue, fragile et dévastée. J'étais au-delà du point de non-retour, il était trop tard pour revenir en arrière.

Je m'aperçus à peine que mon portable vibrait. Je le sortis de ma poche et vis à travers mes paupières humides qu'un très long message remplissait l'écran allumé. C'était Lionel. Il s'excusait de ce qui s'était passé et d'être venu à la maison au beau milieu de la nuit. Il y avait vraiment trop de mots. Je ne parvins même pas à en assimiler un seul. Je fixai l'écran, épuisée.

C'est alors que son nom se mit à clignoter. Il m'appelait. Mais je n'avais pas la force de répondre. Je ne voulais pas lui parler. Pas maintenant.

« Je sais que tu es là », m'écrivit-il.

Il avait vu que j'étais en ligne.

« S'il te plaît, Nica, réponds-moi… »

Il me rappela. Une fois, deux fois. À la troisième, je penchai la tête en arrière, fermai les yeux et décrochai en soupirant.

— Lionel, il est tard, murmurai-je.

— Je suis désolé, dit-il sans attendre, probablement parce qu'il avait peur que je raccroche.

Il semblait désespéré et sincère.

— Excuse-moi, Nica… Je n'aurais pas dû me comporter comme ça. J'ai agi sans réfléchir et je tenais à te dire que j'étais désolé…

Ce n'était pas le moment pour en parler. Je n'arrivais même pas à me concentrer. À l'intérieur de moi gravitait un monde réduit en morceaux, et je n'étais pas capable de voir autre chose.

— Pardonne-moi, Lionel. Je… je n'ai pas envie de parler.

— Je ne regrette pas ce que j'ai fait. Peut-être que je n'ai pas employé la bonne manière, mais…

— Lionel…

Il se tut. Il était vraiment désolé, je le sentais, mais à cet instant j'étais incapable de lui consacrer mon attention.

— Demain soir, mes parents sont de sortie. Je fais une fête chez moi et… je voudrais que tu viennes. Nous pourrions parler.

Je déglutis. Je n'étais jamais allée à une fête de ma vie, mais je doutais d'être dans les dispositions pour y participer. Je fixai le jardin sans le voir.

— J'ai peur… de ne pas être d'humeur.

— S'il te plaît, viens, me supplia-t-il.

Puis il sembla regretter cet élan et modéra son ton :

— Je veux que nous parlions. Et puis, ça te remonterait le moral, non ?

Il ne savait même pas pourquoi j'avais des sanglots dans la voix. Il ne me l'avait même pas demandé. Croyait-il que c'était à cause de lui ?

— Promets-moi que tu viendras, insista-t-il.

Soudain, je me rendis compte à quel point tout aurait été plus facile avec Lionel.

Cela aurait été normal.

Cela aurait été simplement normal.

Mais pas pour mon âme.

Ni mon esprit.

Ni mon cœur.

Ni pour le ciel étoilé que j'avais en moi…

Je fermai les yeux en les serrant très fort.

Je serai gentille, me rappela la petite fille qui était en moi. Mais je la repoussai car je ne voulais pas l'écouter.

Protéger mon rêve. Me sentir aimée par une famille. Voilà ce que j'avais toujours voulu. Alors pourquoi cela faisait-il aussi mal ?

Le lendemain, je fus réveillée par la sonnerie de mon portable. J'avais très peu dormi.

— Nica ! gazouilla une voix. Salut !

— Billie ? murmurai-je en me couvrant les yeux de la main.

— Oh, Nica, tu ne peux pas savoir ! Il m'est arrivé une chose incroyable !

— Mmm…, marmonnai-je, un peu dans le cirage.

J'avais le cœur lourd. Les émotions de la veille au soir, comme des décombres fumants à peine refroidis en moi, me rappelèrent ce qu'il s'était passé.

— Je te jure, je pensais que ça allait être une matinée comme les autres. Qui l'eût cru ? Quand ma grand-mère m'a dit que mon horoscope me donnait trois étoiles en chance, je n'aurais jamais pensé à *cette* chance-là…

J'entrepris de m'asseoir pendant que Billie continuait à parler comme une mitraillette.

— On se voit ce soir ? Comme ça, je te raconte tout ! Tu peux venir chez moi… On commandera des ailes de poulet frites et on fera ce masque pour le visage à la rhubarbe que j'ai trouvé sur un paquet de céréales...

— Ce soir ? murmurai-je, évasive.

— Oui, tu as quelque chose à faire ? s'étonna-t-elle, avec une pointe de déception.

— Eh ben... Il y a cette fête...

— Une fête ? Chez qui ?

— Lionel. Hier soir... il m'a demandé d'y aller.

Il y eut un instant de silence. Un moment durant lequel j'éloignai le téléphone de mon oreille pour vérifier que Billie était toujours en ligne. Une seconde après, sa voix explosa dans mes tympans :

— Mon Dieu ! Mais tu plaisantes ? Il t'a invitée de manière officielle ?

J'éloignai de nouveau mon téléphone, assourdie.

— Je n'y crois pas ! Donc il te plaît ? Oh, attends, il t'a dit que tu l'intéressais ?

— C'est juste pour parler, expliquai-je.

Mais elle ne m'écoutait pas.

— Tu sais ce que tu vas mettre ?

— Non. À vrai dire, je n'y ai pas encore pensé... Mais, vraiment, c'est juste pour parler, précisai-je une nouvelle fois.

Au fond, c'était la vérité. Lionel me l'avait demandé plusieurs fois, me faisant comprendre à quel point il y tenait.

— J'ai une autre idée ! s'exclama Billie. Je vais t'aider à choisir ! Je dois voir Miki aujourd'hui. Pourquoi ne viendrais-tu pas avec moi ? Mamie m'a offert plein de maquillage que je n'ai jamais utilisé. Comme ça, en même temps, je peux vous raconter ce qui m'est arrivé !

— Mais...

— Bon, c'est parfait ! On passe te prendre dans un moment, prends des vêtements pour ce soir ! J'appelle Miki pour la prévenir ! À plus !

Elle raccrocha avant que je ne puisse dire quoi que ce soit. Je fixai mon portable et m'écroulai sur mon lit en retenant un soupir. Billie prenait cette fête avec beaucoup trop d'enthousiasme. Ce n'était pas mon cas, et je n'avais accepté d'y aller que pour mettre les choses au clair avec Lionel. Toutefois, peu après, je sortis de ma chambre avec mon sac sur le dos. Dans le couloir, je me rendis compte que je n'arrivais pas à lever la tête. *Sa* porte était là. À quelques mètres. Sans attendre que quelque chose en moi puisse recommencer à se tordre douloureusement, je m'éloignai et dévalai l'escalier. Je gardai la tête basse, parce que tout, autour de moi, semblait me poser des questions sur lui. Je le sentais près de moi. Il était dans l'air comme quelque chose d'invisible et d'essentiel.

J'aperçus le piano et détournai aussitôt le regard. Pour la première fois impatiente de sortir de cette maison, je rejoignis la porte d'entrée lorsqu'elle s'ouvrit sous mon nez.

— Nica ! Oh, désolée… Tu pars déjà ?

Je m'empressai de laisser passer Anna. Je l'avais prévenue que je sortais, aussi acquiesçai-je.

— Tes amies sont déjà arrivées ?

Je l'aidai à porter ses sacs.

— Merci, me dit-elle en souriant.

Elle déposa un tendre baiser sur mes cheveux. Je me sentis brusquement assaillie par la culpabilité et le désespoir : Anna ignorait à quel point je me sentais déchirée. Elle ignorait ce à quoi je renonçais parce que j'avais besoin d'elle…

Je me mordis les lèvres.

— J'y vais, marmonnai-je, embarrassée.

Je sortis précipitamment de la maison en essayant d'oublier mon cœur en morceaux.

Nous sommes des fabricants de larmes…

Non. Je chassai cette affirmation avec énergie tout en remontant l'allée. Et pourtant sa voix resta en moi, dans mon sang, comme un murmure qui n'allait pas me quitter.

Je ne vis pas le 4 × 4 de la grand-mère de Billie. En revanche, je remarquai une voiture avec le moteur en marche et je m'approchai. Mais je me bloquai en apercevant au volant un homme que je ne connaissais pas.

— Nica ! On est là ! Monte !

Billie agita une main par la fenêtre.

— Tu en as mis du temps, me lança-t-elle tandis que je m'installais sur le siège.

Miki m'adressa un signe de la tête.

— Désolée, répondis-je.

La voiture démarra et je me penchai vers le conducteur avec un sourire hésitant.

— Bonjour… Je m'appelle Nica.

Il croisa brièvement mon regard dans le rétroviseur avant de reporter ses yeux sur la route. Je reculai, confuse, et Billie haussa les épaules.

— Il ne parle jamais en conduisant.

Je jetai un coup d'œil prudent à Miki.

— Je suis désolée de vous avoir fait attendre. C'est ton grand-père ?

Billie éclata d'un rire qui me fit sursauter. Je la regardai, perdue, et à cet instant je me rendis compte qu'au lieu de se diriger vers le sud, comme je l'avais pensé, la voiture roulait en direction du nord.

Je ne savais pas grand-chose de Miki. On venait la chercher après les cours là où personne ne pouvait la voir, peut-être parce que quelque chose concernant sa famille l'embarrassait. Je pensais qu'elle se sentait inférieure aux filles riches de notre lycée. Mais, quand la voiture s'immobilisa enfin devant chez elle, je compris que je m'étais complètement trompée.

— Nous sommes arrivés ! gazouilla Billie.

Devant moi se dressait une imposante villa. Des colonnes massives soutenaient une terrasse circulaire de style Art nouveau, d'un blanc aveuglant. Un immense escalier débouchait sur une allée bordée de cyprès et se terminait par deux félins sculptés dans la pierre qui semblaient surveiller l'entrée, fiers et silencieux. Partout autour, un somptueux jardin s'étendait, magnifié par une explosion de fleurs. Non loin de nous, un jardinier était en train de tailler un buisson en forme de poulain cabré.

— Tu vis ici ? demandai-je à Miki, qui descendait de voiture.

Son chewing-gum dans la bouche et les mains dans les poches de son sweat, elle acquiesça en passant près de moi. Je la fixai, stupéfaite.

— Viens !

Billie m'entraîna vers l'escalier immaculé ; la porte d'entrée massive en noyer s'ouvrit avant que Miki n'ait le temps de la toucher.

— Bienvenue, mademoiselle.

Une femme aux manières aimables nous accueillit et Billie la salua avec gaieté. Je demeurai abasourdie devant le hall d'entrée, où un énorme lustre de cristal dominait un immense espace au sol de granit brillant. La femme m'aida à enlever ma veste. Je l'observai, gênée, tandis que Miki quittait son gros sweat usé avant de le lui tendre. Cette fois, je me retins de lui demander s'il s'agissait de sa grand-mère.

— Qui est-ce ? demandai-je discrètement à Billie.

— Elle ? Oh, c'est Évangeline.

— Évangeline ?

— La gouvernante.

Je battis des paupières en la regardant s'éloigner. L'opulence qui nous entourait me faisait me sentir aussi petite et insignifiante qu'une punaise.

— Tu es fille unique ? demandai-je à Miki lorsqu'elle nous montra le chemin.

Elle approuva de la tête.

— Elle vient d'une famille noble, m'expliqua Billie. Même si la noblesse n'existe plus aujourd'hui… Ses arrière-grands-parents étaient des pontes, tu vois ? Regarde, les voilà !

Je dirigeai mon regard vers une peinture encadrée représentant un couple : la femme portait des gants de velours et l'homme de longs favoris. Ils avaient tous les deux une expression rigide et altière. Puis je découvris un immense tableau. Trois personnes y figuraient : un homme au visage sévère et aux yeux glacials qui semblaient vouloir trouer la toile ; près de lui, plus tendre mais tout aussi raffinée, dans une robe qui mettait en valeur sa chevelure de jais et sa peau claire, une femme très belle avec un léger sourire ; et devant eux, assise, se tenait Miki. C'était vraiment elle, avec une robe d'organza et les cheveux impeccablement coiffés.

— Ce sont tes parents, constatai-je en regardant ce couple sérieux et impeccable.

Le père, en particulier, ressemblait plus à une statue de marbre qu'à un homme. Il avait l'air incroyablement strict, au point que j'en fus intimidée. Je déglutis. Toute cette solennité était impressionnante.

Soudain, une porte s'ouvrit dans notre dos et nous nous retournâmes. Un homme massif comme une montagne, aux traits aristocratiques et élégants, fit son apparition devant nous. Il était vêtu d'un costume sur mesure parfaitement ajusté aux épaules ; ses cheveux étaient grisonnants et sa mâchoire sévère était encadrée d'une barbe taillée au millimètre.

Je n'eus aucun doute : c'était le père de Miki.

Ses yeux perçants comme ceux d'un aigle se plantèrent sur nous et je frissonnai. J'eus le réflexe de me faire toute petite sous son regard. Il gonfla la poitrine et puis…

— *Mon canard !* gazouilla-t-il, rayonnant.

Il se précipita vers nous, les bras grands ouverts. Je fus stupéfaite de le voir étreindre Miki en l'étouffant presque, tout en la faisant tournoyer comme une petite fille. Il sourit, fou de joie, et ses grandes mains lui caressèrent affectueusement la tête.

— Mon petit canard, comment vas-tu ? Tu es rentrée !

Il frotta sa joue contre celle de sa fille.

— Depuis combien de temps sommes-nous séparés ?

— Depuis le petit déjeuner, papa, répondit Miki, malmenée comme une poupée. On s'est vus ce matin.

— Tu m'as manqué !

— Et on va se voir au dîner…

— Tu vas me manquer !

Miki supporta patiemment les attentions de son père, tandis que je fixais avec étonnement l'homme dont la seule vue, un instant auparavant, m'avait terrorisée. Le même qui, maintenant, câlinait sa fille avec la petite voix que Norman utilisait quand il essayait d'amadouer Klaus.

— Oh, Marcus, allez, laisse-la respirer !

Une femme superbe nous rejoignit, et ce ne fut qu'à cet instant que je compris qu'une telle grâce ne pouvait pas être représentée sur une toile. La mère de Miki était une femme d'un raffinement rare. Ses mouvements n'étaient que fluidité et elle se déplaçait en glissant, aussi légère qu'un parfum, soyeuse et magnifique.

Miki lui ressemblait beaucoup.

— Wilhelmina, dit-elle en s'adressant à Billie avec un sourire. Bonjour, je suis ravie de te revoir.

— Bonjour, Amélia ! répondit mon amie.

Miki en profita pour me présenter.

— Maman, papa, voici Nica.

Ils me sourirent chaleureusement.

— Nous ne voyons pas souvent de nouvelles amies, déclara la mère de Miki. Makayla est toujours très discrète… C'est un plaisir de te rencontrer.

Makayla ?

Elle se tourna vers elle.

— Parfois, j'aimerais bien qu'elle porte de nouveaux vêtements. Mais elle s'obstine avec ces énormes sweats… Oh, chérie… Encore ce chiffon en lambeaux ?

Je compris qu'elle faisait référence au tee-shirt de Miki, avec le logo d'Iron Maiden. Celui-là même que j'avais recousu. Le panda brodé était encore là, Miki ne l'avait pas enlevé.

— Je l'ai depuis des années, se défendit-elle. On n'y touche pas.

— Makayla aime cette guenille qu'elle s'entête à appeler tee-shirt, nous informa sa mère. Parfois, elle a tellement peur que je le jette qu'elle le met pour dormir…

— Papa, est-ce que la voiture pourra raccompagner Nica tout à l'heure ? Elle a un rendez-vous.

— Bien sûr, tout ce que tu veux, mon petit canard en sucre, répondit son père avec fierté.

Je me sentis encore plus hébétée quand l'homme qui avait conduit la voiture fit son apparition en portant un plateau avec des gants blancs. Le père de Miki changea aussitôt d'expression et s'adressa à lui avec un air de conspirateur :

— Ah, Edgard…

— Oui, monsieur ? demanda le majordome, qui avait un nez incroyablement crochu.

— Vous avez bien vérifié que des *hommes* ne sont pas entrés ?

— Oui, monsieur. Aucun spécimen d'adolescent masculin n'a passé cette porte.

— Sûr ?

— Absolument, monsieur.

— Bien, déclara Marcus avec satisfaction. Aucun homme ne doit s'approcher de mon poussin !

Heureusement qu'il ne regarda pas Miki à ce moment-là, car l'expression de son visage était impayable.

— Bon, nous on monte, grogna-t-elle en s'élançant dans l'escalier.

Nous saluâmes ses parents de la main et ils firent de même.

La chambre de Miki contrastait complètement avec le reste de la maison : le bureau était envahi de livres et de partitions de violon, les murs constellés de posters de groupes, de coupures de journaux et de photos. Une peluche en forme de panda était assise sur une chaise, dans un coin.

— Tes parents sont super, lui dis-je. Ils ont l'air vraiment présents.

— Oui, répondit-elle. Parfois un peu trop.

J'avais cru que Miki ne recevait pas beaucoup d'attention de la part de ses parents, et j'étais heureuse de savoir que ce n'était pas le cas.

— Tu es prête ?

Billie renversa son sac, d'où s'échappa une cascade de petites boîtes et de tubes brillants qui m'hypnotisèrent.

— Assieds-toi là, me dit-elle en enfourchant une chaise. Et maintenant, ferme les yeux !

— Un peu de celui-ci…

Un fourmillement sur les joues.

— Un peu de celui-là…

Comme c'était la première fois que je me maquillais, j'éprouvais une sensation inédite. À l'orphelinat, je me contentais d'observer les femmes qui venaient nous rendre visite ou les journaux que la directrice jetait ; je n'étais qu'une enfant à l'époque, avec un visage gris et de grands yeux, qui se demandait ce que l'on ressentait en resplendissant de cette façon. Maintenant, en revanche, j'étais trop timide pour demander à Anna d'en acheter avec moi.

— Et voilà ! s'exclama Billie, aux anges. C'est fini !

J'ouvris les yeux.

— Waouh, soufflai-je, frappée par mon reflet dans le miroir.

— Oui, waouh, répéta Billie.

Derrière moi, Miki me fixait, les sourcils froncés.

— Mais… comment tu l'as arrangée ?

— Quoi ? s'étonna Billie en me regardant de plus près.

J'observai moi aussi mon visage, le fard à paupières bleu paon, le rouge à lèvres criard qui débordait un peu et les ronds roses qui ressortaient comme des pommes sur mes joues.

— Oui, dis-je à mon tour, quoi ?

Nous lui lançâmes toutes les deux le même regard étonné et Miki se frappa le front de la main.

— Vous, grogna-t-elle en secouant la tête. Je n'en peux plus…

— Tu n'aimes pas la façon dont je l'ai maquillée ?

— Mais depuis quand tu sais maquiller, toi ? Tu ne l'as jamais fait de ta vie ! Donne-moi ça !

Elle lui arracha le pinceau des mains et empoigna des lingettes démaquillantes, qu'elle frotta vigoureusement sur mon visage. Elle recommença de zéro tandis que Billie boudait, les bras croisés.

— Très bien, dit-elle. Alors, vu que tu es si forte, tu n'as qu'à la maquiller. En attendant, je vais l'aider à choisir ce qu'elle doit porter !

Elle souleva mon sac.

— Ils sont là, les vêtements que tu as apportés ?

J'acquiesçai et Billie ouvrit la fermeture Éclair, curieuse comme un singe. Elle manipula les jupes et les chemisiers avec une attention qui me mit un peu mal à l'aise.

— Celle-là est sympa… Oh, celle-là aussi…, murmura-t-elle pendant que Miki traçait deux traits fins sur le bord de mes paupières avec un objet froid et humide.

— J'aime bien celui-ci… Non, celui-là, non… Oh mon Dieu ! cria Billie.

Je sursautai sur ma chaise et Miki jura.

— Celle-là ! Sans aucun doute ! Nica, j'ai trouvé ta tenue !

Quelque chose se contracta en moi lorsque je vis Billie lever victorieusement la robe que j'avais achetée avec Anna, celle avec les boutons sur la poitrine et le tissu couleur du ciel.

— Non, m'entendis-je murmurer. Celle-là, non.

Je ne me rappelais même pas l'avoir mise dans mon sac. Je m'étais contentée d'y enfiler des vêtements pliés sans même les choisir.

— Pourquoi pas ? s'étonna Billie d'un air consterné.

La vérité était que je ne le savais pas moi-même.

— Elle est réservée… aux occasions spéciales.

— Et celle-là, ce n'en est pas une ?

Je me torturai les doigts.

— Je te l'ai dit… J'y vais parce que Lionel me l'a demandé. Je dois juste lui parler.

— Et donc ?

— Et donc, je n'y vais pas pour m'amuser.

— Nica, c'est une fête ! lâcha Billie. Tout le monde aura une tenue *de fête* ! Cette robe doit t'aller super bien. Sérieusement… Quelle meilleure occasion pour la porter ?

— Pas besoin…

— Si, au contraire, répliqua-t-elle avec une détermination inédite.

Je vis dans ses yeux l'affection de quelqu'un désireux de me mettre en avant.

— Tout le monde doit te voir avec cette robe, Nica. Tu ne feras pas tache, crois-moi… Et si tu y tiens, tu pourras la porter à d'autres occasions. Mais aujourd'hui… Aujourd'hui, c'est clairement une occasion spéciale. Tu ne le regretteras pas, je te le promets. Tu as confiance en moi ?

Elle sourit et déposa la robe sur le lit. À cet instant, je compris qu'elle voulait m'offrir une soirée différente, unique et pleine d'émotion. Je n'étais jamais allée à une fête, je n'avais jamais porté une robe comme celle-ci, je ne m'étais jamais maquillée pour me mettre en valeur, et je suspectai qu'elle l'avait deviné. Elle le faisait pour moi. Pour me mettre en lumière et me donner le sentiment d'être spéciale. Pourtant, en voyant cette magnifique robe m'attendre sur le lit, je ne pus que baisser la tête, je ne me sentais, au fond de moi, pas du tout à ma place. Je savais pour qui j'aurais voulu la porter. Et il ne serait pas à cette fête.

Miki me souleva le menton avec un doigt et, sans le vouloir, je croisai son regard. Je détournai les yeux avant qu'elle ne puisse y lire l'ombre amère de mon tourment.

— Regarde ce que j'ai trouvé !

Billie émergea d'un placard que je ne l'avais même pas vue ouvrir. Elle me montra de délicates sandales blanches, avec une fine lanière qui s'attachait à la cheville. Elles étaient très belles. Et encore dans leur boîte.

— Elles sont… à toi ? demandai-je à Miki.

Elle fit une grimace.

— Cadeau. De parents éloignés. Ce n'est même pas la bonne pointure…

— Mais c'est la tienne ! jubila Billie en me les tendant.

Hésitante, j'observai les petits talons.

— Je n'ai jamais porté de chaussures à talons…

— Allez, essaie-les !

Je les enfilai. Elles m'allaient. Puis je me mis debout, mais faillis tomber dès que je fis quelques pas. Cela ne sembla toutefois pas poser de problème à Billie et Miki.

Billie fouetta l'air de la main.

— Ne t'inquiète pas, tu as tout l'après-midi pour t'entraîner !

Je passai ainsi le reste de la journée. À la fin, une fois que j'eus enfilé la robe et que le maquillage fut terminé, elles me dirent que je pouvais regarder. J'obéis. Et…

Je restai muette, les joues brûlantes. *C'était moi. Mais cela n'avait pas l'air d'être moi.*

Mes cils, épais et noirs, ourlaient mes yeux gris, les rendant resplendissants, et quel que soit le produit que j'avais sur les lèvres, il les faisait ressembler à deux pétales charnus. Mes joues étaient légèrement roses, pleines, et mon teint, d'habitude grisâtre et un peu éteint, rayonnait sous les taches de rousseur comme du velours évanescent. Un ruban de soie blanche retenait mes cheveux, mettant en valeur mon visage et laissant les mèches, souples et libres, retomber sur mes épaules.

C'était vraiment moi…

— Celui-là, il va faire un infarctus, lâcha Billie avec un petit rire à la fois sadique et fier.

Puis elle émit un cri.

— Si j'avais mon appareil, je ferais une photo ! Tu es… *Mon Dieu*, on dirait… On dirait une poupée !

Les yeux brillant d'admiration, elle lissa le tissu sur mes hanches.

— La vache, attends que quelqu'un te voie ! Qu'est-ce que tu en penses, Miki ?

— Je dirai à Edgard de t'accompagner jusqu'à la porte, marmonna celle-ci en me regardant de travers. Tu ne peux pas te balader comme ça dans la rue.

Billie éclata de rire, euphorique.

— Tu verras, tu seras une princesse de conte de fées !

De conte de fées…

Bien sûr…

J'observai mon reflet avec un regard éteint, essayant de ressentir la même joie qu'elles, mais je n'en fus pas capable. Je n'avais en moi qu'une étendue aride et déserte. Et elle murmurait *son* nom.

— Oh, Nica, avant que tu t'en ailles, il faut que je vous raconte ce qui m'est arrivé aujourd'hui !

Billie battit des mains avec exaltation. Je me rendis alors compte qu'elle avait attendu toute la journée pour nous en parler.

— De quoi s'agit-il ? demandai-je en lui consacrant toute mon attention.

— Vous n'allez pas le croire !

Nous nous approchâmes de Billie, qui nous fit languir encore un peu. Mais tout en elle criait que ça la démangeait de parler. À la fin, elle explosa et déclama :

— J'ai découvert qui m'offre la rose !

Le silence s'abattit dans la pièce.

Je l'observai, bouchée bée ; à côté de moi, Miki était comme pétrifiée.

— Comment ? parvins-je à articuler, consternée.

— Vous avez bien entendu ! répliqua-t-elle gaiement. Je suis allée faire les courses ce matin et, tandis que je traversais le parc, j'ai failli tomber à cause d'un teckel… Bon sang ! Arrive ce garçon et, bon, on se met à bavarder… et je découvre qu'il est dans le même lycée que nous ! On discute toute la matinée et il m'accompagne faire les courses. On rigole, on plaisante et vous savez ce qu'il m'a dit ? Qu'il était content que Findus, son teckel, me soit rentré dedans, parce que ça lui avait donné une excuse pour me parler… Il m'a dit qu'il voulait le faire depuis longtemps mais qu'il était trop timide… Et là, eh bien, j'ai enfin compris !

Ses yeux brillaient.

— Je lui ai demandé si, par hasard, c'était lui qui m'offrait la rose. *La rose blanche,* lui ai-je expliqué*, celle que je reçois chaque année d'un prétendant anonyme…* Et lui, qu'est-ce qu'il m'a répondu ? Vous savez ce qu'il m'a répondu ? *Il m'a dit que oui !*

Billie attendit une réaction enthousiaste qui n'arriva pas. Je n'osai pas regarder Miki. Je m'éclaircis la gorge et pris la parole :

— Tu… tu en es sûre ? Je veux dire, tu es vraiment certaine que…

— Oui ! Sans l'ombre d'un doute ! Tu aurais dû voir comme il était gêné, il n'arrivait même pas à me regarder dans les yeux !

Elle battit des mains, électrisée par l'émotion.

— Mais vous y croyez, à ça ? C'est lui ! Vous auriez pensé que j'allais pratiquement lui tomber dans les b…

— Non.

Miki n'avait pas bougé. Et pourtant, quelque chose en elle venait de se fissurer.

— Ce n'est pas lui.

— Moi aussi, j'ai du mal à y croire ! Je le jure, je n'aurais jamais pensé qu'un type aussi sympa…

— Non, répéta Miki. Il t'a menti.

Billie secoua la tête en souriant.

— Non ! Il me l'a dit de manière claire et nette…

— Et tu le crois ? Tu crois un inconnu ?

— Pourquoi ne devrais-je pas le croire ?

— Peut-être parce que c'est exactement ce que tu voulais t'entendre dire !

Billie cligna plusieurs fois des yeux, déconcertée.

— Et même si c'était le cas ? demanda-t-elle doucement. Qu'est-ce qu'il y a de mal ?

— *Qu'est-ce qu'il y a de mal ?* répéta Miki, les dents serrées. Il y a que, comme toujours, tu es trop naïve pour ne pas te faire mener en bateau !

— Mais qu'est-ce que tu en sais, toi, hein ? Tu ne le connais même pas !

— Pourquoi, toi, tu le connais ?

— Eh ben, un peu, oui ! J'ai passé toute la matinée avec lui !

— Et maintenant, tu crois toutes les conneries qu'il te raconte ?

Billie recula, les sourcils froncés.

— Mais qu'est-ce que tu as ? Je ne te l'aurais pas dit si j'avais su que tu aurais cette réaction…

Miki serra les poings, tremblant de frustration.

— Et à quelle réaction t'attendais-tu ?

— Que tu sois heureuse pour moi ! Nica l'est, elle ! dit-elle en se tournant vers moi. N'est-ce pas ?

— Je…

— Je devrais être heureuse que le premier venu se foute de toi ?

Je n'aimais pas la tournure que prenaient les choses. Je sentais la tension crépiter dans l'air.

— Je ne me suis pas fait foutre de moi ! Il m'a dit…

Miki éleva la voix.

— *Ce n'est pas lui !*

— *Si, c'est lui !* répliqua Billie en serrant les poings à son tour. Arrête de penser que tu as toujours raison !

— Et toi, arrête de croire n'importe quoi !

— Pourquoi ? s'entêta Billie.

Elle changea de ton :

— Pourquoi est-ce si difficile pour toi d'accepter que quelqu'un puisse s'intéresser à moi ?

— Parce que tu te sens trop seule pour voir plus loin que le bout de ton nez !

Miki comprit qu'elle avait dépassé les bornes quand elle vit l'éclair de stupeur traverser les yeux de sa meilleure amie. Je les regardai sans respirer, et je sentis arriver un tremblement de terre que je n'étais pas en mesure d'arrêter.

— Ah, c'est comme ça ? murmura Billie en la regardant, blessée. Toi, en revanche, tu n'as besoin de rien ni de personne, hein ? Tes parents sont suffisamment présents pour que tu te permettes de maltraiter le reste du monde ?

— Qu'est-ce que ça a à voir ? répliqua Miki, rouge de colère.

— Ça a tout à voir ! Pourquoi fais-tu toujours ça ? *Toujours !* Tu n'arrives même pas à être heureuse pour moi !

— *Ce n'est pas lui !*

— Ça, c'est ce que tu veux ! hurla Billie en vomissant son ressentiment. Tu veux que ce ne soit pas lui ! Tu *veux* que je sois seule, comme toi, parce qu'il n'y a personne d'autre qui te supporte !

— *Oh, je suis désolée !* cria Miki, en proie à la colère. Je suis désolée si, à quatre heures du matin, tu n'as personne à appeler à part moi ! Ça doit être une souffrance pour toi de m'avouer à quel point tu te sens seule !

— Ça te plaît que quelqu'un t'appelle ! rétorqua Billie, des larmes dans les yeux. Tu adores ça parce que je suis la seule à supporter ton caractère de merde ! *Personne* ne veut avoir affaire à toi !

— CE N'EST PAS LUI !

— Arrête !

— Ce n'est pas lui, Billie !

— Pourquoi ? cria-t-elle.

— *Parce que c'est moi !*

Un spasme très rapide contracta le visage de Billie. Elle fixa son amie, immobile et muette.

— Quoi ? osa-t-elle enfin demander après un moment.

— C'est moi ! cracha Miki.

Elle ne parvint même pas à regarder Billie quand elle ajouta :

— Ça a toujours été moi.

Horrifiée, Billie la considéra d'un air que je ne lui avais jamais vu.

— Ce n'est pas vrai, murmura-t-elle enfin.

L'incrédulité sur son visage s'accentua.

— Ce n'est pas vrai, tu ne me dis pas la vérité…

— Mais si.

— Non ! explosa-t-elle, tremblante. Non, tu mens ! Tu me mens !

Miki ne répondit pas.

Et face à ce silence, la conviction dans les yeux de Billie se transforma en cendres. Lentement… elle se mit à secouer la tête.

— Non, je ne te crois pas, murmura-t-elle comme si elle cherchait à se convaincre elle-même. Pourquoi aurais-tu fait ça ? Pourquoi… Pourquoi aurais-tu…

Elle plissa les yeux.

— Par pitié ?

— Non…

— Parce que je te fais peine ? C'est ça ? demanda-t-elle, des larmes coulant sur son visage.

— Non !

— Pour que je cesse de me plaindre que je suis trop seule ? C'est pour ça ?

— Arrête !

— Dis-moi la vérité ! Dis-la-moi une fois pour toutes !

Miki fit un geste désespéré, le seul qui pouvait exprimer ce qu'elle ressentait. Elle prit le visage de Billie entre ses mains et posa ses lèvres sur celles de mon amie.

Ce fut trop soudain. Billie écarquilla des yeux pleins d'horreur et d'effarement. L'instant d'après, elle repoussa Miki de toutes ses forces. Elle recula, la main sur les lèvres, tremblante et sous le choc. Elle fixa sa meilleure amie de la façon la plus éloignée de celle avec laquelle on regarde quelqu'un qu'on connaît depuis toujours, avec qui on a partagé des joies et des peines. Et face à ce regard, j'entendis le bruit du cœur de Miki qui se brisait.

Puis Billie se tourna et s'enfuit en courant.

— Billie ! l'appelai-je d'une voix angoissée.

En sortant de la chambre, je la vis disparaître au fond du couloir avant qu'un coup d'épaule ne me fasse trébucher.

— M... Miki, dis-je en tendant la main vers elle tandis qu'elle s'éloignait dans la direction opposée en retenant ses larmes.

Je regardai d'un côté puis de l'autre, affligée, sans savoir qui suivre. Je ne les avais jamais vues se disputer de cette façon, jamais... Elles venaient de se dire des choses terribles, des choses qu'elles ne pensaient pas. Je savais que la colère était capable de révéler le pire, même chez les meilleures personnes.

Je pensai à Miki, à tout ce qui la mettait sans doute en pièces. Et pourtant, je savais qu'elle avait chaque jour été capable de gérer ses sentiments toute seule.

En revanche, Billie devait être bouleversée...

C'est vers elle que je courus. J'ouvris les portes les unes après les autres, jusqu'à ce que je la trouve dans une pièce qui devait être un petit salon pour le thé. Elle était assise par terre, les bras autour des genoux. Je m'approchai doucement et je compris qu'elle ne tremblait pas... Elle pleurait.

Je la rejoignis, désolée jusqu'au plus profond de mon cœur. Avec toute la délicatesse du monde, je posai une main sur son épaule et me penchai pour l'étreindre par-derrière. J'espérai ne pas lui paraître trop intrusive, mais cette crainte disparut quand elle resserra sa prise sur mes bras, acceptant ma présence.

— Tu ne dois pas rester ici, murmura-t-elle d'une voix triste. Ne t'inquiète pas pour moi. Va-t'en, sinon tu seras en retard à la fête.

Mais je secouai la tête. Sans aucune hésitation, je dénouai mes sandales et m'assis près d'elle.

— Non, répondis-je. Je reste avec toi.

26- MENDIANTS DE CONTES DE FÉES

Peu importe que tu sois détruit.
Peu importe que je le sois.
Les mosaïques sont faites d'éclats brisés.
Pourtant regarde comme elles sont belles.

Billie garda le silence pendant longtemps. Elle fixait le vide, des larmes figées dans ses yeux rougis par les pleurs. Je ne pouvais pas imaginer ce qu'elle ressentait. Dans sa tête, sans aucun doute, défilait l'amitié de toute une vie. J'aurais voulu la réconforter. Lui dire que tout allait redevenir comme avant. Mais peut-être était-ce vrai que certaines choses étaient destinées à changer, en dépit de nos efforts. Que, la vie suivant son cours, ces choses se modifiaient inévitablement.

— Je vais bien, dit-elle lorsque l'une de mes caresses lui rappela que j'étais encore là.

J'avais beau m'efforcer de la croire, je savais qu'elle n'y croyait pas elle-même.

— Je sais que ce n'est pas le cas, répondis-je. Tu n'as pas besoin de faire semblant.

Billie ferma les yeux et secoua doucement la tête, comme une marionnette cassée.

— C'est que… je n'arrive pas à y croire.

— Billie, Miki…

Elle m'interrompit, affligée :

— S'il te plaît, je… je n'ai pas envie d'en parler.

Je baissai la tête.

— Elle ne l'a pas fait par pitié, dis-je quand même, sans la regarder. La rose… Ce n'était pas par pitié. Tu sais qu'elle ne l'aurait jamais fait pour cette raison.

— Je ne sais plus rien.

— Ce qui s'est passé ne doit pas remettre en cause votre amitié. Votre relation a toujours été sincère, Billie… Bien plus que ce que tu penses.

Je la vis déglutir et j'ajoutai :

— Elle t'aime énormément.

— S'il te plaît, Nica, intervint Billie, les lèvres plissées comme si désormais chaque mot pouvait lui faire du mal. J'ai besoin de… d'un moment. Pour assimiler. Je sais que tu ne veux pas me laisser toute seule, mais tu ne dois pas t'inquiéter pour moi. Tout ira bien…

Elle saisit mon regard anxieux et sembla vouloir me rassurer.

— Je voudrais juste rester un peu seule.

— Tu en es sûre ?

— Oui, certaine, dit-elle avec un petit sourire. Vraiment, tout… tout va bien. Et toi, tu es attendue à une fête, non ?

— Si, mais ça n'a aucune importance. Et puis, il est tard maintenant…

— Tu ne vas pas me dire qu'on a passé tout ce temps à te préparer pour rien ? Je ne suis pas d'accord. Et puis, je suis sûre que Lionel t'attend quand même…

Je cherchai quelque chose à lui répondre mais elle me devança :

— Tu devrais y aller. Tu es sublime, comme ça… C'est ta soirée. Je ne veux pas que tu la gâches pour moi.

— Et toi ? demandai-je, comme si je cherchais une raison pour rester. Qu'est-ce que tu vas faire ?

— Je te l'ai dit, tout ira bien. J'ai déjà demandé à ma grand-mère de venir me chercher. Elle va bientôt arriver.

Je lui répétai que j'avais décidé de rester, mais elle m'aida à me relever. Puis elle lissa la robe sur mes hanches et me rassura de nouveau. Avant que je ne puisse dire quoi que ce soit, elle m'avait déjà poussée délicatement hors de la pièce.

— File, dit-elle avec un sourire triste. Et amuse-toi. Fais-le aussi pour moi. On s'appelle demain.

Je me retrouvai dans le couloir, la porte se refermant dans mon dos. Toutefois, une fois seule, plutôt que d'obéir à Billie, je me dirigeai de l'autre côté pour chercher Miki. J'ouvris de nouveau chaque porte. Lorsque j'arrivai devant la dernière chambre fermée, je compris qu'elle devait être là. Je frappai. Je dus l'appeler plusieurs fois avant de lui dire doucement que j'étais désolée de ce qu'il venait de se passer. Je lui dis aussi que je ne voulais pas être envahissante et qu'elle pouvait me laisser entrer, même si elle ne voulait pas parler. Que je resterais là, près d'elle. Aussi longtemps que nécessaire.

Mais Miki ne répondit pas et je restai suspendue à la poignée de la porte close.

— Mademoiselle, m'entendis-je appeler.

Je me retournai : Évangeline me regardait avec des yeux consternés.

— La voiture vous attend pour vous conduire où vous le souhaitez.

Je ne parvins pas à retenir ma demande :

— Je voudrais voir Miki…

— Mademoiselle préfère ne voir personne en ce moment, répondit-elle lentement, avec un regard qui disait plus que mille mots. Elle a demandé au chauffeur de vous conduire à l'adresse prévue. La voiture vous attend dans l'allée.

Je ne voulais pas m'en aller comme ça, sans même voir Miki. Évangeline croisa les mains.

— Je suis désolée.

Je jetai un dernier regard d'impuissance à la porte fermée, puis je consentis enfin à la suivre dans l'escalier. Évangeline me tendit ma veste, que je roulai en boule contre ma poitrine ; puis, après m'avoir souhaité une bonne soirée, elle m'escorta jusqu'à la voiture. Edgard m'ouvrit la portière. Je le remerciai et m'installai à l'arrière. Le crissement du gravier sous les pneus nous accompagna jusqu'au portail. Je me retournai pour regarder une dernière fois la maison, qui disparut rapidement derrière les cyprès.

J'arrivai devant chez Lionel, les doigts crispés sur ma robe ; la musique qui s'échappait de la maison faisait vibrer la voiture. Je fixai le jardin bondé sans parvenir à bouger.

— Ce n'est pas la bonne adresse ? me demanda Edgard.

— Si… si, c'est bien ici.

Je me sentais clouée à mon siège, comme si mon cœur s'y était enfoncé. Toutefois, le regard expectatif d'Edgard me fit éprouver un embarras suffisant pour me pousser à ouvrir la portière. Je descendis dans la rue éclairée par des lampadaires. Les invités se massaient jusque sur le trottoir et la musique était tellement forte que j'entendais à peine mes propres pensées ; au milieu de cette cohue de garçons torse nu, de packs de bières et de cris, je me sentis complètement décalée dans ma robe délicate.

J'étais immobile comme une statue de sel et plus je restais là, plus j'avais envie de faire machine arrière. Qu'est-ce que je faisais là ? Je venais d'arriver et je voulais déjà m'en aller. J'aurais dû me frayer un passage parmi les personnes présentes et chercher Lionel, mais la sensation d'être au mauvais endroit fit lentement son chemin en moi. Soudain, je pris conscience de ce que je ressentais.

Ce n'était pas juste.

Quelque chose était douloureusement incongru.

Quelque chose n'arrivait pas à s'adapter. À s'emboîter.

C'était moi.

Moi tout entière, corps et âme.

J'observai mon reflet dans la vitre d'une voiture, cette robe qui me donnait l'air d'une poupée. Mais, à l'intérieur, je n'étais que cendre et papier. À l'intérieur, j'avais des étoiles et des yeux de loup. Mon âme était coupée en deux. Et, sans l'autre moitié, même respirer semblait ne plus avoir de sens.

J'étais venue ici dans l'espoir d'oublier et, peut-être, de trouver en Lionel une raison de rester. Mais je m'étais menti. *On ne trompe pas son propre cœur*, crièrent les univers qui tournoyaient en moi. Et dans mes yeux tristes, je vis tout le besoin, ardent et désespéré, que j'avais de *lui*.

Rigel.

Rigel, qui avait planté ses racines en moi.

Rigel, qui s'était ancré à mes os de cette manière délicate et destructrice dont le font les fleurs avant de mourir.

Rigel, qui était ma constellation de frissons.

Il n'existe pas de conte de fées pour celui qui mendie une fin heureuse. C'est la vérité.

Et à l'instant où je le reconnus moi-même, je ne parvins plus à comprendre ce que je faisais là. Je n'avais rien à voir avec cette fête. Ce n'était pas ma place. Cela ne m'aurait pas fait oublier les sentiments que j'avais en moi. Cela les aurait seulement remplis d'épines.

Je décidai de m'en aller. Je trouverais un autre moment pour parler à Lionel. Maintenant, je voulais seulement rentrer à la maison. Avant que je ne puisse m'éloigner, cependant, une paire de bras me souleva du sol. Je retins un cri et fus chargée sur une épaule comme un sac de pommes de terre.

— Eh, j'en ai attrapé une moi aussi ! cria l'inconnu qui me portait.

Je vis avec effroi l'un de ses amis faire la même chose avec une fille qui rigolait.

— Et maintenant ? demanda-t-il d'une voix excitée.

— On va les balancer dans la piscine !

Ils poussèrent un hurlement et se dirigèrent comme des forcenés vers la maison. Je me démenai de toutes mes forces, suppliant le garçon qui me portait de me lâcher, mais ce fut inutile. Ses mains étaient tellement poisseuses que j'étais certaine d'en garder une trace sur les jambes. Ce ne fut qu'une fois dans la maison qu'ils cessèrent tous les deux leur folie et se regardèrent d'un air confus.

— Eh, mais y a pas de piscine ici…, marmonna mon ravisseur.

Je profitai de ce moment pour me dégager de ses bras et m'enfuir.

À l'intérieur, c'était l'enfer. Les invités criaient, dansaient, s'embrassaient. Encouragé par ses copains, un garçon était en train de vider un fût de bière à l'aide d'un tuyau. Un autre agitait sa casquette, exécutant des mouvements saccadés comme s'il montait un taureau de rodéo. Après m'être approchée, je vis qu'il s'agissait de la tondeuse rouge de Lionel.

Je cherchai la porte de sortie d'un regard égaré, trop petite pour voir au-delà de toutes les têtes. Je me faufilai entre des dos et des bras. Soudain, je fus heurtée par un coup d'épaule très violent qui faillit me faire tomber.

— Désolée ! dit une fille en essayant de relever sa copine, la fille qui m'avait bousculée.

Pourquoi avaient-ils tous l'air d'avoir perdu la tête ?

— Excuse-la, vraiment. Elle a trop bu…

— Il était très beau ! braillait l'autre comme si elle avait vu un extraterrestre. Un putain de beau gosse sexy, et tu ne me crois pas ! *Tu ne me crois pas !*

Comme j'essayai de l'aider à se redresser, elle se colla à moi.

— C'était le plus beau garçon que j'ai jamais vu ! hurla-t-elle sous mon nez, l'haleine chargée d'alcool.

— Oui, tout va bien, tout va bien, marmonna sa copine. Un beau mec extraterrestre, grand, magnifique, et avec des yeux *plus noirs que la nuit*… Mais bien sûr…

— *Il était à tomber par terre !* insista la fille. Quelqu'un d'aussi beau ne peut pas se balader comme ça ! Avec une peau si blanche qu'il semblait irréel… J'ai même essayé de le toucher, tu comprends ?

Je me figeai. Pétrifiée, je me surpris à lui serrer le bras avec plus de force que je ne le voulais.

— Le garçon que tu as vu… il avait les cheveux noirs ?

Une lueur d'espoir illumina son visage.

— Alors toi aussi tu l'as vu ! Oh, je savais que je n'avais pas rêvé…

— Où l'as-tu vu ? Il était… il était là ?

— Non, gémit-elle. Je l'ai vu dehors… Juste avant, il était là, à marcher dans la rue, et j'ai essayé de l'approcher… Mon Dieu… L'instant d'après, il n'était plus là…

Je me remis à me frayer un passage pour rejoindre la porte. Mon cœur battait à tout rompre. C'était lui. Je le sentais dans chaque atome de mon corps. Mais le destin devait m'en vouloir. J'avais presque atteint la sortie quand, soudain, je sentis qu'on m'attrapait le poignet. Je me retournai et me retrouvai face au seul regard que je ne voulais pas croiser.

— Nica ?

Lionel me considéra comme si je n'étais pas réelle.

— Tu… tu es là, balbutia-t-il en s'approchant. Je pensais ne pas te voir… Je pensais que… que tu ne viendrais pas… et en fait…

— Lionel, murmurai-je, mortifiée. Je suis désolée… Je suis vraiment désolée, mais je dois partir…

— Je suis content que tu sois venue, marmonna-t-il sur ma joue.

Une très forte odeur d'alcool s'échappait de sa bouche et je reculai.

— Je… je dois partir.

Mais le vacarme et la musique m'empêchèrent de me faire comprendre. Aussi prit-il ma main et, avec un signe de la tête, mima un « Viens ». Il me conduisit vers la cuisine, où nous trouvâmes deux garçons occupés à sortir des bières du frigo. Ils s'en allèrent en riant et Lionel ferma la porte pour que nous puissions parler.

— Je suis désolée de ne pas t'avoir appelé, confessai-je. J'aurais dû te dire quelque chose. Mais, Lionel… Je n'étais plus sûre de venir et maintenant je…

— Tu es ici et ça me suffit, murmura-t-il d'une voix traînante.

Il me sourit avec un regard brillant et distant, et remplit de punch un gobelet en plastique.

— Tiens.

— Oh… Non merci…

— Vas-y, goûte, insista-t-il avec un grand sourire avant de boire une longue gorgée à ma place. Allez, juste une goutte.

Face à son insistance, je décidai de lui faire plaisir. J'allais rentrer à la maison, alors qu'est-ce que ça me coûtait ? Je goûtai en fermant les yeux et plissai les lèvres. Lionel sembla satisfait.

— C'est bon, hein ?

Je toussai fortement, la boisson était très alcoolisée.

— Tu sais, je pensais ne pas te voir, l'entendis-je me dire.

Il se tenait à une distance dangereusement réduite.

— Je pensais que tu n'allais pas venir…

J'éprouvai le besoin d'être sincère, de le regarder dans les yeux et de lui dire que, en réalité, je ne pouvais pas rester.

— Lionel, je voudrais t'expliquer…

— Ne dis rien, j'ai déjà tout compris, répondit-il avant de manquer de me tomber dessus.

Je posai mon verre et le soutins, chancelant sur mes talons.

— Tu te sens bien ?

— J'ai seulement… un peu bu, ricana-t-il.

— J'ai l'impression que c'est plus qu'un peu, murmurai-je.

— Je ne te voyais pas arriver… J'ai pensé que tu m'avais posé un lapin…

Je m'attendis à le voir ricaner de nouveau mais, au contraire, il resta silencieux. L'instant d'après, je sentis sa main glisser sur le plan de travail, près de moi. Je croisai ses yeux et Lionel déglutit, la tête penchée à ma hauteur.

— Mais maintenant tu es là…

— Lionel, dis-je d'une petite voix en sentant sa main saisir mon poignet.

— Tu es là et tu es… plus *belle* que jamais…

Je reculai mais fus bloquée par le meuble de cuisine. Je posai une main sur sa poitrine, l'autre étant malheureusement prise au piège de la sienne.

— Tu as dit que nous devions parler…, tentai-je, inquiète.

Mais son corps se frotta contre ma robe.

— Parler ? chuchota-t-il en se pressant contre moi. On n'a pas besoin de parler…

Je tournai la tête en essayant d'enfouir mon visage contre mon épaule, mais ce fut inutile. Ses lèvres trouvèrent quand même les miennes, les couvrant complètement. Il m'embrassa là, contre un placard, le goût de l'alcool se mélangeant à sa respiration. Sa bouche humide poursuivit la mienne, l'étouffant presque, et mes efforts pour le faire arrêter s'avérèrent inutiles.

— Non… Lionel !

Je repoussai sa poitrine, essayant de me libérer de quelque chose que je ne voulais pas. Mais sa main se posa sur mon visage et il m'embrassa plus profondément. Ses doigts saisirent mes cheveux pour m'immobiliser et je me retrouvai incapable de bouger.

— S'il te plaît…

Il ne m'écouta pas et fit la seule chose capable de tout faire exploser. Il saisit mes deux poignets et les serra.

Et la réalité s'écroula.

Une décharge parcourut ma colonne vertébrale, une peur primale et viscérale plaqua mon cœur contre mes côtes et je me mis à haleter. La contrainte, la panique, les sangles autour des poignets, les bras bloqués. La cave sombre. Tout mon corps se contracta et mon âme se révolta. Il y eut un craquement très fort et Lionel me lâcha. Un jet orange l'inonda et le gobelet éventré roula sur le sol. Après avoir dégagé mon bras, j'avais attrapé la première chose qui m'était tombée sous la main et je la lui avais jetée au visage.

Je lui lançai un regard horrifié avant de m'échapper. Je quittai la cuisine et traversai la foule pour sortir de cette maison, pour laisser derrière moi la terreur qui s'était collée à mes os. Les battements de mon cœur étaient assourdissants. Je me sentais glacée, humide et poisseuse. La réalité m'écrasa et le mal-être me serra la gorge, m'empoisonnant de sensations familières. J'avais l'impression de suffoquer au milieu de tous ces corps qui se pressaient contre moi. Soudain, un cri m'arracha à moi-même et me fit sursauter.

Je me retournai en même temps que tout le monde. Et me figeai en voyant une tache noire voleter dans l'air. Une petite chauve-souris était entrée par la fenêtre et elle s'agitait désormais dans le salon bondé, étourdie par la lumière et les bruits. Quelques filles hurlèrent, terrorisées, d'autres se couvrirent les cheveux de leurs mains.

Je la fixai, le cœur battant. Elle heurta une lampe en essayant de trouver un moyen de sortir. Tout à coup, un verre fendit l'air et la frappa de plein fouet, lui faisant percuter le mur. Certains se mirent à rire, des voix s'élevèrent. Un autre verre s'envola avant de s'écraser contre le mur, ce qui eut pour effet de décupler les rires. La peur se transforma rapidement en amusement. En l'espace d'un instant, tout se mit à voler : des boules de papier aluminium, des mégots, des bouchons et des morceaux de plastique. Une pluie de déchets se déversa sur la chauve-souris, et cette scène me brisa le cœur.

— Non ! hurlai-je. Non ! Arrêtez !

Elle tomba dans un saladier de punch et ses ailes furent trempées d'alcool. Les rires redoublèrent et j'attrapai les bras des personnes près de moi.

— Ça suffit ! Arrêtez !

Mais personne ne semblait m'écouter. Les encouragements et les cris amusés continuèrent. C'était insupportable. La partie la plus profonde de moi prit le dessus. Je me frayai un passage dans la foule pour atteindre la chauve-souris. Je la trouvai recroquevillée contre le mur et la seule chose que je parvins à faire fut de me baisser pour la prendre dans mes mains. Des boulettes de papier se mirent à pleuvoir sur moi, quelqu'un me jeta une cigarette. Je serrai la chauve-souris contre ma poitrine afin de la protéger et je la sentis s'accrocher désespérément à moi, ses petites griffes me blessant la peau. Je regardai autour de moi, terrifiée, et je sentis de nouveau ce frisson, cette terreur qui lacérait ma respiration. Je vis tous ces bras se lever en même temps – *et la directrice qui haussait la voix, levait les mains, ses doigts serrant et écrasant et fêlant les côtes* – et la panique hurla plus fort qu'avant. Je dépassai ce mur de personnes en donnant des coups d'épaule, me moquant de bousculer quelqu'un. Lorsque je parvins à trouver la sortie, je m'engageai sur le trottoir pour laisser cet enfer derrière moi et me mis à courir comme une forcenée. Je faillis tomber à cause de mes talons, mais je ne m'arrêtai pas. Je courus avec mes muscles douloureux, je courus jusqu'à ce que les bruits aient disparu, je courus jusqu'à la maison.

Je ne me calmai que lorsque j'aperçus enfin notre barrière. Je repris mon souffle, jetant un coup d'œil anxieux dans mon dos. Puis je baissai les yeux sur la petite chose chaude qui me chatouillait le cou : la chauve-souris était encore là, ancrée à moi, tremblante. Je posai ma joue sur sa tête, caressant doucement cette minuscule créature incomprise.

— Tout va bien, murmurai-je.

Elle leva la tête et son regard perdu, ses yeux noirs comme des billes brillantes m'atteignirent en plein cœur. Rien au monde ne me rappela davantage Rigel que cette créature de la nuit, faite de griffes et de peur, nichée au creux de mes bras. J'aurais voulu revenir en arrière, le serrer et rester avec lui. Lui dire qu'il m'avait tout laissé. Que j'étais remplie de lui, de ses désastres et de ses frissons. Et que je ne savais plus vivre sans. Je déglutis et j'ouvris les mains pour laisser la chauve-souris s'envoler. Elle me griffa maladroitement la peau et réussit enfin à prendre son envol. J'eus à peine le temps de la voir disparaître dans l'obscurité : des pas résonnèrent dans mon dos et une main me saisit par l'épaule, m'obligeant à me retourner.

Je croisai deux yeux bouleversés et tressaillis.

— Nica, me souffla Lionel en plein visage, mais qu'est-ce que… Qu'est-ce que tu fais ?

— Laisse-moi, murmurai-je en essayant de me dégager.

Sa main sur ma peau me paniquait, réveillant immédiatement des sensations désagréables.

— Pourquoi es-tu partie de cette façon ?

Je reculai pour me libérer de sa prise mais il m'empoigna de nouveau. J'avais beau savoir que Lionel n'était pas dans son état normal, je ne parvins pas à ne pas être effrayée.

— Qu'est-ce que ça veut dire, tout ça ? D'abord tu viens et après tu t'en vas comme ça ?

— Tu me fais mal, lui dis-je d'une voix affaiblie par la peur et l'impuissance.

La terreur croissant en moi, j'essayai de le repousser mais il m'en empêcha : il m'attrapa par les épaules, agacé, et me secoua avec colère.

— Putain, arrête et regarde-moi !

Soudain, les mains de Lionel me lâchèrent. Son corps tituba en arrière et il s'écrasa sur le sol avec une violence qui lui coupa le souffle. Derrière mes larmes, la seule chose que je vis fut la silhouette imposante et effrayante qui glissa dans l'obscurité, s'interposant entre lui et moi. Les poings aux veines saillantes, contractés le long du corps, irradiaient d'un calme immobile et dangereux.

Rigel le fixait de toute sa hauteur, avec cette beauté cruelle de diable noir.

— Tu ne la *touches* pas, dit-il d'un ton implacable.

Dans ses yeux brillait une colère si froide que sa voix suave devenait effrayante.

— Toi ! cracha Lionel avec une haine aveugle, se redressant sur ses coudes.

Rigel haussa un sourcil.

— *Moi*, confirma-t-il, moqueur, avant de marcher sur les cheveux de Lionel.

Il le cloua à terre, le laissant se contorsionner sur l'asphalte comme une proie haletante.

Je ne respirais plus. Dans les yeux de Rigel couvait cette violence impitoyable qui dévorait chaque étincelle de lumière. Il tourna la tête vers moi et me considéra par-dessus son épaule, d'un regard qui pénétra mon âme.

— Rentre à la maison.

Une boule s'était formée dans ma gorge et mes mains tremblaient lorsque j'ouvris le portail. Je pensai qu'il allait déverser sa rage sur Lionel mais il le lâcha très lentement. Il lui lança un coup d'œil intimidant et fit mine de me suivre. Lionel en profita pour se jeter sur son jean et y planter les ongles, cherchant par tous les moyens à lui faire mal.

— Tu te prends pour un héros ? lui hurla-t-il à la figure, furieux. C'est ça que tu crois être, hein ? Le gentil ?

Rigel s'immobilisa.

— Le gentil ? murmura-t-il d'une voix basse et effrayante. Moi… *le gentil* ?

Dans l'obscurité, ses lèvres blanches s'étirèrent.

Il sourit.

Il sourit avec ce rictus de monstre des ténèbres, ce rictus qui m'avait si souvent fait trembler.

La main qui l'avait saisi se retrouva brutalement sur le sol, sous sa chaussure, et Rigel l'écrasa avec une telle violence que Lionel se tordit de douleur à ses pieds.

— Tu veux regarder en moi ? Tu te pisserais dessus avant d'ouvrir les yeux, siffla-t-il d'une voix glaciale. Oh non, je n'ai jamais été le gentil. Tu veux voir à quel point je peux être *méchant* ?

J'étais persuadée qu'il allait lui briser le poignet. Il appuya encore dessus, il appuya si fort que j'entendis les os craquer. Un hoquet m'échappa. Rigel contracta les mâchoires et ses yeux sombres se posèrent sur moi. Il sembla ne se souvenir qu'à cet instant que j'étais là. Il me fixa d'une manière que je ne parvins pas à interpréter mais, quelques secondes après, et contre toute attente, il serra les poings et libéra Lionel d'un geste brusque. Celui-ci retira aussitôt sa main, vulnérable et gémissant au beau milieu de la rue. Rigel lui tourna le dos une fois pour toutes et se dirigea vers moi, comme un ange effrayant.

L'instant d'après, nous entrâmes dans la maison silencieuse. Lorsque mes yeux se furent habitués à l'obscurité, la silhouette de Rigel se fit peu à peu plus nette ; il restait le dos appuyé contre la porte. Ses cheveux noirs lui couvraient le visage et sa mâchoire semblait aussi tranchante qu'une faux dans les ténèbres. Je l'écoutai respirer, tremblante. Cette intimité raviva tout ce que j'avais désespérément cherché à faire disparaître. J'étais une statue de chair et de désirs qui parvenait à peine à ne pas tomber en morceaux. Pour la première fois, je me demandai s'il existerait jamais un moyen pour nous de vivre ensemble sans saigner. Y aurait-il un jour où nous cesserions de nous faire du mal ?

— Tu as raison, dis-je en baissant la tête. Je n'ai fait que me tromper.

Je me sentais désormais incapable de me mentir.

— J'ai toujours voulu une fin heureuse… Je l'ai cherchée dans chaque moment, espérant qu'un jour elle viendrait à moi. Je l'ai désirée depuis qu'*Elle*… la directrice… m'a donné une raison d'espérer un avenir meilleur. Mais la vérité…

Je pinçai les lèvres, définitivement vaincue.

— La vérité, c'est que toi, Rigel, tu fais partie du conte de fées.

Les larmes commencèrent à me brouiller la vue.

— Peut-être y es-tu depuis le début. Mais je n'ai jamais eu le courage de regarder cette vérité en face parce que j'avais peur de tout perdre.

Il resta immobile, enveloppé par le silence, tandis que j'essayais de contrôler les émotions qui ne me laissaient aucun répit. Mon cœur explosait et mes larmes étaient sur le point de me dissoudre. Je vis le piano qui brillait d'une lueur faible ; je l'observai un instant avant de m'en approcher. J'effleurai la rangée de touches blanches comme si je pouvais encore y sentir ses mains, repensant avec tristesse à ce qu'avait dit Lionel.

— Ce n'est pas vrai que tu es mauvais. Moi, je sais comment tu es à l'intérieur. Et il n'y a rien de laid ni d'effrayant. Tu n'es pas comme ça, murmurai-je. Moi, je vois en toi tout le bon que tu ne parviens pas à percevoir.

— C'est typique de toi, ça, entendis-je alors dans mon dos. À toujours chercher la lumière partout, comme un papillon.

Il était sur le seuil, à présent. Les ombres rendaient son visage douloureusement beau, mais son regard était éteint, sans vie.

— Tu la cherches même là où elle n'est pas, dit-il lentement. Même là où elle n'a jamais été.

Je secouai la tête et le regardai avec des yeux impuissants.

— Chacun de nous brille de quelque chose, Rigel... De quelque chose que nous avons en nous. J'ai toujours cherché ce qu'il y avait de bon dans le monde. Et je l'ai trouvé en toi. Et peu importe quelle est la vérité, parce que la seule lumière que je vois, désormais, c'est toi. Partout où je regarde, à chaque instant... je ne vois que toi.

Je vis ses iris scintiller légèrement dans l'obscurité. Ce regard... je ne pourrais jamais l'oublier.

Je vis son cœur dans ce regard.

Je vis à quel point il était abîmé, cabossé et en sang.

Mais également éclatant, vivant et désespéré.

Nous étions quelque chose d'impossible et nous le savions tous les deux.

— Les contes de fées n'existent pas, Nica. Pas pour les gens comme moi.

Et voilà. Le moment de la confrontation était arrivé.

Il n'y avait pas de suite à notre histoire faite de silences et de tremblements. Nos âmes s'étaient toujours poursuivies et elles étaient désormais arrivées au terminus. Nous ne nous accordions avec personne parce que nous étions différents. Et les personnes différentes comme nous parlaient une langue que les autres ne pouvaient comprendre.

Celle du cœur.

— Je ne veux pas de quelque chose où tu ne serais pas, trouvai-je la force d'admettre une fois pour toutes à voix haute.

Je venais de lui confesser l'inavouable, mais cela m'était égal, parce que je n'avais fait que lui confesser la vérité.

— Tu avais raison. Nous sommes brisés… Nous ne sommes pas comme les autres. Mais peut-être, Rigel, nous sommes-nous réduits en pièces pour mieux nous emboîter…

Personne ne connaissait mes démons mieux que lui.

Personne ne connaissait mes cicatrices, mes traumatismes, mes peurs.

Et j'avais appris à le voir comme personne ne le faisait, parce que, dans ce cœur si différent, j'avais trouvé le mien.

Nous appartenions l'un à l'autre d'une façon que personne d'autre n'aurait pu comprendre. Et c'était peut-être vrai qu'il était dans notre nature d'abîmer les choses. Mais, dans cette manière *destructrice* et *détruite*, nous étions quelque chose qui n'appartenait qu'à nous.

Terreur et merveille. Frissons et salut.

Nous étions un délire de notes.

Une mélodie puissante et surnaturelle.

Il avait fait de mon âme une page blanche sur laquelle notre destin s'était écrit tout seul. Et j'avais mis tellement de temps à le comprendre que, lorsque je fis le premier pas, il me sembla y avoir consacré toute ma vie. Je m'approchai de lui, avançant dans l'obscurité. Ses yeux brillèrent, et on aurait dit que le ciel tout entier était dans la pièce. Rigel suivit attentivement chacun de mes mouvements, comme si l'aveu que je venais de lui faire le clouait sur place avec une force qui dépassait sa volonté. Sans détourner le regard, je tendis la main et j'effleurai la sienne. Dans ses yeux, je me voyais toujours comme une créature minuscule et une entité dangereuse. Je sentis ses nerfs tendus sous sa peau, comme s'il voulait résister. Mais, en m'armant de toute ma délicatesse, je lui pris le poignet et le tirai doucement à moi.

Je portai sa main à mon visage et le contact de sa peau réchauffa instantanément mon âme. Un muscle de sa mâchoire tressaillit. Je soupirai, et il me sembla sentir son sang bouillonner tandis que l'une de mes larmes mouillait ses doigts juste entrouverts, comme si quelque chose en lui n'osait toujours pas me toucher. Il me fixa comme si j'étais immensément fragile, comme si je pouvais m'effriter d'un moment à l'autre sous ses doigts.

— Autrefois, tu avais peur de moi, susurra-t-il.

— Autrefois… je n'avais pas encore appris à te voir.

Des larmes ruisselèrent sur mes joues et je me souvins de l'instant où j'avais tout détruit.

— Je suis désolée, dis-je dans un souffle. Rigel, *je suis désolée*…

Nous nous regardions vraiment pour la première fois.

Puis, comme un lent miracle, sa main s'ouvrit sur ma joue. Rigel me toucha le visage et cette chaleur fit fondre mon cœur. Son pouce effleura le coin de mes lèvres, il le caressa comme si dans ce geste se trouvait l'impossibilité de ce que nous étions.

— Nica, je ne suis pas l'une de tes petites bestioles, murmura-t-il d'une voix triste. Tu ne peux pas… m'arranger.

— Je ne veux pas le faire, chuchotai-je.

Il avait laissé des roses en moi, il avait laissé des pétales et des sillages d'étoiles là où, avant, il n'y avait qu'un désert de fissures. Et nous avions échangé quelque chose, en silence, à l'ombre de nos défauts. Rigel était un loup, et je le voulais exactement pour ce qu'il était.

— Je te veux… tel que tu es. Je te l'ai promis. Et je n'ai pas cessé d'y croire… Je ne te laisserai pas seul, Rigel. Permets-le-moi… Permets-moi de rester avec toi.

Reste avec moi, pria mon cœur, reste avec moi, je t'en prie, même si j'ai peur, même si je ne sais pas ce qui va nous arriver. Même si nous n'irons peut-être jamais bien, toi et moi, parce que, s'il y a une histoire pour chaque chose, il n'existe pas de contes de fées avec des loups et des papillons. Mais reste avec moi, je t'en prie, parce que, si nous sommes tous les deux brisés, alors c'est le reste du monde qui est défectueux, ce n'est pas nous. Si nous sommes brisés ensemble, alors je n'ai plus peur.

Je lui embrassai doucement la main. Ses muscles se contractèrent et le souffle qu'il retenait sembla sur le point de lui déchirer la poitrine.

Je voulais tout de lui : les morsures, les erreurs, le chaos et les caresses.

Je voulais sa fragilité. Son âme authentique. Je voulais ce cœur que personne ne pouvait apprivoiser.

Je voulais le garçon sans fin heureuse, celui qui avait été injustement abandonné sous un ciel étoilé.

Je m'approchai de lui et il cessa soudain de respirer. Je pressai sa main sur mon visage et me mis sur la pointe des pieds. Puis, délicatement, je fermai les yeux et posai mes lèvres sur les siennes, mon cœur cognant dans ma poitrine.

La bouche de Rigel était douce et chaude comme du velours. Je me détachai lentement de lui et, pendant un long moment, il resta dangereusement immobile. Je n'eus pas le temps de comprendre l'effet qu'avait produit ce geste en lui. L'instant d'après, je me sentis poussée en arrière. Mon dos heurta le piano et Rigel plongea les doigts dans mes cheveux en m'inclinant le visage.

Je haletai et ses yeux s'écarquillèrent de surprise. Je craignis de le voir me repousser, mais il m'attira à lui et ses lèvres se plaquèrent sur les miennes. Explosa alors un univers de griffures et d'étoiles, et mon cœur fut traversé d'une puissante contraction. Je m'accrochai à lui, submergée par cet élan irrésistible. Les battements de mon cœur redoublèrent, nos respirations se mêlèrent et je sentis mon âme hurler son nom.

Rigel m'embrassa…

Il m'embrassa comme si le monde était sur le point de disparaître.

Il m'embrassa comme si sa vie en dépendait, comme si c'était l'unique raison d'arrêter de respirer. Ses doigts explorèrent mes cheveux, descendirent sur mes épaules, derrière mon cou, ils me touchèrent et me serrèrent fort. On aurait dit que Rigel redoutait de me voir me dissoudre d'un moment à l'autre. Je serrai ses poignets pour lui faire comprendre que je ne m'en irais plus. Que, bien que le monde crie le contraire, nous nous appartenions et qu'il en serait ainsi jusqu'à notre dernier souffle.

Je l'effleurai avec des gestes timides et incertains, dont l'innocence sembla lui faire perdre la tête. Haletant, il empoigna mes hanches, froissa le tissu qui recouvrait mon corps et me pressa contre lui avec fougue, sa bouche chaude et avide m'embrassant avec ardeur. Je sentis ses dents sur mes lèvres, sur ma langue, et chaque baiser était une morsure, chaque baiser était une secousse de frissons au creux de mon ventre.

Je n'avais plus de souffle, mon cœur battait à tout rompre, je me sentais exploser.

Rigel glissa son genou entre mes cuisses, me coinçant contre lui, et le baiser devint fougueux, effrayant, divin. Et j'aurais voulu lui dire que cela n'avait aucune importance qu'il n'existe pas d'histoires pour les personnes comme nous, que peu importait que nous n'allions jamais bien. Tant que nous restions ensemble, même l'avenir ne faisait plus peur.

Nous étions des exilés du royaume des contes de fées.

Et peut-être, après-tout, allions-nous être notre propre conte de fées.

Fait de larmes et de sourires.

De griffures et de morsures dans l'obscurité.

Quelque chose de précieux et d'abîmé où il n'y aurait pas d'autre fin en dehors de nous.

Je serrai mes cuisses autour du genou de Rigel et il s'enflamma. Il semblait incapable de raisonner, de se contrôler, de se retenir. Il empoigna mes jambes pour me soulever, mes sandales tombèrent au sol et je tremblai lorsque nos battements se fracassèrent l'un contre l'autre comme des mondes jumeaux.

— *Ensemble*..., suppliai-je à son oreille dans un souffle.

Rigel resserra sa prise sur mes cuisses au point de me faire mal et je glissai sur les touches du piano, qui produisirent un son discordant. J'étais hypnotisée par lui. Incapable de bouger. Plus je le touchais, plus son corps semblait devenir fou contre le mien.

Je m'aperçus que, bien qu'il m'étreigne, bien que ses mains me retiennent presque jusqu'à m'empêcher de bouger, je n'avais pas peur. Parce que Rigel savait ce que j'avais vécu. Il connaissait mes cauchemars mieux que n'importe qui. Il savait où se nichait chacune de mes fêlures, et il y avait quelque chose de protecteur et de désespéré dans la façon dont il me touchait. Quelque chose qui semblait désirer toutes mes fragilités et, en même temps, les protéger pour toujours. Et je savais qu'il ne me ferait jamais aucun mal.

Tandis que je le serrais dans mes bras pour lui offrir toute ma douceur, je compris que, quel que soit le désastre ombrageux qu'était son cœur, je le garderais avec moi.

Pour toujours.

Et toujours.

Et toujours...

— Nica ?

Une lumière. Des bruits de pas. *La voix d'Anna.*

Avant même que je n'aie le temps de réfléchir, Rigel se détacha brusquement de moi. J'eus l'impression qu'on venait de me déraciner.

Lorsque Anna me rejoignit, enveloppée dans sa robe de chambre, j'étais debout près du piano, seule. Je la fixai avec un regard de biche effrayée, me triturant nerveusement les doigts.

— C'est toi, Nica, bredouilla-t-elle, ensommeillée.

Son regard se posa sur mes pieds nus.

— J'ai entendu un bruit... Le piano... Tout va bien ?

J'acquiesçai, les lèvres pincées, espérant qu'elle ne remarque pas la rougeur de mon visage.

— Qu'est-ce que tu fais là, dans le noir ? Tu n'arrives toujours pas à dormir ?

— Je suis rentrée il n'y a pas longtemps, piaulai-je d'une voix ridicule. Je suis désolée de t'avoir réveillée…

Anna se détendit et lança un coup d'œil à la porte d'entrée. J'en profitai pour remettre rapidement en place une bretelle de ma robe.

— Ne t'inquiète pas, ce n'est rien. Viens.

Elle me tendit la main en souriant. Je me baissai pour ramasser mes sandales. Mais, avant de la rejoindre dans le couloir, où elle m'attendait pour que je monte à l'étage avec elle, je pivotai sur le côté. Et je l'aperçus.

Là, dans l'ombre, où elle ne pouvait pas le voir. Le dos au mur, la jambe repliée, une respiration haletante et silencieuse qui gonflait sa poitrine. Sur son visage penché en arrière, ses yeux bouillants étaient *plantés* sur moi. Il avait encore les lèvres humides et gonflées de nos morsures. Les cheveux ébouriffés par mes doigts.

Rigel me regarda comme le péché vivant que j'étais. Et je ressentis de la paix et du tourment… Du soulagement et de la honte. Des éclairs aveuglants et des orages dans le noir. Je sentis la tempête qui planait sur nous, chargée de coups de tonnerre.

C'est vrai, susurra une voix en moi en comptant les univers pourpres et étoilés qu'il avait laissés à l'intérieur de moi… *mais admire ces belles couleurs*.

27- LE COLLANT

Le désir est une flamme qui éteint l'esprit
et allume le cœur.

— Nica ?

Je battis des paupières, revenant à la réalité.

— Ça te convient ? Tu es d'accord ?

Anna et Norman m'observaient d'un air préoccupé.

— Excusez-moi, bredouillai-je, j'étais distraite.

— Le psychologue, Nica, répéta patiemment Anna. Tu te souviens que nous en avions parlé ?

Elle enchaîna avec délicatesse :

— On avait dit qu'échanger avec quelqu'un pourrait peut-être t'aider à aller mieux. Voilà, une amie m'a donné le numéro de quelqu'un de très bien… Elle m'a dit qu'il serait disponible dans les jours à venir. Qu'en penses-tu ? me demanda-t-elle gentiment.

Une sensation d'angoisse étreignit mon estomac, mais je tâchai de ne pas le montrer. Anna voulait m'aider, elle ne souhaitait que mon bien. Cette certitude atténua mon malaise sans toutefois le faire disparaître complètement. Mais son regard confiant me donna du courage.

— C'est d'accord.

— D'accord ?

J'acquiesçai. Je pouvais au moins essayer.

Anna parut très heureuse de pouvoir enfin faire quelque chose pour moi.

— Entendu. On appellera le cabinet tout à l'heure pour confirmer, alors.

Elle me caressa la main en souriant. Puis elle leva les yeux et son visage s'éclaira.

— Oh, bonjour !

Chacun de mes nerfs se tendit lorsque Rigel entra dans la cuisine. Je sentis ma peau réagir à sa présence et mon ventre se remplir d'étincelles. Je dus employer toutes mes forces pour ne pas lever la tête et fixer mes yeux sur lui. Ce qui s'était passé hier soir vibrait encore en moi.

Ses lèvres, ses mains…

Je les sentais partout. J'aurais pu croire que ce n'était qu'un rêve si elles n'avaient pas encore incendié ma peau.

Lorsqu'il s'assit en face de moi, je me risquai à lui jeter un coup d'œil. Ses cheveux décoiffés encadraient son beau visage ; il porta un verre de jus de fruit à ses lèvres en regardant Anna et Norman, qui étaient en train de lui parler. Il paraissait… normal. Pas comme moi qui n'étais qu'une boule de nerfs.

Il prit tranquillement son petit déjeuner et ses yeux ne se posèrent pas une fois sur moi. Il n'avait quand même pas l'intention d'ignorer ce qu'il s'était passé ? Je serrai les doigts autour de ma tasse, des images de nos corps enlacés vibrant dans mon esprit.

Il saisit une pomme avec un sourire léger et dit quelque chose qui fit éclater de rire Norman et Anna. Il profita de leur distraction pour faire glisser son regard sur moi. Enchaînée à ses yeux, je le vis porter le fruit à sa bouche. Il y plongea les dents en une morsure longue et profonde avant de se lécher les lèvres.

Je mis un moment avant de m'apercevoir que ma tasse était en train de me brûler les doigts.

— Il pleut, entendis-je Anna dire comme si elle était dans un autre monde. Je vais vous emmener au lycée.

— Vous êtes prêts ? nous demanda-t-elle un peu plus tard.

Elle enfila son manteau alors que Rigel descendait l'escalier.

— Vous avez pris un parapluie ?

J'en glissai un petit dans mon sac à dos, au milieu des livres. Anna sortit chercher la voiture et je m'approchai de la porte d'entrée. Il y avait dans l'air cette odeur fraîche que j'aimais tant. Je tendis le bras pour ouvrir le battant entrebâillé, mais quelque chose m'en empêcha.

Une main. Au-dessus de ma tête. Et qui retenait la porte.

— Ton collant est troué.

Cette voix profonde et si proche me fit frissonner.

— Tu le savais ?

Sa présence dans mon dos pesait sur moi de toute sa hauteur.

— Non, dis-je d'un filet de voix en l'entendant s'approcher. Où ça ?

Une respiration chaude caressa mon cou. L'instant d'après, je sentis son doigt brûler ma peau, juste sous l'ourlet de ma jupe.

— Là, dit-il doucement.

Je baissai les yeux et déglutis.

— Il est tout petit…

— Mais *il est là*, souffla-t-il d'une voix rauque.

— Il est quasiment sous la jupe, répondis-je. On le voit à peine…

— On le voit suffisamment pour qu'on te le fasse remarquer.

Je perçus une nuance de reproche dans sa voix, comme si un petit trou dans le collant d'une fille délicate et innocente comme moi pouvait faire naître d'étranges pensées dans l'imagination des garçons. Je me sentis prendre feu. Était-ce aussi son cas ?

— Je peux toujours l'enlever, suggérai-je sans réfléchir.

La respiration de Rigel s'intensifia.

— *L'enlever ?*

— Oui, piaulai-je tandis que sa poitrine se pressait contre mon dos. J'en ai toujours un de rechange avec moi…

— *Mmh…*, murmura-t-il tout contre ma peau.

Ce simple son enflamma mon ventre. Son attention me faisait fondre comme de la cire et, en même temps, me faisait me sentir vivante, électrique et enfiévrée. Je me perdis en lui, dans la tension qu'il dégageait, dans sa chaleur, dans son silence, dans son souffle…

Le klaxon me fit revenir à la réalité : Anna nous attendait. Je me mordis les lèvres tandis que Rigel s'écartait et que la chaleur de son corps s'évanouissait de mon dos. Il passa devant moi, sortit et, dans le sillage de son parfum, je réprimai un soupir que je n'aurais jamais permis à quiconque d'entendre.

L'imperméable jaune de Billie fut la première chose que j'aperçus en arrivant au lycée. Mon amie se tenait près du portail, la tête basse, piétinant sur le bitume mouillé. Lorsqu'elle m'adressa un faible sourire soulagé, je compris qu'elle m'avait attendue parce qu'elle n'avait pas envie d'entrer seule. Elle essaya de me poser des questions sur la fête pendant que je tentais de savoir comment elle allait. Je compris en voyant ses cernes qu'elle n'avait pas beaucoup dormi.

— Tu ne l'as pas appelée, n'est-ce pas ? demandai-je prudemment, comme nous nous dirigions vers les casiers.

Billie ne répondit pas et j'en fus désolée.

— Billie…

— Je sais, murmura-t-elle d'une voix pleine de souffrance.

Je ne voulais pas insister, parce que je savais que je n'aurais rien obtenu en forçant les choses. Une partie de moi, cependant, ne parvenait pas à faire comme si de rien n'était.

— Tu as besoin de temps, dis-je doucement, et c'est compréhensible. Mais si tu le lui disais… Si tu lui parlais…

— Je n'y arrive pas, lâcha-t-elle, c'est tellement… *tellement*…

Billie se figea et un éclair tourmenté traversa ses yeux clairs. Elle remonta son sac sur son épaule et fila en classe. Miki venait d'arriver derrière moi, et elle la suivit d'un regard éteint et douloureux.

— Miki, dis-je avec un sourire d'encouragement. Salut…

Elle ne me répondit pas et ouvrit son casier. Son visage était aussi marqué que celui de Billie, comme si cette cassure dans leur relation les avait totalement brisées.

— Je voulais te remercier, dis-je au bout d'un moment. Pour hier. De m'avoir invitée chez toi. Et de m'avoir aidée à me maquiller.

Les yeux fixés sur mes mains, je poursuivis :

— Ça m'a fait plaisir de rencontrer tes parents. Et je sais que ce n'est peut-être pas ce que tu aimerais t'entendre dire aujourd'hui, mais… malgré tout ce qu'il s'est passé, j'ai beaucoup apprécié l'après-midi d'hier. J'ai beaucoup aimé le temps que nous avons passé ensemble.

Miki ne se tourna pas vers moi mais m'adressa enfin la parole.

— Je suis désolée de ne pas t'avoir répondu, dit-elle doucement.

Elle faisait référence aux messages que je lui avais envoyés pour lui demander comment elle allait.

— Pas de problème, répondis-je en effleurant sa main. Si tu te sens de m'en parler, je suis là.

Sous sa capuche, ses yeux m'en dirent plus que mille mots.

— Eh, Blackford !

Une main se posa sur le casier de Miki. Je reconnus un garçon aux cheveux châtains qui était dans sa classe et avec qui je partageais quelques cours. Il sourit, de cette façon arrogante qui faisait tourner la tête à un grand nombre de filles.

— Aujourd'hui, le temps est raccord avec ton humeur, hein ?

— Va te faire foutre, Gyle.

Gyle lança un regard hilare au copain qui l'accompagnait.

— J'ai besoin de tes notes de sciences, dit-il sans y aller par quatre chemins. Comme tout le monde, en fait… Ce cinglé de Kryll a prévu une interro la semaine prochaine. Il devient fou à cause de cette histoire de bocaux de bestioles qui disparaissent de son laboratoire… Mais toi, tu as tous ses cours, pas vrai ?

Miki l'ignora.

— Alors ? insista-t-il d'un ton déplaisant. Je sais que tu es impatiente de me faire cette petite faveur. Au fond, tu devrais être contente que quelqu'un daigne t'adresser la parole.

Elle garda le silence.

— Si tu ne mettais pas toujours ces sweats minables, souffla-t-il en s'approchant d'elle, tu sais quelles autres *faveurs* tu pourrais me faire ?

Les deux garçons éclatèrent de rire et Miki balança un coup de coude dans les côtes de Gyle. Son regard insolent se posa alors sur moi.

— Eh, mignonne Dover. Tu sais que tu as un trou dans ton collant ?

Je me faisais l'effet d'être une petite souris devant un chat.

— Intrigant…

— Ça suffit, connard, grogna Miki tandis que j'essayais de tirer sur ma jupe pour cacher la maille filée.

Mes efforts parurent amuser Gyle, qui se pencha sur moi en souriant.

— On peut imaginer plein de choses, susurra-t-il à mon oreille. Tu ne le sais pas ? C'est encore plus exci…

Il fut alors percuté par un coup d'épaule qui le projeta de l'autre côté du couloir. Il atterrit lourdement contre la rangée de casiers, se tenant le bras d'une main. Son expression étonnée se transforma aussitôt en colère et, lorsqu'il se retourna brusquement, ses yeux furieux se posèrent sur le coupable. Mais il se pétrifia en découvrant de qui il s'agissait.

Comme un prédateur, Rigel planta ses pupilles dans celles de Gyle et le fixa un long moment, avant de daigner entrouvrir les lèvres d'un air faussement ennuyé :

— Oups.

Gyle ne réagit pas. Même son ami, derrière lui, ne riait plus. Il ne retrouva sa voix qu'au moment où Rigel semblait sur le point de s'éloigner.

— Fais attention, murmura-t-il doucement, comme un avertissement.

Peut-être espérait-il qu'il ne l'entende pas. On aurait dit au contraire que Rigel n'attendait que ça.

— *Fais attention ?* répéta-t-il avec un sourire caustique.

Une lueur sinistre et amusée scintillait dans ses yeux noirs.

— À qui ? *À toi ?*

Gyle était nerveux, son arrogance avait disparu, et il sembla soudain regretter ce qu'il avait dit.

— Laisse tomber.

Au milieu du flux d'élèves, Rigel suscitait une attention hostile ou admirative. Grand et cruellement splendide, tel un chef-d'œuvre sombre et acéré. Puis, l'espace d'une fraction de seconde, ses yeux se posèrent sur moi. Mon cœur fit un bond mais cette sensation disparut lorsqu'il me tourna le dos et s'éloigna.

— Sale con arrogant, siffla Gyle.

Rigel était désormais en train de sortir un livre de son casier.

— Je ne le sens pas, dit Miki.

Je battis des paupières.

— Qui ? lui demandai-je, perplexe, avant de faire le lien. Rigel ?

Elle acquiesça.

— Il a quelque chose de… *bizarre*.

— Bizarre ? répétai-je pour comprendre.

Je portai ma bouteille à la bouche.

— Oui. En lui. Dans son comportement.

— Dans quel sens ?

— Je ne sais pas comment te l'expliquer… Peut-être est-ce juste une impression. Mais parfois il me semble qu'il te regarde comme s'il voulait te *dévorer*…

Je m'étranglai avec l'eau que j'étais en train de boire et me mis à tousser. Je me donnai des petits coups sur la poitrine en priant pour que Miki ne remarque pas ma gêne.

— Mais qu'est-ce que tu racontes…, marmonnai-je.

Je me sentis soudain très nerveuse. J'entrepris de ranger mes affaires pour me donner une contenance. Miki me considéra longuement, jusqu'à ce que Gyle décide de lui rappeler qu'il était encore là.

— Alors ? demanda-t-il de nouveau. Tu me les prêtes ?

— Non, rétorqua-t-elle sèchement. Débrouille-toi.

— Oh, allez ! rouspéta-t-il.

— J'ai dit non.

— Tu veux quelque chose en échange, c'est ça ? Peut-être qu'une belle partie de jambes en l'air te ferait du bien, qu'est-ce que tu en penses ?

— Gyle, je te jure que tu vas recevoir mon violon sur la tête, lui balança Miki. Casse-toi !

— Et toi, Dover ?

Je sursautai et mon air apeuré le fit ricaner.

— Tu as des notes de cours ?

— Je…, balbutiai-je, tandis que ses yeux se posaient de nouveau sur mes cuisses.

— Tu pourrais me les montrer…

Je me sentis brûler de honte en voyant que Rigel ne nous quittait pas des yeux.

— Tu es forte en anatomie ? dit Gyle tout près de mon visage. Je parie que oui…

Quelque chose le frappa violemment. Le violon résonna dans son étui et Gyle se massa la tête en grimaçant.

— N'essaie pas de te servir de ton cerveau, tête de nœud, lâcha Miki les dents serrées.

Et cela mit fin à la conversation.

Billie m'avait dit de ne jamais croire les bruits de couloir, car c'étaient la plupart du temps des mensonges. J'espérais vraiment qu'elle avait raison tandis que je sortais de la classe avec l'excuse de me rendre aux toilettes.

Mes pas pressés résonnèrent dans le hall désert. Après avoir longé la rangée des casiers, j'arrivai devant la porte blanche, dans le fond. Elle était entrouverte. Je pris mon courage à deux mains pour jeter un œil à l'intérieur, j'entrai et je refermai derrière moi.

Rigel était assis au beau milieu de l'infirmerie.

— J'ai su ce qu'il s'était passé, dis-je sans détour.

Je remarquai aussitôt une rougeur sur ses joues blanches, près de la coupure qui entaillait sa peau. *Tu vas bien ?* aurais-je voulu lui demander. Mais un mauvais pressentiment me poussa plutôt à lui dire :

— C'est vrai ?

Rigel me fixa par-dessous.

— Quoi ?

— Rigel…, soupirai-je avec lassitude.

C'était toujours comme ça avec lui. Il coupait les cheveux en quatre et chaque mot devenait une insinuation.

— Tu le sais très bien. Alors, c'est vrai ?

— Ça dépend, répondit-il avec une indifférence manifeste. De quoi veux-tu parler précisemment ?

— Du fait que tu as cassé le nez de Jason Gyle pendant l'entraînement de base-ball.

Tout le monde disait que Gyle avait eu la malchance de se trouver sur la trajectoire de la balle que Rigel avait frappée avec une telle force qu'elle aurait pu franchir le mur du son.

Ce n'est pas la faute de Rigel Wilde, avaient protesté les membres de l'équipe. *Il ne l'a pas fait exprès, il est innocent.*

Rigel fit claquer sa langue.

— Certaines personnes feraient mieux de ne pas jouer si elles n'ont pas l'esprit sportif, plaisanta-t-il. Ce n'est qu'un *malheureux* accident...

— Ce n'est pas ce qu'on m'a dit, murmurai-je.

Rigel me considéra de cette manière ombrageuse et coquine qui était la sienne depuis qu'il était petit.

— Et qu'est-ce qu'on t'a dit ?

— Que tu l'avais provoqué.

J'avais vu Miki à l'intercours. Elle m'avait juré avoir vu Rigel dissimuler un sourire sournois après l'*accident*. Gyle lui avait sauté dessus sous les yeux du prof, comme un animal furieux. Rigel s'était laissé faire le temps de recevoir un coup de poing, puis il l'avait roué de coups.

Voilà pourquoi j'étais là. C'était Miki qui m'avait dit où le trouver.

— *Provoquer*, moi ? répéta-t-il d'une voix traînante. Quelle injure diffamatoire...

Je secouai la tête, fatiguée, et m'approchai de lui.

— Pourquoi faut-il que tu finisses toujours par te battre ? lui demandai-je.

Rigel inclina le visage et esquissa un sourire effronté.

— Tu t'inquiètes pour moi, Nica ?

— Oui, susurrai-je sans hésitation. Tu te fais sans cesse mal. Et la dernière chose que je veux voir est une nouvelle blessure sur ta peau.

La teneur de la conversation changea, comme si j'avais dit quelque chose d'important. Je ne voulais pas plaisanter sur ce sujet. Désormais, Rigel n'avait plus l'air de jouer ou de faire semblant.

— Les blessures sur la peau sont les seules qui disparaissent, répliqua-t-il avec une gravité qui me serra le cœur.

— Tout n'est pas destiné à faire mal éternellement, Rigel. Certaines choses peuvent se soigner... Doucement, avec le temps, même si cela nous semble impossible. Parfois, c'est possible. Parfois... même une petite partie de nous peut guérir.

Il m'observa longuement. Les rares moments où Rigel affichait une expression aussi *docile* me faisaient frissonner. Je voulais le toucher. Mes doigts frôlèrent son cou, puis sa mâchoire.

— Que signifie *guérir* ? articula-t-il sans me quitter des yeux.

— Guérir signifie... caresser quelque chose qui a été touché par la peur avant.

J'effleurai la coupure sur sa joue et eus l'impression de sentir un frémissement parcourir sa peau. Entre mes mains, Rigel semblait une bête à la fois sauvage et soumise. Je retins mon souffle quand ses mains saisirent mes genoux. Ses doigts laissèrent des marques ardentes sur mes cuisses et il m'attira plus près de lui. Je réprimai un frisson.

— Rigel…

— Tu as encore ce collant, constata-t-il après avoir remarqué que je ne m'étais pas changée.

Ses doigts glissèrent lentement dessus et mon cœur cogna contre mes côtes.

— Rigel, on est au lycée…

— Nica, grogna-t-il, je t'ai déjà dit que ce ton ne faisait qu'empirer les choses.

Soudain, des pas se firent entendre derrière la porte. Je me figeai, prise de panique. Lorsque la poignée s'abaissa, je pris la main de Rigel sans réfléchir et l'entraînai dans le cagibi d'à côté. L'espace était absolument minuscule et je me rendis tout de suite compte de la bêtise que je venais de commettre. Rigel ne devait pas se cacher. Il était le seul qui pouvait rester là. Quelqu'un entra et je vis par la fente de la porte qu'il s'agissait de l'infirmière.

— Wilde ? appela-t-elle.

Je cessai de respirer quand je vis qu'elle était accompagnée de la proviseure.

— Pourtant, il était là, affirma-t-elle avant de commencer à discuter de ce qu'il s'était passé.

J'essayai de ne pas faire de bruit tandis que leurs voix emplissaient la pièce. Derrière moi, Rigel était complètement silencieux. Si je n'avais pas senti la pression de sa poitrine contre mon dos, j'aurais eu du mal à imaginer que c'était bien lui, si tranquille et conciliant. Et pourtant, l'entendre respirer de cette façon exagérément mesurée me faisait prendre conscience de tous les points où nos corps étaient en contact. Je lançai un nouveau coup d'œil prudent aux deux femmes. Combien de temps allaient-elles rester là ?

Je sentis le souffle tiède de Rigel me caresser la nuque. Il entrouvrit les lèvres et ce faible son fit naître un frisson chaud sur mon corps. J'essayai de me tourner mais son visage était déjà là, contre mon cou, dans ce minuscule espace. Ses cheveux soyeux caressèrent ma joue et mes narines se remplirent de son parfum intense.

— *Rigel…*

— *Chut*, murmura-t-il contre mon oreille tandis que ses mains glissaient sur mes hanches.

Mon cœur se mit à accélérer. Et avant que je ne puisse faire quoi que ce soit, Rigel me mordit le cou. J'écarquillai les yeux et mes doigts saisirent aussitôt ses poignets pour les serrer convulsivement. Qu'est-ce qu'il faisait ?

Il déposa un long baiser sur ma gorge et je déglutis. Mon corps, fragile et palpitant contre le sien, lui fit réprimer un soupir. Il me serra encore plus contre lui et ses mains incendièrent mon ventre.

— *Arrête*..., dis-je dans un filet de voix.

Je n'obtins en réponse qu'une respiration profonde qui pénétra jusqu'à mes os, me faisant trembler. Ses doigts parcoururent mes côtes, le sillon entre mes seins, s'enivrant du battement furieux de mon cœur, puis ils prirent mon visage par en dessous et l'inclinèrent sur le côté. Je haletai quand ses lèvres brûlantes se fermèrent au creux de mon cou. Mes jambes cédaient, le souffle me manquait. Sa bouche titilla ma peau avec une lenteur langoureuse, comme s'il voulait me manger. Avec son autre main, Rigel trouva le trou dans mon collant ; il mordilla ma gorge, goûtant ma saveur, puis il enfila son doigt dans le trou. Il le fit glisser sur ma peau nue et je ne parvins plus qu'à sentir son souffle chaud, son corps ferme contre le mien et son doigt, quelque chose qui se tendait et puis...

Les deux femmes s'en allèrent enfin et je me faufilai hors du cagibi. L'atmosphère changea d'un coup. Je sentis une rougeur diffuse sur mon visage tandis que Rigel me fixait depuis la pénombre, léchant ses lèvres gonflées, comme s'il m'avait trouvée délicieuse. Je balbutiai des mots décousus avant qu'une sensation de froid me fasse baisser les yeux sur mes jambes. Là où il y avait eu un petit accroc, il y avait désormais un trou énorme, dévoilant une parcelle de chair blanche. Bouche bée, je fus certaine de voir Rigel sourire.

— Oh..., murmura-t-il. Maintenant tu dois *vraiment* en changer.

Il avait été fou de prendre un tel risque. Personne ne devait deviner ce qu'il y avait entre nous, personne ne devait savoir, sinon nous pourrions tout perdre. Je n'aurais pas supporté de ne plus voir Anna et Norman, à présent qu'ils faisaient autant partie de ma vie. Cela pouvait paraître contradictoire mais je ne voulais surtout pas détruire ce que nous avions construit. Rigel ne semblait pas se rendre compte de la gravité de la situation et cela m'inquiétait. Aux yeux des autres, nous allions bientôt devenir une famille. Pour certains, nous l'étions déjà. Nous devions faire attention. Pourtant, je n'arrivais pas à oublier la sensation que provoquaient ses doigts sur moi.

Je ne me reconnaissais plus.

Plus il me touchait… plus j'avais l'impression de devenir folle.

Mon cœur battait à tout rompre.

Mes mains tremblaient.

C'était comme s'il me modelait, faisant exploser ma poitrine d'un bonheur délirant. Plus je lui donnais des fragments de mon âme et plus je devenais sienne.

Comment allais-je faire pour gérer tout ça ?

— Nica, tu as de la visite.

Norman fit irruption dans ma chambre, me tirant de mes pensées. Je descendis au rez-de-chaussée, où je trouvai deux yeux bleus qui m'arrachèrent un sourire.

— Adeline !

— Salut, me dit-elle chaleureusement.

Elle portait un bonnet à mailles côtelées et des bottes en caoutchouc pour se protéger de la pluie. Elle avait l'air d'un rayon de soleil au beau milieu d'un orage.

— Je ne voulais pas te déranger, s'excusa-t-elle. Je passais en ville et j'ai vu qu'une nouvelle pâtisserie venait d'ouvrir. J'ai pensé à toi en voyant des tartes à peine sorties du four. Je n'ai pas oublié à quel point tu aimes la confiture…

Elle me tendit une boîte et je sentis dans ma gorge une sensation chaude et douce comme du miel.

— Adeline, il ne fallait pas…

Puis je lui demandai en souriant :

— Pourquoi ne restes-tu pas ? On pourrait la manger ensemble… Tu ne déranges pas, dis-je avant qu'elle ne puisse répondre quoi que ce soit. J'ai le thé que tu aimes tant, et il pleut… Allez, entre.

Elle essuya ses bottes sur le paillasson et adressa un sourire reconnaissant à Norman quand il lui prit sa veste des mains pour la suspendre.

— Installe-toi, lui dis-je. Je prépare le thé et j'arrive.

Je la rejoignis peu après avec le plateau et la théière fumante. Elle était debout et me tournait le dos. J'allais l'appeler lorsque je constatai qu'il y avait quelqu'un d'autre dans le salon. Au fond de la pièce, nimbé de son silence habituel, Rigel lisait, indifférent au reste, la peau embrassée par la lumière de la fenêtre.

À cet instant, le monde s'arrêta.

À cet instant… je compris quelque chose que je n'avais peut-être pas voulu voir.

Adeline… Adeline le regardait comme si personne d'autre n'existait.

Avec des yeux qui murmuraient.

Et des lèvres qui se taisaient.

Avec un cœur brisé et la mélancolie qu'on éprouve devant une chose toujours contemplée de loin.

Adeline regardait Rigel exactement comme je le faisais.

28- Une unique mélodie

Quand tu n'arriveras pas à voir la lumière,
nous regarderons les étoiles ensemble.

— Adeline… Qu'est-ce que tu ressens pour Rigel ?

— Pourquoi me poses-tu cette question ? s'étonna-t-elle en baissant sa tasse.

Anna avait peut-être raison en ce qui me concernait : j'avais un cœur si transparent que je ne savais pas faire semblant. Je n'avais jamais été douée pour dissimuler mes émotions, comme en ce moment.

— Nica, murmura-t-elle, si tu penses à ce baiser…

— Je voudrais savoir, dis-je franchement. J'ai… j'ai besoin de savoir, Adeline. Tu éprouves quelque chose pour lui ?

Je savais que je ne pouvais révéler à personne ce qu'il y avait entre Rigel et moi. Même si Adeline nous connaissait depuis toujours, bien avant que nous soyons tous les deux adoptés, c'était quelque chose dont je ne pouvais pas lui parler. Si quelqu'un le découvrait, les conséquences seraient désastreuses. Pourtant, je n'avais pas pu m'empêcher de lui poser cette question.

— Je vous connais tous les deux depuis si longtemps, répondit-elle, les yeux baissés. Nous avons grandi ensemble. Rigel fait lui aussi partie de mon enfance. Et même si je n'ai jamais réussi à le comprendre, j'ai appris à ne pas juger ses gestes.

J'eus de nouveau la sensation que quelque chose m'échappait. J'avais du mal à comprendre : je ne les avais jamais vus ensemble à l'orphelinat, pourtant Adeline semblait le connaître d'une manière que je ne parvenais pas à interpréter.

— Rigel m'a appris beaucoup de choses. Pas grâce à ce que nous échangeons, mais grâce à ce que nous choisissons de ne pas dire, au contraire. Car se taire est parfois le plus grand des sacrifices. Il m'a appris qu'il y a des occasions qu'il faut saisir et d'autres où il faut tout simplement s'effacer. Accepter de ne pas pouvoir changer la nature des choses, parce que la façon dont elles nous tiennent à cœur correspond à notre capacité à nous en priver pour les protéger de loin. Il m'a appris que les choses auxquelles nous tenons le plus se reconnaissent au courage dont nous faisons preuve pour y renoncer.

Adeline releva la tête et son regard bleu ciel m'enveloppa.

Je ne compris pas ces paroles en profondeur.

Je ne compris pas leur sens caché.

Il ne m'apparaîtrait qu'à la fin.

Ses iris reflétaient un entrelacs de choses non dites. Car elle aussi avait peut-être des désirs qu'elle avait appris à contenir toutes les fois où elle avait choisi de se taire plutôt que de parler.

— Crois-moi, Nica, dit-elle en souriant doucement. Ce que j'éprouve pour Rigel est seulement une profonde, très profonde affection.

Je décidai de croire Adeline. Peut-être n'étais-je pas parvenue à saisir complètement ce qu'elle m'avait dit, mais j'étais absolument sûre d'une chose : j'avais confiance en elle et je savais qu'elle ne se serait jamais moquée de moi. J'aurais voulu lui parler explicitement, lui avouer ce qui me liait à Rigel, mais je ne pouvais pas. D'un côté, j'éprouvais le besoin de partager mes peurs et mon sentiment d'insécurité, de l'autre je savais que je ne pouvais pas me le permettre.

J'étais seule avec mes sentiments. Seule avec lui.

— Alors ?

Je battis des paupières. Billie me considérait d'un air agacé.

— Excuse-moi, dis-je, je suis un peu dans les nuages.

— Je t'ai demandé si tu étais d'accord pour qu'on travaille ensemble, déclara-t-elle d'une voix blanche. Si tu voulais venir chez moi après les cours.

— J'aimerais bien mais, aujourd'hui, je ne peux pas. Anna m'a pris un rendez-vous chez le médecin et je lui ai promis d'y aller.

Billie hocha la tête. Depuis quelque temps, elle n'était plus elle-même. Des cernes marquaient ses yeux et ses gestes étaient nerveux et ralentis, à mille lieues de sa vivacité habituelle. Je savais pourquoi : cela faisait des jours que Miki et elle ne s'adressaient plus la parole. Aussi simple que puisse paraisse la solution, je savais qu'il ne suffisait pas de décrocher son téléphone pour faire la paix avec sa meilleure amie. Cet après-midi-là, quelque chose s'était brisé. Ce qu'elles s'étaient dit avait bouleversé jusqu'aux fondements de leur relation. Et plus le temps passait, plus cette cassure entre elles semblait s'élargir.

— Je suis désolée, Billie. Peut-être une autre fois…

Elle acquiesça en laissant son regard errer sur le va-et-vient des élèves. Mais, lorsqu'il se figea, je compris aussitôt pourquoi.

Miki remontait le couloir, son sac à dos sur l'épaule et le visage pour une fois libéré de sa capuche. Elle était accompagnée d'une fille, sûrement une copine de classe. Je ne fus pas surprise car je l'avais déjà vue parler à Miki de temps en temps.

Une lueur d'incertitude traversa ses yeux maquillés lorsqu'elle nous aperçut. Elle hésita un instant puis s'approcha. J'en fus si heureuse que je ne parvins pas à dissimuler un sourire.

— Salut ! lui dis-je gaiement.

Miki baissa la tête, ce que j'interprétai comme un bonjour.

— Je l'ai trouvé, dit-elle en me tendant le petit sac à dos plein de vêtements que j'avais laissé chez elle l'après-midi de la fête.

— Oh ! m'exclamai-je, surprise. Où était-il ?

— Évangeline l'avait rangé dans mes affaires.

— Merci. Ah, attends ! dis-je en farfouillant dans mon sac. Tiens, c'est pour toi.

Perplexe, Miki tendit la main pour prendre le petit paquet que je lui tendais.

— Anna tenait à te remercier pour l'invitation. Et pour le trajet en voiture, le maquillage et les sandales… Nous avons préparé des biscuits ensemble.

Je me frottai la joue, un peu nerveuse.

— Oui… Les miens ne sont pas très beaux, avouai-je. Mais je les ai goûtés et… si tu les mâches bien… ils ne sont pas si durs que ça…

La copine de Miki me sourit.

— Ils n'ont pas l'air mal.

— J'espère…

Dans mon dos, Billie restait muette.

— Ce n'était pas la peine, dit Miki. Tu n'aurais pas dû…

Elle semblait ne pas savoir quoi dire.

— C'est ça que tu réponds ! plaisanta sa copine en lui donnant une tape sur l'épaule. Elle les a faits pour toi ! Tu pourrais au moins la remercier !

Miki la regarda de travers, pourtant je vis ses joues rosir sous son maquillage.

— Bien sûr, marmonna-t-elle de sa manière un peu revêche qui me laissa deviner combien elle avait apprécié mon geste. Merci.

— Toujours grognon comme un ours, la chambra gentiment sa copine. Comme quand elle ne boit pas son café. Vous savez que Makayla devient *intraitable* sans sa dose de caféine ?

— Ce n'est pas vrai, marmonna Miki.

— Oh si, c'est vrai ! Elle devient une bête féroce… Croyez-moi sur parole, rit-elle. Si je ne savais pas comment elle est faite…

— Mais qu'est-ce que tu en sais, *toi*, de comment elle est faite ?

Nous nous retournâmes.

Billie avait les bras croisés et les mains crispées sur ses coudes. Dans ses yeux étincelait une hostilité que je n'y avais jamais vue. Ce n'est qu'à ce moment-là qu'elle parut s'apercevoir de ce qu'elle venait de dire. Elle se mordit les lèvres et s'éloigna, dans une attitude si contractée que je compris qu'elle lui servait juste à ne pas s'effondrer.

— Merci pour les biscuits.

Miki releva sa capuche et partit de l'autre côté. Son amie la suivit des yeux ; comme moi, elle ne trouvait rien à ajouter.

Le gouffre continuait de se creuser.

De plus en plus.

À la fin, il engloutirait tout : les rêves, les souvenirs et les moments heureux.

Il ne resterait plus rien.

Que des ruines.

Que du vide.

La salle d'attente du psychologue était une pièce sobre et élégante. Une plante tropicale atténuait la froideur des murs anthracite, où étaient accrochés quelques tableaux abstraits que je ne réussis pas à interpréter. Je jetai un regard en coin à Rigel, qui se tenait les bras croisés à côté de moi, une cheville posée sur le genou opposé et la bouche pincée en une expression contrariée.

Il était énervé. Très énervé.

Tout son corps dégageait la réticence qu'il avait à se trouver ici, après qu'Anna lui eut dit :

— Puisque Nica y va… Pourquoi n'essaierais-tu pas toi aussi ? Tu pourrais découvrir que ça te fait du bien…

Je pouvais comprendre son état d'esprit : franchement, Rigel qui s'asseyait pour parler de lui ? Rigel qui s'était construit une carapace si épaisse qu'elle dissimulait jusqu'à son cœur… C'était une idée tellement absurde qu'elle en était inconcevable.

Mais, même en proie à l'agacement, il était toujours aussi magnifique et captivant. À cet instant, je me rendis compte de la présence de la fille assise au fond de la pièce. Elle tenait un magazine devant elle mais ses yeux étaient littéralement collés sur Rigel. Elle le fixait avec tant d'intensité que j'étais étonnée de ne pas voir sa peau fondre sur ses os. Lorsqu'il baissa la tête, ses mains se crispèrent sur la couverture du magazine. En l'observant plus attentivement, je constatai qu'elle était très mignonne, avec de magnifiques yeux marron et un petit visage très fin.

Et lui ? L'avait-il remarquée ? Il avait la tête appuyée sur le mur, le visage tourné sur le côté, et son regard était fixé sur ma main, près de sa jambe. Je ne m'étais même pas aperçue que j'effleurais son genou. Il semblait absorbé, comme si, malgré l'ennui qu'il éprouvait, ce point de contact suffisait à l'enchanter…

— Au revoir !

Un homme élégant apparut devant nous ; il tenait la porte ouverte à un patient qui avait dans les quarante ans.

— À la semaine prochaine, Timothy, le salua-t-il. Le prochain rendez-vous est…

Il promena son regard jusqu'à ce qu'il nous voie, Rigel et moi.

— Oh, vous devez être les enfants de Mme Milligan, s'exclama-t-il.

Un muscle se contracta sur la mâchoire de Rigel.

— Vous êtes déjà là, c'est bien… Tu veux commencer, demoiselle ?

Je mordillai nerveusement mes pansements et me levai. Il me fit entrer dans son bureau avec un sourire.

— À vrai dire… Anna n'est pas encore notre mère adoptive, précisai-je dans un filet de voix.

— Excuse-moi. Mme Milligan m'a parlé de l'adoption, mais je n'avais pas compris que la procédure était encore en cours.

Je me tordis les mains, qui étaient de plus en plus moites. Le psy remarqua ma nervosité. Il avait un regard profond mais l'attention qu'il me témoignait n'était pas intimidante. C'était plutôt une sensibilité inattendue.

— Tu veux qu'on parle un peu ? me demanda-t-il.

Je déglutis. Mon corps tremblait mais j'essayai de ne pas y prêter attention.

Je voulais le faire pour moi.

Je voulais essayer.

Même si la terreur me tordait les entrailles et que la réalité tentait de m'écraser.

J'acquiesçai lentement, au prix d'un énorme effort, peut-être le plus grand que j'aie jamais fait.

Une heure plus tard, je passai de nouveau le seuil de la porte. Je me sentais à la fois privée d'énergie et tendue. J'avais parlé un peu de mon enfance, mais je n'étais pas arrivée à évoquer mes traumatismes, parce que chaque fois que j'essayais de passer les portes de mon esprit, mes angoisses m'attendaient en embuscade. Je m'étais agitée, bloquée et tue à de nombreuses reprises. Je n'avais dit que peu de choses, de manière vague et fiévreuse, mais le psy m'avait quand même assuré que j'avais été forte. C'était la première fois de ma vie qu'on me disait cela.

— On peut se revoir, si tu es d'accord, me dit-il gentiment. Pourquoi pas la semaine prochaine ? Il n'y a pas d'urgence.

Je ne me forçai pas à répondre, laissant sa demande faire son chemin en moi. Il pivota ensuite vers Rigel.

— C'est à toi, lui dit-il comme je retournais m'asseoir. Entre, je t'en prie.

Je m'aperçus que Rigel n'avait pas bougé d'un centimètre depuis le moment où j'avais quitté la pièce. Il me considéra un moment, comme pour s'assurer que j'allais bien. Puis il décroisa les bras, se décida à se lever et se dirigea vers le bureau avec une attitude réticente.

★

La première chose qu'il pensa était qu'il ne voulait pas être ici. Depuis quelque temps, il ressentait en permanence une étrange effervescence. Une sensation électrisante qui incendiait son sang. Viscérale, comme un poison. Un poison à la fois pervers et délicieux.

C'était elle.

Par réflexe, il se retourna ; il trouva ses iris splendides un court instant, suffisant cependant pour les sentir gravés en lui. C'était comme s'il devait toujours la regarder, la voir, pour s'assurer qu'il n'était pas en train de rêver.

Que, s'il se tournait pour l'observer, elle croisait son regard.

Que, s'il l'effleurait, elle n'avait pas peur.

Que, s'il plongeait les doigts dans ses cheveux, elle ne se dissipait pas comme un songe mais restait là, entre ses mains, les yeux plongés dans les siens.

Elle était réelle.

Au point de faire frémir son sang.

À l'intérieur de lui, le désastre faisait rage. Il grattait et griffait les parois de son cœur, lui faisant se demander s'il n'était pas devenu fou, si ce n'était pas une énième illusion. Rigel cherchait désespérément ses yeux clairs pour les imprimer en lui avec toute la nécessité dont il ne parvenait pas à débarrasser son âme. Et cette lumière finissait par tout envelopper. Et même si son cœur était exalté, quelque chose en lui battait avec délicatesse. Quelque chose de doux, qui réchauffait, qui reposait à l'ombre de ses épines et disposait des pansements colorés sur les fissures de son esprit.

À l'instant où Nica disparut derrière la porte, si petite, si lumineuse, si réelle, une partie de lui se souvint que, même s'il ne pouvait plus la voir, elle resterait là, avec lui…

— Bien, Rigel. Rigel, c'est bien ça ?

La voix du psy l'arracha à ses pensées. Il l'avait presque oublié. Presque.

— J'ai appris que c'était la première fois pour toi aussi, l'entendit-il lui dire.

Quelque chose sur le bureau attira l'attention de Rigel. On aurait dit des cartes, mais elles étaient aussi grandes que les pages d'un livre. Empilées en deux paquets ordonnés, elles portaient chacune des taches noires aux formes indéfinies.

— Intéressantes, tu ne trouves pas ?

Le psy se tenait debout face à lui.

— Ce sont les tables de Rorschach, précisa-t-il. Contrairement à ce que tout le monde pense, elles ne servent pas à évaluer l'instabilité mentale des gens. Elles servent à déterminer comment le sujet perçoit le monde. Elles aident à évaluer une personnalité.

Il en déplaça quelques-unes, révélant des formes plus absconses les unes que les autres.

— Certains y voient de la colère, des manques, des peurs… D'autres des rêves. De l'amour.

Le docteur leva les yeux sur lui.

— Es-tu déjà tombé amoureux ?

Rigel eut envie de rire. Mais de cette façon exagérée, mauvaise et extravagante qui le faisait ressembler à un loup. L'amour et lui se faisaient la guerre depuis sa naissance. Ils perdaient des batailles chacun leur tour. Et pourtant aucun des deux ne parvenait à survivre sans l'autre.

Toutefois, au lieu de rire, Rigel se surprit à observer ces taches dénuées de sens. Il avait toujours entendu parler de l'amour comme d'un sentiment agréable, tendre, qui allégeait le cœur. Personne ne parlait d'épines ou du tourment d'un regard non rendu, personne n'évoquait ce cancer qu'était l'absence. Personne ne disait à quel point l'amour faisait mal quand il dévorait jusqu'à couper le souffle.

Mais lui, il savait que c'était différent. Parce qu'il n'était pas comme les autres.

Il s'aperçut que le psy le regardait intensément, comme fasciné par la nuance que ses yeux recelaient.

— Qu'est-ce que c'est, l'amour, pour toi ?

— Une sangsue, murmura Rigel. Dont les morsures ne guérissent jamais.

Quand il s'aperçut qu'il avait ouvert la bouche, il était trop tard. Il s'était parlé à lui-même, il ne s'était pas adressé au psy, formulant une réflexion qu'il se faisait toujours. Rigel sentit chaque cellule de son corps refuser le regard du psy. Un regard qu'il trouvait repoussant, oppressant, quelque chose dont il devait se débarrasser rapidement.

Il s'était perdu en lui-même pendant un instant, et c'était Nica qui avait fait sortir l'inavouable. Il se promit que cela n'arriverait plus. Il se remit à considérer la pièce, comme une bête en cage.

— Je suis au courant de tes problèmes.

Rigel se figea. Aussitôt.

— Mes… *problèmes* ?

Donc, Anna lui avait parlé de lui.

— N'aie pas peur, poursuivit le psy d'un ton serein. Tu veux t'asseoir ?

Rigel ne bougea pas, ses iris luisant d'un éclat aussi acéré qu'une épée. Toutefois, le psy ne se départait pas de son sourire rassurant.

— Tu n'imagines pas à quel point cela peut faire du bien, de parler. Tu sais ce qu'on dit ? Que les mots permettent de lire dans l'âme.

Lire dans l'âme ?

— Tout le monde est tendu, au début… C'est normal. Pourquoi ne t'installes-tu pas dans le fauteuil ?

Lire… dans l'âme ?

Rigel pointa ses yeux de requin sur le psy. Puis, sans préavis, il se mit à sourire. Ses lèvres s'étirèrent dans l'une de ses meilleures compositions.

— Avant de commencer, j'aimerais vous poser une question.

— Pardon ?

— Oh, excusez-moi, reprit-il en s'approchant. C'est l'appréhension de la première fois, vous comprenez. Au fond, la démarche de se confier est quelque chose que j'ai toujours envisagé avec réticence. Vous savez, à cause de mes… *problèmes*.

Le psy considéra Rigel d'un air stupéfait lorsque celui-ci se laissa tomber non pas dans le fauteuil, mais sur la chaise devant lui.

— C'est juste par curiosité, poursuivit-il avec une innocence polie. Ça ne vous dérange pas, n'est-ce pas, *docteur* ?

Le psy croisa les doigts sous le menton tout en réfléchissant à cette requête.

— Je t'écoute.

Rigel lui fit alors un sourire à la fois mesuré et bestial, avant de demander :

— Quel est le but de ces séances ?

— Améliorer ton bien-être psychologique et favoriser ton développement personnel, répondit tranquillement le psy.

— Donc vous partez du principe que vos… *clients* ont besoin d'aide.

— Eh bien… À partir du moment où ils viennent me voir de leur propre volonté…

— Et s'ils ne viennent pas de leur propre volonté ?

— C'est une façon de me dire que tu n'as pas choisi d'être ici ?

— C'est une façon de comprendre votre démarche.

Le psy sembla réfléchir.

— Eh bien… Ils pourraient découvrir que cela leur permet de se sentir mieux. Parfois, les gens construisent une réalité dans laquelle ils pensent être bien. Ils croient qu'ils n'ont pas besoin d'aide. Mais, à l'intérieur, ils se sentent vides, inutiles, comme un cadre cassé ou un morceau de verre.

— S'ils n'ont pas l'impression d'en avoir besoin, alors comment le contraire peut-il être vrai ? questionna Rigel d'un ton sibyllin.

Le psy remonta ses lunettes sur son nez.

— C'est comme ça. L'esprit possède des engrenages complexes, tout n'est pas fait pour être compris. Rorschach lui-même a dit un jour que l'âme avait besoin de respirer.

— La vôtre aussi ?

— Pardon ?

— Vous êtes humain, docteur, comme tout le monde. Votre âme aussi a besoin de respirer ?

Le psy considéra Rigel comme s'il ne le voyait vraiment qu'à cet instant. Rigel fit un petit sourire ironique mais son regard resta glacé.

— Si je vous disais que sur ces dessins je vois des désirs, des traumatismes et des peurs, vous trouveriez un moyen pour m'analyser. Mais, si je vous disais que je n'y vois rien, que pour moi ce ne sont que de vulgaires taches, vous l'interpréteriez quand même. Comme un refus. Ou peut-être comme un déni. Je me trompe ?

Il attendit une réponse qui n'arriva pas.

— Quelles que soient mes paroles, vous trouverez quelque chose à remettre dans le droit chemin. Peu importe la réalité, quiconque passe cette porte est destiné à être diagnostiqué. Le problème n'est probablement pas de savoir comment se sentent les gens, docteur, mais comment vous les faites se sentir. Le problème est que vous êtes convaincu qu'ils ont forcément quelque chose qui ne va pas, qu'ils doivent être soignés parce qu'ils sont inutiles, vides… comme des cadres cassés ou des morceaux de verre.

Désormais débarrassé de son masque, Rigel soutint le regard du psy.

— Je vous en prie, docteur, articula-t-il d'un ton aigre. Ne devriez-vous pas chercher à *lire* dans mon *âme*, maintenant ?

Le silence qui suivit lui confirma qu'il avait obtenu ce qu'il voulait. Pas question qu'il se laisse psychanalyser ! Ça lui avait suffi quand il était petit. Il n'avait pas besoin de s'entendre dire encore une fois qu'il était un désastre. Il le savait déjà. Il n'allait certainement pas permettre à un autre médecin de lui essorer le cerveau.

Toutefois, la façon dont l'homme le considérait, comme s'il avait en fait tout compris de lui, l'ennuya profondément.

— Tu as mis au point un important mécanisme de défense, dit-il, sûr de lui.

Rigel savait que ce n'était pas un compliment.

— Aujourd'hui, tu as décidé que je ne pouvais rien faire pour t'aider. Mais un jour, peut-être, tu comprendras qu'au lieu de te protéger, ce mécanisme te consume.

⋆

Je levai les yeux de la tasse fumante que je tenais dans les mains et les posai sur la silhouette silencieuse devant moi. Rigel était assis au piano, ses doigts bougeant lentement sur les touches. Cette faible mélodie était le seul bruit qui emplissait la maison depuis que nous étions rentrés.

Lorsque la porte du cabinet s'était ouverte, la première chose que j'avais remarquée était l'absence de sourire sur le visage du psychologue ; la seconde, l'expression glaciale et ombrageuse de Rigel. Ensuite, il n'avait pas ouvert la bouche. Je savais que ce n'était pas son genre de parler pour ne rien dire, toutefois son mutisme m'avait fait comprendre que le rendez-vous ne s'était pas passé comme prévu.

Je fis un pas en avant et déposai ma tasse près de lui.

— Tout va bien ? demandai-je avec douceur.

Il se contenta de hocher la tête.

— Rigel… Que s'est-il passé avec le psy ?

Je tâchai d'être le plus délicate et le moins intrusive possible. Je m'inquiétais pour lui et souhaitais le réconforter.

— Rien d'important, répondit-il laconiquement.

— Tu avais l'air… contrarié.

Je tentai de croiser son regard mais il ne me le permit pas. Il fixait les touches comme s'il avait devant lui un monde que je ne pouvais pas voir.

— Il pensait pouvoir entrer, murmura-t-il enfin, comme si j'étais la seule à même de comprendre. Il pensait pouvoir… regarder à l'intérieur de moi.

— Et il avait tort ?

— Non, répondit-il en fermant les yeux. Son tort a été de croire que j'allais lui permettre de le faire.

J'aurais aimé ne pas ressentir un vide mordant dans la poitrine mais je ne réussis malheureusement pas à contrôler cette émotion. Je faisais la même erreur, aurais-je voulu lui avouer. Mais je ne dis rien, redoutant une réplique cinglante.

Rigel était renfermé, compliqué et hostile à l'affection, mais, surtout, il était unique. J'avais désormais compris qu'il avait érigé une barrière entre le monde et lui, une barrière qui s'était fichée dans son cœur, ses poumons et ses os, au point de faire partie de lui. Pourtant, je savais aussi qu'au-delà d'elle resplendissait un univers de ténèbres et de velours. Et c'était justement dans cette galaxie, à la fois rare et magnifique, que j'aurais voulu entrer.

Doucement, avec délicatesse.

Je ne voulais pas lui faire mal.

Je ne voulais pas le changer ou, pire, *l'arranger*. Je ne voulais pas faire disparaître ses démons, je voulais juste m'asseoir avec eux sous cette voûte d'étoiles pour les compter en silence.

Ouvrirait-il un jour cette porte pour moi ?

Je baissai les yeux, gagnée par mes peurs. Nous avions beau nous être rapprochés, il y avait encore des moments où nous étions trop éloignés l'un de l'autre pour nous comprendre. Je m'apprêtai à quitter la pièce pour le laisser un peu seul lorsque quelque chose m'arrêta.

Une main autour de mon poignet.

Je levai lentement le visage. Ses yeux croisèrent les miens et, après un bref instant, j'accédai à sa demande muette : je m'assis près de lui sur le tabouret. Sans me laisser le temps de comprendre, Rigel passa une main sous mes genoux et m'attira à lui. Son corps, pressé contre le mien, provoqua un frisson le long de ma colonne vertébrale.

Sa chaleur m'enveloppa et j'éprouvai alors une joie si intense que la tête me tourna.

Je n'étais pas encore habituée au fait de pouvoir le toucher. C'était une sensation à la fois étrange et merveilleuse, toujours nouvelle, toujours puissante, une décharge de vertiges. Je plongeai la tête au creux de son cou, m'abandonnant contre sa poitrine vibrante, me blottissant dans sa chaleur. Il se détendit et soupira doucement.

L'espace d'un instant, je pensai que, peut-être, s'il avait été aussi tendre que moi, il aurait posé sa joue sur ma tête.

— À quoi penses-tu quand tu joues du piano ? dis-je au bout d'un moment.

J'avais toujours voulu le lui demander.

— Ce sont des moments où j'essaie de ne pas penser.

— Et tu y arrives ?

— Non.

Je ne l'avais jamais entendu jouer quelque chose de gai. Ses mains faisaient naître des mélodies splendides, angéliques, mais qui brisaient le cœur.

— Pourquoi le fais-tu si ça te rend triste ? voulus-je savoir.

Je pris plaisir à contempler ses lèvres lorsqu'il se remit à parler.

— Il y a des choses qui se font à notre insu, répondit-il, énigmatique, ses doigts glissant lentement sur les touches. Des choses… qui nous appartiennent sans pouvoir être effacées. Même si nous le voulons.

J'eus soudain un pressentiment.

— Ça te rappelle… *Elle ?*

Le souvenir de la directrice faisait encore naître des monstres dans mes cauchemars. Rigel m'avait avoué la détester, pourtant il la portait en lui depuis qu'il était petit.

— Ça me rappelle ce que j'ai toujours été.

Seul, pus-je presque l'entendre ajouter, *abandonné devant un portail fermé*. Et je voulus aussitôt qu'il arrête de jouer. Je désirai la lui arracher de l'âme, le purifier, lui ôter toute trace de cette femme. Je voulais qu'elle soit loin de Rigel. L'idée qu'elle lui ait donné de l'amour, avec ses mains pleines de coups et ses yeux entachés de colère, me perturbait. Elle était une maladie. Son affection était un hématome. Et elle le lui avait imprimé sur le cœur pendant si longtemps que cette seule idée me révoltait.

— Pourquoi ? questionnai-je d'une petite voix. Pourquoi continues-tu de jouer, alors ?

Je ne le comprenais pas. C'était comme arracher une croûte en sachant qu'elle se remettrait à saigner. Rigel se tut un moment, comme s'il cherchait la réponse en lui. J'aimais ses silences autant qu'ils me faisaient peur.

— *Parce que les étoiles sont seules*, déclara-t-il d'un ton amer.

Je tentai de comprendre le sens de ces mots si tristes, en vain. Je savais que Rigel essayait de me donner une réponse, à sa manière. Mais, pour la première fois, je souhaitai qu'il m'ouvre toute grande la porte de son cœur et qu'il me laisse enfin comprendre la clé de ce langage secret.

Je voulais tout savoir de lui.

Tout.

Chaque pensée, rêve et peur.

Chaque crainte, désir et ambition.

Je voulais entrer dans son cœur comme il était entré dans le mien, mais j'avais peur de me perdre en chemin. Rigel ne savait probablement pas s'exprimer d'une autre façon. Il n'y parvenait peut-être que comme ça, en me concédant des morceaux tout en espérant que je parvienne à les rassembler.

Et j'aurais voulu être à la hauteur. Lui faire comprendre qu'il était splendide. Extraordinaire et intelligent. Et qu'il y avait de la beauté en lui, pour qui savait où regarder, car une âme comme la sienne ne brillait que pour un petit nombre.

— Tu sais ce que je me répétais quand je me sentais triste ? lui demandai-je en regardant mes pansements : *Peu importe à quel point ça fait mal. Tu peux dessiner un sourire sur une cicatrice.*

Je fis glisser mes doigts sur ses mains et Rigel s'immobilisa. Au début, il sembla ne pas comprendre mon geste, puis il se remit à jouer et mes doigts accompagnèrent chacun de ses mouvements, dansant sur les touches. Et tandis que des mélodies naissaient de nos mains unies, mon cœur se gonfla d'émotion.

Nous jouâmes ensemble. Avec lenteur et hésitation. Gênés et un peu tremblants. Mais ensemble.

Soudain, cela devint une succession de notes, de plus en plus animée et imparfaite. Je souris en voyant mes mains suivre maladroitement les siennes, nos poignets l'un sur l'autre. Nous jouâmes en nous courant après, en nous effleurant, et mon rire se mêla aux notes. Je ris, je ris de tout mon cœur, de toute mon âme, de tout mon être.

Ensemble, nous effaçâmes la tristesse de cette musique.

Nous effaçâmes Margaret.

Nous effaçâmes le passé.

Et peut-être que, à partir de maintenant, Rigel ne penserait plus à *Elle* en jouant.

Mais à nous.

À nos mains unies.

À nos cœurs entrelacés.

À cette mélodie pleine d'imperfections, d'erreurs et de fausses notes. Mais aussi pleine de rires, d'émerveillement et de joie.

Il se souviendrait de mes pansements sur ses doigts, de mon poids sur ses jambes et de mon parfum sur sa peau.

Nous allions la vaincre ensemble. Sans avoir besoin de parler.

Au fond, même la musique est une harmonie qui naît du chaos.

Et nous n'étions qu'une seule chanson, la plus spectaculaire et secrète de toutes.

Rigel cessa de jouer. Ses doigts se posèrent sur ma nuque avant de plonger dans mes cheveux. Lentement, il inclina ma tête en arrière et m'observa. Je lui rendis son regard, les joues rouges et les yeux brillants comme des demi-lunes rieuses. Mes lèvres s'étirèrent en un sourire qui témoignait de toute la chaleur qui inondait mon cœur. Il semblait s'imprégner de chaque détail de mon visage, continuant de me fixer comme s'il n'existait rien d'autre au monde qui vaille la peine d'être regardé ainsi.

★

Il y avait une beauté dans les choses fragiles qu'il ne comprendrait jamais. Elles possédaient un je-ne-sais-quoi qui les rendait éphémères, rares, à vivre tant qu'il en était encore temps.

Et Nica était comme ça.

Et il ne comprendrait jamais.

Il ne comprendrait jamais comment quelque chose d'aussi délicat pouvait le faire se fissurer plutôt que de se fissurer lui-même. Il ne comprendrait jamais comment elle parvenait à entrer alors qu'il était enterré en lui-même.

Il la regarda et la trouva très belle, avec ses yeux d'enfant et ses joues rosies, ce sourire si doux et ce rire capable de briser son âme.

Elle lui souriait.

Il se demanda s'il existait quelque chose de plus puissant au monde que Nica qui lui souriait.

Que Nica qui respirait dans ses bras, qui se laissait toucher, qui éloignait d'un souffle chaque pensée.

Elle ne faisait pas disparaître ses tourments, elle les prenait par la main.

Même s'ils étaient tordus, extrêmes et mauvais.

Même s'ils essayaient de la détruire.

Elle les apaisait d'une caresse, mais ils restaient impressionnants.

Et Rigel savait pourquoi, même s'il n'en comprenait pas la cause.

Même ses tourments étaient amoureux d'elle.

Et il la voulait de toute son âme, même si cette âme était un désastre.

Il déglutit et renforça sa prise. C'était plus fort que lui, il désirait la serrer, la sentir, se remplir les mains d'elle. Il n'avait jamais été délicat, la seule délicatesse en lui était celle de son prénom.

Mais Nica posa la tempe contre son bras, calme et sereine comme il n'avait jamais espéré la voir, même dans ses rêves. Elle le regarda droit dans les yeux, sans peur. Et tandis que ce sourire le mettait de nouveau à genoux, Rigel comprit qu'aucun mot ne suffirait jamais pour exprimer ce qu'il ressentait.

Elle était la plus belle chose qu'il avait jamais eue en lui. Et il comprit que, quel que soit le prix à payer, il la protégerait.

Tout le temps.

À chaque instant.

Aussi longtemps qu'il le pourrait.

★

La bouche de Rigel se referma sur la mienne et un doux frisson crépita dans ma chair. Je me fondis dans sa chaleur tandis qu'il m'étreignait en m'embrassant, ses doigts encore plongés dans mes cheveux. J'effleurai sa clavicule avant de poser délicatement ma main dans son cou. Je remuai mes lèvres contre les siennes, dans une réponse docile qui lui arracha un soupir.

J'aurais voulu lui dire que j'aimais à en mourir cette façon qu'il avait de soupirer. Doucement, en cachette, comme s'il voulait que personne ne l'entende, pas même lui.

Il inclina un peu plus ma tête. Je le laissai me plier à sa volonté, comme de la cire entre ses mains. Sa respiration était forte et contenue, et ses mains me touchaient comme si elles avaient voulu explorer jusqu'à mon âme tout en le redoutant. Je ne comprenais pas pourquoi un tel frisson courait toujours en lui, aussi tentai-je de lui transmettre un peu de sérénité en le caressant et en léchant doucement ses lèvres.

Il me saisit avec plus de force et le bruit humide de son baiser résonna d'un souffle rauque et brûlant sur ma bouche gonflée. Le goût de ses lèvres m'étourdissait. Sa langue m'incendiait.

Rigel ne m'embrassait pas, il me dévorait lentement. Et je me laissais dévorer, parce que je ne désirais rien d'autre. Je me mis à mordiller sans retenue sa lèvre inférieure et ce geste lui arracha un gémissement. Il empoigna l'une de mes cuisses et je me retrouvai à califourchon sur lui ; l'une de ses mains serra mes genoux et l'autre saisit ma hanche pour attirer mon bassin contre le sien.

J'en eus le souffle coupé. Mais je n'eus pas le temps de respirer car sa bouche chaude et vorace s'empara de la mienne, m'étourdissant, me pliant, me mordant de manière possessive. Je m'accrochai à lui, tâchant de suivre son rythme, et ses mains me pressèrent contre son entrejambe avec un tel désir que ma tête se mit à tourner. Haletante, je me frottai contre lui et la friction de nos corps produisit quelque chose de bouleversant. Je ressentis une sensation proche de la panique, mais plus chaude, plus pressante. J'essayai de bouger mais ses doigts m'en empêchèrent. Ils s'enfoncèrent dans mes hanches avec ardeur, comme si Rigel désirait fusionner avec moi. Il m'obligea à éprouver ce contact enflammé entre nous et, lorsqu'il me mordit, je ne parvins pas à réprimer un gémissement. Je m'accrochai à ses épaules et serrai plus fort mes jambes autour de son corps.

Tout se réduisit à lui.

À sa main sur ma hanche.

À la pression de son bassin.

À nos lèvres, nos souffles, nos langues, nos mains…

Je me demande ce qu'il se serait passé si nous n'avions pas été interrompus.

Je sursautai en entendant sonner à la porte.

Sa bouche se détacha de la mienne. J'avais le souffle court, les joues rougies et les mains tremblantes. Rigel pencha la tête, haletant légèrement au creux de mon cou. Ses doigts étaient encore pressés sur moi et ses muscles frémissaient doucement, comme s'ils faisaient un effort permanent. Il avait plus d'autocontrôle que moi, plus d'expérience. Son corps puissant vibrait de manière contenue, pas comme le mien qui semblait au contraire en proie à des réactions déstabilisantes.

Je ne parvins pas à me détacher de lui. Mais quand on sonna de nouveau, je compris que je ne pouvais pas faire autrement. Rigel me lâcha avec réticence et j'allai ouvrir, le cœur sens dessus dessous.

— Anna ! m'exclamai-je en la trouvant en difficulté devant la porte.

Je pris l'énorme bouquet de fleurs qu'elle avait dans les mains et son parfum m'enivra. Je l'emportai à la cuisine tandis qu'elle soupirait, épuisée, posant ses sacs de courses sur le plan de travail.

— Quel monde ! s'exclama-t-elle. Je n'ai pas eu une minute de répit aujourd'hui…

J'admirai les fleurs que je venais de disposer dans un vase.

— Elles te plaisent ? me demanda Anna avec un sourire radieux.

— Elles sont superbes, comme toujours, confirmai-je, sous le charme. À qui dois-tu les livrer ?

— Oh non, Nica, je ne dois pas les livrer. Elles sont pour toi.

Elle me fixa, rayonnante, et déclara :

— C'est ton petit ami qui te les envoie.

29- Cœur contre cœur

Je n'étais pas une princesse.
J'allais sacrifier le conte
pour sauver le loup.

— Comment ? demandai-je, incrédule.

Anna sourit comme si elle voulait me rassurer.

— C'est un garçon, là, dehors, qui me les a données, expliqua-t-elle avec tendresse. Il m'a dit qu'elles étaient pour toi… Il avait l'air tellement embarrassé ! Je l'ai invité à entrer mais il a refusé. Il avait peut-être peur de déranger, ajouta-t-elle en croisant mon regard étonné.

Je remarquai alors quelque chose de blanc qui se détachait au milieu des pétales.

Une carte. Portant le dessin d'un escargot.

— Nica, ce n'était pas la peine de me le cacher. Il n'y a pas de mal à avoir un petit ami.

— Non, m'empressai-je de rectifier. Non, Anna… Tu te trompes, il n'est pas mon petit ami.

Elle fronça légèrement les sourcils.

— Pourtant, il m'a dit de te les donner…

— Ce n'est pas ce que tu crois. Il est seulement… seulement…

Un ami, aurais-je dit avant. Mais les mots me manquèrent. Après ce qu'il avait fait, Lionel avait perdu ce titre. Je me mordis les lèvres et Anna perçut mon malaise.

— J'ai dû mal comprendre, alors. Excuse-moi, Nica. C'est juste que tu sembles tellement pensive ces derniers temps… Alors, en voyant ce garçon devant la maison avec ces fleurs incroyables, j'ai cru…

Elle secoua la tête, un léger sourire sur les lèvres.

— Bon, quoi qu'il en soit, c'est un magnifique bouquet. Tu ne trouves pas, Rigel ?

Je ressentis une douloureuse tension en me retournant. Rigel se tenait sur le seuil. Son visage n'exprimait rien mais il ne répondit pas. Il fixait les fleurs d'un regard aussi profond et glacé qu'un gouffre. Anna s'approcha de lui.

— Je peux te parler un instant ? lui demanda-t-elle.

Je perçus un soupçon d'ennui sur son visage. Comme s'il savait déjà de quoi elle allait l'entretenir. Il acquiesça et ils s'éloignèrent.

— Le cabinet du psy m'a téléphoné…, entendis-je Anna dire dans l'escalier.

Je détachai la carte du bouquet.

J'aurais voulu t'écrire plein de fois et cela m'a semblé le meilleur moyen de le faire. Je ne me rappelle pas bien ce qu'il s'est passé l'autre soir, mais je ne parviens pas à me débarrasser de l'impression de t'avoir effrayée. Si c'est ça, j'en suis désolé…

Quand pourrions-nous nous parler ? Tu me manques.

Mes mains tremblaient. Je revis chaque instant, gravé en moi comme une cicatrice. Ses lèvres, ses mains, ses bras qui me contraignaient, qui m'immobilisaient, ma voix qui l'implorait. J'arrachai brusquement les fleurs du vase et j'ouvris la porte du placard sous l'évier. Je m'immobilisai devant la poubelle, le bouquet en l'air. Je resserrai mes doigts autour des feuilles, pressai mes lèvres sur les fleurs, la gorge serrée… Mais je ne parvins pas à le faire.

Ces fleurs ne méritaient pas ça.

La vérité était tout autre.

Il y avait quelque chose en moi qui n'arrivait pas à le faire disparaître. À le détester, le détruire, le faire sortir de ma vie. C'était la partie la plus abîmée de mon cœur fragile, celle que la directrice avait déformée. Je vis le petit dessin de l'escargot entre les boutons et je perdis toute volonté d'accomplir ce geste. J'aurais dû déchirer ce bout de papier et le jeter, mais je n'en étais pas capable. Je n'avais jamais su déchirer. Pas même avec toute la *délicatesse* du monde.

Les jours suivants, d'autres bouquets arrivèrent à la maison. Tous magnifiques et accompagnés de la même carte avec l'escargot. Anna s'occupait de les placer dans un vase avant que je rentre. Arriva aussi un petit paquet de bonbons gélifiés en forme de crocodiles. Je le tripotai un moment avant de le fourrer dans un tiroir pour ne plus l'avoir sous les yeux. Le lendemain, j'en trouvai deux autres sur la table, emballés dans du papier cadeau.

— C'est son admirateur, chuchota un soir Anna à Norman.

— Oooh ! répondit-il d'un ton de conspirateur.

Klaus détestait toute cette agitation. Il feulait en direction des vases qu'Anna déposait sur les meubles et grignotait les bouquets qui n'avaient pas eu la chance d'être placés suffisamment en hauteur. Il semblait avoir compris que ce n'était pas elle qui les avait apportés à la maison, mais quelqu'un d'autre.

Un soir, j'entendis un bruissement dans la cuisine. Lorsque j'allumai la lumière, je vis deux yeux jaunes qui me fixaient.

— Klaus, murmurai-je d'un ton exaspéré après avoir aperçu un pétale blanc sous ses moustaches.

Je m'approchai de lui et il rabattit ses oreilles en arrière, se remettant à mâcher d'un air de défi.

— Allez... Tu ne veux quand même pas avoir de nouveau mal au ventre ?

Il fila avant que je ne puisse le faire descendre du plan de travail, car se faire prendre dans les bras était pour lui certainement bien pire que le mal de ventre.

Je soupirai en observant le bouquet de roses blanches. Je retirai la fleur que le chat avait abîmée et la fis tourner entre mes doigts. Sans avoir besoin de l'ouvrir, je savais déjà que la carte disait la même chose que les autres. J'avais arrêté de les lire parce que ces mots ne me faisaient que du mal.

Lorsque je me retournai, Rigel était près de la porte. Dans l'ombre, ses yeux étaient comme des diamants noirs qui glissèrent jusqu'à la rose blanche que je tenais dans les mains. Depuis plusieurs jours, il ne disait rien. Mais je savais ce que signifiait ce mutisme. Être plus proche de lui m'avait permis d'apprendre à comprendre les différents silences dont il se parait.

— Elles ne comptent pas, susurrai-je avant qu'il ne s'en aille.

Je ne voulais pas que ses traumatismes et sa méfiance l'éloignent de moi, même s'ils lui avaient altéré le cœur depuis l'enfance.

— Mais tu ne les as pas jetées.

Il me tourna le dos et je me mordis les lèvres, souhaitant abattre tous les murs qui se dressaient encore entre nous. Parfois, ils ressemblaient à un escalier sans fin, plein de fissures et de marches abîmées qui essayaient de me faire tomber. Et quand je m'arrêtais, épuisée, je ne parvenais pas à en distinguer le sommet.

Mais je savais que Rigel était là-haut.

Esseulé.

Et j'étais la seule qui pouvais le rejoindre.

— Nica ? entendis-je derrière ma porte le lendemain. Je peux ?

Anna entra alors que j'étais encore en chemise de nuit. Elle me salua avec un sourire, puis me prit des mains la brosse avec laquelle j'étais en train de me coiffer. Elle s'assit sur mon lit et commença à me lisser les cheveux. Lorsqu'elle faisait ça, je sentais une affection démesurée réchauffer mon cœur. Elle me touchait avec délicatesse, me procurant du réconfort, me faisant rêver d'une vie de caresses et de sourires. C'était la plus belle sensation du monde.

— La semaine prochaine, je dois m'occuper d'un client très important, dit-elle. Il veut que ce soit moi qui me charge de l'évènement qu'il organise au club de la Mangrove. Il y aura beaucoup de monde, et voir le nom de mon magasin parmi les compositions est un rêve qui devient réalité.

Ses gestes se firent incertains et elle hésita :

— Mais voilà… Le client en question est un ami de Dalma. Et tout ça n'aurait pas été possible si elle ne lui avait pas parlé de moi.

Anna baissa la voix et reprit :

— Elle m'a beaucoup aidée et je voudrais la remercier. Sans elle, je n'aurais jamais eu une telle chance.

Je pivotai. Elle attendait une réponse de ma part, mais, lorsqu'elle constata que je ne disais rien, elle poursuivit :

— Je n'oublie pas ce qu'il s'est passé, dit-elle d'un ton désolé. Je n'oublie pas ce qui est arrivé avec Asia… Il ne se passe pas un jour sans que j'y pense. Mais ils comptent beaucoup pour Norman et moi, Nica… Ils ont partagé avec nous des moments que nous n'oublierons jamais.

À cet instant, je sentis l'ombre d'Alan passer dans ses yeux.

— C'est pour ça que je voulais te demander… J'aimerais beaucoup pouvoir les inviter ici à…

— Anna, l'interrompis-je. Aucun problème.

Elle me considéra de ses yeux très bleus. Ce qu'elle venait de me dire me faisait comprendre à quel point elle tenait à moi. Je n'en voulais pas à Asia. Malgré ce qu'il s'était passé, ce que j'éprouvais pour elle s'apparentait plus à une profonde peine qu'à de la colère. Je ne voulais pas compromettre sa relation avec Anna. Je ne l'avais jamais voulu. Je savais à quel point elles tenaient l'une à l'autre et je ne voulais pas que cela change par ma faute.

Elle prit mon visage entre ses mains.

— Vraiment ?

— Vraiment.

— Tu en es sûre ?

— J'en suis sûre, dis-je en acquiesçant doucement.

Anna expira, tremblante, et un sourire éclaira son visage. Elle me caressa la joue et je répondis à son sourire avec toute la joie que le contact de sa peau provoquait en moi. Elle me demanda ce qu'elle pourrait cuisiner, tout en finissant de me brosser les cheveux. Je lui dis que Norman apprécierait sans aucun doute sa fameuse sauce.

— Je vais appeler Dalma, m'annonça-t-elle en se levant.

Lorsque je descendis prendre mon petit déjeuner, je me sentais légère, fraîche et lumineuse. Je me sentais heureuse. Ces moments avec elle me mettaient du baume au cœur et j'adorais le fait qu'elle me demande toujours mon avis. Ma joie augmenta lorsque je m'immobilisai sur le seuil de la cuisine. Rigel était assis à la table devant un livre et une tasse. Anna m'avait dit qu'il s'était levé tôt à cause d'un mal de tête. Sa tempe était posée sur son poing et ses cheveux, éclairés par la lueur délicate du matin, retombaient de manière désordonnée de chaque côté de son visage tandis que ses yeux glissaient sur les lignes. Je pris tout mon temps pour le contempler en silence.

J'aimais ces moments où il était juste lui-même. Il émanait alors de lui des aspects qu'il ne permettait à personne de saisir. Encore une fois, j'étais fascinée par son air à la fois féroce et délicat. Il avait la peau blanche et pure, les sourcils effilés, les pommettes bien dessinées et les yeux sauvages. Mais aussi une gestuelle insolente et des lèvres qui distribuaient morsures et sourires acérés à quiconque osait s'approcher.

En le voyant tourner la page, je me demandai comment il était possible qu'il soit aussi beau. Je m'approchai sans bruit, contournai la table et, profitant de ce moment où nous étions seuls, me penchai vers lui pour déposer un baiser sur sa joue. Sans préavis. Lorsque je me redressai, il battit des paupières et je croisai ses yeux surpris.

— Bonjour, lui chuchotai-je tendrement avec un sourire.

Puis je pris la cafetière et me dirigeai vers le buffet, sentant son regard brûlant posé sur moi.

— Tu veux encore un peu de café ? lui demandai-je avant de me servir.

Rigel acquiesça et je revins vers lui pour remplir sa tasse. Il ne me quittait pas des yeux.

— Voilà, soufflai-je doucement.

Je vis son regard capturer l'éclat soyeux de ma chemise de nuit. Je voulus prendre une tasse mais l'étagère était vide et celle du dessus était trop haute pour moi. Contrariée, je réfléchis au moyen de l'atteindre mais un bruit de chaise détourna mon attention. Rigel s'était levé et se dirigeait vers moi. Il saisit une tasse sans aucun effort, prenant tout son temps pour m'observer de haut. Ses yeux glissèrent sur mon visage, s'arrêtant sur ma bouche.

— Merci, dis-je en souriant.

Je tendis la main pour prendre la tasse, mais il sembla soudain changer d'avis et la fit disparaître dans son dos.

— Rigel…, gémis-je, surprise. Je peux l'avoir ?

Je parcourus son bras de mes doigts pour essayer d'atteindre la tasse, sans succès. Peut-être n'était-ce que le reflet du soleil mais je perçus un éclair d'amusement dans les yeux de Rigel.

Il me demanda d'une voix sourde :

— Tu la veux ?

— Oui, s'il te plaît…

Je tapotai sur son poignet mais il ne daigna pas me la donner. Je posai alors mes mains sur ses hanches tandis qu'il continuait de me regarder avec ses yeux de félin.

— Qu'est-ce que tu me donnes en échange ? murmura-t-il d'une voix rauque et ténue.

Son souffle était enivrant, sa peau chaude sous mes doigts. Depuis quand avait-il envie de jouer ? Cette nouveauté m'électrisa et me fit fondre à la fois. J'inclinai le visage et approchai sa main de mes lèvres pour l'embrasser. Je sentis ses doigts se crisper autour de la tasse. Sa main se posa sur ma joue. Il caressa mes lèvres de son pouce et j'embrassai doucement le bout de ses doigts. Irrésistiblement attiré, Rigel se rapprocha de moi comme s'il voulait tout absorber de moi, mon parfum, mes lèvres, mes yeux, mes mains, jusqu'à ma pureté…

Le bruit strident de la sonnette me fit sursauter et nous nous figeâmes tous les deux. La voix d'Anna fit voler en éclats la magie qui s'était créée entre nous quand elle cria :

— Quelqu'un peut aller ouvrir ? Ça doit être le livreur !

Les traits de Rigel étaient désormais de pierre et je perçus la puissance glaciale de son regard. Avant que je ne puisse bouger, son bras me barra la route, me repoussant de nouveau en arrière. Il passa devant moi et se dirigea vers l'entrée d'un pas décidé après avoir posé la tasse sur la table d'un geste sec. Le livreur souleva sa casquette lorsque Rigel lui ouvrit la porte. Il devait être nouveau car il se grattait la tête en considérant d'un air incertain la carte qu'il tenait à la main.

— Bonjour… J'ai une livraison à faire à cette adresse.

J'aperçus la carte avec l'escargot dépasser d'un magnifique bouquet.

— Vous pouvez signer ici ?

Rigel jeta un regard méprisant au petit dessin de Lionel.

— Je crois qu'il y a une erreur, dit-il au livreur d'une voix neutre.

— Pas du tout, répliqua celui-ci. La destinataire est une certaine… Nicol… non, Ni… ca… Dover.

Rigel étira ses lèvres en un sourire terrifiant.

— Qui ?

— Nica Dover.

— Jamais entendu parler.

Désorienté, le jeune homme cligna des yeux et cessa de lui tendre le bouquet.

— M… mais…, se mit-il à balbutier. Sur la boîte aux lettres, il y a une étiquette où il est écrit « Milligan, Dover et Wilde ».

— Oh, eux ? Ce sont les anciens propriétaires, répondit Rigel. Ils ne vivent plus ici. Nous venons juste d'emménager.

— Et où habitent-ils, maintenant ?

— Au cimetière.

— Au… *Oh*…

Le jeune homme écarquilla les yeux et ses lunettes faillirent lui tomber du nez.

— Eh oui, lâcha Rigel.

— Merde, je l'ignorai… Je… je suis désolé…

— Ils étaient vieux, déclara Rigel en donnant à sa voix un ton mélodramatique. Centenaires.

— Ah… Bon, tant mieux pour eux, alors… Merci quand m…

— *De rien.*

Rigel lui referma la porte au nez. Et aucun bouquet de fleurs majestueux ne fit son entrée dans la maison ce jour-là.

Le dîner arriva en un clin d'œil. Anna dégageait une insouciance presque palpable. Elle considéra avec satisfaction la table que j'étais en train de dresser avant de m'annoncer qu'elle avait rencontré Adeline sur le chemin du retour. Elle l'avait vraiment prise en affection car elle adorait ses manières gentilles et ses sourires sincères, et cela l'avait attristée d'apprendre qu'elle était au chômage.

— C'est une jeune fille si douce, dit-elle en enfournant la tourte. Je lui ai prêté mon parapluie parce qu'elle était trempée… Elle n'avait même pas de capuche !

Elle referma la porte du four et régla la température. Elle semblait troublée.

— Où as-tu dit qu'elle vivait ? me demanda-t-elle.

— À l'institut Saint-Joseph, répondis-je. Depuis son départ, elle a toujours été là-bas. Maintenant qu'elle est majeure, elle devrait s'en aller mais, tant qu'elle n'a pas trouvé de travail…

— Je l'ai invitée ce soir, annonça Anna en tranchant le pain.

Je me figeai, mes couverts à la main.

— Je sais que ça devait être un dîner entre nous, mais je n'ai pas pu m'en empêcher. Elle est toujours si adorable… et je sais à quel point vous êtes liées. Ça n'a pas été facile de la convaincre qu'elle ne dérangerait pas, mais elle m'a finalement assuré qu'elle viendrait. Ça te fait plaisir ? me demanda Anna avec un sourire.

Mon cœur aurait répondu oui si mes pensées ne m'avaient pas trahie. Quelque chose brûlait encore en moi depuis la dernière fois où nous nous étions vues. D'un côté, l'entendre dire qu'elle n'éprouvait rien pour Rigel m'avait tranquillisée, mais je redoutais que ce ne soit pas vrai. J'avais beau avoir décidé de la croire, tout cela continuait de me tourmenter.

Anna jeta un coup d'œil à l'horloge murale.

— Oh, je n'avais pas vu qu'il était si tard ! Nica, va te préparer. Je m'occupe de finir ici.

Je gravis les escaliers en détachant mes cheveux. Je récupérai mon peignoir, des sous-vêtements propres, et me dirigeai vers la salle de bains. Je me déshabillai et j'ouvris la douche avant de me glisser sous le jet d'eau chaude. Je me lavai les cheveux avec un shampoing parfumé, me délectant de l'abondance de mousse. Après m'être rincée, j'enfilai mon peignoir et nouai la ceinture. Il était un peu petit pour moi, mais sa couleur lilas m'avait toujours beaucoup plu. J'enfilai une culotte en sautillant sur place. La dentelle blanche, très douce au toucher, épousait la courbe de mon bassin. C'était la première fois que je portais de la lingerie qui n'était pas du simple coton.

Tandis que je me frictionnais les cheveux, j'entendis une voix m'appeler d'en bas :

— Oh, Nica, j'ai oublié les sets de table brodés ! Tu pourrais me les descendre ? Ils sont dans la commode de ma chambre ! Le tiroir du bas !

Je resserrai la ceinture de mon peignoir, sortis de la salle de bains et récupérai ce qu'elle m'avait demandé. Anna et moi nous rejoignîmes au milieu de l'escalier.

— Et voilà, dis-je en souriant.

Anna fut surprise de me voir en peignoir.

— Excuse-moi, je n'avais pas compris que tu étais sous la douche ! Tu vas prendre froid, trésor… Merci ! Oui, ceux-là sont parfaits. Maintenant, va vite finir de te sécher…

Je retournai dans la salle de bains, dont j'avais laissé la porte ouverte. Frissonnante, je m'essorai les cheveux puis je me mis à les brosser.

C'est alors que j'aperçus le tee-shirt propre soigneusement plié près du lavabo.

Un tee-shirt noir, avec des boutons sur la poitrine.

Un tee-shirt d'homme.

Qui n'était pas là juste avant.

Je le fixai, interdite. Puis, en un instant, je compris. Je perçus une présence derrière moi et me retournai brusquement.

Je faillis laisser échapper ma brosse.

Rigel était sur le seuil. Immobile. Ses iris noirs littéralement *plantés* sur moi. Il tenait sa serviette dans une main et je compris qu'il avait dû retourner dans sa chambre pour la prendre en pensant que la salle de bains était libre.

— Je… je, bredouillai-je, les joues brûlantes. Je n'avais pas fini…

Sa main se contracta légèrement sur la serviette et une étincelle crue fit briller ses yeux lorsqu'ils parcoururent mon corps : mes cuisses humides, la courbe de mes seins et la peau nue de ma gorge. Il prit une profonde inspiration qui porta mon sang à ébullition, et ma bouche s'assécha lorsque mes yeux croisèrent son regard incandescent et tempétueux.

— Rigel, les invités vont arriver. Anna se balade dans la maison et…

Je crispai les doigts sur ma brosse, me rendant soudain compte que nous étions face à face comme une proie et son prédateur.

— Je dois finir de me préparer, lâchai-je.

L'esprit de Rigel semblait travailler à toute vitesse. C'était comme si nous étions revenus au point de départ, quand je craignais de passer près de lui de peur qu'il me morde. Même si c'était pour d'autres raisons désormais…

— Rigel, dis-je en essayant d'être raisonnable, je dois passer.

J'espérais que ma voix n'était pas trop faible et apeurée, vu qu'il m'avait avoué l'effet que cela lui faisait. Toutefois, il se mit à sourire. D'une manière si détendue que c'en était effrayant.

— Bien sûr, déclara-t-il d'une voix calme. Je t'en prie.

Je ne te ferai rien, semblait-il me promettre. Mais son regard me fit me sentir comme une petite souris face à une panthère.

— Si j'approche… tu me laisses passer ?

Rigel se lécha les lèvres, et jamais il n'avait autant ressemblé à une bête féroce sortant de sa tanière qu'à cet instant.

— Mmm…, acquiesça-t-il.

— Non, bredouillai-je. Dis-le.

— *Quoi ?* demanda-t-il en riant.

— Que tu me laisses passer.

Il battit des paupières d'un air innocent qui le fit paraître, si c'était possible, encore plus dangereux.

— Je te laisse passer.

— Promis ?

— Promis.

Je me décidai enfin à m'approcher. Et Rigel, en effet, tint sa promesse. Il me laissa passer. Il me laissa passer puis… me saisit avec une telle impétuosité que j'en eus le souffle coupé.

Et il me submergea. Littéralement.

J'entendis la porte claquer, je sentis mon dos contre le mur et ne vis plus que son corps qui me dominait ; Rigel plongea ses mains dans mes cheveux et posa ses lèvres sur les miennes. Il m'embrassa avec une ardeur folle et irrésistible. J'essayai de respirer, de garder ma lucidité. J'essayai de l'éloigner, de me détacher de lui, mais il emprisonna mes lèvres entre ses dents et mes jambes se mirent à vaciller. Je me plaquai contre lui, recherchant ses manières de loup et ses lèvres brûlantes, et je me sentis soudain vidée de toutes mes forces.

La réalité vibra, se brouilla, il me sembla halluciner. J'aurais dû être rationnelle, comprendre qu'il y avait un risque, mais ce que j'éprouvais pour lui était trop fort : il me brisait et me suffoquait, me faisant ployer sous le poids de toutes ces émotions. Je caressai son cou et répondis à ses gestes avec tout le désespoir que j'avais dans le corps.

Rigel empoigna mes cuisses et m'attira à lui. Le peignoir se desserra, glissa, découvrant mes épaules. Il me mordit le creux du cou, goûtant ma peau fraîche comme si c'était un fruit défendu, sucré et juteux. Mon corps menu se contracta sous ses dents et mes jambes cédèrent. J'étais si peu habituée à pouvoir le toucher et à me faire toucher par lui que je tremblais au moindre contact, les joues brûlantes. Je me sentais faible, chaude et électrisée.

Rigel chercha de nouveau ma bouche sans me laisser le temps de suivre son mouvement et j'accueillis son baiser avec un petit gémissement : il m'obligea à entrouvrir les lèvres et, quand sa langue se noua à la mienne, une chaleur intense irradia dans mon ventre.

Je ne comprenais pas comment il faisait pour me priver à ce point de toute énergie et, en même temps, me faire me sentir aussi vivante. Son avidité sauvage et son parfum m'enivraient complètement. Soudain, ses mains passèrent sous le peignoir. Je me contractai avant de me détacher de lui.

Sa bouche était à un souffle de la mienne. Je haletai, les yeux mi-clos, hébétée, car mon cœur était en train de défoncer ma poitrine. Rigel lécha de nouveau ses lèvres, désormais gonflées. Il sembla deviner qu'il m'avait effrayée car il posa sa joue sur la mienne, comme pour reprendre le contrôle de lui-même. À cet instant, je pris conscience de la fébrilité avec laquelle il me serrait contre lui. Ses gestes étaient rudes, précipités, brutaux. Mais, en même temps, il était toujours attentif à ne pas me faire mal. J'adorais ce contraste en lui, parce que, même s'il me saisissait sauvagement, il semblait me connaître comme personne. Rigel n'était ni violent ni profiteur, juste brusque. Il était fait ainsi, mais cela ne voulait pas dire qu'il n'était pas un garçon pour moi.

Il déposa un tendre baiser sur l'artère palpitante de ma gorge. Ses pouces dessinèrent des cercles délicats sur ma peau et je me détendis enfin. Je posai mon front sur le sien avec un soupir. Rassurée, je laissai mon esprit glisser dans un langoureux délire. Je cherchai ses lèvres et nous plongeâmes dans un tourbillon de baisers brûlants et profonds. Les assauts de sa langue étaient désormais lents, provocants, et ses doigts serraient mes hanches avec ardeur, suivant inexorablement ce rythme intense. Le goût des baisers de Rigel me monta à la tête tandis que ses mains s'enfonçaient dans ma chair, m'enjoignant de me frotter lascivement contre lui. Mes joues s'enflammèrent de nouveau et ma respiration redevint saccadée. Une étrange tension se diffusa dans mon bas-ventre, à la fois douce et insupportable. Sa langue incendiait ma bouche et je me mis à la sucer doucement, presque timidement. Je sursautai lorsque ses doigts remontèrent le long de mes cuisses et effleurèrent la dentelle. Je resserrai mes jambes autour de lui jusqu'à ce que nos souffles recommencent à s'entremêler.

Rigel abandonna mes lèvres pour mordre ma mâchoire, puis mon cou et mon épaule. Il semblait perdu, affamé, avide de moi. Ses mains s'enfoncèrent un peu plus dans mes hanches, comme s'il avait faim de sentir ma chair frémir, céder et se modeler sous ses doigts. Je réprimai un gémissement de douleur et me cambrai contre lui lorsqu'il empoigna mes omoplates et que sa bouche se posa juste sous mon oreille, là où la peau est particulièrement sensible. Mes cuisses se tendirent, mes muscles tremblèrent. Rigel me fit alors basculer en arrière et, tout en pétrissant mon bassin, plongea ses lèvres entre mes seins.

Le souffle me manqua.

Il me faisait tourner la tête.

Il me faisait me damner, désespérer, exploser et respirer.

Il me faisait vivre.

Il m'anéantissait d'un baiser et me faisait devenir une partie de lui.

Et moi je le laissais faire, parce que je ne voulais aucun autre loup que lui.

Ce que j'éprouvai alors était si fort que je fus prise de tremblements. J'aurais voulu que ces sensations ne nous lient pas en permanence, car elles risquaient de nous arracher l'un à l'autre à tout moment. Comme si nous n'avions jamais assez de temps, ou assez de mots, au final rien qui nous soit permis de vivre pleinement.

Je désirai entrer dans son cœur pour savoir si lui aussi ressentait ce besoin qui privait chaque chose de son sens.

Ce besoin de nous appartenir.

De rester ensemble.

Accrochés l'un à l'autre.

Âme contre âme.

Cœur contre cœur.

Et de mêler nos failles jusqu'à ne plus avoir peur…

Le bruit de la poignée surgit d'une réalité lointaine. *Trop lointaine.*

La porte s'entrouvrit et je sursautai avant de me pétrifier. Mon bras jaillit aussitôt : je posai ma main sur le battant pour le repousser avec force. Je retins mon souffle lorsque la voix de Norman s'éleva de l'autre côté de la porte :

— Ah… Il y a quelqu'un ?

Je me décollai de Rigel, si brusquement que je le sentis résister pour essayer de me retenir.

— Oh, Norman, Nica était en train de prendre sa douche !

Anna s'était approchée et la terreur m'assaillit.

— Peut-être n'a-t-elle pas encore fini… Nica ? demanda-t-elle en frappant. Tu es encore en train de te sécher ?

Je haletai, terrorisée, prenant la mesure du désastre. Je vis les traces de dents sur mon épaule et ma poitrine. Je resserrai fébrilement mon peignoir tout en lançant un coup d'œil agité à Rigel : il était encore en train de me regarder, comme si rien d'autre ne lui importait.

Anna frappa de nouveau.

— Nica ?

— Euh… Oui, dis-je d'une voix aiguë tandis que Rigel se léchait la lèvre inférieure. Je… je n'ai pas encore terminé.

— Tout va bien ?

— Oui !

— OK, alors je vais entrer…

— *Non !* hurlai-je, paniquée. Non, Anna… Je… je ne suis pas habillée !

— Ne t'inquiète pas, Norman s'est éloigné ! Tu as toujours ton peignoir, non ? Je voulais te montrer quelque chose…

Je respirais de plus en plus difficilement. Je me mordis les lèvres tout en réfléchissant. Très lentement, je baissai la poignée et j'ouvris juste ce qu'il fallait pour jeter un œil.

— Oh, Nica, mais tu es encore toute mouillée, fit-elle remarquer. Et tu es toute rouge… Tu es sûre que ça va ?

Je déglutis, essayant de détourner son attention. Je vis alors qu'elle tenait quelque chose dans les bras.

Une robe.

— C'est Dalma qui l'a confectionnée pour toi, annonça-t-elle joyeusement. C'est un petit cadeau pour oublier ce qu'il s'est passé… Je sais à quel point tu aimes les couleurs, mais elle a pensé qu'une nuance plus sombre, avec ton teint, pourrait créer un beau contraste. Et… voilà…

Le tissu souple de la robe était noir comme de l'encre et magnifié par mille reflets. Même si je ne la voyais pas entièrement, je me rendis compte que la robe était tout simplement extraordinaire.

— Elle te plaît ?

— Elle est très belle, Anna, murmurai-je, à court de mots. Je… je ne sais vraiment pas quoi dire. Dalma est incroya… Ah !

Je rougis et pressai ma main sur ma bouche. Derrière la porte, Rigel venait de pincer ma cuisse humide. Anna me lança un regard inquiet et surpris. Je la repoussai en arrière de mes mains tremblantes et l'accompagnai dans le couloir pour l'éloigner.

— Je veux l'essayer tout de suite ! Dalma sera contente… À quelle heure arrivent-ils ? Zut, il est déjà si tard…

Je continuai de parler, l'entraînant avec moi pour ne pas lui laisser le temps de regarder en arrière et de *le* découvrir.

La robe de Dalma était parfaite. Elle m'allait comme un gant, mettant en valeur mes courbes et collant à mon corps comme si elle avait été cousue sur moi. Les manches moulaient mes bras jusqu'aux mains, tout en découvrant mes épaules. Je lissai le tissu sur mes hanches, en me contemplant avec émotion dans le miroir. Le noir faisait ressortir ma pâleur ; il ne m'éteignait pas, au contraire, il me conférait une lumière rare qui me fit me sentir précieuse comme une petite étoile dans la nuit.

Cette robe était extraordinaire.

Je ne m'habituerais jamais à me voir ainsi. À sentir toujours bon, à porter des vêtements propres chaque jour. À pouvoir prendre une douche quand je le voulais, à rester dessous aussi longtemps que c'était nécessaire pour me réchauffer, à me regarder dans un miroir qui n'était pas fêlé. À éprouver cette sensation sur ma peau, comme si j'étais belle et que je valais la peine d'être admirée. Car une part de moi était encore la petite fille qui frottait des fleurs sur ses vêtements et les rapiéçait toute seule.

Je ne parviendrais jamais à me débarrasser de certaines choses.

Je me brossai doucement les cheveux, constatant à quel point ils étaient longs. Quand j'étais petite, ils se gonflaient à chaque rafale de vent et je rêvais de m'envoler dans le ciel comme une libellule ; j'avais beau n'être qu'une enfant à l'époque, cela ne m'empêchait pas d'avoir de grands espoirs.

Je les regroupai sur le côté pour les tresser, mais ils se prenaient sans cesse dans mes pansements et formaient une masse désordonnée. Finalement, je renonçai à les attacher et les laissai retomber librement dans mon dos.

Lorsque je descendis, les Otter étaient déjà arrivés. Norman portait un joli pull rouge. Une bouteille de vin à la main, il était en train d'évoquer la colonie de souris qu'il avait trouvée dans le grenier d'une cliente. Je saluai George, qui me sourit derrière ses grosses moustaches.

Dalma était en cuisine avec Anna. Dès qu'elle me vit, elle se figea, émue.

— Tu l'as mise…, murmura-t-elle, comme si c'était moi qui lui avais fait un cadeau. Oh, Nica… Tu es superbe.

Elle fondit d'émotion lorsque je m'approchai d'elle pour l'embrasser.

— C'est une occasion spéciale, répondis-je en regardant Anna qui me souriait, touchée elle aussi. Merci, Dalma… Tu m'as laissée sans voix. C'est vraiment un très beau cadeau.

Elle rougit. Ce ne fut qu'à cet instant que je remarquai qu'il y avait quelqu'un derrière elle.

— Bonjour, Asia.

Asia était élancée et sophistiquée, comme toujours. Sa belle queue-de-cheval et ses gestes lui donnaient une allure de princesse. Je parvins pourtant à percevoir le silence gêné qui suivit mes paroles.

— Bonjour, murmura-t-elle en regardant le sol.

Pour la première fois, elle n'avait pas l'air arrogante mais presque embarrassée.

— J'emporte tout ça à la voiture, dit-elle en désignant des paquets contenant des fleurs de lavande et de jasmin séchées qui dégageaient un incroyable parfum.

Sans doute un cadeau d'Anna.

— Tu as besoin d'aide ? demandai-je en la suivant.

Sa réponse fut plutôt sèche.

— Non.

Elle s'éloigna à grands pas et sortit ses clés de voiture. Mais, dans l'entrée, quelque chose attira son attention. Elle se figea et je compris pourquoi. La photo d'Alan brillait, encadrée sur le guéridon. Il fallait changer le verre, qui était légèrement fendu, mais les yeux d'Asia se posèrent là, justement sur cette fissure où ressortait un petit morceau d'adhésif bleu.

Bleu, comme les yeux d'Alan.

Elle se tourna lentement vers moi. Son regard passa de mes doigts recouverts de pansements colorés à mon visage. Et, pendant un instant, j'y perçus une nuance de douceur et de fragilité, quelque chose qu'elle ne m'avait jamais autorisée à voir auparavant.

De la douleur et des regrets, mais aussi… de la résignation.

Elle se retourna et sortit.

J'étais en train de remplir la saucière lorsque la sonnette tinta et que quelqu'un alla ouvrir.

— Voilà, dit Anna en posant une main sur son front pour se protéger de la chaleur du four.

La tourte était magnifique.

— Nica, tu peux aller vérifier qu'il ne manque rien, s'il te plaît ?

Je me dirigeai vers la salle à manger pour m'assurer que tout était en ordre. Mais, à peine arrivée dans le couloir, je m'immobilisai. Ce n'était pas Asia qui avait sonné à la porte, mais Adeline. Ses cheveux blonds soyeux illuminaient l'entrée. Toutefois, je n'arrivais pas à la voir distinctement à cause du mur.

— Tu n'arrêtes pas de me regarder comme ça.

— Comme ça ? répéta une voix profonde.

Instinctivement, je me tendis. C'était la voix de Rigel. C'était lui qui avait ouvert et, maintenant, il la considérait avec hauteur et défiance.

— Comme… Comme si j'étais toujours au mauvais endroit, répondit-elle avec un faible sourire. Tu m'as demandé de rester en dehors et je le fais. Je l'ai toujours fait… Je me trompe ?

Qu'est-ce qu'elle voulait dire ?

Rester en dehors de quoi ?

Ils échangèrent un long regard avant que Rigel ne détourne le sien. Dans celui d'Adeline brillait quelque chose que je ne parvins pas à définir. Teinté de trop de désir, de chaleur et de compassion. Mais il n'y fit pas attention, ou ne le vit pas, tout simplement. En revanche, cela ne m'échappa pas. Et, encore une fois, j'eus la sensation qu'il me manquait quelque chose, que j'avais un train de retard, que je ne savais pas de quoi ils parlaient. Derrière ces yeux noirs existait un monde que je ne pouvais pas toucher. Une âme que Rigel n'avait jamais permis à personne de voir.

Alors pourquoi ? Pourquoi en parlait-elle comme si elle comprenait ? Comme si elle savait ?

C'est alors qu'ils s'aperçurent de ma présence. Les yeux d'Adeline se posèrent sur moi tandis que je croisais ceux de Rigel. L'empressement avec lequel elle sembla se demander ce que j'avais bien pu entendre me fit me sentir encore plus mal à l'aise.

— Nica, dit-elle avec un sourire hésitant, salut…

— Salut, répondis-je, gênée.

Elle sortit un petit paquet de son sac.

— J'ai apporté un dessert, dit-elle d'un air un peu embarrassé. Vu qu'Anna est fleuriste, ça me paraissait idiot de prendre des fleurs…

Elle s'approcha de moi en me souriant avec douceur.

— Tu es très belle, me dit-elle.

Elle passa devant moi et Rigel s'approcha à son tour. Mes pensées se turent et, pendant un instant, j'oubliai ce que j'aurais voulu dire.

Il portait un pantalon noir et une chemise blanche qui moulait impeccablement sa poitrine. La clarté du tissu ne détonnait en rien sur lui, au contraire, elle mettait ses yeux en valeur, tels deux abysses magnétiques et dangereux. Ses cheveux et ses sourcils marqués ressortaient encore plus que d'habitude, le rendant dangereusement séduisant. Submergée par l'intensité de son regard, je me sentis rougir lorsqu'il se posta devant moi, parfaitement à l'aise dans cette beauté cruelle. Il inclina la tête et étudia ma tenue, observant la façon dont la robe soulignait mes courbes. Pendant une seconde, je crus qu'il était sur le point de dire quelque chose. Puis, comme dans une lutte contre lui-même qu'il avait l'habitude de perdre, il garda pour lui ses paroles.

Je me demandai pourquoi il me regardait toujours ainsi. Il paraissait me crier quelque chose et, en même temps, me supplier de ne pas comprendre. Moi j'essayais désespérément de le comprendre, mais, pour autant que j'aie appris à déchiffrer ses silences, ce genre de regards restaient pour moi une énigme inaccessible.

Que savait Adeline ?

Et pourquoi lui avait-il ouvert son monde secret ?

N'avait-il pas confiance en moi ?

Je fus assaillie par mon sentiment d'insécurité. Je tentai de ne pas l'écouter mais il se ficha dans ma chair. Mon cœur hurlait du désir de me lier à Rigel, d'être importante, d'entrer dans son âme comme il était entré dans la mienne.

Qu'étais-je donc pour lui ?

— Oh, vous êtes là !

Norman fit son apparition et nous sourit.

— C'est prêt ! Vous venez ?

Le dîner fut agréable et joyeux. La table était magnifique, ornée de la plus jolie vaisselle et de plats fumants. Entre tintements de couverts et délicieux effluves, Adeline s'était assise en face de moi pour me laisser la place à côté de Rigel. Je la regardai discrètement, le cœur un peu lourd. La voir ainsi parmi les personnes que j'aimais faisait naître en moi des sentiments contradictoires : j'éprouvais à son égard une affection sans bornes, mais aussi beaucoup d'incertitude.

— Tu veux un peu de sauce ? demanda-t-elle à Asia, qui la considéra avec suspicion.

Adeline ne cessait pas de lui sourire. Puis elle l'aida gentiment à se servir. Asia lui lança un coup d'œil circonspect lorsqu'elle la vit prendre un petit morceau de pain pour elle avant de le déposer près de son assiette.

— Il règne dans cette maison une odeur incroyable ! s'exclama George. On a l'impression de manger des fleurs !

— Y aurait-il quelque chose que nous ignorons ? renchérit Dalma.

Ils se penchèrent vers Anna, qui se mit à rire.

— Oh non, ne me regardez pas ! Pour une fois, je n'y suis pour rien. Elles sont toutes pour Nica.

Ils tournèrent tous la tête vers moi et j'avalai de travers.

— Pour Nica ? demanda Dalma, émerveillée. Nica… Quelqu'un t'offre des fleurs ?

— Elle a un admirateur secret, précisa Norman de sa manière un peu gauche. Un garçon qui lui envoie un bouquet par jour…

— Un *soupirant* ? Comme c'est romantique ! Et qui est-ce ? Tu le connais ?

Profondément mal à l'aise, je déglutis et me retins de mordiller mes pansements à table.

— C'est un camarade de classe.

— Un garçon si gentil ! intervint Anna avec enthousiasme. Si attentionné… Après tous ces cadeaux, la moindre des choses serait de lui offrir un thé ! C'est l'ami avec qui tu as mangé une glace, c'est ça ?

— Oui…

— Pourquoi ne l'inviterais-tu pas à la maison un de ces jours ?

— Eh bien, je…

Je tressaillis brusquement. Sous la nappe, une main s'était posée sur mon genou nu. Je me contractai sous les doigts de Rigel. Qu'est-ce qu'il faisait ? Était-il devenu fou ? Tendue, je triturai ma serviette en fixant un à un les invités. Dalma était juste à côté de moi. *Aurait-elle vu quelque chose ?*

À cet instant, elle se tourna vers moi et je sentis mon cœur battre dans ma gorge.

— Tout le monde n'offre pas de fleurs. Il faut une sensibilité différente, profonde… Tu ne crois pas ?

— Oui…, marmonnai-je en tâchant d'avoir l'air normale.

Mais cette réponse provoqua une crispation de la main de Rigel qui me fit frissonner. Lorsque Dalma se détourna, j'en profitai pour saisir son poignet et l'éloigner. Je m'écartai légèrement, les joues brûlantes. Tout le monde se méprit sur mon rougissement.

— Je parie qu'il est mignon…

— Mignon et amoureux !

— A… amoureux ? balbutiai-je d'un filet de voix.

Anna me sourit.

— Eh bien, on n'offre pas une telle quantité de fleurs à la première personne venue, tu ne penses pas ? Lionel éprouve certainement des sentiments très profonds pour toi.

J'aurais voulu dire quelque chose, mais ils se mirent à parler tous en même temps, m'étourdissant. Les voix se superposèrent, les opinions se mélangèrent et je ne distinguai plus rien.

— Depuis quand le connais-tu ?

— Quel garçon en or…

— Nous aussi, nous sommes tombés amoureux à leur âge, n'est-ce pas, George ?

— Nica, intervint Anna, pourquoi ne l'inviterais-tu pas ici demain après-midi ?

Le crissement de la chaise sur le sol me fit sursauter. Dans l'euphorie générale, personne ou presque ne prêta attention à la façon dont Rigel quitta la pièce : il disparut derrière la porte sous mon regard. Et celui d'Adeline.

J'avais le cœur à la fois comprimé et glacé. Et cette sensation augmenta lorsque je constatai qu'Asia fixait la chaise vide. Puis, lentement, elle leva les yeux sur moi. Je me sentis soudain assise sur des braises. Je baissai la tête en marmonnant une excuse puis quittai la salle à manger bourdonnante de discussions. Je me mis à la recherche de Rigel. Soudain, j'entendis un bruit provenant de la pièce du fond. Lorsque j'arrivai devant la porte, je trouvai Rigel en train de réduire en morceaux chaque fleur que m'avait envoyée Lionel.

— Rigel ! Non, arrête !

Je saisis son poignet mais il se dégagea si brusquement que les pétales tourbillonnèrent autour de lui en créant une pluie silencieuse. Je fus saisie de tremblements.

— *Pourquoi ?* questionna-t-il, furieux. Pourquoi n'as-tu pas dit un seul mot ?

Je n'eus pas le temps de lui répondre qu'il s'approchait déjà de moi.

— Qu'est-ce que tu éprouves pour lui ?

Une sensation sourde m'empêchait de détourner mon regard de lui.

— Comment ?

— Qu'est-ce que tu éprouves ?

Sa voix ressemblait à un grognement mais ses yeux, plantés dans les miens, reflétaient de la vulnérabilité, comme une blessure. Je restai incrédule car cette question remettait en cause toute la confiance que nous avions eue tant de mal à construire.

— Rien…

Rigel me considéra avec une amertume brûlante. Il secoua lentement la tête, comme s'il était face à une vérité qu'il ne voulait pas accepter.

— Tu n'y arrives pas, lâcha-t-il. Après tout ce qu'il a fait… Après la façon dont il a été intrusif, dont il a insisté, après qu'il a quasiment levé la main sur toi, *tu n'arrives pas à le détester.*

Ces paroles me firent l'effet d'une gifle. Je les sentis me frapper et entrer sous ma peau parce que… c'était la vérité. Je ne pouvais pas le nier. Peu importait à quel point elles me faisaient mal. J'étais incapable de détester, malgré tous mes efforts.

Pourtant, la haine, on me l'avait apprise. La directrice me l'avait gravée dans la chair d'une manière que je ne pourrais jamais oublier. Elle m'avait brisée, écrasée, déformée. Cabossée et fissurée. Elle m'avait pliée si fort que j'étais restée ainsi, abîmée et fragile comme une enfant. Pour toujours. Voilà ce qu'elle m'avait laissé. Un cœur défectueux qui cherchait dans les autres la bonté qu'il n'avait pas trouvée en *Elle*. Un papillon de nuit qui voyait la lumière en toute chose, même si cela devait le brûler au point de le consumer.

Les doigts crispés et le regard assombri par ce constat, je secouai la tête à mon tour.

— Ça n'a pas d'importance, dis-je doucement.

— Ça n'a *pas* d'importance ? répéta Rigel d'une voix qui exprimait à la fois colère et douleur. Ah bon ? Alors qu'est-ce qui est vraiment important pour toi, Nica ?

Non.

Tout, mais pas ça.

Je serrai les poings.

Il était la dernière personne qui pouvait prononcer ces mots.

— Moi, je sais ce qui est important, murmurai-je d'une voix que je ne reconnaissais pas.

Mon sang brûlait sous ma peau et je levai sur lui un regard humide et brillant.

— Je suis la seule qui a clairement exprimé ce qui comptait vraiment.

Un éclair soucieux lui fit froncer les sourcils.

— Pardon ?

— *C'est toi !* explosai-je. C'est toi qui ne te soucies jamais de rien ni de personne ; tu ne t'es même pas rendu compte de la façon dont Adeline te regarde ! Tu te comportes comme si c'était une chose normale, comme s'il n'y avait pas de risques ! Tu sais ce qu'il se passera s'ils nous surprennent, Rigel ? Tu t'en soucies ?

Mon manque de confiance en moi prit soudain le dessus. Je tentai de le repousser mais il m'empoisonna le cœur, me rappelant à quel point j'étais fragile, sensible et remplie de peurs. Pour la première fois, la terreur de ne pas être à la hauteur se projeta aussi sur Rigel.

— Tu ne fais rien d'autre que jouer avec le feu, on dirait même que ça t'amuse. Même à table, devant tout le monde, tu défies le sort, et tu as le culot d'insinuer que c'est *moi* qui ne m'en soucie pas ?

Je n'étais plus moi-même, mais je ne parvins pas à m'arrêter. C'était insupportable. Pour nous, j'avais dû faire des compromis avec moi-même et mentir à la seule personne qui m'avait jamais vraiment aimée depuis que j'avais perdu mes parents. La seule que je n'aurais jamais voulu trahir : Anna.

Je l'avais choisi lui, mais ce choix m'avait brisé le cœur. Et je l'aurais refait dix fois, cent, mille, si cela avait signifié rester près de lui. Mon cœur se serait brisé chaque fois, mais je l'aurais encore choisi lui. Je l'aurais toujours choisi.

Mais je ne pouvais pas dire qu'il en était de même pour Rigel.

Il ne m'avait jamais donné aucune certitude.

Je lui avais avoué que je voulais l'avoir à mes côtés, lui révélant ma partie la plus intime et la plus vulnérable, et j'étais restée face à son silence.

— Je risque tout. Tout ce à quoi je tiens le plus. Mais tu n'as même pas l'air de t'en rendre compte. Parfois, tu te comportes comme si cela n'avait pas d'importance, comme si, pour toi, ce n'était qu'un j…

— *Non*, ne dis pas ça, m'interrompit-il brusquement en fermant les yeux.

Lorsqu'il les rouvrit, je vis quelque chose y trembler de manière impétueuse.

— Et ne t'*avise* pas de le redire.

— Je ne sais pas ce que tout ça représente pour toi, murmurai-je avec amertume. Je ne sais jamais ce que tu penses… ni ce que tu éprouves. Tu me connais mieux que n'importe qui, mais moi, de toi… je ne sais quasiment rien.

J'eus soudain l'impression que nous n'étions plus dans la même pièce mais à des années-lumière l'un de l'autre.

— Je t'ai dit que je te voulais pour ce que tu es… Comme tu es… Et c'était la *vérité*. Je n'ai jamais attendu que tu me dises la même chose, ni que tu t'ouvres à moi du jour au lendemain. En réalité, poursuivis-je d'une voix tremblante, tout me conviendrait. Je ne désire rien d'autre que de pouvoir te comprendre. Mais plus j'essaie de le faire, plus tu me rejettes, plus j'ai la sensation que tu veux me repousser. Loin de toi. Moi plus que quiconque… Et je ne comprends pas pourquoi. Nous sommes tous les deux brisés mais tu ne me laisses jamais entrer, Rigel. Même pour un instant.

Je me sentis soudain complètement vidée. Dans les yeux de Rigel, je ne vis qu'un noir indéchiffrable. Et je me demandai où il était, lui, derrière ce regard. S'il percevait la souffrance que j'éprouvais et le besoin de faire partie de son monde comme lui faisait partie du mien.

Mon cœur ne fit que se serrer davantage. Sentant les larmes monter, je baissai la tête, car ce silence était l'énième preuve que je n'avais pas la force d'écouter.

*

Ses poings tremblaient. La sangsue à l'intérieur de lui remuait comme un monstre. Il n'y arrivait plus, il n'arrivait plus à être lui-même…

Il ne s'était jamais senti aussi prisonnier de son corps, il n'avait jamais autant désiré être quelqu'un d'autre, n'importe qui.

Elle voulait *entrer.*

Elle voulait entrer, mais elle ne comprenait pas.

Il ne lui aurait fait que du mal.

Elle croyait qu'il y avait quelque chose en lui, quelque chose de doux et de juste, mais ce n'était pas le cas. Il n'avait que du rejet en lui, des peurs et une âme dégoulinante de tourments. L'envie de lacérer et de la colère. De la douleur et un sentiment d'impuissance.

À l'intérieur, il était un désastre.

Il avait appris à rejeter les liens, l'affection, tout. Et il avait même essayé de la rejeter elle, il l'avait repoussée, griffée, déchirée, il avait essayé de s'en débarrasser, mais, à l'intérieur de lui, Nica avait tout pris. Avec son merveilleux sourire et sa délicatesse. Avec sa différence et cette lumière qu'il n'avait jamais comprise.

Il avait toujours prié pour qu'elle le regarde, car, dans ses yeux, même le monde semblait resplendir. Dans les yeux de Nica, même lui ne semblait plus aussi mauvais. Mais, maintenant qu'elle le regardait enfin… La peur le déchiquetait. Il avait peur qu'elle découvre à quel point il était tordu, usé, corrompu et irrécupérable. Il avait peur de ne pas être compris, d'être rejeté, de la voir se rendre compte qu'elle pouvait avoir mieux.

Il avait peur d'être de nouveau abandonné.

Voilà pourquoi il ne pouvait pas la faire entrer.

Une partie de lui l'aurait voulue avec lui pour toujours. L'autre, celle qui l'aimait plus que lui-même, ne se résolvait pas à l'enfermer dans cette cage d'épines.

Nica baissa tristement la tête. Et Rigel garda le silence, même si ce silence, et elle l'ignorait, lui coûtait plus que n'importe quelle parole. Il la décevait encore une fois. Pourquoi plus il cherchait à la protéger de lui-même, plus il finissait par lui faire du mal ?

Nica s'en alla, emportant avec elle sa lumière. En la regardant disparaître, Rigel sentit une morsure lui comprimer le cœur et graver dans sa chair, une à une, *toutes* ses ronces de regrets.

30- JUSQU'À LA FIN

Je ne veux pas la fin heureuse,
je veux le bouquet final.
Comme celui des magiciens,
celui qui te laisse bouche bée
et te fait croire, pendant un instant,
que la magie existe.

Aucun d'entre eux ne respirait. Ils étaient tous immobiles, alignés, les uns à côté des autres.

Rigel n'était pas parmi eux. Comme toujours.

L'ombre de la directrice rôdait devant ces petits corps comme un requin noir.

— Aujourd'hui, une femme m'a dit que l'un d'entre vous avait fait des signes depuis une fenêtre.

Sa voix était grinçante et stridente.

Rigel observait la scène de loin, assis sur le tabouret du piano. Le regard plein de haine que lui avait lancé Peter ne lui avait pas échappé.

Il n'était jamais puni avec eux.

— Elle m'a dit que l'un d'entre vous avait essayé de lui dire quelque chose. Quelque chose qu'elle n'est pas arrivée à comprendre.

Plus personne ne respirait.

Elle les considéra un par un. Puis Rigel vit ses doigts se refermer sur le coude d'une petite fille. Adeline essaya de ne pas réagir, même quand la directrice lui serra le bras dans une morsure lente et violente.

— Qui a fait ça ?

Ils gardèrent tous le silence. Ils avaient peur d'elle, ce qui, à ses yeux, suffisait à les rendre coupables. C'était comme cela qu'elle les voyait.

La peau d'Adeline commença à devenir violacée, broyée avec une telle force que son regard hurlait de douleur pour elle.

— Petits monstres ingrats, siffla la directrice avec une haine quasiment inhumaine.

Rigel comprit tout de suite ce que signifiait cet éclat enflammé dans ses yeux. C'était l'éclat de la violence.

Ils se mirent tous à trembler.

Margaret lâcha Adeline. Puis, d'un geste mécanique, elle défit sa ceinture de cuir.

Rigel vit Nica, dans le fond, trembler plus que les autres. Il savait que les ceintures la terrifiaient. Quelque chose le griffa à l'intérieur, comme un ongle qui gratte la peau. Il avait le cœur en apnée et les mains moites.

— Je vous le redemande, dit la directrice en marchant lentement devant eux. Qui. A. Fait. Ça ?

Il les vit frissonner. Il aurait pu dire que c'était lui. Au fond, cela lui était déjà arrivé de porter le chapeau pour quelque chose qu'il n'avait pas fait. Mais, cette fois, cela n'aurait servi à rien. Car il était resté avec elle toute la journée.

Et puis, Margaret était trop furieuse. Et quand elle était ainsi, quelqu'un en subissait toujours les conséquences.

Elle voulait faire mal.

Elle voulait les frapper.

Elle ne le faisait pas parce qu'elle était malade. Ou perturbée.

Elle le faisait parce qu'elle voulait le faire.

Et Rigel ne pouvait pas s'exposer, endosser toutes les responsabilités. Sinon, elle aurait cessé de lui faire confiance, de lui accorder plus de liberté qu'aux autres. Et il n'aurait plus pu protéger Nica.

— C'est toi ?

Il la vit s'arrêter devant une fillette aux genoux tremblants. Elle baissa la tête et la secoua vigoureusement, serrant ses mains si fort que ses doigts devinrent tout blancs.

— Et toi, Peter ? demanda la directrice au petit garçon roux.

— Non, répondit-il dans un filet de voix.

Ce piaulement épouvanté l'avait toujours condamné. Le cuir craqua entre les mains de la directrice. Rigel savait que ce n'était pas Peter. Il avait bien trop peur pour faire quoi que ce soit.

Mais il était gentil, délicat et sensible. C'était son unique faute.

— C'est toi ?

— Non, répéta-t-il.

— Non ?

Peter se mit à pleurer car il devinait. Tout le monde devinait. Elle voulait se défouler.

Elle l'empoigna par les cheveux et il retint un cri. Il était petit, maigre, avec des cernes qui lui creusaient les joues. Il avait un aspect pitoyable, avec le nez qui coulait et les yeux remplis de peur.

Rigel aperçut le dégoût dans le regard de la directrice et se demanda s'il y avait dans cette femme un soupçon d'humanité. Il se rappela une nouvelle fois de ne jamais se lier à elle, même si elle le câlinait, prenait soin de lui comme une mère et lui répétait qu'il était spécial. Même si elle était la seule à lui donner un peu d'affection.

Il ne pouvait oublier son autre visage.

D'habitude, elle ne les punissait pas devant lui. Elle s'assurait qu'il était toujours dans une autre pièce, comme s'il ignorait ce qu'elle faisait ou le monstre qu'elle était. Mais, cette fois, ce n'était pas le cas. Cette fois, elle était folle de rage et impatiente de les rouer de coups.

— Tourne-toi ! ordonna-t-elle.

Les yeux de Peter se remplirent de larmes. Rigel espéra qu'il n'allait pas se faire pipi dessus, sinon elle allait lui faire regretter d'avoir sali le tapis.

La directrice l'obligea à se tourner et il posa ses mains tremblantes sur sa tête pour se protéger, murmurant des prières qui ne sortiraient jamais de cette maison. Le coup résonna si fort qu'ils en eurent tous le souffle coupé. Elle le frappa sur le dos et sur l'arrière des cuisses, là où personne ne découvrirait les marques. La souffrance fit sursauter ce petit corps comme un coup de tonnerre et elle sembla le mépriser encore un peu plus, uniquement parce qu'il réagissait à la douleur.

Comment pouvait-il ? Comment pouvait-il être aimé par un tel monstre ?

Pourquoi la seule personne dont il recevait de l'amour était à ce point inhumaine ?

Il se sentit encore plus mauvais.

Tordu.

Inadapté.

Le rejet grandit en lui au point de le briser. Encore plus.

Il ne devait pas se lier. Il ne devait pas éprouver d'affection. L'affection était mauvaise.

— Je veux savoir qui a fait ça, siffla la directrice.

La colère faisait gonfler les veines sur ses tempes. Elle détestait échouer à trouver le coupable.

Elle se déplaça au milieu des enfants, en serrant sa ceinture dans son poing. Elle s'approcha de Nica. Rigel constata avec effroi qu'elle était en train de mordiller convulsivement ses pansements. C'était un geste qu'elle faisait quand elle était nerveuse. Et la directrice le remarqua.

Elle s'arrêta devant elle, son regard brutal brillant d'un soudain éclat.

— C'est toi ? murmura-t-elle d'une voix sinistre, comme si Nica avait déjà avoué.

Nica fixa la ceinture. Elle était pâle, petite et tremblante. Rigel sentit son cœur battre jusque dans ses oreilles.

— Alors ?

— Non.

Elle lui balança une gifle si violente que le petit cou craqua. Rigel enfonça ses ongles dans ses paumes tandis que Nica redressait péniblement la tête. Une larme glissa le long de sa joue mais elle ne se risqua même pas à l'essuyer.

Désormais, la directrice étreignait la ceinture entre ses mains, et Rigel sentit son cœur s'accélérer. Il voyait la colère, les yeux fous, la main qui se levait, qui frappait, la boucle de la ceinture qui étincelait dans l'air, et quelque chose hurla en lui. La panique le submergea. Il fit alors la seule chose qui lui vint à l'esprit : après avoir jeté un coup d'œil autour de lui, il attrapa les ciseaux que la directrice avait utilisés pour découper les partitions. Puis, d'un geste aussi soudain qu'insensé, suivant un instinct fébrile, il se planta la lame dans la main. Il le regretta aussitôt : la douleur explosa et les ciseaux tombèrent sur le sol. Tout le monde se retourna.

Des gouttes rouges tachèrent le tapis et, lorsque la directrice s'en aperçut, le bras qui était sur le point de frapper Nica se baissa. Elle se précipita vers lui et lui prit la main comme s'il s'agissait d'un moineau blessé.

À cet instant, Rigel croisa les yeux de Nica. Terrorisés, fragiles et bouleversés. La douleur brouillait tout. Mais il n'oublierait jamais ce regard. Il n'oublierait jamais ses yeux, clairs comme des perles de rivière.

Celle lumière allait demeurer en lui pour toujours.

⋆

L'odeur du fleuve était fraîche et piquante. Sur le pont, les bruits du chantier se perdaient dans le tumulte lointain de l'eau.

Je regardais les ouvriers sans les voir. Ils étaient en train de refaire le parapet et, depuis quelques semaines, à la place de la rambarde, un filet orange bouchait la vue et empêchait de profiter du panorama. J'étais venue ici pour sentir l'herbe sous mes pieds et l'étreinte rassurante du plein air, mais mon cœur pulsait comme s'il était blessé. Et je ne sentais rien d'autre.

— Ah, te voilà, m'accueillit une voix à mon retour à la maison.

Prête à sortir, Anna avait enfilé son manteau. J'acquiesçai doucement et gardai la tête baissée pour me cacher derrière mes cheveux.

— Il y a un gâteau à la cuisine, dit-elle de cette voix douce que j'aimais tant. Ça te dit de manger quelque chose ?

Je lui répondis que je n'avais pas très faim ; je me sentais éteinte, vivant au ralenti. Une ride préoccupée traversa son front et j'essayai de lui sourire.

— Nica… Je suis désolée pour hier soir.

Elle m'adressa un regard mortifié.

— Je me rends compte que j'ai peut-être exagéré. Avec tout ce que j'ai dit sur Lionel et les fleurs. Je te demande pardon.

Je repoussai une mèche de cheveux derrière mon oreille.

— La vérité, reprit-elle, c'est que je suis très heureuse qu'il y ait quelqu'un qui sache t'apprécier pour ce que tu es. Mais te mettre mal à l'aise était la dernière chose que je voulais.

Je posai ma main sur la sienne et lui répondis doucement :

— Tout va bien, ne t'inquiète pas.

— Non, tout ne va pas bien, murmura Anna. Tu sembles si abattue. Depuis que tu es revenue à table hier soir…

— Ce n'est rien, mentis-je en retrouvant un peu de voix. Je… je suis juste un peu fatiguée.

Je tentai d'adoucir mon regard.

— Tu ne dois pas te sentir coupable, Anna. Tu n'as rien fait pour me rendre triste.

— Tu en es sûre ? Tu me le dirais, n'est-ce pas ?

J'espérai qu'elle ne puisse pas entendre mon cœur trembler à cette question.

— Bien sûr. Ne t'inquiète pas.

C'était dans ces moments que je ne parvenais pas à comprendre ce qui me faisait le plus mal : ce que j'avais en moi, ou bien le fait de lui cacher ce que je ne pouvais raconter à personne.

Anna était capable de comprendre. Et pourtant, elle était la dernière personne à qui j'aurais pu avouer ce que je ressentais.

— N'oublie pas ton écharpe, lui dis-je en souriant. Il y a un peu de vent dehors.

— D'accord. Merci.

Je la saluai et j'attendis qu'elle sorte. Mais à peine fut-elle partie que le sentiment de vide refit surface. Je gagnai le salon à pas lents et m'assis sur le canapé, serrant mes genoux dans mes bras. Je me demandai si c'était ce que ressentaient Billie et Miki, ce sentiment d'être comme décalé de son axe personnel. J'aurais juste voulu pouvoir en parler avec quelqu'un.

— Je pensais que cela viendrait de l'extérieur.

À côté de moi, Klaus me fixa avec un œil à moitié ouvert. À cet instant, il me sembla être le seul à qui je pouvais me confier.

— Quand tout a commencé, susurrai-je, je croyais que tous les obstacles qui se mettraient entre nous viendraient de l'extérieur. Que nous pourrions en quelque sorte… les affronter ensemble.

Je sentis mes yeux se remplir de larmes et me tournai vers Klaus.

— Je me suis trompée, dis-je dans un murmure. Je n'avais pas pris en compte l'aspect le plus important.

Le chat m'observa en silence. Je m'allongeai et me pelotonnai sur moi-même, comme pour me protéger du monde. J'attendis que la fatigue emporte mes pensées. Je m'endormis, mais, même dans le sommeil, je ne parvins pas à trouver la paix que j'espérais.

À un moment, il me sembla sentir quelque chose toucher mon visage. Des doigts… qui effleuraient ma joue.

J'aurais reconnu ce contact entre mille.

— Je voudrais te faire entrer, entendis-je chuchoter. Mais, en moi, il n'y a qu'un sentier d'épines.

Il le dit comme s'il ne savait pas comment le dire autrement, et son ton mélancolique brûla mon cœur. J'essayai de m'accrocher à la réalité, de lutter pour rester éveillée, en vain. Ses paroles se perdirent avec moi jusqu'à disparaître.

Je me réveillai en début de soirée. À l'instant où j'ouvris les yeux, je sentis deux poids sur moi.

Le premier était cette phrase, que j'étais sûre de ne pas avoir rêvée.

Le second… Le second, c'était Klaus, roulé en boule contre moi, dormant le museau niché au creux de mon cou.

Le lendemain, Rigel ne vint pas au lycée avec moi. Je l'appris lorsque Norman m'annonça avec un sourire embarrassé, tout en descendant l'escalier, que ce serait lui qui m'accompagnerait ; Rigel ne se sentait pas bien, son mal de tête de la veille ne lui était pas encore passé.

Ce jour-là, j'eus du mal à suivre les cours. Mon esprit continuait de vagabonder, retournant à l'après-midi précédent, à ces quelques mots qu'il avait murmurés alors qu'il croyait que je dormais.

Lorsque je sortis, sous un ciel pluvieux, je jetai un coup d'œil autour de moi pour m'assurer de ne pas tomber sur Lionel. J'étais arrivée à l'éviter jusqu'à maintenant, même pendant les heures au laboratoire, où je m'étais installée à la table la plus éloignée de lui.

— Tu rentres chez toi ? me demanda Billie.

Je croisai son regard sombre avant de lui adresser un sourire contrit.

— Oui.

Elle acquiesça en silence ; les cernes qui marquaient son visage étaient visibles même à l'ombre de sa capuche.

— D'accord.

À cet instant, je compris qu'elle éprouvait la même solitude que moi. Billie avait besoin de moi. Elle avait besoin d'une amie…

Avant qu'elle ne fasse volte-face, je saisis le bas de son sweat.

— Attends, l'arrêtai-je. Ça te dit de… d'aller manger quelque chose avec moi ?

Je la vis hésiter.

— Maintenant ?

— Oui. Il y a un bar juste après le carrefour, près du pont.

Billie semblait toujours indécise. Puis elle prit son téléphone, les doigts tremblants.

— Je… je vais dire à ma grand-mère que je ne rentre pas…

Je lui souris.

— Super. On y va, alors.

Nous passâmes tout l'après-midi ensemble. Nous mangeâmes deux sandwichs puis nous restâmes sur les banquettes du bar en sirotant des milk-shakes au chocolat. Billie me parla de quantité de choses. Ses parents allaient peut-être rentrer d'ici la fin du mois, mais elle avait arrêté de trop y croire. Je l'écoutai longuement, sans jamais l'interrompre. Je croyais qu'elle voulait se confier, mais je compris qu'il lui suffisait d'avoir un peu de compagnie.

Lorsque nous nous quittâmes, le soir venu, elle avait l'air encore un peu éteint, mais un soulagement silencieux brillait dans ses yeux.

— Merci, me dit-elle.

Je lui adressai un sourire d'encouragement et lui serrai doucement la main. Alors que je rentrais à la maison à la lueur des lampadaires, mon téléphone se mit à sonner. Je le sortis de ma poche et vérifiai qui m'appelait avant de répondre.

— Anna ? Bonsoir…

— Bonsoir, Nica. Où es-tu ?

— J'arrive, répondis-je. Désolée, je suis en retard… J'aurais dû te prévenir.

— Oh, chérie… Je ne suis pas à la maison, dit-elle en soupirant.

Je l'imaginai très bien, le poing sur le front.

— Cet événement au club me rend folle ! J'ai encore des livraisons à vérifier et ça ne peut pas attendre demain… Non, Carl, ceux-là ne vont pas là, l'entendis-je dire à son assistant. Ils vont avec les bégonias, dans l'entrée, de l'autre côté… Oh, je suis désolée, Nica, mais je ne sais vraiment pas à quelle heure je vais finir ce soir…

— Ne t'inquiète pas, Anna, la rassurai-je. Je m'occupe de préparer quelque chose pour Norman quand il rentrera.

— Norman dîne avec ses collègues ce soir, tu t'en souviens ? Il rentrera tard, et c'est pour ça que je t'ai appelée.

Je l'entendis soupirer comme j'ouvrais le portail.

— Rigel est resté seul toute la journée… Tu pourrais aller voir comment il va ? me demanda-t-elle d'un ton inquiet. Au moins pour vérifier qu'il n'a pas de fièvre.

Me revint alors en mémoire le soir où je l'avais appelée alors qu'ils étaient partis au congrès. Anna s'était toujours terriblement inquiétée. Je me mordillai la lèvre et j'acquiesçai, avant de me rappeler qu'elle ne pouvait pas me voir. Alors, tandis que j'entrais dans la maison et que je déposais mes clés dans la coupelle, je lui répondis qu'elle pouvait compter sur moi.

— Merci, souffla-t-elle, comme si j'étais un ange.

Puis elle me dit au revoir et je raccrochai.

Je quittai mes chaussures mouillées pour ne pas salir le sol et me mis à le chercher. Ne trouvant Rigel nulle part, j'en déduisis qu'il était dans sa chambre et je montai à l'étage. Une fois devant sa porte, cependant, j'hésitai. Mon cœur tambourinait dans ma poitrine.

La vérité était que j'avais pensé à lui toute la journée et, maintenant que je me trouvais là, j'avais peur de l'affronter. Je pris mon courage à deux mains et frappai. Lorsque j'entrai, une faible lumière laissait entrevoir les contours de la pièce. La silhouette de Rigel était enveloppée par les ombres. Je distinguai la courbe robuste de son thorax et, pendant un instant, je l'écoutai respirer. L'odeur de pluie que j'avais rapportée de dehors ne parvenait pas à masquer la sienne. Elle se mélangea à mon sang, me rappelant à quel point elle était entrée profondément dans mon âme. Je m'approchai doucement et posai une main sur son visage. Il était chaud, mais heureusement pas fiévreux.

Je soupirai et fis glisser mes doigts sur sa peau, lui offrant ainsi une caresse secrète, puis je fis demi-tour. J'avais rejoint la porte lorsque sa voix m'arrêta :

— Je ne peux que te faire du mal.

Immobile, j'écoutai ces mots qu'une part de moi connaissait déjà.

— Je suis comme ça, murmura-t-il, et je ne peux pas faire autrement.

Je gardai les paupières mi-closes, l'expression éteinte, comme si mon cœur était un diamant recouvert de poussière qui avait cessé de briller. Puis je me retournai lentement. Rigel était assis, les mains crispées sur le bord de son lit. Son visage était baissé, caché par ses cheveux sombres. Il semblait vouloir m'empêcher de le voir.

— C'est ça, la vérité…

— J'arrive à dormir, l'interrompis-je d'une voix faible mais décidée. Je n'ai plus besoin de laisser la lumière allumée toute la nuit. Je ne me lève plus parce que j'ai peur de m'endormir. Les cauchemars n'ont pas disparu, mais ils sont en train de s'estomper. Et ils s'estompent parce que, dans le noir, je ne vois plus la cave, mais tes yeux. Tu es en train de me guérir, Rigel. Et tu ne t'en rends même pas compte.

Il m'avait remplie d'étoiles. Et il ne le voyait pas.

— On *peut* guérir…, susurrai-je.

J'y croyais vraiment. C'est alors que Rigel leva les yeux. À cet instant, je compris que, quelle que soit la vérité qu'il contenait, son regard allait bien au-delà de moi. Il ne s'était jamais dévoilé à personne de cette manière.

— Il y a quelque chose de cassé en moi qui ne guérira jamais.

Les étoiles sont seules, m'avait-il affirmé quelque temps auparavant avec le même ton insaisissable. Je me rendis compte qu'il était en train de me dire quelque chose d'important, quelque chose qu'il essayait d'une façon ou d'une autre de me faire comprendre. La porte donnant accès à l'âme de Rigel ne ressemblait plus à la grille d'une forteresse mais à l'entrée d'un buisson d'épines très dense, hérissé de cristal et prêt à s'écrouler sur lui-même.

— Il y a des choses que tu ne peux pas réparer, Nica. Et je suis l'une d'entre elles. Je suis un *désastre*, murmura-t-il d'un ton catégorique. Et je le serai toujours.

— Je m'en moque, répondis-je avec sincérité.

— Non, tu ne t'en moques pas, répéta-t-il durement. Pour toi, rien n'est jamais irrécupérable. Rien n'est jamais assez effrayant, noir ou mauvais. Tu es faite ainsi.

— Tu n'es pas irrécupérable, rétorquai-je.

Pourquoi continuait-il à me condamner à la solitude ? J'en souffrais, parce que c'était l'unique douleur dans laquelle il ne me permettait pas de le suivre.

Il me fixa avec une ironie amère et méprisante.

— Chaque histoire a un loup… Ne fais pas semblant d'ignorer quel rôle j'ai toujours joué dans la mienne.

— Ça suffit ! me rebellai-je avec entêtement. C'est ça que tu crois être pour moi ? Le monstre qui gâche l'histoire ? C'est comme ça que tu voudrais que je te voie ?

— Tu n'as aucune *idée* de la façon dont je voudrais que tu me voies, chuchota-t-il, semblant toutefois le regretter aussitôt.

Je le fixai, choquée.

— Rigel…

— Tu penses que je ne le *sais* pas ? m'interrompit-il avec colère.

Pendant un instant, la façon brûlante et soumise avec laquelle il me regarda me fit penser à un loup qui contemple *sa* lune.

— Je sais combien ça t'a coûté. *Je le sais.* Je le lis dans tes yeux chaque jour. De toute ta vie, tu n'as rien désiré d'autre que cela. Une famille.

Je me figeai. Je m'étais approchée de lui sans même m'en rendre compte.

— Cette situation t'étouffe. Tu ne veux pas mentir, mais tu es contrainte de le faire en permanence.

Puis il lâcha :

— Tu ne pourras *jamais* être heureuse ainsi.

Ma gorge se serra, il avait visé en plein cœur. Les larmes commencèrent à me brouiller la vue, confirmant à quel point j'étais fragile.

Rigel lisait mon âme.

Il savait ce qui m'animait, ce que je désirais le plus au monde.

Il connaissait mes rêves, mes tourments et mes peurs.

Et j'avais été stupide de croire qu'il ne s'en était pas aperçu.

Je ne pouvais pas me cacher.

Pas de lui.

Son regard était la condamnation dont je n'arrêterais jamais de rêver.

Sa voix une blessure que je porterais en moi pour toujours.

Mais son parfum était une musique.

Et dans ses yeux, je me sauvais.

J'étais à lui.

D'une façon étrange, folle, douloureuse et tourmentée.

Mais j'étais à lui.

— Je t'ai choisi, toi…, dis-je dans un souffle. Au-delà de tout, je t'ai choisi, Rigel. Tu ne le comprendras jamais parce que tu ne sais voir les choses qu'en noir et blanc. *C'est vrai*, j'ai toujours voulu une famille, insistai-je. Mais je t'ai choisi car nous appartenons l'un à l'autre. Ne me repousse pas… Ne me tiens pas éloignée de toi. Tu n'es pas le prix à payer. Tu es ce qui me rend heureuse…

Je souffrais tellement que je fermai les yeux.

— Je veux entrer, lâchai-je. Même si, en toi, il n'y a qu'un sentier d'épines.

Un éclair traversa son regard et je profitai de ce moment pour tendre les mains vers son visage. J'avais toujours redouté de le voir se retirer, de le sentir se rebeller à mon toucher, mais Rigel se contenta de lever sur moi deux splendides galaxies noires.

Je le regardai droit dans les yeux, suppliante, et pendant un instant j'aurais juré qu'il me fixait de la même manière.

Pourquoi ?

Pourquoi ne parvenions-nous pas à rester l'un près de l'autre ?

Pourquoi ne pouvions-nous pas vivre comme tout le monde ?

— C'est toi que je veux, lui dis-je encore. Toi et uniquement toi. Quoi que tu sois, de quelque manière que tu te voies… moi, je te veux comme tu es. Tu ne m'enlèves rien, Rigel. Rien…

Je caressai ses joues, hypnotisée par ses iris sombres et priant pour qu'il me croie. J'aurais voulu lui donner mes yeux pour lui permettre de se voir comme je le voyais moi, parce que j'adorais sa différence plus que tout.

— Si je te fais entrer, dit-il doucement, je te ferai du mal.

Je souris tristement en secouant la tête. Puis je lui montrai tous mes pansements.

— Je n'ai jamais eu peur de me faire mal.

Il ferma les yeux, vaincu. Sans lui laisser le temps de faire autre chose, je relevai son visage et posai mes lèvres sur les siennes. Je ne savais pas de quelle autre manière laisser parler mon cœur. Aussi m'accrochai-je à ce baiser comme si ma vie en dépendait. Ses mains empoignèrent mes hanches et mes larmes baignèrent ses joues. Nous nous ancrâmes l'un à l'autre, nous tenant et nous enchaînant, pleinement conscients que nous allions sombrer. Que nous allions nous perdre pour toujours. Parce que, dans cet océan qu'était la réalité, il n'y avait pas de place pour deux personnes comme nous.

Nous étions brisés, cassés, abîmés. Mais une lumière brillait en nous avec la puissance de centaines d'étoiles.

Il avait la force d'un loup.

Et la délicatesse d'un papillon.

Et je ne pouvais pas croire que quelque chose d'aussi beau et sincère puisse être en même temps mauvais.

Je l'embrassai presque avec angoisse, me pressant contre lui avec tant de fougue que nous tombâmes en arrière. Lorsque ses épaules touchèrent le matelas, je ne lâchai pas son visage. Je sentais les battements de son cœur marteler au creux de mon estomac. Rigel parcourut mon dos de ses doigts puis s'y agrippa comme s'il ne parvenait plus à raisonner. Ses mains tremblaient, comme chaque fois qu'il me touchait. Je sus à cet instant que je ne voulais plus jamais être touchée par quelqu'un d'autre.

Il était unique.

Mais aussi l'unique.

L'unique capable de me réduire en morceaux.

L'unique capable de me recoller.

L'unique capable de me bouleverser avec un sourire et de me détruire avec un regard.

Rigel, réclama mon âme. Je l'étreignis en lui griffant les épaules avec mes pansements, afin de ne plus le laisser s'échapper. *Tu n'es pas seul*, cria chacun de mes baisers tandis que sa main empoignait mes cheveux avec force. Je le laissai faire pour qu'il s'imprime en moi jusqu'au dernier frisson.

Rigel saisit mes hanches et, l'instant d'après, je tombai sur le lit. Je sentis ses muscles trembler, comme s'ils avaient besoin de décompresser, d'exploser, de se laisser aller. Je plongeai mes mains dans ses cheveux et l'embrassai passionnément. Ma langue se noua à la sienne et quelque chose en lui céda. Il abattit brusquement son poing au-dessus de ma tête, saisit l'une de mes cuisses et la serra vigoureusement contre sa hanche, à tel point que ses doigts laissèrent des traces sur ma chair ; je me cambrai involontairement et mes lèvres s'ouvrirent en un halètement muet.

Rigel s'immobilisa, haletant lui aussi, et plongea ses yeux dans les miens. Il ne sembla se rendre compte qu'à cet instant de la violence avec laquelle il me maintenait, bloquée sous sa contrainte et sa domination. Je percevais l'effort continuel qu'il faisait pour contrôler cette tendance naturelle.

Ainsi étreinte, je l'observai, le cœur dans la gorge. Désarmée. Ses doigts exerçaient une prise de fer mais ils tremblaient autant que les miens. Je le regardai parce que, même s'il n'avait jamais été délicat, je n'avais pas peur de ses yeux.

Car c'étaient les yeux que je connaissais depuis toujours.

Ceux qui me berçaient la nuit jusqu'à ce que je m'endorme.

Ceux qui, gravés dans mon âme, m'accompagneraient pour toujours.

Ils ne me feraient jamais de mal.

Lentement, totalement sans défense, je croisai les chevilles derrière lui. Rigel me fixa, la mâchoire contractée, et, tandis qu'une larme roulait sur ma tempe, je tendis la main pour lui caresser la joue.

— Tu es très bien comme ça, lui dis-je. Tu es mon magnifique *désastre*…

Il me regarda avec un sentiment muet dans les yeux. Une émotion puissante et claire.

Mon cœur se serra lorsqu'il prit ma main pour la porter à sa bouche. Ses lèvres se posèrent sur mon poignet fin et l'embrassèrent doucement. Son visage derrière mes pansements était la chose la plus douce, la plus impossible et la plus désirée que j'aie jamais vue. Car Rigel était là, au contact de mes blessures. Il m'embrassa le bout des doigts, un à un, et je sentis les larmes gonfler jusqu'à me brûler les yeux.

Il *n'était pas* mon erreur la plus belle.

Non.

Rigel était mon destin.

Rigel était mon final abîmé, brisé et magnifique.

Et il le serait toujours.

Je passai mes bras autour de son cou et l'attirai à moi. Nous nous brûlâmes les lèvres de baisers et ses mains passèrent sous ma robe. Le contact de ses doigts me fit sursauter.

Rigel respira doucement, puis il suivit la courbe de mon bassin comme s'il avait désiré toute sa vie faire cela. Mon cœur se mit à battre furieusement, comme un tambour résonnant dans mon ventre. Il me caressa avec des gestes lents, réveillant des nerfs que je ne pensais même pas posséder. Il glissa lentement entre mes omoplates et, l'instant suivant, l'attache de mon soutien-gorge se défit et libéra mon dos.

Je retins mon souffle.

Avant que je puisse respirer de nouveau, Rigel passa ses doigts sous le tissu et les posa sur mes seins nus. Il les pressa et je sentis mes joues s'enflammer, ma respiration s'accélérer. Je me mis à brûler d'émotions incroyables et inconnues. Il effleura l'un de mes tétons, le toucha, le titilla, tournant autour avec son doigt, et une étrange sensation de chaleur se propagea et incendia mon ventre.

Soudain, je sentis mes bras se lever. Le tissu de la robe faillit se déchirer entre ses doigts lorsqu'il me l'enleva avec le soutien-gorge. L'air de la chambre me fouetta la peau et je me retrouvai complètement exposée. D'un geste instinctif, je portai mes bras sur ma poitrine afin de me couvrir un peu, tout en cherchant ses yeux, que je trouvai posés sur moi, deux abysses de terreur et de surprise.

Je me sentis petite et fragile. Je me sentis vulnérable, à tel point que je résistai lorsqu'il attrapa mes poings. Il les écarta avec une extrême lenteur et les posa de chaque côté de ma tête.

Puis il me regarda. Entièrement.

Ses pupilles glissèrent sur ma peau, me dévorant comme si je n'étais pas réelle. Au moment où elles se posèrent de nouveau sur mon visage, j'y entrevis une chaleur inédite.

Puissante. Extrême. Et brûlante.

Quelque chose d'incompréhensible qui fit vaciller ma respiration.

Rigel se pencha alors sur moi et ses lèvres se refermèrent sur l'un de mes tétons. Je tentai de bouger mais ses mains clouèrent mes poings au matelas, m'immobilisant. Il le suça entre ses dents et une douce tension envahit mon bas-ventre jusqu'à devenir bouillante et insupportable. Mon corps se tordit, comme implorant de se recroqueviller. Mais je ne parvins qu'à serrer désespérément mes cuisses autour de sa jambe.

— Rigel… Je t'en prie…, haletai-je, sans savoir vraiment de quoi je le priais.

Pour toute réponse, ses dents se serrèrent sur la pointe de mon sein et cette sensation s'intensifia. Mon dos se cambra, mes lèvres tremblèrent et la tension dans mon ventre augmenta au point de me priver de respiration.

J'étais trop sensible. Mon corps était à la fois gel et feu, quelque chose que j'avais du mal à identifier. Tout était si intense que je finis par fermer les yeux un instant.

C'est alors que Rigel se détacha de moi et quitta son tee-shirt. Il semblait brûler du désir de sentir le contact de nos deux peaux. Le froissement du tissu se mêla à mon souffle et ses cheveux noirs et décoiffés lui retombèrent sur les yeux. Je frissonnai encore une fois face au chef-d'œuvre qu'était son corps.

La peau blanche de ses larges épaules donnait l'impression qu'elles avaient été sculptées dans le marbre. Sa poitrine bien dessinée semblait faite pour être touchée et admirée. Mais sa beauté crue et exagérée m'intimida à tel point que je resserrai les bras sur ma poitrine, incapable ne serait-ce que de l'effleurer.

Les doigts sur mes lèvres gonflées, je le fixai avec avidité, les joues brûlantes. Et ce visage d'ange noir me considéra encore une fois comme s'il n'en croyait pas ses yeux.

Il était mon conte. J'en étais certaine désormais.

Mais il était mon plus grand frisson.

Ma peur la plus folle.

Et le seul cauchemar que je n'aurais jamais voulu cesser de faire.

Lorsqu'il recommença à m'embrasser, j'explosai. Sa peau incendia la mienne et la sensation fut si intense que je m'accrochai à ses épaules avec force. Je sentis mes seins nus contre sa poitrine, la friction de sa peau contre la mienne, et ce fut incroyable. Rigel se positionna entre mes jambes et ses doigts ardents me touchèrent partout, comme s'il voulait absorber et garder pour lui tout de moi, jusqu'à mon âme. Soudain, il me sembla que tout dans son corps me criait de le toucher.

Je posai une main hésitante sur sa peau, ne sachant pas trop que faire. Lentement, je suivis le contour de ses bras et de ses épaules. Encore une fois, je me sentis plus petite, anxieuse et fragile que je ne l'étais vraiment. Les muscles de son dos se tendirent en réaction à mes caresses, même si elles étaient hésitantes. Alors, je parcourus son torse avec plus d'audace, le caressant jusqu'au cou avant de plonger mes doigts dans ses cheveux.

Sa bouche abandonna la mienne pour exécuter une descente de baisers brûlants. Rigel enfonça ses lèvres dans mon ventre, le mordant et le caressant avec la langue, avant de descendre encore. Je respirai à grand-peine, mes doigts serrant toujours ses cheveux. Mon sang pulsait dans mes lèvres dans une folle symphonie de frissons. Il m'embrassa l'intérieur de la cuisse, sur la zone la plus tendre et sensible. Puis il souleva ma jambe tremblante et poursuivit cette torture jusqu'à ce que je perde toute lucidité : il mordilla ma cheville, tandis que ses yeux noirs et brûlants glissaient sur moi.

Il haletait, à genoux sur le matelas, les lèvres gonflées et les yeux brillants. Cette vision me coupa le souffle. Les os de son bassin dessinaient la base de son abdomen et sa large poitrine dégageait une aura séduisante et infernale. Le spectacle que m'offrait Rigel était tellement splendide et terrifiant à la fois qu'il m'était impossible d'en détacher le regard.

Mon cœur était comme une fleur béante et palpitante. Lorsque ses mains se posèrent sur mon bassin, la réalité se mit à vibrer autour de moi. Mais rien ne fut plus concret que ses doigts sur le bord de ma culotte.

Rigel, qui respirait rapidement, s'immobilisa et planta ses yeux dans les miens. Et je compris ce qui était sur le point de se passer. C'était le point de non-retour. La limite au-delà de laquelle on ne pouvait plus revenir en arrière.

Lentement, attendant mon refus, Rigel saisit l'élastique. Puis tira dessus.

Et je sentis mon cœur s'arrêter.

Ainsi que ma respiration.

Chacun de mes nerfs perçut le tissu qui glissait sur mes jambes. Je haletai, fragile et à bout de forces. Lorsque Rigel posa les yeux sur mon intimité ainsi exposée, je resserrai les cuisses. Jamais comme à cet instant je n'avais désiré échapper à la condamnation de son regard. Jamais comme à cet instant je n'avais désiré me cacher et disparaître. J'essayai de me pelotonner sur moi-même, mais, avant même que je ne puisse le faire, ses doigts glissèrent. Là. Ils me touchèrent là où personne ne m'avait jamais touchée : il effleura la chair tendre et mon gémissement surpris le poussa à se remettre sur moi. Rigel se pencha pour me lécher un sein et la sensation qui me traversa fut si intense qu'elle me fit chavirer.

Il me caressa de nouveau l'entrejambe et j'eus l'impression de devenir folle. Une partie de moi souhaitait qu'il arrête car je n'étais pas capable de supporter ce feu ardent. Je me retrouvai à m'accrocher à lui, incapable même de parler, et un nouveau gémissement mourut sur mes lèvres.

— Rigel…

En réponse à cette supplique, ses doigts entre mes cuisses se mirent à me toucher avec plus d'énergie et les caresses de sa langue sur mon sein s'intensifièrent. Je me cambrai et lui enfonçai mes ongles dans le dos, comme prise de convulsions. La pièce se mit à tournoyer. Mes jambes tremblèrent et un fourmillement grandit en moi au point de quasiment me priver d'oxygène.

C'était la sensation la plus bouleversante du monde.

Avant que cette tension n'arrive à sa limite, Rigel se détacha de moi et s'allongea sur le côté. J'entendis le froissement de son pantalon et un bruit de plastique, mais j'étais si perdue que je ne compris pas de quoi il s'agissait. Sa main se referma sur mon bassin pour m'attirer vers lui. Je sursautai au contact de son désir entre mes jambes. J'étais désormais tellement sensible qu'un rien suffisait à me faire trembler. Plus rien ne nous séparait. Et mon cœur se remit à cogner dans ma poitrine.

— Regarde-moi, entendis-je.

Je plongeai mes yeux dans les siens. Et Rigel me regarda, il me regarda d'une manière que, jusqu'à la fin, je ne comprendrais jamais. Des émotions infinies traversèrent son regard, et je les poursuivis une à une pour les graver dans ma mémoire.

Jusqu'à les faire miennes.

Uniquement et seulement miennes.

Puis il me pénétra. Je retins un gémissement de douleur et sentis mes muscles se tendre et brûler. Mon corps se contracta et un élancement me traversa à mesure qu'il avançait doucement en moi, veillant à ne pas me faire mal. J'inspirai, une larme roula sur ma joue. Mais Rigel ne détacha pas son regard du mien, même un instant. Ses pupilles, profondes et dilatées, restèrent ancrées aux miennes, comme s'il voulait imprimer en lui chaque nuance de cet instant.

Chaque nuance de *moi*.

Et je le laissai faire.

Je le laissai tout prendre.

Tout ce que je pouvais lui donner.

Enfin nous nous emboîtions comme les morceaux cassés d'une seule âme.

Et pour la première fois de ma vie, chaque partie de moi sembla trouver le bon emplacement.

Sans fissures ni ébréchures.

Rigel fusionna avec moi et sa main s'accrocha à mes côtes comme s'il voulait atteindre mon cœur. Il posa l'autre sur la tête de lit et son front sur le mien. Il le fit car il voulait peut-être, lui aussi, me dire quelque chose sans parler. Il le fit parce que, *même s'il n'avait jamais fait preuve de délicatesse*, il choisissait de me donner la partie la plus tendre de lui.

Et tandis que le monde se réduisait à rien d'autre que nous, j'aurais voulu lui dire que peu importait qu'il soit un désastre à l'intérieur car, avec l'encre qu'il m'avait transmise, nous allions écrire quelque chose qui n'appartiendrait qu'à nous.

Même s'il restait impénétrable comme la nuit et complexe comme une voûte étoilée, dans cette unique chanson, nos cœurs battaient comme un seul.

Nous trouverions le moyen.

Ensemble.

Nous allions le trouver parce que, même s'il n'existait pas, nous allions l'écrire avec ce que nous avions.

Avec nos âmes.

Et nos cœurs.

Avec des mélodies secrètes et des constellations de frissons.

Avec toute la force d'un loup et la délicatesse d'un papillon.

Main dans la main…

Jusqu'à la fin.

31- LES YEUX FERMÉS

Je t'aime comme seules les étoiles sont capables d'aimer :
de loin, en silence, sans jamais s'éteindre.

Cette nuit, je ne fis pas de mauvais rêves.

Pas de caves.

Pas de lanières.

Pas d'escalier en colimaçon plongeant dans l'obscurité.

J'eus en effet l'impression de sentir un regard posé sur moi en permanence. Ce ne fut que lorsque les cauchemars frappèrent à la porte de mes pensées qu'il me sembla percevoir un gémissement s'échapper de mes lèvres. Mais ils disparurent aussitôt. Quelque chose m'enveloppa et les chassa, et mon corps, bercé par une chaleur rassurante, sombra dans l'oubli.

J'ouvris les yeux, légèrement étourdie. Je ne savais pas quelle heure il était. Derrière la fenêtre, le ciel était toujours sombre. Il devait rester encore quelques heures avant l'aube.

Je pris peu à peu conscience du reste. Je m'aperçus que les os de mon bassin étaient douloureux et les muscles de mes jambes légèrement courbaturés. En les bougeant, je sentis une brûlure dans mon bas-ventre. Une légère pression réchauffait ma taille. Je baissai les yeux : une main enveloppait ma hanche ; j'en observai les contours vigoureux puis je remontai jusqu'au jeune homme étendu à côté de moi.

Rigel avait replié son autre bras sous l'oreiller et respirait de manière lente et régulière. Ses cils sombres faisaient ressortir ses pommettes élégantes et ses cheveux noirs étaient répandus sur la taie comme de la soie liquide. Ses lèvres avaient beau être gonflées et un peu gercées, elles étaient toujours aussi splendides.

J'avais toujours aimé le regarder dormir. Il dégageait une beauté irréelle, le relâchement de ses traits le rendant encore plus enchanteur et vulnérable.

Je sentis mon cœur s'accélérer.

Était-ce vraiment arrivé ?

Je tendis la main. J'hésitai puis, d'un geste prudent, je touchai son visage.

Il était vraiment là.

Cela s'était vraiment passé…

Une joie irrépressible emplit mon cœur. Je fermai les yeux, respirant son parfum viril, puis, sans un bruit, je m'approchai de lui. Tout doucement, je posai mes lèvres sur les siennes. Le bruit lent et ténu de ce baiser résonna dans le silence. Au moment où je me détachai de lui, je vis que Rigel avait ouvert les yeux. Ses iris, noirs et incroyablement profonds, étaient posés sur moi.

— Je t'ai réveillé ? murmurai-je en me demandant si j'avais manqué de délicatesse.

Ses yeux restèrent fixés sur les miens mais Rigel ne répondit pas. Je reposai ma tête sur l'oreiller, profitant de son regard sur moi.

— Comment tu te sens ? me demanda-t-il en observant mon corps enveloppé dans la couverture.

— Bien.

Je me sentais câlinée, les joues réchauffées par la joie.

— Bien. Comme je ne l'ai jamais été.

La pensée d'Anna et de Norman se fraya un chemin dans mon esprit et je me dis que je ferais mieux de retourner dans ma chambre.

— Quelle heure est-il ? demandai-je.

Rigel sembla deviner ma crainte.

— Ils ne seront pas debout avant plusieurs heures.

Et j'entendis dans ces paroles un *Tu peux rester encore un peu* non formulé.

En paix, je savourais la proximité de son corps. La fatigue courait sur ma peau, pourtant, au lieu de fermer les yeux, je chuchotai :

— J'ai toujours aimé ton prénom.

J'ignorais pourquoi j'avais choisi ce moment pour lui dire ça ; je ne le lui avais jamais avoué. Mais, à présent, je sentais mon âme liée à la sienne comme jamais auparavant.

— Je sais que tu ne penses pas comme moi, ajoutai-je doucement. Je sais… ce qu'il représente pour toi.

Dans son regard désormais attentif brillait quelque chose de lointain, que je contemplai sans chercher à en saisir le sens. Je lui parlai d'une voix douce, avec sincérité :

— Ce n'est pas comme tu le penses. Il ne te lie pas à la directrice.

L'intimité de mes paroles se répercuta dans ses yeux impénétrables.

— Et à quoi me lie-t-il ? demanda-t-il d'une voix rauque et lente, comme s'il ne croyait pas vraiment qu'il existait une réponse.

— À rien.

Il sembla ne pas comprendre.

— Il ne te lie pas, tout simplement. Tu es une étoile dans le ciel, Rigel, et le ciel ne s'emprisonne pas.

J'effleurai son épaule avec mon doigt et, sous ses yeux, je reliai un grain de beauté à sa clavicule, puis un, deux, trois points. Suivirent les trois étoiles de la ceinture, plus bas. En silence, sur sa peau, je traçai la constellation d'Orion.

— Ton prénom n'est pas un poids… Il est spécial. Comme toi. Qui irradies seulement pour ceux qui savent où regarder. Qui es silencieux, profond et complexe comme la nuit.

Je reliai les extrémités par une trace invisible.

— Tu n'y penses jamais ? demandai-je en souriant. Moi, je porte le nom d'un papillon. La créature la plus éphémère du monde. Mais toi… Tu portes le nom éternel d'une étoile. Tu es rare. Ceux qui sont comme toi brillent de leur propre lumière, même s'ils l'ignorent. Et ce prénom de Rigel fait de toi… exactement ce que tu es.

Mon doigt s'arrêta sur sa poitrine, à hauteur du cœur. Juste là, à l'extrémité de cette constellation invisible, devait se trouver l'étoile dont il portait le nom. Dans un froissement de draps, je me tournai pour prendre ma robe par terre et fouillai dans ma poche. Lorsque je me retournai vers lui, Rigel regarda le pansement violet que je tenais à la main. Avant même qu'il puisse comprendre, je l'ouvris et le collai sur son cœur.

— Rigel, susurrai-je en désignant ce pansement, son étoile.

Puis j'en pris un autre, de la même couleur, et le collai sur ma poitrine.

— Rigel, complétai-je en y posant ma paume.

Je sentis ce geste entrer en moi comme une promesse. Malgré la fatigue qui prenait lentement possession de moi, je parvins à sentir sa main étreindre le drap qui me recouvrait.

— Les étoiles *ne sont pas* seules. Tu n'es pas seul, dis-je dans un sourire et en fermant les yeux. Je t'emmène toujours avec moi.

Je n'attendis pas qu'il réponde. Je glissai paisiblement dans le sommeil, parce que j'avais appris à respecter ses silences. Parce que j'avais compris que je ne devais pas réclamer de réponses quand je toquais à la porte de son âme. Je devais seulement entrer, doucement, m'asseoir dans cette roseraie de cristal et attendre patiemment.

Cette fois encore, je sentis son regard rester sur moi. Il m'accompagnait tout le temps et je n'en comprenais pas la *véritable* signification. Jusqu'au moment venu, je ne le comprendrais pas.

Je glissai dans la chaleur rassurante de sa respiration et m'endormis.

À mon réveil, un peu plus tard, il n'était plus là.

L'air était tiède en cette fin d'après-midi.

Le vent faisait bruisser les arbres et transportait le parfum frais des nuages ; en le respirant à fond, il me sembla pouvoir m'envoler et marcher dans le ciel.

Une semaine s'était écoulée depuis ce matin-là.

Mon sac sur le dos, je marchais d'un pas calme et mesuré, mes pieds résonnant sur l'asphalte du trottoir ; à cette heure, il n'y avait personne dans les parages, nous étions seuls.

— Regarde, susurrai-je dans un souffle de brise.

Le coucher du soleil faisait scintiller le fleuve comme un coffret de pierres précieuses. Vue du pont, l'eau brillait de reflets clairs et étincelants. Devant moi, Rigel regardait dans la direction que je lui avais indiquée, sa silhouette se détachant dans la lumière chaude et rougeoyante qui rendait ses yeux encore plus profonds.

Rentrer du lycée avec lui était l'un des moments que je préférais désormais. Il ne se passait rien de particulier, mais il y avait de la paix dans la façon dont nous pouvions rester côte à côte sous les yeux des autres, sans crainte. Nous étions assez loin de tout pour pouvoir mettre le monde de côté pendant un instant.

— Elles sont belles, toutes ces couleurs, tu ne trouves pas ? murmurai-je tandis que le courant roulait sous nos pieds, réchauffé par des reflets dorés comme le miel.

Mais je ne regardais pas le fleuve, je le regardais lui.

Rigel s'en aperçut. Et, lentement, il se tourna vers moi.

Il croisa mes yeux, peut-être parce que lui aussi avait appris à comprendre quelque chose de nous, ce quelque chose qui voyageait dans nos regards et était invisible pour les autres. Nos silences avaient des mots que personne ne pouvait entendre. Et c'était là que nous étions destinés à nous rencontrer : au cœur de choses non dites.

Il attendit que je le rejoigne doucement, avec cette délicatesse dont je faisais toujours preuve quand je m'approchais de lui. Je m'arrêtai à une distance raisonnable. Même s'il n'y avait personne, même si les ouvriers responsables des travaux étaient déjà partis, nous étions à l'extérieur et il y avait des limites que je ne pouvais pas oublier.

— Rigel… Tu as des soucis ?

Je perçus dans ses yeux quelque chose qui m'encouragea à continuer.

— Tu es distant. Ça fait plusieurs jours qu'on dirait que quelque chose te perturbe.

Non, perturber n'était pas le mot exact.

C'était quelque chose de plus profond.

Quelque chose que je n'arrivais pas à identifier, et cette impuissance me tourmentait.

Rigel secoua doucement la tête, détachant son regard de moi pour le diriger au loin, là où le fleuve disparaissait comme un ruban entre les arbres.

— Je n'arrive pas à m'y habituer, admit-il d'une voix faible.

— À quoi ?

— À cette manière que tu as, poursuivit-il d'un ton inhabituel, presque docile. De réussir à percevoir ce que les autres ne voient pas.

— C'est donc ça ?

Je cherchai ses yeux avec l'intuition que mon pressentiment était juste.

— Qu'est-ce qui ne va pas ?

Il garda le silence et je repris :

— C'est le psychologue, c'est ça ? Je t'ai vu parler avec Anna ce matin. Je me souviens qu'elle a voulu te parler après la visite, l'autre jour. Et avant-hier, vous vous êtes absentés tout l'après-midi.

Je pris l'une de ses mains dans les miennes, et ses yeux quittèrent l'horizon pour se poser sur elles.

— Rigel, tentai-je avec douceur, tu veux me dire ce qu'il se passe ?

Lentement, ses pupilles se levèrent sur moi.

Rigel avait ce regard, le même que ce matin-là, une semaine plus tôt, comme une tache que rien ne parvenait à effacer.

Tout à coup, quelque chose de bouleversant se produisit. À quoi je n'étais pas préparée.

Pendant un instant qui me laissa confuse et sans voix, les défenses dans les yeux de Rigel s'écroulèrent toutes en même temps, produisant en moi une vague de sensations qui me traversa comme un tsunami. Du remords, du désespoir et une chaleur irrésistible éclatèrent dans son regard. Je me mis à trembler, saisie par des émotions si puissantes que je sentis mes forces m'abandonner au point de ne plus pouvoir rester debout.

Mon cœur se déchira, bouleversé, et je fis un pas en arrière.

— Rigel…, dis-je dans un filet de voix.

J'avais du mal à y croire, je ne comprenais pas ce qu'il venait de se passer. Avant que je ne puisse faire quoi que ce soit, cependant, il se pencha vers moi pour déposer un long baiser au coin de mes lèvres.

Lorsqu'il se détacha de moi, j'étais bouleversée par cette tempête d'émotions et anéantie par un geste aussi imprudent.

Qu'est-ce que cela voulait dire ?

J'étais sur le point de le lui demander quand le monde s'écroula.

Derrière lui, *je la vis*.

À quelques mètres de nous, fouettée par les cris du vent, une silhouette se détachait.

Un visage immobile. Un regard qui nous fixait.

Mais pas n'importe lequel.

Non.

Lionel.

Mon cœur sombra, dans un sursaut muet. Face au cri de mes yeux écarquillés, Rigel ne put que se retourner. Son regard s'assombrit aussitôt qu'il se heurta à la personne qui était dans son dos.

Lionel tenait un magnifique bouquet de fleurs, identique à ceux qui envahissaient la maison. Dans son regard perdu et bouleversé, je vis défiler tout ce qui venait de se passer. La réalité.

Mes doigts emmêlés à ceux de Rigel. L'intimité de nos souffles. La proximité de nos corps. *Ses lèvres au coin des miennes*.

Après des semaines, après tout ce temps… il suffit de cet instant.

Rien que de ce moment.

Et alors il comprit.

Il comprit, et comprendre fut pour lui comme tomber et s'écraser sur la glace.

Lionel me regarda différemment et ce regard brûla de mille nuances : consternation, incrédulité, déception et dévastation. Il baissa lentement le bras qui tenait les fleurs. Puis, comme une coulée d'acide, ses yeux glissèrent, pleins de haine, sur Rigel.

— Toi…, siffla-t-il avec une voix que je reconnus à peine.

Dans sa main, le bouquet trembla et une colère effrayante endurcit les traits de son visage.

— Tu as fini par y arriver. Tu as réussi à poser tes mains *dégueulasses* sur elle.

— Lionel, balbutiai-je.

Mais, étonnamment, Rigel m'interrompit.

— Oh, un nouveau bouquet de fleurs, dit-il d'un ton mordant. Comme c'est original. Tu peux le laisser devant l'entrée, quelqu'un prendra la peine de s'en occuper.

Dans sa voix résonnait une colère à la fois excessive et contenue. Brûlant de rage, Lionel fonça sur lui comme s'il dévorait l'asphalte.

— Tu as toujours été une *ordure*, l'accusa-t-il, le visage de plus en plus rouge. Depuis le premier jour, j'ai compris que tu étais un sale bâtard arrogant ! Tu devais poser sur elle tes foutues mains, n'est-ce pas ? Tu devais le faire, sinon cela n'aurait pas été cohérent avec *le fils de pute que tu es* !

— Peut-être qu'elle les voulait sur elle, *mes foutues mains*, renchérit Rigel en retroussant les lèvres en un sourire cruel. Plus que *les tiennes*.

— Rigel ! implorai-je.

Mais Lionel s'approcha et lui brailla dans la figure :

— Tu es content, maintenant ? Hein ?

Sa voix brûlait de tension et de nervosité.

— Tu es content maintenant que tu as tiré ton coup ? Tu es satisfait ? Tu ne mérites pas une fille comme elle !

— *C'est toi*, cracha Rigel avec une fureur démesurée, *c'est toi* qui ne mérites pas une fille comme elle.

On aurait dit qu'un tremblement de terre faisait vibrer son regard, le brûlant comme une plaie.

— Tu me *dégoûtes*, répondit Lionel d'un ton haineux.

Et lorsque je tentai de le calmer, il m'incendia moi aussi du regard.

— Vous me dégoûtez tous les deux ! Vous croyez vous en tirer comme ça ? Vous le croyez vraiment ? Eh ben, vous vous trompez sacrément. Votre répugnant petit numéro est terminé.

Ses yeux pleins de mépris se posèrent de nouveau sur Rigel.

— Je vais le dire à tout le monde. Tout le monde saura ce que vous faites dans cette maison, quel genre de famille vous êtes. Tout le monde ! Nous verrons alors ce qu'en diront les gens.

Paniquée, je sentis ma gorge se serrer.

— Lionel, s'il te plaît…

— *Non*, cracha-t-il d'un ton vindicatif.

— Je t'en prie, essaie de comprendre !

— J'en ai déjà suffisamment compris ! lâcha-t-il avec répulsion. Tout est suffisamment clair. Si clair que ça me donne envie de vomir.

Puis, les dents serrées, il ajouta :

— Tu as choisi de te faire ton futur frère adoptif, Nica. Félicitations. Tu as choisi de te laisser toucher par lui, un bâtard dérangé qui vit avec toi et qui devrait te considérer comme une sœur. Une sœur, tu comprends ? Tout ça est indécent !

— Offre-moi une jolie boîte de chocolats, allez, balança Rigel. Comme ça, nous ferons la *paix*.

Lionel se jeta sur lui. En une seconde, les fleurs tombèrent par terre et la violence explosa, monstrueuse. Des gifles, des coups de poing et des grognements emplirent l'air. Face à cette horreur, je me mis à hurler :

— Non ! Non !

Dans un élan insensé, je me jetai sur eux pour tenter de les arrêter. Mes mains griffèrent leurs bras tandis que la panique amplifiait ma voix.

— Arrêtez ! Je vous en prie, non ! Arrê…

Les paroles moururent sur mes lèvres. Ma tête fut projetée sur le côté et mes cheveux fouettèrent mon visage : le monde tournoya avec une violence qui me donna la nausée avant que je ne m'écrase sur le sol. Le choc de l'impact sur l'asphalte me coupa le souffle. Je sentis ma joue s'érafler et une brûlure me piqua l'œil droit, m'obligeant à le fermer. L'espace d'un instant, durant lequel je ne compris plus rien, une douleur sourde battit dans mes tempes comme un tambour.

Le goût métallique du sang envahit ma bouche. Mes paupières brûlèrent. Instable, je m'appuyai sur mes mains pour me redresser et chercher des yeux l'auteur du coup.

Lionel me fixait avec une expression dévastée, effarée, remplie d'horreur.

— Nica, je ne…, dit-il en déglutissant, comme anéanti. Je te jure, je ne voulais…

Lionel ne vit pas Rigel, immobile, ses cheveux noirs lui recouvrant le visage, il ne vit pas son visage incliné dans ma direction, comme si c'était lui qui m'avait frappée. Il ne vit pas les yeux glacés ni les pupilles effilées comme des aiguilles et où s'était logée une incrédulité brutale.

Il ne vit rien de tout cela.

Non…

Il ne vit que l'éclair des iris noirs embrasés qui se posèrent sur lui en fendant l'air avec fureur.

Rigel l'empoigna par les cheveux et le frappa si fort que la lèvre de Lionel se fendit net. Un gémissement de douleur sortit de sa bouche tandis qu'il subissait un assaut de coups de poing. Rigel le massacra avec une rage aveugle, le rouant de coups. Lionel tenta de se défendre comme il le pouvait. Il parvint à lui griffer le visage, et la férocité de leurs gestes dégénéra au point de devenir insupportable.

— Je vous en prie ! ÇA SUFFIT !

Les larmes me brûlaient les yeux.

— Je vous en prie !

Un coup de poing atteignit Rigel à la tempe et lui ouvrit le sourcil.

— Non !

Tremblante, les genoux brûlants, je me levai. Je venais de finir par terre, pourtant même le goût du sang ne parvint pas à m'arrêter. Ni la douleur à la joue. Ni le coup à cause duquel j'étais tombée.

Ni la peur, ni le nœud que je sentais dans ma gorge.

Rien de tout cela ne suffit, *parce que*…

Parce que moi, en fin de compte, je possédais un cœur de papillon de nuit. Et que je l'aurais toujours.

Parce que me brûler était dans ma nature, exactement comme l'avait dit Rigel. Et que je ne comprendrais les répercussions de mon geste que lorsqu'il serait trop tard.

À travers les larmes qui me brouillaient la vue, je me jetai sur eux, attrapant ce que je pouvais. Je serrai poignets et bras sans même savoir à qui ils appartenaient. Et je fus repoussée plusieurs fois tandis que je saisissais, grattais et implorais sans retenue.

— Ça suffit ! Rigel, Lionel, *ça suffit* !

Cela se passa trop rapidement.

Une bourrade me prit par surprise. Mon corps fut projeté en arrière. Mes pieds trébuchèrent et, sous l'effet de la violence, je m'écrasai contre quelque chose qui se déforma sous le choc. Un craquement sinistre vibra dans l'air, un bruit qui arrêta le temps. Sous mon poids, le filet orange qui remplaçait le parapet céda. J'écarquillai les yeux, incapable de comprendre ce qui était réellement en train de se passer. J'essayai de m'accrocher à quelque chose, de me redresser, mais le poids de mon sac accroché à mes épaules m'entraîna en arrière et je perdis l'équilibre.

Dans le hurlement muet de mes yeux, je parvins à entrevoir, comme au ralenti, le visage de Rigel.

Rigel qui se retournait, ses cheveux lui giflant la peau.

Son regard dévasté, empreint d'une terreur aveugle que je ne lui verrais plus jamais.

Il fut mon unique repère dans un monde qui était en train de s'éclipser.

Dans une atroce succession d'instants, je vis son corps s'élancer vers le mien. Son bras se tendit au point de quasiment se rompre et son ombre m'engloutit à l'instant où je tombais dans le vide.

Rigel m'attrapa au vol et l'air siffla monstrueusement lors de notre chute, comme une créature hurlante qui m'arracha des larmes. Tandis que nous tombions de cette hauteur vertigineuse, tandis que son corps protégeait le mien à la manière d'un bouclier, je ne sentis rien d'autre que l'incrédulité de la mort.

Et lui.

La pression de ses bras, qui m'entouraient la poitrine au point de faire fusionner nos battements cardiaques.

Avant que l'impact ne nous engloutisse dans un noir violent, avant que tout ne s'écrase dans le gel, je perçus ses lèvres près de mon oreille.

Le son de sa voix fut la dernière chose que j'entendis.

Entre les hurlements du vent, dans le monde qui s'éteignait tragiquement autour de nous, alors que l'obscurité s'apprêtait à nous anéantir tous les deux, j'entendis seulement sa voix susurrer un fragile :

— *Je t'aime.*

32- LES ÉTOILES SONT SEULES

Tout le monde croit que la mort est une douleur insupportable.

Un vide soudain et violent… Une fatalité dans laquelle tout disparaît.

Les gens ne savent pas à quel point ils se trompent.

La mort n'est rien de tout cela.

C'est la paix par excellence.

La fin de toute sensation.

L'anéantissement de toutes les pensées.

Je n'avais jamais pensé à ce que pouvait signifier cesser d'exister. Mais, s'il y avait une chose que j'avais apprise, c'était que la mort ne se laisse pas approcher sans demander quelque chose en échange. Je l'avais déjà côtoyée une fois, dans cet accident, quand j'avais cinq ans. Elle m'avait laissée partir mais, en échange, elle avait gardé papa et maman.

Elle n'allait pas m'épargner. Pas cette fois.

J'étais de nouveau là, sur le plateau de la balance opposé à la vie. Et de l'autre côté, il y avait un prix que je ne *pourrais* jamais payer.

Un son aigu.

La seule chose que je percevais.

Lentement, du néant, affleura autre chose. Une odeur aseptisée et âcre. À mesure qu'elle s'intensifiait, je commençai à percevoir les contours de mon corps.

J'étais allongée. Tout pesait avec tant de force que j'étais comme clouée. À quoi, je ne parvenais pas encore à le comprendre. Peu après, je me rendis compte que quelque chose me mordait le doigt. J'essayai d'ouvrir les yeux mais mes paupières étaient aussi lourdes que des pierres.

Après un nombre incalculable de tentatives, je trouvai suffisamment de force en moi pour y arriver. La lumière, cinglante et brutale comme une lame, m'obligea à refermer les yeux. Lorsque je fus capable de les rouvrir, la seule chose que je vis fut… du blanc. Mon bras était étendu sur une couverture immaculée. Une espèce de pince me serrait le bout de l'index et battait au rythme de mon cœur. L'odeur de désinfectant était désormais si forte que j'en eus la nausée. Je me sentais faible et assommée. Je tentai de bouger, en vain.

Qu'est-ce qu'il m'arrivait ?

Je distinguai la silhouette d'un homme assis sur une chaise, près du mur. Au bout d'un moment, je parvins à entrouvrir la bouche.

— Norman…

Ce fut un murmure à peine audible, pourtant Norman sursauta. Il leva les yeux sur moi et bondit sur ses pieds, renversant son gobelet de café sur le sol. Il se précipita vers mon lit en trébuchant et il me regarda avec une telle émotion que son visage s'empourpra. Puis il se dirigea vers la porte.

— Infirmière ! cria-t-il. Appelez le docteur, vite ! Elle s'est réveillée, elle est consciente ! Et ma femme… Anna ! Anna, viens, elle s'est réveillée !

Des pas pressés résonnèrent. En l'espace d'un instant, la chambre fut envahie d'infirmières. Et une silhouette féminine apparut sur le seuil ; cramponnée au montant de la porte, elle laissait couler des larmes d'émotion.

— Nica !

Anna se fraya un chemin jusqu'à moi. Elle s'accrocha à ma couverture et ses yeux humides fixèrent fébrilement mon visage tandis qu'un inconsolable chagrin brisait sa voix.

— Oh, mon Dieu, merci… *Merci*…

Elle posa une main tremblante sur ma tête, comme si elle redoutait de me faire mal, et se mit à pleurer sans retenue. Même immergée dans le brouillard, je m'aperçus que je ne l'avais jamais vue aussi bouleversée.

— Oh, trésor, dit-elle en me caressant la joue. Tout va bien…

— Madame, le docteur arrive, annonça une infirmière avant de relever mon oreiller d'un geste efficace. Tu m'entends, Nica ? me demanda-t-elle ensuite d'une voix claire. Tu arrives à me voir ?

J'acquiesçai lentement pendant qu'elle examinait la perfusion et contrôlait mes constantes.

— Non, non, doucement, susurra Anna lorsqu'elle me vit tenter de bouger le bras gauche.

Ce n'est qu'à cet instant que je me rendis compte que chacun de mes mouvements me faisait mal : un élancement atroce me transperça la poitrine et quelque chose m'empêcha d'exécuter mon geste.

Un bandage… Mon bras était replié sur ma poitrine et bandé jusqu'à l'épaule.

— Non, Nica, ne le touche pas, me conseilla Anna lorsque j'essayai de frotter mon œil qui me brûlait terriblement. Un vaisseau capillaire s'est rompu, tu as l'œil tout rouge… Comment va ta poitrine ? Tu as mal quand tu respires ? Oh, docteur Robertson !

Un homme grand et grisonnant, avec une barbe courte et une blouse blanche, se posta près de mon lit.

— Depuis quand a-t-elle repris connaissance ?

— Quelques minutes, répondit l'infirmière. Les battements sont réguliers.

— Tension ?

— Systolique et diastolique normales.

Je ne comprenais rien. Mon esprit était aussi engourdi que mon corps.

— Bonjour, Nica, me dit l'homme d'une voix claire et douce. Je suis le docteur Lance Robertson, du Saint-Mary-O'Valley, et le médecin-chef de ce service. Je vais contrôler tes réactions aux stimuli. Tu vas peut-être avoir des vertiges et des nausées, mais c'est tout à fait normal. Ne t'inquiète pas, d'accord ?

Mon lit se redressa. À peine sentis-je le poids de ma tête sur mes épaules qu'une sensation lancinante me tordit les viscères : j'eus envie de vomir et je me penchai en avant, mais il ne sortit de mon corps qu'une toux violente et brûlante qui me fit monter les larmes aux yeux.

Aussitôt, Anna s'approcha de moi et écarta les cheveux de mon visage. J'empoignai la couverture quand un nouveau haut-le-cœur me déchira le ventre, tordant mon corps fragile à l'extrême.

— Tout va bien… Ce sont des réactions normales, me rassura le docteur en me soutenant par les épaules. Tu ne dois pas avoir peur. Je vais me mettre là… Tu arrives à te tourner sans bouger la jambe ?

J'étais trop hébétée pour comprendre ce qu'il voulait dire. Ce n'est qu'à cet instant que je perçus une étrange sensation à un pied, comme s'il était gonflé. Mais le docteur relevait déjà mon menton d'un doigt.

— Maintenant, suis mon index.

Il pointa une petite lumière dans l'un de mes yeux, mais, lorsqu'il passa à l'autre, la brûlure que je ressentis me le fit refermer. Le docteur Robertson me dit que tout allait bien et je m'efforçai de terminer l'exercice.

Il éteignit la lampe et se pencha sur moi.

— Quel âge as-tu, Nica ? demanda-t-il en me regardant droit dans les yeux.

— Dix-sept ans, répondis-je doucement.

— Quel jour es-tu née ?

— Le 16 avril.

Le docteur vérifia mon dossier puis il recommença à m'observer.

— Et cette dame, dit-il en désignant Anna, tu sais qui c'est ?

— C'est… Anna. C'est ma mère… Enfin, ma future mère adoptive, bredouillai-je.

Les yeux d'Anna se remplirent aussitôt de tendresse. Elle repoussa mes cheveux en arrière en me caressant les tempes, comme si j'étais la chose la plus fragile et la plus précieuse du monde.

— Entendu, déclara le docteur. Aucun traumatisme cérébral. Elle va bien.

Le soulagement fut général.

— Que… que s'est-il passé ? demandai-je enfin.

Quelque part, et malgré une violente confusion, ma conscience le devinait en voyant mon corps en si piteux état. Pourtant, tandis que les larmes me nouaient la gorge, j'eus du mal à trouver la réponse. Je croisai le regard d'Anna, absorbant le tourment qui marquait son visage.

— Le pont, Nica, me rappela-t-elle. Le filet des travaux s'est cassé et tu… tu es tombée dans le fleuve, dit-elle avec réticence. Quelqu'un vous a vus, il a tout de suite appelé les secours… Et l'hôpital nous a prévenus…

— Tu as deux côtes fêlées, intervint le docteur. Et quand ils t'ont récupérée, tu avais une épaule démise. Nous l'avons remise en place mais tu devras garder l'attelle pendant au moins trois semaines. Tu as aussi une cheville foulée, certainement due au contrecoup de l'impact. Par rapport à ce qu'il t'est arrivé, tu t'en sors pratiquement indemne.

Il hésita avant de poursuivre d'un ton très sérieux :

— Je ne pense pas que tu te rendes compte de la chance que tu as eue.

Mais je ne l'écoutais plus. Une sensation de terreur enserrait ma poitrine.

— Il y avait aussi ce garçon avec toi, dit Anna. Lionel… Tu t'en souviens ? C'est lui qui a donné l'alerte. Il est là lui aussi. La police lui a posé des questions mais ils voudraient savoir…

— *Où est-il* ?

Anna sursauta. Les battements de mon cœur pulsaient dans ma gorge avec tellement de force qu'ils me suffoquaient.

— Il est dans la salle d'attente, juste devant…

— Anna, suppliai-je en tremblant. Où est-il ?

— Je viens de te le dire, là, de…

— *Où est Rigel ?*

À cette question, tout le monde tourna la tête vers moi. Je vis dans les yeux d'Anna une angoisse que je ne serais jamais capable d'exprimer avec des mots. Norman lui prit la main. Après un moment qui me parut interminable, elle saisit le rideau près de mon lit… et le tira.

À côté de moi, le corps dévasté et immobile d'un jeune homme était allongé. Je fus aussitôt assaillie par un vertige violent et m'accrochai à la barre du lit pour ne pas m'effondrer.

C'était Rigel.

Son visage gisait sur l'oreiller. Les hématomes dévoraient sa peau, et sa tête était enveloppée par un nombre démesuré de pansements d'où émergeaient des mèches noires. Ses épaules étaient bloquées par un unique bandage et deux tubes de plastique entraient dans ses narines pour apporter de l'oxygène à ses poumons. Mais ce qui me détruisit le plus fut de voir qu'il respirait si doucement qu'il avait l'air inerte.

Non.

Un haut-le-cœur glacé remonta dans ma gorge.

— J'aimerais pouvoir dire qu'il a eu autant de chance que toi, murmura le docteur. Malheureusement, ce n'est pas le cas. Il a deux côtes cassées et trois fêlées. Une clavicule avec de multiples fractures et une légère lésion du bassin. Mais, le problème, c'est… la blessure à la tête, qui lui a fait perdre une grande quantité de sang. Nous pensons que…

Le docteur s'interrompit lorsqu'une infirmière l'appela depuis la porte. Il s'excusa avant de s'éloigner un instant, mais je n'y prêtai aucune attention. Dans mon regard fixé sur Rigel grondait une dévastation sourde que mon cœur n'était pas capable de supporter.

Son corps… Il m'avait protégée avec son corps…

— Monsieur et madame Milligan, appela le docteur Robertson, des papiers à la main. Vous pouvez venir un moment ?

— Que se passe-t-il ? s'inquiéta Anna.

Il la regarda d'une manière que je ne sus définir. Mais elle, elle sembla comprendre tout de suite. En un instant, ces yeux que j'aimais tant s'écarquillèrent sous l'effet du désespoir.

— Monsieur et madame Milligan, elle est arrivée. La confirmation du centre des services sociaux…

— Non.

Anna secoua la tête.

— Je vous en prie, non…

— Vous le savez, nous sommes ici dans un hôpital privé… Et il…

— Je vous en prie, implora Anna, des larmes dans les yeux.

Elle s'était détachée de Norman pour s'accrocher à la blouse du médecin.

— Ne le transférez pas. Je vous en prie, c'est le meilleur établissement de la ville, vous ne pouvez pas l'envoyer ailleurs ! Je vous en prie !

— Je suis désolé, répondit le docteur, contrit. Cela ne dépend pas de moi. Le dossier dit que vous n'êtes plus la famille d'accueil légale du jeune homme.

Quoi ?

Mon cerveau mit un moment à enregistrer ces informations.

— Je paierai tout ! déclara Anna. Nous paierons l'hospitalisation, les soins, tout ce dont il aura besoin… Ne le transférez pas…

— Anna…, susurrai-je, effondrée.

Elle serrait toujours la blouse du docteur, implorante.

— *Je vous en prie…*

— Anna… Qu'est-ce qu'il dit ?

Elle se mit à trembler. Puis, comme si elle accueillait en elle une douloureuse déception, elle baissa lentement la tête. Et se tourna enfin vers moi. À l'instant où je vis ses yeux défaits, le gouffre en moi s'élargit.

— C'était sa demande, avoua-t-elle avec une douleur palpable. Sa volonté… Il a été inflexible. La semaine dernière… Il m'a demandé d'interrompre la procédure d'adoption.

Anna déglutit en secouant doucement la tête.

— Nous avons tout réglé ces jours-ci. Il… il ne voulait plus rester.

Le monde s'était réduit à une pulsation suffocante et je ne m'en étais même pas rendu compte. Dans mon cœur, un vide sourd était en train d'ôter son sens à toute chose.

Que disait-elle ?

Ce n'était pas possible. La semaine dernière, nous…

Un pressentiment bouleversant me serra la poitrine.

Il l'avait demandé après que nous avions fait l'amour ?

Tu ne pourras jamais être heureuse ainsi.

Non.

Non, il avait compris, je lui avais expliqué.

Non, nous avions abattu les murs entre nous et nous avions regardé en chacun de nous pour la première fois, et il avait compris, il avait compris…

Il ne pouvait pas avoir fait ça.

Renoncer à une famille, redevenir orphelin.

Rigel le savait, il savait que les jeunes renvoyés ne retournaient pas au Grave. Ils étaient considérés comme problématiques et redirigés loin, dans d'autres établissements. Et moi, pour des raisons de confidentialité, je ne saurais jamais où il serait envoyé. Je ne le trouverais plus.

Pourquoi ? Pourquoi ne m'avait-il rien dit ?

— Je vous remercie pour la confiance que vous accordez à notre établissement, dit le docteur Robertson à Anna. Toutefois, je dois être honnête et vous informer que la situation dans laquelle se trouve le jeune homme est critique. La lésion cérébrale traumatique est profonde, et Rigel dangereusement proche de ce que l'on appelle le stade 3 du coma. Connu également comme coma profond. Et, actuellement…

Il hésita, cherchant ses mots :

— Les possibilités qu'il se produise une amélioration sont faibles. Peut-être que, s'il avait été un garçon comme les autres, le bilan clinique ne serait pas aussi grave, mais… à cause de son état…

— État ? répétai-je d'une voix faible. Quel état ?

Anna se tourna vers moi, les yeux écarquillés. Et ce qui me choqua ne fut pas de la voir se taire d'une manière si résignée, mais plutôt le regard du docteur, qui me fixait comme si je ne connaissais pas le garçon qui se trouvait près de moi.

— Rigel souffre d'une pathologie rare, annonça-t-il. Un syndrome chronique qui s'est un peu atténué avec le temps. Il s'agit d'un désordre neuropathique qui se manifeste par des crises de douleur au cinquième nerf crânien. En particulier les tempes et les yeux. C'est de naissance mais, avec le temps, on apprend en quelque sorte à vivre avec… Malheureusement, il n'existe pas de traitement. Toutefois, les antidouleurs peuvent contenir la souffrance. Et, avec les années, aider à réduire l'apparition des crises.

Le temps continuait de s'écouler. Mais je n'existais plus.

Je n'étais plus là. Je n'étais pas dans cette chambre.

J'étais hors de cette réalité.

Dans le hurlement incrédule de mon âme, je sentis seulement mon regard glisser lentement sur Anna. Et il n'y eut besoin de rien d'autre : elle s'effondra sous mes yeux.

— Je suis désolée, Nica ! éclata-t-elle en sanglots. Je suis désolée… Il… il voulait que personne ne le sache… Il nous a fait promettre de ne pas te le dire… Depuis le jour où il est arrivé… Il nous a fait jurer… Mme Fridge nous avait mis au courant, mais Rigel nous l'a fait promettre…

Elle ferma les yeux un instant, sanglotant toujours.

— Je n'ai pas pu lui dire non… Je n'ai pas pu… Je suis désolée.

Non.

Un grondement assourdissant vibrait en moi.

Ce n'était pas réel.

— Quand tu l'as trouvé par terre la nuit où nous nous sommes absentés, j'ai cru mourir de peur… Je pensais qu'il avait eu une crise et qu'il s'était évanoui…

Non.

— J'ai parlé au psychologue de son état, pour l'aider… Il a dû le lui dire et Rigel l'a mal pris…

— Non, fut le murmure qui s'échappa de mes lèvres.

Je ne sentais rien d'autre que la nausée qui me tordait le ventre.

Ce n'était pas vrai. S'il avait été malade, je l'aurais su. Je connaissais Rigel depuis toujours. *Ce n'était pas vrai…*

Un souvenir me prit alors par surprise.

Lui, assis sur le lit. Le regard qu'il m'avait lancé ce soir-là, lorsqu'il m'avait dit : *Il y a quelque chose de cassé en moi qui ne guérira jamais.*

Et je fus soufflée par une explosion, tandis que chaque pièce du puzzle trouvait enfin sa place.

Les maux de tête à répétition.

L'appréhension exagérée d'Anna quand il avait de la fièvre.

Cette connivence entre eux que je n'avais jamais comprise.

Rigel, le soir de son anniversaire, dans sa chambre, les mains dans les cheveux et les pupilles dilatées.

Rigel qui contractait les poings, qui serrait brusquement les paupières en s'éloignant de moi.

Rigel de dos, dans le couloir. Ce *Tu voudrais m'arranger ?* comme grogné par une bête blessée.

J'essayai de m'opposer à cette invasion de souvenirs, de la refuser et de la repousser, mais elle s'agrippa à moi, me brouillant la vue. Avec une force cruelle, elle me poussa dans la tête la dernière pièce du puzzle.

Rigel, au Grave, quand nous étions enfants.

Ces petits bonbons blancs que la directrice ne donnait qu'à lui.

Ce n'étaient pas des bonbons.

C'étaient des médicaments.

Ma gorge se contracta brusquement. J'entendais à peine le docteur qui s'était remis à parler :

— Lorsque des sujets ayant un psychisme plus fragile que les autres subissent des traumatismes de ce genre, le cerveau a tendance à protéger le système. Les états d'inconscience dans lesquels ils tombent, dans la majeure partie des cas, dégénèrent en coma… irréversible.

— Non, lâchai-je.

Mon corps se mit à trembler violemment et tout le monde se tourna vers moi.

Il s'était jeté de ce pont pour moi.

Pour me sauver.

— Nica…

— Non…

Un haut-le-cœur me plia en deux et, cette fois, les sucs gastriques me brûlèrent la gorge, érodant ce qui restait de mon corps. Quelqu'un me soutint mais sursauta quand mes mains le repoussèrent.

Une douleur folle me dévasta et je perdis le peu de lucidité qui m'ancrait à la réalité.

— Non ! criai-je en m'agitant.

Les larmes me dévoraient les yeux et je me tendis vers lui pour essayer de le rejoindre. Ça ne pouvait pas se terminer ainsi, nous devions rester ensemble. *Ensemble*, hurla mon âme en se contorsionnant. Des voix tentèrent de me calmer, mais la dévastation en moi était si violente qu'elle m'aveuglait.

— Nica !

— *Non !*

Je repoussai les bras de Norman et balançai violemment les couvertures. Le bip s'intensifia d'une manière alarmante, mes côtes fêlées m'élancèrent et l'air se remplit de hurlements et de panique. Ils essayèrent de me retenir, mais je me débattis avec toutes les forces que j'avais et ma voix se répercuta sur les murs de la chambre.

Le lit trembla sous le fracas des barres métalliques. Je secouai mon bras et l'aiguille de la perfusion s'arracha brutalement tandis que je me démenais, donnais des coups de pied et griffais l'air fébrilement. Des mains me saisirent les poignets, essayèrent de m'immobiliser et, dans la folie de ma douleur, devinrent *des sangles de cuir dans une cave sombre.* La terreur explosa en moi et l'angoisse me précipita de nouveau dans mes cauchemars.

— *Non !*

Je cambrai le dos et mes doigts pleins de pansements lacérèrent le vide.

— *Non ! Non ! Non !*

Je sentis une brûlure sur mon avant-bras et je claquai des dents si fort que le goût du sang m'emplit la bouche.

L'oubli m'engloutit.

Et, dans l'obscurité, je ne rêvai que de noir, d'un ciel sans étoiles et d'yeux de loup qui ne se rouvriraient plus jamais.

— Elle a eu un choc. De nombreux patients subissent un effondrement, ça peut arriver… Je sais que ce à quoi vous avez assisté vous a perturbés, mais maintenant elle doit rester tranquille. Elle a seulement besoin de se reposer.

— Vous ne savez pas comment elle est.

La voix d'Anna était altérée par l'angoisse.

— Vous ne savez pas comment elle est, répéta-t-elle. Si vous connaissiez Nica, vous ne diriez pas que c'est normal.

Puis, avec un hoquet, elle ajouta :

— Je ne l'ai jamais vue comme ça.

Leurs voix s'évanouirent dans des univers lointains. Je plongeai de nouveau dans un sommeil dense et artificiel, et le temps se perdit avec moi.

Lorsque j'ouvris les yeux, je n'avais aucune idée de l'heure qu'il était. Ma tête pesait d'une manière indescriptible et une douleur aiguë me piquait l'arrière des yeux. J'ouvris mes paupières gonflées et la première chose que je vis fut un reflet doré.

Ce n'était pas le reflet du soleil, mais des cheveux.

— Eh…, susurra Adeline lorsque je la reconnus.

Elle me serrait la main et ses belles lèvres étaient abîmées par les pleurs. Elle s'était fait une tresse, comme quand nous étions au Grave. Je l'avais toujours aimée parce que, contrairement à moi, elle resplendissait. Même entre des murs aussi gris.

— Co… comment te sens-tu ?

Le tourment dans sa voix était évident, mais elle avait toujours cette douceur avec laquelle elle essayait de me rassurer en dépit de la douleur qu'elle ressentait.

— Il y a de l'eau, si tu veux… Tu veux essayer de boire un peu ?

Je sentais le goût de la bile dans ma bouche mais je restai immobile, muette et vidée. Adeline pinça les lèvres puis ôta lentement sa main de la mienne.

— C'est là, attends…

J'aperçus alors un deuxième verre sur ma table de chevet, dans lequel quelqu'un avait déposé un pissenlit. Il était comme ceux que je récupérais quand j'étais petite, dans la cour de l'orphelinat. En soufflant dessus, j'exprimais le désir de m'en aller pour vivre le conte de fées dont j'avais toujours rêvé.

Elle le savait… C'était elle qui l'avait apporté.

Adeline redressa le dossier de mon lit pour m'aider à boire. Puis elle reposa le verre et quelque chose en elle sembla se briser en me voyant aussi vulnérable. Elle arrangea ma couverture et ses yeux s'emplirent de larmes lorsqu'ils se posèrent sur la griffure qu'avait laissée l'aiguille en s'arrachant de mon bras.

— Ils voulaient t'attacher les mains, murmura-t-elle. Pour t'empêcher de t'agiter et de te blesser… Je leur ai demandé de ne pas le faire. Je sais ce que ça pourrait te rappeler… Même Anna s'y est opposée.

Puis, levant le visage, elle ajouta :

— Ils ne le transféreront pas.

Elle éclata en sanglots douloureux et m'étreignit. Pour la première fois, je restai inerte comme une poupée, moi qui avais toute ma vie désiré de l'affection.

— Je ne le savais pas moi non plus, avoua-t-elle en me serrant au point de presque me faire mal. Je n'étais pas au courant pour sa maladie… Crois-moi…

Je laissai ses larmes lui couper la respiration. Je la laissai trembler sur moi, sangloter et saigner comme elle l'avait toujours fait avec moi. Et tandis que son corps s'écroulait contre ma poitrine épuisée, je me demandai si la souffrance que nous ressentions toutes les deux n'était pas la même, en fin de compte.

Ce n'est qu'après un moment qu'Adeline sembla trouver la force de me lâcher. Elle redressa les épaules mais garda la tête baissée, comme si, malgré la douleur, elle cherchait encore à être un point de repère auquel je puisse m'accrocher.

— Nica… Il y a une chose que je ne t'ai jamais dite.

Une larme tomba de son visage et mourut sur le sol. La tristesse dans ses paroles était si intense que je posai enfin les yeux sur elle. Adeline prit quelque chose dans sa poche, qu'elle déposa, les doigts tremblants, sur ma couverture.

La photo de moi. Toute froissée.

Celle qu'avait prise Billie, celle que je ne trouvais plus et que j'étais certaine d'avoir perdue.

Elle était là.

— Ils l'ont trouvée dans son portefeuille, murmura Adeline. Il la gardait… toujours avec lui.

Le monde s'écroula définitivement.

Je sentis grandir en moi une vérité restée cachée pendant longtemps.

Une vérité faite de regards secrets, de paroles non dites, de sentiments tus pendant des années, au plus profond de l'âme.

Une vérité que je n'avais jamais pu voir, mais sur laquelle son cœur avait veillé en silence chaque jour.

— Ce n'était pas moi, Nica, entendis-je Adeline dire. Au Grave, quand Margaret t'enfermait dans la cave... Ce n'était pas moi qui te tenais la main.

Tandis que la douleur me brisait et que tout prenait feu avec moi, je compris enfin ce que je n'avais jamais été capable de comprendre.

Toutes les phrases et toutes les attitudes.

Lorsque cette vérité me pénétra, je la sentis devenir une partie de moi-même, se fondre avec mon âme et faire trembler, une par une, *toutes* mes ronces de regrets.

— Pendant tout ce temps... Toute sa vie, il t'a toujours... toujours...

⋆

Il avait toujours su qu'il y avait quelque chose qui n'allait pas en lui. Il était né avec cette certitude.

Il l'avait compris depuis aussi longtemps qu'il s'en souvenait ; il s'était expliqué ainsi la raison pour laquelle ils l'avaient abandonné.

Il n'était pas comme les autres.

Et il n'avait pas été nécessaire de voir les regards de la directrice ni le mouvement avec lequel elle secouait la tête quand les familles le choisissaient ; Rigel les espionnait depuis le jardin et, sur leur visage, il voyait une pitié qu'il n'avait jamais demandée.

— Eh bien ?

L'homme qui avait pointé une lumière dans son œil n'avait pas répondu. Il lui avait fait incliner son petit visage et Rigel avait vu des étincelles exploser devant sa pupille.

— D'où avez-vous dit qu'il était tombé ?

— De l'escalier, avait répondu la directrice. Comme s'il ne l'avait pas vu.

— C'est à cause de sa maladie, avait dit le médecin en le scrutant les yeux mi-clos. Quand la douleur est très forte, la dilatation des pupilles provoque de la confusion et des sortes d'hallucinations.

Rigel n'avait pas compris grand-chose à tout ça mais il n'avait pas relevé la tête. Le docteur l'avait sondé du regard et il y avait perçu une nuance intolérable.

— Je pense que vous devriez le faire examiner par un pédopsychiatre. Son état est vraiment particulier. Combiné à son traumatisme…

— Traumatisme ? s'était étonnée la directrice. *Quel traumatisme ?*

Le médecin lui avait lancé un regard mêlé de perplexité et d'indignation.

— Madame Stocker, cet enfant montre des signes évidents de syndrome de l'abandon.

— C'est impossible, avait sifflé la directrice de sa voix qui faisait pleurer les enfants. Vous ne savez pas de quoi vous parlez.

— Vous avez dit vous-même qu'il avait été abandonné.

— Il portait encore des couches ! Il ne peut pas se souvenir de ce qu'il s'est passé, il n'était qu'un nouveau-né !

Le docteur était resté stoïque et avait poursuivi :

— Il est parfaitement capable de comprendre, désormais. Les enfants, même petits, ressentent l'absence de points de repère et ont tendance à se sentir coupables. Ils s'attribuent la responsabilité de cette absence. Il est possible qu'il se soit convaincu que ce avec quoi il est né est la raison pour laquelle ils l'ont…

— Il ne souffre de *rien*, avait martelé la directrice, les yeux emplis d'une obstination enragée. Je lui donne tout ce dont il a besoin. *Tout.*

Rigel n'oublierait jamais le regard du médecin, car c'était le même que celui qu'il avait appris à déceler sur tant d'autres visages. Cette compassion le faisait se sentir, si c'était possible, encore plus mauvais.

— Regardez-le… C'est un désastre, l'avait-il entendu murmurer. Nier l'évidence ne l'aidera pas.

Les crises ne se produisaient jamais de la même manière.

Parfois, c'était juste un picotement derrière les yeux ; parfois, il ne sentait rien pendant des jours avant qu'elles n'explosent avec une férocité soudaine. Ces moments étaient ceux qu'il détestait le plus, parce qu'il avait à peine eu le temps d'espérer être guéri que les crises faisaient leur retour, encore plus fortes qu'avant.

Alors Rigel frottait ses paupières, frottait ses vêtements, serrait tout ce qu'il tenait à la main jusqu'à le réduire en morceaux. Il sentait son cœur s'accélérer dans sa gorge, produisant un son horrible et désaccordé. Redoutant que quelqu'un puisse le voir, il fuyait pour se cacher dans les endroits les plus secrets. Il pouvait s'y faufiler parce qu'il était petit, comme un bébé animal. Il s'y faufilait parce que, dans cette obscurité, il percevait la réalité de ce qu'il avait toujours été.

Seul.

Seul, parce que, s'il n'avait pas été suffisant aux yeux d'une mère, il ne le serait jamais pour personne.

C'était toujours la directrice qui le retrouvait.

Elle le faisait sortir avec douceur et le prenait par la main, sans se soucier du sang qui lui tachait les doigts. Elle lui chantonnait des histoires d'étoiles, d'astres lointains qui se sentaient seuls. Et lui essayait de ne pas regarder sa jupe froissée par tous ceux qu'elle avait punis.

C'était comme cela que le désordre grandissait en lui : avec le temps, il avait appris que les liens d'affection n'existent pas, parce que les étoiles sont seules.

Il avait toujours été un enfant différent.

Il ne fonctionnait pas comme les autres, il ne *voyait* pas comme les autres, *il la regardait et, quand le vent gonflait ses longs cheveux châtains, il voyait des ailes dorées dans son dos, un scintillement qui disparaissait l'instant d'après, comme s'il n'avait jamais existé.*

Le docteur l'avait prévenu que voir des choses qui n'existent pas pouvait être une conséquence de la douleur. Il avait beau le savoir, Rigel détestait cela plus que toute autre faiblesse. C'était comme si la maladie se moquait de lui, et, chaque fois que des étincelles lui brouillaient la vue, il voyait *un sourire lumineux et des yeux gris qui le regardaient avec une chaleur qu'il n'avait jamais connue.*

Il voyait des rêves.

Il la voyait elle.

Et peut-être ne se serait-il pas senti si défectueux, au fond, s'il y avait eu au moins une partie de lui qui ne fût pas aussi tordue, extrême et mauvaise.

Mais, tandis que cet amour étrange grandissait, Rigel fixait ses ongles enfoncés dans la terre, et ces trous semblaient des sillons creusés par une bête sauvage.

— Ça s'arrangera avec le temps, disait le docteur.

Les autres enfants se tenaient à distance, ils le regardaient avec la peur qu'on ressent quand on voit quelqu'un frapper des touches de piano ou arracher l'herbe comme un fou. Ils ne s'approchaient pas de lui parce qu'ils en avaient peur. Et, en fin de compte, ça lui allait très bien.

Il ne supportait pas la pitié. Il ne supportait pas ces regards qui le jetaient dans la poubelle du monde. Il n'avait pas besoin qu'ils lui rappellent à quel point il était différent : certaines condamnations ne se choisissent pas, elles ont la couleur de nos silences et la douleur invisible de nos fautes.

Mais peut-être était-ce celle-là, la faute la plus douloureuse : le silence. Il ne l'avait pas compris jusqu'à cet après-midi d'été, quand il s'était approché de l'évier de la buanderie avec un verre à la main. Rigel s'était mis sur la pointe des pieds, mais un élancement l'avait aveuglé avant qu'il ne puisse tendre son petit bras. La douleur avait explosé comme une nuée d'épines et il avait serré les dents : le verre s'était brisé dans l'évier et Rigel n'avait rien pu faire d'autre que serrer, serrer, serrer, jusqu'à ce qu'il sente les morceaux de verre lui entailler la peau. Des gouttes rouges avaient taché la porcelaine, et Rigel avait vu des fleurs de sang et des mains de bête, des doigts contractés comme des griffes d'animal.

— Qui est là ? avait demandé une petite voix.

Il avait sursauté, mais, plus que la surprise, c'était une sensation brûlante qui lui avait contracté l'estomac. Les petits pas de Nica avaient battu le plancher et, à cet instant, cette sensation s'était transformée en une terreur folle.

Pas elle.

Pas ces yeux.

Il ne pouvait pas supporter l'idée que, même s'il était le premier à la rejeter, elle puisse le voir comme la bête brisée et sanglante qu'il était. Peut-être parce que, dans la pitié, Nica aurait trouvé une faille où se faufiler et d'où il n'aurait pas pu la repousser. Ou peut-être parce que se regarder dans ses yeux aurait été comme regarder en lui-même et se voir comme le désastre qu'il pensait être.

— C'est toi, Peter ? avait-elle susurré.

Et Rigel s'était enfui avant qu'elle ne puisse le voir. Il s'était terré dans les buissons pour y chercher la solitude, mais la douleur était revenue et il était tombé dans l'herbe. Il avait fermé les yeux, grattant les touffes de ses doigts agités. Il ne trouvait pas d'autre moyen pour se soulager de ce mal épouvantable.

Ça s'arrangera avec le temps, avait dit le docteur.

Et, pour la première fois, les tempes encore battantes, Rigel avait eu envie de sourire. Mais d'un sourire amer et cruel, un sourire qui faisait presque mal. Un sourire qui n'avait rien de joyeux, parce qu'il savait bien que, s'il venait de lui, il ne pouvait être que *tordu*, *extrême* et *mauvais*. Et il s'était demandé si les loups aussi, au fond, ne riaient pas justement comme ça, avec ce sifflement vain et les mâchoires contractées.

Et pourtant, bien que ce soit sans espoir… Rigel n'était pas arrivé à ne plus penser à elle.

Avec son regard limpide et ses taches de rousseur, Nica faisait reculer l'obscurité, elle trouvait une place entre la pourriture et l'encre. Elle qui souriait en permanence et, malgré tout, dégageait une lumière qu'il n'avait jamais été capable de comprendre.

— Il existe un conte pour chacun d'entre nous, l'avait-il entendue dire une fois alors qu'elle avait fiché une marguerite dans ses cheveux.

Rigel était resté à l'écart comme il le faisait toujours, parce que rien ne fait plus peur à l'obscurité que la lumière ; et, en même temps, rien ne l'attire autant.

Nica, fragile et minuscule, avait posé son bras menu sur les épaules d'un petit garçon.

— Tu verras…, avait-elle souri avec des yeux marqués par les pleurs mais aussi remplis d'espoir que l'aube. Nous aussi, nous trouverons le nôtre.

Rigel s'était alors demandé s'il pouvait y avoir quelque chose pour lui aussi, quelque part, entre des pages oubliées. Quelque chose de bon. De gentil. Qui le touche avec précaution sans vouloir forcément l'arranger. En la regardant toujours de trop loin, Rigel s'était demandé si ce quelque chose ne pouvait pas être elle.

— Tu devrais le lui dire, avait chuchoté une voix un soir.

Rigel venait de refermer la porte de la cave, où Nica avait enfin réussi à s'endormir. Nica, qui aimait tant les contes de fées et qui rêvait désespérément d'en vivre un.

Mais il ne s'était pas retourné. Il savait qu'elle l'avait découvert. Car ces yeux bleus le suivaient en permanence. Adeline, derrière lui, avait crispé ses doigts sur sa robe grise avant de poursuivre à voix basse :

— Elle croit que c'est moi qui lui tiens la main.

Rigel avait baissé la tête.

— C'est très bien comme ça, avait-il répondu. Continue de le lui faire croire.

— Pourquoi ?

Adeline l'avait considéré avec une pointe de découragement.

— Pourquoi ne lui dis-tu pas que c'est toi ?

Rigel n'avait pas répondu. Puis, en silence, il avait posé sa main sur la porte derrière laquelle se trouvait Nica. Cette main qui, seulement là-bas, dans l'obscurité des rêves brisés, réussissait à trouver la force de l'effleurer avec chaque parcelle de son être.

— Parce qu'il n'existe pas de contes de fées où le loup prend la petite fille par la main.

Il avait toujours détesté la regarder en face.

Cela faisait naître en lui le désespoir lancinant avec lequel il avait aimé chaque centimètre de son visage. Rigel avait essayé de déraciner cet amour, il avait détaché chaque pétale avec des mains qui avaient appris à arracher depuis l'enfance. Mais après un pétale il y en a un autre, et après un autre, tout de suite un autre, et, en suivant cet escalier en colimaçon sans fin, il avait plongé si profondément dans les yeux de Nica qu'en ressortir avait été impossible.

Il s'y était noyé, et l'espoir avait effleuré son cœur.

Il ne voulait pas espérer. C'était quelque chose qu'il détestait.

Espérer signifiait croire qu'un jour il serait guéri, ou que la seule personne qui l'aimait ne soit pas un monstre qui frappait les enfants jusqu'au sang.

Non.

Ce n'était pas pour lui.

Il aurait voulu l'effacer, la repousser, s'en débarrasser.

Se libérer de ces sentiments, parce qu'ils étaient *tordus*, *extrêmes* et *mauvais*, exactement comme lui.

Mais plus le temps passait et plus Nica s'enfonçait dans son cœur.

Plus le temps passait, plus ses doigts s'écorchaient sur les épines de cet amour au final raté. Et à mesure que les jours devenaient des années, à mesure qu'elle continuait de sourire, Rigel avait compris que dans cette douceur résidait une force que ne possédait personne d'autre.

Une force différente.

Avoir une âme comme celle de Nica signifiait reconnaître la dureté du monde et décider, chaque jour, d'aimer et d'être gentil.

Sans compromis. Et sans peur.

Juste de tout son cœur.

Rigel n'avait jamais osé espérer.

Mais il était tombé éperdument amoureux d'elle, qui était l'espérance incarnée.

— Tu as pris toutes tes affaires ?

Rigel s'était retourné. La femme se tenait sur le seuil de sa chambre. Elle avait dit qu'elle s'appelait Anna, mais Rigel avait à peine écouté ce dont elle et son mari avaient parlé juste avant.

Il l'avait vue jeter un coup d'œil au lit vide qui, autrefois, était celui de Peter.

— Quand tu seras prêt…

— Elle vous en a parlé, n'est-ce pas ?

Elle avait levé les yeux, croisant les siens qui étaient déjà là, pointés sur son visage, impénétrables.

— De quoi ?

— De la maladie.

Elle s'était crispée. Anna l'avait fixé, interdite, certainement surprise qu'il en parle avec cette froideur.

— Oui… Elle nous a prévenus. Elle nous a dit que les crises s'étaient atténuées avec le temps. Mais elle nous a quand même donné la liste de tous tes médicaments.

Anna l'avait considéré avec une sensibilité qui ne l'avait même pas touché.

— Tu sais, ça ne change rien, avait-elle cherché à le rassurer.

Mais Rigel savait qu'ils avaient vu la *note* sur lui et celle-ci, au contraire, changeait beaucoup de choses.

— Pour Norman et moi…

— J'ai une requête à vous faire.

Anna avait battu des paupières, surprise.

— Une requête ?

— Oui.

Elle devait s'être demandé si c'était bien le garçon affable et bien élevé qui s'était présenté juste avant, dans le salon, avec le plus fascinant des sourires.

— Bien sûr, avait-elle murmuré, une expression incertaine sur le visage.

À cet instant, Rigel s'était tourné vers la fenêtre. En bas, derrière la vitre poussiéreuse, Nica était en train de déposer son carton dans le coffre de leur voiture.

— De quoi s'agit-il ?

— D'une promesse.

Si tu grandis avec un cœur de bête, tu apprends à reconnaître les brebis. Et il l'avait compris tout de suite, bien avant que Lionel attrape

Nica dans la rue et la secoue sans ménagement. Tandis qu'il le jetait par terre, il avait éprouvé une satisfaction sadique à lui infliger la même douleur physique qu'il affrontait depuis toujours. La colère pathétique de Lionel ne faisait qu'alimenter son côté obscur.

Tu te prends pour un héros ? avait craché Lionel. C'est ça que tu crois être, hein ? Le gentil ?

— *Le gentil ? s'était-il entendu répondre. Moi…* le gentil ?

Rigel aurait voulu rejeter la tête en arrière et éclater d'un rire cruel. Il aurait voulu lui dire qu'il n'était pas dans la nature des loups d'*espérer*, qu'il y avait trop de pourriture en lui pour un sentiment si doux et lumineux. Si c'était vrai qu'il existait un conte pour chacun d'entre nous, le sien s'était égaré dans le silence d'un petit garçon brisé aux mains pleines de terre.

Tu veux regarder en moi ? Tu te pisserais dessus avant d'ouvrir les yeux.

Il avait écrasé sa main sur le sol, jouissant de sa souffrance.

Oh non, je n'ai jamais *été le gentil*, avait-il sifflé avec ce sarcasme cru qui venait du plus profond de son âme. *Tu veux voir à quel point je peux être* méchant ?

Il le lui aurait volontiers montré s'il ne s'était pas souvenu que Nica était là.

Il s'était tourné pour la chercher du regard.

Elle observait.

Et, face à ces yeux magnifiques, Rigel n'était pas arrivé, une fois de plus, à se voir comme le monstre qu'il était.

Il existait une peine pire que les crises.

C'était celle qu'elle seule était capable de lui infliger.

Nous sommes tous les deux brisés, avait susurré Nica, *mais tu ne me laisses jamais entrer. Même pour un instant.*

Et Rigel avait revu les éclats de verre brisé, les coupures sur les mains.

Il avait revu l'herbe arrachée et le sang sur ses doigts.

Il s'était revu, si sombre et si seul, et il n'était pas arrivé à supporter l'idée de la faire entrer dans ce désastre dont même lui ne serait jamais libéré. De la voir toucher cette partie aussi nue et coléreuse, qui lui massacrait l'âme et hurlait de douleur comme une créature vivante.

Aussi était-il resté silencieux. Encore une fois.

Et son regard déçu avait entaillé son cœur comme une cicatrice.

Il aurait voulu l'aimer.

La vivre.

La respirer.

Mais la vie ne lui avait appris qu'à griffer et à arracher. Il ne saurait jamais aimer avec gentillesse. Même elle qui était l'incarnation vivante de la gentillesse.

Et en voyant ces yeux magnifiques se remplir de larmes, Rigel avait compris que, s'il y avait un prix à payer pour la sauver de lui-même, il représenterait tout ce qu'il avait.

Chaque pétale, pour cet amour au final raté.

Tôt ou tard, ce moment serait arrivé.

Rigel l'avait toujours su. Mais il avait été à tel point aveuglé par l'espoir de pouvoir rester toujours avec elle, de ne plus être seul, qu'il avait fini par se réfugier dans cette illusion.

Il l'avait regardée étendue sur son lit, son dos nu émergeant des couvertures. Puis elle avait ouvert la main. En regardant le pansement violet qu'elle venait de coller sur sa poitrine, il avait compris ce qu'il devait faire. Il avait serré les poings puis, après avoir refermé la porte, il était descendu avec un seul objectif en tête. La sangsue avait enfoncé ses crocs dans son cœur, essayant désespérément de l'arrêter, mais Rigel l'avait noyée en lui avec toutes les forces qui lui restaient.

Il avait cherché son conte de fées et il l'avait trouvé dans les yeux de Nica.

Il l'avait lu sur sa peau.

Senti dans son parfum.

Il l'avait gravé dans le souvenir de cette nuit et il savait désormais qu'il ne l'oublierait jamais.

Au rez-de-chaussée, la lumière de la cuisine était déjà allumée. Même s'il était très tôt et que tout le monde dormait encore, il savait parfaitement qui il allait y trouver. En robe de chambre et les cheveux décoiffés, Anna était en train de poser une théière sur le gaz. Mais elle ne mit pas longtemps à s'apercevoir de sa présence, sur le seuil.

— Rigel…

Surprise, elle avait porté une main à sa poitrine.

— Bonjour… Comment vas-tu ? s'était-elle inquiétée. Il est très tôt… J'étais sur le point de monter voir comment tu allais… Ça va mieux ?

Il n'avait pas répondu. Il avait fixé Anna avec des yeux qui ne savaient plus se cacher, parce que, maintenant qu'il *la* laissait partir, il n'avait plus besoin de faire semblant.

Anna semblait confuse.

— Rigel ?

— Je ne peux plus rester ici.

Il avait craché ces paroles comme si c'était de l'acide. En face de lui, Anna était restée immobile.

— Comment ? avait-elle seulement réussi à demander au bout d'un moment. Qu'est-ce que tu veux dire ?

— Ça. Je ne peux plus rester ici. Je dois m'en aller.

Il s'était rendu compte qu'il n'avait jamais été aussi pénible de parler. Et douloureux. Son cœur refusait de se séparer d'elle.

— C'est… une blague ?

Anna avait esquissé un sourire mais le résultat n'avait été qu'une pâle grimace.

— Un jeu que je ne connais pas ?

Il l'avait regardée bien en face parce que Rigel savait que, même sans parler, ses yeux exprimaient toute la fermeté de son choix. Et elle n'avait pu faire autrement que comprendre. Lentement, les couleurs avaient abandonné son visage.

— Rigel… Qu'est-ce que tu dis ? Tu ne parles pas sérieusement ? Non…

La déception affaiblissait sa voix.

— Je croyais que tu étais bien ici, que tu étais heureux… Pourquoi me dis-tu cela ? On a fait quelque chose ? Norman et moi…

Elle avait fait une pause avant de susurrer :

— C'est à cause de ta maladie ? Si…

— Ma maladie n'a *rien* à voir, avait-il rétorqué, toujours très sensible à ce sujet délicat. C'est mon choix.

Rigel avait soutenu le regard angoissé d'Anna avec toute la résolution qu'il possédait.

— Demande à révoquer l'adoption.

— Non… Non, tu n'es pas sérieux…

— Je n'ai jamais été aussi sérieux de ma vie. Demande-le. Et fais-le aujourd'hui.

Anna avait secoué la tête. Dans ses yeux brillait une obstination maternelle qu'il n'était pas capable de comprendre.

— Tu crois qu'ils vont me l'accorder comme ça ? Sans raison ? C'est une chose sérieuse. Ça ne marche pas de cette façon, ils exigeront des raisons.

Il l'avait interrompue :

— Il y a la note.

La perplexité devenait visible sur le visage d'Anna.

— La note ? avait-elle répété.

Rigel savait qu'elle était au courant. Cette ligne indélébile dans l'arrêté de garde était un privilège qui lui avait été réservé.

— Celle qui *me* concerne. Si mes crises interfèrent avec la sérénité familiale et dégénèrent en épisodes de violence, la procédure d'adoption peut être interrompue.

— Cette note est aberrante ! avait rétorqué Anna. Je n'ai aucune intention de l'utiliser ! Les épisodes de violence se réfèrent à ta famille adoptive, et tu n'as jamais fait de mal à aucun de nous ! La maladie n'est pas une échappatoire. Au contraire, ce serait plutôt une raison pour te garder !

— *Oh*, allez, avait-il marmonné avec un sourire sarcastique. Tu n'as voulu de moi que parce que je te rappelais ton fils.

Anna s'était figée.

— Ce n'est pas vrai.

— Mais si. Ce n'est pas ce que tu as pensé quand tu m'as vu là-bas, en train de jouer de ce piano ? Ne fais pas semblant que ce n'est pas comme ça que ça s'est passé. Vous n'êtes jamais allés là-bas pour moi.

— Tu ne…

— *Je ne suis pas* Alan, avait-il sifflé, ce qui l'avait fait tressaillir. Je ne l'ai jamais été. Et je ne le serai *jamais*.

Voilà qu'il le faisait de nouveau. Face à ces yeux anéantis, Rigel avait eu l'énième confirmation que rien ne lui réussissait mieux que de mordre et de faire mal. Pendant un instant, Anna n'était pas parvenue à faire autre chose qu'assimiler la dureté de ses paroles. Quand elle avait ensuite baissé la tête, il avait été certain de voir trembler ses mains.

— Tu n'as jamais été son remplaçant. Jamais. Nous nous sommes attachés à toi… pour la personne que tu es. Seulement pour ce que tu es.

Un sourire amer avait taché ses lèvres tandis qu'elle secouait la tête.

— Je voudrais au moins croire… que tu t'es attaché à nous de la même manière.

Il n'avait pas répondu. La vérité était qu'il s'était rendu compte qu'il était capable d'aimer désespérément ou de ne rien éprouver du tout. Mais, dans l'abysse qui existait entre les deux, l'affection n'existait pas. En recevoir de la directrice l'avait trop souvent poussé à refuser tout attachement spontané qui cherchait à naître en lui.

— Je ne peux pas soutenir cette demande. Même si c'est ta volonté… Je ne peux pas te renvoyer là-bas.

Anna avait relevé le visage, le regard blessé mais vif.

— Comment peux-tu vouloir revenir en arrière ? Dans cet endroit épouvantable ? *Non*, l'avait-elle devancé avant qu'il ne l'interrompe. Tu penses que je n'ai pas compris de quel type d'établissement il s'agit ? Ton besoin de t'en aller est-il fort à ce point ?

Rigel avait serré les poings. La sangsue avait planté ses dents partout en lui, mordant et griffant, et il l'avait entendue crier comme une condamnation désespérée.

— Il doit y avoir une autre solution. Et quelle qu'elle soit, on doit pouvoir la trouver ensemble, on peut…

— Je suis amoureux d'elle.

Rigel se souviendrait pour l'éternité de la brûlure de cet aveu. C'était une chose si intime qu'il ne se l'avouait même pas à lui-même. Et le faire devant quelqu'un lui paraissait intolérable.

Dans le silence glacial, ces paroles résonnèrent comme une condamnation.

— Je l'*aime*, avait-il poussé entre ses dents, *à en mourir*.

En croisant le regard d'Anna, glacé d'incrédulité, Rigel avait enfoncé ses ongles dans ses paumes.

— Tu comprends, maintenant ? Je ne la verrai *jamais* comme une sœur.

Anna n'avait rien pu faire d'autre que de le fixer comme si ce n'était pas lui qu'elle avait en face d'elle, mais quelqu'un qu'elle voyait pour la première fois. Et Rigel l'avait laissée faire.

— Je ne suis pas à ma place, ici. Si je reste, elle ne sera jamais vraiment heureuse.

En la revoyant sourire avec ce pansement collé sur la poitrine, Rigel avait compris une fois pour toutes que, s'il existait un final pour les gens comme lui, il l'avait en lui depuis le début.

Les étoiles sont seules, lui avait dit un jour la directrice. *Comme toi. Elles sont loin, certaines se sont déjà éteintes. Les étoiles sont seules, mais elles ne cessent jamais de briller, même quand tu ne les vois pas.*

Et Rigel l'avait compris à ce moment-là, quand Nica avait tracé cette constellation sur sa poitrine. Il l'avait compris après l'avoir regardée dormir toute la nuit, sans fermer l'œil un seul instant. Il avait compris que quelque part, au fond de son cœur, il l'aurait toujours avec lui.

Tu n'es pas seul. Je t'emmène toujours avec moi.

Parce que les étoiles sont seules mais ne cessent jamais de briller, même quand tu ne les vois pas. Et Rigel savait qu'il brillerait toujours pour elle, même s'il ne la revoyait plus jamais.

Elle qui était un peu son étoile, elle qui avait toujours été la chose la plus précieuse que ses yeux aient jamais effleurée... Il la regarderait depuis cette petite fente qu'était son cœur, et il saurait que, où qu'il soit, Nica serait heureuse. Avec une vraie famille, et le conte de fées qu'elle avait toujours désiré.

— Et elle mérite... tout ce que tu peux lui donner, avait-il dit à Anna.

— Rigel... Tu veux me dire ce qu'il se passe ?

Il n'oublierait jamais ses yeux.

Les yeux de Nica.

C'était là qu'il s'était perdu, alors qu'il n'était qu'un enfant.

Rigel avait plongé dans ces iris de fabricant de larmes, et, encore une fois, il avait compris qu'il ne pouvait pas lui mentir. *Il se passe que je suis en train de te laisser partir,* aurait-il voulu lui dire, s'il n'avait pas toujours été comme ça. *Pour la première fois depuis que tu as tout pris de moi, je te laisse partir.*

Mais il n'y était pas arrivé. Pas même à la fin.

Aussi avait-il fait la seule chose qu'il ne s'était jamais autorisée.

Il avait baissé chaque bouclier.

Il l'avait regardée pendant un instant avec les yeux du cœur, et cet amour brûlant avait jailli de ses pupilles comme un fleuve en crue. Elle était restée sans respirer, incapable de comprendre, et il avait gravé dans sa mémoire chaque parcelle d'elle, jusqu'à la dernière.

— Rigel...

Il ne pouvait pas prévoir ce qui se passerait ensuite. Il ne pouvait pas savoir qu'ils n'arriveraient jamais à la maison, que ces paroles non dites resteraient incrustées en lui comme le dernier de ses regrets.

Mais il se souviendrait toujours du hurlement glacé dans ses yeux à elle.

Comme il n'oublierait pas la terreur de cet instant ni le bruit sourd de son cœur qui remontait dans sa gorge. Le filet avait cédé et Nica était tombée en arrière. Poussé par l'adrénaline, Rigel s'était jeté sur elle. Les cheveux de Nica étaient comme *des ailes de papillon de nuit déployées au coucher du soleil, et elle un ange sur le point de prendre son envol.*

Une autre de ses hallucinations. La dernière.

Rigel l'avait saisie avec force, et presser son corps contre le sien n'avait été qu'un instinct naturel, né du besoin qu'il avait toujours eu de la protéger. Peut-être même de lui-même.

Il avait entendu hurler la sangsue, il l'avait sentie se démener, la serrer fébrilement contre lui. Il l'avait sentie se refermer sur elle comme une fleur, ses épines dressées tremblant à l'unisson pour la sauver de l'impact. Et avant même de pouvoir prévoir cette fin, Rigel avait entendu ces paroles exploser dans sa bouche comme la délivrance d'une existence entière :

Je t'aime.

Nica avait tremblé dans ses bras, comme un papillon enfermé entre ses doigts depuis trop longtemps. Et tandis que ce murmure l'abandonnait pour toujours, Rigel avait ressenti, pour la première et dernière fois de sa vie… la paix. Un soulagement très doux, éternel, cet abandon presque épuisant contre lequel il avait lutté depuis toujours.

Il ne serait jamais seul.

Non.

Parce que Nica était en lui. Avec ces yeux de petite fille et ce sourire qui fendait le cœur… Elle, elle qui ne serait jamais partie, occuperait dans son cœur une place *éternelle d'étoile.*

Et pendant que le monde arrachait la dernière page de cette histoire sans fin, Rigel avait plongé le visage au creux de son cou, exactement comme un loup, et il l'avait serrée de tout son être.

De toutes ses forces et avec tout son souffle…

Avec chaque mot non dit, chaque once de regret.

Avec chaque pétale.

Et chaque épine.

Tout ce qu'il possédait. Pour cet amour au final raté.

Adieu, dit le rouge-gorge à la neige,
en l'aimant pour la dernière fois.
J'avais froid, mais tu as essayé de me couvrir.
Et maintenant, tu es entrée dans mon cœur.

⋆

Quel morceau choisirais-tu ?

De ton cœur ?

Tu ne peux vivre qu'avec un, car l'autre, ensuite, meurt définitivement.

Quel morceau choisirais-tu ?

Toi, aurait répondu Rigel les yeux fermés. *Toujours, et en tout état de cause, je t'aurais choisie toi.*

33- FABRICANT DE LARMES

Et ainsi naquit l'Amour. Il commença
à faire le tour du monde quand, un jour, il rencontra la Mer.
Elle tomba sous le charme et lui donna sa ténacité.
Il rencontra l'Univers, qui lui donna ses mystères.
Puis il rencontra le Temps, qui lui donna l'éternité.
Enfin, il rencontra la Mort. Elle était terrible,
plus grande que la Mer, l'Univers et le Temps.
Il se prépara à l'affronter, mais elle lui offrit une lumière.
« Qu'est-ce que c'est ? demanda alors l'Amour.
– L'espérance, répondit la Mort.
Comme ça, moi, en te voyant de loin,
je saurai toujours que tu arrives. »

Quand j'étais petite, j'avais entendu dire que la vérité colore le monde. Tel est le compromis. Tant que tu ne la connais pas, tu ne peux jamais appréhender la réalité avec toutes ses nuances. Maintenant que je les voyais, maintenant que je savais tout ce que j'avais toujours ignoré, j'aurais dû regarder les couleurs brillantes du monde comme quelqu'un qui, finalement, est capable de comprendre.

Pourtant, rien n'avait jamais été aussi gris.

Ni le monde. Ni la réalité. Ni moi.

Enfant, j'avais aussi entendu qu'on ne peut pas mentir au fabricant de larmes, car il lit en toi. Il n'existe pas d'émotion que tu puisses lui cacher. Tout ce qui remue ton cœur de plus désespéré, déchirant et sincère, c'est lui qui te l'a injecté.

Quand j'étais petite, je le craignais comme un monstre. Pour moi, il n'était rien d'autre que ce que l'on voulait nous faire croire : l'Homme Sombre qui venait te chercher pour t'emporter si tu mentais. J'ignorais encore à quel point je me trompais. Je ne le saisirais qu'à la fin. Ce n'est qu'avec des yeux pleins de cette vérité que je comprendrais finalement une histoire qui m'avait accompagnée toute ma vie.

Adeline me raconta tout.

Grâce à ses paroles, je reconstruisis le fil d'une vie parallèle à la mienne, vécue dans la solitude.

Chaque pièce du puzzle, chaque petit bout de papier… Tout se mit en place, formant les pages d'un récit que je pus enfin lire. À partir de ce moment, je connus une fin que je n'aurais jamais pu deviner.

Le lendemain, un agent de police vint me poser quelques questions. Il me demanda de lui raconter ce qu'il s'était passé et je lui répondis d'une voix monocorde. Je lui dis la vérité : la rencontre avec Lionel, la bagarre, la chute. À la fin, après avoir pris quelques notes sur un petit carnet, il me regarda dans les yeux et me demanda si c'était Lionel qui nous avait poussés intentionnellement. Je gardai le silence. Dans mon esprit repassa chaque instant de ces événements, la colère, l'envie de vengeance, son visage déformé par le dégoût. Puis, une nouvelle fois, je dis la vérité.

Cela avait été un accident.

L'homme acquiesça et s'en alla comme il était venu.

Dès qu'elles furent mises au courant, Billie et Miki se précipitèrent à l'hôpital. Miki arriva la première, le visage contracté par l'angoisse ; elle attendit dehors, sur l'une des chaises qui se trouvaient devant ma chambre, et ne se leva que quand Billie arriva en courant dans le couloir, essoufflée et les yeux pleins de larmes. Au milieu du va-et-vient des infirmières, Billie se jeta dans les bras de Miki et éclata en sanglots. Accrochées l'une à l'autre, elles se serrèrent dans les bras comme elles ne l'avaient jamais fait. Et leur étreinte dégagea toute la chaleur d'une affection retrouvée. Elles restèrent ainsi pendant un interminable moment, puis se détachèrent lentement l'une de l'autre. Le regard qu'elles échangèrent avant d'entrer était comme une promesse d'éclaircie après un terrible orage.

Elles parleraient.

Beaucoup, et longtemps.

Elles avaient encore le temps.

— Nica !

Billie courut vers mon lit et se jeta sur moi pour m'embrasser : mes côtes fêlées me firent souffrir, mais je parvins à entrouvrir les yeux sans émettre un son.

— Je n'arrive pas à y croire…, sanglota-t-elle. Quand j'ai appris la nouvelle, je ne… Je te promets, je n'arrivais plus à respirer… Mon Dieu, quelle horreur…

Je ne trouvai pas la force de dire à Billie qu'elle me faisait mal. Des doigts s'entremêlèrent doucement aux miens. Miki serra ma main, les yeux noircis par son mascara qui avait coulé.

— Si on peut faire quelque chose…, l'entendis-je murmurer.

Mais mon cœur était un trou profond dans lequel tombèrent ces paroles.

C'est alors que Miki se tourna vers Rigel. Je me souvins qu'elle m'avait avoué qu'il y avait quelque chose en lui qu'elle ne sentait pas. Comme tout le monde, elle avait vu le loup. Et, comme tout le monde, elle n'était pas arrivée à distinguer l'âme qui palpitait en lui.

— Oh, ma photo, dit Billie en essuyant ses larmes. Tu l'as encore…

Le Polaroid était là, fragile et froissé, avec cette légèreté banale qui me ramenait à la réalité d'une façon insupportable. Je sentis mon cœur saigner lorsqu'elle susurra d'une voix émue :

— Je ne savais pas que tu la gardais ici…

J'aurais voulu lui dire ce qu'il y avait derrière cette photo. J'aurais voulu qu'elle ressente la douleur épuisante qui me dévorait de l'intérieur, car elle était en train de me tuer.

Peut-être lui en parlerais-je un jour.

Un jour, je leur dirais que les histoires n'existent pas que sur les pages des livres. Il existe des histoires invisibles, tues et cachées, qui vivent en secret et meurent sans être écoutées. Des histoires sans final, destinées à rester éternellement incomplètes.

Peut-être, un jour, leur raconterais-je la nôtre.

Elles m'observèrent d'un air incertain, recherchant un peu de moi, comme l'insouciance qui m'avait toujours caractérisée, mais je ne réagis pas. Je restai inerte, aussi décidèrent-elles de me laisser tranquille. Ce ne fut que lorsqu'elles eurent atteint la porte que je m'entendis dire doucement :

— Il m'a protégée.

Miki, qui sortait en dernier, s'immobilisa et se retourna vers moi. Puis son regard se posa une dernière fois sur Rigel.

De nouveau seule, je me mis à observer mes mains. Elles étaient toutes blanches et mes doigts étaient marqués çà et là de petites coupures et de cicatrices. Lorsque je relevai la tête, une infirmière était en train de régler la perfusion de Rigel, de l'autre côté de son lit.

— Mes pansements, murmurai-je d'une voix mécanique, où sont-ils ?

La lueur étrangement vive qui stagnait dans mes yeux décolorés sembla la faire hésiter avant qu'elle ne me réponde gentiment :

— Tu n'en as plus besoin, ne t'inquiète pas.

Comme je gardais la même expression, elle s'approcha en désignant mes doigts :

— Regarde. Nous avons désinfecté toutes tes plaies. Elles sont bien propres.

Elle m'adressa un sourire que je ne lui rendis pas.

— Tu faisais du jardinage ? C'est comme ça que tu t'es fait toutes ces coupures ?

— Je *veux* mes pansements.

L'infirmière m'observa, hébétée, sans savoir quoi répondre. Elle cligna plusieurs fois des yeux, incapable de me comprendre.

— Tu n'en as plus besoin, répéta-t-elle.

Elle se demandait probablement si mon exigence insensée n'était pas qu'une conséquence de mon choc. Depuis que j'avais perdu la tête, en hurlant et en m'agitant au point d'arracher ma perfusion, les infirmières du service me lançaient des coups d'œil prudents. C'est pourquoi elle eut l'air soulagée de voir entrer quelqu'un et en profita pour disparaître.

Je levai les yeux.

Mais désirai ne jamais l'avoir fait.

L'air se figea et ma salive se bloqua dans ma gorge.

Lionel entra prudemment, envahissant tout l'espace de la chambre. Ses yeux étaient marqués et il se mordillait les lèvres, comme dévoré par l'angoisse. Mais je n'eus pas le temps d'en voir plus car je tournai la tête pour regarder le mur.

J'aurais voulu l'arrêter, lui dire de ne pas s'approcher davantage. Mais je m'aperçus que ma poitrine était si comprimée qu'elle m'empêchait de prononcer la moindre parole. Il s'arrêta près de mon lit, et jamais comme à cet instant je n'avais souffert de l'impuissance due à mon état. Le temps sembla s'éterniser tandis qu'il restait là, près de moi, gardant un silence auquel il semblait incapable de mettre fin.

— Je sais que je suis sûrement la dernière personne que tu as envie de voir.

Il n'arrivait même pas à regarder Rigel. L'idée qu'il était étendu là, derrière lui, suspendu à la vie par un fil, me tordit les entrailles.

— J'ai su que tu avais parlé avec un policier. Je sais que… que tu lui as dit que c'était un accident. Je te remercie d'avoir dit la vérité.

Lionel chercha longtemps mon regard, avec l'attitude de quelqu'un qui ne sait pas comment expier ses fautes.

— Nica…, implora-t-il en effleurant ma main, je n'ai jamais vou…

Il sursauta lorsque je retirai brusquement mon bras. Les fils de la perfusion s'emmêlèrent tandis que je levais sur lui des yeux dilatés et incandescents comme ils ne l'avaient jamais été. Les mains tremblantes, je lui dis d'un ton lent et glacial :

— Ne me touche plus.

Lionel eut l'air blessé par cette réaction inédite.

— Nica, ce n'est pas ce que je voulais.

Sa voix n'était qu'une lamentation pétrie de remords.

— Crois-moi, je suis désolé… Je n'aurais pas dû te dire ces choses… J'étais hors de moi… Et le coup de poing, Nica. Je te jure que je n'ai jamais voulu te frapper…

Il regarda mon œil rouge et se mordit à nouveau les lèvres avant de baisser la tête.

Il n'arrivait toujours pas à regarder Rigel.

— Je ne dirai rien à personne. À propos de vous deux…

— Ça n'a plus d'importance, soufflai-je.

— Nica…

— *Non*, dis-je d'un ton implacable. Désormais, plus rien ne compte. Je te considérais comme mon ami. Un *ami*, Lionel… Tu sais au moins ce que signifie le mot *amitié* ?

Ma voix n'était plus qu'un sifflement glacial et méconnaissable.

Je n'étais plus moi-même.

Non, parce que moi, j'avais toujours été docile. Délicate. Et je gardais le sourire quoi qu'il se passe, de l'émerveillement dans les yeux et les doigts pleins de pansements colorés.

Ce que j'étais en ce moment était le résultat d'une histoire déchirée en deux. D'un cadeau d'anniversaire réduit en morceaux près d'un kiosque de glacier. D'une fête conclue par une fuite, d'un souffle coupé par la peur lorsque ses mains m'avaient empoignée. De la déception qui avait brisé mon cœur quand il nous avait craché dessus sa colère et son dégoût en promettant de nous condamner.

Non, ce n'était pas moi qui parlais. C'étaient des pages brûlées, extirpées de la cendre, qui me grattaient ainsi la gorge.

— Je t'aurais tout pardonné. *Tout*… mais pas ça.

Je savais que ce n'était pas sa faute. Et pourtant, au terme de cette histoire qui avait commencé avec un petit escargot, je me demandai s'il y avait eu une seule fois où Lionel m'avait aimée avec le désintéressement pur et inconditionnel que je lui avais réservé.

— Va-t'en.

C'était vrai que j'avais un cœur de papillon de nuit.

C'était vrai que je cherchais la lumière au point de me brûler, parce que ce que j'avais enduré enfant m'avait irrémédiablement transformée.

Mais, bien que la partie la plus tendre de moi tentât de m'encourager à le regarder dans les yeux, rien n'aurait pu me convaincre de lui pardonner.

Il avait arraché un morceau de mon âme.

Lionel pinça les lèvres, cherchant quelque chose à dire qui mourut dans le silence. Aucun mot n'aurait pu me rendre ce qui m'avait été enlevé.

Vaincu, il baissa la tête. Il fit volte-face et s'éloigna lentement avant que je le rappelle :

— Lionel.

Je le regardai enfin dans les yeux.

— Sors d'ici et ne reviens plus.

Il déglutit puis il s'en alla, sans même un regard pour Rigel. Peut-être parce que les gens comme Lionel n'arrivent pas à regarder la réalité avec toutes ses couleurs. Ils n'ont pas le courage de l'affronter et de s'y voir eux-mêmes, même s'ils ont tout fait pour en extraire les nuances les plus sombres et même s'ils l'ont lacérée à coups de griffe pour en faire ressortir l'encre. À la fin, ils ne savent que partir, sans même avoir le courage d'un dernier regard.

J'avais du mal à manger. Je n'avais jamais faim et les plateaux que l'on me servait restaient la plupart du temps intacts. Anna avait beau m'encourager, son regard désespéré rendait vaine toute tentative. C'était le cas ce soir-là aussi tandis qu'elle m'aidait à m'installer de façon que mes côtes fêlées ne me fassent pas mal.

— Comme ça, ça va ? me demanda-t-elle.

Je hochai imperceptiblement la tête et sentis sa main sur mon visage. Je vis dans ses yeux une affection tremblante et attristée. Elle me caressa longuement, et je compris qu'elle allait me parler avant même d'entendre sa voix :

— Je croyais t'avoir perdue toi aussi.

Elle ne lâchait pas mes yeux, tandis que son front se plissait.

— Pendant un instant… j'ai cru te voir disparaître comme Alan.

Elle essaya de se ressaisir mais ne parvint pas à retenir ses larmes.

— Je ne sais pas ce que j'aurais fait si je n'avais plus vu ton doux sourire. Je ne sais pas comment j'aurais fait si je ne t'avais plus trouvée dans la cuisine le matin, lorsque tu me dis bonjour et que tu me regardes comme tu le fais. Je ne sais pas comment j'aurais fait sans ton visage heureux qui me rappelle que même une journée pluvieuse est une belle journée, ou qu'il y a toujours une raison pour surmonter sa tristesse. Je ne sais pas comment j'aurais fait sans toi… Sans ma Nica…

Sa voix se brisa et je la sentis se ficher en moi, m'atteignant en dépit de l'insensibilité qui avait tout engourdi. Je posai ma main libre sur la sienne. Anna leva les yeux, et dans ce ciel que j'aimais tant je vis le reflet de mes iris remplis de larmes.

— Tu es mon soleil, susurra-t-elle en me regardant comme une maman. Tu es devenue mon petit soleil…

Anna me serra désespérément contre elle et je me laissai bercer comme une enfant, nos cœurs gorgés de douleur mais se consumant comme une seule bougie. Je pleurai toutes ses larmes, tandis qu'elle pleurait toutes les miennes.

Unies, comme une mère et une fille.

Anna tourna la tête vers Rigel avec la même affection désespérée qu'elle me réservait. Puis elle me regarda droit dans les yeux, de cette façon profonde et consciente qu'ont seulement les adultes. Non. Qu'ont seulement les mères.

Et je compris. Là, dans le silence de cette chambre d'hôpital, je compris qu'elle *savait*. Aussitôt, mon cœur s'écroula comme un château de cartes.

— Je ne savais pas comment te le dire, susurrai-je, anéantie. Je ne pouvais pas le faire… Mais je ne savais pas non plus comment te faire comprendre que te mentir me déchirait le cœur. Tu es la plus belle chose qui me soit arrivée… J'avais peur de te perdre.

Des larmes chaudes ruisselèrent sur mes joues, c'était comme si je me brisais en mille morceaux.

— J'avais le cœur coupé en deux. Je t'ai attendue si longtemps, Anna, plus que ce que tu peux imaginer. Mais Rigel… Rigel est tout ce que j'ai… Tout. Et maintenant, il…

Je passai ma main maigre sur mes yeux brûlants. Anna me serra dans ses bras mais ne dit tien. Elle aussi savait qu'il y avait entre lui et moi une barrière à ne pas franchir. Et pourtant, elle n'accentua pas mon malaise.

— Rigel me l'a dit, souffla-t-elle.

Quelque chose se bloqua dans mon cœur, comme un engrenage rouillé. Je tremblai d'incrédulité et la confusion m'assaillit : je ne parvins à rien faire d'autre que la serrer plus fort, attendant qu'elle continue.

— Maintenant je comprends qu'il ne l'aurait pas fait s'il n'y avait pas été obligé. Il savait que, sinon, je n'aurais jamais accepté sa demande. Il… il voulait que tu puisses avoir une famille, une bonne fois pour toutes.

Anna prit mon visage entre ses mains et chercha mes yeux, que je gardais baissés. Elle posa son front sur le mien, jusqu'à ce que mes pleurs cessent enfin.

— Le docteur ne te l'a pas dit afin de ne pas te donner de faux espoirs, me dit-elle, mais il m'a confié qu'entendre la voix des personnes chères peut parfois aider.

Je levai enfin les yeux tandis qu'elle poursuivait :

— Cela stimule la conscience, selon lui, et la mémoire à long terme. Aucun d'entre nous n'a le pouvoir de faire la différence. Mais toi…

Anna déglutit.

— Toi, tu as ce pouvoir. Il peut encore t'entendre.

Cette nuit-là, lorsque l'hôpital devint silencieux comme un sanctuaire, mon cœur n'avait pas encore cessé de trembler. Pendant un moment que je ne pus déterminer, les paroles d'Anna firent leur chemin en moi et résonnèrent dans mon désespoir.

Je fixai le vide, immobile. La seule chose que je parvenais à percevoir dans l'obscurité était ce vide à combler. Il était là, tout près de moi. Pourtant, il n'avait jamais été si éloigné.

— Tu voulais partir, susurrai-je dans le noir. Tu voulais partir sans rien me dire… parce que tu savais que j'aurais tout fait pour t'en empêcher. Tu savais que je ne te l'aurais pas permis.

Je tournai la tête vers lui. Je le distinguais à peine. Toutefois, j'aurais été capable de tracer les contours de son visage même les yeux fermés.

— Toi et moi, nous devions rester ensemble. Mais peut-être que cela a toujours été la différence entre nous. Je me suis toujours fait trop d'illusions. Toi, jamais. Pas même une fois.

Ma gorge se serra mais je ne détournai pas les yeux. Je sentais quelque chose en moi, comme une force qui poussait pour sortir.

— C'est toi qui m'as offert la rose, poursuivis-je. Tu l'as réduite en morceaux parce que tu ne voulais pas que je comprenne. Tu as toujours eu peur que je te voie tel que tu es… Mais tu te trompais. Je te vois, Rigel. Et mon seul regret, c'est de ne pas avoir pu le faire avant.

Je ne voulais plus pleurer, mais ce fut inévitable.

— J'aurais voulu que tu me permettes de te comprendre… Mais toi, chaque fois, tu m'as repoussée. J'ai toujours cru que tu n'arrivais pas à me faire complètement confiance, que tu n'arrivais pas à me donner une chance… Ce n'était pas ça. Ce n'est pas à moi que tu n'as jamais donné une chance, mais à toi.

Je fermai les yeux.

— Tu es injuste, Rigel.

Quelque chose trembla silencieusement en moi et tout devint âcre et brûlant.

— Tu es injuste, l'accusai-je à travers mes larmes. Tu n'avais pas le droit de décider pour moi… De me tenir à distance. Et maintenant, tu es sur le point de me laisser encore dehors… Et de toujours rester seul, même à la fin. Mais je ne te le permettrai pas.

Je répétai avec obstination :

— Tu as compris ? Je ne te le permettrai pas !

Repoussant ma couverture, je tendis le bras vers lui, vibrant de frustration en constatant qu'il était trop loin pour que je puisse le toucher. Je descendis de mon lit, et mes pieds frémirent en touchant le sol. Ma cheville, rigide et gonflée, me fit mal et je me retins à la barre du lit pour tenir debout. Mais ce ne fut qu'une tentative pathétique et mes jambes me trahirent. Je m'écroulai sur mon avant-bras. Mes côtes fêlées crissèrent dans ma chair et une onde de douleur me coupa le souffle. J'ignorai ce qu'on aurait pensé de moi en me voyant ainsi. J'offrais un spectacle pitoyable, les lèvres pincées et mes larmes mourant sur le carrelage. Je trouvai malgré tout la force de me traîner jusqu'à son lit.

Je lui pris la main en la tirant péniblement à moi ; je la serrai comme il avait tant de fois serré la mienne dans l'obscurité de la cave, quand nous étions enfants.

— Ne me laisse pas sur le seuil encore une fois, l'implorai-je à genoux.

Les larmes me consumaient les yeux.

— Ne le fais pas, je t'en prie… Ne va pas là où je ne peux pas te rejoindre. Laisse-moi rester près de toi. Pour te vivre tel que tu es. Restons ensemble pour toujours, parce que je ne peux pas supporter un monde dans lequel tu n'es pas avec moi. Je veux y croire, Rigel… Je veux croire qu'existe le conte de fées dans lequel le loup prend la petite fille par la main. Reste avec moi pour que nous l'écrivions ensemble… Je t'en prie…

Je posai mon front sur sa main, inondant ses doigts de mes larmes.

— *Je t'en prie…* répétai-je, la voix dévorée par les pleurs.

Je ne sais pas combien de temps je restai là, à souhaiter me fondre avec son âme.

Mais, cette nuit-là, quelque chose changea.

Si c'était vrai qu'il pouvait m'entendre…

Alors je lui donnerais tout ce que j'avais.

Le lendemain, je demandai aux infirmières de laisser ouvert le rideau qui me séparait de Rigel. Je voulais pouvoir voir à tout moment le visage du garçon qui se trouvait dans le lit voisin.

À son arrivée, Anna ne me trouva pas avec les yeux éteints et l'expression vide des jours précédents.

Non.

Lorsqu'elle arriva, j'étais déjà réveillée, assise et le regard alerte.

— Bonjour, lui dis-je avant même qu'elle n'ouvre la bouche.

Elle battit des paupières, surprise, et lorsque je vis qu'Adeline l'accompagnait, mon cœur se réchauffa encore plus.

— Salut, dis-je doucement.

Elle lança un coup d'œil étonné à Anna, puis elle me considéra avec une expression vibrante.

— Salut…

Peu après, pendant mon repas, elle entreprit de me tresser les cheveux.

Les jours passèrent, l'un après l'autre, inexorablement. Tandis que mon état s'améliorait, j'occupais chaque moment libre à faire entendre ma voix à Rigel. Je lui lisais des livres, je lui racontais tout ce qu'Anna m'apportait, et mes paroles peuplaient le silence jusqu'au soir.

Le docteur Robertson venait régulièrement vérifier mon état de santé. Il regardait le livre que je serrais entre les doigts et, quand ses pupilles glissaient sur Rigel, le monde s'arrêtait brutalement de tourner car je sentais une espérance suffocante me couper le souffle. Immobile, je fixais le docteur avec une curiosité brûlante, comme s'il pouvait, dans ce corps immobile, percevoir un détail que les autres n'étaient pas capables de voir. Un mouvement. Ou une réaction. Quelque chose qui puisse éveiller l'attention de son regard de professionnel. Et chaque fois que le docteur Robertson quittait la pièce, mon cœur me faisait si mal que je devais me mordre les lèvres pour ne pas déchirer les pages de mon livre.

Dans la chambre, il n'y avait plus l'ombre des jours précédents. J'avais demandé que les stores soient toujours levés, afin que Rigel puisse voir le ciel. Ou que je puisse le contempler pour lui et le lui raconter à travers mes yeux.

— Il pleut, aujourd'hui, lui dis-je un matin en regardant dehors. Le ciel est irisé… On dirait une plaque de métal qui dégouline.

Puis un souvenir me revint et j'ajoutai, à voix basse :

— Il est comme celui qu'on voyait parfois au Grave. Tu te rappelles ? Les autres enfants disaient qu'il était de la couleur de mes yeux…

Comme toujours, mes paroles ne recevaient aucune réponse. Parfois, ce silence provoquait en moi un désir si absurde que j'avais l'impression de l'entendre me répondre. D'autres fois, la souffrance était si pesante qu'elle me semblait une bataille que je ne pouvais pas remporter. Et plus le temps passait, plus l'espoir qu'il se réveille diminuait. Plus les jours se succédaient, plus la frustration se transformait en poison qui me coupait l'appétit et me fragilisait.

Billie et Miki restaient le plus possible à mes côtés et Anna essayait par tous les moyens de me tranquilliser : elle m'apportait de la confiture de mûres, que j'aimais tant, et me faisait de temps en temps faire un tour du service en fauteuil roulant.

Un jour, alors qu'une infirmière l'avait appelée, elle me laissa un moment près de la machine à café après m'avoir promis de revenir très vite. Quelle ne fut pas sa frayeur lorsqu'elle ne me trouva pas à son retour ! Elle me chercha dans tout le service, morte d'inquiétude, et ce ne fut que lorsqu'elle passa devant notre chambre que sa panique prit fin : j'étais là, près du lit de Rigel, ma main posée sur la sienne et mes frêles épaules disparaissant derrière le dossier de mon fauteuil. J'étais si maigre…

— Tu dois manger, me disait-elle après avoir jeté les biscottes recouvertes de confiture que je n'avais pas touchées.

Je ne répondais pas, otage d'un monde impénétrable, et Anna ne pouvait que baisser la tête, vaincue par mon silence. Puis elle m'aidait à faire ma toilette et je voyais dans le miroir de la salle de bains toute la vie que je tentais de transmettre à Rigel, jusqu'à mon dernier souffle. S'il y avait un prix à payer pour lui donner tout ce que j'avais, il était gravé dans les cernes qui dévoraient mes joues saillantes.

La nuit, je n'arrivais pas à dormir. Le bip aigu du cœur de Rigel était le seul son qui palpitait dans l'obscurité, et moi, emmitouflée dans mes couvertures, je comptais ses battements en priant. La terreur de m'endormir et de ne plus entendre ce bruit à mon réveil me broyait au point de me suffoquer. Les infirmières me firent alors prendre des somnifères. Mais l'acharnement avec lequel j'essayais d'en combattre les effets portait mon corps aux limites du supportable.

— Tu ne peux pas continuer comme ça, me dit un soir le docteur Robertson.

J'étais à deux doigts de l'épuisement et ma guérison était très sérieusement compromise.

— Tu as besoin de manger et de te reposer, Nica. Tu ne peux pas guérir si tu ne dors pas.

En me voyant perdue dans mes couvertures trop grandes, menue et gracile comme une chrysalide, il ne se retint plus :

— Pourquoi ? Pourquoi résistes-tu aux somnifères ? Contre quoi luttes-tu ?

Je tournai lentement mon visage vers lui, blême comme un fantôme, et je vis mon reflet dans son regard. Sur mon visage émacié dans lequel les yeux gris prenaient toute la place, l'obstination brillait comme une folie.

— Contre le temps, avouai-je sans ciller. Chaque jour, le temps l'emporte un peu plus loin.

Ma voix était ténue comme un fil de soie. Et le docteur ne put rien faire d'autre que s'avouer vaincu.

Billie et Miki passaient souvent et Adeline était là tous les jours pour prendre soin de moi et me tresser les cheveux comme quand nous étions petites. Je m'étais donc habituée à recevoir des visites. Mais je n'aurais jamais osé imaginer qu'Asia viendrait à son tour un après-midi. Au début, je fus persuadée d'avoir mal vu. Pourtant, lorsque Adeline se leva, étonnée de la voir ici, je compris que mes yeux ne m'avaient pas trompée.

Son visage ne portait aucune trace de maquillage, néanmoins elle avait toujours son aspect impeccable et soigné ; ses cheveux étaient attachés en une queue-de-cheval et son sweat gris n'ôtait rien à son charme sophistiqué.

Asia regarda autour d'elle d'un air circonspect, comme un animal plongé dans un environnement inconnu, et pendant un instant je me demandai si elle n'était pas venue uniquement pour chercher Anna. Puis nos yeux se croisèrent un instant, son regard glissa sur les traits amaigris de mon visage et enfin sur mon corps enveloppé de la blouse trop grande.

Adeline croisa les mains et déclara d'une voix basse :

— Je vais vous laisser un peu seules.

— Non, répliqua Asia en l'arrêtant.

Puis, d'une voix plus douce, elle ajouta :

— Reste.

Elle ne s'assit pas ni ne s'approcha de moi, et je ne parvins pas à imaginer la raison pour laquelle elle était venue jusqu'ici. Elle fixa la perfusion qui finissait dans mon bras. Puis, avant que je ne puisse dire quoi que ce soit, ses yeux se tournèrent vers Rigel. Elle l'observa longuement en se mordant les lèvres. Et se mit enfin à parler.

— Je t'ai souvent enviée, murmura-t-elle de but en blanc, sans détacher ses yeux de lui. Nous n'avons pas eu beaucoup d'occasions de nous voir. Mais, le peu de fois où c'est arrivé, j'ai dû reconnaître que tu n'avais aucune idée de ce que signifie s'avouer vaincu. Tu n'as jamais renoncé à créer une relation avec moi… bien que je t'aie toujours repoussée et traitée comme un obstacle. Même sans te connaître, il m'a fallu peu de temps pour comprendre que tu ne sais pas abandonner.

Elle se tourna lentement et me fixa d'un air désapprobateur.

— Mais regarde-toi maintenant. Tu as cessé de lutter.

Non, aurais-je voulu lui répondre. C'était justement ce que je n'avais pas fait. Il y avait en moi une ténacité indestructible qui me pompait jusqu'à l'oxygène. J'étais réduite à cela justement parce que j'étais incapable de me résigner. Toutefois, je me tus et cette absence de réaction provoqua chez elle un effet que je n'aurais pas pu imaginer.

De la tristesse.

Pour la première fois depuis que je la connaissais, Asia sembla me comprendre. Plus que n'importe qui.

— Tu ne peux pas l'aider si, avant, tu ne t'aides pas toi-même, susurra-t-elle d'un ton complètement différent, qui semblait venir du plus profond d'elle-même. Ne fais pas comme moi… Ne laisse pas la douleur te détruire. Ou te noyer dans les regrets. Tu as un espoir. Une possibilité qui ne m'a jamais été donnée. Mais, si tu la gâches, je ne te le pardonnerai pas.

Elle me regardait durement et je la vis trembler. Toutefois, je perçus dans ce tremblement tout le besoin d'enfoncer le mur derrière lequel je dépérissais.

— La mort ne se combat pas avec le sacrifice mais avec la vie. C'est toi qui me l'as fait comprendre. La même fille qui, après avoir vécu l'enfer, m'a regardée droit dans les yeux pour me dire qu'elle ne renoncerait pas à Anna est encore dans cette chambre. *Allez*, gronda-t-elle. Fais-la sortir. Ce n'est pas en te supprimant toi-même que tu le sauveras, mais en lui donnant une raison de se réveiller. C'est en lui faisant voir que tu es là, et que tu vas bien, et que tu luttes pour vivre, même si la vie, en ce moment, te torture. Ne laisse pas la souffrance te transformer en quelqu'un que tu n'es pas, ne fais pas la même erreur que moi… On ne peut pas choisir la douleur, mais on peut choisir la façon de la vivre. Et si vivre signifie supporter, alors fais-le aussi pour lui, transmets-lui ta force et ton courage. C'est là, à la vie qui bat encore dans sa poitrine, que tu dois t'accrocher de toutes tes forces.

Elle termina son discours haletante et avec des larmes emprisonnées entre ses cils. Elle ne m'avait jamais regardée ainsi. Pas une seule fois. Pourtant, ce regard dur qui débordait d'émotions, je ne l'oublierais jamais.

Asia posa les yeux sur Rigel, peut-être échaudée par cet élan émotif auquel elle s'était laissée aller, et même Adeline, derrière elle, la fixa en silence.

— Tu as encore le choix, dit-elle doucement. Ne le gâche pas.

Elle se tourna brusquement pour s'en aller comme elle était arrivée, les mains serrées sur son sac et les épaules contractées.

— Asia !

Elle s'immobilisa. Le coup d'œil qu'elle me jeta par-dessus son épaule me trouva là, sous mes couvertures, avec le visage pâle et les yeux brillants.

— Reviens me voir.

Une lueur traversa son regard avant qu'elle ne quitte la chambre.

Rien n'avait changé. Et pourtant, à cet instant, il me sembla que je parvenais à voir le monde plus clairement.

— Adeline… Je peux te demander un service ? Mes pansements. Tu pourrais me les apporter ?

Pendant un interminable moment, Adeline me considéra, les yeux écarquillés, comme si elle avait compris le sens de mes paroles. Puis… elle sourit.

— Bien sûr.

Quand j'eus enfin mes pansements dans les mains, je sentis quelque chose en moi reprendre vie entre ces murs blancs. Je les choisis avec soin, et toutes ces couleurs me rendirent une partie de moi-même.

J'en choisis un jaune, comme les yeux de Klaus.

Un bleu ciel, pour Anna et Adeline.

Un vert, doux comme le sourire de Norman.

Un orange, pour la vivacité de Billie, et un bleu marine, pour la profondeur de Miki.

Un rouge, pour le caractère ardent comme le feu d'Asia.

Et enfin…

Enfin, un violet pour Rigel, comme celui que j'avais collé sur son cœur lors de la nuit passée dans sa chambre.

En les regardant sur mes mains, je compris que, même si l'amour pouvait prendre différentes nuances, chacune d'elles faisait vibrer les mêmes cordes : celles du cœur. Et toutes ensemble, elles mettaient en mouvement une force unique et invisible, que seule l'âme était en mesure de ressentir.

Ces journées furent difficiles.

Mon estomac était un nœud qui semblait refuser la nourriture. Les haut-le-cœur me retournaient les entrailles. Anna accourait, repoussait les couvertures et m'aidait à me pencher sur le côté pour que je vomisse dans une cuvette. Pourtant, peu à peu, je me remis lentement à manger, avec de plus en plus d'obstination. En l'espace de quelques jours, je pus commencer à marcher. Ma cheville était guérie et mes côtes ne crissaient plus comme des morceaux de verre quand je me levais ; la nourriture restait dans mon estomac et ma guérison reprit son cours.

Asia passa me voir de nouveau, comme je le lui avais demandé. Au début, elle ne semblait pas convaincue ; toutefois, lorsqu'elle vit les couleurs sur mon visage et l'amélioration de mon état de santé, son regard s'adoucit.

Mon visage se remplissait de jour en jour, et les os de mes épaules disparaissaient sous la chair. On libéra mon bras de l'attelle et je recommençai peu à peu à exécuter chaque mouvement. Si mon corps se remettait sur pied, celui de Rigel restait cependant immobile et prisonnier de ce fragile battement.

Réveille-toi, entendais-je pulser dans ma poitrine à mesure que mes efforts me rendaient de la vitalité. Car il respirait toujours avec difficulté et rien ne semblait modifier son état précaire.

— *Réveille-toi*, murmurais-je à voix basse pendant que les infirmières changeaient ses pansements.

Mais son visage s'amincissait et les veines sur ses avant-bras s'accentuaient. L'ombre sous ses paupières se creusait et plus je lui tenais la main, plus je sentais sa peau devenir fragile sous mes doigts ; plus je le regardais dormir de cette façon, plus il dépérissait sous mes yeux.

Je lui racontais de vieilles légendes, des histoires de loups qui rentraient à la maison. Je luttais dans la lumière et l'espérance durant la journée, mais le désir de le voir ouvrir les yeux épuisait mon âme et ma respiration pendant la nuit.

— *Réveille-toi,* l'implorais-je dans le noir, comme une prière. *Réveille-toi, Rigel, je t'en prie, ne me laisse pas ; je n'arrive pas à vivre sans tes yeux et mon cœur de papillon ne parvient pas à me réchauffer, il ne sait rien faire d'autre que se brûler et trembler ; réveille-toi et prends-moi par la main, je t'en prie, regarde-moi et dis-moi que nous serons éternellement ensemble. Regarde-moi et dis-moi que tu seras toujours avec moi, parce que le loup meurt dans toutes les histoires mais pas dans celle-ci... Dans celle-ci, il vit, il est heureux, et il marche main dans la main avec la petite fille. Je t'en prie... réveille-toi...*

Mais Rigel restait immobile et j'étouffais dans mon oreiller des larmes que je ne voulais pas qu'il entende.

— *Réveille-toi*, lui susurrais-je jusqu'à me fendre les lèvres.

Mais il ne se réveillait pas.

Je sortis de l'hôpital quelques jours plus tard. Je lus dans les yeux du docteur tout son soulagement de me voir debout, guérie et en bonne santé, prête à m'en aller. Il ne pouvait pas savoir que mon cœur dévasté saignait exactement comme au premier jour, parce qu'un morceau de moi restait dans cette chambre.

Je fis mon retour au lycée. Les premiers temps, il me fut impossible de ne pas voir les regards en permanence pointés sur moi ; les murmures me suivaient partout où j'allais, et tout le monde parlait encore de l'accident.

Un jour, j'appris que Lionel avait déménagé dans une autre ville.

Ma vie reprit son cours, tranquille et ordinaire, mais il ne se passait pas un jour sans que j'aille rendre visite à Rigel. Je lui apportais des bouquets de fleurs ; je continuais à lui raconter des histoires et je faisais mes devoirs sur une chaise, près du mur ; je révisais à voix haute la géographie et la biologie et nous étudiions ensemble la littérature.

— Aujourd'hui, le prof nous a demandé d'écrire une dissertation sur une œuvre antique de notre choix, lui annonçai-je un soir. J'ai choisi l'*Odyssée.*

J'effleurai les pages du livre, au son du bip de ses battements cardiaques.

— À la fin, Ulysse rentre chez lui, dis-je doucement. Après beaucoup de difficultés, après avoir surmonté des épreuves incroyables... Ulysse réussit. Il revient auprès de Pénélope. Et il découvre qu'elle l'a attendu. Pendant tout ce temps, elle l'a attendu...

Rigel resta immobile, figé dans sa lividité. Ses paupières étaient si pâles et si fines qu'elles ressemblaient à un linceul. Parfois, je me demandais pourquoi il ne parvenait pas à soulever ces minuscules morceaux de peau qui lui recouvraient les yeux.

Je restais le plus possible avec lui ; les infirmières essayaient de me renvoyer à la maison, de me faire sortir d'entre ces murs blancs, plus pour mon bien-être que par respect du règlement de l'hôpital. Lorsqu'elles me surprirent un soir, recroquevillée sur les chaises métalliques du couloir, elles ne me firent aucun reproche. Toutefois, l'infirmière en chef me dit que, la nuit, au moins, je devrais rentrer chez moi.

Mais moi je ne voulais pas…

Je voulais rester avec lui.

Parce que, chaque nuit, Rigel devenait plus pâle et plus lointain. Et mon âme rongeait mes os à chaque instant que je ne passais pas accrochée à sa main, pour essayer de l'entraîner loin de cet abysse.

J'arrivais donc chaque jour un peu plus tôt et je lui parlais de plus en plus. Le week-end, c'était moi qui ouvrais les rideaux le matin, qui lui disais bonjour en chuchotant et qui lui apportais toujours un nouveau bouquet de fleurs.

Mais la nuit…

La nuit, je rêvais de mains blanches et de paupières ouvertes sur des galaxies d'étoiles. Je rêvais qu'il me regardait de ses yeux noirs et profonds. Et, chaque fois, Rigel me souriait. D'une manière douce et sincère que je ne lui avais jamais vue. D'une manière qui laissait en moi une impression d'absence déchirante. Et quand, le matin, je me rendais compte que tout cela n'était qu'un rêve, quand je comprenais qu'il n'était pas vraiment là, je sentais mon cœur se déchirer et je ne pouvais rien faire d'autre que mordre mon oreiller jusqu'à sentir le goût des larmes dans ma bouche. Pourtant, le lendemain, j'étais toujours là, dans cette chambre blanche, avec mes fleurs et mon âme réduite en morceaux.

— Oh…, laissai-je échapper un matin en constatant que le soleil se frayait un passage à travers les nuages après un orage.

La lumière s'était brisée en millions de fragments et un arc-en-ciel scintillait, vibrant de toutes ses couleurs.

— Regarde, Rigel, dis-je doucement, avec un sourire triste. *Admire ces belles couleurs…*

Peu après, je sortis de la chambre en retenant mes larmes et en couvrant mes yeux de mes mains tremblantes.

Il y avait quelque chose de désespéré dans cette vie qui continuait. Quelque chose qui, malgré mon anxiété, rythmait le flot d'un fleuve inexorable.

Peu importait le nombre de fois où je désirais qu'il ralentisse.

Peu importait le nombre de fois où je le priais de s'arrêter, de regarder ce qu'il laissait derrière lui.

Le monde n'attendait personne.

En ce jour de printemps, les doigts serrés autour de la ficelle d'un ballon et vêtue d'une robe en velours, je fixai le lit depuis le seuil. Je me sentais fragile comme une feuille. On entendait toujours le même bruit qui résonnait dans l'air. Je m'approchai doucement ; là, dans ce silence qui tenait tout en suspens depuis trop longtemps, je trouvai le courage de le regarder encore une fois.

Presque un mois. Il s'était passé presque un mois depuis l'accident.

— C'est Billie qui me l'a apporté, expliquai-je. Elle en a apporté plusieurs, en réalité. Elle dit qu'un anniversaire sans ballons n'est pas un vrai anniversaire.

Puis je l'attachai à la tête de lit métallique. Mais voir ce ballon près de son corps immobile me fit mal au cœur.

Je m'assis sur le lit.

— Anna a fait un gâteau aux fraises. Il était super, la crème fondait sous la langue. Je n'ai jamais eu de gâteau d'anniversaire... Maintenant que j'y pense, peut-être que tu ne l'aurais pas aimé, vu que tu n'aimes pas les choses trop sucrées.

Je contemplai mes mains, comme abandonnées sur mes genoux.

— Tu sais que Klaus dort toujours sous ton lit. Même si vous ne vous êtes jamais bien entendus, je crois que tu lui manques beaucoup. À Adeline, aussi. Elle ne le dit pas, elle essaie de me transmettre du courage, mais ses yeux parlent pour elle. Elle tient beaucoup à toi. Elle voudrait juste que tu reviennes.

Mes cheveux retombant sur mon visage, je continuai d'écouter le son de ses battements cardiaques pendant un temps interminable.

— Tu sais, Rigel... Ça serait un bon moment pour ouvrir les yeux.

Essayant de ne pas m'effondrer, je déglutis ; ma gorge était brûlante. Lentement, je levai les yeux sur lui. La lumière extérieure embrassait ses paupières baissées. Il n'avait plus de pansements sur la tête depuis une semaine et le docteur avait dit que, grâce à l'immobilité, ses côtes étaient en train de se ressouder.

Pourtant, son esprit n'avait jamais été aussi loin.

En le regardant, je ne pus m'empêcher de reconnaître que, même en portant les traces de la mort sur lui, Rigel était toujours beau à couper le souffle.

— Ce serait un cadeau inoubliable, dis-je, les larmes aux yeux. Le plus beau que tu pourrais me faire.

Ma main glissa dans la sienne, et jamais comme à cet instant je n'avais autant désiré qu'il la serre lui aussi. Même très fort, au point de me faire perdre la sensibilité de mes doigts.

Je perçus de nouveau cette sensation d'effondrement, le pressentiment que j'étais sur le point de me briser.

— Je t'en prie, Rigel… Il nous reste encore tant de choses à faire ensemble… Et d'autres que je dois te dire… Tu dois grandir avec moi, obtenir ton diplôme et… tu dois fêter ton anniversaire encore de nombreuses fois et tu dois… tu dois connaître tout le bonheur que tu mérites…

Les larmes me brouillèrent la vue.

— Ce bonheur, je peux te l'offrir. Je ferai tout pour te rendre heureux. Je te le promets… Je ne désire rien d'autre. Ne me laisse pas seule dans ce monde, nous sommes brisés ensemble… et toi… tu es ma pièce manquante. Ma magnifique pièce manquante…

Mes larmes tombèrent sur le dos de sa main. Mon cœur se débattit et, une nouvelle fois, je le sentis lui appartenir éperdument.

— Tu es ma lumière. Et sans toi je suis perdue. Je suis perdue… Je t'en prie, regarde-moi… Si tu m'entends, je t'en prie, reviens-moi.

Quelque chose se serra dans ma main.

Une contraction.

Je mis une seconde à l'enregistrer… puis le monde chavira.

Il avait bougé.

Une émotion violente me prit à la gorge et ma respiration se coupa pendant si longtemps que la voix me manqua.

— Do… docteur ! sifflai-je avec peine.

Haletante, je sautai du lit et me précipitai vers la porte, toute tremblante.

— Docteur ! criai-je. Docteur Robertson, venez ! Vite !

Le docteur Robertson accourut. En voyant l'expression de son visage, je compris que mes hurlements étaient arrivés à troubler son impassibilité.

— Que se passe-t-il ? dit-il en s'approchant pour contrôler les paramètres vitaux de Rigel sur l'écran.

— Il… il a réagi, articulai-je frénétiquement. Il a réagi à ce que je lui ai dit… Il a bougé…

Le docteur cessa d'observer le moniteur pour se tourner vers moi.

— Qu'est-ce que tu as vu ? me demanda-t-il d'un ton plus calme.

— Il a bougé, répétai-je en tremblant, les yeux rougis. Je lui tenais la main et il a bougé les doigts…

Le docteur Roberston jeta de nouveau un coup d'œil à l'écran et secoua la tête.

— Je suis désolé, Nica. Rigel n'est pas conscient.

— Mais je l'ai senti, insistai-je. Je vous le jure, il m'a serré la main, je n'ai pas rêvé…

Le docteur soupira puis sortit de la poche de sa blouse un objet ressemblant à un stylo. Il l'alluma et il en jaillit un mince faisceau de lumière qu'il pointa sur les pupilles de Rigel après lui avoir soulevé les paupières.

Il n'y eut aucune réaction.

Fragile et inutile, je ne pus rien faire d'autre que regarder le monde s'écrouler, comme au ralenti.

— Mais je… je…

— Il peut arriver que les patients dans le coma aient des mouvements de temps en temps, m'expliqua le docteur. Ils peuvent avoir des spasmes, des contractions… Parfois, il leur arrive même de pleurer. Mais cela ne veut rien dire. Son mouvement est un réflexe, une réaction involontaire aux médicaments.

Son air mortifié me brisa encore plus.

— Je suis désolé, Nica.

Pour la première fois, je sentis dans mes yeux brûler quelque chose de beaucoup plus douloureux que les larmes : la désillusion. Et je compris, comme jamais auparavant, à quel point il était destructeur de s'accrocher à un espoir.

Le docteur Robertson posa une main sur mon épaule avant de sortir de la chambre ; je savais que, si j'avais eu la force de le regarder, j'aurais ressenti la peine qu'il éprouvait de m'avoir arraché mon énième rêve.

Je restai là, le jour de mon dix-huitième anniversaire. Avec mon cœur qui saignait dans ma poitrine et ce ballon suspendu au-dessus de son corps immobile.

Quand j'étais petite, j'avais entendu dire que la vérité colore le monde. Tel est le compromis. Tant que tu ne la connais pas, tu ne peux jamais appréhender la réalité avec toutes ses nuances. Maintenant que je les voyais, maintenant que je savais tout ce que j'avais toujours ignoré, j'aurais dû regarder les couleurs brillantes du monde comme quelqu'un qui, finalement, est capable de comprendre.

Mais certaines vérités ont des nuances qui nous détruisent.

Certaines vérités ont des histoires que nous ne sommes pas prêts à laisser partir.

Et je n'étais pas prête à lâcher la mienne.

Mais je n'avais plus de sourire à montrer à Rigel. Je n'avais plus d'histoires à lui raconter.

Je n'avais qu'un cœur vide qui me rongeait de l'intérieur comme un élément étranger. Parfois, il me semblait le sentir glisser hors de ma poitrine et tomber sur le sol avec un bruit sourd sous mes yeux insensibles. Ces fois-là, je pensais que, si mon cœur était vraiment tombé, je me serais baissée pour le ramasser sans ciller. À l'intérieur de moi, chaque sensation n'était que douleur.

Tandis que je restais près de lui, ce soir-là, les infirmières ne vinrent même pas me dire que je devais partir. Peut-être parce que, en voyant mes yeux brillants, elles n'étaient pas arrivées à m'arracher de ce lit qui semblait maintenir en vie non pas un cœur mais deux.

Mon anniversaire remontait déjà à quelques jours et rien n'avait changé.

Il était toujours là. J'étais toujours là.

Peut-être allions-nous y rester pour toujours.

J'avais épuisé les histoires, et chaque lueur que j'avais essayé de lui transmettre s'était éteinte comme une allumette dans ses yeux fermés.

Il ne restait plus rien.

Dans mon âme, il n'y avait plus qu'un vide profond. Et c'est justement de là que je sentis refaire surface des paroles qui m'avaient accompagnée toute ma vie.

— Il était une fois, il y a très, très longtemps, un monde qui était incapable de pleurer.

Ma voix n'était qu'un murmure épuisé.

— Les émotions ne brûlaient pas et les sentiments n'existaient pas. Les personnes vivaient avec des âmes vides, incapables de ressentir. Mais, caché de tous et enveloppé d'une solitude éternelle, vivait un petit homme vêtu d'ombres. Un artisan solitaire, au pouvoir étrange et incroyable. Avec ses yeux clairs comme le verre, il était capable de sculpter et de confectionner des larmes de cristal. Un jour, un homme se présenta à sa porte. Il vit les larmes de l'artisan et, désireux de pouvoir éprouver une once de sentiment, il lui demanda s'il pouvait s'en procurer. Ce qu'il désirait le plus au monde était de pouvoir pleurer. *Pourquoi ?* lui fut-il demandé par une voix qui ne semblait pas une voix. *Parce que pleurer signifie ressentir,* répondit l'homme. *Ce sont dans les larmes que se cachent l'amour et la compassion. Elles sont l'extension la plus intime de l'âme, ce qui, plus que la joie ou le bonheur, nous fait nous sentir vraiment humains.* L'artisan lui demanda s'il était sûr de lui, mais l'homme l'implora ; alors il prit deux de ses larmes et les lui glissa sous les paupières. L'homme s'en alla, mais d'autres vinrent ensuite en nombre. Ils demandaient tous la même chose et l'artisan les contenta les uns après les autres. Et les gens se mirent à pleurer : de rage, de désespoir, de douleur et d'angoisse. C'étaient des passions déchirantes, des désillusions et des larmes, tellement de larmes, car l'artisan contamina un monde pur, il le teinta des sentiments les plus intimes et les plus éprouvants. Et l'humanité se désespéra, devenant celle que nous connaissons. Voilà pourquoi chaque enfant doit être gentil. Parce que la colère n'est pas dans sa nature, ni la jalousie ou la rancune. Chaque enfant doit être gentil parce que les pleurs, les caprices et les mensonges ne lui appartiennent pas. Et si tu mens, il l'entendra. Si tu mens, ça veut dire que tu lui appartiens. Il voit tout, chaque émotion qui t'anime, chaque frisson de ton âme. Tu ne peux pas le tromper. Alors sois sage, mon enfant. Et bien obéissant. Ne sois jamais méchant et, surtout, rappelle-toi : tu ne peux pas mentir au fabricant de larmes.

Mon récit mourut dans le silence. Maintenant qu'il était là, rendu vivant par mes paroles, il semblait n'avoir fait qu'attendre la fin.

— Ça a toujours été ça pour moi, avouai-je à Rigel. Ça a toujours été ce qu'ils voulaient nous faire croire. Le monstre dont il fallait avoir peur… Mais je me trompais.

Je levai sur lui des paupières lourdes de larmes.

J'avais cherché notre conte pendant si longtemps, sans savoir que je l'avais toujours eu en moi depuis le début.

— Regarde, Rigel, susurrai-je enfin, détruite. Regarde comme tu me fais pleurer. Voilà la vérité… Tu es mon fabricant de larmes.

Je secouai la tête, m'écroulant complètement.

— Je l'ai compris trop tard. Chacun de nous a son fabricant de larmes… Cette personne capable de nous faire pleurer, de nous rendre heureux ou de nous supplicier d'un regard. Cette personne qui, en nous, occupe une place tellement importante qu'elle nous plonge dans le désespoir avec un mot, ou nous émeut avec un sourire. Et tu ne peux pas lui mentir… Tu ne peux pas mentir à cette personne, car les sentiments qui te lient à elle sont bien au-dessus de tous les mensonges. Tu ne peux pas dire à quelqu'un que tu aimes le détester. C'est comme ça… Tu ne peux pas mentir au fabricant de larmes. Ce serait comme te mentir à toi-même.

L'angoisse m'envahit et je souffris dans chaque parcelle de mon corps. Je compris que, s'il existait une fin à cette histoire, elle serait pour toujours restée auprès de cet enfant aux yeux noirs que j'avais vu des années plus tôt depuis le seuil d'un orphelinat.

— J'aurais juste voulu te le dire en te regardant, sanglotai-je en serrant sa couverture dans mes doigts. J'aurais voulu que tu le lises dans mes yeux au moment où je te l'aurais dit… mais peut-être est-il trop tard. Peut-être le temps qui nous était imparti est-il écoulé et que c'est le dernier moment qui me reste…

Je posai mon front sur sa poitrine. Et tandis que le monde s'éteignait avec moi, je lui confessai les seules paroles que j'avais gardées pour notre final.

— *Je t'aime*, Rigel, murmurai-je, le cœur en morceaux. Je t'aime comme on aime la liberté dans l'obscurité d'une cave. Comme on aime une caresse après des années de bleus et de coups. Je t'aime comme on aime seulement le ciel, d'un amour qui ne se brise jamais. Je t'aime plus que n'importe quelle couleur que j'ai aimée dans ma vie. Et je t'aime… comme je ne sais aimer que toi, *toi et seulement toi*, qui me fais du bien et du mal plus que toute autre chose, qui es la lumière et l'obscurité, l'univers et les étoiles. Je t'aime comme je ne sais aimer que toi, qui es mon fabricant de larmes…

Les pleurs me remuèrent jusqu'aux os et je me cramponnai aux pages de cette histoire avec tout ce que j'avais.

Avec chaque lambeau désespéré de moi.

Avec toutes mes larmes et tout mon souffle.

Avec tous mes pansements et cette âme qu'il ne pourrait plus entendre.

Et pendant un instant, je crus entendre son cœur battre plus fort. J'aurais voulu le prendre dans mes mains et le serrer contre moi, veiller sur lui pour toujours. Mais je ne pus que regarder son visage comme je l'avais fait chaque jour.

Je ne pus que trouver le courage de le regarder de nouveau.

Et cette fois…

Cette fois, quand mon cœur glissa hors de ma poitrine… j'en perçus le bruit. Mais je ne me baissai pas pour le ramasser.

Non. Je restai immobile.

Parce que mes pupilles…

Mes pupilles plongeaient dans d'autres pupilles.

Mes yeux plongeaient dans d'autres yeux.

Des yeux fatigués, épuisés.

Des yeux noirs.

Pendant un instant, ce fut comme si j'avais cessé d'exister. L'émotion qui m'assaillit fut à la fois si viscérale et incrédule qu'elle m'anéantit et me laissa trop terrifiée pour espérer. De mes yeux noyés de larmes, je fixai la fente étroite qui séparait ses paupières ; incapable de bouger, j'avais l'impression que cet instant se serait rompu comme du verre si j'avais osé respirer.

— Rigel…

Mais ses yeux… Ses yeux ne bougèrent pas, ils ne disparurent pas comme dans mes rêves. Ils ne s'évaporèrent pas comme une illusion. Ils restèrent devant moi, fragiles et authentiques, des yeux épuisés de loup qui renvoyaient mon reflet.

— Rigel…

Je tremblai violemment, trop anéantie pour y croire. Mais je n'étais pas en train de rêver : Rigel me regardait. *Rigel avait ouvert les yeux.*

Mon front se plissa et son nom mourut sur mes lèvres : je me laissai enfin aller et ce vide dévorant explosa hors de moi, comme un tremblement de terre d'angoisse et de douleur. Mon corps fut traversé d'une joie si intense que j'en eus le souffle coupé. Privée d'énergie, je laissai tomber ma tête sur sa poitrine et ses yeux furent pour moi le plus beau des miracles.

Plus aimé que n'importe quel ciel.

Plus désiré que n'importe quel conte de fées.

Parce que c'est vrai qu'il existe une histoire pour chacun de nous, c'est vrai. Mais la mienne n'était pas faite de mondes scintillants ou de fioritures dorées, non… La mienne avait des rosiers épineux et des paupières ouvertes sur des galaxies d'étoiles. Elle avait des constellations de frissons et des ronces de regrets que je serrai désespérément, les étreignant une à une jusqu'à la dernière épine.

Je posai ma main sur la joue de Rigel en sanglotant et il continua de me regarder comme si, même dans la confusion qui était la sienne en ce moment, il comprenait qu'il avait devant lui un visage animé par un sentiment profond et sans limites.

Et moi… moi, je ne détachai pas mes yeux des siens.

Même pour un instant. Même quand je tendis la main pour appuyer sur le bouton d'appel. Ou quand les infirmières arrivèrent en courant et que des voix perplexes explosèrent dans la chambre. Ou quand tout le service se précipita dans une confusion totale.

Je restai avec lui tout le temps, enchaînée à son regard avec mon âme et mon corps.

Je restai avec lui exactement comme je l'avais fait chaque nuit dans mes rêves et chaque jour de chaque semaine.

Je resterais avec lui sans jamais m'en aller, jusqu'à…

Jusqu'à la fin.

Il se passa un peu de temps avant que Rigel parvienne à parler.

J'avais toujours cru que, quand on se réveillait du coma, on était tout de suite réceptif ou, au moins, maître de son corps. Mais je découvris que ce n'était pas le cas. Le docteur m'expliqua qu'il allait falloir plusieurs heures pour qu'il retrouve le complet contrôle de ses mouvements. Au-delà de deux semaines, de nombreux patients tombaient dans un état végétatif. Mais il fut heureux de me confirmer que, après tant de complications, celle-ci, au moins, avait été évitée à Rigel. Il me dit aussi que certaines personnes pouvaient être agitées et agressives à leur réveil étant donné qu'elles ne reconnaissaient pas l'endroit où elles se trouvaient. C'est pour cela qu'il me conseilla de lui parler calmement lorsque je pus retourner près de lui.

Avant de me laisser de nouveau seule avec Rigel, le docteur Robertson posa une main sur mon épaule et m'adressa un sourire si plein d'espoir que je le sentis se diffuser en moi. Lorsqu'il sortit, je calai mes cheveux derrière mes oreilles et me tournai vers le jeune homme étendu sur le lit. Le voir aussi tranquille me procura un soulagement immense. Je parcourus les traits de son visage avec mon doigt et Rigel ouvrit les yeux. Il battit doucement des paupières, encore trop faible pour bouger, et me reconnut.

— Coucou, susurrai-je plus doucement que je ne l'avais jamais fait.

La machine qui suivait ses battements cardiaques émit deux palpitations rapprochées. Au son de son cœur, d'irrépressibles larmes de joie me serrèrent la gorge : il me reconnaissait et ses pupilles s'ancrèrent aux miennes comme des étoiles jumelles. Je déplaçai délicatement quelques-unes de ses mèches, me convainquant que je n'étais pas en train de rêver.

— Tu es revenu, soufflai-je. À la fin, tu es revenu auprès de moi.

Rigel me contempla avec des yeux qui reflétaient les miens. Et même si son corps était visiblement à bout de forces, il me sembla n'avoir jamais été aussi beau qu'en cet instant.

— Comme dans tes histoires, dit-il d'un ton rauque.

Je tremblai d'un amour brûlant en entendant de nouveau sa voix. Les larmes firent leur retour comme de vieilles amies et je me laissai submerger, trop bouleversée pour les combattre.

— Tu… tu m'entendais ?

— Chaque jour.

Je souris entre mes larmes, les sentant rouler sur mes joues. Tout ce que je lui avais raconté, susurré, avoué, il l'avait entendu. Tout.

Il savait que je ne le laisserais plus jamais partir. Pour aucune raison au monde.

— Je t'ai attendu pendant longtemps, lâchai-je tandis que mes doigts se nouaient aux siens.

Nous nous prîmes par la main, comme le loup et la petite fille, et, dans ces paumes unies, je trouvai toute la lumière que je n'avais jamais cessé de chercher.

— *Moi aussi.*

34- GUÉRIR

Il existe une force qu'on ne peut pas mesurer.
C'est le courage de celui qui ne cesse jamais d'espérer.

La convalescence de Rigel demanda du temps. Plusieurs jours passèrent avant qu'il réussisse à stabiliser complètement le cycle veille-sommeil, et d'autres encore furent nécessaires pour permettre à son corps de recouvrer la maîtrise de chaque mouvement. Il retrouva toute sa lucidité et, malgré les problèmes physiques qui le clouaient au lit, il ne lui fallut pas longtemps pour révéler toute l'indocilité de son caractère. Par ailleurs, s'il y avait une chose qu'il n'avait jamais supportée, c'était de recevoir des soins et des attentions, quels qu'ils soient. Peut-être parce qu'à cause de sa maladie, il s'était retrouvé à les fuir si souvent que cela avait fini par créer en lui une sorte de répulsion envers quiconque s'approchait de lui avec un air inquiet. C'est pourquoi, alors qu'il luttait pour se réveiller, il ne devait pas avoir envisagé l'éventualité de se voir soumis chaque jour aux soins attentionnés de parfaits inconnus.

Surtout des infirmières.

Au cours de ces dernières semaines, elles s'étaient toutes prises d'affection pour ce jeune homme fascinant comme un ange qui dormait d'un sommeil injuste et luttait pour sa vie ; toutes s'étaient occupées de lui avec prévenance, lui changeant ses pansements et le fixant comme un rêve trop fragile pour durer.

Maintenant que ce jeune homme avait ouvert les paupières, révélant des yeux de loup magnétiques et irrévérencieux, l'air semblait crépiter d'électricité et d'exaltation. Ce qui, comme il était facile de le deviner, ne plut ni aux médecins ni à l'infirmière en chef, et encore moins à Rigel.

— Mademoiselle Dover ? entendis-je un après-midi comme j'arrivais devant la porte de Rigel.

Je me retournai et vis l'infirmière en chef s'approcher de moi.

— Oh, bonjour ! dis-je en serrant les fleurs et le livre que j'apportais. Comment allez-vous ?

Cette femme bien en chair, à la poitrine proéminente et aux bras vigoureux, posa ses mains sur ses hanches et me considéra avec une expression peu aimable.

— Il y a eu des problèmes…

— Oh… heu… encore ? bredouillai-je en cherchant à alléger l'ambiance avec un petit rire.

Mais elle n'était visiblement pas d'humeur à plaisanter, aussi m'en tins-je à un sourire un peu crispé.

— J'imagine… oui, qu'il s'agit sans doute de… *divergences*…, tentai-je. Essayez de le comprendre, ce n'est pas facile pour lui. Il ne le fait pas méchamment… C'est un gentil garçon. Il aboie mais ne mord pas.

Je m'interrompis un instant avant de reprendre en secouant la tête :

— En réalité, il mord de temps en temps… Mais c'est pour se défendre… C'est que, vous savez… cette situation le stresse.

— *Le stresse ?* répéta-t-elle, scandalisée. Vous vous rendez compte qu'il reçoit tous les soins et les attentions dont il a besoin ! Et même plus !

— Justement…

— *Pardon ?*

— Je n'en doute pas, m'empressai-je d'ajouter. C'est juste qu'il… eh bien… comment dire… il est un peu *sauvage*, mais… je vous assure que c'est un garçon tout ce qu'il y a de bien. Vous seriez surprise de voir comme il est bien élevé. Il a juste besoin de s'habituer un peu…

Elle me considérait, le front toujours plissé. Aussi pris-je une fleur parfumée de mon bouquet et la lui tendis-je avec mon plus beau sourire. Devant tant de gentillesse, elle s'attendrit ; elle la prit en marmonnant et je lui en fus reconnaissante.

— Ne vous inquiétez pas. Faites-moi confiance. Je suis sûre qu'il saura se comporter de la manière la plus appropriée qui s…

— Mais qu'est-ce que tu fais ?!

Je me retournai brusquement. Cette demande inquiète provenait de la chambre de Rigel. Sans réfléchir, je me précipitai à l'intérieur et trouvai une infirmière devant son lit, rouge et agitée. Puis, derrière elle, je le vis.

Illuminé par la lumière du soleil qui traversait les rideaux blancs, Rigel avait la poitrine enserrée dans un bandage compliqué et la couverture repoussée à hauteur du bassin. Son visage était creusé par les ombres sous ses pommettes et ses iris noirs scintillaient d'une manière envoûtante. Il les utilisait pour foudroyer la jeune femme du regard.

— Que se passe-t-il ? demandai-je en constatant qu'il avait le buste droit et un bras posé sur le matelas pour se redresser.

Il serrait sa couverture entre ses doigts comme s'il s'agissait d'une sorte de prison.

— Je lui ai dit qu'il ne pouvait pas se lever, répondit l'infirmière. Mais il ne veut pas m'écouter…

— Tout va bien, dis-je en lui souriant poliment.

Je posai une main sur son épaule et la raccompagnai à la porte. Je la sentis résister, les muscles tendus.

— Il n'y a pas de raison de s'inquiéter…

Elle s'en alla enfin avec le plateau du déjeuner ; je la regardai disparaître dans le couloir puis me tournai vers lui avec un sourire.

— Où pensais-tu aller ?

Rigel m'adressa un regard de bête en captivité mais s'en tint là. Je déposai tranquillement les fleurs dans un vase, comme si de rien n'était et que je ne l'avais pas une nouvelle fois surpris en train de désobéir au médecin.

— Comment vas-tu, aujourd'hui ?

— À merveille, marmonna-t-il d'un ton caustique. D'ici peu, ils accrocheront une pancarte devant ma chambre, comme au zoo.

Il n'était pas de bonne humeur. Et le fait d'avoir été surpris en train d'essayer de s'enfuir n'arrangeait rien.

— Tu dois être patient, dis-je en arrangeant les fleurs. Tu es entre les mains de personnes très compétentes, tu sais. Et ce serait sympa, de temps en temps, que tu fasses preuve de gentillesse. Ou, au minimum, que tu évites d'être hostile. Tu pourrais essayer ?

Rigel garda les lèvres serrées, aussi insistai-je :

— On m'a dit que tu avais été grossier avec une infirmière… C'est vrai ?

— Elle voulait m'enfoncer deux tubes de plastique dans le nez, siffla-t-il, profondément indigné. Je lui ai dit poliment qu'elle pouvait se les enfiler dans le…

— Oh, Nica ! Quel plaisir de te revoir !

Le docteur Robertson entra dans la chambre avec un dossier sous le bras ; il nous rejoignit et demanda gaiement :

— Alors, Rigel ? La soupe était bonne ?

Rigel sourit avec courtoisie.

— Elle faisait *pitié*.

— Je vois que nous sommes de bonne humeur, commenta le docteur.

Puis il lui posa les questions de routine : il voulut savoir s'il se sentait fatigué, s'il avait des vertiges ou des maux de tête. Rigel ne répondit que le strict nécessaire, comme s'il s'agissait d'une corvée qu'il ne pouvait pas éviter.

— Bien, déclara le docteur Robertson, je dirais que ta guérison se déroule au mieux.

— Quand pourrai-je m'en aller d'ici ?

Le docteur battit des paupières avant d'écarquiller les yeux.

— *T'en aller ?* T'en aller… Eh bien… La microfracture du bassin est guérie. En ce qui concerne la clavicule, il faudra encore deux semaines. Et les côtes ne se sont pas encore totalement ressoudées. Avoir risqué ta vie n'est pas quelque chose que tu peux espérer ignorer, tu ne crois pas ?

Rigel lui adressa un regard perçant mais le docteur Robertson le soutint, imperturbable.

— Je te rappelle par ailleurs que, aussi mauvaise que puisse être la nourriture pour les patients, il est important que tu manges. C'est indispensable pour te remettre sur pied.

Je fis passer mon regard de l'un à l'autre, sans comprendre pourquoi flottait dans l'air une sensation palpable de défi. Rigel sembla faire un gros effort pour ne pas dire quelque chose qui sorte du domaine de la *politesse* dont je venais de lui parler, et je fus presque certaine de voir le docteur Robertson arborer un air triomphant.

— Je repasse plus tard, annonça-t-il, satisfait.

Une fois le médecin parti, Rigel s'affaissa sur ses oreillers avec un soupir si résigné qu'on aurait dit un grognement. Il leva les bras et les croisa sur son visage.

— Si je reste plus longtemps ici…

C'était inhabituel de le voir parler autant. Mais ce que nous avions traversé avait abattu le mur derrière lequel il avait toujours enfermé son âme. C'était comme si, après ce que je lui avais dit et ce que j'avais fait pour lui, Rigel avait enfin compris qu'il n'avait plus besoin de se cacher de moi.

— Tu es resté un mois dans le coma, lui rappelai-je en m'asseyant près de lui. Tu ne penses pas que tout ça est légitime et nécessaire ?

— *J'apprécierais*, lâcha-t-il entre ses dents, qu'au moins mes bandages ne soient pas changés quand ce n'est pas utile.

— Tu ne peux pas, de temps en temps, profiter de quelques câlins ?

Il se figea, comme si j'avais dit la chose la plus ridicule du monde.

— *Des câlins ?* répéta-t-il d'un ton sarcastique.

— Oui, des câlins…, bredouillai-je, les joues rouges. Tu pourrais te détendre, te laisser un peu aller. Je sais que ce n'est pas facile pour toi. Mais tu pourrais essayer de t'abandonner aux soins de quelqu'un. De profiter un peu des attentions.

Il avait encore les bras croisés sur son visage mais ses yeux étaient pointés sur moi. Pendant un instant, j'eus l'impression qu'il réfléchissait intensément au mot *câlins*, mais en lui donnant un sens très différent du mien… Avant qu'il ne puisse dire quoi que ce soit, je me levai, lissai mon chemisier et passai une main dans mes cheveux.

— Où vas-tu ? demanda-t-il comme si je partais à l'autre bout du monde.

En me retournant, je constatai qu'il était encore en train de m'observer.

— Je vais juste à la machine à café, répondis-je en riant. Où crains-tu donc que j'aille ?

Rigel me décocha un regard de travers, redoutant peut-être, ainsi abandonné à la merci des médecins, d'être enfermé dans cette chambre par quelqu'un qui profiterait de mon absence.

C'était surprenant de le voir si vulnérable et si nerveux, bloqué dans un environnement que sa nature rebelle lui rendait hostile. Aussi lui souris-je avec douceur en caressant ses mèches sombres.

— Je vais chercher un peu d'eau. Je reviens tout de suite… Regarde le livre que je t'ai apporté, c'est celui que tu m'avais demandé. Sur la dynamique stellaire.

Je remontai ensuite le couloir jusqu'au hall d'entrée. Je sortis quelques pièces de ma poche et m'approchai du distributeur.

— Oh, tu es là !

Une jeune fille mince s'approchait de moi, sa blouse vaporeuse indigo parfaitement assortie à ses yeux.

— Adeline !

Elle m'adressa un sourire radieux.

— Je t'ai apporté tes clés… Anna m'a dit que tu les avais oubliées.

Elle me tendit le trousseau orné de mon porte-clés en forme de papillon.

— Merci. Mais tu n'avais pas besoin de te déranger…

— Ne t'inquiète pas, c'était sur mon chemin… Asia est dehors. Elle est passée au magasin en voiture et elle me raccompagne chez moi. Les lys t'ont plu ?

— Oui, merci. Tu avais raison, ils sentent très bon.

La lumière intérieure que nous avions en commun fit briller son regard. Adeline n'avait plus besoin de chercher un emploi. L'événement au club de la Mangrove ayant été un succès et les compositions florales d'Anna ayant beaucoup plu, le téléphone n'avait pas cessé de sonner les jours suivants. Anna avait été sollicitée pour une interminable liste d'événements plus importants les uns que les autres et sa boutique avait enfin reçu la reconnaissance qu'elle méritait. Mais ça ne s'était pas arrêté là : Anna avait gentiment proposé à Adeline le travail qu'elle avait si longtemps cherché. Et quand Carl, son assistant, l'avait vue passer la porte, sa mâchoire avait failli toucher le sol. Il avait aussitôt proposé de l'aider, ignorant qu'Adeline avait toujours eu une sensibilité rare, capable d'illuminer jusqu'à mes jours les plus sombres ; et je n'avais pas été surprise de voir qu'elle avait avec les fleurs une affinité particulière qui la rendait parfaite pour cet emploi.

Il n'y avait pas de mots pour exprimer ce que je ressentais quand, en entrant dans la boutique, je les trouvais ensemble, en train de rire et de parler. J'avais toujours voulu qu'Adeline reste dans ma vie. Désormais, je savais qu'elle en ferait partie pour toujours.

— Asia n'entre pas ? m'étonnai-je en désignant l'entrée.

— Oh non, elle m'attend dans la voiture, répondit Adeline avec un sourire. Tu sais à quel point elle peut être impatiente.

Pendant mon hospitalisation, une amitié inattendue s'était créée entre elles. Quand Asia était revenue me voir, Adeline avait tout fait pour l'impliquer davantage : elles se plaçaient derrière moi, chacune avec une mèche de mes cheveux dans les mains, et tandis qu'Asia, indignée, marmonnait que c'était impossible, Adeline riait en lui montrant comment faire une tresse indienne. Au fil du temps, Asia était revenue sans que je le lui demande.

— Elle n'est pas si terrible, plaisanta Adeline.

— Non, c'est vrai, convins-je. Elle a des manières un peu rugueuses, mais c'est une gentille personne. Elle dit juste que je suis obstinée.

Je souris au souvenir de ses paroles.

— Incorrigible, têtue et tenace comme l'espérance, ajoutai-je.

— C'est vrai. Tu es comme l'espérance.

Je levai la tête et regardai Adeline droit dans les yeux. Le ton qu'elle avait employé n'était pas amusé comme le mien. Non… Il était sincère.

— Je n'aurais jamais réussi à faire ce que tu as fait.

— Adeline…

— Non, dit-elle d'une voix claire. Je n'y serais pas arrivée. À rester près de lui chaque jour sans jamais me décourager. À me réveiller chaque matin en trouvant la force de sourire. Tu lui as tout donné de toi… Tu lui as parlé chaque jour, et chaque nuit. Tu as eu la force de continuer même quand tu te consumais toi-même… Tu ne t'es jamais avouée vaincue. Ce que dit le docteur est vrai. Seule une lumière aussi puissante que la tienne pouvait le ramener à la maison.

Une onde de chaleur embarrassée envahit ma poitrine et j'esquissai un sourire.

— Le docteur n'a jamais dit ça, marmonnai-je.

Mais Adeline me confia avec un sourire fragile :

— Il m'a demandé que ça reste un secret.

Je baissai la tête et contemplai mes doigts. Mes pansements formaient un bouquet rassurant de couleurs.

— Asia m'a aidée. Au moment où je m'éteignais, elle m'a aidée à ne pas me perdre. Maintenant, je sais pourquoi Anna l'aime tant… Elle avait raison en ce qui la concerne.

Adeline m'effleura le bras d'un geste encourageant.

— Ah, dit-elle lorsqu'un coup de klaxon se fit entendre à l'extérieur. Je dois y aller…

— Tu ne viens pas saluer Rigel ?

— J'aimerais bien, mais Asia m'attend ! Peut-être que je passerai demain, après le travail. Tu seras là ?

J'acquiesçai, heureuse.

— Bien sûr.

Elle me quitta, dans un tourbillon de cheveux dorés. Elle sortit en courant et je la vis ouvrir la portière d'une voiture. Asia remonta ses lunettes de soleil, bougonnant quelque chose qui ressemblait à un reproche, et je vis Adeline éclater de rire en attachant sa ceinture. Quelques instants plus tard, la voiture avait disparu.

Je revins sur mes pas avec un sourire aux lèvres. Mais, dans la chambre, Rigel n'était plus seul.

Un plateau avait été déposé près de son lit et l'infirmière qui le lui avait apporté était en train d'arranger ses draps afin que les fils de la perfusion ne s'emmêlent pas. Je m'aperçus que je l'avais souvent vue ici car elle avait changé ses pansements à de nombreuses reprises. Elle était très jeune, et délicate comme une biche et, quand elle effleurait la peau de Rigel, je sentais comme une brûlure au creux de mon ventre.

Rigel sembla s'apercevoir que je le regardais en douce ; il était sur le point de la rabrouer mais, au dernier moment, une étincelle traversa ses yeux. Il jeta un coup d'œil à son badge et se redressa avec un sourire suave.

— Qu'est-ce que vous en pensez, Dolorès ? On pourrait manger quelque chose de *décent* ?

Elle rougit et écarquilla les yeux. Elle essaya de répondre mais ne lui vinrent que des paroles décousues.

— Je suis désolée, mais je ne… Ce n'est pas mon…

— Hum…

L'infirmière sursauta comme si quelque chose avait explosé près d'elle. Elle se retourna et me découvrit sur le seuil. Les joues en flammes, elle passa devant moi et disparut dans le couloir. Je m'approchai du lit avec une moue un peu irritée et posai ma bouteille sur la table de chevet tandis que Rigel voyait s'évanouir sa tentative d'améliorer ses repas.

— Tu pourrais éviter de corrompre les infirmières ? ronchonnai-je d'un ton boudeur.

Rigel se cala dans son lit avec des gestes rigides.

— J'essayais d'être poli…, ironisa-t-il entre ses dents, sans même faire l'effort d'avoir l'air crédible.

Je lui lançai un regard de reproche.

— Tu ne dois pas te relever, lui rappelai-je en désignant le bandage de sa clavicule. Le docteur a dit que tu devais garder ton bras le plus immobile possible.

Je remarquai sa mâchoire contractée.

— Tu as mal, n'est-ce pas ? demandai-je doucement. Oh, Rigel… Tu sais que tu ne dois pas forcer…

Si Rigel ne se souciait pas de ses côtes cassées, moi je me souvenais parfaitement des élancements douloureux qui m'avaient persécutée à chaque mouvement. Le simple fait de respirer me faisait mal. Et j'étais certaine qu'à cet instant lui aussi souffrait.

— Si tu veux partir d'ici, tu dois te tenir tranquille, suivre les recommandations et surtout… manger, conclus-je en désignant son plateau.

Rigel eut beau me lancer un regard hostile, je le posai sur mes genoux pour observer son contenu : un verre d'eau et de la compote de pommes. J'ouvris le pot en plastique et je tendis le plateau à Rigel après y avoir déposé une cuillère.

— Allez, mange.

Il regarda la compote comme si elle pouvait l'empoisonner et j'eus l'impression que chaque mouvement lui faisait très mal ; il avait vraiment exagéré en remuant, même s'il ne le reconnaîtrait jamais.

— Non merci, murmura-t-il d'un ton qui aurait fait renoncer n'importe qui.

Mais pas moi.

Je lui pris le pot de compote des mains et j'y plongeai la cuillère.

— Qu'est-ce que tu fais ?

— Plus tu restes immobile, mieux c'est. C'est bien ce qu'a dit le docteur, non ? Allez, ouvre la bouche, dis-je avec tendresse.

Il nous considéra, moi et la cuillère dans ma main, comme s'il avait du mal à croire à mes intentions. Quand il sembla comprendre que mon but était bien celui qu'il avait suspecté, c'est-à-dire de le nourrir, un éclair d'indignation féroce traversa ses yeux.

— N'y pense même pas.

— Voyons, Rigel, ne fais pas l'enfant, soufflai-je en m'approchant. Allez !

Je posai la cuillère sur sa bouche et le gratifiai de mon regard le plus innocent. Il contracta la mâchoire et pinça les lèvres, comme si l'instinct de repousser le plateau luttait furieusement contre le fait que c'était moi qui lui proposais cela.

— Allez…, répétai-je gentiment.

Rigel serrait toujours les dents, faisant un terrible effort pour retenir les mots qui montaient dans sa gorge. Puis, face à mon expression à la fois douce et décidée, face à mon regard encourageant, et après ce qui me parut un véritable combat intérieur, il se décida enfin à entrouvrir les lèvres. J'accompagnai la cuillère dans sa bouche d'un geste tendre tandis qu'il semblait vouloir m'incendier avec ses yeux. Il déglutit.

— Eh bien, ce n'était pas si mauvais.

— Si, lâcha-t-il avec autant d'aigreur que d'animosité.

Mais j'étais déjà en train de préparer une deuxième cuillère. Pendant un instant, je crus qu'il allait la briser entre ses dents. Avec un peu de bonne volonté de sa part, et beaucoup de patience de la mienne, je parvins à le convaincre de manger un peu plus de la moitié du pot.

Lorsqu'une goutte dorée déborda du coin de ses lèvres, je la récupérai avec la cuillère, sans réfléchir. Lorsqu'il croisa mes yeux brûlants de tendresse, il n'y tint plus.

— Ça suffit comme ça, siffla-t-il en m'arrachant le pot et la cuillère des mains.

Il les déposa sur la table de nuit et, sans me laisser le temps de protester, fit subir le même sort au plateau.

— Oh, mais…, soufflai-je d'une petite voix, nous avions presque…

Il passa son bras autour de ma taille et m'attira à lui. J'essayai de ne pas lui tomber dessus, en vain, tant il m'empoigna avec force.

— Rigel, balbutiai-je, surprise. Qu'est-ce que tu fais ?

J'essayai une nouvelle fois de reculer mais il me serra plus fort, me pressant carrément contre son corps ; avant que je ne puisse dire quoi que ce soit, il approcha ses lèvres de mon oreille et grogna insolemment :

— Tu ne vas quand même pas me refuser un petit… *câlin.*

Je rougis tandis que la chaleur de sa peau me rappelait à quel point il m'avait manqué. Ma respiration devint tremblante et, lorsque Rigel plongea le visage dans mon cou pour inhaler mon parfum, je sentis ses poumons se dilater lentement.

— Rigel, on est dans un lieu public…, bredouillai-je, toute rouge.

— Hmm…

— Si quelqu'un entrait…

Ses doigts dégagèrent doucement mon chemisier de mon jean, caressant ma peau au passage. Je retins mon souffle lorsqu'il pressa ma hanche.

— Ri… Rigel, tu ne veux quand même pas de nouveau mettre en colère l'infirmière en ch…

Je sursautai, bouleversée, et portait une main dans mon cou. Il venait de me mordre.

— Rigel !

Le temps guérit plus d'une blessure.

Billie et Miki furent mon plus grand soulagement. Ce qu'il m'était arrivé leur avait fait comprendre à quel point la vie était imprévisible et le temps trop précieux pour être gâché par des incompréhensions. Aussi s'étaient-elles enfin expliquées et, même si aucune des deux ne m'avoua ce qu'elles s'étaient dit, je compris que la tempête était passée.

Un matin, je les vis même arriver main dans la main au lycée ; ce geste et leurs yeux rieurs témoignaient de leur amitié retrouvée. Pourtant, en observant attentivement le visage de Miki, je ne décelai aucune trace de mélancolie ou de déception ; pour elle aussi, avoir de nouveau près d'elle une personne aussi importante que Billie dépassait n'importe quel désir amoureux. Il était très probable que leur relation ne serait plus jamais comme avant. Mais, en les regardant se tenir la main, je compris qu'elles aussi trouveraient petit à petit le moyen de rester l'une auprès de l'autre.

Jusqu'à la fin.

Je les invitai un après-midi à la maison pour que nous fassions nos devoirs ensemble ; ce jour-là, j'ouvris mon cœur comme un livre. Et je leur racontai tout.

Quand j'avais perdu mes parents ; quand je m'étais retrouvée sur le seuil d'un orphelinat, à cinq ans, seule et démunie. Je racontai la façon dont les journées au Grave s'étaient transformées en années. Je racontai la directrice et les pages de nos vies qu'elle avait arrachées, marquant à jamais l'histoire de notre existence.

Puis je leur parlai de Rigel.

Je mentionnai tout, sans rien omettre : chaque morsure et chaque méchanceté, chaque secret et parole non dite, chaque moment qui nous avait rapprochés et liés avec un fil plus fort que le destin. Je leur racontai notre histoire. Et à ce moment-là, je compris que je n'en aurais pas changé une virgule. Même si elle était imparfaite et abîmée, même si elle resterait toujours incompréhensible aux yeux des autres… c'était la seule que je voulais.

À l'hôpital, les choses s'améliorèrent. Ses bandages enfin enlevés, Rigel put entamer sa rééducation. La récupération complète de ses facultés généra bon nombre de problèmes, et je ne tins pas le compte des fleurs que je dus offrir à l'infirmière en chef pour les nombreuses *divergences* qui survinrent.

Restait la question de l'adoption.

Puisque Rigel n'était plus un membre de la famille Milligan, il devait retourner dans un orphelinat. Mais Anna fit tout ce qu'elle put pour qu'il ne soit pas envoyé trop loin. Elle passa des coups de téléphone, se déplaça en personne au centre des services sociaux pour expliquer que, étant donné la maladie de Rigel, la proximité lui permettrait de rester en contact avec nous et donc de conserver une sérénité mentale déterminante dans son état. En effet, grâce au médecin, Anna joignit des rapports qui insistaient sur le fait que l'harmonie psychologique de Rigel influençait la manifestation de ses crises ; un climat apaisé, comme cela avait été démontré, les rendait plus courtes et moins fréquentes ; au contraire, le stress et l'angoisse ne faisaient que les empirer.

Finalement, à la grande surprise et au soulagement de tout le monde, il fut décidé qu'il serait envoyé à Saint-Joseph. L'établissement d'Adeline.

Je fus soulagée de savoir que Rigel ne serait pas seul. De plus, Saint-Joseph était beaucoup plus proche que le Grave, distant de quelques arrêts d'autobus seulement. Le directeur était un homme petit et trapu et Adeline m'assura que, malgré son caractère bourru, c'était une gentille personne. En revanche, en ce qui concernait le lycée, il allait finir l'année avec moi car Anna avait déjà réglé la totalité des frais de scolarité.

Tandis que je marchais dans le couloir désert, en cette fin d'après-midi, mes pas résonnèrent le long des murs, comme cela avait déjà été le cas à d'innombrables reprises. Pourtant, il m'était difficile d'imaginer que je n'allais pas revenir le lendemain. Devant sa chambre, je me figeai. Le lit était fait et la chaise contre le mur avait disparu. La table de nuit était vide, débarrassée des fleurs qui contrastaient dans tout ce blanc. Le jour de sa sortie était arrivé.

Depuis le seuil, j'admirai son profil se découpant à contre-jour.

Dehors, le pâle coucher de soleil était encore perlé de pluie. Les nuages étaient embrasés d'un rouge flamboyant et la lumière qui brillait dans l'air semblait pleine de promesses.

Rigel se tenait debout près de la fenêtre, dans une attitude terriblement ensorcelante, avec ses cheveux noirs, ses larges épaules et ses mains dans les poches.

Je pris un moment pour le regarder en silence.

Je le revis enfant, avec son petit visage d'ange et ses yeux si noirs.

Je le revis à sept ans, avec ses genoux écorchés et mes rubans dans ses mains.

Je le revis à dix ans, devant une bougie et le regard perdu dans le vide.

Je le revis à douze ans, avec ses yeux méfiants et le menton baissé, et puis à treize, quatorze, quinze ans, avec cette beauté insolente qui semblait ne jamais cesser de croître.

Rigel qui ne se laissait pas effleurer, qui faisait taire avec son intelligence, qui rejetait la tête en arrière et éclatait d'un rire sans joie. Rigel qui faisait claquer sa langue effrontément, qui terrifiait d'un seul regard. Rigel qui m'observait de loin, en cachette, avec des yeux de garçon mais un cœur de loup.

Rigel si rare, compliqué, ombrageux et fascinant.

Je le regardai tel qu'il était, et je ne parvins pas à croire qu'il était… à moi.

Que son cœur de loup, en lui, portait silencieusement mon nom.

Je ne le laisserais plus s'en aller.

⋆

— Voilà, nous y sommes, entendit-il.

Rigel tourna la tête et vit Nica s'approcher, les mains croisées dans le dos. Ses longs cheveux ondulaient doucement et il y avait quelque chose d'aveuglément brillant dans les puits étoilés de ses yeux.

Elle s'immobilisa près de lui, devant la fenêtre.

— Alors, Rigel ? Tu consens à ne plus t'enfuir ? lui demanda Nica. Tu t'abandonnes à moi ?

Rigel la regarda par-dessous.

— Et toi, tu t'abandonnes à moi ? demanda-t-il à son tour, d'une voix calme et rauque. Tu t'abandonnes… à ce que je suis ?

Nica sourit et le regarda de cette façon qui faisait fondre son âme.

— C'est déjà fait, répondit-elle.

Et Rigel savait que c'était vrai.

Il avait fallu tellement de temps pour qu'il le comprenne. Pour qu'il l'accepte.

Il avait fallu toutes les prières qu'elle lui avait adressées.

Il avait fallu les larmes. Et les cris. Il avait fallu l'angoisse de le voir s'en aller dans un lieu qu'elle ne pouvait pas atteindre.

Il avait fallu les paroles qu'elle lui avait susurrées le dernier soir, pour le lui faire comprendre une fois pour toutes.

Pendant une seconde, il se demanda ce qui serait arrivé si les choses s'étaient passées différemment. S'ils n'étaient jamais tombés de ce pont. Il serait parti pour la sauver de lui-même, et Nica n'aurait jamais su que tous les choix qu'il avait faits dans sa vie n'avaient qu'un seul but.

Elle.

Peut-être, un jour, même s'il était impossible de savoir quand, ils se seraient retrouvés.

Ou peut-être pas. Ils se seraient perdus pour toujours, et il aurait passé sa vie à l'imaginer grandir puis vieillir.

Mais elle était là, après des semaines de larmes dans les yeux. Et en la fixant de ses iris sombres, Rigel sentit son cœur lui chuchoter :

Je ne pouvais le comprendre que comme ça.

En te sentant chaque jour près de moi.

Et en t'écoutant pleurer chaque nuit.

Je n'ai jamais cru jusqu'au bout que tu puisses vouloir de moi. Et maintenant que tu sais quel désastre je suis, tu peux comprendre pourquoi.

J'ai toujours pensé que tu serais plus heureuse si je te quittais. Je ne sais pas être comme les autres, aurait-il voulu lui dire avec son cœur désespéré, *je ne l'ai jamais été et je ne le serai jamais.*

Mais tu m'as fait comprendre que je me trompais. Car, maintenant que tu sais tout, je sais que tu me vois pour ce que je suis vraiment. Et malgré cela, tu ne veux pas me changer. Malgré cela, tu n'as pas peur. Malgré cela, tout ce que tu veux, c'est… rester avec moi.

Et à la fin, à la fin de toutes ces paroles non dites, à la fin de tout ce qui avait toujours été, Rigel ferma lentement les yeux et susurra seulement :

— Je m'abandonne.

Elle lui adressa un sourire à la fois tremblant et lumineux.

— Bien, souffla-t-elle avec une émotion qui explosa dans sa poitrine et un regard qui disait : *Nous aurons le temps d'unir nos imperfections et d'en tirer quelque chose de beau.*

Elle était si irrésistible que Rigel se demanda comment il arrivait à résister à l'envie dévorante de la toucher. Et avant qu'il ne puisse le faire, Nica tendit les bras et lui mit sous le nez ce qu'elle dissimulait dans son dos.

Il demeura interdit.

C'était une rose noire. À la tige piquée de feuilles et d'épines.

Elle était comme celle qu'il lui avait offerte et qu'il avait ensuite réduite en morceaux dans un accès d'angoisse.

— C'est pour moi ?

— *Moi ?* s'amusa Nica avec un sourcil levé. *T'offrir une fleur à toi ?*

Irrité, Rigel inclina la tête, prêt à froncer les sourcils. Mais il se passa quelque chose de complètement inattendu. Une force invisible lui courba les lèvres et, pour la première fois, il sentit naître en lui quelque chose de sincère et de spontané. Ce n'était pas le rictus avec lequel il dissimulait sa douleur. Non… Ce qu'il vit se refléter dans les yeux de Nica fut un sourire magnifique.

Nica n'osait plus respirer. Elle avait les yeux encore un peu brillants mais ils étaient désormais écarquillés et muets comme il ne les avait jamais vus. S'il avait pu, Rigel aurait désiré qu'elle le regarde ainsi éternellement.

— J'aime bien quand tu souris, murmura-t-elle en souriant à son tour.

Ses doigts tremblaient, désormais, et la voir ainsi, émue et les joues rougies, fit croître en lui une insupportable envie de la toucher. Rigel plongea une main dans ses cheveux et l'attira à lui en essayant de ne pas lui faire mal. *Mon Dieu*, ses cheveux… son parfum… et ses yeux magnifiques qui continuaient de le contempler sans peur, même quand elle était prisonnière de lui.

Elle était son étoile.

Il se pencha vers son oreille et posa sa main libre sur celle de Nica qui tenait la rose. Tandis que la sangsue réclamait ses lèvres tentantes, Rigel pensa que là, à cet instant, il aurait pu lui dire tout ce qu'il avait toujours gardé pour lui.

Tout, jusqu'au bout.

Qu'il l'avait aimée chaque jour, depuis qu'elle n'était encore qu'une enfant.

Qu'il l'avait détestée parce qu'il ne savait même pas ce qu'était l'amour, puis qu'il s'était détesté lui-même pour la même raison.

Qu'elle lui faisait du bien d'une manière qui faisait *presque mal*, parce que chaque fleur en lui piquait avec des épines, exactement comme cette rose qu'ils serraient dans leurs mains.

Il aurait pu lui dire tellement de choses, là, à l'oreille.

Il aurait pu lui murmurer : *Je t'aime à en mourir.*

Au contraire, en resserrant les doigts autour de ses cheveux, il choisit de lui dire :

— Tu es mon fabricant de larmes.

Et Nica, si douce, menue et fragile, se mit à sourire. Avec les larmes et les lèvres. Parce que c'était comme s'il lui disait : *Tu es la raison pour laquelle je peux pleurer, et celle pour laquelle je suis heureux. Tu es la raison pour laquelle mon âme est comblée et ressent tout, tout ce qui peut être ressenti. Tu es la raison pour laquelle je supporte toutes les douleurs, parce que ça vaut la peine de se glisser dans la nuit pour voir les étoiles. Tu es tout cela pour moi, et plus que ce que je pourrais exprimer. Plus que quiconque ne pourrait jamais comprendre.*

Il l'embrassa, plongeant dans sa bouche. Il dévora lentement ses lèvres, tendres et douces au point de le rendre fou. Nica lui prit le visage entre ses mains et, pour la première fois, Rigel sut qu'il y avait du réconfort dans cette douleur incroyable qu'elle était la seule capable de lui infliger. Parce que ces pétales et ces épines feraient toujours partie de lui.

Du début à la fin.

Et qu'il s'agisse de la rose qu'il serrait dans sa main ou de celles qu'il avait en lui n'avait aucune importance.

Les fleurs qu'elle lui avait données, après tout, étaient pareilles.

35- Une promesse

Il existe trois choses
d'une puissance extraordinaire.
La musique, le parfum et l'amour.

Le soleil de juin brillait dans le ciel.

L'air était caressant et léger comme un pétale de fleur sur la peau. Dans la cour du lycée, au milieu d'un joyeux vacarme de centaines de voix, familles et élèves faisaient la fête.

C'était le jour de la remise des diplômes.

Des grands-parents enlaçaient leurs petits-enfants et les parents les immortalisaient fièrement tandis qu'une douce musique s'échappait des haut-parleurs, créant un fond sonore permanent.

Cela semblait être une de ces journées inoubliables, une de ces journées où même l'air avait quelque chose de magique, de spécial, de différent. Une journée qui resterait dans les mémoires pour toujours.

— Souriez !

L'éclair d'un flash se refléta dans nos yeux. Anna avait posé une main sur mon bras et Norman m'entourait les épaules. Euphorique, vêtue d'une longue toge et d'un chapeau carré qui me donnait un air plus comique que solennel, j'exhibais mon diplôme.

— Elle est très réussie, celle-là ! annonça Billie avec satisfaction.

— Tu es vraiment une photographe chevronnée, la complimenta Norman avec un sourire timide.

— Il faut en faire une tous ensemble ! claironna-t-elle, ses cheveux dorés ondulant autour de son visage. Je l'accrocherai dans l'entrée, à la maison !

Elle nous adressa son plus beau sourire, ses yeux brillant comme des diamants. Puis elle se retourna et courut en direction de Miki et de ses parents, qui discutaient avec deux autres personnes. Le père et la mère de Billie riaient bruyamment, se détachant dans la foule comme un couple de perroquets multicolores : lui portait une chemise tropicale et elle, toute bouclée, une paire de boucles d'oreilles de cérémonie très voyantes, cadeau d'une lointaine tribu amazonienne. Quand Billie me les avait présentés, ils avaient serré ma main dans les leurs avec enthousiasme en m'adressant ce regard passionné que j'avais si souvent vu chez mon amie.

Je les adorais.

Je savais comme il était important pour Billie qu'ils soient présents ce jour-là. En découvrant l'amour qu'ils lui portaient, je compris qu'ils n'auraient raté cet événement pour rien au monde.

Ils étaient désormais plongés dans un récit animé, quelque chose qui, d'après leurs gestes, ressemblait à une poursuite de singes ; les parents de Miki, impeccables et élégants comme des princes, les écoutaient avec un léger sourire, les mains tendrement posées sur les épaules de leur fille.

Tout allait bien.

La lumière était entrée dans ma vie.

Et je vivais une journée de joie intense, un moment de pur bonheur.

Pendant un court instant, mes pensées s'envolèrent vers maman et papa. J'aurais voulu qu'ils soient ici. J'aurais voulu qu'ils puissent me voir. Ils étaient mon plus précieux souvenir. Je les revoyais, de dos, alors que je m'attardais pour observer chaque chose et qu'ils marchaient devant moi. Papa était une silhouette devenue floue au fil du temps. Mais je me souvenais de maman comme d'une lumière qui ne s'oublie pas. Je restais derrière, curieuse du monde depuis toujours, et elle, enveloppée par la clarté du jour, se retournait pour s'assurer que j'étais là. Elle me regardait, souriante, et la main qu'elle me tendait était illuminée par les rayons du soleil.

— *Nica ?* disait-elle simplement.

Elle avait la plus douce voix du monde.

— *Viens.*

Quelqu'un effleura mon visage. Norman arrangeait le cordon de mon chapeau en souriant. Nos yeux se croisèrent et la gentillesse de son geste gonfla mon cœur de bonheur.

— Les voilà ! clamèrent des voix enthousiastes.

Plusieurs couples d'élèves fendaient la foule en portant de grands paniers.

— Qu'est-ce que c'est ? demanda Anna.

— C'est pour fêter les diplômes, répondis-je en souriant. Je pensais qu'ils ne le feraient pas, mais…

Je savais que, lors des années précédentes, les membres du comité chargé d'organiser le Garden Day avaient préparé un petit spectacle et, cette fois, ils avaient pensé à quelque chose d'à la fois drôle et festif. Des couronnes de fleurs commencèrent à remplacer les chapeaux : de lys blancs pour les filles et de feuilles d'un beau vert foncé ornées de petites baies bleu nuit pour les garçons. Malgré ce choix un peu étonnant, presque bizarre, c'était agréable de voir tous ces jeunes se balader fièrement avec des fleurs ou des baies sur la tête.

Anna éclata de rire. Je n'eus pas le temps de bouger que quelqu'un enleva la toque de ma tête et y planta une couronne de fleurs. En me retournant, je vis Billie rire gaiement puis se tourner vers Miki, qui soufflait sur une mèche noire s'échappant de sa couronne de lys. Elle foudroya Billie du regard et la menaça avec une couronne prise dans un panier.

— Si je t'attrape..., dit-elle en la brandissant comme une arme.

C'était inutile d'intervenir ; je me contentai de rire quand Miki poursuivit Billie et lui enfonça le cercle de fleurs sur la tête, comme si elle voulait l'assommer. Je jetai un coup d'œil joyeux à Anna et Norman, puis, ravie, chipai une couronne pour garçon avant de m'éloigner.

Je marchai au milieu de ce fourmillement de visages heureux tandis que le parfum des fleurs commençait à se diffuser dans l'air. Enfin, je trouvai celui que je cherchais : un jeune homme fascinant était en grande conversation avec un homme, une femme et la proviseure avec qui, j'en étais quasiment certaine, il parlait de son avenir.

Rigel était de dos ; sa toge était déboutonnée, laissant entrevoir son élégant pantalon, et il tenait son chapeau sous le bras, une main dans sa poche.

Je m'approchai discrètement car je ne souhaitais pas interrompre un moment aussi important. Lorsque l'homme et la femme acquiescèrent avant de serrer la main de Rigel, la proviseure leur adressa un signe de tête pour les inviter à la suivre. Je me mis à courir. Une fois derrière lui, j'attirai son attention en toussotant. Rigel se retourna. Mais, lorsqu'il vit mon expression coquine, une pointe de désespoir teinta sa voix :

— Pas d'autres photos.

Pour seule réponse, je lui mis la couronne sous le nez. Il la considéra en haussant les sourcils.

— Tu n'es pas sérieuse, dit-il d'un ton neutre.

J'y perçus toutefois une pointe d'incertitude, comme s'il avait appris, avec le temps, à deviner quand je ne plaisantais pas.

— Tu es d'accord pour la porter ? demandai-je.

— Je m'en passe volontiers, lâcha-t-il, mordant, avec son éternelle attitude d'adorable rabat-joie.

Moi aussi, j'apprenais à le comprendre.

— Allez, l'encourageai-je en m'approchant de lui avec un sourire. Tout le monde…

— Non…

Je l'interrompis avant qu'il ne puisse répliquer et fis un petit saut en tendant le bras. Quelques baies se détachèrent et tombèrent sur sa poitrine. Tendu, Rigel cligna des yeux, comme s'il n'arrivait pas à réaliser que je venais de lui poser une couronne de fleurs sur la tête. Sans lui laisser le temps de réagir, je pris son menton entre mes doigts et me mis sur la pointe des pieds pour déposer un baiser sur sa mâchoire. Il se renfrogna et je lui retournai un sourire angélique.

— Elle est parfaite sur toi, dis-je en me balançant légèrement sur mes pieds.

Je cherchai sa main et je mêlai mes doigts aux siens. Rigel devina que j'essayais de l'apaiser et il me sembla le voir esquisser un sourire. *Tu peux sourire*, aurais-je voulu lui dire alors que mon cœur s'accélérait, *tu peux sourire, vraiment, tout va bien…*

— Mais bien sûr.

Il cala nos mains enlacées dans mon dos et m'attira à lui, les yeux rivés sur moi. Cette couronne lui allait vraiment bien, on aurait dit un prince des bois.

— Satisfaite ? murmura-t-il.

J'acquiesçai, rayonnante, et un pétale de lys tomba devant mes yeux. De ma main libre, j'effleurai la joue de Rigel.

— J'ai rêvé de ce jour. J'ai rêvé de te voir ici. De te voir obtenir ton diplôme avec moi.

La douceur de ma voix rendit son regard plus grave. Il savait que je faisais allusion au moment où j'avais cru le perdre. Il se tut, se laissant toucher par moi, et se mit à contempler mes lèvres.

— Qu'est-ce qui va se passer, maintenant ?

— Tout ce que nous voulons, lui répondis-je, enfin débarrassée de ma peur. Ça, ce n'est que le début.

Je fermai les yeux, savourant le fait de l'avoir si près de moi, et posai ma tête au creux de son cou. Je me laissai envelopper par sa chaleur, désirant de toutes mes forces qu'il perçoive la joie qui emplissait mon cœur. J'étais pleine de vie et heureuse. Heureuse de le voir ici, avec cette couronne sur la tête, heureuse de me trouver, avec lui, au début d'un nouveau et très beau voyage. J'étais prête.

— Hé ! cria Billie en agitant son appareil photo. On doit faire la photo tous ensemble !

Heureusement, la distance qui nous séparait l'empêcha d'entendre le commentaire pas très sympa de Rigel ; nous fûmes rejoints par tous les autres et, après un nombre interminable de clichés, nous retournâmes faire la fête.

Au terme de cette inoubliable journée, la cour était jonchée de pétales et de baies. Je dis au revoir à Rigel lorsqu'il dut s'en aller, probablement pour poursuivre la conversation avec la proviseure.

Je sentis quelqu'un me toucher les cheveux. Avec des gestes délicats, Anna arrangea un lys sur mon front et me regarda affectueusement.

— Je suis tellement fière de toi, avoua-t-elle avec une tendresse que je n'oublierais jamais.

Ces mots si sincères m'ancrèrent à ses yeux.

Je voulais lui demander quelque chose. En réalité, cela faisait longtemps mais je n'avais jamais trouvé le courage de le faire. À cet instant, là, devant elle, je compris que je ne voulais plus attendre.

— Anna, soufflai-je, je voudrais aller voir Alan.

Mon ton était doux mais résolu. Je sentis sa main s'immobiliser dans mes cheveux.

— J'aurais voulu t'en parler avant, avouai-je.

Je poursuivis, choisissant soigneusement mes mots :

— Cela ne me semblait jamais le bon moment. Je ne savais même pas s'il était légitime de te le demander. Mais j'aimerais bien… Vraiment. Tu penses que nous pourrions aller le voir ?

Je la fixai de mes yeux clairs et perçus sur son visage un sentiment inédit. J'avais toujours eu peur d'être intrusive, déplacée et indélicate. J'avais redouté d'être de trop, parce que l'affection était un don que j'avais toujours regardé de loin. Ce n'est qu'avec le temps que j'avais compris que, en amour, il n'existe pas d'invasion, il n'y a que du partage.

Anna inclina la tête et je saisis dans son regard une réponse qui n'avait pas besoin de mots.

Nous y allâmes l'après-midi même. Je portais encore la couronne de lys. Il était tard et la lumière du crépuscule réchauffait les sépultures de marbre blanc. Le cimetière était vide, et la tranquillité fusionnait avec l'air tiède et parfumé de ce début d'été.

Alan était dans le fond, à l'ombre d'un bouleau.

En m'approchant, je constatai que quelqu'un lui avait apporté des fleurs : fraîches et pimpantes, elles devaient être là depuis un jour au maximum.

— Asia, murmura Anna avec un sourire doux-amer.

Sur la pierre, il n'y avait pas une trace de mousse ; j'en déduisis qu'elle passait souvent pour vérifier qu'elle était toujours propre et entretenue. Norman se baissa pour déposer sur l'herbe un bouquet aux nuances de bleu. Il consacra un très long moment à arranger le papier, à s'assurer qu'il n'était pas froissé mais parfait, dans chaque pli et chaque recoin. Lorsqu'il se redressa, Anna s'approcha et lui effleura l'épaule. Leurs têtes se joignirent tandis que j'observais la tombe d'Alan et que le vent était le seul bruit autour de nous.

J'aurais voulu lui dire tellement de choses.

Lui parler de moi, de lui, de la personne qu'il était, lui avouer que, même si je n'avais jamais entendu le son de sa voix, aussi bizarre que cela puisse paraître, je le sentais proche de moi.

J'aurais voulu remplir ce silence, lui donner quelque chose en échange, quelque chose que je n'arrivais cependant pas à exprimer, parce que ma présence impliquait son absence.

J'aurais voulu trouver la manière de lui parler à cœur ouvert, mais, lorsque Anna et Norman s'éloignèrent, dans le silence qui nous enveloppait, j'étais encore là, immobile devant lui. Je les entendis remonter l'allée de gravier à pas lents. Je ne bougeai pas, continuant à observer l'inscription gravée dans le marbre, ne voyant rien d'autre. Lentement, je levai les bras et j'ôtai la couronne de lys de ma tête. Puis, après m'être agenouillée, je la déposai devant son nom, la retenant un instant entre mes doigts remplis de pansements.

— Je prendrai soin d'eux, susurrai-je en laissant parler mon cœur. Je tâcherai d'être à la hauteur de deux personnes aussi extraordinaires. Je te le promets.

Le vent transporta le parfum des fleurs. Je me relevai, mes cheveux désormais libres dansant autour de mon visage. La promesse que je venais de faire pénétra au plus profond de mon âme. Je la tiendrais, de tout mon être, chaque jour, aussi longtemps que je le pourrais.

Toujours.

— Nica ?

Je me retournai. Norman et Anna m'attendaient sur le sentier. Elle me sourit, nimbée de la lumière chaude du soleil couchant qui inondait tout. Puis elle me tendit la main. Et j'entendis, au fond de mon cœur, la plus douce voix du monde me dire :

— *Viens*.

36- UN NOUVEAU DÉPART

Chaque fin est le début
de quelque chose d'exceptionnel.

Trois ans plus tard

Une agréable chaleur entrait par la fenêtre ouverte sur la rue tranquille, d'où montaient le bruissement des feuilles et le chant printanier des moineaux.

— Donc… La leptospirose est une infection qui présente des symptômes biphasés…, dis-je en mordillant mon stylo.

Concentrée, je passai ma langue sur mes lèvres et notai les informations sur une feuille pour mettre la dernière main au devoir que je devais rendre la semaine suivante. Klaus dormait entre mes jambes croisées ; je lui fis une caresse distraite tout en feuilletant mon manuel des maladies infectieuses pour consulter les annexes.

J'étais en troisième année d'école vétérinaire, un choix que j'avais fait avec le cœur et l'âme ; j'avais beau trouver toutes les matières passionnantes, c'était un cursus exigeant et, même si cette journée était spéciale, je ne pouvais absolument pas m'abstenir de travailler…

— Nica ! Ils sont là ! cria une voix depuis le rez-de-chaussée.

Je relevai la tête en souriant et j'abandonnai aussitôt mon stylo sur mon lit.

— J'arrive !

Mon cri de joie fut si perçant que Klaus se réveilla. Il sauta de mes jambes avec indignation lorsque je me levai. Je me précipitai vers la porte de ma chambre mais, au dernier moment, fis demi-tour vers mon miroir. J'arrangeai mon pull à rayures moulant et je débarrassai mon jean des poils de chat. J'étais un peu débraillée mais ça ne me gênait pas : l'essentiel était que j'avais un aspect frais et lumineux, et non plus chétif et gris comme lorsque, des années plus tôt, j'avais passé le seuil de cette maison pour la première fois. Le miroir me renvoyait le reflet d'une jeune femme au teint rosé et sain, avec des taches de rousseur mises en évidence par le soleil, un visage menu mais charnu, des bras gracieux, sans os visibles, et un regard qui reflétait une âme emplie de lumière. Des courbes plus marquées complétaient ce qui était désormais le corps d'une jeune femme de vingt et un ans épanouie. Oui, bon… *de tout juste* vingt et un ans…

Je souris en soufflant sur la mèche qui effleurait mon front et sortis de ma chambre. Sur mes doigts ne ressortaient que trois pansements colorés. Leur nombre avait progressivement diminué au fil des années. Peut-être un jour, qui sait, n'en aurais-je plus besoin… Que j'aurais les mains nues car toutes les couleurs seraient en moi. *Seulement en moi.*

Je retrouvai Klaus dans le couloir. Il était encore vexé. En passant près de lui, je lui donnai une petite tape sur le derrière. Il sursauta, offensé, et je profitai du fait qu'il soit encore à moitié endormi pour me mettre à courir. Il avait treize ans désormais et il passait le plus clair de son temps à dormir. Mais il avait encore de l'énergie et filait toujours comme une toupie. Je ris tandis qu'il me suivait dans l'escalier et, en cet instant de grande joie, mes pensées volèrent momentanément vers *lui. Quand m'appellerait-il ? Était-il possible qu'il n'ait pas encore trouvé un moment pour m'écrire ?*

Au rez-de-chaussée, je bondis sur le côté. Klaus, lui, fila tout droit sans parvenir à m'attraper à temps. J'entrai dans la salle à manger en entendant le chat miauler de dépit.

— Me voilà.

Anna se retourna et m'adressa un sourire. Elle était radieuse ; vêtue d'un chemisier de coton bouffant et d'un pantalon bleu marine, elle ressemblait au rêve que j'avais tant désiré quand j'étais petite. Et ce n'était pas le seul…

La pièce était un feu d'artifice d'œillets et l'air était embaumé d'un parfum précieux qui envahit mes narines. Je m'approchai d'elle en faisant attention aux vases posés sur le sol. Elle me tendit l'une des fleurs tandis que j'enjambais un bouquet rouge. Je la pris entre mes doigts et, après avoir échangé un regard complice, nous plongeâmes toutes les deux le nez dans la corolle.

— Pain !

— Linge propre et…

— Papier neuf !

— Pomme… Non, gingembre, plutôt…

— Ça sent sans aucun doute le pain. À peine sorti du four !

— On n'a jamais vu de fleur qui sente le pain !

Comme chaque fois, je ne pus m'empêcher de rire et Anna rit avec moi. Ce serait toujours notre petit jeu à nous. Même si tant de choses avaient changé après tout ce temps, elle et moi nous regarderions toujours de cette façon.

Avec le succès de ces dernières années, ses affaires avaient tellement bien marché qu'elle avait non seulement agrandi son magasin mais aussi ouvert deux nouvelles boutiques. Anna détenait l'exclusivité des aménagements floraux de la ville, et les réservations continuaient d'arriver.

Une télé dernière génération trônait dans le salon et les canapés étaient flambant neufs. La peinture des plafonds avait été refaite et dans l'allée, elle aussi rénovée, stationnait une belle voiture rouge. Mais nous étions restés dans notre maison, que nous n'aurions quittée pour rien au monde. Je l'aimais ainsi, avec son papier peint et son escalier étroit, le plancher lisse sur lequel glissait Klaus et les casseroles en cuivre qui brillaient dans la cuisine.

Même Anna, malgré ses vêtements sophistiqués et l'élégante barrette en argent qui scintillait dans ses cheveux, avait toujours ce regard que j'avais croisé au pied de l'escalier du Grave, ce matin-là. Elle était enfin ma mère adoptive. Après une année de garde, Norman et elle avaient confirmé mon adoption et nous étions devenus une famille. Je m'appelais désormais Nica Milligan. Même si, au début, changer de nom m'avait quelque peu effrayée, j'étais maintenant convaincue d'avoir fait le bon choix. Il n'y avait rien de plus beau que de lire mon nom complet et d'y voir l'union des quatre personnes qui m'avaient aimée comme leur fille.

— Il vaut mieux que je les fasse disparaître avant ce soir, sinon nous ne pourrons pas dîner, annonça gaiement Anna.

— Je ne pense pas que cela dérangerait Adeline et Carl, dis-je en faisant rouler l'œillet entre mes doigts. Tu crois qu'il va lui demander sa main ? Je sais que c'est peut-être un peu tôt, mais il a vingt-huit ans. Chaque fois que j'essaie d'en parler à Adeline, elle rougit et cache son sourire derrière ses mains…

— Elle ne nous dit pas tout, répondit Anna en admirant sa fleur.

La sonnerie d'un portable résonna. Je relevai la tête dans un tourbillon de cheveux.

C'est lui !

Je marmonnai que je devais répondre et quittai la pièce en courant. Je me dirigeai vers ma chambre, mais la sonnerie me fit comprendre que j'avais oublié mon téléphone dehors. Prendre le goûter en plein air, au soleil et les pieds nus, enveloppée du parfum de l'air frais, était devenu une habitude à laquelle je ne pouvais plus renoncer.

Je bondis sous le porche, manquant de bousculer quelqu'un.

— Oh, attention, Nica !

— Désolée, Norman, dis-je en repoussant mes cheveux.

Il me tendit le portable que j'avais laissé sur la table en fer forgé et je lui fis mon plus beau sourire.

— Merci.

Il déposa un petit bisou sur ma joue. Il était toujours aussi gauche, mais c'était l'une des choses que je préférais chez lui.

— Encore bon anniversaire, me dit-il gentiment, sa casquette de travail sur la tête. On se voit ce soir ?

— Bien sûr ! J'espère que tu rentreras tôt. Et... s'il te plaît, aie pitié des pauvres petites souris, ajoutai-je en me dandinant sur mes pieds nus.

— Pas de souris aujourd'hui, juste un nid de frelons.

— Mais eux aussi ont une raison d'exister, répliquai-je avec franchise. Tu ne crois pas ?

— Va le dire à Mme Finch, répondit Norman avec un sourire en coin.

Nous avions toujours eu des opinions divergentes concernant son travail et je ne manquais jamais une occasion de lui rappeler ma façon de penser. Avant, cela ne me serait même pas passé par la tête. Mais grandir m'avait appris à avoir confiance en le monde, avait renforcé mes certitudes et m'avait appris à ne pas craindre le jugement de ma famille.

Je pris congé de lui et consultai avec inquiétude l'écran de mon portable qui continuait de sonner.

Non, ce n'était pas lui. C'était Billie.

Une morsure de déception étreignit mon cœur. Rien ne me faisait plus plaisir qu'entendre mes amies ; toutefois, je ne parvins pas à réprimer la pointe de tristesse que j'avais éprouvée en constatant que ce n'était pas son nom qui s'affichait.

Avait-il oublié ?

Il ne pouvait pas avoir oublié un jour aussi important, n'est-ce pas ?

Je déglutis mon amertume et m'empressai de répondre :

— Allô ?

— JOYEUX ANNIVERSAIRE !

Ces mots éclatèrent si fort dans mon oreille que j'en chancelai presque.

— Billie ! dis-je en riant, étourdie. Tu m'as déjà souhaité mon anniversaire, nous nous sommes parlé ce matin !

— Tu as ouvert notre cadeau ? questionna-t-elle avec curiosité.

Elle faisait référence au paquet que Miki et elle avaient envoyé à la maison.

— Oh oui, répondis-je en arpentant le porche. Vous êtes complètement folles !

— Alors, ça te plaît ?

— Énormément, avouai-je. Mais il ne fallait pas. Ça a dû vous coûter une for…

Billie ignora ma remarque.

— Je me suis fait conseiller par papa, expliqua-t-elle, tout excitée. Il dit que c'est l'un des meilleurs du marché. Il fait des instantanés incroyables, et tu verras la tenue des couleurs ! Tu l'as déjà essayé ? On t'a mis des pellicules, tu les as vues ?

— Oui, j'en ai déjà fait une, dis-je en extrayant une photo de la poche de mon jean.

Je regardai avec tendresse Anna et Norman, enlacés et tout sourire, dans notre salle à manger.

— Elle rend super bien, soufflai-je, le cœur gonflé de joie. Vraiment… merci.

— Tu parles ! s'exclama-t-elle gaiement. On n'a pas vingt et un ans tous les jours ! C'est une étape importante… presque plus que de devenir majeur ! Ça valait bien un cadeau exceptionnel… Et pour ce soir, alors ? C'est toujours bon ? On vient dîner chez toi ?

— Oui. Sarah a dit qu'elle apportait le gâteau et Miki le vin.

— Espérons que Miki se détende un peu, déclara-t-elle. Au moins ce soir… Tu sais, Vincent essaie par tous les moyens de lui plaire. Mais… Miki reste Miki.

Je soupirai, compréhensive. Je me rappelai quand nous étions plus jeunes, ce moment après l'accident qui avait été un nouveau départ pour nous tous. Cela n'avait pas été facile au début. Billie était jalouse de tout ce que Miki faisait sans elle. Même moi, j'avais été troublée par son comportement. Et plus d'une fois je m'étais retrouvée à penser que la partie la plus intime d'elle partageait les sentiments de Miki. Puis j'avais compris que ce n'était pas le cas.

Miki était une partie fondamentale de son existence et, avec le temps, Billie avait acquis la maturité nécessaire pour comprendre que, si Miki se tenait un peu à l'écart, cela ne signifiait pas qu'elle allait la perdre. Elle avait compris qu'elle ne pouvait pas l'étouffer avec l'affection qu'elle lui portait. Et quand Sarah était arrivée dans la vie de Miki, Billie avait tout fait pour la mettre à l'aise.

Miki avait rencontré Sarah à un concert d'Iron Maiden, deux années auparavant ; lorsqu'elles s'étaient mises ensemble, son père était resté pantois en comprenant que toutes les interdictions de laisser entrer des *garçons* chez eux n'avaient servi à rien.

— Vincent est un gentil garçon, la rassurai-je. Miki a seulement besoin de temps. Tu sais comment elle est…

— Oh oui, bougonna-t-elle à l'autre bout de la ligne.

Billie sortait avec Vincent depuis quelques mois. C'était un type spontané et maladroit, qui devait ressembler à Norman quand il était plus jeune. Il savait à quel point la relation de Billie avec Miki était importante et il cherchait toujours à faire plaisir à cette dernière : il lui laissait tout le temps la meilleure place à table et essayait par tous les moyens de l'amuser avec ses blagues, cherchant à se faire accepter d'elle. Mais elle lui en faisait beaucoup baver.

Miki n'avait jamais été très douée pour se faire de nouveaux amis. Et Vincent, en plus, était le petit copain de Billie. Et bien que son cœur appartienne désormais uniquement à Sarah, peut-être à cause d'une sorte de volonté de protéger sa meilleure amie, Miki était encore sur la défensive. Leur relation avait toujours été exclusive. C'était probablement pour cela que c'était si compliqué.

— Laisse-lui du temps. Tu verras que tout ira bien ce soir.

— C'est que…, soupira-t-elle, je voudrais juste qu'il lui plaise. Ça me tient vraiment à cœur… Savoir que les personnes que j'aime l'apprécient est très important pour moi.

En entendant cela, je fermai les yeux. Sur ce point, nous nous ressemblions beaucoup.

— Je suis certaine qu'il lui plaît. C'est juste qu'elle a besoin de temps pour l'exprimer. Et puis Sarah adore Vincent… Elle arrivera à adoucir Miki, tu verras. Ne t'inquiète pas.

Billie soupira de nouveau. Mais, cette fois-ci, j'étais sûre qu'elle souriait.

— Espérons que le vin fasse son effet, lâcha-t-elle.

Nous parlâmes encore un peu puis je lui promis de la rappeler plus tard pour lui confirmer l'heure du dîner. Lorsque je raccrochai, mon sentiment de déception n'avait pas disparu. Mon cœur me faisait mal, comme si quelqu'un était en train de le piquer avec une épingle.

C'était une journée spéciale et même si, quand j'étais enfant, je n'avais jamais trop eu d'attentes, les choses avaient changé. Nous avions grandi et vouloir qu'on me souhaite mon anniversaire le jour de mes vingt et un ans était un désir que personne ne pouvait me reprocher.

Tout ce que je voulais, c'était entendre sa voix me caresser l'oreille et croiser ses yeux sombres au fond desquels j'avais abandonné mon cœur. *Je voulais qu'il soit là*, tout simplement, et même si c'était moi qui lui avais dit que j'avais un devoir à rendre, je n'arrivais pas à me résoudre à l'idée que nous soyons séparés justement ce jour-là.

Qu'il ne m'ait pas appelée justement ce jour-là.

Qu'il soit pris par je ne sais quelle obligation universitaire justement ce jour-là.

Étant donné ses excellentes notes au lycée, Rigel avait obtenu une bourse d'études pour l'université d'État d'Alabama. J'avais toujours pensé qu'il choisirait la philosophie ou la littérature, vu son immense culture dans ces domaines. Mais Rigel avait choisi de faire des études d'ingénieur. Et parmi toutes les branches possibles, il s'était décidé pour l'aérospatiale.

C'était l'un des cursus les plus difficiles et de nombreux étudiants jetaient l'éponge avant même de terminer la première année. Mais je m'étais aperçue dès la fin du lycée que Rigel était fasciné par tout ce qui concernait l'Univers. À l'hôpital, il n'avait fait que lire des livres sur la mécanique des corps célestes, et plus je lui apportais de textes sur la cinématique des étoiles, plus il passait ses nuits à en comprendre les lois et les théories.

En toute sincérité, je n'aurais jamais cru qu'il puisse s'intéresser de cette manière à l'espace, probablement à cause du rapport compliqué qu'il avait toujours entretenu avec son prénom et de tout ce que signifiait pour lui la solitude des étoiles. Mais peut-être que, d'une certaine façon, les constellations et les galaxies étaient entrées si profondément en lui que le désir d'en comprendre les secrets s'était transformé en un intérêt sans bornes, au point de devenir un choix professionnel.

Nous n'avons peur que de ce que nous ne connaissons pas, avais-je lu un jour. Et Rigel avait choisi de ne plus se laisser dominer par ce qui l'avait marqué, mais au contraire de l'étudier jusqu'à le comprendre, l'approfondir et se l'approprier. Les étoiles avaient sans doute été inscrites dans sa vie depuis le moment où elles avaient veillé sur lui, cette nuit-là, alors qu'il se trouvait dans un panier devant le portail du Grave.

Les professeurs ne cessaient de lui répéter qu'il était brillant et qu'il ferait certainement carrière. Toutefois, bien que j'en sois heureuse, ce cursus lui prenait encore plus de temps que mes études. Et comme si cela ne suffisait pas, dès la première année, Rigel avait mis à profit ses connaissances pour donner des cours particuliers. Le nombre d'étudiants désespérés par les examens était à peine croyable, surtout dans un cursus aussi complexe que le sien. Certains le payaient des sommes exorbitantes pour qu'il les aide, d'autres avaient besoin de surmonter un ultime obstacle pour obtenir leur diplôme et semblaient prêts à tout.

Pour cette raison, je ne le voyais quasiment jamais depuis quelque temps. En plus de ses devoirs, les cours particuliers lui prenaient tout son temps, comme s'ils avaient pour lui un but précis. Rigel n'était pas ce qu'on pouvait appeler une personne disposée à aider les autres ; s'il le faisait, c'était qu'il avait une bonne raison. Et j'avais compris que cet argent lui servait à quelque chose car il ne le dépensait pas à la légère comme n'importe qui l'aurait fait. Mais c'était un mystère qu'il n'avait jamais voulu me révéler. Malgré le temps qui passait, il avait encore des secrets pour moi. Et le savoir ne faisait qu'augmenter la sensation de malaise que j'éprouvais.

Je fus de nouveau surprise par le téléphone.

Un message.

De *lui*.

Mon cœur s'accéléra, mais, lorsque je l'ouvris, je demeurai interdite en constatant que ce n'était pas ce que j'espérais. Il m'avait envoyé une adresse, sous laquelle les seuls mots qu'il avait ajoutés étaient : « Viens ici. »

Je fixai le message, m'attendant à y découvrir autre chose, peut-être un mot gentil, une allusion, je ne sais quoi, mais demeurai déçue. Il n'y avait rien de tout cela. Je relus l'adresse qu'il m'avait envoyée. J'imaginai que c'était en centre-ville, mais le nom de la rue ne me disait rien. Il n'y avait rien de spécial dans ce message, rien de différent. Avec une pointe de déception dans le cœur, je retournai dans la maison la tête basse.

Une demi-heure plus tard, j'étais arrivée à destination. Après avoir regardé autour de moi, je constatai que Rigel n'était pas encore là. Je lui envoyai un message.

L'écran de mon téléphone se ralluma aussitôt. Deux iris verts brillèrent dans l'icône de l'appel vidéo.

— Salut Will, dis-je en acceptant la communication.

Un garçon aux cheveux châtains me salua à son tour.

— Joyeux anniversaire, *yeux d'argent* ! dit-il avec enthousiasme.

Un léger sourire se dessina sur mes lèvres et je hochai la tête, embarrassée.

— Merci…

— Alors ? Qu'est-ce que ça fait de se sentir adulte ?

— Ça ne change rien au fait que je suis toujours débordée de travail, répondis-je en plaisantant. Je dois encore terminer le devoir sur les maladies infectieuses. Tu en es où, toi ?

— Je l'ai commencé, mais… Oh, allez, je n'ai pas envie de parler de ça.

Will était étudiant à l'école vétérinaire avec moi. Il avait de beaux yeux verts, un physique athlétique et les cheveux toujours en bataille. Nous fréquentions les mêmes cours et il nous était arrivé plusieurs fois d'échanger des informations sur les examens à préparer. Depuis quelque temps, il me gardait toujours une place à côté de lui en cours, même quand je ne le lui demandais pas.

Nous bavardâmes de choses et d'autres, et son sourire éblouissant me tint compagnie tandis que je marchais sur le trottoir, sous le soleil de l'après-midi.

— Ça me rend nerveuse. Le laboratoire, je veux dire. Je voudrais être forte, mais utiliser le bistouri me fait toujours un certain effet. Je sais que ce sera notre travail, que nous ferons du bien, mais je ne suis pas très douée…

— Tu es très forte, au contraire. Beaucoup plus délicate que les autres. Cela t'a pris une année entière pour prendre confiance en toi… Et le soin que tu y mets est incroyable. Dois-je te rappeler que le prof t'a prise en exemple lors du dernier cours ?

Je me mordillai les lèvres et repoussai la mèche qui me retombait sur les yeux. Le regard de Will suivit le mouvement de mes doigts.

— Tu sais, Nica, j'étais en train de penser…, dit-il d'une voix un peu différente. Voilà, il y a une brasserie fantastique dans le centre… Tu vois de quoi je parle ? Celle qui fait l'angle avec le parc. Maintenant que tu peux boire, eh bien… Tu n'as plus d'excuses pour ne pas venir. Je pourrais passer te prendre ce soir…

Les intentions qui brillaient dans ses yeux sous-entendaient quelque chose qui me fit détourner le regard. Je passai ma langue sur mes lèvres et secouai la tête.

— J'ai déjà quelque chose de prévu…

— Ah oui, avec ton copain. C'est ça ?

La pensée de Rigel se réfléchit dans mes yeux comme une lumière aveuglante ; je me sentis vulnérable l'espace d'un instant, mais cela suffit pour que Will s'en aperçoive.

— Oh, ne me dis pas que ton petit copain a oublié ton anniversaire…

Je souris amèrement en entendant cette phrase à laquelle je n'arrivais pas à croire.

— Ce n'est pas tout à fait ça.

Il ne connaissait pas Rigel. Il n'avait aucune idée de ce que nous avions traversé et de ce qui nous liait, car personne en dehors de nous n'était capable de déchiffrer les cicatrices que nous partagions et de comprendre la profondeur de ce qui nous unissait. Nous étions enchaînés l'un à l'autre d'une manière incompréhensible pour les autres. Même le temps ne pouvait pas nous éloigner… Nous l'avions vaincu trois ans auparavant.

— C'est juste qu'il est très occupé. Rien d'autre.

— Tu sembles bien sûre de toi, constata Will avec un regard attentif. Et pourtant… tu ne parles jamais de lui.

Ce constat me frappa. À bien y réfléchir, ce n'était pas faux. C'était même très vrai. J'évoquais rarement Rigel. Chaque page de notre histoire était un fragment que je conservais loin des regards indiscrets, comme un labyrinthe dont j'étais la seule à avoir la clé. Je n'étais pas capable de parler normalement de notre relation, parce que c'était comme chercher à expliquer l'océan à quelqu'un qui ne l'avait jamais vu. Comme le réduire à une étendue d'eau sans tenir compte de la profondeur de ses abysses, ou de la beauté de ses fonds bleus, ou des immenses créatures qui y nagent avec une légèreté majestueuse. Certaines choses ne peuvent être comprises que si elles sont vues à travers les yeux de l'âme.

Will interpréta mon silence et mon air pensif comme une hésitation.

— Tu sais, yeux d'argent… Moi, je n'oublierais jamais le jour de ton anniversaire.

Je battis des paupières et plantai mes yeux dans les siens, déterminés. Il sourit derrière l'écran.

— Si, au lieu de te tourmenter pour ton copain, tu acceptais cette bière avec moi, tu en oublierais même qui te néglige avec autant de cruauté…

Je m'en aperçus alors que Will était encore en train de parler. J'avais reconnu trop tard *cette* sensation, un fil de diamant qui transperce l'air et atteint le crâne. Je me tournai avec le cœur dans la gorge. *Il* avait toujours été comme un frisson dans mon dos… Un fourmillement à la fois glacé et brûlant.

Un jeune homme venait d'apparaître sur le seuil de l'immeuble. Ses yeux noirs uniques emprisonnaient la lumière du soleil au point de faire mal. Ses mains blanches ressortaient sur sa large poitrine enveloppée d'un blouson de cuir qui mettait en valeur son physique. Magnifiquement grand, il avait une épaule appuyée contre le montant. La beauté explosive de ses traits n'était plus celle, mystérieuse, d'un jeune garçon, mais celle, plus autoritaire, d'un homme. Sa mâchoire avait perdu toute trace de l'enfance et, sous les sourcils arqués, ses iris noirs créaient un contraste qui coupait le souffle.

Rigel me fixait, les bras croisés, le visage penché sur le côté et les yeux dégageant un magnétisme vénéneux. Je sentis une joie brûlante me serrer la gorge. Mon cœur vibra d'excitation et mon corps se tendit des pieds à la tête. Toutefois, lorsque je me rendis compte de la façon incendiaire dont il me regardait, tout s'arrêta brusquement. Je me figeai avec une expression interdite et je saisis en une seconde non seulement qu'il était là, mais qu'il avait dû entendre chaque mot.

— Rigel, dis-je en déglutissant.

Malgré mon impatience et une joie irrépressible, je compris que ce regard fatal ne présageait pas les retrouvailles de rêve que j'avais espérées.

— Qu'y a-t-il ? s'étonna Will, qui ne voyait pas ce qu'il se passait.

Ma langue était comme paralysée, aussi décidai-je de lever le portable pour lui permettre de comprendre par lui-même. Je cadrai le garçon dans mon dos et son charme infernal se manifesta même à cette distance.

J'essayai de sourire tandis que Will se transformait en statue de sel.

— Rigel, tu… tu connais William ?

— Oh, je ne crois pas avoir encore eu ce plaisir, siffla-t-il.

Sa voix profonde fit vibrer les parois de mon estomac, et même les yeux de Will, de l'autre côté de l'écran. Le problème quand il se mettait ainsi en colère était qu'il devenait, si c'était possible, encore plus attirant. Et vraiment trop imprévisible.

Rigel se détacha de la porte avec un mouvement félin et se dirigea vers moi. Chacun de ses pas était fluide et précis, comme ceux d'un prédateur implacable. Le voir là fit crépiter ma peau ; même s'il dégageait des émotions tout sauf positives, je sentais le monde ployer sous ses pas pour lui servir de cadre.

Will pâlit quand il constata que je continuais d'incliner l'écran pour prendre toute la mesure de la haute taille de Rigel.

— Sa… salut, je m'appelle Will. Je suis en cours avec Nica. Toi… oui, tu es son…

— *Petit copain*, prononça Rigel en avançant toujours. *Compagnon. Fiancé.* Choisis le mot que tu préfères.

Dans les yeux de Will, je perçus un profond malaise. L'idée qu'il devait s'être faite de lui était évidemment très différente de ce qu'il voyait.

Rigel s'arrêta derrière moi. Puis il se pencha en avant et, fichant son regard sur Will, siffla :

— Tu disais ?

— J'étais justement en train de dire, enfin de demander à Nica si elle voulait que nous allions tous faire la fête quelque part…

— Mais quelle *délicieuse* proposition, lâcha-t-il sur un ton qui n'avait rien de *délicieux*. Vraiment attentionné. Parce que tu sais, pendant un instant, cher William… j'ai eu la désagréable impression que tu lui demandais de sortir avec toi.

— Non, je…

— *Oh*, j'ai certainement dû *mal* entendre, grogna Rigel, l'incendiant du regard. Un mec malin comme toi ne prendrait certainement pas un tel risque. N'est-ce pas ?

— Rigel, murmurai-je pour tenter de le calmer.

Mais je sursautai quand il m'arracha mon téléphone des mains. Et avant que je ne puisse le reprendre, il le porta à sa hauteur.

— Rigel !

— Maintenant que j'y pense, *William*, lâcha-t-il en faisant claquer sa langue, je crois que nous allons refuser ta *gentille* proposition. Ou plutôt, j'ai une meilleure idée. Pourquoi ne vas-tu pas boire tout seul cette bière qui te fait tant envie ? Comme ça, tu pourras penser à qui *te néglige avec autant de cruauté*.

Will le fixa, bouleversé, pensant certainement qu'il avait affaire à un déséquilibré quand Rigel lui sourit de cette manière bien à lui qui donnait des frissons.

— Amuse-toi bien. Ça a été un vrai plaisir de te connaître… Oh, une dernière chose…

Il baissa tellement la voix que j'eus du mal à l'entendre :

— La prochaine fois que tu l'appelles yeux d'argent, je te donnerai une raison de t'appeler yeux au beurre noir…

Et il mit brutalement fin à l'appel vidéo.

Je le fixai, bouche bée. Il ne daigna même pas se tourner pour me regarder tandis que je suffoquais, les yeux écarquillés.

— Non… Tu… tu viens de le menacer ?

— Non, répondit-il sans hésiter. Je lui ai donné un conseil.

Avant que je ne puisse dire quoi que ce soit, il se retourna et m'offrit une vision de l'immense contrariété qui durcissait les traits de son visage. Il me rendit mon portable en me lançant un regard incendiaire.

— Heureusement, siffla-t-il d'un ton âpre, que tu m'avais dit qu'il ne flirtait pas avec toi.

Je battis des paupières, encore choquée.

— Il ne flirtait pas… Jusqu'à maintenant, il ne…

— Bien sûr. J'imagine que, dans une classe de quatre-vingts personnes, il te garde une place parce qu'il se sent seul, grinça-t-il en me tournant autour.

Je le sentis m'effleurer le dos et un frisson me mordit la peau. Son corps dominant réveilla en moi un profond sentiment d'appartenance.

— Lui, au moins, il m'a appelée…

Je sentis cette phrase me brûler les lèvres et la regrettai aussitôt.

Rigel s'immobilisa brutalement.

— Pardon ?

Je tirai mes manches sur mes mains, consciente que je ne pouvais désormais plus effacer ce que j'avais dit. Quelque chose en moi me poussa au contraire à creuser ce sillon douloureux qui me tourmentait depuis des heures.

— Pas un geste. Pas un signe de vie… Il est cinq heures et demie de l'après-midi, Rigel. Tu me fais venir ici sans une explication et tu arrives là comme ça, énervé et intraitable…

En réalité, le fait qu'il arrive *là comme ça* me bouleversait au-delà des mots, parce que le seul fait de l'avoir près de moi faisait resplendir mon âme. Mais je ne pouvais pas feindre de n'être pas blessée par le fait qu'il m'avait ignorée toute la journée.

— C'est parce que j'ai été *impoli* avec ton petit copain ?

— Je ne parle pas de Will. Ce n'est pas lui qui compte ! répliquai-je d'une voix dure.

J'étais quasiment sur la pointe des pieds, les jambes tendues et les doigts crispés.

— Ce qui compte… en un jour aussi important, c'est que tu…

— Tu pensais que j'avais oublié ?

La lenteur avec laquelle il articula cette question me poussa à lever les yeux sur lui. Dans ses iris tournoyaient des galaxies suspendues, à la fois familières et infinies. Écartelée par ce mélange de douceur et de brutalité, je ressentis une pointe de culpabilité.

— Non, répondis-je en baissant la voix. Mais tu es toujours tellement occupé que…

Je laissai ma phrase en suspens, mon regard toujours ancré au sien. Je me mordillai les lèvres, me sentant bêtement vulnérable, comme si je lui avais offert un point faible sur un plateau. Je savais qu'il avait ses propres affaires à mener, je savais qu'elles lui prenaient du temps, et pourtant… Serait-il possible que de stupides cours particuliers soient plus importants que le temps que nous passions ensemble ?

Je lui tournai le dos et commençai à m'éloigner. Je ne comprenais pas pourquoi je ressentais cette sorte de honte mais je me sentais incomprise comme une enfant malgré mes vingt et un ans. Parce que, au fond, je savais bien qu'il avait ses projets, son chemin à suivre. Et la dernière chose que je voulais, c'était m'interposer entre son avenir et lui.

J'étais sur le point d'atteindre le bord du trottoir lorsque deux mains empoignèrent ma taille. Rigel plaqua mon dos contre sa poitrine d'une prise si vigoureuse qu'elle me déstabilisa. Ces doigts capables de courir avec habileté sur les touches d'un piano s'enfoncèrent dans la chair tendre de mes hanches et son parfum viril m'étourdit complètement.

— Tu penses que je suis trop occupé pour me souvenir de *toi* ?

Je frissonnai en sentant ses lèvres brûlantes frôler mon oreille. La respiration tremblante, j'aperçus ses chaussures collées contre les miennes. Sa présence était une pression bouillante contre ma colonne vertébrale

— C'est ça que tu crois ? susurra-t-il d'une voix rauque. Tu crois qu'aujourd'hui tu n'étais pas dans toutes mes pensées ?

J'essayai de me retourner mais Rigel me maintint ainsi, pressée fortement contre lui.

— Ou que…

Son souffle glissa sur ma gorge.

— Je n'ai pas passé toute la journée à attendre le moment où je pourrrais enfin… *te toucher* ?

Il effleura mon cou avec ses lèvres et ses dents, son souffle embrasant chaque centimètre de ma peau. Il ne me tenait que par les hanches, pourtant je sentais la chair de poule parcourir chacun de mes nerfs. J'eus un sursaut lorsqu'il pressa sa bouche sur mon oreille, murmurant d'une manière si incisive qu'il semblait réprimer l'envie de me mordre :

— Tu penses que je ne meurs pas d'envie de sentir ton parfum ? Ou le goût de tes lèvres ? Tu penses que je ne m'endors pas chaque nuit en imaginant *te posséder* ?

À ces mots, il resserra sa prise sur mes hanches et se pencha sur moi.

— Tu es cruelle, *papillon*.

Mon cœur s'accéléra, envoyant des décharges d'adrénaline jusque dans mes terminaisons nerveuses. Je respirai doucement, presque en cachette, comme si mon souffle pouvait trahir la façon dont j'étais hypnotisée par sa présence.

— Papillon ? répétai-je dans un murmure. Je ne pensais pas que tu m'appellerais encore comme ça…

Rigel frotta son nez sur ma joue et je faillis cesser de respirer lorsque ses mains glissèrent lentement sur mon ventre pour me serrer plus fort contre lui.

— Mais tu es *mon* papillon, susurra-t-il avec une douceur chaleureuse. Mon *petit* papillon.

Je vacillai, bouleversée par ce ton qu'il n'avait jamais employé. Il en profita pour me demander d'une voix suave :

— Tu ne veux pas entendre ce que j'ai à te dire ?

Chaque parcelle de moi lui répondait *si*, parce que c'était ce dont j'avais rêvé toute la journée. Je restai immobile, dans un silence chargé d'attente, et Rigel comprit ma réponse sans que j'aie besoin de parler. Je le sentis enfiler sa main dans la poche de son blouson et j'entendis le froissement du tissu avant qu'il penche de nouveau son visage sur le mien. Ses cheveux caressèrent ma tempe lorsque, s'approchant de nouveau de mon oreille, il susurra :

— Bon anniversaire, Nica.

Il fit glisser quelque chose de froid et métallique autour de mon cou. Je clignai des yeux, surprise, et baissai la tête. Lorsque je vis de quoi il s'agissait, chacune de mes pensées se tut.

C'était un fin collier d'argent brillant orné d'un pendentif en forme de goutte. Le cristal dont il était fait était ciselé si splendidement qu'il brillait comme une étoile blanche.

À cet instant, je compris.

Ce n'était pas une goutte. C'était une larme.

Comme celles du fabricant.

— Tu veux savoir maintenant pourquoi je t'ai fait venir ici ?

Je me retournai, encore bouleversée par ce cadeau qui recelait une grande signification, rien que pour nous. Rigel m'attira doucement à lui, m'invitant à m'approcher de la porte par laquelle il était sorti. Je ne compris pas pourquoi jusqu'à ce que mes yeux suivent les siens, qui s'étaient posés sur l'une des sonnettes. Sur la troisième rangée, une plaque portait le nom « Wilde ».

Je levai la tête, effarée, incapable de parler.

— C'est mon appartement.

— Ton…

Rigel me considéra de ses profonds yeux noirs.

— Je mets de l'argent de côté depuis que je suis entré à l'université. Les cours particuliers étaient pour payer un loyer le jour où je trouverais un appartement. Et je l'ai trouvé.

Les battements de mon cœur emplirent mes oreilles au point de m'étourdir tandis que Rigel m'expliquait :

— Tu te souviens de cette fille qui n'arrivait pas à avoir son diplôme ? Grâce à moi, elle a réussi le dernier examen qui lui manquait depuis un an. Et pour me remercier d'avoir été un *super prof*, elle m'a fait un prix pour le loyer d'un bel appartement en ville. Je voulais que ce soit une surprise.

Je le fixai, les yeux écarquillés et le cœur tremblant, et il repoussa l'une de mes mèches derrière mon oreille tout en inclinant son beau visage.

— Je ne te demande rien, dit-il en plongeant ses yeux dans les miens. Je sais que, chez toi, c'est là où tu vis en ce moment. Je sais que tu profites enfin de tout ce que tu as. Mais, si tu voulais venir de temps en temps… Rester un peu ici… Chez moi…

Je n'en pouvais plus. Ma poitrine explosa, libérant une chaleur qui fit pâlir la lumière du soleil. Je jetai mes bras autour de son cou et le serrai contre moi de toutes mes forces.

— C'est merveilleux ! criai-je.

Je m'agrippai si fort à lui qu'il tituba.

— Oh, Rigel ! Je n'arrive pas à y croire !

Je ris, tout en plongeant mon visage dans son cou. J'étais si heureuse qu'il n'ait plus à rester à l'orphelinat, qu'il ait un endroit à lui, un chez-lui, si heureuse de sa liberté. Heureuse qu'il soit si unique et surprenant, que nous ne devions plus rester aussi loin l'un de l'autre. Parce que j'étais impatiente de passer les week-ends, des journées entières et des nuits interminables avec lui. Et de me réveiller auprès de lui pour que nous prenions ensemble notre petit déjeuner au lit.

C'était le plus beau cadeau dont je pouvais rêver.

Je pris son visage entre mes mains et l'embrassai avec fougue, éperdument heureuse, riant sur ses lèvres. Rigel me serra si fort que je sentis son cœur, je sentis qu'il battait comme le mien. Follement.

Nous étions encore brisés et cela ne changerait pas.

Nous étions abîmés et nous le serions toujours.

Mais, dans cette histoire qui enchaînait profondément nos âmes, il y avait quelque chose de pur et d'indestructible.

De puissant et d'inoxydable.

Nous.

Et sur le bord de notre dernière page, je compris que l'éternité existait pour celui qui aime sans mesure ne serait-ce qu'un instant.

Parce que chaque fin n'est jamais une fin.

Chaque fin…

Est juste un nouveau départ.

37- COMME L'AMARANTE

Je ne veux pas t'avoir sans tes démons,
sans tes défauts et ton côté obscur.
Si nos ombres ne peuvent pas se frôler,
alors nos âmes non plus.

L'appartement de Rigel était au troisième étage. L'immeuble n'avait pas d'ascenseur mais l'escalier était impeccable et débouchait sur une grosse porte en bois sombre. Sur le mur, la plaque en laiton de la sonnette faisait resplendir son nom. Ce fut tout ce que je pus voir avant qu'il ne pose une main sur mes yeux.

— Tu regardes ? questionna-t-il.

— Non, répondis-je, franche comme une enfant.

J'aurais voulu maîtriser davantage mon enthousiasme, mais j'étais certaine qu'il débordait de chacun de mes pores.

— Ne triche pas, me conseilla-t-il à l'oreille de sa voix qui donnait des frissons.

Je souris en le sentant me chatouiller. J'aimais quand il s'abandonnait à des gestes joueurs et spontanés. Dans ces moments-là, Rigel me dévoilait un aspect de lui dont j'étais folle.

Il ne m'aida pas le moins du monde à trouver la serrure, que je cherchai en tâtonnant. Mais, lorsque je la trouvai, je n'eus aucune difficulté à y introduire la clé qu'il m'avait donnée. J'ouvris la porte, et un éclat de lumière filtra à travers ses doigts.

— Tu es prête ?

J'acquiesçai en me mordant les lèvres. Rigel libéra mes yeux et apparut devant moi un espace accueillant, lumineux et contemporain. Les meubles modernes, au design simple et dans les tons crème, contrastaient tout en s'harmonisant avec le plancher sombre et brillant. Tout, d'ailleurs, de l'encadrement des fenêtres aux coussins du canapé, s'accordait élégamment au parquet couleur café.

L'air embaumait le neuf et le propre. J'aperçus la porte de sa chambre, au bout d'un petit couloir, et je me dirigeai lentement vers la cuisine, l'endroit que je préférais toujours dans une maison. Pour moi, c'était un lieu de partage, de discussions, de rencontres et de chaleur. J'en observai les tonalités claires mises en valeur par la luminosité de l'appartement ; le plan de travail était spacieux, et les finitions en Inox, comme celles de l'évier et de la cuisinière, d'une brillance délicate et éclatante.

Cet appartement incroyable ne ressemblait en rien à celui d'un étudiant.

En me retournant, je constatai que Rigel m'observait en silence. Il avait beau être sûr de lui, mordant et intimidant, en cet instant il ne semblait attendre que mon avis.

— C'est incroyable, Rigel. Je n'ai pas de mots. Ça me plaît vraiment beaucoup, dis-je avec un sourire ravi.

Il me fixait avec une étrange émotion dans le regard.

Les joues rougies par la joie et la curiosité, j'entrepris d'explorer l'appartement. J'imaginais Rigel en train de vivre entre ces murs, avec un livre dans une main et une tasse de café dans l'autre.

Le lendemain, j'étais déjà de retour à l'appartement de Rigel. Je m'approchai d'un beau meuble sous la fenêtre et j'ouvris le sachet en papier que j'avais avec moi ; j'en sortis une petite plante aux fleurs rouges en forme de grappes. Je savais que Rigel n'aimait pas particulièrement les plantes. Et, en effet, il la considéra en fronçant les sourcils.

— Qu'est-ce que c'est ? demanda-t-il avec une pointe de mécontentement.

J'ébauchai un sourire, devinant qu'il la trouvait bizarre et un peu laide.

— Elle ne te plaît pas ?

À la façon sceptique dont il la regardait, je compris que la réponse était négative.

— Je n'ai pas le temps de m'en occuper, répondit-il en éludant ma question. Elle mourra.

— Elle ne mourra pas, lui assurai-je avec un sourire. Fais-moi confiance.

Je m'approchai de lui, l'observant avec vivacité.

— Maintenant… ferme les yeux.

Rigel pencha la tête tout en me fixant avec curiosité, étudiant attentivement chacun de mes mouvements. Il ne s'attendait pas à cette demande et son tempérament méfiant le rendait réticent aux ordres. Toutefois, lorsque je me postai devant lui, il se décida à obéir. Je soulevai son poignet et j'ouvris ses longs doigts. Puis je laissai tomber dans sa main un petit objet, comme il l'avait fait avec moi.

Cette fois, c'était à mon tour.

— C'est bon, tu peux regarder.

Rigel ouvrit les yeux et regarda sa main, où se trouvait un petit loup sculpté dans une matière brillante et noire comme de l'obsidienne[1]. Les nombreuses facettes reflétaient la lumière comme une pierre irisée. Ce loup représenté en train de courir avait quelque chose de précieux, de spécial et de raffiné. Quand je l'avais vu, j'en étais littéralement tombée amoureuse.

— C'est un porte-clés. Pour la clé de ton appartement, lui précisai-je.

— Un loup ?

Je ne parvins pas à savoir s'il lui plaisait.

— Il est sauvage, solitaire et lié à la nuit. Merveilleux, fort et mystérieux. Comme toi.

Rigel leva les yeux sur moi. J'avais le visage brûlant, et je me demandai à cet instant si je n'avais pas un peu exagéré avec mes façons de faire sincères, gentilles et naïves. Mais je voulais tellement lui faire comprendre que j'aimais plus que tout au monde sa manière d'être, malgré le fait qu'il ait toujours eu l'impression d'avoir le mauvais rôle.

Légèrement embarrassée, j'ouvris une dernière fois le sachet et en sortis une photo encadrée. Elle nous représentait tous les deux le jour de la remise du diplôme, et j'y étreignais Rigel avec un grand sourire ; il avait été tellement surpris que, au lieu de regarder l'objectif, il gardait les yeux baissés sur moi.

— C'est ma préférée, bredouillai-je en rougissant. Mais tu n'es pas obligé de la prendre, si elle ne te plaît pas. J'ai pensé que tu aurais peut-être envie de quelque chose de familier qui…

— Reste ici cette nuit.

Son corps, brûlant et ensorcelant à en mourir, envahit mon espace et son parfum m'enivra. Il me faisait même de l'ombre tant il était proche.

— Reste ici…, répéta-t-il à voix basse. Laisse ton odeur sur mes draps. Laisse tes affaires ici.

Sa voix se fit plus nette.

— Laisse ton shampoing dans la salle de bains. Je veux te trouver ici à mon réveil…

Il m'emprisonna entre ses bras appuyés sur le meuble dans mon dos et je respirai avec difficulté. Même après tout ce temps, je n'arrivais pas encore à m'habituer à lui. Il n'était plus un garçon, désormais, et

1. Roche volcanique à l'éclat vitreux (NdT).

la nature semblait avoir un plan précis pour le transformer en un ange charmeur et comme venu d'un autre monde. Parfois, j'aurais voulu qu'elle s'arrête car plus il prenait de l'âge, plus Rigel possédait une assurance et une autorité capables de faire rougir n'importe quelle femme.

— J'ai promis à Anna que je rentrerais à la maison pour dîner avec elle, susurrai-je tandis qu'il me mordait lentement la mâchoire.

Il suça doucement ma peau et je me sentis fondre. Je soupirai, perdant le fil de ce que j'étais en train de dire. Rigel posa alors une main sur ma gorge pour incliner ma tête, ce qui lui permit de rendre ses baisers encore plus profonds. Je ne pouvais pas me plaindre d'être enfermée avec lui dans un appartement, mais sa présence sulfureuse ne m'aidait pas à tenir mes promesses.

— Rigel…, dis-je dans un souffle.

Il pressa son corps contre le mien. Sa bouche brûlante se posa lentement derrière mon oreille et ses doigts plongèrent dans mes cheveux.

Il était très doué pour me soumettre à sa volonté.

Il avait une très grande force de persuasion, dans les gestes comme dans la voix. Et il savait malheureusement beaucoup trop bien l'utiliser…

C'est alors que mon téléphone se mit à sonner, me faisant sursauter. Par réflexe, je posai mes mains sur la poitrine de Rigel, qui réprima un gémissement de contrariété. Il n'aimait pas quand quelqu'un interrompait ses tentatives de me dévorer lentement.

— J'apporterai mes affaires, lui assurai-je en effleurant son cou.

Il se détacha de moi et je lui souris.

— Mais laisse-moi un peu de temps.

Avant d'aller répondre, je déposai le cadre dans ses mains. Les sourcils froncés, il se mit à contempler silencieusement la photo. Je fouillai dans mon sac pour récupérer mon portable, qui avait cessé de sonner. Je vis qu'Adeline m'avait appelée trois fois de suite. Je m'étonnai de cette insistance qui ne lui ressemblait pas. Comme elle ne m'avait pas envoyé de message d'explication, je décidai de la rappeler. Mon téléphone collé à l'oreille, je n'eus même pas le temps d'entendre la première sonnerie, car un grand bruit retentit dans l'air et fit remonter mon cœur dans ma gorge. Terrifiée et le souffle coupé, je lâchai mon portable pour me précipiter dans l'autre pièce.

Une chaise renversée à ses pieds, Rigel était appuyé contre le mur, les dents serrées. Ses bras, parcourus de tremblements incontrôlables, n'étaient plus qu'un paquet de nerfs sur le point d'exploser.

— Qu'est-ce que…, parvins-je à articuler, les yeux écarquillés de terreur.

Ses poings contractés serraient violemment le cadre de la photo. Tout en lui dégageait une tension nerveuse et brûlante.

Il avait une crise.

Sous le coup de cette douleur invisible, Rigel ferma les yeux et tomba à genoux. Le verre se brisa entre ses doigts et les tessons lui entaillèrent la peau. Il se prit la tête entre ses mains tachées de sang, plongeant de manière convulsive ses ongles dans ses cheveux noirs. Ses pupilles étaient dilatées et ses traits si crispés qu'ils étaient presque méconnaissables.

— Rigel…

— *Ne t'approche pas !* hurla-t-il avec une férocité qui me terrifia.

J'étais paniquée par cette vision autant que par sa réaction. Il ne voulait pas que je le voie ainsi, il voulait que personne ne le voie. Mais je ne l'aurais jamais laissé tout seul. Je fis un pas en avant mais il s'emporta de nouveau.

— Je t'ai dit de rester loin de moi ! grogna-t-il comme un animal.

— Rigel, susurrai-je d'une voix aussi sincère que désarmée, tu ne me feras pas de mal.

Dans son regard brutal, je vis passer l'ombre d'une souffrance qui me brisa le cœur. Je n'étais pas inconsciente, je savais que les attaques pouvaient être dangereuses pour ceux qui se trouvaient près de lui. Cependant, je ne craignais pas pour ma sécurité. Je m'approchai très doucement, et il me fixa en haletant. J'étais terrifiée à l'idée de l'effrayer, de déchaîner en lui une réaction encore plus violente. Mais les tremblements de son corps s'estompèrent lentement, signe que la crise était en train de passer.

Je n'en avais jamais vu une comme celle-ci.

Je m'assis près de Rigel mais il détourna le visage. En voyant les nerfs tendus de sa mâchoire et la veine sur sa tempe, j'imaginai que sa tête était comme en train d'exploser. Avec des gestes prudents et délicats, je posai mes mains sur sa poitrine et l'étreignis par-derrière. Il tremblait encore et son cœur battait à tout rompre.

— Tout va bien. Je suis là, dis-je d'une voix la plus douce possible.

Je savais à quel point ce ton était capable de l'apaiser et de le rassurer.

Il enfonçait ses ongles dans ses paumes. Je redoutais qu'il se soit aussi blessé à la tête mais je m'abstins de vérifier. Ce n'était pas encore le moment. Il avait juste besoin de calme et de silence.

Notre photo, déchirée, gisait sur le sol au milieu des éclats ensanglantés. Rigel fixa le cadre brisé et le verre réduit en morceaux pendant un moment qui me parut interminable.

— Je suis un désastre.

— Un désastre magnifique, précisai-je.

L'amertume eut beau contracter sa bouche, je n'abandonnai pas. Je posai ma joue contre son dos pour lui transmettre ma chaleur.

— Tu n'es pas une personne mauvaise… Non. Ne le pense même pas une seconde, lui dis-je, toujours sur le même ton.

Il ne me répondit pas et je poursuivis :

— Tu sais ce qu'est la plante que je t'ai apportée ? Une amarante. Son nom signifie « qui ne fane pas », car elle est immortelle. Comme ce que j'éprouve pour toi.

Je fermai les yeux en souriant.

— Elle aussi est différente de toutes les autres fleurs. Elle a besoin de très peu d'attention, elle a un aspect atypique et elle est très résistante. Elle est forte, exactement comme toi. Et unique, exactement comme toi.

Je ne savais pas si mes paroles l'atteignaient mais je voulais lui faire comprendre que, même si je ne pouvais partager sa douleur, le fait de l'affronter ensemble pouvait la rendre moins insupportable.

— Arrête de me faire paraître comme quelque chose de spécial. Je n'irai jamais bien, dit-il, comme pour lui-même.

Je savais à quel point sa maladie influait sur son psychisme. Les attaques ne l'épuisaient pas que physiquement, elles lui abîmaient aussi l'esprit. Elles le déformaient. Elles faisaient naître du ressentiment, l'impression d'être inadapté et une frustration si profonde qu'elle le conduisait à se renier lui-même.

— Ça ne fait rien.

— Si, au contraire, murmura-t-il d'un ton hargneux.

— Non. Et tu sais pourquoi ? demandai-je gentiment. Parce que, pour moi, tu es parfait comme ça. Je veux tout de toi, Rigel… Même ce que tu t'obstines à cacher. Les aspects les plus fragiles et les plus différents. Tu n'es pas étrange. Tu es mon loup, adorable et très compliqué…

J'étais de nouveau en train d'exagérer avec l'émotivité, mais sa vulnérabilité suscitait en moi le désir de le protéger. Je me souvins de l'accident qui avait bien failli lui coûter la vie lorsqu'il avait dix-huit ans. Je m'étais laissée dépérir car je n'acceptais pas de le perdre. À l'époque, j'étais trop jeune pour comprendre que je me trompais.

Mais je sus à cet instant que j'étais encore disposée à me donner tout entière à lui.

— Je suis là pour toi. Je serai toujours là pour toi…

J'embrassai son épaule avant d'y poser mon menton. Puis je me rendis dans la salle de bains et revins avec ce dont j'avais besoin. Cette fois, je m'assis face à lui. Je versai un peu de désinfectant sur du coton puis, délicatement, je soignai les coupures de ses mains. Je nettoyai les plaies en faisant attention à ne pas lui faire mal tandis qu'il suivait chacun de mes gestes du regard. Enfin, après avoir désinfecté une entaille qui s'étendait jusqu'à son index, je pris l'un de mes pansements dans ma poche et le collai sur son doigt. Il était violet, comme celui que j'avais mis sur sa poitrine des années plus tôt. Rigel s'en souvint certainement et, lorsqu'il leva les yeux sur moi, je lui souris.

— Laisse-moi te voir à ta place, parce que tu ne sais pas te regarder.

J'embrassai sa main et, avant qu'il ne puisse réagir, je me blottis contre lui.

Rigel ne me serra pas dans ses bras. Ses mains tremblaient encore.

Mais son cœur était avec moi.

Il battait contre le mien.

Et, au milieu de ces éclats de verre, nos âmes se prirent par la main et marchèrent sous les étoiles.

Une nouvelle fois.

Cette nuit-là, je restai avec lui.

J'expliquai à Anna ce qu'il s'était passé et je lui dis que je ne voulais pas le laisser seul. Je ne fermai pas l'œil et lui caressai les cheveux, attendant que ses maux de tête disparaissent. Je suspectai que cette explosion soudaine soit due au stress des derniers mois. Entre les cours particuliers, les études et les projets à mener, Rigel était soumis à une pression si forte qu'elle avait affaibli son organisme.

Cette certitude me hanta jusqu'au petit matin et mon retour à la maison. C'est pourquoi j'avais toujours à l'esprit l'image de lui se prenant la tête entre les mains lorsque je me préparai quelque chose pour le déjeuner. J'aurais voulu remettre mon esprit à zéro, le rembobiner comme une vieille pellicule, mais j'étais condamnée à revivre ce moment en me demandant ce que cela devait être pour lui de supporter cette douleur depuis toujours.

La sonnette de l'entrée m'arracha à mes pensées. Je pensai d'abord que c'était Norman qui passait manger à la maison, mais je compris vite mon erreur.

C'était Adeline. Je me souvins alors de ses appels, auxquels je n'avais pas répondu. Je ne l'avais pas rappelée non plus. Elle m'observa, un peu essoufflée, tandis que je portai une main à mon front.

— Oh, Adeline, excu…

Je m'interrompis, surprise par son expression, que je ne lui avais plus vue depuis des années. Quelque chose de viscéral et d'ancien refit alors surface en moi avant même qu'elle ouvre la bouche.

— Nica, dit-elle, Margaret est revenue.

Je devais être dans une autre dimension, parce que tout parut instantanément cesser d'exister. L'air, la terre, le soleil, le vent, ma main posée sur la poignée.

— Quoi ?

— Elle est revenue.

Adeline entra et referma la porte derrière elle.

— Ils l'ont arrêtée à l'aéroport. Elle est ici, Nica. Depuis deux semaines.

Après la plainte de Peter, trois ans plus tôt, nous avions appris que Margaret avait quitté le pays depuis longtemps. Plus précisément quand elle avait été renvoyée du Grave sans même avoir été inquiétée pour ses agissements brutaux. À l'époque, nous avions redouté qu'elle s'en sorte, mais Asia nous avait assuré que pour les délits les plus graves l'État d'Alabama ne prévoyait aucune prescription. Margaret s'était non seulement rendue coupable d'un crime horrible, mais elle l'avait aggravé avec la répétition au fil des mois, les dommages psychologiques et la cruauté injustifiée. Et peu importait combien d'années étaient passées depuis. Elle avait frappé, humilié et roué de coups des enfants dont elle aurait dû prendre soin, et le temps ne pouvait effacer sa conduite.

— Elle croyait revenir ici comme si de rien n'était. Elle ignorait que quelqu'un avait porté plainte contre elle. Ils l'ont arrêtée dès son arrivée.

Adeline parlait avec une agitation fébrile et un sentiment profond que j'éprouvais également, un mélange de désarroi, de paralysie, d'envie de vengeance et de terreur. Je la laissai les exprimer, parce que j'étais trop bouleversée pour le faire moi-même.

Elle se mit à arpenter la pièce puis se tourna vers moi.

— Son procès va s'ouvrir dans quelques jours.

Assimiler ces paroles fut plus qu'étrange, c'était impossible. Je n'arrivais pas à croire que j'étais là, en train de vivre cette situation. Je me sentais étrangère à tout cela.

— Ils ont besoin d'un maximum de témoins. Malheureusement, après toutes ces années, on a perdu la trace de beaucoup d'enfants qui sont désormais adultes. Certains sont introuvables, d'autres ne viendront pas.

Adeline fit une pause et je compris ce qu'elle était sur le point de me demander. Elle me regarda de ses grands yeux bleus puis, d'une voix douce mais décidée, dit :

— Viens au procès, Nica. Témoigne avec moi.

Cette requête fit naître en moi une panique irrationnelle. J'aurais dû me réjouir de cette arrestation, souhaiter que justice soit rendue. Mais l'idée qu'*Elle* soit si près de ma vie actuelle me bouleversa l'âme et me coupa le souffle. Et je savais pourquoi. J'allais encore chez le psy. Mes peurs s'étaient atténuées mais elles n'avaient pas disparu. Je n'arrivais encore pas à porter de ceinture. La sensation du cuir me donnait la nausée. Et dans certaines situations, mes terreurs refaisaient surface, tels des monstres, et rongeaient mon âme. Je n'étais pas guérie. Parfois, je la sentais encore là, comme une présence qui ne me quittait jamais. La nuit, je pouvais entendre sa voix horrible susurrer à mon oreille : *Tu sais ce qui se passera si tu en parles à quelqu'un ?*

— Nica, reprit Adeline, les yeux mi-clos et les poings serrés. Moi aussi, je veux l'oublier. Moi aussi… Il ne se passe pas un jour où je ne désire pas avoir eu une enfance différente. Heureuse. Sans *Elle*. Mais c'est le moment, Nica. Notre moment est arrivé, quelqu'un est enfin disposé à nous écouter. C'est à nous de jouer, maintenant. Ne gardons pas le silence, ne nous défilons pas. Pour moi, pour toi, pour Peter et tous les autres. Elle mérite de payer pour ce qu'elle a fait.

Adeline avait le souffle court et les yeux brillants de larmes, mais son visage dénotait une détermination de fer. Une peur terrible, aussi. Je le lisais dans ses yeux.

Aucun d'entre nous ne voulait la revoir.

Aucun d'entre nous n'aurait voulu de nouveau croiser ce regard.

Mais nous partagions tous les mêmes cicatrices.

Le même désir désespéré.

Faire cesser ce cauchemar pour toujours.

Je regardai cette jeune femme que je considérais comme une partie de moi depuis notre enfance et je nous revis toutes les deux, menues et pleines de bleus, nous soutenant en toutes circonstances.

— Je témoignerai.

Je serrai les doigts pour ne pas montrer que je tremblais et perçus alors dans le regard d'Adeline une lueur tremblante mais puissante.

— Je veux juste que tu me promettes une chose, poursuivis-je. Rigel ne doit rien savoir.

Adeline se figea, elle semblait surprise et troublée. Elle envisageait évidemment la présence de Rigel comme un soutien qui m'aurait donné de la force et du courage.

— C'est pour…

— Je ne veux pas de lui là-bas, l'interrompis-je, résolue comme jamais.

D'un ton qui n'admettait pas de réplique, je conclus :

— Il ne doit pas venir.

Le jour fatidique, je portais un pantalon sombre et élégant, et mes cheveux dénoués ondulaient sur le gilet gris que j'avais enfilé sur mon chemisier de soie blanc. J'avais l'impression que ces simples morceaux de tissu m'étouffaient et je ne cessais de les pétrir entre mes doigts. Anna m'avait demandé si je n'aurais pas préféré porter l'une de ses vestes, mais l'idée d'un vêtement qui m'aurait serré les poignets suffit à me retourner l'estomac.

Le prestigieux sol en marbre des couloirs du tribunal résonnait des pas d'hommes et de femmes élégants. L'ambiance était raffinée, solennelle, et les plafonds si imposants qu'ils m'impressionnaient et me faisaient me sentir insignifiante.

— Tout ira bien, me dit Anna.

Près d'elle, Adeline déglutit imperceptiblement. Ses yeux bleus ressemblaient à une mer hivernale, trouble et agitée. Elle était pâle et ses cernes me révélèrent que je n'étais pas la seule à avoir eu des insomnies dernièrement. Carl n'avait pas pu se libérer et sa présence lui manquait.

— Je serai dans la salle avec vous, poursuivit Anna. Il ne nous reste plus qu'à attendre… Oh, la voilà.

Asia était en train de gravir le grand escalier. Elle était vêtue d'une jupe noire et d'une blouse en satin bleu pétrole nouée au cou. Ses talons plats la rajeunissaient, mais son air décidé la mettait en adéquation avec l'environnement distingué et formel.

Je fus surprise. J'avais beau savoir qu'elle avait obtenu son diplôme et qu'elle voulait devenir avocate en droit civil, je ne m'attendais pas à la voir.

Que faisait-elle ici ?

— Désolée, dit-elle. J'avais oublié le changement d'horaire.

Les yeux d'Adeline se remplirent aussitôt d'une nuance vibrante et lumineuse. Je compris alors que c'était elle qui lui avait demandé de venir. Asia la rejoignit et, dans la façon dont elle lui rendit son regard, je perçus une force silencieuse envahir l'air. Elle était venue nous soutenir. Et, en cet instant, je fus moi aussi heureuse qu'elle soit là.

— Il faut y aller, déclara-t-elle d'un ton résolu. Anna, tu seras assise dans le public. En revanche, vous deux, vous devrez attendre dans le fond jusqu'à ce que le procureur vous appelle à témoigner à la barre.

Asia poursuivit avec fermeté :

— Essayez de ne pas vous agiter. La nervosité ne vous aidera pas et la défense pourrait en profiter pour essayer de convaincre le jury que vous mentez. Répondez aux questions avec calme, le plus clairement possible. Prenez tout votre temps.

Je me tordis les mains, essayant de bien retenir tout ce qu'elle nous disait. Mais j'eus la désagréable impression d'oublier aussitôt tous ses conseils. J'allais devoir parler devant un public de quelque chose qui, malgré les années, me serrait encore l'estomac. Je tâchai de me rappeler pourquoi j'étais ici et ce que je devais faire afin de me donner du courage.

À notre entrée dans la salle d'audience, je fus frappée par le silence malgré le nombre important de personnes présentes. Quelques journalistes attendaient l'arrivée du juge, dans l'espoir de publier toute l'histoire dans l'édition du soir. Anna nous adressa un geste d'encouragement auquel je m'accrochai de toutes mes forces. Puis elle alla s'asseoir et je la suivis des yeux pendant que nous nous installions sur des chaises près du mur.

À cet instant, je souhaitai qu'une présence rassurante, aux incomparables yeux noirs, soit là, à mes côtés.

Me regardant de cette manière profonde qui lui était propre.

Me serrant la main de ses longs doigts blancs.

Défiant tout le monde du regard, parce que j'étais nerveuse et terrifiée.

Me rappelant que peu importait à quel point mes cauchemars étaient sombres, car je pouvais voir les étoiles…

Non, se rebella mon âme. *Non, il ne doit pas être ici.*

Il doit rester loin de tout ça.

Dans l'ignorance.

Et en sécurité.

Le juge fit son entrée, après avoir été annoncé par l'huissier, et tout le monde se leva. Lorsque nous nous rassîmes, le greffier proclama :

— L'État d'Alabama contre Margaret Stocker.

Une évidence me comprima soudain la gorge. *Elle était là.*

Je fus aussitôt très mal à l'aise et me mis à transpirer. Je commençai à me gratter nerveusement les poignets jusqu'au sang, me sentant de nouveau poisseuse et tendue. Asia prit la main avec laquelle je m'écorchais la peau et la posa sur ses genoux. Je n'eus même pas la force de la regarder. Adeline prit mon autre main, comme pour s'accrocher à moi, et je serrai la sienne au point de lui faire mal.

— Merci, votre honneur. Mesdames et messieurs les jurés, déclara le procureur après avoir exposé l'affaire et les chefs d'accusation, avec votre permission je débuterai l'examen direct.

— Allez-y, maître.

Le procureur remercia le juge d'un signe de tête et se tourna vers l'assistance.

— J'appelle Nica Milligan comme premier témoin.

Une décharge me fit sursauter avant de parcourir mon corps.

C'était moi. J'étais la première.

Je me levai, tremblante, et marchai dans la salle silencieuse comme si j'étais hors de moi-même. L'atmosphère semblait lourde, au point de pouvoir être coupée au couteau. Je tentai d'ignorer les regards posés sur moi, toutes ces personnes qui ressemblaient à des mannequins muets mais semblaient dans le même temps hurler si fort dans ma tête que je ne m'entendais plus penser.

Le greffier me fit prêter serment puis me désigna le banc des témoins, où j'allai m'asseoir sous les yeux des jurés. Mon gilet m'asphyxiait et j'avais les mains moites. Je me tenais sur le bord de la chaise, les jambes serrées et les mains jointes comme un paquet de nerfs, sans même oser regarder autour de moi.

— S'il vous plaît, mademoiselle, déclinez votre identité pour le procès-verbal, demanda le procureur.

— Nica Milligan.

— Et vous vivez au 123 Buckery Street ?

— Oui…

— Vous avez conclu une procédure d'adoption il y a maintenant deux ans, c'est bien cela ?

— En effet, répondis-je d'un filet de voix.

— Vous confirmez que votre ancien nom de famille était Dover ?

Je répondis par l'affirmative tandis que le procureur faisait quelques pas.

— Donc, lorsque vous répondiez encore au nom de Nica Dover, vous étiez l'une des enfants confiés à l'orphelinat Sunnycreek Home.

— Oui, murmurai-je.

— Et madame Stocker ici présente dirigeait l'établissement à l'époque ?

Je me glaçai. Et le temps s'arrêta.

Une force incontrôlable me poussa à lever les yeux pour me heurter de plein fouet à la réalité.

Et je la vis.

Assise à la table des accusés, comme une vieille photo. Je regardai la femme qui avait détruit mes rêves d'enfant, et il me sembla revenir plusieurs années en arrière.

Elle n'avait pas changé. Elle était toujours *Elle.*

Margaret me fixait de ses yeux qui me transperçaient comme des aiguilles. Ses cheveux gris et filasse lui arrivaient aux épaules. Elle avait vieilli, son visage de molosse était marqué par le tabac et l'alcool. Mais cet aspect négligé ne faisait que rendre son regard plus féroce. Elle avait encore ses forts avant-bras et ses grandes mains nerveuses qui avaient fêlé mes côtes plus d'une fois. Rien qu'en les regardant, je pouvais encore les sentir s'enfoncer dans ma chair.

Tandis que je la fixais à mon tour, elle fit glisser ses yeux sur moi, étudiant mes vêtements propres, mon air adulte et en bonne santé, comme si elle ne me reconnaissait pas ; elle semblait ne pas pouvoir croire que, après tout ce temps, le petit monstre aux doigts pleins de pansements et au visage sale soit devenu la jeune femme soignée qu'elle avait devant elle.

Une étrange folie s'empara de moi. Mes tempes pulsèrent, mon cœur commença à galoper, comme si quelqu'un venait de retourner mon âme sur elle-même.

— Mademoiselle Milligan ?

— Oui, dis-je d'une petite voix méconnaissable.

Mes doigts tremblaient d'une manière incontrôlable mais je m'efforçai de les dissimuler.

Le procureur croisa ses mains dans son dos.

— Répondez à la question.

— Oui. Elle dirigeait l'orphelinat.

Quelque chose en moi hurla et se démena, menaçant de m'étouffer. Je résistai tant bien que mal à ces sensations, me forçant à rester présente, à ne pas gâcher tous les efforts que j'avais faits avec le psy. J'y avais souvent affronté la directrice dans ma tête, mais la retrouver devant moi était comme un cauchemar qui devenait réalité.

Le procureur continua de m'interroger. Je lui répondis avec lenteur, luttant contre mon sentiment d'insécurité. Les mots ne venaient pas facilement et ma voix disparaissait peu à peu, mais je ne me bloquai pas. J'aurais voulu la regarder dans les yeux et lui montrer avec fierté la femme que j'étais devenue. J'aurais voulu lui prouver que j'avais poursuivi mon rêve, exactement comme je suivais les nuages dans le ciel quand j'étais petite. Sans jamais m'avouer vaincue. Et j'aurais voulu qu'elle me regarde pour ce que j'étais, qu'elle voie la force de mes yeux clairs et la ténacité avec laquelle ils brillaient, même s'ils gardaient en eux une fragilité de papillon. Pourtant, je ne parvins à aucun moment à la regarder en face.

— Bien. Je n'ai pas d'autres questions.

Le procureur retourna s'asseoir, fort de mes déclarations, et ce fut au tour de l'avocat de la défense.

Il commença le contre-interrogatoire, essayant de m'amener à me contredire, mais je ne me laissai pas faire. Je ne me rétractai pas, je ne revins pas sur mes paroles, car chaque souvenir était encore bien réel dans ma tête et sur ma peau. Je restai donc ferme dans ma déposition, aggravant ainsi les chefs d'accusation, raison pour laquelle la défense décida finalement d'abandonner.

— Ça suffit comme ça, mademoiselle Milligan, déclara-t-il.

J'avais réussi.

Je levai les yeux.

Outre la retenue, sur le visage des jurés flottaient une multitude d'émotions parmi lesquelles un effarement glacé, de la tension et de l'incrédulité. Je venais de finir de raconter en détail les épisodes de la cave, lorsqu'elle m'y attachait avant de me laisser seule à me noyer dans ma peur. Lorsque mes lèvres se déchiraient à force de hurler et d'endurer la soif. Lorsque j'en arrivais au point de m'arracher les ongles sur le cuir des lanières.

Je croisai les yeux de Margaret. Elle me fixa de son regard sombre, inquisiteur, comme si elle parvenait enfin à me reconnaître.

Puis elle sourit.

Elle sourit comme elle souriait lorsqu'elle refermait la porte de la cave derrière elle. Comme quand je m'accrochais à sa jupe. Elle sourit de travers, d'une manière répugnante, avec un rictus victorieux.

Une émotion aussi brutale que brûlante me prit à la gorge.

Je me levai en hâte et, à la demande du juge, quittai la barre. Je me sentais poisseuse, fébrile et tremblante. Je traversai la salle avec le sang qui me martelait les tempes. Une fois au fond, au lieu de me rasseoir sur ma chaise, je posai une main sur la poignée et sortis précipitamment. La bile me remonta dans la gorge et je parvins à trouver les toilettes de justesse : accrochée à la cuvette des WC, je vomis tout le mal-être qui rongeait mon âme.

La sueur me fit frissonner, l'émotion me tordant les entrailles. Je tressaillis quand les larmes dues à l'effort m'aveuglèrent : je la revis, avec ce rictus moqueur et toute la souffrance qu'elle m'avait infligée. Face à *Elle*, je n'étais pas une femme de vingt et un ans. J'étais encore la petite fille sale et frêle qui priait pour *être gentille*.

Je sentis des mains me toucher, mais la répulsion m'assaillit et mon cerveau refusa ce contact. Je repoussai les doigts qui essayaient de m'aider et une voix bien connue tenta de me raisonner.

— Attends… Non. Arrête…

Asia voulut me calmer, résistant aux coups avec lesquels je la repoussais. Peut-être lui fis-je mal, je n'étais plus moi-même. Elle parvint enfin à saisir mes épaules tremblantes.

— Tout va bien. Tu as été super. Tu as été super…

Je fis mine de reculer mais elle me bloqua, m'étreignant d'une manière étrange et un peu brusque. Et pourtant affectueuse. J'essayai encore de me libérer mais, finalement, cette étreinte vint à bout de mes réticences.

Ses mains n'étaient pas douces comme celles d'Anna ni familières comme celles d'Adeline.

Mais elles me tenaient.

Et, même si nous venions de deux réalités différentes, de deux univers qui ne s'étaient jamais touchés, je donnai libre cours à mes larmes et laissai pour une fois Asia effleurer ce cœur de petite fille que je n'aurais permis à personne d'autre de voir.

*

Ce soir-là, je restai très longtemps sous la douche. En me lavant, je me débarrassai de la transpiration, de l'angoisse et des frissons qui étaient restés collés sur ma peau. J'effaçai l'odeur de la peur, les griffures sur mes poignets et ce qu'il restait de cette journée. Puis je me rendis chez Rigel avec l'âme froissée et les yeux vides. Mon existence semblait floue, comme si elle avait été effacée avec une gomme. La vérité était que j'avais besoin de respirer sa présence, de le vivre, même si ce n'était qu'un instant. Parce que, dans les ténèbres où je retombais parfois, il était l'unique lumière capable de m'apporter du soulagement.

Il ne se rendait pas compte du pouvoir qu'il avait sur moi.

Rigel prenait l'obscurité et la transformait en velours. Lorsqu'il effleurait mon cœur, tout semblait fonctionner de nouveau, comme s'il connaissait la mélodie secrète et complexe qui en actionnait les engrenages. Il avait le paradis dans les yeux et l'enfer sur les lèvres. Et il était la seule réalité qui parvienne à rendre toutes les autres insignifiantes.

Je glissai ma clé dans la serrure ; j'aurais dû frapper, mais, lorsque je sentis son parfum dans l'air, j'entrai dans l'appartement sans même y penser. J'abandonnai mon sac sur le canapé et je quittai ma veste, tout en remarquant la lumière allumée dans la pièce d'à côté. Je m'attendis à le voir là, mais ne trouvai qu'un livre sur les satellites, un verre d'eau, une assiette vide et des feuilles de notes remplies de son écriture élégante. J'effleurai le stylo posé sur le livre ouvert, l'imaginant en train d'étudier, avec son beau visage éclairé par la lampe et cette expression concentrée qu'il avait toujours quand il lisait.

C'est alors que je perçus une présence silencieuse dans mon dos. Je me tournai, sachant qu'il avait gardé l'habitude de se déplacer comme un prédateur dans l'ombre.

— Peut-être voudras-tu bien m'expliquer.

Il était sur le seuil, à la fois magnifique et terrifiant. Ses yeux perçaient l'obscurité de cette manière qui m'avait si souvent fait trembler. Sa main était serrée sur le journal du soir. Je n'avais pas besoin qu'il me le montre pour savoir ce qu'il y était écrit. L'affaire des enfants de Sunnycreek faisait le tour du pays.

Il s'approcha et fit claquer le journal sur la table d'un geste sec, sans détacher de moi son regard tempétueux. Son odeur familière réveilla mon cœur. Même si, à cet instant, ses yeux me repoussaient et m'écrasaient, je sentais mon corps réagir à sa présence comme s'il ne lui avait jamais autant appartenu.

— Pourquoi ? Pourquoi ne m'en as-tu pas parlé ?

Il était en colère.

Très en colère.

Il aurait voulu être présent. Il n'avait pas apprécié la façon dont je m'étais comportée, et l'idée de ne pas avoir été à mes côtés à ce moment-là entrait en collision avec l'instinct qui animait son cœur.

J'aurais seulement voulu me blottir dans ses bras, me sentir étreinte, en sécurité. Mais je savais que je ne pouvais pas échapper à cette confrontation, car Rigel méritait une explication.

— Si je te l'avais dit, tu serais venu, susurrai-je. Et je voulais t'en empêcher.

— Tu voulais… m'en *empêcher* ?

Il plissa les yeux, les réduisant à deux fentes tranchantes.

— Et pour quelle raison, Nica ?

Un éclair de lucidité traversa son regard de cette manière hostile et destructrice qui faisait parfois de lui mon ennemi.

— Tu pensais que j'étais trop faible pour venir, c'est ça ?

Il fit un pas vers moi, dégageant autant de colère que de souffrance.

— C'est à cause de la crise à laquelle tu as assisté l'autre jour ?

— Non.

— C'est à cause de quoi, alors ?

— Je ne voulais pas qu'elle te voie, avouai-je avec franchise.

Rigel ne bougea pas, mais quelque chose se cristallisa dans ses iris.

— Je redoutais qu'elle pose de nouveau les yeux sur toi, confessai-je. Qu'à ta vue, quelque chose se réveille en elle. Je ne l'aurais pas supporté. Je hais l'obsession qu'elle a toujours eue pour toi, l'affection maladive qu'elle te faisait subir. Ça m'empêche de respirer. Je la voulais loin de toi. Je voulais te protéger d'elle, même si cela signifiait affronter cela toute seule !

Je serrais les poings et ma gorge me brûlait. Je sentais mes larmes menacer de couler de nouveau. J'avais l'impression de passer mon temps à pleurer et il me semblait avoir atteint mes limites.

— Et je le referais, sifflai-je en pensant à son rictus et à la souffrance destructrice qu'elle avait causée en moi. Je le referais encore cent fois pour la tenir loin de toi. Je n'en ai rien à faire que tu croies que c'était stupide. Je n'en ai rien à faire que tu sois en colère contre moi maintenant. Je n'en ai rien à faire, Rigel, j'aurais fait tout et n'importe quoi pour l'empêcher de te revoir !

Je plissai les yeux à mon tour et une force désespérée explosa en moi comme une étoile.

— Tu peux te mettre en colère. Crie-moi dessus, même, si tu veux ! l'encourageai-je tandis que je subissais le contrecoup de la journée. Dis-moi que j'ai eu tort de ne pas te permettre de venir, dis-moi que j'ai fait une erreur ! Dis ce que tu veux mais ne me demande pas de m'excuser, c'est inutile, parce que, la seule chose qui me réconforte et me soulage dans toute cette histoire, c'est de savoir que pour une fois, rien qu'une, j'ai été capable de faire quelque chose pour réussir à te protég…

Ses mains me saisirent et m'attirèrent à lui. Je heurtai sa poitrine et un hoquet me coupa le souffle. Sa chaleur m'enveloppa comme un gant et le monde, rendu muet par une force invisible, douce et très puissante, vibra entre ses bras. Je me mis à trembler tandis que les pleurs érodaient mon cœur et que mes forces menaçaient de m'abandonner.

— Idiote, chuchota-t-il gentiment à mon oreille.

Je fermai les yeux avec amertume. Mon Dieu, je ne voulais plus rien entendre. J'aurais voulu que Rigel efface Margaret pour toujours, rien qu'en me parlant avec sa voix profonde.

Sa main remonta sur ma nuque pour me bercer et je m'accrochai désespérément à ce geste qui m'allait droit au cœur. Mon amour pour Rigel grandit encore grâce à la façon dont il était capable de me reconstruire, rien qu'en me tenant ainsi.

— Tu n'as pas besoin de me protéger, murmura-t-il avec une douceur qui caressa mon âme. Tu ne dois me défendre de rien. Ça, c'est mon job.

Je plongeai mon visage dans son pull parfumé. Je secouai la tête, gémissant contre sa poitrine.

— Je te protégerai toujours, dis-je en me sentant comme une enfant, parce que je ne savais rien être d'autre. Même si tu penses ne pas en avoir besoin…

Rigel me serra plus fort et je le laissai m'absorber totalement, centimètre par centimètre, jusqu'à ne plus former qu'un avec sa chaleur. Il savait que j'étais ainsi, que nous étions ainsi, obstinés et impossibles jusqu'au bout.

Nous continuerions de nous sacrifier l'un pour l'autre.

Nous continuerions de nous protéger à notre façon, préférant les silences aux paroles, les gestes à tout le reste.

Nous continuerions de nous vouloir ainsi, de cette façon excessive et imparfaite, pleine d'erreurs, mais sincère comme le soleil.

Je levai sur lui des yeux langoureux et détruits et il inclina son visage, le regard calme et profond. Mon cœur s'accéléra, bouleversé une nouvelle fois par sa beauté, par tout ce que Rigel représentait pour moi, et il se pencha pour m'embrasser. Ses lèvres douces provoquèrent un picotement chaud dans mon ventre. Je jetai mes bras autour de son cou et l'attirai à moi avec un besoin brûlant. Je mêlai ma langue à la sienne et Rigel serra mes hanches, essayant de me retenir, de me freiner. Il s'efforça de contenir le désir qui menaçait de prendre possession de moi comme une bête féroce, mais j'enfonçai mes doigts dans ses épaules et me pressai contre lui.

— J'ai besoin de toi, l'implorai-je. J'ai besoin de ça. Je t'en prie…

Rigel inspira à fond, la poitrine vibrante. Je pris son visage entre mes mains pour planter mes lèvres pleines de désir sur les siennes. Ses muscles se tendirent et il cessa de respirer. Le sentant vaciller, j'accentuai la pression de ma bouche et de mon corps. Et mon insistance le fit définitivement céder. Il empoigna ma nuque et sa langue envahit ma bouche, la consumant de baisers brûlants. Je fus étourdie par son assurance et d'intenses frissons parcoururent ma colonne vertébrale. Mes mains plongées dans ses cheveux, je rendis à Rigel ses baisers passionnés, lui arrachant un gémissement rauque.

Sa respiration devint saccadée, impétueuse, et il me poussa jusqu'à ce que mon dos heurte la table, qu'il balaya brutalement du bras : le verre et l'assiette se brisèrent et une pluie de feuilles recouvrit le parquet tandis que Rigel saisissait ma taille pour m'allonger.

Les doigts tremblants, j'essayai de lui enlever son pull, et Rigel l'expédia à terre en même temps que son tee-shirt. Ses cheveux noirs créaient comme une auréole soyeuse sur ses larges épaules. Mais je n'eus pas le temps de l'admirer car il déboutonna mon pantalon et le fit glisser le long de mes jambes après avoir soulevé mon bassin d'un geste brusque. Haletante, les joues brûlantes, je me retrouvai les bras en l'air lorsque ses mains vigoureuses entreprirent de m'arracher mon pull.

L'air engourdit ma peau, la mordant de sensations à la fois glacées et brûlantes. Mes épaules désormais nues cognèrent contre la table et Rigel referma sa main sur mon cou, incendiant mes nerfs. Mon cœur s'emballa quand il enfonça ses doigts dans ma cuisse avant d'y plonger les dents, là où la peau est le plus tendre et le plus sensible. Je fermai les yeux tandis qu'une secousse de plaisir m'obligeait à m'agripper aux bords de la table.

Rien n'était calme. Ni patient. Nous étions en train de nous jeter l'un sur l'autre comme des animaux.

Tout mon corps se mit à trembler et je laissai Rigel tout prendre et tout effacer de moi pour me remplir de lui.

Je me moquais des marques qu'il laissait sur ma peau.

Je ne voulais pas l'arrêter.

Car j'avais besoin de ce qu'il me donnait.

J'avais besoin de ses ardeurs, de ses morsures, de son amour noir.

J'avais besoin de me perdre dans son âme, parce que c'était le seul endroit qui ne me ferait jamais peur.

Alors que je n'étais plus que tremblements et excitation, Rigel arracha ma culotte et l'élastique s'enfonça dans ma peau au point de me couper la respiration. Puis, sans aucune délicatesse, il m'attrapa par les chevilles et m'attira à lui jusqu'à ce que je percute son entrejambe. Son corps brûlait de tension, de frénésie, du besoin de me goûter, de me dévorer, de me faire sienne.

Et moi je le désirais pour ce qu'il était, parce que je ne voulais pas qu'il soit autre chose que lui-même.

Un magnifique démon. Le seul ange qui demeurait dans l'obscurité de mon âme.

Je respirais de plus en plus difficilement à mesure que ses gestes possessifs incendiaient ma peau. Ses doigts s'enfoncèrent un peu plus dans mes cuisses, comme s'il voulait sentir ma chair se modeler sous ses mains. Il serra jusqu'à me faire mal et un faible cri s'échappa de mes lèvres. Cela eut pour effet de lui faire accentuer sa prise. Je fermai de nouveau les yeux et j'écartai les jambes. Rigel se pencha alors pour plonger ses lèvres brûlantes dans mon intimité. Lorsqu'il me mordit légèrement, je sursautai et mon souffle se brisa dans ma gorge. Puis je me contractai instinctivement, mais il empoigna mes hanches pour me bloquer. Il se mit à me torturer avec les dents, embrassant, léchant et suçant impitoyablement. Une implacable tempête me fit rouvrir les yeux. Je gémis, mes jambes s'engourdirent et je sentis une violente pulsation dans mon bas-ventre.

Sa langue avide continua à me caresser et ses dents jouèrent avec des nerfs qui firent courir des secousses sur ma peau. Ma respiration devint erratique, je tremblai et mes joues s'enflammèrent. Je serrai la prise de mes doigts sur ses cheveux mais Rigel ne s'arrêta pas, il fit tourner sa langue autour de mon point sensible puis il y plongea les dents avec plus de force qu'auparavant. Je me mordis les lèvres tandis que ses doigts griffaient ma peau tout en m'immobilisant. Il continua de me mettre au supplice avec ses coups de langue ardents jusqu'à ce que mes muscles contractés demandent grâce.

Lorsqu'il se redressa, je restai muette, épuisée et tremblante. Un bourdonnement me brouillait le cerveau. Rigel lécha ses lèvres rouges, gonflées et avides puis, cédant à l'instinct impulsif qui le dévorait, baissa son pantalon. Il empoigna brutalement mon bassin et le souleva, me coupant une nouvelle fois le souffle.

Il n'avait jamais été délicat et je ne lui aurais jamais demandé de l'être avec moi. Rigel essayait toujours de se contrôler, de se contenir, comme s'il craignait en permanence de me faire mal. Il était vorace, sauvage et impétueux, mais, à cet instant, je désirai qu'il continue de sculpter mon âme, qu'il efface le monde et l'envoie balader loin de tout avec son habituelle rudesse.

Je sentis sa virilité presser entre mes jambes et mon cœur manqua un battement puis s'emballa comme s'il allait se rompre, brisé par l'intensité du moment. Mon sang et tout mon corps se mirent à bouillir. J'aurais voulu pouvoir baisser la tête et croiser ses yeux. Je prenais la pilule, aussi entra-t-il en moi sans attendre, résolument. Ce fut si soudain et si impétueux que mon dos se cambra et mes cuisses frémirent, comme si je ne parvenais pas à m'habituer à lui. Je plantai mes ongles dans le bois de la table tandis que Rigel respirait de cette manière sourde et virile, jouissant de la sensation dévorante qui prenait possession de lui. Mais, au lieu de commencer ses assauts, il posa une main sur ma joue et ancra ses yeux aux miens.

Le temps s'arrêta.

Ma poitrine explosa sous le coup d'une émotion incontrôlable et je m'accrochai à ses iris que j'aimais follement, de toutes mes forces. Par eux, je voulais lui transmettre tout ce que je ressentais.

C'était là que nos âmes se rencontraient.

C'était là qu'elles se donnaient tout.

Ses yeux plongés dans les miens, Rigel commença à bouger en moi. Il poussait fortement, profondément, me rivant avec puissance à la table, m'étreignant au point de me briser les os.

Sa respiration emplit l'air.

Le monde s'éloigna.

Il devint ses yeux.

Il devint sa peau, son parfum, sa vigueur et sa force.

Il devint lui.

L'obscurité se transforma en velours.

Et les étoiles fleurirent entre les ombres.

Rigel se pencha un peu plus sur moi et j'accueillis ses poussées de plus en plus vigoureuses en tremblant de tout mon corps. Sa prise sur mon bassin me faisait mal, j'enfonçais mes ongles dans son dos mais je lui rendais ses baisers avec toute la douceur qui vibrait dans mon corps.

Parce que nous étions une galaxie d'étoiles, lui et moi.

Un magnifique chaos.

Un éclatant délire.
Mais ce n'est qu'ensemble que nous réussissions à briller.
Et nous serions toujours ainsi.
Difficiles à comprendre.
Imparfaits et hors du commun.
Mais immortels…
Exactement comme les fleurs d'amarante.

38- AU-DELÀ DE TOUTE MESURE

Alors habillons-nous d'étoiles.
Marchons parmi les rêves.
Nous aurons des corps célestes, tu sais ?
Tu porteras mon amour comme une éternité.
Et n'importe quelle lune, en te regardant resplendir,
désirera l'amour d'un soleil
qui la fasse briller de cette façon.

Une bague.

Carl avait offert une bague à Adeline.

La nouvelle de leurs fiançailles avait bouleversé et réjoui tout le monde. Émue, Anna avait posé une main sur sa poitrine et je l'avais prise dans mes bras de manière si impulsive que nous étions tombées toutes les deux sur le canapé.

J'éprouvais une joie éclatante que je n'aurais pas pu expliquer, mais qui me remplissait de bonheur. J'aimais Adeline de tout mon cœur et elle méritait d'être heureuse.

Pour l'occasion, Anna avait décidé quelques jours plus tard d'organiser une petite fête à la maison, à laquelle elle avait invité tous nos amis ; au fond, Adeline faisait désormais partie de la famille.

« Tu arriveras à temps ? » demandai-je par SMS à Rigel tout en marchant rapidement sur le trottoir.

Le vent caressait mes cheveux lâchés sur mes épaules.

« Oui », m'envoya-t-il avec son habituelle concision.

Il ne gaspillait jamais une parole, même dans ses messages.

J'avais beau savoir à quel point il était occupé par ses études et tout le reste, j'espérais qu'il n'arriverait pas trop tard ce soir.

« On se voit à huit heures, alors », écrivis-je, ravie et sereine.

Ce jour-là, j'avais une autre raison d'être de bonne humeur : j'avais réussi haut la main mon épreuve de maladies infectieuses, après des semaines de travail. C'était une matière difficile et j'avais aussitôt téléphoné à Rigel pour lui faire part de ma joie, car je savais à quel point il s'intéressait à mon parcours universitaire. Il était toujours la première personne que j'appelais après un examen et ses compliments produisaient sur moi un effet unique. Ils me rendaient heureuse comme une enfant.

« Amuse-toi bien avec tes amis », répondit-il avec une rare sollicitude.

J'allais boire une bière avec quelques camarades de cours avant le dîner. D'après eux, un examen aussi important devait être fêté, et j'avais trouvé l'idée très sympa. J'étais passée à la maison pour me changer, m'habillant d'avance pour la soirée afin de ne pas avoir à m'absenter plus tard, lorsque tous les invités seraient arrivés à la maison.

« Merci », écrivis-je en souriant à l'écran.

Puis je rangeai mon téléphone et me dépêchai de rejoindre la brasserie. Elle était joliment éclairée, raffinée et accueillante ; la baie vitrée laissait entrevoir des câbles de spots qui descendaient du plafond comme les branches d'un saule pleureur. Et les banquettes en cuir contribuaient à créer une ambiance parfaite pour se détendre avec des amis.

Will était déjà arrivé. Il attendait devant l'entrée, mais il ne me vit que lorsque je fus tout près de lui.

— Salut ! Ça fait longtemps que tu attends ?

— Eh ! me répondit-il en se retournant. Non, je viens d'arriver…

Son regard, fixé sur mon visage, me poussa à vérifier dans la vitre que je n'avais rien de bizarre. Dans mon reflet, je vis mes bottines à talons, mon pantalon moulant et ma veste qui m'arrivait à la taille ; j'avais également opté pour un chemisier gris perle assorti à mes yeux, en organza, avec de longues manches bouffantes qui le rendaient sophistiqué et féminin. Et je portais autour du cou le superbe pendentif en forme de larme que Rigel m'avait offert pour mon anniversaire.

En vue de la soirée, je m'étais également maquillé les yeux pour les mettre en valeur et j'avais appliqué un discret rouge à lèvres pour faire ressortir le rose de ma bouche et de mes joues.

Après avoir surmonté tous les obstacles et pris confiance en moi ces dernières années, j'avais partagé avec Anna un de ces moments « mère-fille » dont j'avais toujours rêvé : nous étions allées ensemble acheter des produits de beauté et elle m'avait appris à me maquiller. Lentement, avec précision, attention et patience. Nous avions partagé un moment intime et très important pour moi, dont je me souviendrais toujours.

Norman m'avait appris à conduire et, grâce à lui, j'avais passé mon permis. Il m'avait accompagnée et son calme habituel avait apaisé ma nervosité. Après avoir réussi l'examen, j'étais sortie du bureau en agitant mon permis et il m'avait prise dans ses bras d'une manière à la fois tendre et maladroite, en riant fièrement.

Je conservais précieusement ces instants dans ma mémoire, comme un coffret plein de trésors.

Will fixait désormais mes jambes. Billie m'avait assuré que ce pantalon mettait mes courbes en valeur plus que n'importe quel autre vêtement. Toutefois, je l'avais choisi parce qu'il était confortable et agréable à porter, pas pour attirer sur moi des regards indésirables.

— Alors, dis-je en observant autour de moi, les autres arrivent ou…

— Ils arrivent.

Will planta de nouveau ses yeux dans les miens.

— Tu sais qu'ils sont toujours en retard, poursuivit-il avec un sourire qui illumina ses iris verts. Même en cours.

Il était séduisant, avec son physique sportif et son sourire qui faisait mouche dans le cœur de nombreuses femmes. C'était toujours l'un de ces sourires solaires et contagieux que, avec mon éternelle insouciance, j'échangeais avec lui ; chaque fois que je le faisais, cependant, Will devenait pensif, comme si, dans ma manière de faire si spontanée, il décelait un détail lumineux que les autres femmes ne possédaient pas malgré leurs regards d'adoration.

— Tu as été brillante aujourd'hui à l'examen, murmura-t-il d'une voix chaude.

Il s'était rapproché.

— Merci, répondis-je avec un sourire de soulagement. Toi aussi. J'étais un peu nerveuse, au début… Je suis contente que ça se soit bien passé.

— La prochaine fois, on pourrait réviser ensemble, proposa-t-il sans me quitter des yeux, comme si les miens l'ensorcelaient. On pourrait se retrouver après les cours… J'habite tout près de la fac, tu sais. Tu pourrais venir chez moi…

— Eh, les amis !

Deux de nos compagnes de cours nous rejoignirent, interrompant notre conversation. Will se mordit les lèvres tandis que je les saluais à mon tour. Je voulais vraiment croire que sa proposition ne relevait que de l'amitié, mais je craignais que non. Je chassai cette pensée pour me concentrer sur les nouvelles venues. Nous ne sortions que rarement ensemble, à vrai dire, mais j'aimais bien ces filles ; nous parlions de notre passion commune, partageant des études qui nous intéressaient profondément. Elles nous annoncèrent que le couple que nous attendions ne pourrait finalement pas nous rejoindre en raison d'un contretemps.

— Donc… il n'y a que nous ? demanda Will.

Lorsque les filles confirmèrent, ses yeux glissèrent de nouveau sur moi. Il m'observa un instant avant d'ajouter :

— Alors, allons-y…

— Je n'en ai entendu que du bien, dis-je en entrant dans le bar. Deux copines m'ont dit que les bières artisanales étaient super ! Et puis, ils servent des petits sandwichs contenant une sauce spéciale avec les consommations, et aussi des chips qui sont à tomb…

Je n'eus pas le temps de terminer ma phrase : quelqu'un arriva par-derrière, me souleva le visage avec force et planta ses lèvres sur les miennes. J'eus un coup au cœur en reconnaissant le parfum de Rigel. Ses doigts se refermèrent sur ma mâchoire, me soumettant à un baiser si passionné et inattendu que j'en eus le souffle coupé. Il dévora mes lèvres, m'assaillant avec une telle vigueur que mon corps menu faillit céder sous sa fougue. Je me cramponnai à son bras, serrant dans ma main le cuir de son blouson, et Rigel planta ses yeux perçants sur Will sans cesser de m'embrasser. Lorsque je fus certaine de ne plus avoir d'air dans les poumons, il consentit enfin à se détacher de moi.

Je me recoiffai, écarlate et hagarde. Rigel posa son bras sur mes épaules avant de se tourner avec une fausse innocence vers mes amis, rendus muets par la scène à laquelle ils venaient d'assister.

— Oh, William, dit-il en faisant claquer sa langue, tu es là aussi. Que je suis distrait ! Je ne t'avais absolument pas vu.

Bien sûr qu'il l'avait vu. Il lui avait même lancé un regard incendiaire.

Will le fixa, pétrifié, et les filles le considérèrent avec une expression stupéfaite. Certes, il avait fait une entrée théâtrale, mais il savait très bien que ce n'était pas la seule raison pour laquelle son apparition suscitait autant de stupeur. Rigel n'était pas vraiment le genre de garçon que l'on s'attendait à croiser dans la rue. Il était à la fois terrifiant et charmant, dégageant une autorité masculine qui, combinée à son physique sculptural, faisait de lui un prédateur-né.

— Mais… ce sont des manières ? chuchotai-je, indignée et encore effarée.

— Ne me dis pas que ça ne t'a pas plu, *papillon*, murmura-t-il à mon oreille de cette voix rauque et amusée capable d'enflammer mon ventre.

Toujours aussi rouge, je levai sur lui des yeux froncés et réprobateurs.

— C'est son mystérieux fiancé, déclara l'une des filles.

Elles l'observèrent avec admiration et il révéla son prénom d'étoile avec un petit sourire :

— Je m'appelle Rigel.

Il n'avait jamais été quelqu'un d'expansif et il n'allait pas commencer maintenant. Mais je ne connaissais que trop bien sa capacité à plaire à tout le monde, aussi devinai-je que son intention, à cet instant, était justement celle-ci.

— Nica est toujours tellement discrète en ce qui te concerne, me reprochèrent-elles d'un ton affectueux. Elle ne se livre jamais ! Elle nous a juste dit que tu faisais des études d'ingénieur et que tu jouais du piano, mais, pour le reste, on dirait toujours que…

— Qu'est-ce que tu as aux mains ? les interrompit Will en désignant les doigts de Rigel, qui étaient pleins de coupures et d'écorchures.

C'étaient les blessures qu'il s'était faites durant sa dernière crise, celles que j'avais soignées.

— Oh, rien. Une bagarre, déclara-t-il tranquillement, une étincelle dans le regard.

C'était faux !

Will afficha une expression prudente.

— Une… bagarre ?

— Mais non, il s'est juste coupé, voulus-je minimiser.

Rigel ébaucha un sourire, avec l'aisance de celui qui n'a même pas besoin d'élever la voix pour s'imposer.

— Oui, avec des types qui m'avaient énervé. Peut-être devrais-je écouter mon psychiatre quand il me dit que j'ai de graves problèmes de gestion de la colère et une forte propension aux troubles de la personnalité…

Il éclata de rire en secouant la tête tandis que Will le fixait, les yeux écarquillés.

Je souris nerveusement.

— Il… il aime bien plaisanter…

Les filles se détendirent en saisissant son drôle de sens de l'humour, mais Will resta figé, comme si mon petit ami était encore pire que l'idée qu'il s'était faite de lui.

— Alors, on y va ? proposa Rigel comme si de rien n'était.

Son bras était toujours passé autour de mes épaules et cette situation semblait l'amuser terriblement. Je crus voir Will déglutir avec difficulté lorsqu'il demanda :

— Tu… tu viens toi aussi ?

— Pourquoi, l'invitation ne m'était pas destinée ? Il me semble pourtant que ce n'est pas ce que tu as dit l'autre jour, pendant l'appel vidéo…

Rigel ne poussa pas plus loin, préférant crucifier Will avec un regard pénétrant qui rappelait tous les aimables *conseils* qu'il lui avait donnés au cours de cette conversation. Saisissant l'allusion, Will pivota et entra en vitesse dans le bar, comme s'il ne désirait rien d'autre qu'être englouti par la porte tournante. Les filles le suivirent en discutant tranquillement du raffinement des lieux.

— Tu sais, murmura Rigel d'un ton âpre une fois que nous fûmes seuls, que tu as une étrange disposition à attirer les imbéciles.

— Tu peux arrêter de le terroriser ? dis-je en le regardant de travers.

— Je n'y pense même pas, siffla-t-il à mon oreille.

La chaleur de son corps mit à rude épreuve ma bonne volonté et je le suspectai d'en être tout à fait conscient.

— C'est pour ça que tu es venu ? Pour Will ? lui demandai-je comme nous franchissions la porte à notre tour.

La main de Rigel effleura mon visage et j'eus envie d'arrêter son geste. Mais rien qu'un peu.

— Tu voulais depuis longtemps que je fasse la connaissance de tes amis, n'est-ce pas ?

Et voilà qu'il retournait la situation. Si c'était vrai que j'avais souvent exprimé ce désir devant lui, je le connaissais aussi suffisamment bien pour savoir que ce n'était pas en raison d'une soudaine envie de se lier qu'il se trouvait ici en ce moment.

Rigel retint la porte d'une main puis pencha son visage pour me demander :

— Tu n'es pas contente que je sois là ?

Ses yeux de velours engloutirent ma volonté. Ma gorge se contracta et je sentis mes joues s'enflammer de nouveau, car, en vérité, j'étais touchée qu'il soit venu, bien plus que ce qu'il pouvait imaginer. Il déplaça son regard de mes yeux à mes lèvres et mon cœur fondit dans un soupir.

— Tu te comporteras bien ? dis-je doucement.

Il leva un sourcil amusé, prenant cet air angélique qui le faisait ressembler au pire des diables.

— Ce n'est pas ce que je fais toujours ?

Rigel me poussa en avant et une agréable chaleur caressa mon visage. L'intérieur de la brasserie était vraiment sympa : les petites lumières créaient une atmosphère digne de Noël, relaxante et agréable, et je remarquai de nombreux jeunes assis aux tables et au comptoir. J'en déduisis que l'endroit était bien connu des étudiants.

Nous rejoignîmes les autres, assis sur des banquettes autour d'une table ronde, dans le fond. Alors que Rigel gardait son blouson, j'enlevai le mien et je le déposai sur le fauteuil voisin. Charmée par l'ambiance, je regardai autour de moi tout en replaçant mes cheveux derrière mon oreille d'un geste lent. C'est alors que je me rendis compte que Will, de l'autre côté de la table, observait mon visage illuminé par le tissu brillant de mon chemisier. Je détournai aussitôt les yeux pour les diriger vers le bar, tout en acquiesçant aux commentaires de mes amies sur les lieux.

À côté de moi, Rigel s'appuya contre son dossier et passa son bras autour de mes épaules. Il me sembla voir son regard suivre la petite rangée de boutons qui arrivaient jusqu'au creux de mon dos, mais je continuai de parler avec les filles.

J'éprouvais une étrange euphorie : Adeline qui se fiançait, les cours à la fac qui se passaient bien, ma famille adorable et spéciale… Ces émotions se fondirent toutes ensemble pour créer un mélange de joie qui fit briller mes yeux.

Rigel profita de la distraction des autres pour se pencher vers moi et approcher ses lèvres brûlantes de mon oreille.

— Tu sais, j'étais en train de penser…

Sa voix susurrante, suave et vénéneuse faisait glisser ces paroles comme de la soie sur sa langue. Je m'approchai de lui, souriante, et chuchotai innocemment :

— À quoi ?

— À tout ce que je voudrais te faire.

J'avalai ma salive de travers à la pensée de ce que Rigel avait l'habitude de me faire. Je me sentis rougir violemment, les yeux écarquillés. Je vis Will, en face de moi, nous observer d'un air perplexe. Rigel enfouit son visage dans mes cheveux, enflammant ma peau de son souffle, et je compris qu'il était en train de mal se comporter et de donner à voir le pire de lui. S'il était déjà difficile de gérer les sensations que provoquait en moi sa présence, l'entendre me parler de cette façon intime et impudique ne m'aidait pas du tout.

Je sursautai en sentant son portable vibrer contre mes côtes. Il se détacha de moi de mauvaise grâce et le sortit de sa poche d'un geste souple. Je compris qu'il s'agissait d'un des nombreux jeunes à qui il donnait des cours particuliers, et il se leva pour aller téléphoner dehors, loin du bruit.

Je le regardai disparaître au milieu des personnes présentes qui le laissaient passer sans s'en rendre compte et, encore une fois, cela me fit bizarre de le voir là, comme une couleur qui ne parvenait jamais à se mélanger aux autres. Il était si singulier. Tous les gens me semblaient identiques, comparés à lui, comme des pierres à côté d'un diamant. Bien sûr, chacun a ses particularités, mais Rigel était plus nuancé, plus complexe que les autres, et ses facettes diffusaient un éclat stellaire. Il avait un caractère mordant et un cœur minéral, mais une âme comme la sienne ne brillait que pour peu de personnes.

Et je ne la lâcherais pas.

Pour rien au monde…

— Bonsoir.

Une jeune serveuse s'approcha de nous, souriante et le stylo à la main.

— Qu'est-ce que vous buvez ?

Elle prit note de nos commandes sur son calepin. Pour Rigel, je choisis une bière brune, pas trop amère, dans l'espoir qu'elle lui plaise, et la serveuse s'éloigna. Je me joignis à la conversation des autres sur la fac et nous échangeâmes à propos des cours et des travaux pratiques de l'après-midi. Quand nos boissons arrivèrent, quelques minutes plus tard, Rigel n'était toujours pas revenu. Je le cherchai du regard ; je ne voulais pas avoir l'air trop angoissée ou étouffante, mais, à cause de sa maladie, j'avais toujours peur qu'il se sente mal ou qu'il ait une crise. Même si je ne pouvais rien faire, à part l'aider à prendre ses médicaments, l'idée que cela puisse arriver à tout moment m'inquiétait. Je voulais juste m'assurer qu'il allait bien, mais je n'eus pas besoin de sortir. À ma grande surprise, je l'aperçus debout près du comptoir, le portable toujours à la main et le visage tourné vers… un petit groupe de personnes ?

— Rigel ?

Je lui pris la main et il se retourna brusquement, ses yeux posés sur mes doigts recouverts de pansements entrelacés aux siens. Même après toutes ces années, il n'était pas encore habitué à certains gestes spontanés. Mais il se tranquillisa quand il me reconnut.

Je constatai qu'il était en compagnie de trois garçons et d'une fille que je ne connaissais pas.

— Bonjour, dis-je, un peu surprise et gênée.

Puis je levai les yeux sur Rigel.

— Je ne te voyais pas revenir…

— C'est notre faute, répondit amicalement l'un des garçons. Nous nous sommes rencontrés par hasard.

Je le considérai avec étonnement. Remarquant mon air perdu, la fille esquissa un petit sourire et, avec une pointe de satisfaction dans la voix, déclara :

— Nous sommes à la fac ensemble.

— Oh.

Je souris et sentis une douce chaleur se répandre dans ma poitrine. C'était la première fois que j'avais l'occasion de rencontrer ses copains de cours et j'en fus très heureuse.

— Ravie de vous connaître ! Je suis Nica.

— Tu es l'une de ses amies ? demanda l'un d'eux, hésitant.

Et je compris que l'attitude solitaire de Rigel, réticent à tout type de confidence, était la raison de leur perplexité.

— Je suis sa petite amie, répondis-je tranquillement, suscitant aussitôt une réaction étonnée.

Apprendre cela les fit tous sourire, comme si ma présence, aussi douce que spontanée, le rendait moins inaccessible.

— Tu ne nous avais pas dit que tu avais une copine, Wilde, déclara la fille en faisant tout pour que je l'entende. Jamais, pas même une seule fois…

Elle ficha son regard dans le mien, comme si elle s'attendait à me voir blessée par ses paroles ou par l'attitude négligente de Rigel, mais je restai sereine. Je savais pourquoi il en était ainsi : Rigel était réservé, fermé et introverti, pas du tout le genre de garçon qui parlait de lui aux autres. Je savais comment il était fait, mais ce n'est pas pour autant que j'aurais douté de lui. Ce que nous partagions était inoxydable, cela allait au-delà de nos âmes et c'était plus fort que n'importe quelle parole.

Toutefois, la fille interpréta mon silence comme une victoire. Je vis une expression de satisfaction passer sur son visage lorsqu'elle adressa un sourire à Rigel.

— Je voulais juste te dire qu'on nous a servi nos consommations, annonçai-je d'une voix tendre, bien décidée à le laisser vivre sa vie. Je t'ai commandé une bière brune.

Puis je me tournai de nouveau vers les autres et leur souris également.

— Ça a été un plaisir. Bonne soirée.

Ils me rendirent mon salut en déclarant espérer me revoir, mais la fille garda le silence. Elle se mordait l'intérieur de la joue d'un air ironique. Elle me jeta un coup d'œil dédaigneux avant de lever sur Rigel un regard vorace qui fut la dernière chose que je vis avant de tourner le dos.

J'étais sur le point de m'éloigner mais je changeai brusquement d'avis et revins sur mes pas : je saisis le visage de Rigel et pressai brutalement mes lèvres contre les siennes. Accrochée à lui, je le noyai dans un baiser à couper le souffle, plongeant mes mains dans ses cheveux. Je l'embrassai avec une fougue qui m'étonna moi-même : je prenais sa bouche, sa force, son cœur, tout. Enfin je me détachai avec un bruit sonore, lui laissant les lèvres rouges et gonflées.

Un grand silence se fit. Tout le monde me regardait, abasourdi, les sourcils haussés et avec une approbation silencieuse sur le visage, mais je fis comme si de rien n'était. Immobile entre mes mains, Rigel m'observait, les yeux écarquillés et les cheveux décoiffés, la stupeur ancrée dans ses iris noirs. Je trouvai cette expression tellement inédite et adorable que je lui souris tendrement.

— Je t'attends à notre table.

Je fis claquer un nouveau baiser sur sa bouche et m'éloignai tranquillement, sentant sur moi son regard ardent et celui, déconcerté, de la fille.

Lorsqu'il revint s'asseoir avec nous, je perçus dans ses gestes un léger tremblement que personne d'autre que moi n'aurait pu remarquer. Je n'en eus la confirmation que plus tard, dans la rue, au moment où nous prîmes congé des autres pour rejoindre la fête. Il passa son bras autour de mes épaules et siffla à mon oreille d'un ton insinuant :

— C'était quoi, ça ?

Je devinai la note de moquerie dans sa voix.

— *Ne me dis pas que ça ne t'a pas plu...*, murmurai-je, trop embarrassée pour le regarder.

Rigel se mordit la lèvre et, contre toute attente, un petit rire sourd jaillit de sa poitrine. Ce son rauque vibra profondément en moi. Je le regardai rire, un peu décontenancée, et aussitôt mon cœur se gonfla d'un amour brûlant. Car je n'arrivais pas à m'habituer à le voir sourire spontanément. Et c'était presque étrange de le voir ainsi, illuminé de ces couleurs vives. C'était étrange mais pas désagréable, non, c'était étrange mais beau aussi, merveilleux et éclatant, à couper le souffle. Un phénomène étrange qui enchantait l'âme et le cœur, comme l'éclat de la foudre dans la nuit.

Voilà ce qu'était Rigel pour moi.

Ma lumière dans l'obscurité.

Ce rayon de tempête qui brillait plus que le soleil.

— Tu deviens piquante…, commenta-t-il, un sourire flottant encore sur ses lèvres.

L'âme imprégnée de son hilarité, je me blottis contre lui. Puis, penchant ma tête en arrière, je ris doucement à mon tour contre son bras. Il y avait toujours quelque chose d'unique et de spécial dans notre normalité.

Et ça… ça ne changerait jamais.

— Félicitations ! dis-je en serrant Adeline dans mes bras.

Elle resplendissait, avec sa robe pastel ajustée et ses boucles d'oreilles en perles. Sans même la regarder, je sentis la chaleur qui colorait ses joues ; lorsqu'elle se détacha de moi, elle me sourit, les yeux brillants. Elle était superbe. Carl, près d'elle et rouge d'émotion, me salua.

— Ses parents sont là, m'informa Adeline en les désignant parmi les amis et les clients fidèles de la boutique.

Elle insista pour me les présenter et le fit avec la fierté que l'on réserve à un membre de sa famille. Je saluai aussi Dalma et George, qui tenaient un verre de champagne à la main. Près d'eux, Asia répondit à mon sourire hésitant mais chargé de mille nuances par un regard et un geste sur lesquels, peut-être, nous pourrions bâtir beaucoup de choses. Je n'oublierais jamais ce qu'elle avait fait au procès.

Soudain, on sonna à la porte ; je prévins Rigel que j'allais accueillir les invités qui arrivaient encore. Il me répondit d'un mouvement de tête et, à cet instant, les parents d'Asia s'approchèrent pour lui dire bonjour et discuter un peu avec lui.

Lorsque j'ouvris, une fille au visage espiègle, les poings sur les hanches, apparut devant moi.

— C'est ici, la fête ?

— Sarah ! m'exclamai-je en souriant.

Elle porta les mains à son visage avec enthousiasme.

— Mais quel quartier sympa, Nica, c'est adorable ! Toutes ces fleurs, ces barrières…

— Tu te bouges ? grogna une voix dans son dos.

Miki la bouscula pour passer et fit son entrée, les sourcils froncés. J'admirai le visage fin et séduisant de la femme qu'elle était devenue. Ses longs cheveux noirs ondulaient sur sa poitrine et sa belle bouche charnue n'avait pas perdu son habitude de mâcher du chewing-gum. Elle portait un pantalon noir, une paire de rangers et un sweat blanc sous lequel, malgré les années, elle continuait de dissimuler ses formes.

Car, si Miki avait toujours eu des courbes généreuses, elle n'avait jamais aimé les montrer : elle était plus à son aise dans ses vêtements amples et confortables et, même si elle avait mûri avec le temps, elle n'avait pas changé de style.

— Je suis contente que vous soyez là, dis-je gaiement.

Elle m'adressa un regard peu conciliant et me tourna le dos pour enlever sa veste. Un peu décontenancée, je demandai à Sarah :

— Que se passe-t-il ? Pourquoi est-elle de mauvaise humeur ?

— Mais que veux-tu qu'il se passe ? Pendant que nous faisions le plein d'essence, un crétin nous a sifflées… Et tu sais comment elle prend ce genre de choses…

Miki la foudroya du regard.

— Tu pouvais au moins t'abstenir de lui prêter main-forte, siffla-t-elle sèchement.

Sarah ricana.

— C'était juste une marque d'assentiment…

À cet instant, heureusement, quelqu'un frappa à la porte. J'ouvris et je fus aussitôt aveuglée par un flash puissant.

— *Bam !* cria Billie, euphorique. Ah, celle-là, elle est vraiment belle… Nous l'appellerons *Une panthère à l'affût…*

Elle regarda les yeux lourdement maquillés de Miki capturés dans l'écran et hocha la tête de contentement. Puis elle nous adressa un sourire exalté.

— Salut !

Depuis qu'elle avait les cheveux courts, ses boucles blondes partaient dans tous les sens. Mais je trouvais que cette coupe lui allait bien car elle accentuait sa personnalité pétillante.

— Vous arrivez au bon moment, dis-je en la laissant entrer. Norman est en train de servir le champagne.

Un garçon très grand et un peu dégingandé se tenait derrière Billie. Il s'avança timidement en enlevant sa casquette, comme s'il entrait dans une église.

— Salut Nica… Merci de m'avoir invité. J'ai… j'ai apporté cette bouteille…

— Vince ! s'écria Sarah avec un grand sourire, les bras écartés comme si elle venait de voir gagner son équipe favorite.

— Oh, salut Sarah…

— Mais… tu as de nouveaux muscles ? Incroyable ! Regardez-moi ça ! siffla-t-elle en tâtant ses bras.

Vincent rougit, flatté.

— Eh ben… Oui, j'ai commencé à m'entraîner et… Oh, salut Miki, bredouilla-t-il soudain.

Miki lui rendit son bonjour de sa manière habituelle, sans un regard, et Vincent serra sa casquette dans ses mains tout en l'observant par en dessous. Il faisait tout pour obtenir une miette d'approbation de sa part, mais cela ne portait pas vraiment ses fruits ; Vincent était pourtant un garçon si timide et si maladroit qu'il était impossible de ne pas l'aimer. Et j'étais certaine que Miki, sous sa carapace, le savait très bien.

— Venez, dis-je en passant devant. Anna vient de sortir les petits feuilletés du four…

La fête était en l'honneur d'Adeline mais j'avais pris la liberté d'inviter mes amis ; j'aimais m'entourer des personnes qui m'étaient chères, je me sentais ainsi enveloppée par une bulle chaude et agréable. J'aurais voulu les avoir en permanence à la maison. Peut-être parce que, n'ayant jamais rien eu à moi quand j'étais petite, j'avais grandi avec la conviction que le bonheur devait être partagé.

Sarah ne voulut rien boire et, quand Vincent revint peu après avec deux verres, il en offrit un à Billie, qui sourit, attendrie.

— Merci, trésor.

Je croyais que l'autre était pour lui, mais il le tendit à Miki, qui le fixa sans ciller.

— Je n'aime pas le champagne, marmonna-t-elle, catégorique.

— Je sais…, répondit Vincent, gêné. C'est pour ça que je t'ai pris du vin blanc… Je sais que c'est ton préféré…

Miki leva les yeux sur lui tandis que, derrière elle, Sarah agitait les pouces en signe de victoire. Billie, qui observait sa meilleure amie avec une pointe d'appréhension, soupira de soulagement lorsque Miki se décida enfin à prendre le verre que Vincent lui tendait. Elle le tint contre sa poitrine, avec cette expression un peu grincheuse de celle qui ne sait pas quoi répondre à une gentillesse, et, après avoir croisé le regard plein d'espoir de Billie, marmonna :

— Merci.

Vincent rougit et, comme s'il se rendait subitement compte qu'il avait les mains vides, alla se chercher à boire.

— Je l'adore, confessa Sarah en le regardant saluer Norman, tous les deux aussi embarrassés l'un que l'autre.

Les yeux de Billie se remplirent de gratitude et je savourai la façon dont ces paroles la réconfortèrent, parce que c'était tout ce qu'elle espérait entendre.

Peu après, alors que la fête battait son plein, je vis Vincent gesticuler et parler avec animation. À côté de lui, Rigel se tenait les bras croisés, un verre de champagne dans une main et la tête légèrement inclinée. Je voyais bien qu'il faisait un effort pour ne pas laisser deviner son incrédulité devant la confiance que lui accordait Vincent.

Je ne pus retenir un sourire.

Vincent aimait l'espace, la cosmologie et la physique quantique, et il semblait tenir Rigel en très haute estime : malgré les silences et les regards défiants, malgré le fait qu'à côté Miki était un agneau, Vincent semblait content de le voir. Et même s'ils étaient très différents, Rigel s'efforçait d'être… gentil avec lui. Tout du moins poli.

À cet instant, je m'aperçus qu'Anna était en train de l'observer. Et qu'il y avait dans son regard un peu triste une affection que Rigel n'aurait jamais pu lui offrir en retour.

Je suis incapable de me lier, m'avait-il susurré une fois.

Nous étions en train de nous promener avec Anna et Norman, et cet aveu avait brisé le silence. J'avais tout de suite compris de quoi il parlait, parce que son ton changeait lorsqu'il laissait parler son âme. Il gardait la tête baissée et les mains enfoncées dans les poches de son blouson, ses cheveux noirs se confondant avec la nuit. Dans ces moments-là, me regarder dans les yeux était toujours trop direct pour lui.

Il n'arrivait pas à s'attacher à eux.

Il n'arrivait pas à s'attacher à qui que ce soit. Telle était la vérité.

Le syndrome de l'abandon et le poids psychologique de sa maladie avaient créé en lui, dès son plus jeune âge, une profonde insécurité émotionnelle. Et sa relation avec la directrice n'avait fait qu'empirer les choses. Lorsqu'il était enfant, Rigel avait eu un besoin désespéré d'affection, mais l'obtenir d'une telle femme l'avait poussé à refuser la seule forme d'amour qu'il avait jamais reçue. Margaret était un monstre, et il le savait.

Tout cela l'avait conduit à se priver d'attaches, à grandir sans liens et à les repousser. La solitude, la frustration et le manque de points de repère avaient gravement porté atteinte à sa capacité à créer des liens affectifs. Ce n'était pas sa faute. Il s'était protégé comme contre une maladie, développant les anticorps qui lui permettraient de ne pas tomber malade.

Dans l'obscurité de cette rue, j'avais accepté son silence et je lui avais pris la main. Je n'avais pas pu lui dire à quel point Anna et Norman l'aimaient, en réalité. Mais, au fond de moi, j'étais certaine que, même s'il n'était plus là, l'enfant qu'il avait été autrefois aurait voulu pouvoir partager leur affection.

La sonnette se fit de nouveau entendre.

Je posai mon verre et me dirigeai vers la porte d'entrée. C'est alors que Klaus se faufila entre mes jambes. Puis il s'immobilisa et me lança un regard indigné ; il était contrarié par tous ces invités qui envahissaient sa maison. Aussi le pris-je dans mes bras, mais il poussa un miaulement agacé. Je l'embrassai sur la tête en le grattant derrière les oreilles, comme il aimait, et je souris en l'entendant ronronner. Je le caressai doucement avant de le poser sur la première marche de l'escalier, d'où il me lança un nouveau regard de travers, probablement vexé que je n'aie pas continué de le câliner comme il s'y attendait.

— J'arrive..., dis-je en ouvrant la porte.

Je me figeai.

Le passé réapparut sous mes yeux, m'arrachant pendant un instant au présent.

Le jeune homme qui se tenait devant moi se tourna légèrement et, à l'instant où je croisai ses yeux, j'eus l'impression que mon cœur se désintégrait et que le temps s'arrêtait.

— Peter ? dis-je d'une voix étranglée.

Il me regarda de ces yeux dont je me souvenais parfaitement.

— Nica...

Je sentis mon cœur se remettre à battre, puis se gonfler au point de me couper le souffle : sans y réfléchir, je tendis les bras, incrédule. Je l'étreignis et ses cheveux roux effleurèrent ma joue. J'étais en proie à une émotion si intense que je ne m'aperçus pas tout de suite que Peter, tremblant, s'était raidi.

De lui, je me rappelais cet enfant maigre, aux cernes permanents, qui pleurait toujours plus que les autres et se cachait derrière tout le monde. Il n'avait jamais su se défendre contre la cruauté : une âme tendre comme la sienne n'avait même pas la force de se protéger elle-même.

— Je... je n'arrive pas à y croire..., soufflai-je en me détachant de lui.

Les yeux humides, je ne remarquai qu'à cet instant son incroyable pâleur et les nerfs tendus de son cou. Je mis un instant à comprendre que c'était probablement moi qui avais provoqué cette réaction.

— Eh oui...

Peter s'efforça de sourire, mais le coin de sa bouche était agité d'un étrange tremblement. Ses lèvres semblaient parcourues d'un fourmillement constant et je fus troublée un instant, jusqu'à ce que je comprenne : je l'avais effrayé. Car je n'avais pas pris en compte une chose fondamentale : Peter était comme moi. Mais en bien pire. Lui aussi avait arrêté de grandir.

Pourtant, Adeline me l'avait dit longtemps auparavant : il ne s'était jamais remis de ce qu'il avait vécu.

— Adeline m'a invité, m'informa-t-il en déglutissant.

Je vis que, peu à peu, il se détendait.

— Elle savait que j'étais ici… pour le procès. Je t'ai vue ce jour-là, m'avoua-t-il. Je vous ai vues toutes les deux. Moi aussi, j'y étais. Je t'ai écoutée à la barre des témoins, Nica. J'aurais voulu te saluer après mais je ne suis pas arrivé à te trouver.

Parce que je m'étais enfuie.

Je lui adressai un sourire tremblant qui, je l'espérais, lui transmettait tout ce que je voulais lui dire.

— Si j'avais su que tu étais là, j'aurais trouvé la force de rester.

Les yeux de Peter se détournèrent brusquement, pendant une fraction de seconde, et je devinai que c'était sa façon d'exprimer son malaise et son embarras. Aussi adoucis-je ma voix :

— Ce que tu as fait était très courageux. Sans toi, elle n'aurait jamais été condamnée.

Margaret ne perturberait plus notre réalité. Grâce aux différents témoignages, aux preuves accablantes et aux rapports mentionnant les troubles psychologiques durables qu'elle avait causés, la cour l'avait non seulement déclarée coupable, mais avait également prononcé contre elle une peine qui ne lui permettrait plus de nuire à personne.

Elle ne hanterait pas notre avenir.

Rien que le passé.

Je me demandais ce qu'elle avait dû penser quand elle avait compris que c'était justement Peter qui avait déclenché ce mécanisme. Justement lui qui n'avait jamais eu la force de réagir, le seul qui avait toujours été trop petit et terrorisé par elle pour faire quoi que ce soit.

— Viens, lui dis-je chaleureusement.

Je me mis sur le côté pour le laisser passer et lui faire comprendre en même temps que je n'envahirais plus son espace sans son accord. Peter entra avec prudence et je m'abstins de l'aider à enlever sa veste. C'était tellement étrange de le voir ici, dans mon présent. Pourtant, la première chose qui me vint à l'esprit fut de vouloir le présenter à Anna et à Norman. Je le fis s'installer sur le canapé et lui demandai s'il voulait que je lui apporte quelque chose à boire. Il refusa, les lèvres légèrement contractées, sans cesser de jeter des coups d'œil nerveux autour de lui.

Il avait toujours ses cheveux couleur carotte, ses yeux bleu pâle et son long nez. Son visage était constellé de taches de rousseur et, même s'il était un adulte maintenant, il était toujours aussi mince. Il paraissait encore petit, fragile et effrayé. Comme quand il était enfant.

— Donc… c'est chez toi, ici ?

— Oui, répondis-je en m'asseyant doucement près de lui. J'ai fait la connaissance des Milligan quand j'avais dix-sept ans. Ils sont venus au Grave… Ce sont des gens adorables. Et ça me ferait plaisir de te les présenter, si tu es d'accord.

Je n'insistai pas davantage. Peter venait juste d'arriver et, en plus, je ne savais pas s'il était à l'aise avec les inconnus. Peut-être Adeline ne lui avait-elle pas dit qu'il y aurait autant de monde. Il continuait de regarder autour de lui comme s'il souhaitait disposer d'une paire d'yeux pour chaque personne présente.

— Je sais que tu as été adopté après avoir quitté le Grave, lui dis-je en cherchant à croiser son regard.

Il acquiesça. Comme Adeline, il avait été transféré à Saint-Joseph, mais, contrairement à elle, il n'y était pas resté longtemps.

— Les Clay, déclara-t-il en me montrant sur son portable la photo d'un couple souriant, à la peau sombre.

Peter, une expression sereine sur le visage, avait son bras autour des épaules de leur fils, un jeune garçon qui faisait le geste de la victoire. En me voyant sourire, Peter sembla se détendre un peu.

— Ils sont venus quand j'avais treize ans, m'expliqua-t-il. Ce jour-là… eh bien, je me suis pris les pieds dans le tapis. Je voulais faire bonne impression. Au lieu de ça, j'ai renversé la plante de l'entrée. Ils ont aussitôt décidé de faire ma connaissance. Je crois qu'ils m'avaient trouvé… sympathique.

J'éclatai de rire et Peter sourit enfin. Il me parla d'eux, de l'école, de comment il était arrivé à quitter l'orphelinat et à être accueilli dans une famille. Je retrouvai beaucoup de moi dans ses paroles et je fus heureuse de connaître une partie de ce qu'était sa vie maintenant.

Soudain, Peter se bloqua. Son visage se pétrifia et son regard se durcit, comme sous l'effet d'un choc. Étonnée par ce brusque changement, je me retournai instinctivement pour suivre la trajectoire de ses yeux.

Et je sentis un coup au cœur quand je compris.

Rigel.

Il avait vu Rigel au fond de la pièce.

Adeline était en train de lui parler gaiement et, même si ses lèvres blanches étaient scellées dans leur habituelle expression hermétique, ses yeux noirs la considéraient attentivement. Elle sourit en lui donnant un coup d'épaule enjoué et il lui répondit quelque chose qui la fit éclater d'un rire joyeux.

— Lui…, articula Peter d'une voix changée. Qu'est-ce… qu'il fait… là…

— Ce n'est pas ce que tu crois, Peter, me hâtai-je de préciser.

Je me rappelais qui était Rigel dans nos souvenirs d'enfance : le monstre violent et cruel contre lequel Peter m'avait précisément mise en garde.

— Il y a des choses que tu ne sais pas, poursuivis-je d'une voix faible. Rigel n'a jamais eu aucun lien avec la directrice. Tu dois me croire.

Peut-être aurait-ce été différent s'il l'avait vu au procès de Margaret. Mais Rigel était absent ce jour-là.

— Je devais m'attendre à le revoir un jour. Regarde-le, cracha-t-il.

Il y avait de la rancœur dans sa voix, car il avait devant les yeux un jeune homme impeccable et splendide, alors que lui allait pour toujours devoir porter les stigmates des abus qu'il avait subis.

— Il n'a pas du tout changé.

— Il n'est pas la personne que tu penses, déclarai-je avec une pointe d'amertume.

Peter était tendu et le tic de ses lèvres prouvait qu'il était de plus en plus stressé. J'aurais voulu lui prendre la main mais je savais que ce n'était pas une bonne idée.

— Peter, soufflai-je, Rigel est très différent de ce que tu crois…

— Tu prends sa défense ? me demanda-t-il d'un ton incrédule en plantant ses yeux dans les miens. Après tout ce qu'il t'a fait ?

Il me regarda comme si je venais d'une autre planète, et une ombre amère et sinistre assombrit soudain son visage.

— Bien sûr. Il a toujours été très fort à ce petit jeu. Pour manipuler… Voilà pourquoi Adeline l'a invité. Même après tout ce temps…

Lorsqu'il les regarda de nouveau, son regard trahit un éclair de jalousie. J'y saisis un sentiment refoulé et je compris qu'il concernait Adeline. Bien que je sache que Peter avait toujours méprisé Rigel, il semblait plus jaloux de lui que de Carl.

— Tu te trompes, insistai-je d'un ton doux et sincère. Adeline l'aime bien. Elle tient à lui… comme à un frère.

— Oh, ça ne lui a pourtant pas posé de problème pour la sauter, siffla-t-il, plein d'aigreur.

Glacée, je cessai de respirer et fixai Peter comme si mon cœur s'était arrêté de battre.

— Pardon ?

— Quoi ? Tu ne le savais pas ?

Mon regard se posa instinctivement sur Adeline. Elle était là, souriante, heureuse, follement amoureuse du garçon qu'elle était sur le point d'épouser. Pourtant, ces paroles me dévoraient l'âme.

— J'ai fait chambre commune avec lui, me rappela Peter. Je sais de quoi je parle. Je devais m'en aller quand elle arrivait… Chaque fois… Elle ne voyait que lui. Seulement lui et toujours lui. Comme s'il n'attirait pas déjà l'attention de tout le monde.

Il regardait Rigel maintenant. Haineusement.

— Ça ne m'étonne pas de le voir ici. Il doit vouloir lui rappeler l'effet qu'il lui faisait. Ou qu'il lui fait encore…

— Rigel est ici avec moi, lâchai-je presque mécaniquement.

J'avais l'esprit en ébullition, une étrange sensation dans la poitrine, mais ces mots parvinrent toutefois à se frayer un chemin jusqu'à mes lèvres :

— Nous… nous sommes ensemble.

Je n'aurais jamais pu imaginer l'expression de Peter, j'avais l'impression de lui avoir annoncé quelque chose d'abominable. L'effarement créa un étrange contraste sur son visage, où ses yeux d'enfant trahissaient la furie incrédule d'un adulte.

— Vous êtes… ensemble ? répéta-t-il comme si j'étais devenue folle. Tu es avec lui ? Tu as peut-être oublié comme il te traitait ? Il te détestait, Nica !

— Peter, il ne me détestait pas, susurrai-je.

Parce que, même si Rigel était une histoire que les autres ne pouvaient pas comprendre, Peter faisait partie de notre passé et je ressentais le besoin de le convaincre que les choses n'étaient pas telles qu'il les voyait.

— C'est tout le contraire…

— Bien sûr, lâcha-t-il d'un ton sarcastique. Il était amoureux de toi, mais il sautait régulièrement une autre.

Je tressaillis. Ces paroles m'atteignirent en plein cœur, comme si on m'avait asséné un coup de pied, et me réduisirent au silence. Peter secoua la tête ; il arborait un air de compassion désormais.

— Tu as toujours été trop naïve, Nica.

Au fond de moi, quelque chose s'agita, brûla, devint persistant, et je ne parvins pas à m'empêcher de lever les yeux sur Rigel. Son regard d'obsidienne perforait l'espace qui nous séparait. Adeline n'était plus avec lui et son attention était maintenant entièrement consacrée au garçon assis près de moi. Il fixait Peter et je retrouvai dans ses yeux la stupeur qui avait été la mienne quand je l'avais reconnu sur le seuil de la porte. Puis ses yeux croisèrent les miens. À cet instant, la pensée qu'Adeline et lui se soient touchés et respirés comme nous le faisions me tordit l'estomac, telle une érosion intérieure. Ils avaient dû échanger de nombreux baisers par le passé et je comprenais maintenant le sens de celui qu'elle lui avait donné lorsqu'elle était revenue, des années plus tôt.

Je me levai et m'excusai auprès de Peter avant de quitter la pièce. Je venais de comprendre que je ne pourrais pas le convaincre : il était trop enraciné dans ses certitudes, dans son passé, pour tout reconsidérer. Il ne changerait pas d'avis. Je ressentais un tel besoin de m'éloigner que je ne pouvais plus rester près de lui. J'avais l'image d'Adeline incrustée dans les yeux et, malgré ce que je ressentais, je ne voulais pas lui gâcher ce moment.

Je remontai le couloir jusqu'à la pièce du fond ; mes cheveux effleurèrent mes coudes quand je m'immobilisai là, au centre du tapis, loin des regards et des bruits. Lorsque j'entendis quelqu'un fermer la porte dans mon dos, je me retournai en sachant très bien de qui il s'agissait.

— Tu as été avec Adeline ? demandai-je sans pouvoir me retenir, comme si ces paroles me brûlaient les lèvres.

L'air sombre, Rigel m'adressa un long regard par-dessous.

— C'est ça que t'a raconté Peter ?

— Réponds-moi, Rigel.

Le silence fut l'unique réponse que je reçus. Mais j'avais appris à interpréter cette absence de paroles bien mieux que leur présence.

— Quand avais-tu l'intention de me le dire ?

— Qu'est-ce que tu aurais voulu entendre, exactement ?

— Ne change pas de sujet. Vous savez à quel point vous comptez pour moi. L'idée que vous…

Je cherchai mes mots mais l'amertume me serrait la gorge.

Tout ça n'aurait pas dû me poser de problème. Cela s'était passé avant que Rigel et moi ne découvrions que nous nous appartenions. Qu'est-ce que ça avait à voir avec nous ?

Rien.

Et pourtant, cette pensée ravivait mon sentiment d'insécurité et me tourmentait. Adeline m'avait raconté que c'était lui qui me tenait la main quand Margaret me punissait, que c'était lui qui me protégeait chaque fois, que ses gestes avaient toujours été guidés par quelque chose d'unique et de profond, depuis le début. Mais, désormais, ces paroles me semblaient creuses, lointaines.

M'avait-elle menti ?

— Voilà pourquoi tu étais toujours tendu quand je parlais du passé avec elle. Tu avais peur que je le découvre.

Je devais rester rationnelle mais l'idée qu'ils m'avaient caché cela me torturait. Trop souvent la peur qu'il y ait eu quelque chose entre eux m'avait assaillie, trop souvent j'avais essayé de remonter aux origines de leur relation, mais uniquement parce qu'ils n'avaient jamais été clairs avec moi. Pourquoi devaient-ils toujours me laisser à l'écart, me protéger, choisir pour moi ? Ne pouvaient-ils pas me dire la vérité ?

— Cela s'est passé il y a très longtemps, répliqua Rigel, comme si ces paroles lui coûtaient. Non, je ne voulais pas que tu le découvres. Quel autre choix avais-je ?

— Tu as choisi de ne pas me le dire, répondis-je doucement.

Il fronça les sourcils en sentant l'amertume dans ma voix. Il fit un pas vers moi et je vis un éclair de frustration traverser son regard.

— Donc, c'est comme ça ? Peter arrive et on recommence tout depuis le début ?

— Laisse Peter en dehors de ça, rétorquai-je d'un ton catégorique. C'est le seul qui a été sincère.

— Peter ne sait rien, gronda-t-il avec colère.

Rigel était près de moi désormais et me dominait.

— Après tout ce temps, c'est lui que tu choisis de croire ?

— Ce n'est pas la question…

— Et pourtant ses paroles ont suffi pour que tu ne me fasses plus confiance !

— Je mettrais ma vie entre tes mains ! dis-je en haussant la voix. Tu ne comprends pas ? J'ai autant confiance en toi qu'en moi-même. C'est toi qui as préféré me cacher une chose pareille. Tu sais à quel point vous comptez pour moi, Adeline et toi… Tu sais que je la considère comme une sœur… Combien d'autres choses as-tu oublié de me dire ?

J'exagérais un peu, peut-être n'aurais-je pas dû dire ça, mais le fait qu'ils aient décidé de me mentir faisait naître en moi une terrible déception.

Peut-être qu'une autre fille, à ma place, n'aurait pas voulu le savoir.

Peut-être aurait-elle préféré vivre dans l'ignorance, heureuse et insouciante.

Mais moi, non.

J'étais un livre ouvert avec Rigel. J'avais plus confiance en lui qu'en quiconque, mais j'avais besoin que cette confiance soit partagée, qu'il ne choisisse pas de me cacher des choses par peur de me perdre. Car il ne m'aurait pas perdue. Je voulais juste la vérité. Pensait-il vraiment que je l'aurais quitté pour quelque chose qui s'était passé des années plus tôt ?

J'expirai et je secouai la tête tristement.

— Tu peux tout me dire, soufflai-je dans un filet de voix. C'est quand tu choisis de ne pas le faire que tu me blesses. Si tu ne veux pas parler d'Adeline, alors je ne saurai jamais ce qu'il y a eu entre vous. Pas de problème… Mais, parfois, je voudrais juste que tu… que tu me permettes de comprendre mieux ce que tu ressens. Je te connais, Rigel, mais je ne peux pas toujours deviner ce que tu penses.

Je resserrai mes bras autour de mon buste et, la tête baissée, je repris avec sincérité, malgré les sentiments qui m'étreignaient :

— Tu peux me faire confiance. Tu ne dois pas avoir peur de me blesser. Et si tu ne veux pas parler de ça… Si… si tu ne veux pas parler d'Adeline… alors je ne te poserai pas de questions. Quel que soit ce qui vous a liés, et que tu n'arrives pas à me confier… je l'accepte. Je ne douterai pas de toi… Mais je voudrais que tu fasses pareil. Que tu te sentes libre de me parler et d'être sincère avec moi. Je suis éperdument amoureuse de toi. Et ça, ça ne changera jamais.

J'essayai de sourire de manière conciliante mais l'amertume dans mon regard contredisait mon intention.

— Retournons là-bas, maintenant, murmurai-je finalement en passant devant lui.

Je gagnai la porte et l'ouvris, prête à rejoindre la fête, les bavardages, prête à revenir à la réalité qui se poursuivait sans nous.

Mais je n'y parvins pas.

Une main se posa sur le battant et le referma avec fermeté. Le souffle de Rigel effleura ma nuque quand sa poitrine se pressa contre mon dos. Je ne bougeai pas quand je sentis son corps ferme derrière moi. Je restai immobile, enveloppée par sa chaleur, comme s'il était mon début et ma fin.

Je me souviendrais toujours du silence de ce moment.

— Je t'aime depuis que j'ai cinq ans.

La voix rauque de Rigel était un faible susurrement, à peine audible et qui semblait jaillir doucement de sa gorge. Ses lèvres frôlèrent mon oreille, comme si ces paroles étaient un secret inavoué. Je ne respirais plus.

— J'ai essayé de l'empêcher de toutes mes forces, poursuivit-il. Mais tu ne m'as pas laissé le choix. Tu as tout défoncé. Tu as tout pris de moi et je t'ai détestée pour cela. Je suis allé avec elle parce que c'était toi que je cherchais dans les autres… Mais aucune n'avait jamais assez de taches de rousseur, aucune n'avait jamais tes cheveux et les yeux assez clairs.

Une autre pause, son corps serré contre le mien, son souffle chaud dans mon cou. Je percevais la difficulté qu'il éprouvait à prononcer ces mots.

— Je n'ai jamais su aimer, confessa-t-il d'un ton amer et vaincu. Je ne sais pas prendre soin ni être gentil. Je ne crois pas aux sentiments parce que je suis incapable de me lier à quelqu'un… Mais si l'amour existe, alors il a tes yeux, ta voix et tes maudits pansements sur les doigts.

Il souleva ma main. Puis il prit dans sa poche l'un des pansements que j'avais laissés chez lui, l'ouvrit et le colla sur mon annulaire.

Comme une bague.

— C'est tout ce que j'ai à te donner. Et si un jour tu m'épouses, Nica… Tout le monde verra que tu es à moi, exactement comme tu l'as silencieusement été depuis le début.

Des larmes brûlantes montèrent à mes yeux écarquillés, m'empêchant de voir. Je n'arrivais pas à croire que je venais d'entendre ces mots, je ne pouvais pas croire qu'il les avait prononcés. Ma poitrine pulsait comme s'il venait de m'infliger une blessure intense.

Tremblante, je me tournai lentement vers lui. Rigel croisa mon regard et le soutint avec toute la force qui le caractérisait.

— Pour moi, tu as les yeux du fabricant de larmes, murmura-t-il. Et tu les auras pour toujours.

Une vague chaude et violente submergea mon cœur. Un amour infini explosa hors de moi, brûlant tout sur son passage, inondant mon âme d'une lumière que personne d'autre n'aurait pu m'offrir. Les larmes inondèrent mon visage. Il caressa doucement ma joue et je n'y vis pas le loup, mais tout autre chose.

C'était le petit garçon qui m'avait regardée la première fois, sur le seuil du Grave.

C'était la main qui avait trouvé le courage de serrer la mienne dans la cave.

C'étaient les bras qui m'avaient soulevée et enveloppée pour me protéger.

C'était le visage qui avait reçu une gifle à ma place.

C'était le cœur qu'il n'avait jamais eu le courage de me donner.

Mais qui, finalement, ne faisait que hurler mon nom.

Il me le tendait avec une main recouverte de griffures et, même s'il n'avait jamais su aimer avec délicatesse, il était en train de me dévoiler la partie la plus fragile et la plus secrète de lui-même.

Pour la première fois, Rigel me confessait des paroles que j'avais inconsciemment désirées toute ma vie.

Que j'avais attendues, espérées, aimées en secret.

Et même si je ne devais plus jamais les entendre, même s'il restait le garçon qui ne parle qu'avec les yeux, j'aurais pour toujours le cœur rempli de cet amour.

Parce que ce n'était pas vrai que nous étions un désastre. Non.

Nous étions un chef-d'œuvre.

Le plus beau et le plus spectaculaire de tous.

Je posai ma main sur la sienne et lui souris. Je lui souris avec le cœur, avec l'âme, avec les larmes, et ce pansement sur le doigt.

Je lui souris comme la femme que j'étais devenue, et la petite fille que je serais toujours.

Et il me rendit mon sourire avec ses yeux profonds. Et seulement ses yeux.

Ces yeux que j'aimerais toujours à la folie.

Je me jetai dans ses bras, me blottissant contre sa poitrine comme je ne l'avais jamais fait auparavant. Chaque parcelle de moi s'accrocha à lui et Rigel se pencha sur moi, me serrant comme si j'étais la chose la plus petite, fragile et précieuse de la terre. Il me souleva entre ses bras et je me collai contre son cœur comme un papillon.

Je posai mon front sur le sien et je l'embrassai, encore, et encore, et encore, et chaque baiser était un sourire, chaque baiser était une larme qui nous unirait pour toujours.

Et au seuil de notre final, je compris que, s'il y avait une morale à cette histoire, alors… c'était nous.

Oui, nous.

Parce que nos âmes resplendissaient avec la force de mille soleils.

Et, exactement comme des constellations millénaires, notre histoire était écrite là.

Dans ce ciel infini.
Parmi des ouragans d'infortune et des nuages de poudre d'étoiles.
Éternelle et indestructible…
Au-delà de toute mesure.

ÉPILOGUE

Les guirlandes lumineuses brillaient comme des lucioles.

Un beau sapin projetait des reflets dorés jusque dans les recoins du salon ; dans la pénombre, seulement illuminée par les décorations, je m'approchai du canapé, devant la cheminée, en marchant sans bruit sur le marbre brillant.

Une petite fille y dormait, une expression de béatitude totale sur le visage. Elle était blottie contre la poitrine d'un homme magnifique qui avait les yeux fermés.

À trente-quatre ans, il était plus séduisant qu'il ne l'avait jamais été. Une barbe de trois jours ombrait sa mâchoire et chaque muscle de son corps semblait s'être développé pour répondre à un instinct de protection. Ses larges épaules et ses mains puissantes transmettaient un sentiment rassurant de sécurité que l'on percevait dès qu'il entrait dans une pièce.

Je pris la fillette dans mes bras avec douceur, veillant à ne pas le réveiller.

Ils avaient passé toute la journée ensemble.

Lorsqu'elle était arrivée dans notre vie, cinq ans plus tôt, Rigel m'avait avoué ses craintes : il avait peur de ne pas réussir à l'aimer, comme cela avait été le cas jusque-là avec tout le monde. Mais j'étais certaine que cette peur s'était évanouie à l'instant précis où il l'avait vue dans mes bras, minuscule et sans défense, avec ses cheveux noirs exactement pareils aux siens.

Délicate, précieuse, pure… comme une rose noire.

Cet après-midi, justement, je les avais observés depuis le seuil du salon, une épaule appuyée contre le mur. Ils étaient assis sur le tabouret du piano, elle sur ses genoux, vêtue d'une petite robe en velours.

— Papa, raconte-moi quelque chose que je ne sais pas, lui avait-elle demandé avec son habituel regard d'adoration.

Elle l'aimait à la folie et ne cessait de dire que son papa était le meilleur de tous parce qu'il envoyait des satellites dans l'espace.

Rigel avait penché la tête pour réfléchir et ses cils avaient effleuré le haut de ses pommettes élégantes ; puis il avait pris la petite main de sa fille dans la sienne, paume contre paume.

Il n'avait jamais été délicat avec personne. Mais avec elle…

— Beaucoup des atomes qui te composent, du calcium de tes os au fer de ton sang, ont été créés dans le cœur d'une étoile qui a explosé il y a des milliers d'années.

Sa voix lente et profonde avait caressé l'air comme une symphonie merveilleuse.

Je savais qu'elle n'avait pas bien compris ce qu'il venait de dire, mais cela ne l'avait pas empêchée d'ouvrir tout grand la bouche, en forme de O. Quand elle faisait cela, Rigel disait qu'elle était comme moi.

C'est à ce moment-là que je m'étais manifestée :

— À l'école, le maître m'a révélé une chose curieuse. À savoir que notre fille ne laisse pas approcher les garçons parce que quelqu'un l'a convaincue qu'ils transmettaient des maladies. Ça te dit quelque chose ?

Les sourcils haussés et les bras croisés, j'avais observé Rigel. Il m'avait lancé un regard acéré, tandis que la petite jouait avec le col de sa chemise.

— Absolument pas, avait-il déclaré en faisant claquer sa langue.

Elle avait alors levé sur lui son petit visage plissé dans une expression soucieuse.

— Je ne veux pas la maladie des garçons, papa. Je ne laisserai approcher personne.

Puis elle lui avait fait un câlin.

— Cette enfant est très sensée…, avait-il ricané, satisfait de lui-même.

Cette seule pensée me faisait encore sourire.

Soudain, je l'entendis gémir dans mon cou.

— Maman ? murmura-t-elle en frottant son front contre ma peau.

— Dors, ma chérie.

Elle resserra ses petites mains autour de mon cou et ses doux cheveux me chatouillèrent le menton. Je respirai le parfum de son shampoing à la cerise et la câlinai tout en gravissant l'escalier.

— Maman…, miaula-t-elle encore. Papa a été malade avant ? Il a encore eu mal à la tête ?

Je penchai mon visage sur elle tout en la berçant contre moi.

— Ça arrive de temps en temps. Mais après, ça lui passe. Ça lui passe toujours. Il doit juste se reposer. Ton papa est très fort, tu sais.

— Je sais, me répondit-elle d'une voix décidée.

Je souris. Une fois dans sa chambre, je la déposai dans son lit et la bordai. Puis j'allumai la petite lumière qui projetait des étoiles au plafond ; elle serra contre elle le doudou en forme de chenille, entièrement recousu et remis à neuf pour elle. Elle me fixait désormais de ses grands yeux gris et le sommeil semblait l'avoir complètement abandonnée.

— Qu'est-ce qu'il y a ? demandai-je doucement.

— Tu ne me racontes pas d'histoire ?

Je caressai ses cheveux noirs.

— Tu devrais dormir, Rose...

— Mais c'est Noël, objecta-t-elle de sa petite voix. Tu me racontes toujours une jolie histoire le soir de Noël...

Face à ses yeux pleins d'espoir, son petit nez minuscule et sa peau blanche de poupée, je ne parvins pas à trouver de raison pour le lui refuser.

— C'est bon, dis-je enfin en m'asseyant près d'elle.

Rose sourit de contentement et ses yeux brillèrent du reflet de mille petites étoiles.

— Quelle histoire veux-tu que je te raconte ?

— Celle de papa et toi, répondit-elle aussitôt d'un ton passionné. Votre histoire.

— Encore celle-là ? Tu en es sûre ? Je te la raconte chaque année...

— Je l'aime bien, répondit-elle avec candeur, comme si cela suffisait à clore la question.

Je m'installai plus confortablement sur le petit lit.

— D'accord... Par quoi veux-tu que je commence ?

— Par le début !

Je tendis le bras pour remettre son oreiller en place et remonter la couverture sur elle, m'assurant ainsi qu'elle était bien installée et n'avait pas froid.

— Par le début ? OK...

Je posai ma tête sur mon poing, le coude enfoncé dans le matelas ; je contemplai les étoiles au-dessus de nous et, d'une voix lente et douce, je commençai :

— *De nombreuses histoires circulaient au Grave. Des récits susurrés, des contes pour s'endormir, des légendes racontées du bout des lèvres, à la lueur d'une bougie.*

Je regardai tendrement ma fille dans les yeux et lui souris.

— *La plus connue était celle du fabricant de larmes.*

REMERCIEMENTS

Jusqu'à la fin

Ainsi notre voyage se termine…

Cela semble incroyable d'être parvenus à la fin de cette histoire.

Je remercie tous ceux qui sont arrivés jusqu'ici.

Je remercie Francesca et Marco pour la formidable opportunité.

Je remercie Ilaria Cresci, mon éditrice au cours de ce très long chemin, grâce à qui ce roman a pris vie. Elle est restée à mes côtés le jour comme la nuit, dans les moments d'angoisse et de joie, elle s'est consacrée au projet avec le sérieux d'une professionnelle et la passion d'une amie. J'ai beaucoup appris d'elle et je lui en suis reconnaissante.

Je remercie ma famille qui, sans le savoir, m'a donné la force de poursuivre mon rêve, à la fois petit et très grand. Je remercie mes plus chères amies, pour l'enthousiasme qu'elles ont réservé à ce projet et l'affection qu'elles m'ont témoignée en y croyant très fort. Elles sont ma force.

Et enfin je remercie tous mes lecteurs, qui ont rêvé avec moi. Ils ont cru à cette histoire depuis le début et ils ont attendu chaque jour, patiemment, me soutenant dans chacun de mes choix et m'accompagnant tout au long de ce parcours, comme si nous marchions main dans la main.

Tout ça, c'est pour vous.

Je vous dédie ces derniers mots, parce que vous êtes l'essence de ce livre, l'âme de l'histoire et le cœur battant de ce projet.

J'espère que vous pourrez comprendre que…

Pleurer est humain. Pleurer signifie ressentir et il n'y a rien de mal à cela, il n'y a rien de mal à flancher et à exprimer ses sentiments. Cela ne veut pas dire qu'on est faible, cela veut dire qu'on est *vivant*, que notre cœur bat, s'inquiète et brûle d'émotions.

J'espère que vous pourrez comprendre que…

Il ne faut pas avoir peur de se sentir imparfait. Nous le sommes tous, et les histoires existent pour ceux qui pensent ne pas les mériter, mais également pour ceux qui se sentent trop différents et anormaux pour en désirer une.

Cherchez-les.

Faites-le. Ne vous avouez pas vaincus. Il n'est pas toujours facile de les reconnaître, elles se cachent parfois dans une personne, dans un lieu, dans un sentiment, ou à l'intérieur de vous. Parfois, elles sont un peu abîmées, mais elles sont là, sous vos yeux, en attente d'être découvertes.

Et j'espère que vous pourrez comprendre que…

Nous avons tous notre fabricant de larmes. Et nous sommes tous, en retour, le fabricant de larmes de quelqu'un. N'oublions pas le pouvoir que nous avons sur ceux qui nous aiment. N'oublions pas que nous pouvons les blesser et qu'une parole ou un geste peuvent laisser une trace profonde dans leur cœur. Que, parfois, un soupçon de délicatesse en plus peut faire la différence.

Cela semble triste, non ?

Être arrivés à la fin.

Mais au fond… Chaque fin est juste un nouveau départ.

J'espère que Rigel vous a permis de comprendre que, dans un silence, il y a la profondeur de l'univers, et Nica, en revanche, qu'il existe un pansement pour chaque tentative que nous faisons. Nous devons les coller sur nos doigts avec fierté, car celui qui, malgré les blessures, continue d'essayer sans jamais renoncer est digne d'admiration.

Exhibez-les avec fierté. Toujours.

Et n'arrêtez pas d'essayer. Jamais.

Faites-le, d'accord ?

Moi, maintenant, je dois partir.

Notre voyage est terminé, mais…

Souvenez-vous : on ne peut pas mentir au fabricant de larmes.

Et si quelqu'un vous dit que les histoires n'existent pas…

Dites-lui qu'il y en a une qu'il ne connaît pas.

Une qu'il n'a jamais entendue.

Une que nous sommes les seuls à pouvoir raconter.

Et s'il veut l'écouter… Alors revenez ici.

Donnez-moi la main.

Serrez-la bien fort et suivez-moi.

Nous marcherons sur des sentiers obscurs, mais je connais la route.

Vous êtes prêts ?

Bien. On y va…

« Pour l'éditeur, le principe est d'utiliser des papiers composés de fibres naturelles, renouvelables, recyclables et fabriquées à partir de bois issus de forêts qui adoptent un système d'aménagement durable. En outre, l'éditeur attend de ses fournisseurs de papier qu'ils s'inscrivent dans une démarche de certification environnementale reconnue. »

Composition et mise en pages : Nord Compo

Achevé d'imprimer en Italie par Grafica Veneta
Dépôt légal 1re publication : mars 2024
39.3989.0 - ISBN : 978-2-01-718167-5
Édition : 01 – Dépôt légal : mars 2024